NINA OHLANDT
JAN F. WIELPÜTZ

MÖRDERISCHE BRISE
Der Tote am Sandstrand

Weitere Titel:

Die John-Benthien-Reihe:

Küstenmorde
Möwenschrei
Nebeltod
Sturmläuten
Eisige Flut
Dünengeister
Schweigende See
Tiefer Sand
Schwarze Dünen
Kalte Marsch
Zornige Brandung

Über die Autoren:

Nina Ohlandt wurde in Wuppertal geboren, wuchs in Karlsruhe auf und machte in Paris eine Ausbildung zur Sprachlehrerin, daneben schrieb sie ihr erstes Kinderbuch. Später war sie als Übersetzerin, Sprachlehrerin und Marktforscherin tätig, bis sie zu ihrer wahren Berufung zurückfand: dem Krimischreiben im Land zwischen den Meeren, dem Land ihrer Vorfahren. Mit der Reihe um den Flensburger Hauptkommissar John Benthien wurde sie zur Bestsellerautorin. Nina Ohlandt starb im Dezember 2020.

Jan F. Wielpütz studierte Anglistik, Germanistik und Geschichte in Bonn und arbeitete als Journalist, bevor er als Verlagslektor viele Jahre Krimi- und Thrillerautoren betreute. Er leitete das E-Book-Lektorat und die Schreibschule eines großen Verlags, bis er sich dem Schreiben widmete. Unter Pseudonym hat er zahlreiche Sachbücher verfasst, die auf der SPIEGEL-Bestsellerliste standen, und mehrere Kriminalromane veröffentlicht.

MÖRDERISCHE BRISE

NINA OHLANDT
JAN F. WIELPÜTZ

DER TOTE AM SANDSTRAND

OSTSEE-KRIMI

Lübbe

NACHHALTIG PRODUZIERT

Die Bastei Lübbe AG verfolgt eine nachhaltige Buchproduktion. Wir verwenden Papiere aus nachhaltiger Forstwirtschaft und stellen unsere Bücher in Deutschland und Europa (EU) her. Mit den Druckereien arbeiten wir kontinuierlich an einer positiven Ökobilanz.

FSC www.fsc.org MIX Papier | Fördert gute Waldnutzung FSC® C014496

Originalausgabe

Dieses Werk wurde vermittelt durch die literarische Agentur
Thomas Schlück GmbH, 30161 Hannover.

Bei Fragen zur Produktsicherheit wenden Sie sich bitte an:
produktsicherheit@bastei-luebbe.de

Textredaktion: Angela Kuepper, München
Umschlaggestaltung: Christin Wilhelm, www.grafic4u.de
unter Verwendung von Motiven von © Adobe Stock: Asraf und
© shutterstock: David G Hayes | 3D2 | Sophie McAulay | Annalucia |
Lapse studio | Dmitry Pichugin
Satz: hanseatenSatz-bremen, Bremen
Gesetzt aus der Sabon LT Std
Druck und Verarbeitung: GGP Media GmbH, Pößneck

Printed in Germany
ISBN 978-3-404-19495-7

5 4 3 2 1

Sie finden uns im Internet unter luebbe.de
Bitte beachten Sie auch: lesejury.de

PROLOG

Wie es wohl sein würde, zu sterben?

Die Frau, die in ihrem Boot über die nächtliche Ostsee glitt, hatte sich das schon manches Mal gefragt. Wer tat das nicht? Sie war kein religiöser Mensch, weshalb sie nicht an irgendwelche Lichterscheinungen am Ende eines Tunnels oder ein Wiedersehen mit lange verstorbenen Verwandten oder Freunden glaubte. Ein Freund, der ähnlich dachte, hatte einmal gemutmaßt, dass es wohl wie Einschlafen sein würde, vermutlich würde man nicht einmal wissen, dass man tot war. Ein seltsamer Gedanke, fand die Frau, so etwas konnte man sich nicht vorstellen, andererseits war es auch tröstlich. Einfach gar nicht mitbekommen, dass man nicht mehr da war.

Das Stottern des Motors holte sie aus ihren Gedanken. Die betagte Maschine gab ein letztes, heiseres Geräusch von sich und verstummte dann vollends. Stille trat ein, als das kleine Kajütboot noch ein Stück durch die spiegelglatte Ostsee glitt und dann zum Stillstand kam.

Die Frau ließ sich mit einem Seufzen auf dem Stuhl aus zerschlissenem Leder hinter dem Steuerrad nieder. Ihr Blick wanderte hoch zu den Sternen, die bis zum Horizont über der See funkelten.

Sie war so lange auf das offene Meer hinausgefahren, bis der

Treibstoff aufgebraucht war. Und damit war es nun entschieden, hier würde sie ihrem Leben ein Ende bereiten.

In ihrem Beruf hatte sie es viele Male mit dem Tod zu tun gehabt. Er hatte zahlreiche Gesichter, manche davon grausame Fratzen, von denen man wünschte, sie nie gesehen zu haben. Andere wiederum waren weich und friedlich.

So oder so, das Amüsante am Sterben war, dass die meisten Menschen den Ort ihres Ablebens bereits kannten, ohne es zu wissen. Sie hatten in ihrem Leben viel Zeit dort verbracht oder waren zumindest etliche Male daran vorbeigekommen, ohne auch nur ahnen zu können, dass dies die Stelle sein würde, an der sie ihren letzten Atemzug täten.

Auch die Frau kannte den Ort, den sie gewählt hatte, schon sehr lange. Sie liebte das Meer, war an seinem Saum aufgewachsen, hatte als Kind und später mit ihrer Familie viele wundervolle Stunden dort verbracht. Insofern erfüllte es sie mit einer gewissen Zufriedenheit, dass es hier zu Ende gehen würde.

Die Frau machte sich daran, sich auszuziehen, und streifte ihren Pullover ab. Irgendwie erschien es ihr passend, die letzte Reise so anzutreten, wie die Natur sie erschaffen hatte.

Doch dann hielt sie inne.

Nein, wenn man die Kleidungsstücke hier an Bord fand, wäre es offensichtlich, dass sie den Freitod gewählt hatte.

Natürlich könnte sie auch das Boot versenken, dann gäbe es keinen Hinweis auf ihren Verbleib. Doch sie wollte eine Spur hinterlassen, zumindest eine vage, die ihren Lieben den tröstenden Gedanken erlauben würde, dass es sich um einen Unfall handelte.

Also zog sie den Pullover wieder an.

Der Tod an sich machte ihr keine Angst. Wenn, dann waren es die Minuten davor.

Jemand, der sich damit auskannte, hatte ihr einmal erklärt,

dass das Ertrinken zu den unangenehmsten Wegen zählte, aus dem Leben zu scheiden. Der Moment, wenn das Wasser in die Lunge eintrat – besonders salziges Meerwasser –, die Krämpfe, platzende Adern. Von der Furcht und der aufkommenden Panik mal ganz abgesehen.

Dennoch hatte sie sich für diese Methode entschieden.

Natürlich war sie unzählige andere Möglichkeiten durchgegangen, doch diese hier erschien ihr am Ende immer wieder als die geeignetste, die mit hoher Wahrscheinlichkeit zum gewünschten Ergebnis auch in der Welt der Lebenden führen würde – eben, dass es sich um einen tragischen Unfall handelte und niemand allzu viele Fragen stellen würde.

Sie schaltete die Positionslichter des Bootes aus. Dann setzte sie sich auf die Reling und ließ die Beine ins Wasser baumeln. Für eine Herbstnacht war es überraschend warm, letztlich aber immer noch kalt genug. Das würde ein wenig helfen.

Zeit für letzte Gedanken.

Sie konnte sich nicht beklagen. Ein gutes Leben lag hinter ihr, besser als das, was die meisten Menschen auf diesem verrückten Planeten geboten bekamen.

In Gedanken kehrte sie zu dem Moment zurück, als die Hebamme ihr nach der Geburt ihr Kind in die Arme gelegt hatte. Dieses kleine, hilflose Bündel Mensch, dem sich ihr Herz für alle Ewigkeit verschrieben hatte. Der schönste Augenblick in ihrem Leben.

Wehmut kam in der Frau auf. Nun würde sie nie erleben, was aus dem kleinen Bündel werden würde. Doch das war wohl der Preis, den sie für das zahlen musste, was sie getan hatte. Und letztendlich war das, was nun kam, ein letzter Dienst an dem kleinen Bündel, um es vor großem Ungemach zu beschützen.

Mit einem Ruck stieß sich die Frau von der Reling ab und glitt ins Wasser. Was ihr eben noch einigermaßen warm vorgekommen war, ließ sie nun nach Luft schnappen. Als ob Tausende kleiner Nadeln überall in ihren Körper eindrangen.

Noch nicht. Beruhige dich. Atme. Noch einen Moment.

Sie machte einige kräftige Schwimmzüge und entfernte sich ein Stück von dem Boot. Dann drehte die Frau sich auf den Rücken.

Alleine hier draußen auf der Ostsee fühlte sie sich zum ersten Mal in ihrem Leben vollkommen frei. Ein makabrer Gedanke, doch sie konnte sich seiner nicht erwehren. Ohne ein Morgen brauchte man sich keine Sorgen mehr machen, was sein würde, was zu tun war oder welche Fehler man vielleicht begehen konnte. Nun war alles egal.

Eine Leichtigkeit erfüllte die Frau, die sie festhalten und mit sich nehmen wollte.

Sie schloss die Augen, atmete aus und ließ sich in die Tiefe sinken.

Im Luftanhalten war sie noch nie besonders gut gewesen. Es dauert nicht lange, bis die Atemnot sie überkam.

In dem Moment fiel ein heller Lichtschein auf sie herab, warm, einladend, als würde er sie zu sich rufen.

Bevor sie Luft holte und Salzwasser in ihre Lungen sog, womit schließlich doch wilde Panik sie ergreifen würde, fasste die Frau einen letzten klaren Gedanken.

Ich vergebe dir, Hannah Bülow.

TEIL 1

Die Geister der Vergangenheit

1

Hannah Bülow steuerte ihren Wagen in gemächlichem Tempo durch die lang gezogene Allee. Zwischen den Ästen der Bäume funkelte die Sonne hindurch, und das bunte Laub segelte, angetrieben von einer leichten Brise, zu Boden. Durch das offene Fenster wehte der Geruch von Herbst herein.

Hannah hatte es nicht eilig.

Wenn ein neuer Lebensabschnitt begann, durfte man sich ruhig Zeit lassen.

Tobby sah das offenbar anders.

Der Mischlingshund mit braun-weiß gescheckten Fell gab ein Winseln von sich und lief ungeduldig in dem eigens für ihn ausgepolsterten Kofferraum des Mini Clubman hin und her.

»Ist es sehr dringend?«, erkundigte sich Hannah mit einem Blick in den Rückspiegel.

Als Antwort spitzte Tobby die Ohren, legte den Kopf schief und winselte erneut.

»Verstehe.« Hannah sah wieder auf die Straße. Voraus zeichneten sich hinter den Bäumen die Konturen eines alten Herrenhauses ab. »Es ist nicht mehr weit bis Ostersande. Fünf Minuten.«

Noch ein Winseln.

Hannah seufzte. »Schon gut, ich fahr rechts ran.«

Tobby hatte sich bisher als äußerst geduldiger Mitfahrer

erwiesen. Auf der Fahrt von Münster hierher hatte er sich bislang mit nur einer Pinkelpause begnügt. An einem Montagmittag herrschte wenig Betrieb, also waren sie gut durchgekommen. Und wäre Hannah hinter Lübeck nicht auf die Landstraße abgebogen, um bei Boltenhagen noch einen Schwenk entlang der Ostsee zu machen, wären sie längst an ihrem Ziel angelangt. Tobby hatte also jedes Recht, seine Bedürfnisse anzumelden.

Hannah lenkte den Wagen an den Straßenrand und brachte ihn zum Stehen. Mit einem Haargummi band sie sich noch schnell ihre lockigen braunen Haare zusammen, dann stieg sie aus und öffnete die Flügeltür des Kofferraums. Tobby sprang heraus, lief hinüber zum nächsten Baum, beschnüffelte ihn kurz und hob das Bein. Als er fertig war, schaute er auf die weitläufige und akkurat gemähte Wiese vor dem Herrenhaus und warf Hannah einen fragenden Blick zu.

Sie lehnte sich gegen den Wagen, schob die Hände in die Jeanstaschen und lächelte unwillkürlich. »Warum nicht, wir haben ja Zeit. Also flitz schon los!«

Tobby rannte davon, tollte im Zickzack über die Wiese, bis er nach einer Weile eine für sein Dafürhalten geeignete Stelle für ein weiteres, größeres Geschäft gefunden hatte.

In der Ferne sah Hannah vor der Treppe, die zum Eingang des Herrenhauses führte, einen Mann in grüner Latzhose mit einem Laubbläser. Er hielt plötzlich inne, als er Tobby gewahr wurde, blickte dann zu ihr herüber und schüttelte den Kopf.

Hannah hob eine Hand und winkte ihm zu. »Immer hübsch freundlich zu den Eingeborenen sein.«

Der Laubbläser schüttelte erneut den Kopf, wandte sich dann aber wieder seiner Arbeit zu.

Hannah verschränkte die Arme vor ihrem braunen Kaschmirpullover, unter dem sie ein weißes Hemd trug, und musterte das Anwesen. Sie hatte es in deutlich schlechterem Zustand in Erinnerung.

Gut Ostersande war Anfang des neunzehnten Jahrhunderts von einem Adelsgeschlecht erbaut worden. Ehemals hatten Stallungen und ein kleinerer Bau mit Zimmern für Bedienstete dazugehört. Übrig geblieben war nur das Haupthaus in barockem Stil, auf dessen Dach zwei Zwiebeltürme thronten.

Als Hannah das letzte Mal hier gewesen war, hatte die ehemals beige Fassade unzählige Risse gehabt, der Putz war abgeblättert, und an zahlreichen Stellen hatte Efeu das alte Gemäuer überwuchert. Der Park hinter dem Haus hatte einem Urwald geglichen.

Heute erstrahlte das Anwesen in neuem Glanz.

Das Haupthaus war renoviert worden, und dort, wo einst die Nebengebäude gestanden hatten, hatte man einen langen modernen Anbau hingesetzt, der überwiegend aus Stahl und Glasfassade bestand.

Erinnerungen blitzten vor Hannahs innerem Auge auf. Sie sah sich wieder mit ihren Freunden durch die leeren, nach Moder und Verfall riechenden Salons des Herrenhauses streifen, auf der Suche nach einem ausgefallenen Ort für das Konzert ihrer Band.

Das waren die guten Erinnerungen.

Doch es gab eben auch die anderen, die bösen Erinnerungen, die sie bis heute in ihren Albträumen heimsuchten.

Hannah raffte sich auf, ging auf die Wiese, um ihren Hund einzufangen. »Komm, Tobby, wir wollen weiter …«

Plötzlich drang aus der Ferne Motorenlärm an ihr Ohr und kam rasch näher. Ein schwarzer Porsche Targa flog heran, gefolgt von einem Streifenwagen mit Blaulicht.

Der Porsche drosselte das Tempo und kam wenige Meter weiter hinter Hannahs Mini zum Stehen.

Der Streifenwagen hielt ebenfalls.

Es dauerte einen Moment, bis zwei Uniformierte ausstiegen.

Der Beamte auf der Fahrerseite setzte sich eine Polizeimütze auf die lockigen schwarzen Haare und zog sich die Hose am Ausrüstungsgürtel hoch. Er hatte einen modisch kurz gestutzten Vollbart.

Sein Kollege, dessen Oberlippe ein buschiger Schnauzer zierte, war deutlich kräftiger gebaut. Sein kolossaler Bauch hing über den Hosenbund, und das blaue Uniformhemd spannte so sehr, dass es die Knöpfe zu sprengen drohte.

Im Näherkommen hörte Hannah den Schnauzer sagen: »Tu mal was für dein Geld.« Er deutete mit einem Nicken auf den Porsche. »Fahrzeugpapiere und Fleppe.«

Der Hagere, der seinen Kollegen um zwei Köpfe überragte, schüttelte bloß den Kopf und machte keine Anstalten, den Porsche zu kontrollieren. »Komm mir nicht so. Ich bin die ganze Zeit gefahren. Jetzt bist du dran.«

»Wenn ich dann auch so eine tolle Beurteilung bekomme«, gab der Schnauzer zurück und verschränkte die Arme vor der Brust.

Der Hagere schüttelte den Kopf. »Geht's dir noch immer darum?«

Hannah machte sich mit einem Räuspern bemerkbar. »Kann ich den Herren vielleicht irgendwie behilflich sein?«

Der Hagere schrak zusammen, und der Schnauzer machte ein betretenes Gesicht wie ein Kind, das man mit den Händen in der Pralinenschachtel erwischt hatte. Doch er fand schnell die Fassung wieder. »Dies ist eine Polizeiangelegenheit. Treten Sie bitte zur Seite und halten Sie Abstand, junge Frau.«

»Danke für das ›junge Frau‹.« Hannah verzog die Mundwinkel zu einem Lächeln. Ein solches Kompliment bekam man mit neunundvierzig Jahren nicht jeden Tag.

Der Hagere setzte sich in Bewegung, ging zum Fahrerfenster des Porsches hinüber und ließ sich von dessen Besitzer die Papiere zeigen.

Während der Schnauzer seinen Kollegen mit prüfendem Blick beobachtete, ging Hannah zum Kofferraum und ließ Tobby hineinspringen. Als sie die Flügeltüren schloss, stand der Schnauzbärtige plötzlich neben ihr. Sein Blick wanderte zum TÜV-Siegel auf ihrem Kennzeichen.

»Sie sind überfällig, junge Dame.« Er hob mahnend die Augenbrauen.

Hannah betrachtete nun ihrerseits prüfend die Plakette. Der Mann hatte recht. »So eine Scheiße.«

Der TÜV-Termin war ihr wegen des Umzugs und in dem allgemeinen Chaos, in das sich ihr Leben in den letzten Monaten verwandelt hatte, doch glatt durchgegangen.

Der Schnauzer räusperte sich. »Seit vier Monaten ... das macht dann leider fünfundzwanzig Euro.«

»Entschuldigen Sie«, Hannah hob die Hände, »das ist mir wirklich schrecklich peinlich. Die letzten Monate ... Mein Mann ist vor nicht allzu langer Zeit verstorben, müssen Sie wissen, und ich habe meinen Umzug ...«

Der Schnauzbärtige schloss die Augen, zog einen Schmollmund und nickte. »Natürlich. Das bekommen wir jeden Tag zu hören. Sie werden das Verwarngeld zahlen müssen. Gesetz ist Gesetz. Und demnächst kümmern Sie sich einfach besser um Ihre Angelegenheiten.« Er streckte eine Hand aus. »Fahrzeugpapiere und ...«

»Schon gut.« Hannah stieß einen Seufzer aus, kroch ins Wageninnere und holte die Papiere aus ihrer Handtasche. Gott, war ihr das jetzt peinlich.

Während der Hagere dem Porschefahrer die Leviten las und dabei mit dessen Papieren wedelte, studierte der Schnauzer zunächst Hannahs Führerschein, wobei er ihren Namen leise flüsterte und die Stirn krauszog. »Frau Bülow …«

Dann inspizierte er ihre Ausweispapiere, und seine buschigen Augenbrauen flutschten nach oben. »Donner und Kanonenrohr!« Sein Blick wanderte zu seinem Kollegen, der gerade herüberkam.

»Was gibt es?«, erkundigte sich der Hagere.

»Das …« Der Schnauzer hielt ihm den Ausweis hin. »Das ist unsere neue Chefin.«

Die beiden Beamten starrten Hannah mit entgeisterter Miene an.

»Da habe ich uns ja alle schön in die Bredouille gebracht, was?« Hannah versuchte sich an einem Lächeln, um das Eis zu brechen, doch an den Gesichtern ihrer zukünftigen Kollegen konnte sie ablesen, dass der Versuch gründlich danebenging.

Der Schnauzer runzelte die Stirn, als rätselte er über die Bedeutung ihrer Worte, und der Hagere stammelte: »Wie … also was …«

Hannah seufzte. »Ist doch ganz einfach. Ihnen ist das peinlich. Mir ist das peinlich. Wie bekommen wir nun die Kuh vom Eis?«

»Ich weiß nicht …«, stammelte der Schnauzbärtige.

»Fangen wir doch damit an, dass wir einander bekannt machen«, schlug Hannah vor. »Wie ich heiße, wissen Sie ja schon.«

Der Hagere strich sich nachdenklich um den Bart, nahm dann aber seine Mütze ab und reichte ihr die Hand. »Sibert Hansen.« Sein stämmiger Kollege verzichtete auf den Handschlag und brummelte nur: »Klaus-Peter Diekfoß.«

»Und jetzt, wo wir uns kennen«, sagte Hannah, »mache ich Ihnen einen Vorschlag. Ich zahle ganz einfach die Strafe, und damit ist es erledigt.«

Klaus-Peter Diekfoß hakte die Daumen in seinen Ausrüstungsgürtel. »Wollen Sie Ihre neue Stelle wirklich so antreten? Ich meine, wir müssen das Verwarngeld ja offiziell erfassen.«

»Davon bricht mir kein Zacken aus der Krone, und ich vermute kaum, dass man mich deshalb gleich wieder rausschmeißt. Und wie Sie eben selbst festgestellt haben, Gesetz ist Gesetz. Bringen wir es also hinter uns.«

Und so begann ihr neues Leben in ihrer alten und neuen Heimat Ostersande, dem kleinen Ort an der Ostsee, in dem sie aufgewachsen war und nun wieder leben würde, mit einer Geldstrafe. Hätte kaum besser laufen können.

Hannah sah zu, wie Diekfoß und Hansen nach verrichteter Arbeit in den Streifenwagen stiegen und davonfuhren. Sie würde die beiden dann morgen auf der Wache wiedersehen.

Sie öffnete die Fahrertür ihres Wagens und wollte schon einsteigen, als ihr Blick den Porschefahrer streifte. Sie hatte dem Mann bislang keine große Beachtung geschenkt. Er war ausgestiegen und sah ebenfalls dem Streifenwagen nach. Dann drehte er sich zu ihr herum.

»Da haben die beiden ja ordentlich Kasse gemacht«, meinte er. »Gleich zwei auf einen Streich.«

»Des einen Pech, des anderen ...« Hannah hielt inne, nun, wo der Mann sich ihr zugewandt hatte und sie sein Gesicht sah. Das schmale Gesicht, das Grübchen in seinem Kinn, die grünen Augen und das kurz geschnittene kupferrote Haar. »Philip?« Sie schloss die Wagentür und ging zu ihm hinüber.

Der Porschefahrer kniff die Augen zusammen, dann hellte sich seine Miene auf. »Ist doch nicht wahr. Hannah! Hannah Bülow.«

Sie fielen sich lachend in die Arme.

Dann hielt er sie auf Armeslänge an den Schultern gefasst von sich. »Wie konnte ich dieses süße Sommersprossengesicht nicht sofort erkennen?«

Hannah blickte aus dem Augenwinkel auf den Porsche Targa. »Und ich hätte es mir auch gleich denken können. So ein Ding hattest du früher als Modell in deinem Zimmer stehen.«

»Manche Träume werden eben wahr. Was treibt dich her?«

»Ich trete morgen meine neue Stelle auf der Wache in Ostersande an.«

Philip Langmar machte große Augen. »Du ziehst wieder hierher?«

»So ist es.«

»Aber was heißt Wache? Meinst du etwa die Polizeiwache? Du bist doch wohl nicht …«

»Doch, bin ich.« Hannah präsentierte ihm ihren Dienstausweis. »Polizeihauptkommissarin.«

»Ist nicht wahr.« Sein Blick wanderte in die Richtung, in die der Streifenwagen davongefahren war, und ein spitzbübisches Lächeln spielte um seine Mundwinkel. »Dann haben dir deine Kollegen gerade eine Knolle verpasst?«

Hannah sah beschämt zu Boden, konnte sich aber ebenfalls ein Grinsen nicht verkneifen. »Ich schätze schon.«

»Ob das Constanze gefallen wird? Ich meine, du wirst ja mit ihr zusammenarbeiten, oder wie läuft das?«

»Natürlich. Ich bin die neue Dienstgruppenleiterin.« Auf seinen fragenden Blick fügte sie an: »Sozusagen Constanzes Stellvertreterin.«

Wieder das spitzbübische Lächeln. »Verstehe. Sie hat dir die Stelle zugeschanzt. Ich meine, ihr beide wart damals Nachbarskinder und wie Schwestern. Gott, wie lange ist es her, dass wir uns das letzte Mal gesehen haben?«

»Ziemlich lange.« Hannahs Blick wanderte hinüber zu dem Herrenhaus. Sie konnte es auf den Tag genau sagen. In wenigen Tagen würden es exakt 32 Jahre sein. Sommer 1993. Damals war Hannah mit ihren Freunden in den Gewölbekeller des Herrenhauses hinabgestiegen, auf der Suche nach einem Ort für das Konzert ihrer Band. Constanze, Philip und sein Bruder Julian, und natürlich war auch Dana dabei gewesen. Das letzte Mal, dass sie in dieser Konstellation als Freunde zusammen gewesen waren.

Bevor das Unglück geschehen war.

Philip betrachtete nachdenklich das Anwesen. »Das müssen über dreißig Jahre sein. Wahnsinn, wie die Zeit verfliegt. Wie ist es dir ergangen? Kinder?«

Hannah nickte. »Zwei Töchter. Inken und Nele.«

»Wie alt?«

»Beide fünfundzwanzig. Inken ist mit einem blonden Jüngling mit knackigem Hintern nach Schweden durchgebrannt. Sie ist Köchin. Nele ist Anwältin in Brüssel. Für sie gibt es nur die Arbeit. Wenn, dann kommen meine Enkel also aus Stockholm. Und du?«

»Ebenfalls eine Tochter. Zehn, noch bei uns zu Hause und der Augapfel ihres Vaters.« Er lächelte. »Du bist alleine unterwegs. Was ist mit deinem Mann?«

»Tot.«

Philip zuckte zusammen, und Hannah schalt sich im Stillen, dass sie ihm das so einfach an den Kopf geworfen hatte. Ihre direkte Art war nicht in allen Situationen passend. Andererseits konnte sie ihre Natur nicht verleugnen. Klare Worte ersparten Zeit.

»Das tut mir leid«, sagte Philip.

»Mir auch.« Hannah spürte, wie eine Welle der Trauer sie erfasste, und sie musste sich auf die Unterlippe beißen. Es war jetzt ein Dreivierteljahr her. Trotzdem war sie noch nicht darüber hinweg, würde es vielleicht nie sein. »Ein überarbeiteter Lkw-Fahrer hat am Stauende das Bremsen vergessen. Malte … mein Mann hatte das Pech, im letzten Wagen in der Schlange zu sitzen.«

Philip fasste sie an den Schultern und drückte sie dann an sich. Hannah ließ ihn gewähren. Nach so langer Zeit war es schön, seine Nähe zu fühlen.

»Warum Ostersande?«, fragte er schließlich. »Nur wegen der Arbeit?«

»Nein, mein Vater.«

»Uwe … Ich habe gehört, dass es ihm nicht gut geht.«

»Ich werde sehen, ob ich ihn wieder auf Vordermann bekomme.« Hannahs Mutter war vor zwei Jahren gestorben, und seitdem ging es mit ihrem Vater schleichend bergab. Nachbarn, die sie noch von früher kannte, hatten sich bei ihr gemeldet und berichtet, dass er kaum noch das Haus verließ, außer zum Angeln, und die meiste Zeit vor dem Fernseher verbrachte. Der Garten verwilderte, und das Haus verfiel langsam im Gleichtakt mit seinem Bewohner. Deshalb hatte Hannah eine Entscheidung getroffen. Sie liebte ihren Vater zu sehr, um aus der Ferne dabei zuzusehen, wie er zu einem alten Trauerkloß degenerierte und sich selbst zugrunde richtete. Constanzes Angebot, die Dienstgruppenleitung zu übernehmen, war zur rechten Zeit gekommen. Die Kinder waren aus dem Haus, der Mann unter der Erde. Zeit für einen kernigen Ortswechsel, ein Leben als trauernde Witwe wollte sie jedenfalls nicht führen.

»Was ist mit dir?«, fragte Hannah.

Sein Blick wanderte zu dem Herrenhaus hinüber. »Ich arbeite dort. Die psychiatrische Klinik Ostersande-Wismar.«

»Dann bist du …«

»Psychiater und Psychotherapeut.«

»Immerhin weiß ich jetzt, an wen ich mich wenden kann.«

Philip lachte. »Du bist jederzeit willkommen, falls du Gesprächsbedarf hast.« Er blickte auf die silberne Uhr an seinem Handgelenk. »Ich fürchte, ich muss los. Eine Patientin wartet.«

»Dann lass dich nicht aufhalten.«

Sie umarmten sich zum Abschied. Dann stieg Philip in seinen Porsche und brauste die Einfahrt zur Klinik hinauf.

Hannah blickte ihm nach.

Philip Langmar. Kaum zu glauben. Sie war einmal bis über beide Ohren in den Kerl verliebt gewesen. Wäre damals nicht alles so schrecklich schiefgelaufen, könnte sie heute eine Frau Doktor sein und mit dem Porsche zum Shoppen fahren.

Ostersande, der kleine Ort in der Nähe von Wismar, in dem Hannah aufgewachsen war und wo sie nun vielleicht auch den Rest ihres Lebens verbringen würde, bestach mit seinem zweckmäßigen, kompakten Charme – wenn man es positiv formulieren wollte. Eine weniger wohlgesonnene Betrachtung des Ortes, der vor Jahrhunderten einmal von Fischern gegründet worden war, wäre wohl zu dem Schluss gekommen, dass es sich um ein Straßendorf handelte, dessen Häuser sich, mal abgesehen von den Neubauten, in einer solch monotonen Uniformität glichen, dass sie dem Betrachter nur ein müdes Gähnen entlockten, das aber mit dem Glück gesegnet worden war, zwischen einem üppigen Wäldchen und der Ostsee zu liegen, noch dazu gleichermaßen ausgestattet mit einem feinkörnigen Sandstrand. Anders war es nicht zu erklären, dass Ostersande sich mit den Jahren zu einem Geheimtipp unter den Urlaubern gemausert hatte.

Ein ruhiges Fleckchen Erde, das seinen Gästen für die schönsten Wochen des Jahres die perfekte Idylle versprach.

Hannahs Aufgabe war, fortan dafür zu sorgen, dass es so blieb. Und sie machte sich keine Illusionen darüber, was da auf sie zukam. Denn für sie würde es alles andere als eine Idylle sein, Constanze hatte sie vorgewarnt.

In einem kleinen Badeort wie diesem stand die Polizei unter ständigem Druck. Einerseits galt es, für Ruhe und Ordnung zu sorgen, damit alles seinen gesitteten Gang gehen konnte, was den hiesigen Geschäftsleuten und Politikern aus naheliegenden Gründen sehr am Herzen lag. Andererseits durften sie dabei allerdings keine zu großen Wellen schlagen – neben offener Kriminalität und Gewalttaten gab es für das Image als Urlaubsparadies wohl wenig Schlimmeres als Aufsehen erregende Polizeieinsätze.

An solche Leisetreterei würde Hannah sich wohl erst gewöhnen müssen, in Münster hatte es nicht viel ausgemacht, wenn man mal etwas robuster auftrat.

Hannah passierte das Ortsschild und fuhr ein Stück die Hauptstraße entlang. Geradeaus lag der Ortskern mit seinen Geschäften. In ihrer Jugend hatte es hier lediglich einen Bäcker gegeben, für alles andere hatte man nach Wismar fahren müssen. Mit den Feriengästen waren ein großer Supermarkt, Imbissbuden, Boutiquen und vieles andere dazugekommen, das geeignet war, den Urlaubern das Geld aus der Tasche zu locken.

Links der Hauptstraße hatte man einige Apartmentkomplexe und Hotels an den Waldrand gebaut, natürlich unter den vehementen, aber wenig erfolgreichen Protesten der Umweltschützer. Das einzige Hotel mit Meerblick befand sich wenige Hundert Meter weiter die Straße runter, dort, wo vor zehn Jahren eine Seebrücke errichtet worden war.

Hannah bog bei der nächsten Gelegenheit rechts ab und folgte einer schmalen, schlecht asphaltierten Straße, die zur Steilküste hinaufführte.

Hinter einigen neu gebauten Häusern folgte ein kleiner Waldabschnitt. Die Straße wurde noch enger und bestand bald nur mehr aus groben Kopfsteinen. Vor Jahren hatte man einmal den Versuch unternommen, sie zu erneuern, allerdings hätten die Anwohner, also Hannahs Eltern und die von Constanze, die direkt gegenüber wohnten, ihren Teil dazu beitragen müssen –

womit das Projekt unter großem Gezeter schnell beerdigt worden war.

Als der Wald sich lichtete, tauchten zwei baugleiche, mit Reetdach bedeckte Fischerkaten zwischen den Bäumen auf. Hannah steuerte auf die rechte zu und hielt in der Einfahrt.

Sie stieg aus und ließ Tobby aus dem Kofferraum springen.

»Da wären wir also.«

Sie blickte sich um. Die andere Kate, in der früher Constanze mit ihren Eltern gewohnt hatte, befand sich in einem wesentlich besseren Zustand als die ihres Vaters. Sie gehörte immer noch Constanze, ihrer alten Freundin und neuen Chefin. Sie vermietete sie seit dem Tod ihrer Eltern an Feriengäste.

Hannah holte zwei große Reisetaschen aus dem Kofferraum, ihre Sachen für die ersten Wochen, alles andere würde warten müssen, bis sie ihre wohnliche Situation endgültig geklärt hatte. Ihr Hab und Gut lagerte geduldig in einem Self-Storage-Center in Münster.

Tobby hatte sich bereits vor die Haustür gesetzt.

Zwischen den Steinen der Einfahrt wucherten Moos und Unkraut. Die dicken Backsteine, aus denen die Kate gemauert war, hatten sich einigermaßen gut gehalten, schimmerten im späten Sonnenlicht aber an einigen Stellen grünlich. Von den Fensterläden war der Lack abgeplatzt, das Holz verwittert und spröde. Ihre ursprüngliche Farbe ließ sich nicht einmal mehr erahnen. Um die Eingangstür kletterten die Efeuranken wild.

Hannah stellte ihre Taschen ab und betätigte die Klingel.

Nichts.

Sie wartete einen Moment, versuchte es dann erneut.

Niemand öffnete, was sie aber auch nicht sonderlich verwunderte. Nachdem sie mit einem Anruf nicht zu ihrem Vater durchgekommen war, hatte sie ihm von unterwegs eine SMS geschrieben, wann sie ungefähr ankommen würde. Vater war einer der letzten Menschen, die ein althergebrachtes Handy benutzten, das lediglich zum Telefonieren und Kurznachrichtenschreiben taugte, eines mit großen Tasten. Wenn es hochkam, schaute er zwei oder drei Mal am Tag auf das Display.

»Er wird bestimmt gleich auftauchen«, versprach sie Tobby. »Komm, ich zeig dir mal deine neue Spielwiese.«

Sie ging um das Haus herum, auf dessen Rückseite sich ein Garten mit Wiese befand – oder besser: ein Urwald, wenn man den aktuellen Zustand betrachtete. Das Gras ragte Hannah über die Knöchel, was Tobby aber nicht zu stören schien. Er rannte los und begann sich im Gras zu wälzen.

Von dem verwitterten Strandkorb, der in einer Ecke der Terrasse stand, konnte man üblicherweise den Blick auf die Ostsee genießen. Doch die Büsche und Bäume waren derart in die Höhe geschossen, dass sie die Aussicht komplett verstellten.

Hannah ging über die Wiese zu einem hohen Rhododendron. Sie musste einen Moment nach der richtigen Stelle suchen, dann bog sie ein paar Äste zur Seite. Ein schmaler Trampelpfad kam zum Vorschein.

Sie pfiff durch die Zähne. »Hey, Tobby, komm mal.«

Tobby wieselte an ihr vorbei. Hannah zwängte sich zwischen den Ästen hindurch und folgte ihm.

Hinter dem Garten lichtete sich bald das Gestrüpp. Der Pfad führte zwischen dem Strandhafer zur Abbruchkante der Steilküste und von dort zum Strand hinunter.

Das Haus und der Garten lagen etwas erhöht; um ans Meer zu gelangen, musste man am Ende des Trampelpfades einen kleinen Abhang hinabsteigen. Hannah blieb an seiner Kante stehen. Der Blick ging von hier weit auf die vom Wind gekräuselte Ostsee hinaus. Ein Segler schnitt durch die glitzernden Wellen, mit Kurs auf den Hafen von Wismar, das in der Ferne zu sehen war.

»Ist das nicht schön?« Hannah kniete sich hin und wuschelte Tobbys Fell. »Hier wirst du viele feine Spaziergänge unternehmen können.«

Sie richtete sich wieder auf und blickte auf das Meer hinaus. In der Bucht vor Wismar lag eine kleine bewaldete Insel. Die Insel Walfisch. Im Laufe der Jahrhunderte hatte sie immer wieder eine Rolle bei der Verteidigung und Belagerung der Stadt gespielt, angefangen bei Wallensteins Truppen bis hin zu schwedischen Eroberern.

Auch in Hannahs persönlicher Geschichte nahm sie einen wichtigen Platz ein. Allerdings keinen guten. Sie dachte ungern an das zurück, was sich vor vielen Jahren auf dem Meer vor der Insel abgespielt hatte.

Dana …

Plötzlich hörte sie hinter sich das Knacken von Zweigen.

Hannah fuhr herum. Tobby spitzte die Ohren und knurrte den Mann an, der von hinten an sie herantrat.

Das Gesicht fahl, als hätte er seit Wochen keine Sonne gesehen. Die Wangen eingefallen, die Gläser der silbernen Stahlgestellbrille auf seiner Nase schmutzig. Die letzten grauen Haare, die ihm geblieben waren, lagen zerzaust und fettig um seine Glatze herum. Er trug eine Cordhose und eine graue Strickjacke über einem Karohemd.

»Uwe«, begrüßte Hannah ihren Vater. Sie sprachen sich schon seit langer Zeit nur noch mit dem Vornamen an.

»Ach, ihr seid das …« Er betrachtete sie mit leicht vernebeltem Blick, als wäre er auf zwei Geister gestoßen. »Ich hab geschlafen.«

»Entschuldige, wenn ich dich wachgeklingelt habe.«

Ihr Vater stand einen Moment regungslos da. Dann meinte er: »Ich habe dein altes Zimmer zurechtgemacht.«

Damit drehte er sich um und ging zurück zum Haus.

Tobby blickte zu Hannah hoch.

»Er kann auch anders, wenn er ausgeschlafen ist. Das wird schon«, munterte sie ihren Hund und sich selbst auf. »Hoffe ich zumindest.«

Bevor sie ihrem Vater folgte, wandte sie den Blick noch einmal hinüber zur Wismarer Bucht.

Sie hatte gewusst, dass es nicht einfach werden würde.

Die Geister der Vergangenheit ruhten nicht. Die kleine Insel dort draußen in der Ostsee würde hier immer in ihrem Blick liegen, als stete Erinnerung an die Schuld, die sie vor nun bald zweiunddreißig Jahren auf sich geladen hatte.

2

Es war ein Schlachtfeld. Anders konnte man es nicht bezeichnen, und Hannah mochte sich kaum vorstellen, wie ihr Vater bisher alleine hier gehaust hatte.

Im Hausflur und im Wohnzimmer lagen die Staubflocken so dick in den Ecken, dass man daraus eine Mütze stricken konnte. Das letzte Mal, dass hier jemand gestaubsaugt, geschweige denn geputzt hatte, musste Wochen, wenn nicht Monate her sein. Die Pflanzen auf der Fensterbank ließen die Blätter hängen. Ein Haufen ungeöffneter Post lag auf dem Wohnzimmertisch. Und in der Küche stapelte sich in der Spüle das schmutzige Geschirr. Die Spülmaschine hatte den Geist aufgegeben. Außerdem war es im ganzen Haus zugig.

»Du brauchst das nicht machen«, sagte ihr Vater. »Ich hätte das morgen früh erledigt.«

Er saß am Küchentisch und studierte die Zeitung, während Hannah sich dem Abwasch widmete.

»Ich mach das gerne«, log sie. Viel lieber hätte sie ihn freundlich ins Gebet genommen und motiviert, seinem Leben neuen Schwung zu verleihen.

In ihren Berufsjahren hatte sie immer wieder mit Menschen zu tun gehabt, die depressiv und lethargisch geworden waren, natürlich aus unterschiedlichen Gründen, aber eben nicht selten, weil sie ihren Lebenspartner verloren hatten. Bei Gott, sie konnte es ja nur allzu gut nachvollziehen. Als Malte gestorben war, hatten auch sie die Gefühle übermannt, und sie hatte sich nicht vorstellen können, wie das Leben ohne ihn weitergehen sollte. Nur dass sie mit solchen Situationen eben oft genug bei anderen konfrontiert gewesen war und gewusst hatte, wie sie sich gegen die Schwermut wehren konnte, die einen hinabzuziehen drohte wie in einen Morast.

Sie wusste aber auch, dass es Zeit brauchte. Vor allem musste der Wille entstehen, sich selbst aus dem tiefen Loch freizuschaufeln. So weit war ihr Vater vermutlich noch nicht, und schon gar nicht brauchte sie gleich am ersten Abend den Versuch zu wagen.

Hinzu kam auch ihre nicht ganz unproblematische Beziehung …

»Was wollen wir heute Abend essen?«, fragte sie.

Ihr Vater las weiter die Zeitung. »Brauchst für mich nicht kochen. Ich bin unterwegs.«

»Was bedeutet ›unterwegs‹?«

Als sie keine Antwort hörte, blickte Hannah sich abermals um. Ihr Vater hatte die Zeitung sinken lassen und bedachte sie mit abschätzigem Blick. »Tu das nicht.«

»Tu was nicht?«

»Mich überwachen.«

»Ich wollte doch nur wissen, ob wir gemeinsam essen …«

»Nein. Du hast deine Antwort.« Ihr Vater widmete sich wieder den Schlagzeilen.

Hannah trocknete einen Teller ab und legte ihn auf die anderen, die sie bereits gespült hatte. »Ich fahre gleich mal zu Constanze. Sie hat mich auf ein Glas Wein eingeladen, bevor wir uns morgen in die Arbeit stürzen.«

»Du machst deine Dinge, ich mache meine Dinge«, sagte ihr Vater bestimmt.

Das konnte ja lustig werden. Hannah atmete einmal tief durch, um die Beherrschung nicht zu verlieren. *Fang nicht gleich am ersten Abend einen Krieg an.*

Sie wollte gerade nach Tobby pfeifen, damit sie sich auf den Weg machen konnten, als sie innehielt.

Mist, sie konnte ihn ja gar nicht mitnehmen …

Ihr Blick wanderte zu ihrem Vater.

Wenn er in dieser Stimmung war, hätte sie ihm eigentlich nicht einmal einen Kaktus anvertraut. Andererseits hatten sie in ihrer Kindheit lange Jahre einen Hund gehabt, und Vater war immer gut mit dem Tier umgegangen. Tatsächlich waren die beiden ein Herz und eine Seele gewesen, und manchmal hatte Hannah den Eindruck gehabt, ihr Vater rede mehr mit dem Tier als mit ihrer Mutter. Vielleicht würde Tobby sogar eher einen Zugang zu dem alten Griesgram finden als sie.

»Hör zu«, begann sie in versöhnlichem Tonfall, während sie sich den nächsten Teller vornahm. »Ich würde Tobby ungern alleine hierlassen.«

»Dann nimm ihn doch mit.«

»Constanzes Mann hat eine Hundeallergie. Das will ich ihm nicht antun.«

Der Kommentar ihres Vaters beschränkte sich auf ein knappes »Hm«.

»Vielleicht kannst du ihn mitnehmen? Wo gehst du hin?«

»Zu Freunden.« Die Zeitung raschelte. Ihr Vater stand auf, wobei der Küchenstuhl über den Boden kratzte, trat hinaus in den Flur und zog sich eine Schirmmütze auf.

»Kannst du ihn nicht doch mitnehmen?«, wiederholte Hannah und sah davon ab, weiter nachzubohren, welche Freunde er nun genau meinte.

Tobby kam wie aufs Stichwort aus dem Wohnzimmer getrabt, wo er es sich neben dem Heizkörper gemütlich gemacht hatte, den Hannah sehr zum Missfallen ihres Vaters eingeschaltet hatte.

Er hockte sich vor ihren Vater und spitzte die Ohren. Menschen, die zu einem Spaziergang aufbrachen, fanden seit jeher seine Aufmerksamkeit.

Ihr Vater blickte auf ihn hinab. »Kann er sich benehmen?«

Hannah trocknete sich die Hände mit einem Küchentuch ab. Dann ging sie in die Diele, hakte Tobbys Leine in seinem Halsband ein und drückte sie ihrem Vater in die Hand. »Ich weiß ja nicht, wer deine Freunde sind. Aber wenn sie sich benehmen und nett zu ihm sind, wird Tobby es auch sein.«

Ihr Vater grunzte etwas Unverständliches, drehte sich um und verschwand zur Tür hinaus. Bevor er sie schließen konnte, rief Hannah ihm noch nach: »Hast du ein Fahrrad? Wenn wir etwas trinken.«

»Du hast doch ein Auto«, kam es zurück.

»Aber wenn wir etwas trinken ...«

Ihr Vater blickte sie verständnislos an. »Schau mal im Geräteschuppen nach.«

Er ließ Tobby auf die Rückbank seines alten VW Golf springen, den er bereits gefahren hatte, als Hannah noch auf der Polizeischule gewesen war. Der Motor des betagten Gefährts sprang beim dritten Mal an. Eine Rauchwolke kam aus dem Auspuff.

Hannah blickte ihm kurz nach, wie er langsam und in leichten Schlangenlinien den Kiesweg in Richtung Ort davonfuhr.

Sie schloss die Tür, ging in die Küche und öffnete auf gut Glück den Kühlschrank. Auch hier hatte sich also kaum etwas verändert. Denn wenig überraschend stand in der Tür des Kühlschranks eine Flasche Bierbrand der Wismarer Brennerei Hinricus Noyte's, schon in ihrer Kindheit eines von Vaters Lieblingsgetränken. Sie konnte das Zeug nicht ausstehen, seit er sie als

Zwölfjährige einmal daran hatte nippen lassen, doch es würde seinen Zweck erfüllen.

Hannah setzte sich an den Küchentisch, schenkte sich ein Glas ein und trank es in einem Zug aus. Ein warmes Gefühl breitete sich in ihrem Körper aus. Sie schickte gleich noch ein zweites Glas hinterher.

Dann verschränkte sie die Arme auf dem Tisch, legte den Kopf darauf und ließ den Tränen freien Lauf.

Das Leben war voller Auf und Abs. In einem Moment fiel einem noch die Decke auf den Kopf, im nächsten glaubte man, Bäume ausreißen zu können.

Auf dem Fahrrad fühlte Hannah sich plötzlich wieder jung und frei. Der Wind verwehte ihr die Haare, die Landschaft sauste an ihr vorbei, als wäre sie ein Vogel im Sturzflug.

Die Straße in den Ort führte leicht bergab. Obwohl sie versucht war, die Augen zu schließen und einen Moment freihändig zu fahren, hielt Hannah den Lenker mit beiden Händen fest. Auf der Schotterpiste durfte man sich keinen Schlenker erlauben, so etwas endete schnell im Graben.

Wie oft war sie die Strecke früher gefahren? Zur Schule, zu Freunden, hinaus in ihre damals noch kleine heile Welt.

Hannah hatte tatsächlich ein Fahrrad im Geräteschuppen gefunden. Papas altes Herrenrad, mit dem er eine Ewigkeit nicht mehr gefahren sein musste. Die Reifen platt wie Flundern, die Kette verrostet, von drei Gängen funktionierte nur noch einer. Immerhin waren die Lichter vorne und hinten noch intakt.

Der Schotterweg ging in den asphaltierten Teil über. Bevor man auf die Hauptstraße gelangte, führte rechts ein vor Jahren neu angelegter Fahrradweg – der inzwischen Teil des Ostseeradwanderwegs war – in Richtung Ortsmitte. Hannah folgte ihm und erreichte bald die Seebrücke und Promenade von Ostersande, wo sie ihre Fahrt verlangsamen musste. An einem lauen Abend wie diesem tummelten sich hier die Urlauber. Kinder tollten herum, lange Schlangen hatten sich an den Imbissständen gebildet, wo es Fischbrötchen und Backfisch mit Pommes gab. Vom Strand her wehten Musik und Grillgeruch herüber.

Hannah bahnte sich einen Weg durch das Gewusel. Von der Seebrücke aus waren es nur wenige Hundert Meter bis zum Hafen, wenn man ihn denn noch so nennen konnte. In der Gründerzeit von Ostersande waren die Boote von hier aus zu ihren Fischzügen in der Ostsee aufgebrochen, und noch bis in die Neunzigerjahre hinein hatte Ostersande eine kleine Fischerflotte besessen. Heute war davon nichts mehr übrig und der Hafen lediglich eine Touristenattraktion, in der ab und an ein paar Segler festmachten.

Daran sollte sich aber wohl zukünftig etwas ändern.

Unweit der Hafenmole entdeckte Hannah ein Plakat. In zwei Monaten standen Kommunalwahlen an, und der Kampf um die Gunst der Wähler lief bereits auf Hochtouren. Der Politiker einer konservativen Partei warb auf dem Plakat für den Umbau der Hafenanlage in eine moderne Marina. Hannah konnte sich vorstellen, welche hitzigen Diskussionen darüber wohl geführt wurden, wie immer standen sich finanzielle Interessen und Umwelt gegenüber.

Das Gesicht auf dem Plakat war ihr wohlbekannt. Volle schwarze Locken, in die sich graue Strähnen geschlichen hatten. Schmale Wangen und ein fliehendes Kinn. Es war Georg Grotewohl, Constanzes Ehemann.

Im bürgerlichen Leben war Georg als Rechtsanwalt tätig. Allerdings war er schon lange in der Politik und hatte sich nach oben gearbeitet. Bei den anstehenden Wahlen würde er für das Bürgermeisteramt in Ostersande kandidieren.

So viel wusste Hannah von ihren zurückliegenden Besuchen

bei Constanze. Das waren nicht viele gewesen, in den vergangenen Jahren hatte sie Ostersande ein- oder zweimal im Jahr einen Besuch abgestattet. Doch es hatte gereicht, um den Kontakt zu ihrer alten Freundin aufrechtzuerhalten. Und wann immer Georg zugegen gewesen war, hatte sie, ob sie nun wollte oder nicht, eine Zusammenfassung über den aktuellsten Stand der Kommunalpolitik erhalten, mitsamt den großen Plänen, die er für den Ort hegte.

Sie konnte daher nur hoffen, dass er heute Abend nicht zu Hause war.

Hinter dem Hafen bog Hannah ins Wohngebiet ab.

Constanze und Georg wohnten in einem unscheinbaren Einfamilienhaus wenige Straßen weiter. In der Einfahrt stand ein Streifenwagen geparkt.

Hannah stellte ihr Fahrrad daneben ab und klingelte an der Haustür.

Ein blonder Jüngling mit strähnigem Haar und einem Shirt von Iron Maiden öffnete ihr. »Oh, du bist es«, begrüßte er sie und rief über die Schulter: »Maaaama! Hannah ist da. Komm rein.«

Er öffnete die Tür, drehte sich um und schlurfte die Treppe hinauf ins obere Stockwerk.

Dort befand sich wohl seine Höhle, mutmaßte Hannah, die von seinem Verhalten nicht sonderlich irritiert war, sie kannte das noch aus der Zeit, als ihre Töchter vor sich hin pubertiert hatten.

Sie trat in die offene Türe, und Constanze kam ihr mit ausgebreiteten Armen entgegen. »Hallo, meine Liebe! Entschuldige bitte.«

»Macht doch nichts«, winkte Hannah ab.

Sie umarmten sich.

Constanze war eine drahtige Person, etwa einen Kopf kleiner

als Hannah. Die schwarzen Haare trug sie kurz und strubbelig. Ihr Gesicht lief schmal zusammen, wie das einer Spitzmaus. Sie blickte die Treppe hinauf. »Tim ist da gerade mit seinen Freunden online in irgendeinem Spiel.«

»Jungssachen eben. Bei meinen Mädels war es Social Media.«

»Wird das irgendwann besser?«

»Ein wenig. Wenn sie anfangen, sich zu paaren. Das ist wohl das Einzige, was mehr Spaß macht.«

Constanze lachte. »Komm rein.«

Hannah folgte ihrer Freundin in die Küche, wo ihr Ehemann sie bereits erwartete. Er entkorkte gerade eine Flasche Rotwein.

»Hannah«, sagte Georg, »wie schön, dich zu sehen.«

Er nahm sie kurz in den Arm und schenkte ihnen dann Wein ein. Sie setzten sich an den Küchentisch.

»Bist du gut hergekommen?«, erkundigte sich Constanze.

»Überraschenderweise ja, keine größeren Staus.«

»Aber jetzt bist du hoffentlich nicht mit dem Auto hier«, sagte Georg mit Blick auf die Flasche Wein. »Nicht, dass Constanze dir gleich eine Knolle verpassen muss.«

»Ihr werdet nicht glauben, was mir passiert ist«, lachte Hannah. Sie erzählte von ihrer Begegnung mit Diekfoß und Hansen.

Constanze schüttelte den Kopf. »Oh Mann, diese Erbsenzähler, die hätten doch einfach fünfe gerade sein lassen können.«

»Ich habe darauf bestanden, dass wir das korrekt abwickeln«, nahm Hannah ihre künftigen Kollegen in Schutz. »Ich wollte die beiden nicht noch weiter in die Bredouille bringen.«

»Das ehrt dich«, meinte Constanze.

»Und natürlich bin ich jetzt mit dem Fahrrad gefahren. War ein bisschen wie früher. Der frische Wind im Haar ... Bin an der Seebrücke und am Hafen vorbei. Ganz schön viel Trubel.«

»Die Herbstferien«, erklärte Constanze. »Bald haben wir wieder unsere Ruhe.«

»Und ich hoffe, dann kommen wir auch mit dem Hafen voran«, sagte Georg. »Weißt du schon von dem Projekt, das ich plane?«

»Möchtest du um meine Stimme werben?«, fragte Hannah.

»Du kannst dein Kreuzchen setzen, wo du magst. Doch es ist eine wirklich spannende Sache …«

Es folgte das Unweigerliche.

Die kommende halbe Stunde drehte sich fast ausschließlich um das große Marinaprojekt, die Investoren, die vor der Tür standen, und wie positiv sich das auf Ostersande auswirken würde. Hannahs Einwand, dass nicht alle Eingeborenen Lust auf noch mehr Trubel hatten, ließ Georg nicht gelten, da es dem Wohlstand aller im Ort zugutekommen würde. Schließlich referierte er noch darüber, wie es mit seiner politischen Karriere weitergehen könnte, sollte er erst mal ins Bürgermeisteramt gewählt werden.

Kurzum, es war ein typisches Gespräch mit einem Mann, denn die erzählten Hannahs Erfahrung nach am liebsten immer von sich selbst, ob es das Gegenüber nun interessierte oder nicht.

Hannah konnte Constanze ansehen, dass sie ähnlich dachte, das blühende Ego ihres Ehegatten aber nicht kränken wollte.

Während Georg erzählte, arbeiteten sie daher die erste Flasche Wein ab und entkorkten alsbald eine zweite.

Hannah fühlte sich schon reichlich angeschickert, als Georg schließlich verkündete: »So, jetzt ist es aber auch Zeit. Ich fürchte, deine restlichen Fragen muss ich ein andermal beantworten. Die Gemeinderatssitzung wartet auf mich.«

»Oh, das ist aber schade«, meinte Hannah, woraufhin Constanze ein Lachen unterdrücken musste und sich beinahe am Wein verschluckte.

»Was denn, was denn?« Georg machte große Augen. »Hat euch das etwa nicht interessiert?«

»Doch, brennend«, antwortete Constanze. »Mach, dass du zu deiner Sitzung kommst.«

Als er zur Tür hinaus war, stützte Hannah den Kopf in die Hände und schenkte ihrer Freundin einen mitleidigen Blick. »Wie hältst du das auf Dauer aus?«

»Das kommt nur anfallsweise.« Constanze trank einen Schluck Wein. »Er macht das gerne, wenn andere Leute da sind. Sonst ist er ganz zahm, verzieht sich unten in seine Männerhöhle und bastelt irgendwelche Modellautos zusammen. Hatte deiner nicht auch solche Anwandlungen?«

»Selten. Er erzählte natürlich gerne von seinem Restaurant. Vor allem aber war Malte ein guter Zuhörer. Er gab einem das Gefühl, ganz für einen da zu sein und sich wirklich zu interessieren ...« Hannah spürte, wie sich ein Kloß in ihrer Kehle bildete. Wieder einmal merkte sie, wie sehr ihr Malte fehlte.

»Entschuldige«, sagte Constanze, »das hätte ich nicht fragen sollen.«

»Es ... ist wohl doch noch etwas frisch.«

»Reden wir über etwas anderes, was meinst du?«

»Ja«, antwortete Hannah und wischte sich über die Augen. »Wann soll ich morgen eigentlich auf der Matte stehen?«

»Dienstbeginn ist sieben Uhr. Wir schauen dann noch, in welche Schicht wir dich packen. Ich würde aber sagen, lass es langsam angehen. Es reicht, wenn du gegen acht Uhr da bist.«

»Ich werd pünktlich sein, schließlich muss ich doch meinen Ruf bei den neuen Kollegen aufpolieren.«

Constanze winkte ab. »Die beiden sind eigentlich recht verträglich.«

»Weißt du, wen ich auch noch getroffen habe?«

»Erzähl.«

»Philip Langmar.«

»Tatsächlich?« Constanze griff nach ihrem Glas und trank einen Schluck. Hannah entging nicht, dass ihre Hand zitterte.

»Alles gut bei dir?«

»Was denn?«

»Deine Hand.«

»Ach, das«, Constanze stellte das Glas ab und ballte die Hände zur Faust. »Ich fürchte, das Alter geht auch an mir nicht spurlos vorbei.«

»Da sagst du was.« Hannah lachte. »Egal, mit wem ich mich in unserem Alter unterhalte, man kommt schnell auf die ganzen Zipperlein zu sprechen, die sich einschleichen. Und ich dachte, das würde erst mit sechzig beginnen.«

»Mit dem Irrglauben warst du wohl nicht allein«, stimmte Constanze zu. »Was sagt Philip?«

»Er erzählte, dass er in der Klinik arbeitet, als Psychiater. Habt ihr noch Kontakt?«

»Wir laufen uns ab und zu über den Weg, aber eher selten. Er wohnt mit seiner Familie drüben in Wismar.« Constanze füllte Hannahs Weinglas auf.

»Was ist mit Julian?«, erkundigte sich Hannah nach dem Bruder ihres Jugendschwarms und dem Ex-Freund von Constanze.

»Ebenfalls selten. Er hat die Baufirma seines Vaters übernommen. Bin ihm jetzt schon eine ganze Weile nicht mehr begegnet.« Constanze griff an ihren Hals und berührte die Brandnarbe, die sich von ihrer Schulter über den Hals bis in die linke Hälfte ihres Gesichts zog.

»Macht dir das noch immer zu schaffen?«, fragte Hannah.

»Wenn ein Wetterumschwung ansteht, juckt es manchmal noch. Will man nach all den Jahren eigentlich ja gar nicht für möglich halten …«

»Denkst du noch oft daran?«

»Mit der Zeit bin ich recht erfolgreich darin geworden, es zu vergessen. Aber manchmal holt es einen wieder ein. Meistens unerwartet …«

»Du meinst, wenn einem zum Beispiel die alte Freundin wieder gegenübersitzt?«

Constanze kniff die Lippen zusammen und wandte den Blick ab. »Das ist lange her. Lass uns einfach nicht davon reden.«

»Eigentlich war das auch mein Plan, einfach nicht daran zu denken«, gab Hannah zu. »Aber es fällt mir schwer. Vieles hier erinnert mich daran.«

»Bist du deshalb so selten hier gewesen?«

Hannah nickte schweigend. Gute Freundinnen konnten in einem lesen wie in einem offenen Buch. »Nicht nur wegen der Erinnerungen. Es ist auch wegen meinem Vater …«

»Es steht immer noch zwischen euch, was?«

»Leider ja. Er denkt nach wie vor, dass alles anders gelaufen wäre, wenn ich damals getan hätte, was er gesagt hatte.« Hannah hob die Schultern und blickte auf Constanzes Narbe. »Ist ja auch so. Letztendlich bin ich schuld, dass du …«

Constanze unterbrach sie mit erhobener Hand. »Lass es. Die Vergangenheit ist Vergangenheit, und wir können nichts daran ändern. Ich habe dir nie die Schuld dafür gegeben, das weißt du.«

Natürlich wusste Hannah das, oder besser gesagt, sie wusste, dass Constanze es versucht hatte, doch in Wahrheit war ihr das nicht gelungen. Bei ihren seltenen Besuchen hier hatte Hannah es immer gespürt. Sie hatte Schuld an dem, was geschehen war, und Constanze wusste es.

»Schaffen wir den Rest noch?« Constanze hob die Weinflasche hoch, die nur noch zu einem Drittel gefüllt war.

»Ich werde mir Mühe geben.« Hannah trank ihr Glas in einem Zug leer und hielt es ihrer Freundin hin, damit sie nachschenken konnte.

Der Rückweg erwies sich als etwas schwieriger als der Hinweg. Was zum einen daran lag, dass Hannah schon seit sehr langer Zeit nicht mehr angetrunken auf einem Fahrrad gesessen hatte – was in ihrer Jugend durchaus häufiger vorgekommen war. Das Gleichgewicht zu halten, war nicht so einfach, wie sie es in Erinnerung hatte. Vielleicht auch so ein Ding, wenn man älter wurde, sie entsann sich, dass ihre Großmutter im fortgeschrittenen Lebensabschnitt so oft vom Drahtesel gefallen war, dass sie es irgendwann aufgegeben hatte. Zum anderen hatte sich in Ostersande einiges verändert. Zurück fuhr sie durch die Nebenstraßen, wo sie sich aber zwischen den vielen Neubauten und Apartmentkomplexen rasch verirrte. Erst als sie eher zufällig zur Seebrücke zurückfand, erkannte sie den Weg wieder.

Als sie wenig später den Schotterweg nach Hause fuhr, sah sie aus der Ferne bereits das Licht, das im Nachbarhaus brannte. Das ihres Vaters lag im Dunkeln. Tobby und er waren also noch nicht zurück.

Hannah schob das Fahrrad in den Geräteschuppen, den sie anschließend hinter sich schloss.

Im Haus gegenüber konnte sie die Silhouette einer Frau ausmachen, die im Wintergarten an einem Laptop arbeitete.

Es war ein seltsames Gefühl, jemand Fremden dort zu sehen. Früher war sie in Constanzes Elternhaus ein und aus gegangen, sie waren wie Schwestern aufgewachsen.

Bis zu jenem Sommer im Jahr 1993.

Was war von ihrer unverbrüchlichen Freundschaft übrig geblieben? So wirklich hatten sie das nie herausgefunden und es wohl beide auch nicht auf die Probe stellen wollen.

Natürlich waren sie nach wie vor Freundinnen und fühlten

sich einander verbunden. Neben allen beruflichen Meriten, die Hannah mit sich brachte, war es sicherlich auch ein freundschaftlicher Dienst gewesen, dass Constanze ihr die Stelle angeboten hatte.

Trotzdem.

Sich ein oder zwei Mal im Jahr zu sehen und einen oberflächlichen Kontakt zu halten, war etwas anderes, als jeden Tag miteinander zu arbeiten.

Es würde sich herausstellen, wie gut sie wirklich noch miteinander auskamen.

Hannah schloss die Haustür auf und ging hoch in ihr Zimmer. Sie sparte sich das Zähneputzen und legte sich angekleidet ins Bett. Bevor sie das Licht ausmachte, fiel ihr noch ein, dass sie ihren Töchtern eine Meldung schuldete, dass sie gut angekommen war. Sie schrieb schnell eine Textnachricht, legte das Smartphone dann auf den Nachttisch und schaltete die kleine Lampe darauf aus.

Ihr letzter Gedanke galt Tobby und ob er wohl gut mit ihrem Vater klarkam.

Sie schlief so gut wie lange nicht mehr – und wie sie es in den kommenden Tagen auch nicht wieder tun würde.

Nur konnte sie das natürlich nicht ahnen.

3

Als Hannah am nächsten Morgen erwachte, war sie für einen Moment desorientiert. Im ersten Augenblick wähnte sie sich in ihrem alten bequemen Doppelbett in ihrem Reihenhaus in Münster. Dann schlich sich schnell die Realität ein, was vor allem mit der Kälte zu tun hatte. Wobei das nicht ungewöhnlich war, denn seit Maltes tödlichem Unfall blieb die Bettseite neben ihr verwaist, und die menschliche Wärme fehlte. In diesem Fall allerdings hatte die Kälte einen ganz anderen Grund. Die Heizung schien ausgegangen zu sein, und obwohl die Tage noch angenehm warm waren, konnten die Nächte schon überraschend kühl werden – was ihr gestern auf dem Heimweg in ihrem angeschickerten Zustand gar nicht aufgefallen war, dafür nun aber umso mehr.

Hannah hob den Kopf, nur um ihn sofort wieder auf das Kissen fallen zu lassen, als ein scharfer Schmerz durch ihre Schläfen fuhr.

Willkommen in deinem neuen Leben.

Sie wartete einen Moment, bis sich das Pochen verzogen hatte, dann warf sie einen Blick ans Fußende. Dort rollte sich Tobby zusammen, was natürlich undenkbar gewesen war, solange Malte noch gelebt hatte. Doch in letzter Zeit hatte Hannah die tierische Wärmflasche zu schätzen gelernt. Außerdem fühlte sie sich dann nicht so alleine.

Schließlich gab sie sich einen Ruck, rieb sich den Schlaf aus den Augen und rollte sich auf die Seite, um nach dem Smartphone auf dem Nachttisch zu greifen. Es lag neben den beiden Fotos, die sie dorthin gestellt hatte. Das eine zeigte ihre Töchter Nele und Inken. Die Zwillinge, die sich glichen wie ein Ei dem anderen und die ihre Abstammung nicht verleugnen konnten. Das lockige braune Haar, die braunen Augen und dieselben Sommersprossen wie ihre Mutter. Das andere Bild zeigte Malte an seinem Lieblingsort, der Küche seines Restaurants. Er trug seine Kochuniform mit Mütze, und seine blauen Augen strahlten in die Kamera.

Hannah fuhr mit der freien Hand über Maltes schmales Gesicht mit dem Dreitagebart. Dass sie ihn nie wieder berühren, nie wieder liebkosen, nie wieder ein Wort mit ihm wechseln würde, damit hatte sie sich noch immer nicht abgefunden.

»Guten Morgen, mein Liebster«, flüsterte Hannah. »Du fehlst mir.«

Ihr schwindelte leicht. Sie schloss die Augen und atmete einen Moment lang tief durch, bevor sie einen Blick auf ihr Smartphone warf.

Nele und Inken hatten ihr geantwortet.

Wie ist es?, fragten die Zwillinge. *Und wie geht es Opa?*

Hannah warf einen Blick auf die Uhr. Kurz vor sechs. In einer Stunde musste sie den Dienst antreten.

Sie drehte sich auf den Rücken und blickte zu der schrägen Decke hinauf. In ihrer Jugend hatte dort einmal ein Poster von Bryan Adams gehangen.

Ihre Eltern hatten ihr altes Zimmer schon vor Jahrzehnten für Gäste hergerichtet. Ein Doppelbett, ein Schrank, ein altes Sofa. Spartanisch, aber zweckmäßig.

Hannah begann mit den Daumen auf dem Smartphone zu texten.

Opa war gestern nicht sehr gesprächig ...

Sie hielt inne.

Das war zwar maßlos untertrieben, doch sie wollte nicht, dass ihre Töchter sich unnötig Sorgen machten. Sie hatten ihr eigenes Leben, ihre eigenen Probleme. Hannah löschte den Text und schrieb stattdessen: *Alles gut hier. Opa geht es prima.*

Sie fügte ein Smiley hinzu.

Dann legte sie das Smartphone wieder auf den Nachttisch und setzte sich auf. Als ihre Füße die kühlen Bodenfliesen berührten, bekam sie augenblicklich Gänsehaut.

Sie zog sich Socken an. Erst jetzt bemerkte sie die Staubflocken, die an ihren Fußsohlen klebten. Sie kniff die Augen zusammen. Die Fliesen waren mit einer Staubschicht bedeckt, was bei näherem Hinsehen auch für die Möbel im Zimmer zutraf. Sie schüttelte den Kopf und schlüpfte in die Hausschuhe. Dann schlich sie hinaus auf den Flur. Hier oben gab es neben ihrem alten Zimmer nur das Schlafzimmer ihres Vaters und das Bad. Eine steile Holztreppe führte hinunter ins Erdgeschoss. Kaffeegeruch drang herauf.

Die Kate befand sich schon seit Generationen im Familienbesitz. Ihre Großeltern hatten sie einst einem Fischer abgekauft.

In Hannahs Kinderjahren hatte ihre Großmutter ebenfalls hier gewohnt. Unten gab es neben der Küche noch ein Wohnzimmer und ein kleineres Zimmer, das man an heutigen Verhältnissen gemessen als bessere Abstellkammer bezeichnen würde. Dort hatten Omas Bett und ein Kleiderschrank gestanden. Sie war ein bescheidener und ebenso geselliger Mensch gewesen, weshalb sie die meiste Zeit – solange das ihre Gesundheit noch zuließ – ohnehin außer Haus verbracht hatte, etwa, um im Café den neuesten Tratsch auszutauschen oder sich mit Freundinnen zum Skatspiel zu treffen.

Hannah machte sich fertig und stieg dann die Treppe hinunter. Die Holzstufen knarzten.

Sie fand ihren Vater am Küchentisch, vor sich einen Pott Kaffee, die Nase in die Tageszeitung vertieft.

Tobby, der längst nach unten gelaufen war, fraß zu seinen Füßen von einem Teller.

Hannah kniff die Augen zusammen. »Ist das etwa Rührei mit Schinken?«

Ihr Vater lugte über den Rand der Zeitung. Die Haare hatte er sich noch immer nicht gewaschen, aber zumindest zu einem dünnen Seitenscheitel über seine Glatze gekämmt. Außerdem trug er dieselben Sachen wie gestern. »Guten Morgen.«

Hannah deutete auf ihren Hund und wollte ihre Frage wiederholen, ließ es dann aber bleiben. Stattdessen kniete sie sich hin, nahm Tobby den Teller weg und warf das Essen in den Müll.

»Das ist Verschwendung«, kommentierte ihr Vater. »Der Hund kann die Reste essen.«

»Wenn du nicht möchtest, dass er Durchfall bekommt und hier alles vollkackt, solltest du schnell lernen, was er nicht verträgt.«

»Es hing keine Gebrauchsanweisung an seinem Halsband«, erwiderte er. »Außerdem hoffe ich für dich, deine Kinder sprechen in einem anderen Tonfall mit dir.«

»Sie sprechen, wie es der Situation angemessen ist.« Hannah deutete mit einem Nicken auf Tobby. »Jedenfalls würde ich mich freuen, wenn er abends noch lebt, wenn ich nach Hause komme.«

Ihr Vater zog eine überraschte Miene. »Soll das bedeuten, du lässt ihn hier?«

»Was denn sonst, ich kann ihn ja schlecht mit auf die Wache nehmen. Tobby wird dir keinen Stress machen.«

»Ich habe Besseres zu tun, als auf den Hund aufzupassen.«

»Und das wäre?«

»Dinge.«

»Du meinst Dinge wie den ganzen Abend bei Freunden herumlungern?« Hannah stemmte die Hände in die Hüften. »Wo warst du wirklich?«

»Wir hatten gestern etwas besprochen, falls du dich erinnerst.«

»Du warst in der Kneipe, richtig?«

Ihr Vater widmete sich wieder demonstrativ seiner Zeitung. »Ich kann nicht auf den Hund aufpassen. Ich muss nachher auch weg.«

»Tatsächlich? Wichtige Verabredungen, ja? Wie wäre es, wenn du stattdessen mal den Garten machst, Staub wischst oder … dich rasierst und dem Friseur einen Besuch abstattest?«

»Zu teuer. Außerdem hörst du dich an wie deine Mutter.«

»Vielen Dank.«

»An meinem Aussehen hat sich bisher niemand gestört. Ich bin alleine hier.«

»Jetzt nicht mehr.«

»Leider.«

»Der Tag fängt ja prima an.« Hannah nahm sich eine Tasse aus dem Küchenschrank, ging zur Kaffeemaschine, schenkte sich ein und trank einen Schluck.

Ihr Ärger verrauchte fast augenblicklich.

Tatsächlich tat es ihr leid, dass sie so harsch zu ihrem Vater gewesen war. Manchmal brannten die Emotionen mit ihr durch, und von denen gab es bezüglich ihres alten Herrn eine ganze Menge – gute wie schlechte.

In ihrer Kindheit war er ihr Held und sie beide ein Herz und eine Seele gewesen, manchmal zum Leidwesen ihrer Mutter, die gerne ein strengeres Regiment geführt hätte. Allerdings hatte Hannah es, wie vermutlich die meisten Töchter, verstanden, ihrem Herrn Papa mit einem Augenaufschlag das Herz zum Schmelzen zu bringen und fast jeden Wunsch erfüllt zu bekommen.

Bis zu jenem verhängnisvollen Tag, als sie sein Vertrauen missbraucht hatte. Mit furchtbaren Konsequenzen.

Es bestand überhaupt kein Zweifel daran, dass es ihre Schuld gewesen war, und sie hatte sich entschuldigt. Was aber natürlich nicht gereicht und schon gar nichts wiedergutgemacht hatte. Vater war völlig im Recht gewesen, als er ihr eine Standpauke gehalten hatte.

Nur hatte Hannah nicht gedacht, dass dieser Groll ein Leben lang anhalten und ihre Beziehung nie wieder dieselbe sein würde.

Dabei hatte es manche Gelegenheit gegeben, zu verzeihen und aufeinander zuzugehen. Etwa am Grab ihrer Mutter.

Doch ihr Vater war hart geblieben.

Und deshalb … So gerne Hannah sich auch umgedreht, sich für die schroffen Worte entschuldigt und ihn in den Arm genommen hätte, sie konnte es nicht.

Durch das Sprossenfenster über der Anrichte sah sie das Nachbarhaus. Im Wintergarten saß wieder die Frau, diesmal konnte Hannah sie besser erkennen. Sie hatte rotes Haar und schien zu frühstücken. Sie hatte Hannah ebenfalls bemerkt, sah kurz herüber, widmete sich dann aber wieder ihrem Laptop, der auf dem Tisch vor ihr stand.

Hinter sich hörte Hannah, wie ihr Vater die Zeitung raschelnd zusammenfaltete. »Tut mir leid«, murmelte er. »War nicht so gemeint.«

»Was?« Hannah drehte sich herum. Sie trank einen Schluck Kaffee. Sie konnte kaum glauben, dass ihm diese Worte über die Lippen gekommen waren. Sie musterte ihren Vater über den Rand der Tasse hinweg, unbeabsichtigt wohl etwas zu scharf.

Er hob einen Zeigefinger. »Nicht dieser Polizeiblick. Der zieht bei mir nicht.«

»Ach, meinst du?« Sie setzte ein Schmunzeln auf, als Zeichen, dass sie bereit war, eine Friedenspfeife zu rauchen.

»Noch mal«, sagte ihr Vater versöhnlich, »du weißt, dass du hier immer eine Zuflucht findest. Wenn das hier mit uns funktionieren soll, brauche ich …«

Hannah kniff die Augen zusammen. Sie hörte wohl nicht recht. »Eine Zuflucht nennst du das? Ich brauche doch keine Zuflucht.«

»Nein?« Ihr Vater legte die Stirn in Falten und nahm die Brille ab. »Wenn ich das richtig verstanden habe, brauchst du eine Bleibe wegen der neuen Stelle und weil du auf die Schnelle hier nichts gefunden hast.«

Hannah nippte erneut an ihrer Tasse, um sich Zeit zu verschaffen. Sie hätte durchaus in Ostersande eine Unterkunft finden können, teuer und sicher nicht nach ihrem Geschmack, doch unmöglich wäre es nicht gewesen. Ihrem Vater hatte sie natürlich etwas anderes erzählt, damit er sich zugänglicher zeigte, was ihre Absicht betraf, bei ihm einzuziehen. Sie würde sich beizeiten etwas Eigenes suchen – wenn sie ihn wieder in der Spur wusste.

»Dafür bin ich dir auch sehr dankbar«, sagte sie schließlich. Der Klügere und so weiter …

»Kein Problem.« Er legte die Hände auf den Tisch. »Nur brauche ich keine Altenpflegerin. Lass mich mein Leben führen, wie ich es mag. Dafür mische ich mich nicht in deine Angelegenheiten ein.«

»Dann gib mir das Gefühl, dass du klarkommst.«

»Siehst du denn hier irgendwo ein Problem?«

Hannah prustete los und verschluckte sich beinahe am Kaffee. »Der Garten sieht aus wie der brasilianische Regenwald, das Haus löst sich langsam in seine Einzelteile auf, ich meine, sieh dir doch allein mal die Heizung an.«

»Das weiß ich.« Ihr Vater machte eine wegwerfende Geste. »Sie ist nicht mehr die neueste. Für mich reicht sie aber. Und ich bin schließlich kein Hotelbetrieb. Wie wäre es, wenn du dich auf das Wesentliche konzentrierst. Deine neue Stelle. Ich würde mir wünschen, dass du es nicht wieder versaust.«

Hannah hob die Augenbrauen und stellte die Tasse etwas zu heftig auf die Anrichte. »Wie bitte?«

»Du weißt, was ich meine.«

»Nein. Erkläre es mir doch bitte.«

Ihr Vater seufzte. »Es ist eine Leitungsstelle. So viele gute Chancen bekommt man in deinem Alter nicht mehr. Die solltest du also nicht so leichtfertig wegwerfen wie damals deine Laufbahn bei der Kriminalpolizei.«

»Du hast den Schuss nicht gehört.« Hannah schüttelte den Kopf und stemmte die Hände in die Hüften. »Das ist ein halbes Leben her.«

»Und es hat dir sehr lange sehr leidgetan.«

»Hat es nicht.«

»Sicher?« Ihr Vater blickte sie fragend an.

Hannah hatte in ihrer Karriere früh die höhere Laufbahn zur Kriminalpolizei eingeschlagen und sogar einige Jahre bei der Kripo in Hamburg gearbeitet.

»Ich gebe zu, der Job hat Spaß gemacht, und ich vermisse die Art von Arbeit bis heute«, räumte sie ein. »Aber es tut mir nicht leid. Ich habe mich bewusst für die Familie entschieden. Und immerhin habe ich mich trotz allem zur Polizeihauptkommissarin hochgearbeitet.«

»Auf einer einfachen Wache bei der Streifenpolizei. Du hättest Kriminalhauptkommissarin bei der Kripo werden können.« Ihr Vater rümpfte die Nase. »Du hast eine glänzende Laufbahn und dein Talent verschleudert, damit dein Mann in seinem Restaurant hinter dem Herd stehen konnte. Er hätte sich genauso gut um die Kinder kümmern können. Von wegen Gleichberechtigung.«

»Ich wollte das so, und ich würde es heute wieder so machen. Außerdem habe ich später auf der Wache in Münster wohl auch mein Talent einbringen können.«

»Du warst zu Höherem berufen, hättest eine der Besten sein können …«

»Sag mal, spreche ich da zufällig gerade mit deinem gekränkten väterlichen Ego?«

Die Miene ihres Vaters verdüsterte sich. »Das väterliche Ego wurde von etwas ganz anderem gekränkt, und das weißt du auch. Aber fangen wir besser nicht auch noch davon an.«

Genau, ärgerte sich Hannah im Stillen, reden wir lieber nicht davon, das könnte ja unangenehm werden. Vielleicht müsstest du dann zugeben, dass auch du unrecht hattest, indem du mir die ganze Sache mein Leben lang nachgetragen hast.

Allerdings brachte es wohl wenig, die alte Wunde ausgerechnet jetzt aufzureißen.

Sie atmete einmal tief durch und sagte dann: »Also, den Kindern hat meine Entscheidung sicher nicht geschadet. Was das angeht, habe ich nämlich auch mein mütterliches Ego. Die beiden sind gut geraten, und die viele gemeinsame Zeit mit den beiden möchte ich nicht missen …« Hannah hielt inne. Was zum Teufel trieb sie hier eigentlich? »Verdammt, ich werde bald fünfzig, da brauch ich mich vor dir doch nicht mehr zu rechtfertigen!«

Wie zur Bestätigung gab Tobby ein lautes Kläffen von sich.

Ihr Vater betrachtete den Hund missmutig. »Zwei gegen einen also.«

Hannah warf einen demonstrativen Blick auf die Küchenuhr. »Ich muss los. Ich will pünktlich sein, damit ich es nicht vermassle! Und du kümmerst dich um Tobby.«

Ohne ein weiteres Wort stürmte sie an ihrem Vater vorbei aus der Küche.

4

Die Wache von Ostersande, untergebracht in einem um die Jahrhundertwende errichteten Haus aus rotbraunem Backstein, befand sich mitten im Ortskern, dort, wo die Hauptstraße einen leichten Knick beschrieb und die Fußgängerzone begann, die an Fischbuden, Imbissständen und Geschäften vorbei zum Strand und der Seebrücke führte. In der Vergangenheit hatte es unter den Geschäftsleuten und den örtlichen Politikern immer wieder heftige Diskussionen über den Verwendungszweck dieses alten Schmuckstücks gegeben, bei denen nicht alle sachlich geblieben und die Onlinekommentarspalten der Lokalzeitung – dem *Ostersande Kurier* – mit gegenseitigen Beschimpfungen und Verschwörungstheorien geflutet worden waren. Sogar die mittlerweile bei Meinungsverschiedenheiten obligatorischen Morddrohungen waren über anonyme Mailaccounts verschickt worden. Dabei war es den besonnenen und ebenso geschäftstüchtigen Naturen unter den Ostersandern lediglich darum gegangen, in einer solch hervorragenden Lage doch etwa lieber ein Restaurant unterzubringen, was einem dann auch die gelegentlichen Fragen der Feriengäste erspart hätte, weshalb es die Gemeinde denn für nötig erachtete, mitten in ihrem Zentrum eine derartige Polizeipräsenz zu zeigen.

Die Ostersander hatten sich letztlich nicht einigen können,

weshalb es beim Status quo und die Wache an ihrem angestammten Platz geblieben war. Dass es so gekommen war, dazu hatte auch Constanze beigetragen, wie sie Hannah bei ihrem Bewerbungsgespräch berichtet hatte. Sie hatte den Entscheidern immer wieder ins Gewissen geredet, dass es in ihrer kleinen Gemeinde wohl gerade deshalb so friedlich zuging, weil jedermann, ob Einwohner, Urlauber oder Zugereister, tagtäglich daran erinnert wurde, dass hier über Recht und Ordnung gewacht wurde. Ihr Mann hatte nicht ganz uneigennützig für seine Partei ins selbe Horn gestoßen.

Dennoch blieb die Polizeiwache im Herzen des kleinen Ostseebads manchen ein Dorn im Auge, weshalb Constanze sie immer wieder mit Zähnen und Klauen verteidigen musste. Mit den wechselnden Bürgermeistern hatte sie wechselnde Erfolge. Während der ehemalige Ortsvorsteher sie noch in Ruhe gelassen hatte, hatte sich sein Nachfolger darauf verlegt, die Polizeiwache langsam ausbluten zu lassen und ihr schleichend die Mittel zu kürzen, bis sich das Thema eines Tages von selbst erledigen würde. Ohne Frage würde sich daran natürlich schlagartig etwas ändern, sollte Georg Grotewohl die anstehenden Wahlen für sich entscheiden können.

Als Constanze ihr das alles erzählt hatte – sie hatten das Bewerbungsgespräch per Videochat geführt, sie kannten sich immerhin lange genug, dass ein persönliches Treffen nicht erforderlich gewesen war –, hatte das für Hannah noch weit entfernt geklungen, wie die fiktiven Streiche der Bewohner von Schilda. Doch jetzt, wo sie auf dem Weg zur Wache war, um ihren Dienst anzutreten, wurde plötzlich alles real und sehr ernst.

Am frühen Morgen hielt sich der Trubel in Ostersande noch in Grenzen. Vor der Bäckerei hatte sich eine kleine Schlange gebildet. Einige wenige Familien waren mit den Kindern auf dem Weg zum Strand. Es waren eher die älteren Semester, die beim

Frühstück auf den Terrassen der Cafés saßen, zu einem Spaziergang aufbrachen oder sich beim Fahrradverleih ein E-Bike für den Tag besorgten.

Hannah fuhr langsam die Hauptstraße entlang und parkte ihren Wagen schließlich auf einem der Parkplätze vor der Wache.

Als sie ausstieg, wehte ihr von der See her ein salziger Wind entgegen. Hannah schloss die Wagentür und überprüfte ihr Äußeres noch einmal in der Fensterscheibe. Dann ging sie hinüber zum Eingang.

Die Flügeltür der Wache, die ihrem spröden Holz nach zu urteilen so alt zu sein schien wie der Bau selbst, öffnete sich mit einem lauten Quietschen.

Den uniformierten Kollegen hinter der Theke im Empfangsbereich erkannte Hannah sofort. Es war Sibert Hansen. Er unterhielt sich gerade mit einem Mann, der einen ziemlich aufgebrachten Eindruck machte. Den Gesprächsfetzen nach, die sie mitbekam, schien sich der Mann über eine zu laute Kneipe in der Nachbarschaft zu beschweren.

»Darum werden wir uns selbstverständlich kümmern«, versprach Hansen. Dann blickte er an dem Mann vorbei zu Hannah. »Guten Morgen. Sie ist in ihrem Büro.«

Er klappte einen Durchgang in der Theke auf, und Hannah schlüpfte hindurch. Dahinter befanden sich drei Schreibtische, zwei davon in Benutzung, der dritte verwaist.

Klaus-Peter Diekfoß stand zwischen den Schreibtischen auf einer Leiter, die unter seinem massigen Körper recht labil wirkte. Offenbar war er damit beschäftigt, eine Girlande an der Decke anzubringen.

»Hat jemand Geburtstag?«, erkundigte sich Hannah.

Diekfoß, offenbar sehr in die Arbeit vertieft, hatte sie nicht bemerkt und erschrak. Das Päckchen Reißzwecken, das er in einer Hand hielt, entglitt ihm und verteilte sich auf dem Boden. »Verdammt.«

»Warten Sie, ich helfe Ihnen.« Hannah wollte sich bücken, doch Diekfoß machte Anstalten, von der Leiter zu kraxeln, wobei diese bedrohlich ins Schwanken geriet. Sie versuchte, Diekfoß Halt zu geben, doch es war zu spät. Die Leiter rutschte unter ihm weg, und er segelte in Hannahs offene Arme. Gemeinsam landeten sie auf dem freien Schreibtisch. Das Gewicht von Diekfoß drückte ihr die Luft aus der Lunge.

»Willkommen auf der Wache«, vernahm sie Constanzes Stimme. »Mensch, Diekfoß, Sie hätten die neue Kollegin ja nicht gleich so stürmisch begrüßen müssen.«

Diekfoß kletterte von Hannah herunter. »'tschuldigung, bin nicht ganz schwindelfrei.«

Hannah rappelte sich auf.

In Uniform wirkte Constanze noch drahtiger.

»Ihr habt euch ja schon miteinander bekannt gemacht«, sagte sie.

Hansen hatte inzwischen den echauffierten Bürger abgefertigt und kam zu ihnen herüber. Er streckte Hannah die Hand hin. »Trotzdem, herzlich willkommen. Wir freuen uns, dass Sie da sind.«

Constanze wies ihr mit einer Hand den Weg in ihr Büro. »Dann halten wir uns nicht lange mit dem Vorspiel auf. Wollen wir?«

»Immerzu.« Hannah ging voraus in den kleinen Raum, der mit einem Schreibtisch, zwei Stühlen, einem Aktenschrank und einem kleinen Konferenztisch bestückt war. Das einzige Fenster ging hinaus auf die Gasse neben dem Haus, sodass man auf die Fassade des Nachbargebäudes schaute.

»Könnte schöner sein, ich weiß. Setz dich doch«, Constanze wies auf einen der beiden Besucherstühle vor ihrem Schreibtisch.

Hannah nahm Platz. Auf dem Schreibtisch stand ein Foto von Georg und ihrem Sohn Tim.

Constanze setzte sich in ihren Bürostuhl. »Tut mir leid, das Chaos gerade. Uns wächst hier die Arbeit über den Kopf, und die beiden ... na ja, du wirst es noch erleben.«

»Was ist denn der Anlass für die Verzierung?«

»Unsere Wache feiert Jubiläum. In genau einer Woche hat die Polizei in Ostersande in diesem Haus seit einhundert Jahren ihre Heimat. Und das wird natürlich gebührend gefeiert.«

»Lass mich raten. Das Fest kommt dir nicht ganz ungelegen für ein wenig Werbung in eigener Sache.«

»So ist es. Wir werden an den Lokalpatriotismus appellieren.« Constanze lehnte sich vor, stützte die Arme auf den Tisch und machte eine ernste Miene. »Sag mal, fändest du es schlimm, wenn ich dich gleich ins kalte Wasser werfe?«

»Ist mir recht. So kommt man am schnellsten an.«

»Ich hatte gehofft, dass du nichts von deiner Tatkraft eingebüßt hast. Du wirst feststellen, dass wir hier laufend improvisieren müssen, damit der Laden läuft.«

»Damit komme ich klar.«

Constanze legte die Hand auf den Aktenstapel auf ihrem Schreibtisch. »Deine erste Tat wäre, mit Hansen eine kleine Runde zu drehen. Nichts Großes, aber alles Angelegenheiten, bei denen wir vor Ort vorbeischauen müssen.«

»Dann lerne ich das neue Ostersande kennen.«

Constanze winkte ab. »Versprich dir nicht zu viel. Mit Ausnahme der ganzen Neubauten hat sich hier im Grunde nicht viel verändert. Komm, ich zeig dir deinen Spind.«

Constanze stand auf, und Hannah folgte ihr quer durch den Wachraum und dann die Treppe in den Keller hinab. Dort unten gab es neben einer Umkleide noch einen Fitnessraum, der den Sportgeräten nach zu urteilen aus den frühen Neunzigern stammte, außerdem eine Dusche. Es roch muffig und feucht.

In ihrem Spind fand Hannah eine nagelneue Polizeiuniform vor. Sie hatte Constanze ihre Maße beizeiten durchgegeben.

Constanze ließ sie allein, damit sie sich umziehen konnte. Die Uniform passte, spannte lediglich ein wenig um die Bauchgegend herum. In den vergangenen Wochen, als sie den Umzug vorbereitet, den Großteil ihrer Sachen eingelagert und Termine mit diversen Maklern wegen des Hausverkaufs abgearbeitet hatte, hatte sie sich nicht sonderlich gut ernährt – hauptsächlich Pizza, Döner und Nudeln, eben alles, was schnell ging.

Hannah sog die Luft ein und schloss den letzten Knopf.

Dann ging sie wieder hoch, wo Sibert Hansen sie bereits abfahrbereit erwartete.

»Kann's losgehen?« Er hielt ihr den Wagenschlüssel hin. »Wollen Sie fahren?«

Hannah setzte ein Lächeln auf. »Nur wenn der TÜV nicht überfällig ist.«

5

Bis in den Nachmittag hinein waren sie mit Lappalien beschäftigt. Unter anderem mit frisch einbetonierten Zaunpfählen, die in der Nacht von Vandalen umgestoßen worden waren. Einem Nachbarschaftsstreit um einen Geräteschuppen, der zu dicht auf einer Grundstücksgrenze errichtet worden war. Und einer alten Dame, die bei der Ausfahrt aus ihrer Garage Brems- und Gaspedal verwechselt hatte und daraufhin im Garten ihres Nachbarn gelandet war. Dabei war zum Glück niemand zu Schaden gekommen. Dennoch legte Hannah der Dame ans Herz, ihre Fahrtüchtigkeit kritisch zu hinterfragen.

Nach so viel Arbeit hatten sie sich einen kleinen Zwischenstopp verdient, fand Hannah, und sie kannte auch den perfekten Ort dafür.

Denn in Ostersande hatte sich zwar manches verändert, vieles war aber auch beim Alten geblieben.

Die Hotels, Ferienapartments, Boutiquen und Souvenirläden konnten nicht darüber hinwegtäuschen, dass Hannahs alte Heimat ihren ursprünglichen Charakter bewahrt hatte. Ostersande war ein Ort, wo die Menschen noch Zeit hatten, oder besser gesagt, sie nahmen sie sich einfach. Für die kleinen, aber wesentlichen Dinge des Lebens. Zum Beispiel für den Schnack bei Oma Tetzloffs Zeitungskiosk auf dem Marktplatz schräg gegenüber der Polizeiwache.

Hannah konnte sich noch daran erinnern, wie ihr Großvater in ihrer Kindheit mit ihr dorthin gegangen war, um die neueste Ausgabe der Tageszeitung, eine Stange Zigaretten oder einen Kaffee zu erstehen. Nach allgemeinem Dafürhalten machte Oma Tetzloff – damals wie heute – den besten Kaffee im ganzen Ort. Die rüstige Dame war zu jener Zeit bereits jenseits der sechzig gewesen, weshalb sie heutzutage natürlich nicht mehr persönlich in der Kioskbude stand. Sie hatte im hohen Alter von fünfundneunzig Jahren das Zeitliche gesegnet, als sie ihrem geliebten Kiosk einen Besuch abgestattet und beim Genuss einer handgemachten Frikadelle – angeblich ebenfalls die besten im Ort – von einem Herzinfarkt ereilt worden war. Das Geschäft hatte damals schon ihre Tochter übernommen, wobei sie so clever gewesen war, nicht an dessen Kultstatus zu kratzen. Sie hatte alles beim Alten gelassen. Lediglich das verwitterte Schild mit der Aufschrift *Kiosk* oberhalb des Ausgabefensters war um einen Zusatz erweitert worden: *Oma Tetzloffs Kiosk*.

Die Tochter ging mittlerweile selbst auf die siebzig zu, weshalb der Name durchaus zutreffend war.

Was sich unter ihrer Führung ebenfalls nicht geändert hatte: Wollte man wissen, was in Ostersande gerade die Gemüter bewegte, dann war man hier am richtigen Ort.

Hannah überredete Sibert Hansen zu einem kurzen Halt bei der Oma, bevor es dann weitergehen konnte.

Sie holten sich zwei Kaffee. Hansen mit Milch, Hannah schwarz mit Zucker, so, wie sie ihn am liebsten trank.

Oma Tetzloff, eine Frau mit faltigem Gesicht und einer grauen Hochsteckfrisur, stellte Hannah einen Pappbecher hin. »Schön, dass du da bist. Dein Vater kann eine weibliche Hand gerade ganz gut gebrauchen, glaube ich.«

»Ich werde mein Bestes geben.« Hannah trank einen Schluck. »Ich fürchte, wir müssen gleich weiter.«

Sie gab Hansen einen Wink, dass er sich in Bewegung setzen sollte, und er ging voraus zum Streifenwagen.

»Constanze freut sich sicher auch«, schob die Oma hinterher.

Hannah wandte sich noch einmal um. »Meinst du?«

»Sie ist in den letzten Tagen etwas durch den Wind.« Oma hob die Schultern. »Ist so mein Eindruck.«

»Tatsächlich. Wie kommt's?«

»Sie schaut morgens immer auf einen Kaffee vorbei. In letzter Zeit wirkt sie gestresst. Ich meine …« Oma Tetzloff beugte sich nach vorne und sprach leise weiter: »Dem Bürgermeister ist die Wache hier in der Ortsmitte ein Dorn im Auge. Außerdem findet er, dass die Kollegen in Wismar das übernehmen könnten, man sich die Wache also komplett sparen kann. Ich glaube, das macht Constanze ganz schön zu schaffen.«

»Danke für den Hinweis«, sagte Hannah. »Ich werde ein Auge auf sie haben.«

»Mir wäre es ja ganz lieb, wenn ihr hierbleibt, bei eurem Kaffeeumsatz …«

Hannah verabschiedete sich und ging zum Streifenwagen.

Sie stiegen gerade wieder ein, als sich Hans-Peter Diekfoß über Funk meldete. »Hier kam gerade ein Anruf von einer jungen Frau rein. Sie vermisst ihren Hund und macht sich Sorgen, dass ihr Freund ihn entführt haben könnte.«

»Dognapping«, fasste Hansen zusammen, der das Mikrofon in der Hand hielt. »Darum werden wir uns sofort kümmern.«

Seine Finger zitterten leicht, als er auf den Anlasserknopf drückte und den Motor startete.

»Ganz ruhig«, meinte Hannah.

Hansen schüttelte den Kopf, und in seinen Augen lag tiefe Besorgnis. »So etwas kann ich gar nicht haben. Mit Tieren, das geht mir immer nahe.«

»Und bei Menschen nicht so?«

»Doch, schon. Aber ich habe drei Katzen. Ich liebe Tiere. Wenn jemand einem Tier etwas zuleide tut, finde ich das ganz, ganz schlimm.«

Hannah schürzte die Lippen. Der Mann war in ihrer Achtung gerade enorm gestiegen. »Dann sollten wir die junge Frau nicht warten lassen und zur Rettung eilen.«

Hansen nickte entschlossen und schaltete die Sirene ein.

Etwa fünf Minuten später – Ostersande war wirklich ein kleiner Ort – standen sie in einer Wohnung des »Schuhkartons«, wie der Riegel mit Mietwohnungen am östlichen Ortsausgang im Volksmund genannt wurde. Der längliche Wohnblock über zwei Etagen, der aus zwanzig Wohnungen bestand, war vor etwa fünfzehn Jahren gebaut worden, als sich Ostersande angeschickt hatte, zu einem Touristendomizil zu werden und man günstigen Wohnraum für die Menschen brauchte, die hier in den neuen Restaurants der Hotels arbeiteten.

Der Name der Frau, die sich wegen ihres Hundes auf der Wache gemeldet hatte, lautete Ina Bergman. Sie war Mitte zwanzig und vor zwei Jahren hierhergezogen. Sie kellnerte im Strandpavillon neben der Seebrücke.

»Und wann haben Sie Ihren Hund das letzte Mal gesehen?«, erkundigte sich Hannah. Sie standen in der Wohnküche der Frau. Ansonsten gab es nur noch das Bad und das Schlafzimmer.

Ina Bergman fuhr sich mit einer Hand durch die roten Haare. »Heute Morgen. Ich habe ihn noch rausgelassen, dann bin ich zur Arbeit. Und jetzt … wollte ich in der Mittagspause schnell eine Runde mit ihm drehen. Aber ich komme nach Hause, und Boomer ist nicht da.«

»Gab es für ihn denn eine Möglichkeit, aus der Wohnung zu kommen?«

»Nein. Ich schließe die Haustür immer ab, auch die Fenster und die Terrassentür waren zu.«

Hannah beobachtete aus dem Augenwinkel, wie Sibert Hansen sich hinkniete und den Hundenapf in Augenschein nahm. Darin lagen noch Reste eines undefinierbaren Futterbreis. Hansen steckte einen Finger hinein, verrieb die Masse zwischen Daumen und Zeigefinger und roch schließlich daran.

»Haben Sie irgendeine Vermutung, was mit Ihrem Hund geschehen sein könnte?«, fragte Hannah weiter. »Sie erwähnten meinem Kollegen gegenüber, dass Sie Ihren Freund in Verdacht haben. Hat er denn Zutritt zu Ihrer Wohnung?«

Ina Bergman nickte. »Bernd hat noch einen Schlüssel. Er will sich rächen, indem …«

Hannah schloss die Augen und hob beide Hände. »Ganz langsam. Wer ist Bernd?«

»Bernd Kukis. Er ist, ich meine, er war mein Freund. Aber ich habe vor ein paar Tagen Schluss mit ihm gemacht. Ich bin noch nicht dazu gekommen, mir meinen Schlüssel wiederzuholen …«

»Und jetzt nehmen Sie an, er hätte Ihren Hund entführt, um es Ihnen heimzuzahlen?«, schaltete Hansen sich ein. Er war aufgestanden und wischte sich die Finger mit einem Stück von der Küchenrolle ab, die er auf der Anrichte gefunden hatte.

Ina Bergman schob die Unterlippe vor. »Wäre doch möglich, oder?«

Hannah tauschte einen Blick mit Hansen. Natürlich war es möglich. Schon so mancher enttäuschte Liebhaber hatte eine Verzweiflungstat begangen.

»Sie wissen, wo er wohnt?«, fragte Hannah, woraufhin Ina Bergman nickte. »Dann kommen Sie mit.«

Bernd Kukis wohnte in einem Neubau am Waldrand, ein Gebiet, das erst in den vergangenen Jahren erschlossen worden war, wie Sibert Hansen zu erzählen wusste. Die Architektur des Hauses folgte dem modernen Trend, den Hannah bei sich gerne »Typ Bunker« nannte. Zwei Stockwerke, quadratisch, Flachdach, schießschartenartige Fenster.

Als sie sich der Haustür näherten, hörten sie bereits das Winseln und Jaulen eines Hundes.

Ina Bergman kniete sich vor die Tür. »Boomer! Ich bin's. Frauchen holt dich da gleich raus.«

»Haben Sie einen Schlüssel?«, fragte Hannah.

»Nein.«

»Das versteh ich nicht«, meinte Sibert Hansen und schob die Hände in die Taschen seiner Uniformhose. »Ihr Ex-Freund hat einen von Ihrer Wohnung, Sie aber …«

»Er hat ihn mir sofort abgeknöpft, als ich mit ihm Schluss gemacht habe. Meinen hatte er in dem Moment nicht dabei, sonst hätte ich ihn mir natürlich geben lassen.«

Wieder ein Jaulen von drinnen, gefolgt von einem drängenden Kläffen.

»Aber eine Telefonnummer werden Sie bestimmt haben?«, fragte Hannah, woraufhin Ina Bergman ihr eine Handynummer gab.

Bernd Kukis meldete sich nach mehrmaligem Klingeln. Im Hintergrund war Baustellenlärm zu hören. Hannah bat ihn, umgehend zu seinem Haus zu kommen, ein Notfall.

Anschließend warteten sie eine Viertelstunde, bis ein dunkelblauer BMW-Roadster in die Einfahrt rauschte.

Ein Mittdreißiger in blauem Hemd, Jeans und schlammverkrusteten Arbeitsschuhen stieg aus. »Was um Himmels willen ist denn hier los?« Er sah zu seinem Haus auf. »Ich dachte schon, die Hütte brennt ab.«

»Nun ja«, Sibert Hansen deutete mit einem Nicken in Richtung Eingang, wo weiterhin das Jaulen nach draußen drang, außerdem Kratzgeräusche. »Für den Hund da drinnen brennt ganz gewiss die Hütte.«

Kukis legte die Stirn in Falten.

»Schließen Sie bitte umgehend die Tür auf«, befahl Hannah, und der Mann folgte ihrer Anweisung mit verdattertem Gesichtsausdruck. Kaum hatte er die Haustür aufgeschlossen, kam ein Collie herausgeflitzt, direkt in Ina Bergmans Arme.

»Oh, Boomer, da bist du ja.« Sie umarmte ihren Hund, der ihr vor Glück das Gesicht abschleckte. Bergman hob den Blick und funkelte ihren Ex-Freund mit hasserfülltem Blick an. »Du verdammter Dreckskerl …«

Sibert Hansen zeigte sich geistesgegenwärtig und stellte sich sofort zwischen die beiden. »Wir wollen doch zivilisiert bleiben, bitte.«

Hannah fasste Bernd Kukis am Arm. »Wir unterhalten uns mal drinnen unter vier Augen.«

Sie schob ihn durch die Tür in den Hausflur, wo Kukis sofort ein Entsetzensschrei entfuhr. »Was ist das denn hier für eine Sauerei?«

Boomer hatte sich in seiner Not ganz offensichtlich nicht anders zu helfen gewusst, als sich hier drinnen zu erleichtern. An einer Stelle verunzierte eine gelbe Pfütze die schneeweißen Bodenfliesen, an einer anderen lag ein Hundehäufchen. Auch die Haustür hatte etwas abbekommen.

»Die ist ja total zerkratzt«, zeterte Kukis und wollte schon wieder nach draußen. »Das wird sie mir bezahlen!«

Hannah schnalzte mit der Zunge und stellte sich ihm in den Weg. »Nichts da, schön hiergeblieben.« Sie schob ihn vor sich her in den nächsten Raum, eine offene Landschaft von einem Wohnzimmer und einer Küche. Wie das Äußere, war auch das Innere des Hauses in einer cleanen, sterilen Optik gehalten. Beige Polstermöbel, davor ein weißer Teppich, eine Bar in hellen Farben, die Küche und Wohnzimmer trennte, dahinter eine Kochinsel mit Granitarbeitsplatte. Zum Garten hin gab es bodentiefe Fenster mit Terrassentür. Auch hier hatte sich Boomer verewigt und das Glas gründlich vollgesabbert.

»Sie kennen die Frau offensichtlich«, begann Hannah.

Kukis nickte. »Ina und ich waren bis vor Kurzem zusammen.«

»Und den Hund haben Sie auch schon einmal gesehen.«

»Natürlich.«

»Gut. Dann erzählen Sie mir jetzt mal, was Sie heute so alles getrieben haben.«

»Moment mal. Glauben Sie etwa …«

»Was ich glaube, kann Ihnen für den Moment egal sein. Beantworten Sie meine Frage.«

»Ich bin heute ziemlich früh raus und zur Arbeit, wo mich das absolute Chaos erwartete, das hat mich bis jetzt auf Trab gehalten, ich war auf vier Baustellen, und gar nichts, aber auch gar nichts läuft irgendwie nach Plan, und das alles, weil dieser verfluchte …«

»Nun holen Sie mal Luft«, unterbrach Hannah ihn. »Wo arbeiten Sie, was arbeiten Sie?«

»Ich bin bei der Baufirma Langmar angestellt.«

»Langmar?« Hannah erinnerte sich, dass Constanze erzählt hatte, Philips Bruder Julian habe den Betrieb des Vaters übernommen. Der alte Langmar hatte immer gewollt, dass einer seiner Söhne die Firma weiterführte, was aber keiner der beiden gewollt hatte. An Philip war der Kelch definitiv vorübergegangen, sein Bruder hatte wohl weniger Glück gehabt.

»Ja, ich arbeite für Julian Langmar«, bestätigte Bernd Kukis. »Ich bin sein Büroleiter, zu Deutsch, sein Mädchen für alles. Und im Moment hole ich gerade für ihn die Kastanien aus dem Feuer.«

»Was meinen Sie damit?«

Kukis seufzte und massierte sich den Nacken. »Ich werde nicht schlecht über meinen Chef sprechen. Aber im Moment macht er gesundheitlich eine schwierige Zeit durch, und ich muss ihn vertreten. Er ist nur sporadisch in der Firma. Ich kümmere mich um alles und weiß langsam nicht mehr, wo mir der Kopf steht.«

»Wann sind Sie heute aus dem Haus?«

»Gegen sechs Uhr. Ich bin dann erst mal ins Büro.«

»Das kann jemand bezeugen?«

»Natürlich.«

»Und danach?«

»Wie gesagt war ich auf vier verschiedenen Baustellen, wo nichts läuft, wie es soll, weil mein Chef unpässlich ist und vorher falsche Anweisungen gegeben hat. Wenn Sie wollen, können Sie sich bei den Arbeitern umhören. Ich war gerade bei der Baustelle an der psychiatrischen Klinik. Man wird Ihnen bestätigen, dass ich dort war.« Kukis sah wieder in Richtung Haustür. »Hören Sie, ich weiß nicht, wie der Hund hier reingekommen ist. Was auch immer diese Person dort draußen Ihnen erzählt hat … ich hatte keine Zeit für irgendwelche Sperenzchen.«

»Diese Person dort draußen war offenbar einmal Ihre Freundin, und sie hat uns erzählt, dass sie Schluss mit Ihnen gemacht hat.«

Kukis hob die Augenbrauen. »Sie mit mir? Das war wohl eher umgekehrt. Ich habe sie vor die Tür gesetzt. Und das aus gutem Grund …«

»Der mich nicht interessiert. Sie haben einen Schlüssel zur Wohnung von Frau Bergman?«

»Auch das verhält sich umgekehrt. Ich habe ihr den Schlüssel wiedergegeben. Auf meinen warte ich jetzt seit Tagen.«

Hannah ließ den Blick durch den Raum schweifen, betrachtete die Pfütze und den Hundehaufen. In Gedanken glich sie die Angaben des Mannes mit der Geschichte ab, die Ina Bergman ihnen erzählt hatte. Schließlich sagte sie: »Sie warten bitte hier. Ich kläre das.«

Sie ging nach draußen, wo Ina Bergman ihren Hund kraulte. Sibert Hansen stand in der Fahrertür des Streifenwagens, das Funkgerät in der Hand. Er gab wohl gerade durch, dass sie den Entführungsfall gelöst hatten.

Ina Bergman stand auf. »Ich werde Anzeige erstatten!«

Hannah setzte ein Lächeln auf. »Kommen Sie doch mit.« Sie führte die Frau hinüber zum Streifenwagen. »Hansen? Haben Sie gerade mal ein Auge auf den Hund?«

Ihr Kollege nickte, packte das Mikrofon weg und ging zu dem Collie hinüber.

Hannah öffnete die Hintertür des Streifenwagens. »Einsteigen.« Ina Bergman sah sie verwundert an, weshalb Hannah die Aufforderung wiederholte. Die Frau setzte sich auf die Rückbank. Hannah schloss die Tür, umrundete den Wagen und stieg auf der gegenüberliegenden Seite ein.

Sie zog die Tür mit einem lauten Knall hinter sich zu. Dann deutete sie auf die Schutzgitter, die den vorderen Teil des Wagens vom hinteren abgrenzten. »Sehen Sie diese Gitter hier?«

Ina Bergman wusste augenscheinlich nicht, wie ihr geschah.

»Schauen Sie sich die gut an«, fuhr Hannah fort, »denn das ist es, was Sie für eine lange Zeit sehen werden, wenn Sie mir nicht die Wahrheit erzählen.«

Vorne trat Hansen an die geöffnete Fahrertür, den Hund am Halsband, und hörte ihrer Unterhaltung zu.

»Ich … weiß nicht, was Sie meinen«, stammelte Ina Bergman.

»Ihr Ex-Freund war heute seit dem frühen Morgen auf der Arbeit. Es gibt offenbar mehrere Leute, die das bestätigen können. Wir werden seine Angaben überprüfen, und sollten sie sich als zutreffend erweisen, haben Sie ein ernsthaftes Problem.«

»Sie meinen, ich lüge?« Ina Bergman schüttelte den Kopf. »Dieser Kerl entführt meinen Hund …«

»Nein, das hat er nicht getan.« Hannah tauschte einen Blick mit Sibert Hansen, der ihr mit einem unscheinbaren Nicken signalisierte, dass er derselben Überzeugung war. »Erstens hätte er, wie gesagt, keine Zeit gehabt. Zweitens, wenn ich mir seine wohnlichen Verhältnisse ansehe, scheint er mir ein ziemlich penibler Typ zu sein. Jedenfalls nicht jemand, der einen Hund einsperrt, damit er ihm auf die frisch geputzten Fliesen pinkelt und kackt.«

»Und da wäre noch etwas«, schaltete sich Hansen ein und streckte den Kopf in den Innenraum. »Das Hundefutter war noch warm.«

»Was?« Ina Bergman machte große Augen.

»Es war gerade noch warm«, erklärte Hansen. »Ich geh mal davon aus, dass Sie sich zum Frühstück oder Mittag keine Portion Hundefutter gekocht haben, also kann es nur für Ihren Hund gewesen sein. Und das bedeutet, es war noch nicht lange her, dass Sie ihn gefüttert haben.«

Ina Bergman blickte zwischen ihnen hin und her, und Tränen traten ihr in die Augen. »Dieser Drecksack hat einfach mit mir Schluss gemacht!«

»Also dachten Sie, es wäre eine feine Idee, sich an ihm zu rächen, indem Sie ihm etwas anhängen«, brachte Hannah die Sache auf den Punkt.

Mehr brauchte es nicht. Ina Bergman rollte sich auf der Rückbank des Streifenwagens zu einem heulenden Häufchen Elend zusammen. »Aber ich hab ihn so geliebt!«

Die Sonne stand bereits tief am Horizont, als sie später zurück zur Wache fuhren. Hannah hatte die Angelegenheit zu einem salomonischen Abschluss gebracht. So etwas war effektiver, als dass sich die Leute auf langwierige Rechtsstreitigkeiten einließen, außerdem bedeutete es weniger Papierkram im Nachgang. Ina Bergman würde für eine gründliche Reinigung aufkommen und außerdem die Schäden an der Eingangstür bezahlen. Hannah hatte Bernd Kukis ihre persönliche Mobilnummer gegeben, mit der Zusage, dass er sie zu jeder Tages- und Nachtzeit verständigen konnte, sollte Ina Bergman ihm weiterhin Scherereien machen.

»Also ich finde, das haben Sie gut gemacht«, meinte Sibert Hansen, eine Hand am Lenkrad. Er steuerte den Streifenwagen in langsamer Fahrt am Waldrand entlang. »Und wie Sie gleich gewittert haben, dass an der Entführungsgeschichte etwas nicht stimmt … Sie könnten glatt bei der Kripo arbeiten.«

»Sie werden lachen, das hab ich tatsächlich mal gemacht.«

»Wirklich?«

»Eine Zeit lang. Dann sind mir Mann und Kinder dazwischengekommen. Das Kompliment erwidere ich aber gerne. Ihre Beobachtung mit dem Hundefutter war ebenfalls sehr gut.«

»Danke. Wir sind ein prima Team, was?« Er lächelte Hannah an, sichtlich stolz.

Sie fuhren vorbei an der alten Waldkirche, die ihren Namen der Lage verdankte. Bis heute war sie die einzige Kirche in Ostersande, was auch daran lag, dass schon zu Hannahs Kindertagen die meisten Menschen hier Atheisten gewesen waren. Auch ihr Vater gehörte zu dieser Gruppe. Ihrer Mutter allerdings hatte viel am lieben Herrgott gelegen, weshalb sie Hannah zum Konfirmandenunterricht geschickt hatte. Hannah erinnerte sich noch heute daran. Als sie an der Waldkirche vorbeirollten, kamen ihr die vielen langweiligen Stunden in den Sinn, die sie dort verbracht hatte. Ein wesentlicher Grund, dass sie im Erwachsenenalter so rasch wie möglich aus der Kirche ausgetreten war.

Etwas weiter die Straße hinunter kam ihre alte Grundschule in Sicht. Das Hauptgebäude mit den Rundbogenfenstern existierte immer noch. Der Anbau, den man damals eher behelfsmäßig errichtet hatte, um mehr Platz zu schaffen, war abgerissen und durch einen Spielplatz ersetzt worden.

Der Anblick ließ ein seltsames Gefühl in Hannah aufsteigen. Ein Teil ihrer Vergangenheit, in dem sie gute und schlechte Erlebnisse gehabt hatte, war nicht mehr da. Beinahe fühlte es sich an, als würde damit ein Teil ihrer Erinnerungen infrage gestellt: War das, was sie in dem Gebäude erlebt hatte, das nicht mehr existierte, wirklich geschehen?

Eines wusste sie sicher. Hier waren sie sich alle zum ersten Mal begegnet. Constanze, Philip und Julian. Und keiner von ihnen hatte damals auch nur ahnen können, wie einige Jahre später alles einmal enden würde.

6

Auf der Wache hatte Klaus-Peter Diekfoß die Vorbereitungen für das Jubiläum offenbar für heute abgeschlossen. An der Decke über dem Empfangstresen hing eine silberne Girlande mit einer mittig platzierten 100. Am Tresen selbst hatte er ein rundes Schild aufgestellt, das den Anlass noch einmal näher erklärte. In schwarzer Schrift auf silbernem Untergrund stand dort geschrieben: *100 Jahre Polizeiwache Ostersande.*

Die Dämmerung hatte eingesetzt. Von der Decke hingen Rasterbauleuchten herab, deren Röhren ein grelles Licht abgaben. Eine davon war offensichtlich defekt und flackerte in unregelmäßigen Abständen.

»Hier riecht's aber gut«, kommentierte Hannah, als sie mit Sibert Hansen die Wache betrat. Der Duft von frisch aufgesetztem Kaffee wehte ihr in die Nase.

Diekfoß saß an seinem Schreibtisch über einen zusammengetackerten Ausdruck gebeugt und deutete mit dem Kugelschreiber auf die Tür am anderen Ende des Raums.

»Der Kaffee ist gerade durchgelaufen. Nehmen Sie sich gern eine Tasse.«

Hannah ging vorher an ihrem Schreibtisch vorbei und schaltete den Computer ein, damit er hochfahren konnte. Sie hatte mit Hansen vereinbart, dass sie sich den Papierkram über ihre heutigen Einsätze aufteilen würden. Sie hatte die Hundeentführung übernommen, da sie wohl so viel Arbeit wie alle anderen Angelegenheiten zusammen machen würde.

Hansen nahm die Tasse, die auf seinem Tisch stand, und meinte zu Hannah: »Kommen Sie, ich zeige Ihnen mal die Teeküche.«

Sie folgte ihm zur Tür am anderen Ende des Raums. Ein mulmiges Gefühl machte sich in ihrem Magen breit, als Hansen die Tür öffnete und das Licht einschaltete.

Sie erinnerte sich an den Raum.

»War früher mal ein Büro«, erklärte Hansen. »Haben wir aber umfunktioniert, damit wir eine halbwegs vernünftige Küche haben.«

Hannah ließ den Blick durch den schmalen Raum schweifen.

Wo früher ein Schreibtisch mit Besucherstühlen, Aktenregale und eine Yucca-Palme gestanden hatten, gab es heute eine schlichte Küchenzeile mit Kochplatten, Herd und Mikrowelle, darüber Hängeschränke und gegenüber einen kleinen Esstisch mit vier Stühlen.

»Falls Sie sich in der Mittagspause schnell etwas machen wollen«, erklärte Hansen und klopfte mit dem Zeigefingerknöchel gegen die Mikrowelle. »Ich bringe mir immer was mit, ist schwer, hier um die Wache was Veganes zu bekommen. Sie können natürlich auch mit Diekfoß zu einem der Imbisse gehen, der Kollege ist da Stammkunde.«

Hannah nahm sich eine Tasse aus einem der Schränke und goss sich einen Kaffee ein.

»Also, dann mach ich mich mal an die Arbeit«, sagte Hansen und verließ den Raum.

Hannah blickte sich um.

Sie sah sich wieder als junge Frau von neunzehn Jahren an dem Schreibtisch sitzen, der hier im Sommer 1993 gestanden hatte. Ihr gegenüber hatte ein Beamter der Kripo Platz genommen und mit der Befragung begonnen.

Die Polizei hatte sie an jenem Morgen aus der Schule geholt, eine Woche vor den Abiturprüfungen, zwei Tage, nachdem man die Leiche von Dana Ringhoff gefunden hatte.

Ihr Vater war ebenfalls auf der Wache gewesen, allerdings nicht zu ihrer Unterstützung, sondern weil er selbst vernommen worden war.

Man hatte sie in den Raum hier gebracht, zusammen mit einem Anwalt. Die Fragen, die der Kriminalkommissar ihr gestellt hatte, hallten in ihren Gedanken wider.

In welcher Beziehung hatte sie zu Dana Ringhoff gestanden?

Wo war sie gewesen, als sich das Unglück ereignet hatte?

Hatte sie von dem Defekt gewusst?

Hannah wurde schwindelig, und sie musste sich mit einer Hand an der Küchentheke abstützen. Sie atmete tief durch und versuchte, die Erinnerungen abzustreifen.

Das Schicksal bewies einen seltsamen Humor, indem es sie ausgerechnet an diesen Ort zurückführte, diesmal selbst in Uniform und auf der anderen Seite des Schreibtischs.

Sie sammelte sich, schaltete das Licht aus und ging an ihren Arbeitsplatz.

Der Computer war in der Zwischenzeit hochgefahren. Hannah trank einen Schluck Kaffee, stellte die Tasse anschließend auf dem Schreibtisch ab und griff nach der Tastatur. Als sie den blinkenden Cursor im Eingabefeld für das Passwort sah, hielt sie inne.

Die Uniform. Der Streifenwagen. Die Einsätze.

Sofort ins kalte Wasser geworfen zu werden, hatte sein Gutes, man fand schnell rein ins tägliche Geschehen. Da vergaß man leicht das Grundlegende. Bevor sie mit dem Berichtschreiben anfing, würde sie sich erst mal von Constanze ihre Zugangsdaten und eine Einführung in das hiesige System geben lassen müssen.

Hannah blickte hinüber zum Büro ihrer Freundin, das allerdings im Dunkeln lag. Constanze war nicht da. Hannah wollte sich an einen der beiden Kollegen wenden, als Hansen plötzlich in beleidigtem Ton ausrief: »Aber wieso denn?«

Klaus-Peter Diekfoß stand vor Hansens Schreibtisch und hielt ihm den zusammengetackerten Ausdruck hin, über dem er gerade gebrütet hatte. Auf den Seiten waren Markierungen mit Rotstift zu sehen.

»Weil dein Bericht unvollständig ist«, sagte er. »Also wirst du ihn noch mal neu schreiben.«

Hansen nahm die Seiten entgegen und überflog sie. Dann warf er den Ausdruck auf seinen Schreibtisch und meinte: »Also echt, das sind Details, die völlig irrelevant sind.«

»Das mag dir jetzt so vorkommen. In ein paar Jahren sieht das vielleicht anders aus, falls mal neue Erkenntnisse in der Sache zutage treten. Und wenn es vor Gericht geht, wer weiß schon, welche Haare die Anwälte und Richter miteinander spalten wollen.« Diekfoß stemmte die Hände in die Hüften. »Ich hab ein paar Dienstjahre mehr auf dem Buckel. Hör einfach mal auf mich.«

Hansen lachte auf. »Es geht dir doch eigentlich um etwas ganz anderes.«

Diekfoß bekam einen roten Kopf und wollte etwas erwidern, doch Hannah ging dazwischen. »Meine Herren! Kann ich vielleicht helfen?«

»Schon gut.« Diekfoß machte eine abwehrende Handbewegung. »Das klären wir unter uns.«

Hannah war mit wenigen Schritten um ihren Schreibtisch herum. »Das ist üblicherweise nicht meine Art, aber ich muss Sie wohl beide daran erinnern, dass ich Ihre Vorgesetzte bin.«

Schweigen trat ein.

Diekfoß und Hansen setzten betretene Mienen auf.

»Als solche muss ich Ihnen sagen, dass mir nicht der Sinn nach Kindergartenspielchen steht«, fuhr Hannah fort.

Den Ausdruck, der sich auf den Gesichtern der beiden einstellte, kannte sie zur Genüge. Mit ihrer manchmal etwas zu direkten Art kamen nicht alle klar – ganz abgesehen davon, dass sie damit wohl aus jedem Seminar über moderne Mitarbeiter- und Gesprächsführung geflogen wäre. Doch sie hatte in ihren Dienstjahren und als Mutter zweier Töchter die Erfahrung gemacht, dass ein klares, offenes Wort zu gegebener Zeit viel Ärger und Missverständnisse verhinderte.

»Wir haben genug mit den Idioten dort draußen zu tun«, sagte Hannah in gemäßigterem Ton. »Wir sollten uns also nicht das Leben unnötig schwer machen, indem wir uns noch gegenseitig an die Gurgel gehen. Natürlich kann es immer mal zu Konflikten kommen, das ist ja nur menschlich. Bevor sich aber etwas aufstaut, wäre es mir lieb, wir klären das direkt und offen. Einverstanden?«

Die beiden nickten.

»Also, worum geht es hier?«

»Der junge Kollege hat seinen Bericht nicht ordentlich verfasst«, erklärte Diekfoß, woraufhin Hansen dagegenhielt: »Das ist Unsinn.«

»Aha«, seufzte Hannah und bedachte Diekfoß mit einem mahnenden Blick. »Dann mache ich folgenden Vorschlag. Ich werfe ein objektives Auge auf den Bericht. Einverstanden?«

Hansen nickte sofort, Diekfoß tat es ihm nach ein paar Bedenksekunden gleich. Dann ging er schweigend zu seinem Tisch, setzte sich und nahm sich einen Aktenordner vor.

Hannah ließ sich von Hansen den Bericht geben und nahm an ihrem Schreibtisch Platz.

Das Erste, was ihr beim Überfliegen der Seiten auffiel, war, dass der Text von Rechtschreibfehlern nur so wimmelte. Allerdings waren sie dem Kollegen Diekfoß offenbar nicht aufgefallen. Die meisten seiner Anmerkungen betrafen Petitessen. Kleinigkeiten, die, da hatte der erfahrene Kollege wiederum recht, vor Gericht unter Umständen noch wichtig werden konnten. Und nicht nur das. Die Angelegenheit, um die es ging, würde zudem diverse Versicherungen und Sachverständige beschäftigen, denen es um die Details ging.

Doch solche Überlegungen rückten schnell in den Hintergrund, je mehr Hannah über den eigentlichen Grund des Einsatzes las.

Vor drei Wochen hatte es im Hafen von Ostersande ein Bootsunglück gegeben. Auf einer Segeljacht war es zu einem Brand und in der Folge zu einer Explosion gekommen. Die Ursache war offenbar ein Gasleck gewesen. Es hatte mehrere Schwerverletzte mit Brandwunden und ein Todesopfer gegeben – eine junge Frau.

Constanze, Diekfoß und Hansen waren sofort zum Unfallort gerufen worden.

Hannah ließ den Bericht sinken.

Sie musste an die Worte von Oma Tetzlöff denken, dass Constanze in den vergangenen Tagen sehr gestresst auf sie gewirkt hatte. Falls das wirklich zutraf, hatte Hannah vielleicht den Grund dafür in der Hand.

Das Bootsunglück. Ein Brand und eine Explosion. Verletzte und eine tote junge Frau.

Genau wie damals.

Constanze trug heute noch die Male an sich, ihre Brandverletzungen am Hals und an den Händen als ewige Erinnerung. Hannah konnte sich vorstellen, dass der neuerliche Unfall, der Anblick der Opfer und der Toten das alte Trauma bei ihr wieder wachgerufen hatte.

Ihr Smartphone klingelte.

Hannah sah Constanzes Namen auf dem Display leuchten.

»Wo steckst du?«, hörte sie die Stimme ihrer alten Freundin.

»Auf der Wache.«

»Dann komm so schnell du kannst zum Wismarer Hafen. Dein Vater steckt in Schwierigkeiten.«

Dass die Bürger von Ostersande mit ihrem Hafen und den Plänen für seinen Umbau auf Kriegsfuß standen, hatte neben Umweltaspekten oder ästhetischen Erwägungen einen ganz speziellen Grund. Der Bau der neuen Marina war so kostspielig, dass die Liegegebühren für die wenigsten Bootsbesitzer im Ort bezahlbar sein würden. Dabei hatten viele gerade darauf gehofft, dass eine Neugestaltung des Ostersander Hafens ihnen endlich die Möglichkeit eröffnen würde, ihre Boote direkt vor Ort liegen zu haben – etwas, das bislang nicht möglich war. Als alter Fischereihafen bot er keine Liegeplätze für kleine Boote, selbst die Anleger für Hobbysegler hatten mit großem Aufwand installiert werden müssen und rechneten sich lediglich, weil die Leute bereit waren, völlig überzogene Gebühren zu zahlen. Für den gemeinen Ostersandener Freizeitskipper gab es nur ausreichend Platz im Wismarer Hafen, wo deshalb auch das Boot von Hannahs Vater lag, mit dem er regelmäßig zum Angeln auf die Ostsee hinausfuhr.

Hannah machte sich mit einem Streifenwagen auf den Weg nach Wismar und folgte dort der Ulmenstraße, bis sie zum alten Hafen gelangte. Beim Wassertor bog sie links ab. Der Bau im Stil der Backsteingotik war das letzte erhaltene Stadttor der Stadtbefestigung, ehemals hatte es fünf von ihnen gegeben. Es hatte einen spitzbogigen Durchgang, darüber ein Turm mit Dreiecksgiebel. Gegenüber tummelten sich abendliche Flaneure an der Hafenkante, wo Kutter festgemacht hatten und fangfrischen

Fisch verkauften. Dahinter leuchteten auf der anderen Seite des Hafens die Lichter in den Büros der Fischereigenossenschaft.

Sie öffnete das Fenster einen Spaltbreit. Sobald die Sonne hinter dem Horizont verschwand und es Nacht wurde, kühlte es schnell ab. Kalte, salzige Luft wehte herein und trug den Geruch von gebratenem Fisch mit sich.

In langsamem Tempo fuhr Hannah weiter, bis sie einen Fischkutter erreichte, vor dem ein Streifenwagen geparkt hatte. Constanze stand daneben und unterhielt sich mit einem Mann in Ölzeug.

Als Hannah ausstieg, kam ein weiterer Fischer den Landungssteg des Schiffs herunter. Ihm folgte ein Mann, der eine Decke um die Schultern trug, an seiner Seite ein Hund.

Tobby und ihr Vater.

Hannah ging auf die beiden zu, und Tobby kam sofort zu ihr herübergelaufen.

»Erklärt mir mal einer von euch, was hier los ist?«, fragte Hannah und streichelte Tobby kurz.

»Nichts.« Ihr Vater gab dem Fischer die Decke zurück.

Hannah verzog den Mundwinkel zu einem schiefen Grinsen. »Für blöd verkaufen kann ich mich selbst.«

»Ich weiß nicht, was der ganze Aufstand soll«, meinte ihr Vater. »Wenn es euch nichts ausmacht, gehe ich nach Hause. Gleich kommt Fußball.«

Constanze fasste Hannahs Vater am Arm. »Nicht so schnell. Du setzt dich jetzt erst mal in den Wagen. Da ist es schön warm. Und Hannah nimmt dich dann gleich mit.«

Constanze bugsierte ihren Vater zur Beifahrertür des Streifenwagens, mit dem Hannah hergefahren war, und ließ ihn einsteigen. Dann kam sie zurück.

»Die Fischer haben die beiden draußen mit seinem Boot gefunden. Er wollte wohl angeln. Da ist ihm der Sprit ausgegangen.« Constanzes Blick wanderte hinaus zur Ostsee. »Er hatte verdammtes Glück, dass die Männer auf ihn aufmerksam geworden sind. Er hatte wohl keinen Reservekanister dabei. Es wurde dunkel, und er hatte noch nicht mal ein Positionslicht. Da hätte Gott weiß was passieren können.«

Hannah war der Schreck in die Glieder gefahren. »Da hat er ja wirklich Dusel gehabt. Aber wie kommt er dazu, mit zu wenig Treibstoff rauszufahren?«

»Das musst du deinen alten Herrn fragen. Ich hatte nur zufällig hier zu tun, als ich den Kutter reinkommen sah, mit dem kleinen Boot im Schlepptau. Ich dachte, die Nussschale kommt dir doch bekannt vor ...« Constanze sah zum Streifenwagen hinüber. »Am besten bringst du ihn erst mal nach Hause, machst ihm eine Wärmflasche und parkst ihn vor dem Fernseher.«

»Klingt nach einem Plan. Danke, dass du mir Bescheid gegeben hast.«

»Kein Problem. Die Fischer kümmern sich um sein Boot. Sonst alles gut gegangen heute?«

»Im Großen und Ganzen. Bis darauf, dass Hansen und Diekfoß sich in die Haare bekommen haben.«

»Nicht schon wieder.« Constanze verdrehte die Augen.

»Muss ich etwas wissen?«

»Erzähle ich dir mal in Ruhe. Danke jedenfalls, dass du dich heute gleich so reingehängt hast.«

»Dafür bin ich da.«

Constanze klopfte ihr auf die Schulter. »Wir sehen uns morgen.«

Hannah verabschiedete sich. Tobby, der geduldig zu ihren Füßen gesessen hatte, strolchte mit ihr zum Wagen hinüber und sprang auf die Rückbank. Hannah setzte sich hinter das Steuer und zog die Tür zu.

»Geht's dir gut?«, fragte sie ihren Vater.

»Hab ich doch schon gesagt«, bekam sie als Antwort.

»Magst du mir sagen, was da los war?«

»Ich bin liegen geblieben. Die Fischer haben mir zurück in den Hafen geholfen. Nichts Außergewöhnliches.«

»Nein, überhaupt nicht. Ein ganz normaler Tag auf See.«

Sie fixierte ihren Vater mit strengem Blick, bis er schließlich zu Boden sah. »Also gut. Ich hatte zu wenig Diesel im Tank. Hab vergessen, es vor der Abfahrt zu überprüfen. Kann vorkommen.«

»Sollte es aber nicht. Wenn die Fischer euch nicht gefunden hätten, wer weiß, was dann passiert wäre.«

»Nichts. Und wenn schon ... Der Verlust deines Wauwaus hätte dich vermutlich schlimmer getroffen.«

»Hab ich nicht gesagt. Aber was hatte Tobby eigentlich auf deinem Boot zu suchen?«

Der Hund streckte den Kopf nach vorne und leckte ihrem Vater über das Ohr. Er duckte sich weg. »Na, lass das. Eigentlich wollte ich ihn nicht mitnehmen. Aber der alte Knabe hat gewinselt und gejammert ... Da konnte ich ihn ja schlecht allein zu Hause lassen. Außerdem hast du gesagt, ich soll mich um ihn kümmern.«

Hannah strich Tobby über den Kopf und schob ihn wieder nach hinten auf die Rückbank. »Hast du mal drüber nachgedacht, einen Reservekanister mitzunehmen?«

Die Miene ihres Vaters verfinsterte sich. »Ich überprüfe den Tank jedes Mal vor dem Ablegen. Ich mach keine langen Fahrten mehr. Nur kurz raus, die Angel auswerfen und zurück. Das ist bis jetzt immer gut gegangen ...«

»Nur heute nicht.«

»Du weißt, weshalb ich keinen Reservekanister mitnehme.«

»Natürlich weiß ich das. Aber das ist irrational.«

»Vielleicht. Trotzdem solltest du es verstehen.«

Hannah ließ den Blick über den Hafen hinaus in die dunkle Weite der nächtlichen Ostsee schweifen, auf der die Positionslichter der Schiffe zu sehen waren.

Natürlich verstand sie es, nur allzu gut.

Sie sprachen an diesem Abend nicht mehr viel miteinander.

Während ihr Vater sich eine Flasche Pils öffnete, sich in seinen Sessel im Wohnzimmer setzte und im Fernsehen ein DFB-Pokalspiel ansah, briet Hannah ihnen Rührei mit Krabben.

Als sie ihrem Vater nach dem Essen eine Wärmflasche brachte und sich auf das Sofa legte, Tobby zu ihren Füßen, spürte sie, wie anstrengend der Tag gewesen war. Die neue Umgebung, die Arbeit, die vielen Erinnerungen, das Beinaheunglück ihres Vaters.

Über dem monotonen Kommentar des Fußballreporters fielen ihr die Augen zu.

Sie erwachte wenig später vom Klingeln ihres Smartphones.

Es war Constanze.

»Was gibt es?«, murmelte sie mit müder Stimme.

Ihr Vater war in der Zwischenzeit ebenfalls eingeschlafen, lag mit nach hinten gelehntem Kopf im Sessel und schnarchte. Selbst das Klingeln hatte ihn nicht geweckt.

Hannah griff nach der Fernbedienung, um den Fernseher stumm zu stellen. Nach einem Foul im Strafraum in der Verlängerung herrschte gerade große Aufregung.

»Du weißt, wo die psychiatrische Klinik ist«, sagte Constanze. Sie klang aufgeregt.

»Natürlich.«

»Dann beeil dich. Sie haben dort eine Leiche gefunden.«

TEIL 2

Die Leiche am Sandstrand

7

Hannah konnte das Blaulicht in der Einfahrt der psychiatrischen Klinik am Ortsrand von Ostersande bereits von Weitem sehen. Sein flackernder Schein erhellte die Fassade des alten Herrenhauses.

Klaus-Peter Diekfoß stand neben dem Streifenwagen, die Daumen in den Gürtel seiner Uniform gehakt, der Blick wachsam nach allen Seiten streifend.

Hannah bog in die Einfahrt, hielt neben ihm an und ließ das Fenster auf ihrer Seite herunterfahren. »Schalten Sie das Blaulicht aus, Diekfoß. Es ist kurz vor halb zehn abends, da werden kaum Besucher kommen, die Sie abweisen müssen. Wir schrecken nur die Patienten auf.«

In einigen Fenstern des Herrenhauses waren zwischen den Vorhängen die Silhouetten von Menschen zu sehen, die zu ihnen herüberblickten.

»Wird gemacht«, antwortete Diekfoß.

»Wäre das hier nicht eigentlich eine Sache für die Kollegen aus Wismar?«, fragte Hannah. Die Ostersander Wache war zu klein, um Nachtschichten zu fahren, und deshalb, so viel hatte Constanze ihr erklärt, übernahm die größere Wache in der Stadt eigentlich den Zeitraum zwischen achtzehn Uhr und sieben Uhr morgens.

»Der Polizeiinspektionsleiter hat sich bei der Kollegin Grotewohl gemeldet«, erklärte Diekfoß. »In Wismar sind sie heute unterbesetzt, und er war wohl der Meinung, dass wir uns bei einer solch großen Sache dann doch besser von Anfang an selbst drum kümmern sollten.«

»Interessant.« Man konnte es auch so interpretieren, dass die Kollegen die Arbeit, die mit einem Leichenfund einherging, lieber auf sie abwälzten. »Wo ist die Leiche?«

»Unten am Strand. Hansen ist bei ihr und bewacht sie.«

»Warum, hat er Angst, sie könnte weglaufen?« Hannah biss sich auf die Zunge. Den Kommentar hätte sie sich besser gespart. Sie räusperte sich. »Ist die Kollegin Grotewohl da?«

»Sie ist unterwegs.«

»Was ist mit der Klinikleitung?«

»Weiß Bescheid. Wir haben sie angewiesen, dafür zu sorgen, dass niemand das Haus verlässt.«

»Ein Arzt?«

»Ist auf dem Weg.«

»Gut, haben Sie auch die Kripo verständigt?«

»Ja. Sie bringen gleich die Spurensicherung mit.« Diekfoß wies auf den Schotterparkplatz links neben dem Herrenhaus, der am Rande eines Wäldchens gelegen war. »Von dort führt ein Trampelpfad runter zum Strand.«

»In Ordnung.« Hannah fuhr das Fenster wieder hoch, ließ den Wagen ein paar Meter weiterrollen und stellte ihn auf der Wiese gegenüber dem Eingang ab, wo er niemanden stören würde.

Dann stieg sie aus und ging zum Parkplatz hinüber.

Die Äste der nahen Bäume, unter denen die Autos geparkt waren, ragten weit über die mit losem Kies bestreute Fläche. Die einzige Lichtquelle war eine gusseiserne Laterne an der Hausecke, die nur einen diffusen Schein von sich gab.

Im Vorübergehen fiel Hannah eine Aktentasche auf, die

neben einem Porsche lag. Einige Aktendeckel waren herausgefallen und hatten sich auf dem Boden verteilt.

Sie hatte sich das Kennzeichen nicht gemerkt, doch sie meinte, dass es sich um den Wagen von Philip Langmar handelte.

Ein ungutes Gefühl stieg in ihr auf.

Am Ende des Parkplatzes entdeckte Hannah zwischen den Bäumen einen schmalen Trampelpfad. Obwohl der Vollmond am Nachthimmel stand, schaltete sie die Taschenlampe ihres Smartphones ein. Die Bäume lichteten sich bald und machten dem Strandhafer Platz, der sanft in der Brise raschelte, die vom Meer her kam. Nach wenigen Metern weitete sich der Pfad zum Strand hin.

Im Westen strahlte in der Ferne die Seebrücke von Ostersande hell in der Nacht, im Osten konnte man die Lichter von Wismar erkennen.

Hannah brauchte nicht lange suchen. Sibert Hansen stand links von ihr am Strand und winkte ihr zu. »Er liegt hier.«

Sie ging zu ihm hinüber.

Der Körper eines Mannes lag halb auf dem Sandstrand, halb im Strandhafer. Er trug Jeans und ein hellblaues Hemd.

Hannah kniete sich hin und leuchtete mit dem Smartphone in das Gesicht des Toten. Obwohl sie es beinahe geahnt hatte, fuhr ihr der Schreck in die Glieder, als sie erkannte, um wen es sich handelte.

Philip Langmar.

Seine Augen starrten leer und leblos in den Nachthimmel. Sein Mund stand halb offen. Die Wangen waren eingefallen, was sein hageres Gesicht noch schmaler wirken ließ.

Hannah brauchte einen Moment, um die Fassung wiederzufinden.

»Alles in Ordnung?«, fragte Hansen.

Sie nickte. Dabei war gar nichts in Ordnung.

Der Mann, mit dem sie vorgestern noch einen netten Plausch gehalten hatte, lag tot vor ihr auf dem Strand.

Philip, dem in ihren Jugendjahren einmal ihr Herz zugeflogen war. Natürlich war das lange her. Dennoch spürte Hannah ein Stechen in ihrem Herzen. Dieser Mann war einmal ihre große Liebe gewesen. Sein Tod fühlte sich an, als wäre mit ihm auch ein Teil ihrer Vergangenheit von dieser Welt verschwunden.

Hinter sich hörte Hannah jemanden schnaufend näher kommen.

Sie blickte auf und sah in Constanzes Gesicht.

Ihre Mundwinkel sanken herab, und ihre Augen weiteten sich vor Schreck, als sie den Toten sah und wohl ebenfalls erkannte. »Um Gottes willen.«

Hannah warf ihr einen mahnenden Blick zu. Sie ahnte, dass es Constanze nicht viel anders als ihr selbst erging. Dennoch mussten sie vor Hansen die Fassung bewahren.

Constanze holte tief Luft und fragte: »Irgendwelche Hinweise, was ihm zugestoßen sein könnte?«

»Das wollte ich mir gerade ansehen«, sagte Hannah und wandte sich wieder der Leiche zu. Während sie den Strahl der Taschenlampe ihres Smartphones über den Toten fahren ließ, fragte sie, an Hansen gewandt: »Wer hat ihn eigentlich gefunden?«

»Ein Kollege von ihm. Henry Fleming heißt der Mann.« Hansen blickte in Richtung des Herrenhauses. »Wir haben ihn gebeten, am Empfang zu warten.«

Immerhin haben sie ihn nicht einfach laufen lassen, dachte Hannah im Stillen. Optimal war die Situation trotzdem nicht. Die Kollegen von der Kripo würden sicherlich mit dem Mann sprechen wollen. Er hatte die Leiche gefunden, war eventuell ein wichtiger Zeuge, vielleicht hatte er aber auch selbst etwas mit Philips Ableben zu tun. Vieles war denkbar. Daher war es unter normalen Umständen geboten, ihn zu überwachen und zu isolieren, damit er weder fliehen noch sich mit irgendjemandem besprechen konnte, was seine Erinnerung verfälschen oder ihm die Gelegenheit bieten mochte, sich in Ruhe eine Geschichte zurechtzulegen.

»Wie wäre es, wenn ich mich gleich mal mit dem Herrn unterhalte, während wir auf die Kripo warten?«, fragte Hannah.

»Kannst du machen«, sagte Constanze und deutete mit einem Nicken auf den Toten. »Irgendwelche Verletzungen?«

»Zumindest nicht am Körper …« Hannah hielt inne, als der Strahl der Taschenlampe den Kopf erreichte. »Moment. Kannst du mal halten?«

Sie drückte Constanze das Smartphone in die Hand. Dann griff sie nach ihrem Ausrüstungsgürtel und zog zwei Gummihandschuhe hervor, die sie überstreifte.

»Bitte auf den Kopf leuchten«, wies sie Constanze an.

Hannah nahm Philips Kopf behutsam in beide Hände und hob ihn nur leicht an, um die Position, in der sie den Toten gefunden hatten, möglichst nicht zu verändern.

Unter dem Kopf kam ein spitzer Stein zum Vorschein, der halb unter dem Sand verborgen lag. Blut hatte sich um die Stelle herum verteilt, und in Philip Langmars Hinterkopf klaffte eine tiefe Wunde, dort, wo der Stein sich durch den Knochen in sein Gehirn gebohrt hatte.

Hannah legte den Kopf wieder vorsichtig ab.

»Tragisch«, entfuhr es Constanze. »Da will er am Strand spazieren gehen, und dann so etwas.«

»Du meinst, es war ein Unfall?«, fragte Hannah, ohne aufzusehen. Sie tastete den Leichnam ab. »Kannst du bitte weiterleuchten?«

Constanze, die die Smartphonelampe ein Stück abgewandt hatte, richtete sie wieder auf den leblosen Körper und meinte: »Sieht doch alles ganz danach aus, findest du nicht? Er wollte sich offenbar nach der Arbeit die Beine vertreten. Es ist dunkel, und er gibt nicht richtig acht, wo er hintritt, und dann … na ja, dann stolpert er unglücklich und fällt auf den Stein.«

»Da habe ich so meine Zweifel.« Hannah hielt inne und sah zu ihrer Freundin auf. Es war wohl schon eine Weile her, dass sie hier in Ostersande mit einem solchen Fall zu tun gehabt hatten.

Constanze legte die Stirn in Falten. Für einen Moment herrschte Stille, und nur das leise Rauschen der Wellen war zu hören.

»Wie meinst du das?«, brachte Constanze schließlich hervor.

Hannah deutete hoch auf den Vollmond. »Es ist doch ziemlich hell, ein Hindernis wäre ihm höchstwahrscheinlich aufgefallen.« Dann blickte sie sich demonstrativ um. Überall nur Sand und Strandhafer. »Und ich sehe hier nichts, über das er hätte stolpern können, außer seine eigenen Füße.«

»Vielleicht ist genau das geschehen?«

»Dann hätten wir ihn wohl in einer anderen Position aufgefunden.« Hannah betrachtete den Toten. Er lag auf dem Rücken, Kopf und Oberkörper halb im Strandhafer, das Becken und die Beine auf dem Sandstrand. »Wäre er im Gehen gestolpert, hätte er vornüberfallen müssen. Er wäre dann wohl eher mit der Stirn auf den Stein aufgeschlagen, nicht mit dem Hinterkopf.«

»Ich verstehe, was du meinst«, sagte Constanze nachdenklich.

»Vielleicht stand er hier, blickte zum Mond hinauf oder auf die nächtliche See«, schaltete sich Hansen ein. »Und dann wurde er ohnmächtig und fiel hintenüber.«

Hannah schürzte die Lippen. »Klar, wir können gesundheitliche Gründe nicht ausschließen, aber das muss die Rechtsmedizin herausfinden.«

»Vielleicht«, meinte Hansen, »hat den armen Kerl einfach der Schlag getroffen.«

»Ich weiß nicht.« Hannah tastete das Hemd des Toten ab und hörte ein Rascheln in der Brusttasche. »Das mit der Aktentasche stört mich.«

»Was für eine Aktentasche?«, fragten Constanze und Hansen wie aus einem Mund.

»Drüben auf dem Parkplatz steht ein Porsche. Ich habe Philip vorgestern mit genau so einem Modell fahren sehen. Daher würde ich jede Wette eingehen, dass es seiner ist. Am linken Hinterrad liegt eine Aktentasche. Sie ist aufgesprungen, und einige Aktendeckel sind zu Boden gefallen.« Hannah griff in die Brusttasche des Hemds und spürte ein Papierstück darin.

»Und was schließen Sie daraus?«, wollte Hansen wissen.

»Ist das nicht offensichtlich?« Hannah stand auf. »Gehen wir mal davon aus, dass er lange gearbeitet hat. Er ist erschöpft und will sich, bevor er nach Hause fährt, noch ein wenig die Beine am Strand vertreten, frische Luft schnappen. In dem Fall würde er die Aktentasche entweder mitnehmen oder sie ins Auto legen, auf keinen Fall aber einfach neben das Hinterrad schmeißen und einfach losziehen.«

Hansen hob die Augenbrauen und wog den Kopf. »Klingt irgendwie logisch.«

»Also wird das anders abgelaufen sein«, schloss Hannah. »Dazu die Lage, in der er aufgefunden wurde ... ich meine, dieser Fleming, er hat den Toten nicht bewegt, oder?«

»Nein«, antwortete Hansen. »Er sagte, dass er nur den Puls gefühlt und es kurz mit einer Wiederbelebung versucht hätte. Aber ganz augenscheinlich vergeblich.«

»Du denkst, es war kein Unfall«, sagte Constanze.

»Jedenfalls wäre ich mir da nicht sicher. Aber das müssen die Kollegen von der Kripo klären.« Hannah faltete das Stück Papier auf, das sie in der Brusttasche gefunden hatte.

Es war ein kleiner Fetzen von kariertem Papier.

Darauf war in blauer Farbe ein Satz geschrieben.

»Sieh an.« Hannah stieß einen leisen Pfiff aus. »Jetzt wird es interessant. Da scheint uns jemand eine Nachricht hinterlassen zu haben.«

Constanze und Hansen kamen an ihre Seite, und im Schein der Taschenlampe betrachteten sie die Worte, die auf dem kleinen Papierfetzen geschrieben standen.

Was hast du mit Carlotta getan?

8

Auf dem Weg zurück zum Herrenhaus gingen Hannah diverse Möglichkeiten durch den Sinn, wie der handgeschriebene Zettel in Philip Langmars Brusttasche gekommen sein könnte.

Vielleicht hatte er den Zettel selbst geschrieben. Um damit jemandem zu drohen? Oder vielleicht im Rahmen einer seiner Therapiesitzungen als Psychiater?

Eher wahrscheinlich schien ihr, dass jemand Philip den Zettel hatte zukommen lassen, als er noch gelebt hatte, vielleicht der Versuch einer Erpressung.

Oder jemand hatte den Zettel nach Philips Tod in die Hemdtasche gesteckt, mutmaßlich der Täter, falls es kein Unfall gewesen war.

Ebenso wichtig wie die Herkunft des Zettels war allerdings auch die Frage: Wer war Carlotta?

Es würde Aufgabe der Kripo sein, das herauszufinden.

Mag schon sein, sprach eine leise Stimme in Hannahs Hinterkopf, aber es ist ein schönes Rätsel.

Außerdem war es Philip, der da tot am Strand liegt, und sie hatte ihre Zweifel, dass er auf natürlichem Weg dahingeschieden war. Sie war einmal in den Kerl verknallt gewesen, und er war einer der Ersten gewesen, von denen sie sich hatte vögeln lassen. Da war sie es ihm doch irgendwie schuldig, dass sie herausfand, was ihm zugestoßen war.

Sie hatte das Herrenhaus erreicht und stieg die Treppe zum Eingang hinauf. Wie für ein historisches Anwesen dieser Art typisch, bestand das Foyer aus einem großen offenen Raum, dessen Boden mit einem schwarz-weißen Muster gefliest war. Zwei mächtige Steinsäulen reichten zur Decke empor, neben ihnen mannshohe Palmen. An den holzvertäfelten Wänden hingen Gemälde mit Motiven der Ostseeküste.

Vor einem Empfangstresen, der aus einem massiven Marmorblock mit Holzplatte bestand, hatte sich eine kleine Menschentraube versammelt.

Ein Mann in Tweedanzug und Fliege kam auf Hannah zu, kaum hatte sie das Foyer betreten. Er hatte einen gezwirbelten Schnauzbart und einen weit über die Hose hängenden Bauch. Mit der rechten Hand stützte er sich auf einen Gehstock.

»Cornelius Dahlke«, stellte er sich vor. »Ich leite die Klinik. Darf ich mich nach dem Stand der Dinge erkundigen?«

»Wir warten auf die Kollegen von der Kripo«, fasste Hannah sich kurz. »Einer Ihrer Mitarbeiter soll die Leiche gefunden haben?«

»Ja, das ist korrekt. Einer unserer Psychiater und Psychotherapeuten.«

»Ich würde mich gerne mit dem Herrn unterhalten.«

»Gleich hier drüben.« Cornelius Dahlke wies auf eine kleine Nische vor der großen Steintreppe. Auf einer Bank saß dort ein Mann in einem knittrigen dunkelblauen Anzug.

Hannah ging zu ihm hinüber und stellte sich vor.

Er stand auf und reichte ihr die Hand. Der Mann war ungefähr einen Kopf größer als sie, hatte schulterlange graue Haare, die er zu einem Scheitel gekämmt trug. Sein Händedruck war verbindlich, aber nicht zu fest.

»Henry Fleming.« Er sah sie aus hellblauen Augen an.

»Sie haben Philip Langmar am Strand gefunden?«

»Das stimmt.« Er seufzte, machte aber einen einigermaßen gefassten Eindruck. »Ich habe mich ganz schön erschreckt, als ich ihn da liegen sah. Und … ich glaube, so ganz habe ich das noch nicht verdaut.«

»Kann ich verstehen«, sagte Hannah. »Die Kollegen von der Kripo werden sicherlich noch mit Ihnen reden wollen. Ich würde Ihnen dennoch gerne schon ein paar Fragen stellen …«

»… solange meine Erinnerungen noch frisch sind«, vervollständigte Fleming den Satz. »Das kann ich verstehen. Es schleichen sich sehr schnell kleine Fehler in das ein, was wir meinen, gesehen zu haben, wenn man zu lange wartet.«

»So ist es.«

»Würde es Ihnen etwas ausmachen, wenn wir dazu vor die Tür gehen? Ich könnte ein wenig frische Luft vertragen. Mir ist«, er fasste sich kurz an die Schläfe, »ein wenig schwindelig von dem Ganzen.«

»Wenn es Ihnen hilft, gerne.«

Hannah trat mit dem Mann nach draußen, wo er sich gegen das Geländer der Steintreppe lehnte.

»Besser?«, erkundigte sie sich.

»Ein wenig.« Er stützte sich mit beiden Händen auf das Geländer und sah sie fragend an. »Wo soll ich denn anfangen?«

»Am besten vorne. Sie haben offenbar in den Abend reingearbeitet, wenn ich das richtig sehe?« Hannah hatte das kleine Notizheft hervorgeholt, das sie in der Brusttasche ihrer Uniform mit sich trug. Ihr fiel auf, dass sie den zugehörigen Bleistift bei Gelegenheit dringend anspitzen musste.

»So ist es«, bestätigte Fleming. »Wobei ich den Abend lieber mit einem guten Buch verbracht hätte. Die Post hat mir heute Morgen das neue Werk meines Lieblingsautors gebracht.«

»Interessant. Sie hätten also lieber im Ohrensessel gesessen und gelesen, mussten aber arbeiten.«

»Ich musste einige Patientenakten wälzen und für morgen vorarbeiten. Da habe ich mir nämlich freigenommen. Eines meiner Pferde ist krank, und der Tierarzt hat sich für morgen angekündigt. Die sagen einem leider nie, wann genau sie kommen. Ich werde also den ganzen Tag auf dem Reiterhof mit Warten verbringen müssen. Und das …«

»… wirbelt Ihren Terminplan ganz schön durcheinander.« Hannah nickte und musterte den Mann. Er schien etwas mehr durch den Wind zu sein, als sie zunächst angenommen hatte. »Wo befindet sich denn dieser Reiterhof?«

»Drüben in der Nähe von Hoben.« Hannah kannte den kleinen Weiler, der mit etwas mehr als einem Dutzend Häuser noch um einiges kleiner war als Ostersande.

»Wann haben Sie heute Feierabend gemacht?«

»Gegen einundzwanzig Uhr.«

»Und wie genau kamen Sie zum Strand?«

Fleming hob die Augenbrauen. »Ich packte meine Sachen und ging über den Trampelpfad neben dem Parkplatz ans Meer …«

»Aber Sie wollten doch sicherlich nach Hause.«

»Natürlich.« Fleming lächelte. »Kennen Sie die alte Windmühle am westlichen Ortsausgang?«

»Die rot-weiße direkt am Meer?«

»Genau. Dort wohne ich. Ist jetzt schon lange her, dass ich sie gekauft habe … Ich meine, ich wohnte damals noch in der Kölner Südstadt, und dann bin ich zufällig auf die Anzeige gestoßen und dachte, Mensch, das wäre doch ein Traum! Tja, und wie es der Teufel wollte, gab es hier die psychiatrische Klinik, wo auch noch eine Stelle frei war. Das nenn ich mal einen Wink des Schicksals.«

»Das hat wohl mit dem Zaunpfahl nach Ihnen gewunken«, sagte Hannah und lenkte das Gespräch wieder auf das eigentliche Thema. »Sie waren also zu Fuß hier.«

»Nein, mit dem Auto.«

»Aber eben sagten Sie doch, Sie wollten zu Fuß am Strand entlang nach Hause?«

»Richtig, nach der Arbeit war mir nach Bewegung, also wollte ich das Auto stehen lassen.«

Hannah kniff die Augenbrauen zusammen. »Und Ihr Auto brauchen Sie morgen nicht?«

»Bitte?« Fleming legte den Kopf schief.

»Sie haben mir gerade erzählt, dass Sie morgen zu Ihrem Reitstall müssen. Da wollten Sie dann auch zu Fuß hin, wenn Sie Ihren Wagen hier stehen lassen?«

Fleming sah nachdenklich zum Nachthimmel auf. »Oh … darüber hatte ich gar nicht nachgedacht.«

Hannah musste an die alte Volksweisheit denken, dass Psychiater oft selbst einen Sprung in der Schüssel hatten.

Wobei es natürlich auch noch eine andere Erklärung für Flemings Verwirrung gab – er erfand gerade eine Geschichte und war nicht sonderlich gut darin.

»Was für ein Auto fahren Sie?«

»Einen roten Renault.«

»Welches Modell?«

Fleming blies die Backen auf. »Uh, gute Frage, ich habe mir noch nie viel aus Autos gemacht, daher … Ich müsste nachschauen, es steht, glaube ich, auf dem Kofferraumdeckel.«

»Sparen Sie sich die Mühe. Sie wollten also das Auto hier stehen lassen und über den Strand nach Hause.«

»So ist es. Und dann habe ich ihn da liegen sehen. Natürlich habe ich ihn nicht gleich erkannt, ich sah nur einen Menschen da liegen. Als ich dann näher ran bin …« Fleming hielt inne und senkte den Blick. »Einfach furchtbar.«

»Philip Langmar war bereits tot, als Sie ihn auffanden?«

»Keine Atmung, kein Puls. Ich versuchte es mit Wiederbelebung, jedoch ohne Erfolg. Dann habe ich über mein Smartphone die Polizei verständigt.«

»Ist Ihnen unten am Strand oder auf dem Weg dorthin etwas aufgefallen? Haben Sie jemanden gesehen?«

Fleming schüttelte den Kopf. »Nein.«

»Philip Langmar war ein Kollege von Ihnen. Wie gut kannten Sie ihn?«

»Wir arbeiten … arbeiteten in derselben Abteilung. Sein Behandlungszimmer ist ein paar Türen weiter. Ich kannte ihn gut. Beruflich zumindest. Privat hatten wir eher wenig miteinander zu tun. Trotzdem trifft mich das.«

»Er arbeitete heute Abend ebenfalls lange?«

»Ja.«

»Wissen Sie, wann er Schluss machte?«

»Nein. Ich war in meine Akten vertieft und hatte die Tür geschlossen.«

»Ist Ihnen bekannt, ob Ihr Kollege gesundheitliche Probleme hatte?«

»Nicht dass ich wüsste.«

»Steckte er in irgendwelchen Schwierigkeiten?«

»Wie gesagt, so nah waren wir uns nicht.«

»Gab es in der Klinik vielleicht Streit mit Kollegen?«

»In dem Sinne, dass ihm deshalb jemand nach dem Leben trachtete? Nein.« Fleming hob eine Augenbraue und zögerte einen Moment. »Bedeutet das, dass Sie von einem Mord ausgehen?«

»Ist zu früh, darüber zu spekulieren. Wir müssen alle Möglichkeiten in Betracht ziehen. Sagen Sie …«

Weiter kam sie nicht. Hinter ihr hörte sie ein Motorengeräusch. Als sie sich umdrehte, sah sie einen silbernen Kombi die Kiesauffahrt hochkommen. Er hielt am Fuß der Treppe. Ein Mann mit einer Schiebermütze und eine junge Frau in Feldjacke stiegen aus.

Im selben Moment rannte vom Parkplatz Sibert Hansen herbei. Er nahm zwei Stufen auf einmal und war mit wenigen Sätzen die Treppe herauf. Dann stützte er sich keuchend auf seine Knie.

Mit ausgestreckter Hand deutete er in Richtung Parkplatz und keuchte: »Das müssen Sie sich unbedingt ansehen!«

9

»Henning Grewe, Kripo Wismar«, stellte sich der Mann mit der Schiebermütze vor, der aus dem silbernen Kombi gestiegen war und die Treppe zu ihnen hinaufkam. Unter seiner Mütze quollen dunkelblonde Locken hervor, in die sich hier und da graue Strähnen geschlichen hatten. Grewe trug eine ovale Brille mit braunem Holzgestell, in seinem Gesicht spross ein Dreitagebart. Seine Augen wirkten müde und waren von dunklen Rändern unterlaufen.

»Hannah Bülow von der Wache in Ostersande.« Sie reichte ihm die Hand.

»Sie müssen neu sein?«, erkundigte er sich. »Ich hatte bislang immer mit der Kollegin Grotewohl zu tun.«

»Tatsächlich ist das heute mein erster Tag.«

Henning Grewe blies die Backen auf. »Na, herzlichen Glückwunsch, das fängt ja gut an.«

Er wandte sich seiner Kollegin zu. Hannah schätzte die Frau auf Mitte zwanzig. Sie hatte schwarze Rastalocken, die sie zu einem Zopf zusammengeknotet hatte. Unter einer schwarzen Feldjacke trug sie einen gleichfarbigen Rollkragenpullover.

»Mara Abedi Steyn«, stellte sie sich vor.

Hannah schüttelte ihr die Hand.

Grewes Smartphone klingelte. Er schaute kurz auf das Display, drückte den Anruf aber weg. Hannah entging nicht der leicht genervte Blick, mit dem Mara Steyn den Kollegen bedachte.

»Wo stehen wir?«, fragte Grewe.

»Wir haben eine Leiche unten am Strand«, erklärte Hannah. »Philip Langmar, ein Psychiater hier aus der Klinik.«

Sie berichtete ihm in kurzen Worten, was sie bislang wussten und dass sie mit dem Auffindungszeugen gesprochen hatte.

»Das ist gut.« Grewe rückte sich die Brille auf der Nase zurecht. »Die Spurensicherung ist unterwegs. Dann sehen wir uns den Toten mal an.«

Sibert Hansen räusperte sich. »Ich ...«

Wieder klingelte Grewes Smartphone, wieder blickte er aufs Display, wollte den Anruf wegdrücken, entschied sich dann aber doch anders. »Ich fürchte, da muss ich rangehen.«

Er wandte sich ab, ging die Treppe hinunter und nahm das Telefon ans Ohr.

»Er hat zwei kranke Kinder zu Hause, und seine Frau ist auf Geschäftsreise«, erklärte Mara Steyn.

»Das Problem mit kranken Kindern kenne ich.« Hannah erinnerte sich noch allzu gut, wie schwierig es manchmal gewesen war, Arbeit und Familie unter einen Hut zu bekommen, wenn eine ihrer Töchter krank im Bett gelegen hatte.

»Sie wollten gerade etwas sagen«, wandte sich Steyn an Hansen.

»Ich habe da eine Entdeckung gemacht.« Er deutete auf den Parkplatz. »Wenn Ihr Kollege fertig mit Telefonieren ist ...«

Steyn schüttelte den Kopf. »Zeigen Sie mir das gerne schon mal, sonst kommen wir ja gar nicht weiter.«

Hansen ging voran zum Parkplatz neben dem Herrenhaus.

Wie Hannah erkannte, hatte er mittlerweile den Bereich um den Porsche von Philip Langmar mit Polizeiband abgesperrt.

Er hielt das Band hoch, sodass sie darunter hindurchschlüpfen konnten. Dann kniete sich Hansen neben die Akten, die zu Boden gefallen waren.

»Das hier habe ich …«, begann er, wurde aber von Henning Grewe unterbrochen, der ihnen nachkam.

»Donnerlittchen, ich bin so schnell wie möglich wieder da, aber ich hab hier zu tun!«, beendete er sein Telefonat. »Tut mir leid, meine Schwiegermutter. Sie ist kurzfristig eingesprungen. Meine Kinder …«

»Sind mal wieder krank?« Das war Constanzes Stimme. Sie kam den Pfad vom Strand herauf.

»In der Tat«, bestätigte Grewe. »Erst die Kleine, dann die Große. Und ich fühle mich auch ein wenig angeschlagen.«

»Henning«, Constanze reichte ihm die Hand, »schon eine Weile her, dass wir miteinander zu tun hatten, was?«

»Was ja nichts Schlechtes sein muss, ich meine, in Anbetracht unserer Berufe.«

Mara Steyn unterbrach den Plausch der beiden mit einem Räuspern. »Der Kollege hat hier etwas entdeckt. Wollen wir uns das vielleicht ansehen?«

Sibert Hansen hatte sich inzwischen Handschuhe angezogen und neben die Aktentasche gehockt. Vier Akten lagen auf dem Boden, eine weitere und ein Notizbuch mit braunem Ledereinband steckten noch in der Tasche.

Hansen hob eine der Akten vom Boden auf. »Es scheint sich um eine Patientenakte zu handeln.«

Hannah kniete sich neben ihn. Mara Steyn tat es ihr gleich und holte eine kleine LED-Taschenlampe aus der Innentasche ihrer Jacke, mit der sie auf die Akte leuchtete.

Auf dem grauen Aktendeckel klebte mittig ein Etikett, auf dem in Kapitälchen ein Name gedruckt stand.

CARLOTTA MEVIUS

Steyn blickte fragend zwischen Hannah und Hansen hin und her. »Sollte mir der Name etwas sagen?«

Hannah holte den Beweismittelbeutel hervor, in den sie den Papierfetzen gesteckt hatte. »Haben wir bei der Leiche gefunden«, erklärte sie. »Keine Ahnung, wie der Zettel dorthin gekommen ist oder wer ihn geschrieben hat. Doch so wie es aussieht, scheint diese Carlotta eine Patientin von Philip Langmar gewesen zu sein.«

»Also möchte der Verfasser der Notiz darauf aufmerksam machen, dass der Tote der Dame übel mitgespielt hat«, mutmaßte Steyn.

»Wäre eine mögliche Erklärung.« Hannah deutete mit einem Nicken auf die Akte und meinte zu Hansen: »Schlagen Sie doch mal auf.«

»Das kann bis morgen warten«, kam ihnen Grewe dazwischen. »Sehen wir zu, dass wir das hier schnell abrunden.«

Mara Steyn blickte zu ihm auf. »Wenn du es so eilig hast, wieder nach Hause zu kommen, krieg ich das auch alleine hin.«

»Ich denke, dafür bist du noch nicht lange genug bei uns. Ansonsten hätte ich das Angebot vielleicht angenommen.«

Hannah bemerkte aus dem Augenwinkel Bewegung auf der Zufahrt zum Herrenhaus. Es war ein Krankenwagen, gefolgt vom Notarzt. Letzterer würde an diesem Abend noch die einfachste Aufgabe haben. Er musste lediglich den Tod und eine nicht natürliche Ursache feststellen und dafür Sorge tragen, dass der Leichnam in die Rechtsmedizin überstellt wurde.

Grewe massierte sich den Nacken und fragte in die Runde: »Wissen wir, ob der Verstorbene Angehörige hat?«

»Eine Frau und eine Tochter«, antwortete Constanze. »Außerdem gibt es noch einen Bruder.«

»In dieser Reihenfolge sollten wir sie auch verständigen«,

beschloss Grewe. »Mara, das übernimmst du. Und vermutlich wäre es gut, wenn jemand von euch dabei ist, Constanze.«

»Ich würde gerne hierbleiben. Könntest du das übernehmen, Hannah?«

»Sicher. Du weißt, wo die Langmars wohnen?«

Constanze gab ihr die Adresse.

»Was ist mit seinem Bruder?«, fragte Hannah.

»Julian?« Constanze schien einen Moment zu überlegen. »Weiß ich nicht. Fragt am besten Philips Frau nach seinen Kontaktdaten.«

»Okay.« Mara Abedi Steyn nickte Hannah zu. »Dann los. Wir nehmen unseren Wagen.«

Die junge Kollegin ging entschlossenen Schrittes voraus, und Hannah folgte ihr. Im Gehen hörte sie hinter sich wieder Grewes Smartphone klingeln.

10

Ihrem alten Freund Philip Langmar war es im Leben nicht schlecht ergangen, wie Hannah feststellte, als sie den Streifenwagen in der Einfahrt vor seinem Haus parkte. Wobei der Ausdruck Anwesen es wohl besser traf. Philips Familie war schon immer gut situiert gewesen. Er und sein Bruder Julian hatten zu den reichen Kindern an der Schule gehört, dank des elterlichen Baubetriebs. Dennoch schien Philip seinen Lebensstandard und den seiner Familie noch einmal gehörig angehoben zu haben.

Die Langmars wohnten unweit der Wismarer Altstadt in der Goethestraße. Beim Aussteigen betrachtete Hannah die Gründerzeitvilla. Weiße Fassade, blaue Fensterläden, Erker mit Sprossenfenstern und Satteldach. Links und rechts die Straße hinunter reihten sich ähnliche Bauten aneinander.

»Da hat man doch gleich wieder den Eindruck, den falschen Beruf gewählt zu haben«, kommentierte Mara Steyn.

Hannah konnte nicht einschätzen, ob die Bemerkung ironisch gemeint war. Sie hatte in ihrer Laufbahn zu viele junge Kolleginnen und Kollegen erlebt, die ihre Berufswahl bereut hatten, weil sie sich die Arbeit wie in einer der vielen Polizeiserien im Fernsehen vorgestellt hatten und vom doch eher trockenen und häufig belastenden Alltag enttäuscht worden waren.

»Sie sind jung genug«, erwiderte sie, »noch ist Zeit, es sich anders zu überlegen.«

»Um auf Psychiaterin umzusatteln?« Steyn setzte ein schiefes Lächeln auf. »Dann muss ich mir den lieben langen Tag die Problemchen und das Gesülze der Leute anhören. Nope. Ich denke, ich bin genau da, wo ich sein will.«

»Dann bin ich beruhigt.«

Vor ihnen parkte ein Land Rover vor der Doppelgarage. Im Vorbeigehen hörte Hannah ein Knacken, wie warmgelaufene Motoren es beim Abkühlen von sich gaben.

Sie ging zur Tür und wollte gerade klingeln, als ihnen geöffnet wurde. Wenn ein Streifenwagen in die Einfahrt fuhr, blieb das von den wenigsten Leuten unbemerkt.

Eine Frau in weißer Stoffhose und hellblauem Poloshirt sah sie erwartungsvoll an. Ihre blonden Haare waren zu einem Zopf geflochten. Aus dem Bauch heraus schätzte Hannah, dass sie etwa zehn Jahre jünger als Philip sein mochte, vielleicht sogar noch mehr.

In ihren Augen lag die Besorgnis, die Hannah schon so viele Male gesehen hatte, wenn man am späten Abend in Uniform bei den Menschen vor der Tür erschien. Die meisten ahnten, dass es selten etwas Gutes bedeutete.

»Ines Langmar?«, fragte Hannah.

Die Frau nickte. »Was kann ich für Sie tun?«

Hannah stellte sich vor. »Und das ist meine Kollegin Mara Steyn von der Kripo Wismar.«

»Kripo?« Ines Langmar wich die Farbe aus dem Gesicht.

»Dürfen wir reinkommen?«

Die Frau zögerte einen Moment, trat dann aber zur Seite. »Natürlich.«

Der Boden im Hausflur war mit grauem Granitstein gefliest. Eine breite Treppe mit gläsernem Handlauf führte ins Obergeschoss. Dort oben streckte ein Mädchen neugierig den Kopf über die Reling.

»Du bleibst bitte auf deinem Zimmer«, wies Ines Langmar sie an.

»Ihre Tochter?«, vergewisserte sich Steyn.

Ines Langmar nickte abermals. »Gehen wir ins Wohnzimmer.«

Sie betraten einen großzügigen Raum mit hohen Decken. Hannah registrierte, dass die Anordnung der Möbel anders als heute üblich nicht nach dem Fernseher ausgerichtet war. Tatsächlich gab es hier gar kein TV-Gerät, die Wände schmückten Bücherregale, und im Bereich des Erkers standen zwei Ohrensessel, die offenbar dem Lesen vorbehalten waren; jedenfalls lag neben ihnen jeweils ein hoher Stapel Bücher, der wohl noch abgearbeitet werden wollte.

Ines Langmar wies auf die beigen Ledersofas, die sich vor einem offenen Kamin gegenüberstanden.

Sie setzten sich. Hannah überließ der jungen Kollegin das Überbringen der schlechten Botschaft. Schon zu oft hatte sie Menschen das überraschende und manchmal gewaltsame Ableben ihrer Liebsten verkünden müssen, daher war sie ganz froh, dass sie es diesmal nicht selbst tun musste.

Als sie im Alter von Mara Steyn gewesen war und noch am Anfang ihrer Karriere gestanden hatte, war es ihr oft schwergefallen, die richtigen Worte zu finden. Doch die junge Kollegin schien aus einem anderen Holz geschnitzt zu sein. Mit unbewegter Miene sagte sie: »Frau Langmar, wir müssen Ihnen leider mitteilen, dass Ihr Mann verstorben ist.«

Zunächst zeigte sich keine Regung im Gesicht von Ines Langmar. Ihr Blick wechselte zwischen Mara Steyn und Hannah.

Dann räusperte sie sich und brachte mit hörbar trockener Kehle hervor: »Bitte?«

»Wir haben Ihren Mann tot am Strand der psychiatrischen Klinik aufgefunden«, erklärte Steyn.

»Das kann nicht sein. Er war doch gerade …« Ines Langmar brach den Satz ab, und ihr Blick suchte Hannahs, als hoffte sie, dass sich alles als schlechter Scherz entpuppen würde.

»Ein Kollege Ihres Mannes hat ihn gefunden«, sagte Hannah. »Wir wissen noch nicht, was ihm zugestoßen ist.«

»Ein Unfall?«

»Wie gesagt … Die rechtsmedizinische Untersuchung wird uns hoffentlich Aufschluss geben.«

Mara Steyn beugte sich vor. »Wir müssen Ihnen ein paar Fragen stellen, Frau Langmar. Wann haben Sie Ihren Mann heute das letzte Mal gesehen?«

Ines Langmar brauchte sichtlich einen Moment, bis sie ihre Gedanken sortiert hatte. »Heute Morgen, als er das Haus verlassen hat.«

»Wann war das?«

»Wie immer gegen acht Uhr. Dann … habe ich vorhin noch einmal mit ihm gesprochen. Er rief mich aus der Klinik an. Das muss kurz nach fünf gewesen sein. Philip sagte, dass er heute länger arbeiten würde und wir nicht mit dem Abendessen auf ihn warten sollten.«

»Sie waren den Abend über hier?«, fragte Steyn.

»Ich …« Wieder wechselte ihr Blick zwischen Hannah und ihrer jüngeren Kollegin. »Natürlich war ich hier. Mit meiner Tochter.«

»Hatte Ihr Mann in letzter Zeit Probleme?«

Ines Langmar zuckte ein Stück zurück und runzelte die Stirn. »Was meinen Sie damit?«

»Äußerte er Sorgen, gab es Streitigkeiten, zum Beispiel mit Kollegen, oder hatte er finanzielle Schwierigkeiten oder Schulden?«

»Ich bin mir nicht sicher, worauf Sie hinauswollen«, sagte Ines Langmar. »Sie wollen aber doch nicht andeuten, dass jemand Philip etwas angetan hat?«

»Wir wissen nicht, was Ihrem Mann zugestoßen ist, daher müssen wir alle Möglichkeiten in Betracht ziehen«, erklärte Mara Steyn. »Bitte beantworten Sie meine Fragen.«

Ines Langmar verschränkte die Arme vor der Brust. »Nein. Philip hatte keine Probleme.«

»Da sind Sie sicher?«

»Absolut.«

Mara Steyn fixierte Ines Langmar einen Moment lang, dann zog sie aus ihrer Jackentasche eine Visitenkarte und legte sie auf den Tisch zwischen ihnen. »Wir werden Sie auf dem Laufenden halten. Sollte Ihnen doch noch etwas einfallen, melden Sie sich bei mir.«

»Wann kann ich meinen Mann sehen?«

»Sobald die rechtsmedizinische Untersuchung stattgefunden hat.«

»Ich muss ihn doch sicherlich identifizieren?«

»Das hat der Kollege bereits getan, der ihn aufgefunden hat. Außerdem haben wir die Ausweispapiere Ihres Mannes bei seiner Leiche gefunden. Das wird also nicht erforderlich sein.«

»Da wäre noch etwas«, schaltete sich Hannah ein. »Wir werden auch den Bruder Ihres Mannes verständigen. Haben Sie vielleicht seine Kontaktdaten?«

»Sicher. Das kann ich aber auch gerne tun …«

Mara Steyn erhob sich und schüttelte den Kopf. »Nein, das würden wir gerne selbst erledigen. Wir haben auch ein paar Fragen an ihn.«

Ines Langmar gab ihnen die Telefonnummer und Adresse.

Sie blieb in der Tür stehen und blickte ihnen nach, als Hannah den Streifenwagen rückwärts aus der Einfahrt fuhr.

Mara Steyn hockte nach vorne gebeugt auf dem Beifahrersitz und musterte die Frau durch die Beifahrerscheibe. Dann wandte sie sich Hannah zu und sagte mit unsicherem Ton in der Stimme: »Ich mag mich irren, aber ich glaube, Frau Langmar hat uns gerade die Hucke vollgelogen.«

»Und wie kommen Sie zu der Einschätzung?« Hannah warf der Kripokollegin einen Seitenblick zu, während sie den Wagen durch die Straßen von Wismar steuerte. Leichter Nieselregen hatte eingesetzt, und sie schaltete die Scheibenwischer ein, die Schlieren auf der Windschutzscheibe zogen.

»Ich weiß nicht.« Mara Steyn zuckte mit den Schultern. »Ist nur so ein Bauchgefühl. Auch wenn man darauf ja nicht allzu viel geben soll.«

»Wer hat Ihnen das denn eingebläut?«

»Henning Grewe. Er lässt sich ausschließlich von den Fakten leiten, meinte er.«

»Das ist auch sicherlich nicht verkehrt.« Hannah setzte den Blinker und bog links ab. »Darf ich fragen, wie lange Sie schon dabei sind?«

»Bei der Kripo? Etwa ein Dreivierteljahr.«

Also noch ein Frischling, dachte Hannah. »Unter uns gesprochen, also bitte nicht dem Kollegen Grewe erzählen … Ich finde, Sie sollten sich durchaus auf Ihr Bauchgefühl verlassen. Mich hat es früher mehr als einmal auf die richtige Fährte gebracht.«

»Sie waren auch mal bei der Kripo?«

»Ja.« Hannah machte ein bedauerndes Gesicht. »War eine tolle Zeit. Dann kamen mir die Kinder dazwischen.«

»Das wird mir nicht passieren«, sagte Steyn im Brustton der Überzeugung. »Ich hab mich doch nicht die ganze Zeit in der Ausbildung quergelegt, um dann das Heimchen am Herd zu geben.«

Ja, sagte sich Hannah im Stillen, so habe ich auch mal gedacht. Aber warte erst mal ab, bis du nach dieser Folterorgie, die sich Geburt nennt, im Kreißsaal liegst, sie dir ein kleines Bündel Mensch in die Arme drücken und es zum ersten Mal in seinem Leben die Augen öffnet und dich ansieht, dann … ja, dann denkst du vielleicht anders darüber, was dir wirklich wichtig in deinem Leben ist. Plötzliche postnatale Prioritätenverschiebung.

Doch das sollte die junge Kollegin mal schön selbst herausfinden, falls sie denn überhaupt eine Familie plante. Also beließ Hannah es bei einem beiläufigen Kommentar: »Da scheint sich jemand viel vorgenommen zu haben.«

»Wissen Sie«, Steyn lehnte sich halb gegen die Beifahrertür und blickte zu ihr herüber, »ich bin ein Einwandererkind. Meine Eltern sind Mitte der Neunziger aus Südafrika gekommen. Mit dem Hintergrund und meinem Aussehen habe ich eines schnell gelernt: Wenn ich nicht immer hundertundein Prozent gebe, bringe ich es hier zu gar nichts. Außerdem, finde ich, schulden wir doch auch den Menschen, in deren Tod wir ermitteln, vollen Einsatz.«

»Dann vertrauen Sie dabei mal ruhig auf Ihren Bauch. Manchmal haben wir nämlich nicht viel mehr, besonders, wenn die Faktenlage eher dünn ist. Davon abgesehen, ich stimme Ihrer Wahrnehmung zu.«

Steyn hob die Augenbrauen. »Sie denken auch, sie lügt?«

»Jedenfalls war Frau Langmar nicht den ganzen Abend über zu Hause, außer sie hat ein selbstfahrendes Roboterauto, das Lust auf eine Spritztour hatte. Der Motor ihres Wagens war nämlich noch warm, als wir gerade ankamen.«

»Was bedeutet, dass sie damit noch vor Kurzem unterwegs war.«

»Das würde ich stark annehmen.« Sie fuhren an den Werfthallen vorbei, die hoch über den Wohnhäusern aufragten. Der Regen wurde stärker. »Und wenn ich Sie wäre, würde ich noch ein paar anderen Ungereimtheiten nachgehen.«

»Als da wären?«

»Henry Fleming ...«

»Der Kollege, der den Toten gefunden hat.«

»Ja. Er ist mit dem Auto zur Arbeit gefahren, hat sich dann am Abend aber spontan entschieden, am Strand entlang zu Fuß nach Hause zu gehen. Dabei braucht er den Wagen morgen früh, um zu seinem kranken Pferd in den Reitstall zu fahren.«

»Klingt etwas unlogisch.«

»Genau. Menschen tun unlogische Dinge, daher mag er die Wahrheit sagen. Vielleicht gab es aber auch einen anderen Grund, weshalb er da unten am Strand war. Jedenfalls wäre er einer der wenigen, die heutzutage nicht auf die Wetterapp auf ihrem Smartphone schauen, bevor sie zu einem Spaziergang aufbrechen. Da hätte er nämlich gesehen, dass Regen angesagt ist.«

»Dann werden wir ihn uns noch mal vornehmen.« Steyn legte den Arm auf die Mittellehne und stützte das Kinn nachdenklich in der Hand auf. »Ich frage mich auch, was es mit Carlotta Mevius auf sich hat. Vielleicht gibt uns ihre Akte Aufschluss.«

»Üblicherweise haben Ärzte Assistenten, gerade in einer solch großen Klinik. Fragen Sie morgen doch mal nach, ob jemand Philip Langmar zugearbeitet hat. Der- oder diejenige könnte vielleicht mehr wissen.«

»Gute Idee. Und ich werde ein wenig herumschnüffeln, wie es um den Leumund des guten Doktors bestellt ist. Wenn sich jemand an seinen Patienten vergeht, gibt es in der Regel immer irgendwelche Gerüchte.«

»Ich glaube, da vorne ist es.« Hannah verlangsamte die

Fahrt und deutete auf einen Apartmentkomplex, der offenbar erst kürzlich errichtet worden war. Die Außenanlagen waren noch nicht ganz fertiggestellt, und dort, wo vermutlich einmal Parkplätze entstehen sollten, stand noch ein Bagger.

»Nette Gegend«, stellte Steyn fest. »Den Langmars scheint es allgemein recht gut zu gehen.«

»Julian hat die Baufirma seines Vaters übernommen. Die war schon früher eine Institution hier in der Gegend.«

»Woher wissen Sie das?«

»Ich bin hier aufgewachsen.«

»Dann kennen Sie die Langmars.«

»Ja.« Hannah behielt die weiteren Details für sich. Das brauchte die Kollegin nicht zu interessieren, außerdem war das alles schon so lange her, dass keine Interessenkonflikte hinsichtlich der Ermittlungen gegeben waren.

Sie stiegen aus und gingen zur Eingangstür hinüber.

Julian Langmar wohnte offenbar im Penthouse, wenn die Verteilung der Klingelschilder jener der Wohnungen entsprach, sein Name stand ganz oben. Hannah betätigte die Klingel. Als sich nichts tat, versuchte sie es ein weiteres Mal. Nach dem dritten Versuch und weiteren Minuten erfolglosen Wartens gaben sie schließlich auf. Julian Langmar war nicht zu Hause.

Langsam gingen sie zurück zum Streifenwagen. Hannah blickte sich noch einmal nach dem Apartmenthaus um. Es stand unmittelbar am Waldrand. Ein neu aufgestellter Schilderbaum aus Holz wies auf die Bad Wendorfer Seebrücke und den Sandstrand hin, beides über einen Trampelpfad zwischen den Bäumen zu erreichen. Außerdem befand sich in unmittelbarer Nähe ein Yachthafen.

»Versuchen wir es mal auf seinem Handy«, meinte Steyn und wählte auf ihrem Smartphone die Nummer, die Ines Langmar ihnen gegeben hatte.

Offenbar ging niemand ran. Sie hinterließ die Bitte um Rückruf auf seiner Mailbox. »Ebenfalls Fehlanzeige.«

»Falls er sich nicht zurückmeldet«, bot Hannah an, »kann ich mich gleich morgen früh noch mal dahinterklemmen.«

»Gerne. Dann fahren wir am besten zurück. Die Spurensicherung und der Arzt sollten inzwischen eingetroffen sein.«

Die Szenerie rund um das alte Herrenhaus, das die psychiatrische Klinik beherbergte, hatte sich verändert. Vor dem Haupteingang parkten neben dem Krankenwagen und dem Notarzt drei Transporter der Kriminaltechnik. Der gesamte Bereich rund um den Parkplatz wurde von Strahlern erhellt. Zahlreiche Kollegen in weißen Schutzanzügen waren mit der Spurensicherung beschäftigt. Ein Polizeifotograf schoss gerade Aufnahmen von Philips Porsche und den heruntergefallenen Unterlagen, über denen man ein großes Zelt errichtet hatte, damit der Bereich trocken blieb. Der Blitz der Kamera zuckte durch die Nacht.

An der Treppe zur Eingangstür führte Cornelius Dahlke soeben eine Frau im Pyjama behutsam die Stufen hoch. Offenbar hatte der Klinikleiter eine aufgeschreckte Patientin eingefangen.

Hannah ging mit Mara Steyn den Trampelpfad zum Strand hinunter. Der Regen fiel weiterhin beständig und hatte den Boden aufgeweicht.

Am Strand hatte die Kriminaltechnik ein Zelt über dem Toten aufgeschlagen. Constanze stand daneben und unterhielt sich mit Henning Grewe. Sie hielt einen Regenschirm über sie gespannt. Trotzdem war ihre Uniform durchnässt.

»Gibt es neue Erkenntnisse?«, fragte Mara Steyn.

Grewe schüttelte den Kopf. »Nicht wirklich. Der Arzt hat sich nicht mehr entlocken lassen, als dass es sich vermutlich um keine natürliche Todesursache handelt. Er tippt auf die Kopfverletzung. Die Kriminaltechnik macht uns wegen der Auffindungssituation hier am Strand und der Witterung wenig Hoffnung auf verwertbare Spuren.«

»Und bei euch?«, erkundigte sich Constanze.

Mara Steyn fasste in aller Kürze ihr Gespräch mit Ines Langmar zusammen und fügte zum Schluss an: »Den Bruder haben wir nicht angetroffen.«

»Ihr wart bei ihm zu Hause?«, hakte Constanze nach.

»Ja, und telefonisch haben wir ihn ebenfalls nicht erreicht.«

»Wie auch immer, das hat Zeit bis morgen«, sagte Henning Grewe und hielt sein Smartphone in die Höhe. »Ich habe meiner Schwiegermutter versprochen, dass ich bald nach Hause fahre. Sie kriegt die Kinder nicht ins Bett. Wir sind hier so weit durch. Die Kriminaltechnik kommt ohne uns klar.« An Constanze gewandt, schob er nach: »Es wäre gut, wenn ihre Leute hier noch abriegeln und sich um das Klinikpersonal kümmern könnten, bis die KT abrückt.«

Constanze nickte. »Kein Problem.«

»Wir werden dann morgen die weiteren Ermittlungen anleiern. Können wir da auf Ihre Zusammenarbeit zählen? Ich meine, Sie kennen die Leute hier vor Ort, das wäre sehr hilfreich.«

»Natürlich. Wissen Sie schon, ob es eine Mordkommission geben wird?«

»Nein.« Grewe schüttelte den Kopf. »Solange wir nicht mal wissen, ob es wirklich ein Mord ist …«

Er verabschiedete sich und ging mit Mara Steyn davon.

Constanze führte Hannah ein Stück vom Zelt und den Kriminaltechnikern weg den Strand hinunter, bis sie außer Hörweite waren. »Ich weiß, dass das für den ersten Tag viel verlangt ist, aber … glaubst du, du bekommst das hier alleine geregelt?«

»Ich denke schon«, erwiderte Hannah, wobei sie nicht ganz

verstand, worauf ihre Freundin hinauswollte. »Willst du dich aus dem Staub machen?«

Constanze sah verlegen zu Boden. »Das würde ich tatsächlich ganz gerne.«

»Dir geht es nicht gut, oder?«

»Wenn ich ehrlich bin, nein.« Constanze blickte sich kurz um, als wollte sie sicherstellen, dass ihnen niemand zuhörte. »Das muss aber unter uns bleiben.«

»Natürlich.«

»Vielen Dank.« Constanze deutete auf das Zelt. »Du kommst klar? Ich meine, du und Philip, ihr wart …«

»Das ist lange her. Verlass dich auf mich.«

Constanze klopfte ihr zum Abschied auf die Schulter.

Hannah blieb am Strand zurück und sah ihrer Freundin nach, wie sie mit hängenden Schultern über den Trampelpfad in den Wald verschwand.

Es war kurz nach Mitternacht, als sie endlich nach Hause kam.

Hannah schloss die Haustür leise hinter sich und hängte den Schlüsselbund an den dafür vorgesehenen Haken neben dem Mantelbrett. Nachdem sie ihre Jacke ausgezogen hatte, ging sie ins Wohnzimmer. Ihr Vater lag auf der Couch, zugedeckt mit einer Strickdecke, die ihre Mutter vor Jahrzehnten gestrickt hatte. Tobby hatte sich an seinen Füßen zusammengerollt. Beide gaben im Wechsel leises Schnarchen von sich.

Na, ihr habt euch ja schnell angefreundet, dachte Hannah.

Sie war noch zu aufgewühlt, um sofort ins Bett zu gehen.

Gemeinsam mit Diekfoß und Hansen hatte sie ausgeharrt, bis die Kriminaltechnik die Spurensicherung beendet hatte. Die Wartezeit hatte Hannah damit überbrückt, dass sie mit dem anwesenden Klinikpersonal gesprochen hatte. Die Zahl der Personen hatte sich in Grenzen gehalten, lediglich der Nachtdienst und zwei weitere Überstundenschieber waren dort gewesen. Keiner von ihnen hatte etwas Nennenswertes bemerkt. Dennoch hatte Hannah ihre Personalien aufgenommen.

Von Cornelius Dahlke, dem Klinikleiter, hatte sie dann immerhin erfahren, dass Philip Langmar tatsächlich eine Assistentin hatte. Er wollte dafür sorgen, dass die Dame morgen zu ihrer Verfügung stand.

Hannah hatte die Info sofort an Grewe und Steyn weitergeleitet.

Als dann die Wagen der Kriminaltechnik abzogen, hatte sie mit Diekfoß und Hansen die Absperrungen beseitigt.

Nun war sie hundemüde. Ihre Augen brannten, und ihre Beine und der Rücken schmerzten vom langen Stehen.

Da half nur ein Betäubungsmittel.

In der Küche fand sie eine angebrochene Flasche Rotwein und ein Glas, außerdem Käsereste im Kühlschrank. Sie nahm alles mit nach draußen auf die Terrasse.

Der Regen hatte vor etwa einer Stunde aufgehört. Mit der flachen Hand wischte sie die letzten verbliebenen Tropfen von der Sitzfläche eines der Gartenstühle. Dann setzte sie sich hin.

Lange würde sie es hier draußen nicht aushalten, dafür war es schon zu kühl geworden. Aber für einen Absacker würde es reichen.

Sie schob sich ein Stück Käse in den Mund und schenkte sich dann kauend ein Glas Wein ein.

In den Bäumen rauschte der Seewind. Zwischen den nun schnell ziehenden Wolken brach der Vollmond hervor.

Hannah trank einen Schluck und lehnte sich zurück.

Was für ein Tag. Und sie hatte gedacht, im kleinen Ostersande würde es betulicher zugehen als in der Stadtwache von Münster. Sie konnte nur hoffen, dass es nicht in diesem Akkordtempo weiterging.

Andererseits spürte sie den Adrenalinstoß, den ihr die Arbeit heute bereitet hatte. Es war lange her, dass sie mit einem Todesfall zu tun gehabt hatte, bei dem ein Mord nicht auszuschließen war. Denn je länger sie über die vielen kleinen Ungereimtheiten nachdachte, die allein heute Abend zutage getreten waren, desto wahrscheinlicher erschien ihr genau das: dass Philip Langmar ermordet worden war.

Dazu kam die persönliche Seite. Obwohl sie sich Jahrzehnte nicht gesehen hatten, fühlte sie sich noch immer mit ihm verbunden.

Und dann waren da die Kollegen von der Kripo … Mara Abedi Steyn, ein Frischling mit wenig Erfahrung, der aber mit dem Kopf durch die Wand wollte.

Henning Grewe, ein übernächtigter Familienvater, mit den Gedanken bei den kranken Kindern, der obendrein nicht den engagiertesten Eindruck machte.

Hannah trank noch einen Schluck und sah zum Mond hinauf.

Ihr kamen ernsthafte Zweifel, ob ihrem alten Freund unter den gegebenen Umständen wirklich Gerechtigkeit widerfahren würde.

Aber vielleicht konnte sie ein wenig nachhelfen.

11

Am nächsten Morgen erwachte sie in aller Frühe zum Duft von Rührei mit Speck. Allerdings war da auch noch ein anderer wohlbekannter Geruch, der ihr gar nicht gefiel.

Hannah schlich im Morgenmantel die Treppe hinunter und fand ihren Vater in der Küche am Herd. Mit einem Pfannenwender drehte er den Speck in der Pfanne um, in einer zweiten, viel zu kleinen Bratpfanne hatte er Rührei zubereitet, das über die Ränder gefallen war. Im Mundwinkel ihres Vaters hing eine Zigarette. Tobby scharwenzelte um seine Beine.

»Ich dachte, du hättest aufgehört?«, sagte Hannah.

»Guten Morgen auch.«

»Meinst du nicht, es genügt, dass der Lungenkrebs Mama erwischt hat?«

Vater blickte kurz zu ihr herüber, paffte an der Zigarette.

Hannah biss sich auf die Zunge, als sie realisierte, was ihr da rausgerutscht war.

Old habits die hard, meldete sich eine Stimme in ihrem Hinterkopf. Sei also nicht so streng mit ihm. Es bringt nichts, wenn du ewig nachtragend bist, Versöhnung funktioniert nur, wenn beide Seiten aufeinander zugehen.

Ihr Vater wandte sich wieder der Pfanne zu. »Höchstens morgens und abends eine. Ich glaube, das macht in meinem Alter dann auch nicht mehr den Unterschied.«

Hannah kniete sich hin und breitete die Arme aus, um ihren Hund zu begrüßen. »Komm mal her, mein Kleiner.«

Tobby setzte sich demonstrativ neben die Beine ihres Vaters und richtete den Blick erwartungsvoll nach oben.

Ihr Vater zwinkerte ihr zu. »Mit Speck fängt man Mäuse.«

Er ließ einen kross gebratenen Streifen nach unten fallen. Tobby schnappte sofort danach, verschlang den Speck mit wenigen Bissen. Dann leckte er sich ums Maul und reckte den Kopf wieder gierig in die Höhe.

»Wenn du dich vergiften willst, ist das deine Sache. Aber meinem Hund kannst du zwischendurch auch mal etwas Gesundes geben.«

»Keine Sorge«, ihr Vater lachte, »dich haben wir ja auch groß bekommen. Da wird meine Küche deinen Hund schon nicht umhauen.«

Hannah blickte zur Küchenuhr, die kurz vor halb sieben zeigte. »Was treibt dich eigentlich schon so früh um?«

»Senile Bettflucht. Da kann man sich auch nützlich machen.« Er deutete auf Tobby. »Ich hab schon eine kleine Runde mit ihm gedreht. Dann brauchst du dich nicht kümmern und kannst direkt zur Arbeit.«

»Danke.« Sie stand auf, drückte ihrem Vater einen Kuss auf die Wange und freute sich über sein verdutztes Gesicht. Damit hatte er definitiv nicht gerechnet.

Hannah goss sich eine Tasse Kaffee ein und setzte sich an den Küchentisch. Auf ihrem Smartphone waren mehrere Nachrichten eingegangen. Zwei davon stammten von ihren Töchtern. Nele und Inken erkundigten sich, wie der erste Tag auf der neuen Arbeit gelaufen war und ob sie miteinander telefonieren sollten. Hannah antwortete, dass sie es heute Abend versuchen wollte.

»Stimmt es eigentlich, dass ihr einen der Langmar-Brüder

gefunden habt?« Ihr Vater stellte ihr einen Teller mit Rührei und Speck hin.

»Das hat sich aber schnell herumgesprochen.«

»Ostersande ist eben klein.«

Hannah nickte. »Es war Philip.«

Ihr Vater setzte sich ihr gegenüber. Er machte ein betroffenes Gesicht. »Was ist ihm zugestoßen?«

»Darüber darf ich dir nichts erzählen.«

»Ein Unfall?«

Hannah schluckte einen Bissen Rührei runter und bedachte ihren Vater mit strengem Blick. »Alles, was ich sage, muss unter uns bleiben. Ich möchte nicht, dass es in Ostersande die Runde macht.«

»Selbstverständlich. Also war es ein Unfall.«

»Wir wissen es nicht.«

Vater trank einen Schluck Kaffee und fixierte sie über den Rand der Tasse. »Du meinst, es könnte auch einen anderen Grund geben? Es hat ihm doch wohl niemand etwas angetan?«

»Wie gesagt, wir wissen es nicht.« Hannah legte das Besteck auf dem Teller ab. »Ist dir etwas über ihn zu Ohren gekommen?«

»Philip? Nein, ganz im Gegensatz zu seinem Bruder.«

»Was ist denn mit Julian?«

»Du weißt, dass er den elterlichen Betrieb übernommen hat?«, fragte ihr Vater.

»Die Baufirma, ja.« Hannah musste schmunzeln. »Früher hat er die Vorstellung gehasst. Er hat immer davon geredet, in die große weite Welt zu ziehen und Musiker zu werden.«

»Dann hätte er das vielleicht auch besser getan. Was man so hört, macht er sich als Unternehmer eher schlecht als recht.«

»Wir haben gestern versucht, ihn zu Hause anzutreffen. Er wohnt in einer schicken Neubauwohnung drüben am Wendorfer Strand. Danach zu urteilen, scheint es aber ganz gut für ihn zu laufen.«

»Er hat wohl einen fähigen Manager, der den Laden für ihn zusammenhält …«

»Den haben wir gestern kennengelernt. Ein Bernd Kukis.«

»Mag sein, kenne den Namen nicht. Jedenfalls holt er dem Hörensagen nach die Kohlen aus dem Feuer, während sich der feine Herr das Näschen pudert.«

»Julian nimmt Drogen?«

»Wie gesagt, Gerüchte.«

Hannahs Smartphone klingelte.

Es war Constanze.

»Die Arbeit ruft«, entschuldigte sie sich und ging mit dem Telefon in der einen und dem Kaffeebecher in der anderen Hand auf die Terrasse hinaus. Die Sonne kroch langsam am Horizont empor. Der Rasen und die Blätter der Bäume waren mit Tau bedeckt, die Luft kühl und frisch.

»Entschuldige die frühe Störung«, sagte Constanze am anderen Ende der Leitung.

»Kein Problem. Mein Vater hat mich schon mit Kaffee und Rührei versorgt.«

»Klingt ja wie im Hotel. Hast du Lust, heute Morgen noch ein wenig die Leute zu befragen?«

»Du meinst, was Philips Tod angeht.«

»Ja. Henning Grewe hat mir getextet. Er fragt, ob du mit Philips Assistentin sprechen kannst. Er wird mit seiner Kollegin später rüberkommen. Sie wollen sich wohl zuerst mit einer anderen Recherche befassen.«

»Klar, kann ich machen.« Hannah spürte, wie es in ihrem Buch kribbelte. Tatsächlich hatte sie große Lust, in der Sache weiter herumzuschnüffeln.

»Prima«, sagte Constanze. »Komm danach auf die Wache.

Ich geb dir dann eine Einweisung in unser System, und wir können gemeinsam die Dienstpläne durchgehen.«

»Darauf habe ich mich schon die ganze Zeit gefreut, kann's kaum abwarten.« Hannah legte auf.

Tobby hatte sich nach draußen geschlichen und setzte sich neben ihre Füße.

»Da bist du ja, du Verräter«, sagte sie. Tobby senkte den Kopf, als wäre er sich seiner Schuld bewusst. »Hast du Lust auf einen kleinen Spaziergang?«

Die Ostsee lag flach wie ein Spiegel da. Kein Wind ging heute Morgen, der Himmel strahlte in kräftigem Blau.

Hannah wanderte mit Tobby den Strand entlang in Richtung der psychiatrischen Klinik. Von ihrer Kate bis zum Herrenhaus waren es knappe zwanzig Minuten zu Fuß. Nach der langen Nacht gestern meinte sie, sich die Zeit nehmen zu können, zumal sie in Gedanken ohnehin schon wieder bei der Arbeit war.

Henry Fleming, der die Leiche von Philip Langmar aufgefunden hatte, wohnte in der alten Windmühle am anderen Ende von Ostersande. Für ihn war es damit ungefähr die doppelte Distanz zur Klinik. Sie hatte ihre Schätzung auf Google Maps überprüft, und nun fragte sie sich, ob es wirklich glaubhaft war, dass der Mann die Strecke gestern Abend im Dunkeln nach der Arbeit hatte laufen wollen.

Natürlich war es möglich. Wenn man allerdings bedachte, dass er mit dem Auto zur Arbeit gefahren war, erschien es schon nicht mehr so plausibel.

Hannah sammelte einen Stock auf, schleuderte ihn einige Meter weiter, und Tobby rannte hinterher, um ihn zu holen.

Um diese Stunde waren kaum Menschen am Strand. Sie begegneten einem Spaziergänger und einer Joggerin, auch zwei Hunden, die Tobby aber nur beiläufiges Interesse entlockten.

Seine ganze Begeisterung galt dem Strand und dem Meer. Der Wechsel zwischen den Elementen machte aus ihm binnen kurzer Zeit ein mit Sand paniertes Fellknäuel, und Hannah wollte gar nicht daran denken, wie sie ihn wieder sauber bekommen sollte.

Als sie schließlich die Stelle erreichten, an der gestern die Leiche von Philip Langmar gelegen hatte, deutete nichts mehr auf den schaurigen Fund hin.

Hannah bog auf den Trampelpfad durch den Wald ab und gelangte zum Parkplatz des Herrenhauses. Sie hielt Ausschau nach dem roten Renault, den Henry Fleming nach eigener Auskunft fuhr. Da er das Modell nicht kannte und keine Ahnung von Autos zu haben schien, konnte er sich natürlich auch in der Marke geirrt haben. Doch Hannah entdeckte weder rote Autos noch französische Fabrikate.

Fleming hatte sich also vermutlich gestern umentschieden und war doch mit dem Wagen nach Hause gefahren. Angesichts der fortgeschrittenen Stunde nachvollziehbar. Andererseits mochte er das aber auch von Anfang an vorgehabt haben und hatte ihr etwas vorgeflunkert.

Sie ging zum Eingang der Klinik und band Tobby mit der Leine, die sie eingesteckt hatte, am Fahrradständer fest. »Tut mir leid, Frauchen beeilt sich.«

Als kleine Wiedergutmachung holte sie ein Stück gebratenen Speck aus der Jackentasche, das sie in Küchenpapier eingeschlagen hatte, und gab es ihm.

Im Foyer fragte sie nach Cornelius Dahlke. Sie hatte sich von unterwegs bei dem Klinikleiter angekündigt.

Er kam aus seinem Büro herunter, um sie persönlich in Empfang zu nehmen. Mit dem Gehstock trat er aus dem Fahrstuhl. »Herzlich willkommen. Ich habe alles erledigt, was Sie mir aufgetragen haben.«

Sie hatte ihn gebeten, das Büro von Philip Langmar abzusperren und dafür Sorge zu tragen, dass niemand es betrat. Gestern Abend hatte sie es glatt vergessen, und Diekfoß und Hansen hatten auch nicht daran gedacht. Die Kripo würde sich dort umsehen und sehr wahrscheinlich die Spurensicherung durchjagen wollen.

Und natürlich hatte sie Dahlke über den eigentlichen Grund ihres Besuchs vorab informiert. Sie wollte schließlich nicht umsonst den Weg hierher machen.

»Sie können sich mit Fräulein Bensema in meinem Büro unterhalten«, fuhr Dahlke fort.

Bei der Frau handelte es sich um die Assistentin von Philip Langmar, wie er ihr am Telefon erklärt hatte.

»Dann wollen wir sie nicht warten lassen.«

Dahlke führte sie zum Aufzug, und sie fuhren ins oberste Stockwerk. Vorbei an seiner persönlichen Assistentin betraten sie sein Büro, ein Zimmer mit schweren Eichenholzmöbeln, Wandvertäfelungen und einem dicken Teppich, der den Schall schluckte.

Eine junge Dame saß auf einem der beiden Ledersofas im Kolonialstil.

»Setzen Sie sich«, sagte Dahlke und nahm hinter seinem Schreibtisch Platz. »Sie können sich gerne hier unterhalten.«

Hannah blieb stehen. »Diese Unterhaltung möchte ich allein mit Frau Bensema führen.«

Dahlke hob die Augenbrauen und sprang auf, oder zumindest bemühte er sich, schnellstmöglich wieder von seinem Schreibtischstuhl hochzukommen, was bei seinem Körpergewicht gar nicht so einfach schien. »Selbstverständlich, bitte vielmals um Entschuldigung.«

Hannah wartete, bis er das Zimmer verlassen hatte, dann setzte sie sich der Frau gegenüber und stellte sich vor.

»Mira Bensema«, antwortete die Assistentin und reichte Hannah die Hand. Die Frau hatte eine dunkelbraune Pagenfrisur, kleine Perlenohrstecker und trug ein grau gestreiftes Kostüm.

»Das hier ist lediglich eine erste, informelle Befragung«, erklärte Hannah. »Es mag sein, dass die Kollegen von der Kripo noch einmal mit Ihnen reden und Ihre Aussage ordentlich zu Protokoll nehmen wollen.«

Ihr Gegenüber nickte. »Dafür stehe ich jederzeit zur Verfügung.«

»Sie sind also die persönliche Assistentin von Philip Langmar.«

»Das ist nicht ganz richtig. Ich bin für mehrere Ärzte zuständig. Aber auch für Herrn Langmar, ja.«

»Sie waren gestern hier im Büro?«

»Korrekt. Mein Zimmer ist direkt neben seinem.«

»Wie lange arbeiten Psychiater wie Herr Langmar üblicherweise hier im Haus? Ich meine die tägliche Arbeitszeit …«

»Oh, das ist natürlich unterschiedlich, aber die meisten beginnen eher früh und verlassen die Klinik zwischen siebzehn und achtzehn Uhr.«

»Bei Herrn Langmar wurde es gestern offenbar später.«

»Ja, er machte Überstunden wegen eines Forschungsauftrags, den er für die Klinik an Land ziehen wollte.«

»Helfen Sie mir, das zu verstehen«, bat Hannah. »Neben seiner Arbeit mit den Patienten arbeitete er also auch in der Forschung?«

»So etwas geht meistens Hand in Hand. Es handelte sich um eine Studie zu Angstdepressionen, ziemlich hoch dotiert, was für ihn natürlich wegen der Abteilungsleitung von großem Interesse war.«

»Welche Abteilungsleitung?«

Mira Bensema hob entschuldigend die Hand und erklärte: »Die Stelle für den Chefarzt ist in unserer Abteilung vakant, und Herr Langmar rechnete sich Chancen aus. Er sah eine Gelegenheit, sich zu beweisen, wenn es ihm denn gelänge, den Studienauftrag zu erhalten.«

Hannah lehnte sich zurück. »Herr Langmar war doch sicherlich nicht der Einzige, der es auf diese Stelle abgesehen hatte?«

»Nein«, Mira Bensema schmunzelte, »sein größter Konkurrent saß gleich im Zimmer nebenan.«

»Und wie lautet sein Name?«

Die Frau schien einen Moment nachzudenken. »Ich möchte hier niemanden in Misskredit bringen oder einen falschen Eindruck entstehen lassen. Ich meine, nun, wo Herr Langmar tot ist, könnten Sie vielleicht denken …«

»Das lassen Sie mal meine Sorge sein«, sagte Hannah. »Was hier gesprochen wird, werde ich lediglich an die Kollegen von der Kripo weitergeben, ansonsten bleibt es unter uns. Und ich kann Ihnen versichern, dass wir keine voreiligen Schlüsse ziehen. Dennoch kann jede Information wichtig für uns sein.«

»Nun dann … Es gibt einen Kollegen, der ebenfalls im Rennen um die Stelle ist. Henry Fleming.«

Hannah kniff unwillkürlich die Augenbrauen zusammen und hoffte, dass die Frau ihr die Überraschung nicht allzu sehr anmerkte. »Herr Fleming war gestern ebenfalls lange im Haus, wenn ich richtig informiert bin?«

»Das stimmt. Die beiden waren die Letzten, die noch arbeiteten, als ich nach Hause ging«, erinnerte sich Mira Bensema.

»Wann war das?«

»Gegen halb sechs am Abend. Sie brauchten mich nicht mehr und schickten mich heim. Herr Fleming hatte einigen

Stress, weil er sich heute den Tag frei genommen hat und vorarbeiten wollte. Und Herr Langmar wollte sich ganz in die Arbeit an dem Forschungsauftrag vertiefen.« Sie lachte kurz. »Ich musste ihn dann allerdings daran erinnern, dass er an diesem Tag noch eine späte Patientin erwartete.«

»Sie meinen, er hatte gestern Abend einen Termin?«

»Ja, um achtzehn Uhr. Eher ungewöhnlich und etwas ungünstig, da er mit den Gedanken ganz woanders war, doch bei der jungen Dame ließ es sich nicht anders einrichten. Das bedeutete für ihn natürlich, dass es noch später werden würde, als er ohnehin angenommen hatte.«

»Können Sie mir sagen, wie der Name dieser Patientin lautet?«

»Sicher«, sagte Mira Bensema. »Das war Frau Mevius. Carlotta Mevius.«

Hannah spürte, wie sich ihr die Nackenhaare aufstellten. Um sicherzugehen, fragte sie: »Carlotta Mevius war an diesem Tag bei ihm in Behandlung?«

»So ist es.«

»Frau Mevius kam also gegen achtzehn Uhr. Wissen Sie, ob sie den Termin auch tatsächlich wahrgenommen hat?«

»Das hat sie. Ich bin ihr noch beim Rausgehen im Foyer begegnet, sie war etwas früher dran.«

Hannah beugte sich vor und stützte die Ellbogen auf die Knie. »Frau Mevius besuchte Herrn Langmar also gegen achtzehn Uhr. Und sein Kollege Fleming war auch noch im Büro.«

»Richtig«, bestätigte Mira Bensema. »Er war der Einzige auf dem Flur, der noch da war.«

»Vielen Dank.« Hannah stand auf.

Sie brauchte gar nicht auf das Bauchgefühl zu vertrauen, das sie gestern noch gegenüber Mara Abedi Steyn gelobt hatte. Auch so bestand eine überaus hohe Wahrscheinlichkeit, dass

Carlotta Mevius und Henry Fleming die letzten Personen waren, die Philip Langmar lebend gesehen hatten.

Der eine hatte mit ihm um eine Beförderung konkurriert.

Und zu der anderen gab es eine handgeschriebene Botschaft, die darauf hindeutete, dass Philip ihr etwas angetan haben könnte.

12

Auf der Wache in Ostersande herrschte emsiges Treiben, als Hannah wenig später mit ihrem Wagen auf den Parkplatz vor dem Haus fuhr.

Klaus-Peter Diekfoß dirigierte den Laster eines Getränkehandels, der etwas ungeschickt versuchte, rückwärts vor dem Eingang zu parken. Währenddessen unterhielt sich Sibert Hansen in der Eingangstür mit dem Mitarbeiter eines Cateringservice, wie unschwer an der Aufschrift auf dessen Arbeitskleidung zu erkennen war.

Mittlerweile war es später Vormittag. Der Rückweg von der Klinik hatte mehr Zeit in Anspruch genommen, als Hannah geplant hatte, da Tobby am Strand doch noch Bekanntschaft mit einem freundlichen Hundefräulein geschlossen hatte.

Nachdem sie ihn zu Hause bei ihrem Vater abgeliefert hatte, hatte sie noch einen kleinen Umweg in Kauf genommen und war erneut bei Julian Langmar vorbeigefahren, allerdings ohne ihn in seiner Wohnung anzutreffen. Auch ihr Anruf auf seinem Handy war erfolglos geblieben, ebenso der Versuch, ihn in seiner Firma zu erreichen.

Hannah stieg aus und schloss die Wagentür hinter sich.

Der Getränkelieferant hatte das Einparkmanöver beendet und öffnete die Laderampe des Lasters. Darin stapelten sich Getränkekisten und Bierfässer.

Ein seliges Lächeln huschte über das Gesicht von Klaus-Peter Diekfoß.

»Sie scheinen Größeres vorzuhaben«, kommentierte Hannah.

»Wenn schon, denn schon«, erklärte Diekfoß. »Soll später niemand behaupten, die Polizei hätte sich auf ihrem Jubiläum lumpen lassen.«

»Wer zum Ausnüchtern muss, hat es dann ja auch nicht weit.«

Hansen hatte den Mann vom Catering verabschiedet und hielt Hannah die Tür auf. »Hereinspaziert. Die Kripo ist auch schon da.«

Hannah betrat die Wache.

Zu den bereits vorhandenen Girlanden und Verzierungen an der Decke, den Wänden und der Empfangstheke hatten sich nun auch noch bunte Luftballons gesellt.

»War eine ganz schöne Arbeit, die alle aufzupusten«, sagte Hansen.

Hannah wollte etwas erwidern, verkniff es sich aber. Wenn Constanze ihre Mitarbeiter für solche Dinge abstellte, musste sie sich nicht wundern, dass ihr die eigentliche Arbeit über den Kopf wuchs. Doch sie wollte nicht gleich am zweiten Tag eine Palastrevolution anzetteln.

Sie traf Constanze in ihrem Büro an. Die kurzen Haare standen ihr unordentlich vom Kopf, sie machte einen übernächtigten Eindruck. Neben ihr am Schreibtisch saß Mara Steyn. Auf dem Monitor vor den beiden war das Gesicht von Henning Grewe zu sehen.

»Keine Minute zu früh«, begrüßte Constanze sie. »Ich hoffe, der Ausflug hat sich gelohnt.«

»Absolut.« Hannah zog sich einen Stuhl heran und setzte sich dazu. »Ich will euch aber nicht unterbrechen.«

Auf dem Bildschirm nickte Henning Grewe ihr zu. »Wir wollten gerade anfangen. Erzählen Sie ruhig.«

Hannah berichtete, was sie über den Konkurrenzkampf zwischen Philip Langmar und Henry Fleming erfahren hatte, und dass Carlotta Mevius den Psychiater am Tag seines Todes als letzte Patientin an dem Abend aufgesucht hatte.

»Carlotta Mevius …« Grewe machte ein nachdenkliches Gesicht. Es mochte an der Bildqualität liegen, doch Hannah hatte den Eindruck, dass die Ränder unter seinen Augen noch tiefer geworden waren. »Das ist interessant. Ich hatte den Kolleginnen gerade schon erzählt, dass ich mich jetzt auf den Weg zu Frau Mevius mache. Meine kranken Töchter haben mir heute Nacht wieder den Schlaf geraubt. Da ich also ohnehin wach war, habe ich die Zeit mit etwas Sinnvollem verbracht und ein paar Recherchen zu der Frau angestellt.«

Der Mann hatte Hannahs Mitgefühl, aber auch ihre Hochachtung. Sie konnte sich noch zu gut an die durchwachten Nächte mit ihren Töchtern erinnern. Hut ab, dass Grewe es da noch schaffte, sich parallel seiner Arbeit zu widmen.

»Carlotta Mevius arbeitet für einen Sicherheitsdienst hier in Wismar«, fuhr er fort. »Mit denen sollten wir mal reden, je nachdem, wie die Sache sich entwickelt.«

»Und wir sollten Henry Fleming befragen«, sagte Mara Steyn. »Er kann uns erklären, wie er zu seinem Kollegen stand.«

»Sie haben bereits mit dem Mann geredet«, wandte Grewe sich wieder an Hannah. »Wäre es möglich, dass Sie die Kollegin Steyn begleiten? Er zeigt sich vielleicht etwas offener, wenn ein bekanntes Gesicht dabei ist.«

Hannah warf Constanze einen fragenden Blick zu. Ihre Freundin zögerte, nickte dann aber. »Mach das.«

»Vielen Dank. Ich melde mich von unterwegs, falls es etwas Neues gibt.« Grewe trennte die Verbindung, und sein Gesicht verschwand vom Bildschirm.

Mara Steyn stand auf. »Wollen wir?«

»Jederzeit«, antwortete Hannah. »Ich hoffe nur, Sie haben keine Pferdehaarallergie.«

Den Reitstall zu finden, wo Henry Fleming heute den Tag mit seinem Pferd verbringen wollte, war nicht schwer. In der Nähe von Hoben gab es lediglich einen Stall, der mithilfe von Google Maps schnell gefunden war.

Eine schmale, löchrige Landstraße führte auf das alte Fischerdorf zu, dessen reetgedeckte Häuser umgeben von gelben Rapsfeldern einsam in der weiten Landschaft lagen. Masten mit Stromleitungen säumten die Straße und liefen auf den Horizont zu, wo sich dunkelblau die Ostsee erstreckte.

Der Reiterhof lag westlich von Hoben und war ebenfalls schon von Weitem zu sehen.

Hannah bog links ab auf eine Rumpelpiste, die den Streifenwagen ordentlich durchschüttelte.

»Was kostet eigentlich so ein Pferd?«, fragte Steyn.

Hannah schürzte die Lippen. »Kommt drauf an. Je nach Rasse mehrere Tausend bis Zehntausend Euro, wobei es nach oben hin wohl keine Grenze gibt. Dazu kommen dann noch der Stellplatz, Futter … der Tierarzt.« Sie deutete mit einem Nicken aus dem Fenster. »Auf einem gut ausgestatteten Hof wie diesem kann man im Monat schnell um die fünfhundert Euro und mehr berappen.«

Sie waren auf dem weitläufigen Gelände des Reiterhofs angelangt. Neben einer Reithalle gab es Stallungen, eine Koppel, Anbindeplätze, wo Reiter ihre Pferde striegelten und sattelten, außerdem eine Longierhalle und eine Führmaschine sowie einen Reitplatz.

»Reiten Sie selbst?«, fragte Mara Steyn.

»Nein. Aber zu meinem Leidwesen haben sich meine beiden Töchter als wahre Pferdemädchen entpuppt.«

»So welche hatten wir auch in der Klasse. Aber bei mir war für so etwas nie Geld da.«

»Bei uns auch nicht. Ich habe die beiden dazu verdonnert, sich den Reitunterricht mit Zeitungsaustragen und Babysitten zu verdienen.« Hannah seufzte. »Den Rest für die Reitbeteiligung haben mein Mann und ich dann zugeschossen.«

»Hat es sich denn gelohnt?«

»Sie meinen, ob eine von den beiden heute damit ihr Geld verdient? Nein. Die eine ist Köchin, die andere Anwältin. Ihr erstes großes Geld haben sie dann natürlich für ein eigenes Pferd ausgegeben. Die Ausgaben läppern sich mit der Zeit. Die beiden stöhnen mir noch heute ständig die Ohren voll.«

»Also können wir davon ausgehen, dass Henry Fleming ganz ordentlich verdient, wenn er sich so ein Hobby leisten kann«, stellte Steyn fest.

»Als Psychiater würde ich mal davon ausgehen, dass er nicht am Hungertuch nagt. Wobei ich mir vorstellen könnte, dass eine Beförderung zum Chefarzt seine finanzielle Situation noch einmal beträchtlich verbessert hätte.«

Hannah suchte einen freien Parkplatz zwischen diversen Geländewagen und Pferdeanhängern.

Sie stiegen aus und gingen zu einer Frau hinüber, die gerade einem Mädchen erklärte, wie es einem Pony die Hufe auszukratzen hatte.

»Wir suchen Henry Fleming«, sagte Hannah. Der Vorteil einer Uniform war, dass man sich nicht an langen Erklärungen versuchen musste.

Die Frau deutete auf den Stall. »Er müsste bei seinem Pferd sein. Gehen Sie ganz durch. Es ist eine der hinteren Boxen.«

Sie bedankten sich und liefen zum Stall hinüber. Obwohl die Sonne vom Himmel schien, herrschte im Inneren ein schummriges Licht. Es roch nach Stroh und Pferdemist. Eine Schwalbe huschte über ihre Köpfe hinweg, als sie zwischen den Boxen weiter nach hinten durchgingen.

Henry Fleming war gerade dabei, mit einer Mistgabel Heu von einer Schubkarre in den Futtertrog der Box zu schaufeln, in der sein Pferd stand, ein Hannoveraner mit braunem Fell und einer weißen Blesse. Fleming hielt inne, als er Hannah und Mara Steyn kommen sah.

»Hatte nicht damit gerechnet, Sie so bald wiederzusehen.« Er wischte sich die grauen Haare mit einer Hand aus dem Gesicht, Schweißperlen standen auf seiner Stirn. »Die Verstärkung wäre nicht nötig gewesen.«

»Mara Abedi Steyn«, sie hielt ihm ihren Dienstausweis hin. »Kripo Wismar.«

»Ihr Pferd?«, fragte Hannah.

Fleming nickte. »Der Tierarzt ist gerade weg.«

»Und, besteht Hoffnung?« Hannah ging zu dem Tier, ließ es an ihrer Hand schnüffeln und streichelte ihm dann den Kopf.

»Ein Hufabszess«, antwortete Fleming. »Nicht allzu schlimm, aber das erste Mal, dass ich mit so etwas zu tun habe. Das Pferd wird es auf jeden Fall überleben. Ob ich die Rechnung des Tierarztes überlebe, ist noch dahingestellt.«

»Bei Ihrem Gehalt wird das sicher kein Problem sein.«

»Da vertun Sie sich mal nicht.« Fleming lehnte die Mistgabel gegen die Boxentür. »Als Arzt einer psychiatrischen Klinik verdient man nicht schlecht, reich wird man allerdings nicht.«

»Wenn ich bedenke, welches Auto Ihr Kollege Langmar fuhr und wo er wohnte, hatte ich diesbezüglich einen anderen Eindruck«, wandte Hannah ein.

»Der Schein hat dann wohl getrogen.« Fleming schmunzelte und kam einen Schritt näher. Sein Aftershave wehte zu Hannah herüber, eine Mischung aus Zirbelkiefer und Sandelholz. »Philip war ein kleiner Lebemann. Und das konnte er sich leisten, weil seine Frau Notarin ist.«

Hannah betrachtete demonstrativ das Pferd. »Ein Hannoveraner ist aber auch nicht gerade günstig …«

»Nun ja.« Fleming machte ein etwas verlegenes Gesicht und hob die Schultern. »Meine Tante hat es mir geschenkt. Und die Stallkosten halten sich hier einigermaßen in Grenzen. Ich meine … Wismar ist nicht gerade das begehrteste Pflaster, was Pferdestellplätze angeht.«

»Ihre Tante.« Hannah musterte den Mann. Er schien es ehrlich zu meinen. »Dennoch könnte ich mir vorstellen, dass Sie einer Beförderung sicher nicht abgeneigt wären. Allein aus finanzieller Hinsicht.«

Fleming stieß ein amüsiertes Lachen aus. »Da kennen Sie mich aber schlecht. Sie sprechen sicherlich von der offenen Abteilungsleitung bei uns in der Klinik?«

Hannah nickte.

»Darauf bin ich überhaupt nicht scharf«, winkte Fleming ab. »Dahlke hat mich gefragt, aber ich habe dankend abgelehnt.«

»Tatsächlich.« Weiter kam Hannah nicht, obwohl sie gerne nachgebohrt hätte. Sie hätte es sehr interessiert, wie groß die Konkurrenz zwischen Fleming und Philip war. Aber ihrer Kollegin schien der jugendliche Geduldsfaden zu reißen. Und da die Kriminalpolizei diese Ermittlungen führte, konnte Hannah ihr schlecht in die Parade fahren.

»Carlotta Mevius«, sagte Steyn. »Die bei Philip Langmar in Behandlung war. Wir wissen, dass sie am Abend seines Todes einen Termin bei ihm hatte.«

»Ich … erinnere mich an Frau Mevius«, sagte Fleming sehr verhalten. Ihm war anzusehen, dass dieser Schwenk des Gesprächs ihm Unwohlsein bereitete. Als Arzt war er an seine

Schweigepflicht gebunden, zudem handelte es sich um die Patientin seines Kollegen. Wobei es nicht ganz unwahrscheinlich war, dass sich die Ärzte über ihre Fälle austauschten oder untereinander Rat suchten. Hannah verstand, welchen Winkelzug Mara Steyn hier vollführen wollte, und zollte ihr im Stillen Anerkennung, dass sie sich überhaupt auf dieses dünne Eis wagte.

»Mir ist Ihre Situation bewusst«, meinte Steyn und machte ein verständnisvolles Gesicht. »Sie wissen aber sicherlich, dass Ihr Krankenhaus eine Auskunftsverpflichtung hat, wenn es um die Verfolgung einer Straftat geht.«

»Allerdings eine eingeschränkte. Die Auskunft umfasst allenfalls Dinge wie den Namen, Geburtsdatum und -ort sowie das Datum der Aufnahme und Entlassung.« Fleming machte eine kurze Pause und schien sich seine nächsten Worte zurechtzulegen. »Was die Aufnahme betrifft … so war sie zunächst bei mir in Behandlung.«

Steyn warf Hannah einen kurzen Seitenblick zu und bedankte sich mit einem knappen Nicken bei Fleming. Er hatte seine Auskunftsverpflichtung gerade großzügig ausgelegt, was vielleicht darauf hindeutete, dass es da durchaus etwas gab, das er ihnen mitteilen wollte.

»Was bedeutet *zunächst*?«, hakte Hannah nach.

»Sie wurde einen Monat später auf eigenen Wunsch wieder aus der Therapie entlassen.« Hannah runzelte die Stirn, woraufhin Fleming anfügte: »Kurz darauf kam es zu einer erneuten Aufnahme, diesmal bei meinem Kollegen Philip Langmar.«

»Dass ich das richtig verstehe«, rekapitulierte Steyn, »Frau Mevius war also bei Ihnen in Behandlung, wechselte dann aber zu Ihrem Kollegen Langmar.«

Fleming antwortete nicht, was Hannah als schweigende Zustimmung wertete. »Mir ist klar, dass Sie uns nichts über den Grund ihrer Behandlung verraten dürfen«, sagte sie. »Allerdings stellt sich mir schon die Frage, ob das ein bewusster Wechsel des Therapeuten war und falls ja, weshalb? Was sprach denn dagegen, dass sie bei der Wiederaufnahme erneut zu Ihnen kam?«

»Meine ärztliche Schweigepflicht ist mir sehr wichtig. Ich will mich daher nicht in Schwierigkeiten bringen.« Fleming massierte sich das Kinn. »Allerdings kann ich allgemein feststellen, dass in unserer Klinik die Zahl der Patienten mit Angstzuständen in den vergangenen Jahren rapide angestiegen ist. Die Therapie ist möglich, gelingt oft, allerdings ist es nicht immer einfach. Die richtige Wellenlänge zwischen Patient und Therapeut ist dabei natürlich von entscheidender Bedeutung.«

Hannah konnte sich ein Schmunzeln nicht verkneifen. Fleming meinte es wohl gut mit ihnen, vielleicht zu gut. Denn so recht wurde sie aus seinen Äußerungen nicht schlau. Möglich, dass er ein aufrichtiger Kerl war, der der Polizei nach bestem Gewissen bei der Aufklärung eines Mordes an einem Kollegen helfen wollte. Andererseits brachte er sich aber auch gerade selbst in ungemütliches Fahrwasser. Ob ihm das bewusst war?

»Das muss für Sie eine unangenehme Situation gewesen sein«, sagte Steyn, was Hannah erneut für einen cleveren Zug hielt, führte sie das Gespräch doch weg von Mevius und hin zu Fleming. Einerseits konnte er über seine persönlichen Belange offener reden. Andererseits baute sie genau an der fraglichen Stelle Druck auf.

»Ehrlich gesagt hatte ich so etwas noch nicht erlebt. Eine wirklich unangenehme Situation für mich, weil dergleichen über Dahlkes Schreibtisch geht.« Fleming massierte sich den Nacken und blickte zu Boden. »Üblicherweise sind meine Patienten sehr zufrieden mit mir.«

»Peinlich und sicherlich eine große Kränkung für Sie«, schob Hannah dazwischen.

»Oh ...« Fleming hob abwehrend die Hände, als er wohl

realisierte, dass er sich gerade selbst in die Bredouille brachte. »Nein, nein. So einer bin ich nicht. Mir geht es um meine Patienten. Und offenbar bereitete ich der Frau mehr Probleme, als dass ich ihr helfen konnte. Warum auch immer. Aber ich war auf keinen Fall gekränkt oder nachtragend.«

»Sie wechselte also zu Ihrem Kollegen«, nahm Mara Steyn den Faden wieder auf. »Haben Sie die Frau danach noch einmal wiedergesehen?«

»Nur ein Mal. Wir begegneten uns auf dem Flur. Ich fragte, wie sie nun zurechtkam, und es schien gut zu laufen mit ihr und Philip.« Fleming lehnte sich mit dem Ellbogen an die Tür der Box. »Ich versuchte, noch einmal herauszufinden, aus welchem Grund sie nicht mit mir klargekommen war. Wie gesagt, nicht, weil ich nachtragend war. Aber es hätte ja sein können, dass ich etwas an mir habe, das auch andere Patienten stört. Das hätte ich dann halt gerne gewusst. Aber …«

Hannah sah, dass Mara Steyn bereits ansetzte, um ihn mit einer weiteren Frage zu bombardieren. Diesmal ging sie dazwischen. »Erklären Sie es uns gerne«, forderte sie Fleming auf weiterzureden.

»Ich weiß nicht, wie ich das beschreiben soll.« Er überlegte einen Moment. »Frau Mevius konnte mir keinen nachvollziehbaren Grund nennen. Tatsächlich sagte sie gar nichts dazu. Es kam mir seltsam vor. Wenn ich an unsere ersten Sitzungen zurückdachte, schien es mir beinahe so, als hätte sie es von Anfang an darauf angelegt, von Philip behandelt zu werden.«

»Könnte das einen bestimmten Grund gehabt haben?«

»Ich verstehe nicht, wie Sie das meinen.«

»War da vielleicht etwas zwischen den beiden?«

Fleming hob die Augenbrauen. »Sie denken da an …«

»Auf der zwischenmenschlichen Ebene«, schob Hannah ein.

»Also … nicht dass ich wüsste«, antwortete der Psychiater.

»Halten Sie es für möglich, dass er Frau Mevius missbraucht hat?«, bohrte Steyn nach, und Hannah musste sich abermals auf die Lippe beißen, um nicht dazwischenzugehen. Für Fleming tat es ihr beinahe ein wenig leid, dass die junge Kollegin so nonchalant aufs Ziel losging. Man konnte das auch geschickter anstellen. Doch Geduld schien nicht ihr Ding zu sein.

Fleming machte ein indigniertes Gesicht. »Also, das halte ich für ausgeschlossen. Philip war ein absolut integrer Kollege. Er hatte eine Frau, eine Tochter … nein, wirklich nicht.«

»Wie war das gestern Abend«, fragte Steyn weiter. »Frau Mevius hatte einen Termin bei Ihrem Kollegen.«

»Bei Philip? Ach, tatsächlich?«

»Haben Sie etwas davon mitbekommen?«

»Nein. Wenn ich mich in meine Arbeit vertiefe, höre ich immer klassische Musik … Filmmusik. Ich liebe die Filmmusik von *Herr der Ringe* oder …«

»Sie hörten also Musik«, unterbrach Steyn ihn. »Sonst nichts?«

»Ich hatte Kopfhörer an. Zwischendurch … ich meinte, Philip einmal laut reden zu hören.«

»Frau Mevius ist Ihnen nicht über den Weg gelaufen?«

»Nein.«

»Sollte Ihnen doch noch etwas einfallen, melden Sie sich bei der Kollegin Bülow oder bei uns.« Steyn gab ihm eine Visitenkarte von sich. Dann verabschiedete sie sich und ging davon.

Hannah zögerte einen Moment und sah Flemings leicht verdatterten Gesichtsausdruck. Sie konnte nicht anders.

»Die Jugend.« Sie zuckte mit den Schultern. »Tut mir leid.«

Fleming rang sich ein Lächeln ab. »Verstehe schon. Ich habe eine Tochter. Jünger. Aber genauso ungeduldig.«

»Ich bin mit zweien davon gesegnet. Mit dem Alter gibt sich das irgendwann.«

»Das will ich hoffen. Sonst wachsen mir noch mehr graue Haare.«

»Sie leben allein mit Ihrer Tochter?«

Fleming nickte. »Meine Frau ist vor ein paar Jahren verstorben. Da muss ich jetzt also irgendwie durch.«

Hannah kniff die Lippen zusammen. Das war einer der wenigen Punkte, der ihr Trost spendete. Malte und sie hatten die Kinder noch gemeinsam aufziehen können, er hatte ihre Töchter als erwachsene Personen erleben dürfen. Und Hannah wollte sich wirklich nicht vorstellen, wie es gewesen wäre, den ganzen Kraftakt ohne ihn zu stemmen. Sie empfand Mitleid mit Fleming.

Er nahm die Mistgabel wieder zur Hand. »Wenn Sie noch Fragen haben, Sie wissen ja, wo Sie mich finden.«

»Dann noch viel Glück mit Ihrem Pferd … und Ihrer Tochter.« Hannah wandte sich zum Gehen.

Hinter sich hörte sie Fleming noch halblaut murmeln: »Das Pferd ist meistens weniger störrisch.«

13

Der Rückweg nach Ostersande gestaltete sich schwieriger als erwartet. Auf der Lindenstraße, der einzigen größeren Landstraße, hatte es einen Unfall gegeben. Ein Trecker war an einer besonders ungünstigen Stelle mitsamt seinem Anhänger vom Weg abgekommen und lag im Straßengraben. Seine Ladung Heuballen hatte sich über die Straße verteilt.

Hansen und Diekfoß waren dabei, den Verkehr umzuleiten.

Hannah hielt an und ließ das Fenster herunter. »Kann man helfen?«

Diekfoß schüttelte den Kopf. Ihm stand der Schweiß auf der Stirn, und er schnaufte. »Nein, wir kommen klar. Der Abschleppwagen ist unterwegs. Aber ich fürchte, Sie müssen einen Umweg machen, wenn Sie in den Ort zurückwollen.«

»Kein Problem. Bis später.«

Hannah fuhr weiter und bog hinter den anderen Wagen auf eine schmalere Seitenstraße zwischen den Feldern ab.

Mara Steyn hatte den Ellbogen aus dem Fenster gelehnt und schien den frischen Fahrtwind zu genießen.

»Geht die Sache nicht in eine ziemlich eindeutige Richtung?«, fragte sie mit geschlossenen Augen.

»Was meinen Sie?«

»Na, Henry Fleming. Er konkurriert mit Langmar um eine

Beförderung. Außerdem luchst der Kerl ihm auch noch eine Patientin ab, ziemlich peinlich und für die Karriere nicht förderlich. Und dann«, sie schnipste mit dem Finger, »geht Fleming aus einer Laune heraus lieber am Strand nach Hause, statt mit dem Auto zu fahren, und findet dort ganz zufällig seinen toten Widersacher.«

»Ja«, stimmte Hannah zu, »da drängt sich der Verdacht auf, dass Fleming den Mann auf dem Gewissen haben könnte.«

»Ich stelle mir das ungefähr so vor. Langmar geht nach Hause. Er schließt auf dem Parkplatz seinen Porsche auf, will seine Aktentasche in den Kofferraum legen. Fleming ist ihm gefolgt, er hat ebenfalls Feierabend gemacht, der einzige Zufall, den ich gelten lassen würde.«

»Der Parkplatz ist nicht gut beleuchtet«, spielte Hannah das Gedankenspiel mit. »Vermutlich bekommt niemand um diese Uhrzeit mit, was da vor sich geht. Aber wie kommen die beiden an den Strand?«

»Sie brechen einen Streit vom Zaun. Über die freie Stelle. Vielleicht geht es auch um Carlotta Mevius. Es wird hitzig. Fleming verpasst Langmar einen Stoß, die Aktentasche fällt zu Boden. Langmar bekommt es mit der Angst zu tun, flüchtet in Panik in Richtung Strand. Dort geht es weiter. Eine Rangelei … wobei wir keine eindeutigen Spuren eines solchen Kampfes gefunden haben. Doch ein kleiner Schubser hat vielleicht schon gereicht. Langmar stürzt unglücklich und schlägt sich den Schädel an dem Stein ein.«

Hannah ließ die Szene vor ihrem inneren Auge ablaufen. »Nicht unmöglich, dass es so abgelaufen ist.«

»Andererseits«, Steyn machte eine relativierende Geste mit der Hand. »Das sind zwei Psychiater, studierte, gebildete Menschen …«

Hannah konnte sich ein kurzes Lachen nicht verkneifen.

»Was nicht davor schützt, aus Gier, Zorn und beruflicher Eifersucht dumme Dinge zu tun. Ich habe da einiges erlebt.«

»Diese Notiz, die wir gefunden haben. Was ist, wenn es einen Grund gab, dass Carlotta Mevius von Henry Fleming wegwollte?«

»Sie meinen …«

»Ja, wer sagt denn, dass Langmar seine Patientin missbraucht hat. Vielleicht war es ja Fleming. Langmar findet das heraus. Er will damit nicht gleich zur Klinikleitung, sondern die Sache zu seinen Gunsten nutzen und Fleming unter Druck setzen. Langmar will, dass er die Beförderung ausschlägt und ihm den Weg freimacht. Ist doch irgendwie komisch, dass Fleming vorgibt, nicht auf den Posten scharf zu sein. Also hat Langmar ihn vielleicht in der Hand. Langmar hat auch die Notiz geschrieben. Er steckt sie Fleming zu. Fleming bekommt es mit der Angst zu tun und dreht auf dem Parkplatz durch. Am Strand schiebt er die Notiz dann dem Toten unter, um die Ermittlungen in eine falsche Richtung zu lenken.«

Hannah dachte nach. »Die Notiz ist in der Kriminaltechnik?«

»Die Kollegen von der KT werden einen Schriftvergleich mit Langmars Handschrift durchführen. Dann sollten sie das vielleicht auch mit der von Fleming tun.«

»Warten wir das mal lieber ab, bevor wir falsche Schlüsse ziehen. Wie gesagt, unmöglich ist das alles nicht, und es würde manches erklären.« Hannah wischte sich eine Strähne aus den Augen, die der Wind ihr ins Gesicht gewirbelt hatte. »Ich bin mir bei Fleming aber nicht sicher. Er könnte auch die Wahrheit sagen. Vielleicht ist er einfach einer dieser verpeilten Typen.«

»Sie meinen, die meisten Psychiater haben selbst ein Ding an der Birne?« Steyn grinste.

»Nennen wir es lieber Bauchgefühl.«

Steyn musterte sie von der Seite. »Sie mögen ihn.«

»Bitte?«

»Ihr Blick. Mir ist nicht entgangen, wie Sie Fleming angesehen haben. Sie mögen den Kerl.«

»Nein.« Wobei er schon ein echtes Schnittchen war, so viel musste sie zugestehen.

Hannah atmete tief ein und gab sich Mühe, ihre Gedanken wieder unter Kontrolle zu bekommen. Sie war frisch verwitwet.

»Meiner Erfahrung nach«, hörte sie sich sagen, »empfiehlt es sich, die Leute besser kennenzulernen und harte Beweise zu sammeln, bevor man voreilige Schlüsse zieht.«

»Vermissen Sie es eigentlich?«, fragte Steyn.

»Was?«

»Die Arbeit bei der Kripo.«

Hannah nickte. »Schon.«

»Haben Sie sich manchmal gefragt, wie es gewesen wäre, wenn Sie die Karriere nicht für Kind und Kegel geopfert hätten?«

Hannah musste schlucken. Die junge Kollegin hatte in der Tat eine direkte Art. Wobei ihr der Gedanke tatsächlich mehr als einmal durch den Kopf gegangen war. Allerdings hatte sie nicht das Bedürfnis, über solch persönliche Angelegenheiten zu sprechen. Andererseits ... war es nicht so, dass die Jungen manchmal von den Alten lernten und man ruhig seine Lebenserfahrung weitergeben konnte, auch jene nicht so guten Teile davon?

»Wie alt sind Sie, Mara?«

»Sechsundzwanzig.«

Gott, sie konnte ihre Tochter sein.

»Mara, ich will Sie nicht vollsülzen. Aber wo Sie nun einmal gefragt haben ...« Sie wandte den Blick Steyn zu und setzte ein versöhnliches Lächeln auf. »Wenn Ihnen die Arbeit bei der

Kripo Spaß macht, ich meine, das, was wir hier gerade tun, das Ermitteln, Verhören, Beweise sammeln, das ganze Puzzlespiel. Wenn also wirklich Ihr Herz dafür brennt. Dann gehen Sie nicht weg. Lassen Sie sich nicht versetzen. Lassen Sie sich nicht befördern. Gehen Sie an keinen anderen Ort, sondern machen Sie genau das weiter, was Ihnen Spaß macht.«

Steyn riss die Augen auf. »Verdammte Scheiße! Bremsen!«

Hannah schwang den Blick nach vorne und trat mit aller Gewalt auf die Bremse. In letzter Sekunde. Das ABS brachte den Wagen ruckelnd zum Stehen.

Vor ihnen hatte ein Lastwagen auf der Straße angehalten. Er setzte den Blinker und bog rechts in eine Einfahrt ab.

»Wow!«, stieß Steyn aus. »Ihr Lebensrat in Ehren, aber wenn Sie uns beide um die Ecke bringen, kann ich ihn ganz bestimmt nicht mehr befolgen.«

»Tut mir leid«, schnaufte Hannah.

Sie brauchte einen Moment, um sich vom Schreck zu erholen. Dann erkannte sie, dass sie vor dem alten Herrenhaus standen. Der Lastwagen fuhr die Einfahrt zur Klinik hinauf.

Hannah kniff die Augen zusammen. »Zum Teufel. Was hat der denn hier zu suchen?«

Auf der Seite des Lastwagens stand in fetten Lettern der Name einer Baufirma gedruckt:

Julian Langmar GmbH & Co. KG

Hannah brauchte mit Mara Steyn nur einen Blick zu tauschen, um sicherzustellen, dass sie dasselbe dachten. Sie setzte den Blinker, bog ab und folgte dem Lastwagen, der seitlich am Herrenhaus vorbei zur Rückseite fuhr. Von der Straße und der Vorderseite des Hauses aus war dieser Bereich nicht einsehbar. Hannah kannte das weitläufige Gelände dahinter noch als einen ungepflegten, mit der Zeit völlig verwilderten Garten. Daher staunte sie nicht schlecht, als sie sah, was in den Jahren ihrer Abwesenheit hier entstanden war.

Der moderne Anbau, den man an die linke Seite des Anwesens gesetzt hatte und der die Patientenzimmer beherbergte, zog sich tief in das Grundstück. Davor war ein Park angelegt worden mit diversen Aufenthaltsmöglichkeiten und Raum für allerhand Aktivitäten.

Der Lastwagen fuhr in einem weiten Bogen daran vorbei zum hinteren Teil des Anbaus. Dort war ein Gerüst errichtet worden. Direkt davor wurde offenbar gerade ein Fundament gelegt. Hannah konnte einen Betonmischer sehen, der seine Ladung in ein eingeschaltes Becken goss. Weitere Baumaschinen standen herum, darunter Bagger und ein Kran, der noch nicht errichtet worden war.

»Scheint, als würde hier noch mal angebaut«, stellte Mara Steyn fest.

»Ja«, bestätigte Hannah, »und Julian Langmar hat ganz offensichtlich den Auftrag an Land gezogen.«

Sie fuhr seitlich an dem Lastwagen vorbei, der angehalten hatte, und parkte dann vor einem der drei Bauwagen. Ein Mann mit Jeans und hochgekrempelten Hemdsärmeln stand davor. Er trug einen gelben Schutzhelm und hielt einen Plan in der Hand, auf dem er dem Mann an seiner Seite etwas erklärte. Sein Gegenüber trug einfache Arbeitskleidung, was wohl die Rangordnung unter den beiden eindeutig demonstrierte.

»Mal sehen, ob wir hier fündig werden«, sagte Hannah und stieg aus.

Mara Steyn folgte ihr, und sie gingen zu dem Mann mit dem gelben Helm hinüber, von dem Hannah vermutete, dass es sich um den Bauleiter oder Ähnliches handelte.

»Falls wir kurz stören dürfen ... Hannah Bülow, Polizei

Ostersande. Das ist meine Kollegin Mara Steyn von der Kripo Wismar«, stellte sie sie beide vor. »Wir sind auf der Suche nach Julian Langmar.«

Als sich der Mann herumdrehte, erkannte Hannah ihn. Es war Bernd Kukis.

Er bat seinen Gesprächspartner, ihn kurz zu entschuldigen. Dann faltete er seinen Plan zusammen und klemmte ihn sich unter den Arm. »Sie suchen nach Julian. Sehr schön, dann sind wir ja schon zu dritt.« Er reichte ihnen die Hand.

»Wir hatten gehofft, dass Sie uns sagen können, wo wir Ihren Chef finden«, sagte Hannah.

»Auch wenn Sie es mir nicht glauben, doch wir haben tatsächlich dasselbe Problem«, bekräftigte Kukis. »Ich kann Ihnen auch nicht sagen, wo Julian steckt.«

Hannah tauschte einen Blick mit Mara Steyn, die ihrerseits nachhakte: »Aber Sie oder jemand anderes in der Firma müssen doch wissen, wo Ihr Boss ist.«

»Würde man annehmen, nicht wahr?« Kukis fuhr sich mit der Hand über das stoppelige Kinn. »Leider ist Julian wie vom Erdboden verschwunden. Ich habe ihn zuletzt vorgestern gesehen.«

»Wo war das?«, fragte Steyn.

»In seinem Büro. Seitdem bin ich auch auf der Suche nach ihm.« Kukis deutete auf das Gerüst. »Ich habe Ihnen ja schon erzählt, mit was für einem Durcheinander ich es zu tun habe. Das hier ist eigentlich Julians Projekt.«

»Wenn man den Gerüchten trauen darf, scheint das Chaos bei ihm Programm zu sein«, erinnerte sich Hannah an die Auskünfte ihres Vaters über Julian Langmar.

Kukis schien einen Moment zu überlegen. »Sagen wir mal so, Sie würden mir echt einen großen Gefallen tun, wenn Sie ihn auftreiben.«

»Kommt es öfter vor, dass er abtaucht?«

»Nein. Zumindest nicht in dieser Form, das ist wirklich neu. Ich bin eine gewisse Spontaneität von ihm gewohnt, was meinen Job nicht gerade einfach macht, aber dafür werde ich bezahlt.«

»Geht das schon lange so?«

»Es gibt bessere und schlechtere Phasen.«

»Könnte es einen Grund für sein Abtauchen geben?«

»Nein, zumindest kenne ich ihn nicht.« Kukis sah sich nach der Baustelle um. »Wir sind hier gerade gestartet, und Julian war über beide Ohren mit dem Projekt beschäftigt. Bis vor ein paar Wochen …«

»Was war vor ein paar Wochen?«, hakte Steyn nach.

»Ich weiß nicht. Irgendetwas muss da passiert sein. Er verhielt sich plötzlich anders. Kam zu spät ins Büro, verpasste wichtige Konferenzen und Termine, und die Planung hier glitt ihm aus den Händen.«

»Gab es einen bestimmten Auslöser?«

»Nicht dass ich wüsste …«

Letztendlich kamen allerhand Gründe infrage, die einen Menschen aus der Bahn werfen konnten. Besonders, wenn man ein labiler Charakter war wie Julian Langmar. Hannah konnte sich noch an seine Sprunghaftigkeit erinnern, und offenbar hatte sich daran nicht viel geändert.

Allerdings kam ihr ein Ereignis in den Sinn, das sich exakt vor drei Wochen zugetragen hatte und das vermutlich bereits einen anderen Menschen – ihre gute Freundin Constanze – arg in Mitleidenschaft gezogen hatte.

»Hat Julian Ihnen gegenüber vielleicht das Bootsunglück erwähnt, das sich vor drei Wochen im Hafen von Ostersande ereignet hat?«, fragte Hannah.

»Sie meinen die Segeljacht, die abgefackelt ist? Nein, warum sollte er?«

»War nur so ein Gedanke. Falls er auftaucht, soll er sich bitte umgehend bei uns melden.«

»Und wenn Sie ihn finden, soll er sich bei mir melden.« Kukis machte ein betretenes Gesicht. »Es ist wegen seines Bruders, nehme ich an?«

»Richtig.«

»Tragische Sache«, Kukis stemmte die Hände in die Hüften. »Der hätte Ihnen vermutlich mehr erzählen können.«

»Wie meinen Sie das?«

»Philip war doch Hirnklempner. Ich habe mich mal vertrauensvoll an ihn gewendet, ich meine ... ich habe ja auch eine Verantwortung der Firma gegenüber, und so konnte das nicht weitergehen. Philip nahm Julian in die Mangel.« Kukis zuckte die Achseln. »Wir hatten alle die Hoffnung, damit würde es vielleicht besser werden, aber das Gegenteil trat ein. Wenn ich das mal so sagen darf ... Der liebe Philip scheint bei seinem Bruder eine mächtige Schraube gelöst zu haben.«

14

Sie kamen zeitgleich mit Henning Grewe wieder bei der Wache in Ostersande an. Der Kriminaler stieg mit rotem Kopf aus dem Auto und kam mit energischen Schritten zu ihnen herüber. So energiegeladen hatte Hannah den Mann bislang noch nicht erlebt.

Sie schloss die Wagentür hinter sich.

»Jetzt wird es wirklich interessant«, sagte Grewe.

Mara Steyn hielt ihnen die Tür der Wache auf. »Der Grund für die Aufregung ist welcher?«

»Carlotta Mevius. Ich war gerade bei ihr.«

»Und?«

»Sie spielt in der Sache vielleicht eine ganz andere Rolle, als wir dachten.« Grewe betrat die Wache, und sie folgten ihm. »Ich habe einen Durchsuchungsbeschluss für ihre Wohnung angefragt, und wenn alles glatt läuft, haben wir sie heute Nachmittag im Verhörraum in Wismar.«

Constanze war allein auf der Wache. Diekfoß und Hansen hatten wohl noch mit dem Traktorunfall zu tun. Sie saß hinter ihrem Schreibtisch, als Grewe voran in ihr Büro stürmte.

Sie hob die Augenbrauen. »Sie sehen ja aus, als hätten Sie einen Dauerlauf hinter sich. Alles gut?«

Grewe winkte ab. »Könnte einen Kaffee vertragen.«

»Glaub nicht, dass das eine gute Idee ist«, meinte Constanze und stand auf. »Vielleicht setzen Sie sich erst mal und kommen zur Ruhe.«

»Keine Zeit. Ich wollte nur Mara abholen. Aber da Sie und die Kollegin Bülow uns so gut geholfen haben, wollte ich Sie beide noch schnell auf den neuesten Stand bringen.«

»Tun Sie sich keinen Zwang an«, meinte Constanze und setzte sich mit verschränkten Armen auf ihren Schreibtisch.

»Also, das Langweilige zuerst«, begann Grewe. »Die Obduktion hat ergeben, dass die Kopfverletzung definitiv den Tod verursacht hat. Sie ist auch sicher auf den Sturz und den Aufschlag auf dem Stein zurückzuführen. Krankheiten und organische Ursachen sind ausgeschlossen.«

»Soll das bedeuten, es handelt sich tatsächlich um einen Unfall?«, wunderte sich Mara Steyn. »Oder ist weiterhin denkbar, dass er im Zuge einer Rangelei unglücklich stürzte?«

»Momentan würde ich eher auf Ersteres tippen«, sagte Grewe. »Allerdings müssen wir noch die Ergebnisse der Spurensicherung abwarten und sehen, was es mit dieser Notiz und vor allem Carlotta Mevius auf sich hat. Die junge Dame erscheint mir nicht ganz koscher.«

»Aus welchem Grund?«, fragte Constanze. »Sie wollten ihr doch einen Besuch abstatten.«

»Was ich auch getan habe.« Nun zog Grewe sich doch einen Stuhl heran und setzte sich. »Carlotta Mevius hat eine hübsche Maisonettewohnung drüben in Dargetzow. Sie hat mich reingebeten und mir einen Kaffee angeboten. Machte einen ganz aufgeschlossenen Eindruck. Ich habe ihr von Philip Langmar erzählt. Das mit der Notiz habe ich für mich behalten. Wir sind nicht weit gekommen, sie hatte einen Anruf und ist kurz ins obere Geschoss zum Telefonieren verschwunden. Ich habe die Zeit genutzt und mich ein wenig umgesehen …«

»Tststs, wer macht denn so was.« Constanze schmunzelte

und schüttelte missbilligend den Kopf, wobei Hannah davon ausging, dass sie sich wohl alle einig darin waren, dass sie dasselbe getan hätten.

»Neben dem Wohnzimmer und der Küche gab es im unteren Bereich ein kleines Büro«, fuhr Grewe fort. »Ihr werdet nicht erraten, was ich dort entdeckt habe.«

Hannah wechselte einen Blick mit den beiden anderen Frauen, die dem Gesichtsausdruck nach genauso ratlos waren wie sie selbst. »Spannen Sie uns nicht auf die Folter«, bat sie.

»In der Schublade ihres Schreibtischs lag eine Patientenakte«, offenbarte Grewe. »So eine, wie wir sie in der Aktentasche von Philip Langmar gefunden haben. Ich würde jede Wette eingehen, dass es tatsächlich eine von seinen ist. Leider hörte ich Carlotta schon wieder die Treppe runterkommen, daher konnte ich sie mir nicht genauer ansehen.«

»Jammerschade«, kommentierte Mara Steyn.

Es bedurfte keiner expliziten Erklärung, dass Grewe die Akte nicht einfach ohne einen richterlichen Beschluss hatte mitnehmen können. Sie wäre vor keinem Gericht als Beweismittel zugelassen worden.

»Zum Glück konnte ich schnell einen Durchsuchungsbeschluss organisieren«, beruhigte Grewe sie. »Die Staatsanwaltschaft und der Richter waren einsichtig, es besteht schließlich die Gefahr, dass die Mevius wichtige Beweismittel verschwinden lässt.«

»Einen wirklichen Sinn ergibt das allerdings gerade nicht für mich«, sagte Hannah. »Bislang deutet doch eher alles darauf hin, dass Langmar oder Fleming sich an Carlotta Mevius vergangen haben könnten. Warum sollte Mevius die Akte eines anderen Patienten mitgehen lassen?«

»Vielleicht gibt es eine weitere Akte, eine zweite, die zu ihr selbst gehört«, schlug Mara Steyn vor.

»Lassen wir uns überraschen.« Grewe hob die Hände und stand auf. »Ein paar Kollegen sind für die Durchsuchung abgestellt. Ich würde jetzt gerne wieder rüber nach Dargetzow und bei der Durchsuchung dabei sein.«

Mara Steyn nickte ihm zu. »Dann mal los.«

An Hannah und Constanze gewandt, sagte Grewe über die Schulter im Hinausgehen: »Wir lassen Sie wissen, was dabei rumkommt. Und wenn wir Ihre Hilfe brauchen, melden wir uns.«

»Jederzeit«, erwiderte Constanze und hob die Hand zu einem müden Abschiedsgruß.

Hannah verschränkte die Arme hinter dem Kopf und streckte sich. »Mannoman. Meine ersten Tage hier hatte ich mir weniger turbulent vorgestellt.«

Ihr Magen gab ein lautes Knurren von sich. Erst jetzt fiel ihr auf, dass sie seit dem Frühstück nichts mehr gegessen hatte. Inzwischen war es früher Nachmittag.

»Ich hatte auch noch nichts«, sagte Constanze. »Lust auf ein Fischbrötchen?«

Die Seebrücke von Ostersande war Mitte der Nullerjahre errichtet worden. Hannah hatte damals aus der Ferne über ihre Eltern mitbekommen, dass es – wie sollte es anders sein – wieder einmal ein großes Tauziehen zwischen örtlichen Umweltschützern, Investoren und hiesigen Geschäftsleuten gegeben hatte. Wie so häufig hatte die Natur am Ende den Kürzeren gezogen.

Hannah fand dennoch, dass das Ergebnis sich sehen lassen konnte. Die Seebrücke aus weißem Holz reichte 380 Meter weit ins Meer und war damit lediglich vierzehn Meter kürzer als ihr berühmtes Pendant in Sellin auf Rügen. Allerdings nahm sich die Gastronomie in Ostersande eher spartanisch aus. Statt eines Restaurants über dem Wasser gab es eine Imbissbude, die sich bei den Kurgästen großer Beliebtheit erfreute. Daher waren Hannah und Constanze nicht die Einzigen, die mit einem Fischbrötchen in der Hand am Geländer lehnten und den Blick auf die Ostsee und die Küste genossen.

Am Strand tummelten sich die Badegäste, deren Handtücher und Sonnenschirme aus der Ferne wie kleine Farbkleckse auf dem weißen Strand aussahen. Kinder warfen sich im Wasser Bälle und Frisbees zu.

Hannah biss ein Stück von ihrem Brötchen mit geräuchertem Aal ab und kaute genüsslich. Das hier gehörte definitiv zu den Dingen, die sie in ihrem alten Leben weitab der Küste vermisst hatte.

»Wusstest du, dass uns die Nordseekrabben langsam wegsterben?«, fragte Constanze kauend. Sie hatte sich für Lachs entschieden.

»Wegen des Klimawandels oder des ganzen Mülls, den wir im Meer abladen?«

»Letztendlich bestimmt beides. Aber es ist aktuell vor allem ein eingewanderter Fisch, der Probleme bereitet. Der findet die Krabben nämlich auch ziemlich lecker und frisst sie alle auf.«

»Das erklärt, warum sie so unverschämt teuer sind.«

»Wenn du Pech hast, bekommst du sie im Supermarkt manchmal schon gar nicht mehr.«

»Was doch absolut für ein zweites Brötchen mit Nordseekrabben spricht.«

»Für acht Euro?« Constanze blickte demonstrativ zum Imbissstand hinüber. »Pft, ich glaub, mein Hamster bohnert.«

Hannah aß den Rest ihres Brötchens auf, tupfte sich den Mund mit der Papierserviette ab und beförderte sie in den nahen Mülleimer. Dann lehnte sie die Arme auf die Reling und blickte auf die See hinaus. »Sag mal, hast du eigentlich noch großen Kontakt zu Julian?«

Constanze kaute auf einem Bissen und sah sie abwägend an. »Du weißt, wie das mit verflossenen Jugendlieben ist. Man will an seine ersten Experimente nicht unbedingt erinnert werden. Andererseits kann man ja hier kaum verhindern, dass man sich mal über den Weg läuft.«

Hannah musste schmunzeln. Die Liebe gehörte wohl noch zu den besten Erinnerungen aus dem Sommer 1993. Constanze war damals mit Julian zusammengekommen, nachdem sie ihn lange angeschmachtet und er sie links liegen gelassen hatte. Für Hannah selbst hatte diese Wendung auch einen Vorteil mit sich gebracht. Denn sie hatte ein Auge auf Philip geworfen, an den sie nun über Constanze und Julian herangekommen war. Die beiden Langmar-Brüder waren eine Stufe über ihnen gewesen, damals hatte ein Jahr Altersunterschied bei Schulfreunden noch einiges ausgemacht.

»Ich habe heute noch mal versucht, Julian zu erreichen. Wieder nichts.« Hannah berichtete von ihrem Gespräch mit seinem Stellvertreter. »Das ist schon seltsam. Da wird sein Bruder tot aufgefunden, möglicherweise ermordet, und Julian verschwindet von der Bildfläche.«

Constanze setzte ihre Sonnenbrille auf. »Das ist letztendlich eine Sache der Kripokollegen, doch ich bin mir nicht sicher, ob wir wirklich von einem Mord ausgehen sollten. Das schaut mir doch mehr nach einem Unfall aus.«

»Nach all den Ungereimtheiten, die in der kurzen Zeit ans Tageslicht gekommen sind? Die beiden haben noch nicht mal ernsthaft nachgebohrt.«

»Und das wird wohl auch nicht passieren.« Constanze schmunzelte. »Steyn ist noch grün hinter den Ohren, und der Kollege Grewe … Nun ja, ich hatte schon das eine oder andere Mal mit ihm zu tun, und man munkelt, dass sein wahres Talent eher im Bereich Babybrei und Wickeltisch liegt.«

»Dann hat mein erster Eindruck nicht getrogen.«

»Wenn sich nicht bald eindeutige Beweise auftun, dass es sich um etwas anderes als ein Unglück handelt, dann wird Grewe die Sache schnell zu den Akten legen, da bin ich mir ziemlich sicher.«

»Was aber immer noch nicht die Sache mit Julian erklärt«, wandte Hannah ein. »Wenn er nicht bald wiederauftaucht, haben wir zusätzlich noch einen Vermisstenfall an der Backe.«

Constanze winkte ab. »Der taucht schon wieder auf. Weißt du, es gibt da einige Gerüchte um ihn.«

»Du meinst die Drogen. Habe ich schon gehört.«

»Bad news travel fast in Ostersande.« Constanze lehnte sich mit dem Rücken ans Geländer und wandte das Gesicht in die Sonne. »Du weißt doch, Julian ist ein tragischer Fall. Er hat mit dem Scheiß angefangen und danach die Finger nicht mehr davon lassen können.«

Sie standen einen Moment schweigend nebeneinander. Hannahs Blick wanderte unwillkürlich über die Brandnarben, die sich auf einer Seite von Constanzes Gesicht vom Hals über die halbe Wange bis zum Ohr zogen.

Julian hatte nach dem Unfall mit Cannabis angefangen, um die Erinnerungen daran zu verdrängen. Doch dabei war es wie so oft nicht geblieben.

»Musst du noch viel daran denken?«, fragte Hannah.

Constanze atmete tief ein. »Jeden verdammten Morgen, wenn ich in den Spiegel schaue.«

»Tut mir leid.« Hannah machte ein ernstes Gesicht.

»Liebes, das hast du mir schon tausend Mal gesagt …«

»Und ich meine es ernst. Ich habe mich oft gefragt, was gewesen wäre, wenn ich bei euch auf der Insel geblieben wäre, statt mit Philip rumzuflirten und mit ihm früher nach Hause zu fahren. Wir hätten einfach gefeiert, und auf der Rückfahrt hätte ich am Steuer gestanden und nicht einer von euch. Oder wir … wären an dem Abend besser überhaupt nicht erst mit diesem verdammten Boot dort rausgefahren.«

»Dich trifft keine Schuld, Hannah. Hör auf, dir Vorwürfe zu machen, das lohnt nicht. Wir können es nicht ungeschehen machen.« Constanze löste sich vom Geländer und legte ihr eine Hand auf die Schulter. »Komm, wir vertreiben uns die Zeit mit deiner Einweisung. Unser stinklangweiliges Computersystem ist genau das, was wir beide jetzt brauchen.«

Die nächsten zweieinhalb Stunden verbrachten sie hinter Constanzes Schreibtisch mit Passwörtern, Eingabefenstern, Häkchen, die an der richtigen Stelle gesetzt werden mussten, und Dienst- und Urlaubsplänen. Da die Wache in Ostersande nur mit vier Personen besetzt war, mussten sie keine Spät- und Nachtschichten fahren, diese Zeiten wurden von den Kollegen der größeren Polizeiinspektion in Wismar abgedeckt. Dennoch galt es, die Öffnungszeiten von sieben bis achtzehn Uhr zu besetzen, was die Einteilung in Früh- und Spätschichten erforderte.

Als sie alles erledigt hatten, lehnte sich Constanze im Bürostuhl zurück und deutete auf die Wand hinter sich. Dort hing über die gesamte Breite eine Stecktafel mit bunten Karteikärtchen. »So weit also die Theorie, nun zur Praxis. Weil mir der digitale Krempel zu unübersichtlich und kompliziert ist, gibt es diese Tafel.«

Constanze erklärte Hannah das System, das sie ersonnen hatte. Die linke Hälfte der Tafel umfasste Fälle, die es zu bearbeiten galt. Rote Karten waren neu eingegangene Dinge, um die sich noch niemand kümmerte – Anzeigen, Beschwerden, das ganze Repertoire. Blaue Karten waren Angelegenheiten, die sich in Bearbeitung fanden. Grüne solche, die erledigt waren, zu denen aber noch Berichte geschrieben werden mussten. Lila waren hoffnungslose Fälle, derer sie sich bei Gelegenheit noch einmal annehmen mussten, Dinge wie Nachbarschaftsstreitigkeiten um einen Grenzzaun oder ein entlaufener Hund, der nicht wiederaufgetaucht war. Die letzte Kategorie, orange, verdiente erhöhte Aufmerksamkeit. Darunter fielen zum Beispiel Menschen, die wiederholt ihre Bußgelder nicht gezahlt hatten, oder Fälle von häuslicher Gewalt, wo ein regelmäßiger Besuch Schlimmeres verhindern konnte. Die rechte Hälfte der Tafel enthielt zu guter Letzt den Dienstplan.

Hannah nickte anerkennend. Das System war in der Tat eingängig, übersichtlich und pragmatisch. »Ich bin ehrlich beeindruckt.«

»Erzähl bitte niemandem, dass wir uns so spartanisch …«

Constanzes Telefon klingelte. Sie nahm ab, hörte kurz zu und hielt Hannah dann den Hörer hin. »Für dich.«

Sie nahm den Hörer entgegen. Am anderen Ende erklang die Stimme von Mara Steyn. »Hey, haben Sie Lust, rüber in die Inspektion zu kommen?«

»Gibt es dazu denn einen Grund?«

»Wir haben Carlotta Mevius hier. Und ich dachte, nachdem Sie sich so reingehängt haben, interessiert Sie vielleicht, was sie zu erzählen hat. Außerdem … Sie könnten mal wieder ein wenig Kripoluft schnuppern. Wie wär's?«

Hannah überlegte kurz, dann deckte sie die Sprechmuschel mit der Hand ab. »Kannst du mich entbehren?«

»Eigentlich nicht. Aber ich will dir auch nicht den Spaß verderben, und mich interessiert, was die beiden rausgefunden haben. Also fahr ruhig rüber.«

Hannah wandte sich wieder an Steyn. »Ist gut, ich komme. Fangt die Party nicht ohne mich an.«

Die Fahrt nach Wismar dauerte nicht lange.

Die Polizeiinspektion befand sich in einem roten Backsteinbau in der Nähe des historischen Marktplatzes. Mara Steyn nahm Hannah am Eingang in Empfang und führte sie in die erste Etage ins Nebenzimmer des Verhörraums. Dort gab es einen Monitor, auf dem man das Geschehen nebenan beobachten konnte.

Henning Grewe saß einer jungen Frau gegenüber, die das schwarze T-Shirt einer Rockband trug, dazu gleichfarbene Cargohosen. Ihr blau gefärbtes Haar hatte sie auf einer Seite bis auf die Kopfhaut kurz geschoren, auf der anderen hing es lang herunter.

Die Befragung musste gerade erst begonnen haben, Grewe war noch dabei, die Namen der Anwesenden herunterzubeten. An Mevius' Seite saß ein Mann im Maßanzug, bei dem es sich nur um ihren Anwalt handeln konnte.

»Sie waren gestern Abend gegen achtzehn Uhr zu einer Therapiesitzung bei Philip Langmar in der psychiatrischen Klinik Ostersande, ist das korrekt?«, kam Grewe schließlich zum Eingemachten.

»Ich war bei ihm, aber …«

»Bitte ein Ja oder ein Nein.«

»Ja.«

»Wie lange dauerte die Sitzung?«

»Soll ich jetzt auch mit Ja oder Nein antworten?«

Grewe schnitt eine Grimasse, und der Anwalt der Frau flüsterte ihr etwas ins Ohr, worauf sie in milderem Ton erklärte: »Es ging eine halbe Stunde.«

»Möchten Sie erzählen, weshalb Sie zu ihm gegangen sind?«

Ihr Anwalt unterhielt sich kurz im Flüsterton mit Mevius. Dann meinte er zu Grewe: »Sie wissen, dass meine Mandantin nicht auf diese Frage antworten muss. Also werten Sie es bitte als Zeichen ihrer Aufrichtigkeit und unseres Willens, einen Beitrag zu Ihren Ermittlungen zu leisten.«

Grewe nickte.

»Ich begab mich wegen Panikattacken in Behandlung«, erklärte Mevius.

»Ist es richtig, dass Sie zunächst bei einem Kollegen von Herrn Langmar waren und die Therapie unterbrachen, bevor Sie zu Herrn Langmar gingen?«

»Das stimmt.«

»Und möchten Sie mir verraten, weshalb Sie das getan haben?«

Mevius zuckte mit den Schultern. »Ich dachte zuerst, es ginge mir besser. Doch dann kamen die Anfälle zurück. Ich war mir nicht sicher, ob ich in den richtigen Händen war. Und über Herrn Langmar hatte ich viel Gutes gehört. Also bat ich darum, nun bei ihm in Behandlung zu kommen.«

»Was taten Sie nach der Sitzung gestern Abend?«

»Ich verließ die Klinik und fuhr nach Hause.«

»Wann trafen Sie dort ein?«

»Etwa eine Viertelstunde später. Also kurz vor sieben.«

»Wie verbrachten Sie den weiteren Abend?«

»Ich schob eine Tiefkühlpizza in den Ofen, schnappte mir ein Bier und machte es mir mit meiner Lieblingsserie auf dem Sofa gemütlich. Dann bin ich ins Bett.«

»Sie waren also den ganzen Abend und die Nacht zu Hause und verließen Ihre Wohnung nicht.«

Mevius nickte. »Ja.«

»Gibt es Zeugen, die das bestätigen könnten?«

Mevius wandte sich kurz an ihren Anwalt, dann sagte sie kurz und knapp: »Nein.«

Der Blick von Henning Grewe wanderte in Richtung der Überwachungskamera. Für einen Moment schien es, als würde er über die Kamera und den Monitor direkt in den Nebenraum blicken. Und sein Gesichtsausdruck verriet Hannah, dass ihm die Antwort von Carlotta Mevius ganz und gar nicht gelegen kam.

15

Auf dem Wismarer Marktplatz herrschte emsiges Treiben. Neben Touristen, die sich an der historischen Architektur ergötzten und fleißig Fotos schossen, waren Handwerker mit der Restauration einer Häuserfassade beschäftigt, ein Paketbote eilte hastig zu einer Lieferadresse, wobei er fast mit einem Radfahrer zusammenstieß, und zwei Autos lieferten sich im Wettstreit um einen Parkplatz ein Hupkonzert.

Henning Grewe schien sich davon nicht beeindrucken zu lassen. Er war ganz in den Verzehr eines Stücks Himbeertorte vertieft. Mara Steyn begnügte sich mit einem Chai Latte, während Hannah sich über Schokotorte hermachte. Sie liebte Schokolade, und der Zuckerschock war genau das Richtige, nachdem sie der zähen Befragung von Carlotta Mevius hatte beiwohnen müssen.

Sie saßen in einem kleinen Café gegenüber dem Rathaus, und die Kulisse hätte nicht viel schöner sein können.

Der klassizistische Bau der Stadtverwaltung nahm die eine Seite des Markts in Beschlag, daneben stand die im neugotischen Stil erbaute Ratsapotheke. Etwa in der Mitte des Platzes befand sich die Wasserkunst, ein zwölfeckiger Pavillon. Hannah erinnerte sich noch dunkel an einen Schulausflug, bei dem ihnen erklärt worden war, irgendein ziemlich bekannter Niederländer hätte das Kunstwerk vor Urzeiten errichtet. Sie hatte sich schon damals eher für die kulinarische Seite ihrer Heimat interessiert. Einer der beliebtesten Anlaufpunkte für das leibliche Wohl war zweifelsohne der Alte Schwede, das Gasthaus in Wismars wohl bekanntestem und ältestem Bürgerhaus, das viele Postkarten zierte. Dessen Terrasse befand sich direkt vor dem spätgotischen Prachtbau mit seinem stufenförmigen Pfeilergiebel. Leider war der Andrang wie immer groß gewesen, sodass sie keinen Platz ergattert hatten. Doch das kleine Café zwei Häuser weiter wusste auch zu überzeugen. Hannah hatte lange keinen so leckeren Schokokuchen mehr gegessen. Und wenn sie sich nicht im Zaum hielt, würde noch ein zweites Stück folgen.

Carlotta Mevius hatte sich im weiteren Verlauf der Befragung als wenig kooperativ erwiesen. Sie hatte sich weder etwas über ihre Therapie bei Philip Langmar entlocken lassen noch über den Grund, weshalb sie nicht mehr von Henry Fleming hatte behandelt werden wollen. Auch über die Akte, die man bei der Hausdurchsuchung bei ihr sichergestellt hatte, wollte sie keine Auskunft geben und verweigerte auf Anraten ihres Anwalts schlicht die Aussage.

Da ihnen in einer solchen Situation mehr oder weniger die Hände gebunden waren, hatten sie Carlotta Mevius nicht länger festhalten können.

Mara Steyn nippte an ihrem Chai Latte und tippte dann auf den Beweismittelbeutel, der zwischen ihnen auf dem Tisch lag. Darin lag die Akte, die sich im Besitz von Carlotta Mevius befunden hatte. Sie wussten zumindest so viel, als dass sie zu einem Mann namens Klaus Baade gehörte, der sich offenbar ebenfalls bei Philip Langmar in Behandlung befunden hatte.

»Ich habe ein paar Erkundigungen über den Kerl eingezogen«, sagte Mara Steyn. Sie hatte sich der Aufgabe gewidmet, als die Befragung sich in die Länge gezogen hatte und man keine neuen Erkenntnisse mehr hatte erwarten können. »Klaus Baade war Angeklagter in einem Zivilprozess. Es ging um Schadenersatz. Baade hatte einen Autounfall verursacht.«

Grewe tupfte sich den Mund mit einer Serviette ab. »Ich finde, alle Unfallverursacher sollten standardmäßig zum Psychiater geschickt werden.«

»Es kommt noch besser.« Steyn machte eine Kunstpause. »Der Geschädigte in der Sache war ein Oskar Schönfeld.«

»Und?« Grewe blickte Steyn verständnislos an. »Muss mir der Name etwas sagen?«

»Oskar Schönfeld ist der Bruder von Carlotta Mevius.«

»Scheiße!« Grewe schlug mit der flachen Hand auf den Tisch, wobei die Kuchengabel auf seinem Teller einen Satz machte. »Die Info hätte ich gebrauchen können, als ich mit der jungen Dame im Verhörraum saß und sie die Zähne nicht auseinanderbekam!«

»Tut mir leid.« Steyn hob abwehrend eine Hand. »Als ich darauf gestoßen bin, war sie leider schon weg.«

»Hat sich mal jemand die Akte angesehen?«, erkundigte sich Hannah mit Blick auf den Beweismittelbeutel.

»Nun ja«, Grewe räusperte sich. »Das fällt wohl unter die ärztliche Schweigepflicht. Die Kriminaltechnik hat die Fingerabdrücke schon abgenommen. Im Grunde hätten wir sie schon längst der Klinik zurückgeben müssen.«

»Was Sie leider versäumt haben.«

»Keine Zeit«, antwortete Grewe. »Trotzdem dürfen wir da von Rechts wegen nicht reinschauen.«

»Natürlich nicht«, sagte Hannah. »Haben Sie beide sich eigentlich die Wasserkunst dort drüben schon mal genauer angesehen? Es ist ein architektonischer Prachtbau.«

Steyn schluckte den Köder nur allzu gerne. »Das ist wohl

wahr.« Sie lenkte Grewes Blick mit ausgestrecktem Zeigefinger auf das Bauwerk. »Was meinen Sie dazu?«

»Ich … also …« Grewe zögerte einen Moment, spielte das Spielchen aber schließlich mit und sah weg, als Hannah nach der Akte griff. »Doch, ein wirklich interessantes Stück architektonischer Kunst.«

Hannah zog die Akte vorsichtig aus dem Beweismittelbeutel. Dann blätterte sie durch die Seiten, während Steyn und Grewe sich weiter unterhielten und sich alle Mühe gaben, nicht hinzusehen.

Plötzlich hielt Hannah inne.

»Was ist denn?«, fragte Mara Steyn, der ihr Gesichtsausdruck wohl nicht entging. »Warum gucken Sie so sparsam?«

»Weil …« Hannah wusste nicht, wie sie das, was sie sah, in Worte fassen sollte. »Weil hier nicht viel drinsteht.«

»Was soll das heißen?« Grewe beugte sich neugierig vor.

Hannah drehte die Akte so herum, dass die beiden den Inhalt sehen konnten. Auf den ersten drei Seiten befanden sich einige handgeschriebene Notizen. Danach folgten Zeichnungen, wie sie jemand anfertigt, dem sterbenslangweilig ist. Eine Kaffeetasse, eine Insel mit einer Palme, ein Segelschiff auf dem Wasser, Tulpen in einer Vase und eine dampfende Kaffeetasse. Danach nichts mehr, außer leere Seiten.

Hannah klappte die Akte zu und legte sie wieder auf den Tisch.

»Und was hat das zu bedeuten?«, fragte Steyn.

»Dass Philip Langmar offenbar kein allzu großes Interesse an seinem Patienten hatte«, schloss Hannah.

»Er hat sich einen schönen Lenz gemacht und die dicke Knete dafür kassiert.« Grewe schüttelte ungläubig den Kopf.

»Dieser Prozess«, fragte Hannah, »wie ist er ausgegangen?«

»Klaus Baade wurde freigesprochen«, erklärte Steyn.

»Wie wollen Sie jetzt weiter vorgehen?« Hannah richtete die Frage an Grewe. Der griff nach der Kaffeetasse vor ihm auf dem Tisch und nippte daran.

»Ich bin nach wie vor nicht überzeugt, dass wir es nicht einfach mit einem Unfall zu tun haben«, sagte er. »Diese ganze Sache mit Mevius hat vielleicht gar nichts mit seinem Tod zu tun.«

»Die Notiz? Die Akte?«, hakte Hannah nach. »Irgendeine Verbindung scheint da doch zu bestehen.«

»Das kann alles und nichts bedeuten.«

Mara Steyn rückte ihren Stuhl nach hinten und machte sich zum Aufbruch bereit. »Ich werde jetzt jedenfalls die Fallakte pflegen und schon mal alles reinschreiben, was wir wissen. Sonst gibt es wieder einen Anpfiff vom Chef.«

Henning Grewe winkte nach der Kellnerin und ließ die Rechnung kommen.

»Was ist mit dem Sicherheitsdienst, für den Carlotta Mevius arbeitet?«, startete Hannah einen letzten Versuch. »Reden wir mit denen.«

»Versprechen Sie sich davon denn etwas?«, fragte Grewe, während er zahlte.

»Einen Versuch wäre es wert.«

Er gab der Kellnerin ein großzügiges Trinkgeld. »Also gut. Ich komme mit. Mara, du kümmerst dich um die Fallakte.«

Hannah beglich ihren Teil der Rechnung.

»Würde es Ihnen etwas ausmachen, wenn Sie fahren?«, bat Grewe. »Dann kann ich mich kurz zu Hause nach dem Rechten erkundigen.«

Die Geschäftsräume des Ali Asaf Babacan Sicherheitsdienstes, für den Carlotta Mevius arbeitete, befanden sich im nördlichen Wismar im Gewerbegebiet unweit des Hafengeländes. Die Firma war in einem schlichten Bürogebäude unweit der

Ostsee-Kartbahn untergebracht. Hannah parkte den Streifenwagen auf dem Parkplatz des Sicherheitsdienstes und ließ das Fenster herunter. Von der Halle des Rennbetriebs her kamen Motorenlärm und das Quietschen von Reifen. Es roch nach verbranntem Gummi und Abgasen.

Der Weg hierher hatte sie keine fünf Minuten gekostet. Auf der kurzen Fahrt hatte Henning Grewe seine familiären Angelegenheiten noch nicht vollständig erledigen können.

Er saß auf dem Beifahrersitz, in einer Hand das Smartphone, auf dem ein Videocall lief.

Zunächst hatte er mit seiner Schwiegermutter telefoniert, eine reizende Siebzigjährige mit grauem Dutt, die besorgt war, dass sie ihren geliebten Enkeln die falschen Medikamente oder gar eine Überdosis verpassen könnte. Den Zettel mit der genauen Medikation, den Grewe ihr dagelassen hatte, hatte sie leider verlegt. Er hatte ihr langsam und zum Mitschreiben diktiert, welche Mittel in welcher Menge zu welcher Uhrzeit und in welcher Reihenfolge einzunehmen waren.

Jetzt waren seine Kinder an der Reihe.

Auf dem Bildschirm erschienen zwei Mädchen im gleichen Alter, die Nasen gerötet, die Gesichter bleich. Sie husteten und schnieften, was das Zeug hielt.

Wieder erinnerte es Hannah an die Zeit, als Malte und sie sich zu Hause mit den kranken Kindern abgewechselt und dabei irgendwie auch noch mit Beruf und Haushalt jongliert hatten. Dennoch vergaß man schnell, wie mühsam das wirklich gewesen war. Insofern hatte sie Grewe in ihrer Einschätzung vielleicht unrecht getan. Der Mann tat auch nur sein Bestes, diesen Wahnsinn irgendwie zu überstehen.

Er beendete schließlich das Gespräch, lehnte sich mit einem Seufzen im Sitz zurück und murmelte: »Alles wird gut.«

»Sicher wird es das«, munterte Hannah ihn auf.

Grewe rückte die Brille auf seiner Nase mit zwei Fingern zurecht und drehte den Kopf in ihre Richtung. »Sie sprechen aus Erfahrung?«

»Ich habe auch zwei davon großgezogen. Und ich will Ihnen gar keine Hoffnung machen, dass es einfacher wird, wenn sie älter werden. Aber ja, am Ende wird bestimmt alles gut.« Sie lächelte, und Grewe stimmte ein.

»Oh Mann, wenn man vorher wüsste, worauf man sich da einlässt ...«

»... wäre die Menschheit vermutlich schon ausgestorben.«

»So ist es.«

»Ihre Frau ist noch immer unterwegs?«

»Ja. Die ganze Woche.«

»Was macht sie?«

»Sie hat einen Weinladen drüben in Schwerin«, erzählte Grewe. »Im Moment ist sie auf einer Weinmesse.«

Hannah spitzte die Lippen. »Klingt interessant.«

»Ich wäre vermutlich den ganzen Tag betrunken.«

»Ginge mir genauso.«

»Ist leider nicht immer einfach, unsere beiden Jobs mit den Kindern übereinzubringen. Ich bin ganz froh, dass meine Schwiegereltern da sind.«

»Ja, was wären wir ohne Oma und Opa.«

»Hören Sie«, sagte Grewe in entschuldigendem Ton. »Ich weiß, wie das auf Sie wirken muss. Aber ich gebe wirklich alles und möchte diesen Fall keinesfalls einfach zu den Akten schieben.«

»Das hatte ich auch nicht angenommen ...«

»Doch, das haben Sie«, meinte Grewe, »ich habe es an Ihrem beharrlichen Nachfragen gemerkt. Ich nehm's Ihnen nicht übel. Wobei ich mich frage, woher Ihr großes Engagement rührt.«

Daher wehte also der Wind. Sie hatte den Mann tatsächlich

ein wenig unterschätzt. »Der Tote wurde in meinem Zuständigkeitsbereich gefunden.«

»Sicher.« Grewe musterte sie von der Seite. »Dennoch hatte ich den Eindruck, dass es vielleicht etwas Persönliches ist. Kannten Sie Philip Langmar?«

Hannah überlegte kurz, was sie antworten sollte. Es gab eigentlich keinen Grund, damit hinter dem Berg zu halten. Sie hatte zu lange keinen Kontakt mehr mit Philip gehabt, als dass es irgendeine Sorge wegen ihrer Befangenheit geben könnte.

»Ich bin mit ihm in dieselbe Schule gegangen. Wir waren befreundet«, beließ sie es dennoch bei der Halbwahrheit.

»Verstehe. Dann versichere ich ihnen, dass ich alles tun werde, um herauszufinden, was mit Ihrem Freund geschehen ist. Sollte sich aber der Verdacht erhärten, dass es wirklich ein Unfall war, müssen wir es auch dabei bewenden lassen.«

Hannah wandte sich nun ihrerseits Grewe zu und blickte ihm in die Augen. »Und sollte es auch nur den geringsten Anhaltspunkt geben, dass es kein Unfall war, möchte ich, dass meinem alten Freund Gerechtigkeit widerfährt.«

Grewe schob die Unterlippe vor und nickte. »Das kann ich Ihnen versprechen.«

»Gut.« Hannah fasste den Türgriff. »Wollen wir?«

Ali Asaf Babacan, der Geschäftsführer des Sicherheitsdienstes, saß hinter seinem Schreibtisch, als seine Assistentin sie zu ihm hereinführte. Er war ein Mann mit akkurat getrimmtem Haar, Vollbart und tätowierten, sehnigen Unterarmen, die unter dem hochgekrempelten Hemd hervorschauten.

»Die Polizei, was kann ich für Sie tun?« Er stand auf und bot ihnen die beiden Stühle vor seinem Tisch an. Sie setzten sich.

»Carlotta Mevius ist eine Ihrer Mitarbeiterinnen«, sagte Grewe.

Babacan nahm wieder Platz. »Ja.«

»Wir hätten einige Fragen zu der Dame.«

»Die ich so ohne Weiteres nicht beantworten muss.«

»Das ist richtig«, erwiderte Grewe. »Allerdings ist es so, dass Frau Mevius' Name in einem ungeklärten Todesfall aufgetaucht ist. Wir wissen noch nicht, welche Rolle sie darin spielt. Allerdings könnte es sich um einen Mord handeln. Und sollte sich herausstellen, dass Frau Mevius etwas damit zu tun hat, kann ich Ihnen nicht garantieren, dass wir den Namen Ihrer Firma aus der Presse heraushalten können. Sie ist ja nun mal bei Ihnen angestellt. Angesichts Ihres Gewerbes wird das sicherlich Nachfragen auslösen, so wie ich die Kollegen von den Medien kenne.«

Babacans braune Augen wanderten zwischen ihnen beiden hin und her. Er schien zu überlegen, ob er Grewes Drohung in den Wind schlagen oder das Spiel mitspielen sollte. Schließlich entspannte sich seine Miene.

Er breitete die Hände aus und setzte ein Zahnpastalächeln auf. »Meiner Firma ist sehr an einem guten Verhältnis zu den Behörden gelegen. Und da es nichts zu verbergen gibt ... bitte, wie kann ich Ihnen helfen?«

»Erzählen Sie uns von Frau Mevius«, bat Grewe, »gab es schon mal Probleme mit ihr?«

»Ganz im Gegenteil. Sie arbeitet seit fünf Jahren für uns und ist eine unserer zuverlässigsten Mitarbeiterinnen. Für Frauen ist es in unserem Gewerbe nicht immer einfach.« Babacan schenkte Hannah einen entschuldigenden Blick. »Aber Carlotta kommt auch in schwierigen Situationen zurecht und weiß sich durchzusetzen.«

»War Frau Mevius in letzter Zeit häufiger krankgeschrieben?«

»Nein.«

»Oder nahm sie sich für Arztbesuche frei?«

Babacan schüttelte den Kopf. »Nein, wirklich nicht.«

»Da sind Sie sich absolut sicher?«

»Allerdings.«

Hannah verstand Grewes Beharrlichkeit. Carlotta hatte sich bei Philip in Therapie befunden, und auch, wenn sie ihrem Arbeitgeber darüber keine Rechenschaft schuldig war, hatte es dafür doch einen konkreten Anlass gegeben. Sie hatte angegeben, dass sie sich wegen einer Angststörung in Behandlung befunden habe. Hannah hatte Kollegen erlebt, die daran gelitten hatten, und üblicherweise ging so etwas nicht ohne Krankschreibungen einher, auf jeden Fall fiel es den Betroffenen schwer, ihren Arbeitsalltag zu meistern. Insofern war es verwunderlich, dass ihre Probleme ihrem Arbeitgeber völlig entgangen waren.

»Hat sich vielleicht an ihrem Verhalten etwas verändert?«, hakte sie nach.

»Nun ja.« Babacan faltete die Hände wie zum Gebet, und Hannah konnte die Knochen seiner kräftigen Finger arbeiten sehen. »Sagen wir, sie war in letzter Zeit mit den Gedanken schon mal woanders.«

»Das müssen Sie uns erklären«, bat Henning Grewe.

»Es ging um ihren Bruder. Eine Familienangelegenheit, die sie ein wenig ablenkte.«

»Oskar Schönfeld.«

»Mag sein, dass er so heißt.«

»Er hatte einen Autounfall und führte anschließend einen Prozess gegen den Unfallverursacher«, warf Hannah ein.

»Ja, Carlotta erzählte mir, dass er den Prozess verloren hatte. Das bereitete ihr ein wenig Kopfzerbrechen.«

Grewe seufzte und begann mit den Fingern auf der Stuhllehne zu trommeln. »Müssen wir Ihnen die Informationen wirklich einzeln aus der Nase ziehen?«

Ali Asaf Babacan presste die Lippen aufeinander. »Ich möchte meine Mitarbeiterin wirklich nicht in Schwierigkeiten bringen.«

»Ehrlich gesagt, sie befindet sich bereits in Schwierigkeiten. Wir haben bei ihr die Patientenakte des Unfallverursachers gefunden. Ein Klaus Baade. Er befand sich zufällig bei demselben Psychiater in Behandlung, den auch Carlotta Mevius aufsuchte und der nun tot ist.«

Der Reaktion von Babacan sah Hannah an, dass diese Information wirklich neu für ihn war. Er wirkte ehrlich überrascht. »Davon wusste ich nichts. Weshalb befand sie sich denn in Behandlung?«

»Das können Sie sie selbst fragen.«

Babacan schien seine nächsten Worte abzuwägen. »Dieser Klaus Baade ... Er wurde vor Gericht wegen Unzurechnungsfähigkeit freigesprochen, erzählte mir Carlotta. Es lag das Gutachten eines Psychiaters vor.«

Hannah tauschte einen Blick mit Henning Grewe. Die nächste Frage lag auf der Hand. »Wie hieß dieser Psychiater?«

»Das weiß ich nicht. Carlotta hat es mir nicht gesagt.« Babacan hob beide Hände. »Ich habe auch nicht weiter nachgefragt, da ich mit der Sache nichts zu tun haben wollte. Carlotta hatte nämlich den Verdacht, dass das Gutachten gefälscht war. Und sie wollte, dass wir Nachforschungen anstellten.«

»Und das taten Sie?«

»Nein. Das gehört nicht zu unserem Aufgabenbereich, und ich möchte nicht, dass meine Mitarbeiter Privates mit Beruflichem vermischen. Allerdings konnte ich Carlotta ja nicht davon abhalten, in ihrer Freizeit Erkundigungen einzuholen.«

Grewe kniff die Augen zusammen. »Was wollen Sie damit sagen?«

»Carlotta beauftragte eine Detektei damit, Nachforschungen im Fall ihres Bruders anzustellen. Wie gesagt, ich erinnere mich nicht an den Namen dieses Psychiaters, der das Gutachten angeblich fälschte.« Babacan biss sich auf die Unterlippe. »Allerdings stammte er wohl aus einer Klinik hier ganz in der Nähe.«

16

Ihr nächstes Ziel lag nicht allzu weit entfernt.

Die Arcona-Detektei befand sich an der Spitze des alten Hafens von Wismar. Ali Asaf Babacan hatte ihnen die Adresse gegeben und zum Abschied darauf verwiesen, dass seine Freude sicherlich enorm wäre, sollte die Polizei sich daran erinnern, dass er ihnen einen Dienst erwiesen hatte, für den Fall, dass er seinerseits einmal unter der Hand Informationen oder Unterstützung in irgendeiner Form benötigte.

Von seinem Büro aus war es zum Hafen ein Katzensprung.

Doch gerade, als Hannah mit Henning Grewe wieder in den Streifenwagen stieg, kam ein Funkspruch von Constanze durch.

»Ich fürchte, dein kleiner Ausflug ist zu Ende«, kam ihre Stimme knisternd aus dem Lautsprecher. »Es gibt hier eine Beschwerde über das Krügers Eck von einem Anwohner. Wir haben das schon eine Weile liegen lassen, nun kocht das richtig hoch. Ich fürchte also, einer von uns muss sich der Sache dringend annehmen. Und Diekfoß und Hansen sind gerade unterwegs.«

Hannah kannte das Krügers Eck von früher. Es war die älteste Kneipe von Ostersande, die sich gleich am Ortseingang in einer alten Reetkate befand. In alten Zeiten hatte sich an dem Lokal niemand gestört, da das kleine Haus mutterseelenallein an der Hauptstraße gestanden hatte. Doch im vergangenen

Jahrzehnt waren ringsum Wohnhäuser erbaut worden, teils permanent vermietet, teils als Ferienimmobilien genutzt, teils von Eigentümern bewohnt.

Heutzutage fühlte sich daher vermutlich ständig jemand von dem Lokal gestört. Hannah hatte die Leier in Münster andauernd mitmachen müssen. Die Leute zogen in die direkte Nähe einer Kneipe und wunderten sich dann über laute Musik und Betrunkene.

In Ostersande hatten sich nun offenbar die Anwohner zusammengetan oder, so Constanzes Vermutung, waren dazu angestachelt worden, ihrem Ärger juristisch Luft zu verschaffen. Einer der Eigentümer, erzählte sie, ein Emil Kratzheller, führte die Gemeinschaft an. Kratzheller war in seinem früheren Leben Anwalt gewesen und gedachte, einen Teil seines Ruhestands friedlich in Ostersande zu verbringen – mit Betonung auf friedlich, wobei ihm das Krügers Eck ein Dorn im Auge war. Er drohte mit einer Klage auf Entzug der Betriebserlaubnis.

»Ich kümmere mich darum«, gab Hannah zurück und wandte sich dann an Grewe. »Tut mir leid, unser gemeinsamer Einsatz endet wohl hier.«

»Hm.« Grewe rückte seine Schiebermütze zurecht. »Sie haben mir geholfen, wie wäre es, wenn ich mich revanchiere?«

Hannah überlegte kurz. »Sie könnten mir unter Umständen wirklich eine Hilfe sein.«

»Ein schwerer Fall?«

»Sagen wir so, ich könnte mir vorstellen, dass es nicht in jedem Fall von Vorteil ist, wenn einen die Leute von Kindesbeinen an kennen.«

»Verstehe.«

»Wir müssten dann aber nach Ostersande.«

»Die Detektei läuft uns ja nicht weg. Wir erledigen das und fahren dann später zum Hafen.«

»Sicher?«

»Absolut.« Grewe schnallte sich an. »Bin lange nicht mehr im Streifeneinsatz gewesen. Also nur zu.«

Das Krügers Eck war nicht nur Ostersandes älteste Kneipe, es roch dort auch wie in früheren Zeiten, als sie durch die Eingangstür traten und dahinter den schweren Vorhang beiseiteschoben, der die Zugluft draußen halten sollte. Obwohl helllichter Tag war, herrschte hier drinnen eine gedämpfte Atmosphäre. Das Licht drang nur schwach durch die kleinen Fenster, deren Scheiben grau und schmierig vor Patina waren. Die gelb angelaufenen Spitzenvorhänge vor den Fenstern taten ihr Übriges. Es roch nach Alkohol, Bratenfett und Zigarettenqualm. Draußen hatte bereits ein Schild gewarnt, dass es sich hier um einen Raucherclub handele.

Wie so oft, wenn jemand in Polizeiuniform einen Raum betrat, war ihnen die Aufmerksamkeit der Anwesenden sicher.

Heribert Krüger, einer jener Kneipiers, der seine Arbeit liebte und wohl darauf spekulierte, irgendwann in Ausübung seiner Passion das Zeitliche segnen zu dürfen, stand hinter der Theke und polierte ein Glas. Er hielt in der Bewegung inne und musterte seine Besucher. Die vier Herren an der Theke taten es ihm gleich. Ein Fünfter, der gerade ein Eisbein verspeiste, hob lediglich kurz den Kopf und widmete sich dann dem Essen. Zu seinen Füßen saß ein Hund, der ebenfalls an einem Knochen kaute.

Hannah hielt für einen Moment die Luft an, im Versuch, die Contenance zu bewahren. Ihr Blick wanderte zu der alten Schiffsuhr mit Messinggehäuse an der Wand.

Es war erst kurz vor vier Uhr am Nachmittag.

Nun hatte auch Tobby sie entdeckt. Er leckte sich ums Maul und kam zu ihr herüber. Hannah kniete sich hin und strubbelte ihm das Fell.

Heribert Krüger kniff die Augen zusammen, was die unzähligen Falten in seinem Gesicht noch tiefer erscheinen ließ. Er schaute zu Hannahs Vater hinüber, der sich nicht von seinem Eisbein ablenken ließ, dann sah er wieder zu ihr.

»Hannah Bülow«, rief er mit einem breiten Grinsen, das seine schlecht gepflegten Zähne entblößte. »Mädchen, bist du groß geworden!«

»Hallo, Heribert«, erwiderte sie mit einem Lächeln. »Und du bist keinen Tag jünger geworden.«

»Schön, dass du dir deinen frechen Schnabel erhalten hast.« Krüger kam um die Theke herum, herzte Hannah mit seinen fleischigen Armen und klopfte Grewe auf die Schulter. »Guten Fang hast du da gemacht, netter junger Mann.«

»Wir sind nicht …« Grewe hob einen Finger, kam aber nicht zu Wort.

»Setzt euch.« Der Wirt wies ihnen zwei Hocker an der Theke zu. »Du kennst ja deinen Vater. Er erzählt nicht allzu viel. Aber dass du wieder hier bist, hat er erwähnt.«

Hannah stellte sich an die Theke, setzte sich aber nicht. Ihrem Vater warf sie einen scharfen Blick zu, dem er auswich. Sie hätte gerne mit ihm ein Wörtchen darüber geredet, weshalb er am frühen Nachmittag schon in der Kneipe saß – noch dazu mit ihrem Hund! Der Bierdeckel unter seinem Pilsglas war mit zahlreichen Strichen versehen.

Andererseits: Was zum Teufel hatte sie anderes erwartet?

In ihrer Kindheit und Jugend war diese Kneipe das zweite Wohnzimmer der Familie Bülow gewesen. Wie andere Eltern ihre Kinder mit in die Kirche, den Turnverein oder den Gesangsverein genommen hatten, hatten ihre sie abends in Heribert Krügers speckige Kneipe geschleppt.

Hannah berührte das mit Patina überzogene Holz der Theke, und in ihren Gedanken hörte sie die Echos der Unterhaltungen, die hier geführt worden waren, von Menschen, die zu einem großen Teil inzwischen die Radieschen von unten beguckten.

Nur Heribert Krüger war geblieben, im selben Alter wie ihr Vater, aber schon damals vom Äußeren her um Jahre älter. Und ihr Vater war augenscheinlich das letzte Fossil aus einer anderen, längst vergessenen Zeit, das ihm noch erhalten geblieben war.

Während Henning Grewe sich zu ihr gesellte und sich mit dem Ellbogen auf die Theke stützte, sah Hannah unauffällig nach Tobby. Neben dem Teller mit dem Eisbeinknochen stand eine Schale mit einer klaren Flüssigkeit. Wasser, konnte sie nur hoffen. Sie hatten damals auch einen Hund gehabt, einen Cockerspaniel, den sie über alles geliebt hatte. Ihr Vater hatte sich einen Spaß daraus gemacht, dem Tier das Biertrinken beizubringen.

»Was kann ich euch Gutes tun?«, fragte Krüger. »Pils? Schnaps?«

»Wir sind im Dienst«, antwortete Hannah.

»Oh, dein Mann auch?«

»Er ist nicht mein Mann.«

Krüger deutete mit dem Daumen auf ihren Vater. »Uwe hat mir erzählt, dass du verheiratet bist und ihr zwei Kinder habt.«

»Das stimmt zwar«, Hannah massierte sich mit der Hand den Nacken, »aber mein Mann ist vor Kurzem gestorben.«

»Ach, Mensch.« Krüger machte ein betroffenes Gesicht. Dann nahm er ein Schnapsglas zur Hand und goss sich einen Klaren ein. »Wie hieß der Gute?«

»Malte.«

»Also dann«, er hob das Glas, »auf Malte.«

Während er den Schnaps in einem Zug leerte, blickte Hannah erneut zu ihrem Vater hinüber. Er sah nur kurz auf, machte ein nichtssagendes Gesicht und aß weiter.

»Ich bin leider dienstlich hier, Heribert«, sagte sie.

Krüger machte sich daran, das Schnapsglas zu säubern. »Ist das so?«

»Uns liegt die Beschwerde eines Anwohners vor. Ruhestörung.«

»Ach!« Krüger winkte ab. »Kratzheller, das blöde Arschloch.«

»Ihr habt schon Freundschaft geschlossen?«

Krüger stellte das Schnapsglas mit einem Knall in den Schrank zurück. »Dieser gelackte Typ zieht hier hin, kauft sich eine überteuerte Wohnung und beschwert sich dann, wenn die Leutchen hier ein wenig Spaß haben.«

»Ich fürchte, der Mann hat leider auch seine Rechte.«

»Die Kneipe war vor ihm hier. Ich hab ihm gesagt, er soll sich den Schuh aufblasen.«

»So einfach ist das leider nicht«, sagte Hannah. »Der Mann kann dir ernsthaft Ärger bereiten. Bis hin zur Schließung deiner Kneipe.«

Krüger warf sich das Putztuch über die Schulter und stützte sich mit den Händen auf die Theke. »Schließung? Nur über meine Leiche!«

Hannah seufzte. Ein Grund, weshalb sich ihr Vater hier immer so wohl gefühlt hatte, war, dass er in Heribert Krüger einen genauso großen Sturkopf gefunden hatte.

»Es geht doch lediglich darum, dass du die Musik ab einer bestimmten Uhrzeit runterdrehst und ein wenig auf deine Gäste einwirkst, beim Heimweg nicht die Nachbarschaft aufzuwecken«, schlug sie vor. »Und im Sommer müsstest du die Terrasse etwas früher schließen.«

Krüger schüttelte den Kopf, der inzwischen puterrot angelaufen war. »Sieh dich doch mal hier um. Der Laden läuft nicht mehr wie früher. Soll ich meine letzten Kunden verprellen?«

»Na ja, es scheinen ja immerhin noch so viele Leute zu kommen, dass sie allerhand Rabatz machen …«

»Mädchen, schlag dir das aus dem Kopf und sag Kratzheller, er soll mir den Buckel runterrutschen!«

Heribert Krüger hielt inne und machte große Augen.

Erst jetzt bemerkte Hannah, dass Henning Grewe seinen Dienstausweis hervorgeholt und auf die Theke gelegt hatte. »Kripo Wismar.«

»Seit wann ist der Betrieb einer Kneipe ein Kapitalverbrechen?«, fragte Krüger. »Die Kripo hat mir doch nichts zu sagen.«

»Wir nehmen solche Beschwerden inzwischen sehr ernst«, sagte Grewe. »Nach Paragraf 152b Strafgesetzbuch, Absatz 4, sind wir im Rahmen der präventiven Gefahrenabwehr befugt, in einem solchen Fall einzuschreiten.«

Krüger machte ein verdutztes Gesicht. »Para… was für eine Gefahrenabwehr?«

»In solchen Fällen kommt es inzwischen vermehrt zu Gewalt. Erst neulich hat die aufgebrachte Anwohnerschaft in Berlin einem Wirt in seiner Kneipe derart zugesetzt, dass der Mann hinter dem Tresen einen Herzinfarkt erlitt und noch an Ort und Stelle verstarb.«

»Nun ja, tot hinter der Theke umkippen«, Krüger wog den Kopf hin und her, »das wäre mir gar nicht so unrecht. Aber dass sich deshalb gleich die Kripo …«

»Gesetz ist Gesetz.«

»Und wer hat das erlassen?«

»Na, dreimal dürfen Sie raten.«

Krüger kniff die Brauen zusammen. »Klar, bestimmt diese rot-grüne Idiotentruppe.«

»Es ist, wie es ist. Wir beide werden das hier und jetzt nicht ändern.« Grewe hob die Hände. »Vielleicht ziehen Sie doch die Vorschläge der Kollegin in Erwägung?«

»Tja, ich denke, da ließe sich vielleicht etwas machen.«

»Prima«, sagte Hannah. »Ich wusste, dass ich auf deine Mitarbeit zählen kann, Heribert.«

Als sie sich zum Gehen wandte, kam Tobby angelaufen. Sie wollte ihn schon wieder wegschicken, doch bei dem Gedanken daran, ihn mit ihrem Vater hierzulassen, spürte sie einen Stich im Herzen. Sie brachte es nicht über sich, aber ein Hund im Streifenwagen … Was sollte es.

»Was meinst du? Wollen wir auf Verbrecherjagd gehen?«

Tobby gab ein begeistertes Winseln von sich und wedelte mit dem Schwanz.

»Sie haben doch keine Hundeallergie?«, fragte sie Grewe.

Er schüttelte den Kopf. »Nein.«

»Nimm ihn ruhig mit«, meinte ihr Vater mit gleichgültigem Ton. »Ich bezahle dann sein Essen.«

Hannah drehte sich um und stemmte die Hände in die Hüften. »Wer hatte denn die Idee …«

»Hunde gehen hier aufs Haus«, warf Heribert Krüger ein. »Es sei denn, du hast so ein gefräßiges Viech wie Julian.«

Hannah hielt inne. »Julian? Du meinst nicht zufällig Julian Langmar.«

»Doch, genau den. Hat 'nen Schäferhund, der zwei Eisbeine verdrückt und dann noch immer nicht satt ist.«

»Kommt er oft hierher?«

»Der Schäferhund?« Krüger grinste.

»Blödkopf, Julian natürlich.«

»Schon, ja.«

»Wann hast du ihn das letzte Mal gesehen?«

»Vor zwei, drei Tagen. Eigentlich hätte er gestern hier sein müssen, zu seiner Skatrunde. Ist aber nicht aufgetaucht.«

»Und du hast auch nicht zufällig gehört, wo er steckt?«

»Nein.«

»Sollte er hier auftauchen, sag ihm, er soll sich umgehend auf der Wache melden.«

»Geht klar, Frau Kommissar.« Plötzlich verfinsterte sich Krügers Miene. »Und was diesen Kratzheller angeht, der soll nicht denken, dass er schon mit der Bratwurst über den Zaun ist. Wenn mir der über den Weg läuft …«

»… werden Sie ihn nett grüßen und nichts tun.« Henning Grewe bedachte den Wirt mit einem warnenden Blick.

Hannah verabschiedete sich und ging nach draußen.

Am Streifenwagen angekommen, warf sie Henning Grewe ein Schmunzeln zu. »Sie sind ein begnadeter Geschichtenerzähler.«

»Ich übe jeden Abend. Vor sehr kritischem Publikum.«

»Wollen wir uns dann mal diesen Detektiv vornehmen?«

Henning Grewe blickte auf Tobby hinab. »Vielleicht findet unsere tierische Unterstützung ja die richtige Fährte.«

17

Der Besitzer der Arcona-Detektei stand in seinem Büro vor einem bodentiefen Sprossenfenster, das einen Panoramablick über den Wismarer Hafen und die Ostsee bot. Der Mann mit der roten Lockenpracht hatte von seiner Kleidung her etwas Aristokratisches an sich. Er trug einen olivgrünen Dreiteiler mit roter Krawatte. Die Hacken seiner braunen Lederschuhe klackerten über das Parkett, als er sich herumdrehte und ihnen ein Stück entgegenkam.

Hannah ließ sich mit Henning Grewe von seiner Assistentin in den Raum führen. Die Dame verstand etwas von ihrem Job als Türsteher, Grewe hatte geschlagene zehn Minuten gebraucht, sie davon zu überzeugen, den Weg zu ihrem Boss freizugeben.

»Ladislav Longrée«, stellte der Mann sich vor und reichte ihnen die Hand. Seiner Assistentin gab er mit einem Nicken zu verstehen, dass er ihre Dienste nicht weiter benötigte.

»Bitte, nehmen Sie Platz.« Longrée wies auf die beiden Ledersofas, die sich in der Mitte des Raums gegenüberstanden.

Hannah setzte sich neben Grewe. Von der Wand gegenüber starrte sie das Bild eines Bergziegenbocks mit einem kräftigen, eingedrehten Geweih an.

»Sie kommen also wegen Carlotta Mevius?« Longrée ließ sich auf das andere Sofa fallen und schlug die Beine übereinander.

»Frau Mevius beauftragte Sie mit einer Recherche«, stellte Grewe fest.

»Hm.« Mehr kam von Longrée nicht. Er beugte sich vor und griff nach der Pfeife, die auf dem Tisch in einem eigens zu ihrer Ablage vorgesehenen Aschenbecher lag. In aller Gemütsruhe stopfte er sie und zündete sie an. Paffend musterte er sie beide durch eine blaue Dunstwolke. Es roch nach türkischem Apfel.

Dass Grewe sich durch ein solches Schauspiel nicht aus der Reserve locken ließ, verriet Hannah einmal mehr, dass er tatsächlich versierter in seinem Job war, als sie anfangs angenommen hatte. Sie hatte manch älteren Kollegen erlebt, der in einer solchen Situation die Flucht nach vorne gesucht und sich heillos verplappert hätte. Grewe hingegen saß das Schweigen einfach aus, bis Longrée schließlich die Stille brach. »Sie wissen, dass ich auf Ihre Frage keine Auskunft zu geben brauche.«

»Durchaus«, sagte Grewe. »Deshalb möchte ich Ihrer Gesprächsbereitschaft auf die Sprünge helfen und Ihnen meinerseits etwas eröffnen, das ich Ihnen ebenfalls nicht zu erzählen brauche.«

Longrée nickte. »Tun Sie sich keinen Zwang an.«

»Der Bruder von Frau Mevius war in einen Verkehrsunfall verwickelt und klagte gegen den Verursacher auf Schadenersatz. Er ging leer aus. Frau Mevius vermutete, dass das ärztliche Gutachten, auf dessen Grundlage der Richterspruch fiel, gefälscht war. Sie hatte den Psychiater einer hiesigen Klinik im Verdacht, und wir können uns zusammenreimen, um wen es sich dabei handelte. Nun haben wir ausgerechnet diesen Mann gestern Abend tot aufgefunden. Nachdem Frau Mevius einen Termin bei ihm hatte.«

»Äußerst tragisch. Aber was habe ich damit zu tun?«

»Herr Longrée«, Grewe machte ein beleidigtes Gesicht, »das sollte Ihnen als erfahrener Detektiv doch klar sein.«

Grewe warf Hannah einen kurzen Seitenblick zu, was diese als Zeichen für ihren Einsatz verstand. »Wir haben es höchstwahrscheinlich mit einem Mordfall zu tun. Frau Mevius beauftragte Sie, Nachforschungen über das Gutachten und seinen Verfasser anzustellen. Der Name des Mannes lautet übrigens Philip Langmar, doch das wissen Sie ja.« Hannah machte eine kleine Pause, und als keine Gegenrede von Longrée kam, nahm sie das als stille Bestätigung, dass er nicht abstritt, in der Sache ermittelt zu haben. »Langmar ist kurz darauf tot. Zudem haben wir bei Frau Mevius eine Patientenakte des Unfallverursachers aufgefunden. Sie verstehen sicherlich, dass wir nicht ausschließen können, dass Sie direkt in diese Ereignisse involviert waren.«

Longrée zog an seiner Pfeife.

Hannah konnte die Gedanken hinter seiner in Falten liegenden Stirn förmlich arbeiten sehen. Ihm musste durch den Kopf gehen, was es für seine Detektei bedeuten würde, sollte er auch nur in den Verdacht geraten, in diesem Fall eine Rolle zu spielen. Er entschied sich schlussendlich für das einzig Vernünftige.

»Frau Mevius suchte mich vor etwa zwei Monaten das erste Mal auf«, begann er zu erzählen. »Ihr waren Gerüchte zu Ohren gekommen, dass man Gutachten wie jenes, das Klaus Baade Schuldunfähigkeit attestierte, kaufen konnte. Ich versuchte zunächst, ihr diese Vorstellung auszureden. Sie hatte in einem Telegramchat darüber gelesen, und man weiß ja, welche kruden Ideen dort verbreitet werden.«

»Durchaus«, stimmte Grewe zu. »Allerdings lässt sich ein solcher Verdacht ja auch nicht völlig von der Hand weisen.«

»Sicher, allerdings machte Frau Mevius nicht den Eindruck, als könnte sie mich angemessen für meine Dienste entlohnen.«

»Sie wollten sie also loswerden«, sagte Hannah. »Doch sie blieb offenbar hartnäckig.«

»So ist es. Ihr Arbeitgeber bürgte für sie.«

Hannah warf Grewe ein Schmunzeln zu. Keiner von ihnen beiden hatte ernsthaft angenommen, dass Ali Asaf Babacan ihnen die uneingeschränkte Wahrheit offenbart hatte.

»Was haben Sie herausgefunden?«, fragte Grewe.

»Es bestand tatsächlich eine Verbindung zwischen Klaus Baade und Philip Langmar. Baade ist der Halbbruder von Langmars Ehefrau Ines Langmar.«

Nun wurde Hannah einiges klar. »Also lag der Verdacht nahe, dass er seinen Schwager darum bat, ihm aus der Patsche zu helfen.«

»Natürlich«, stellte Longrée fest. »Allerdings erklärte ich Frau Mevius, dass ein Verwandtschaftsverhältnis und ein Verdacht eben noch kein handfester Beweis seien und ein solcher sich wohl nur schwerlich erbringen ließe.«

»Suchten Sie trotzdem danach?«, fragte Grewe.

»Nein. Die Chancen, dass die beteiligten Parteien einen solchen Handel schriftlich oder anderweitig festgehalten hatten, hielt sich doch sehr in Grenzen. Und ich beschäftige mich nicht mit Fällen, in denen die Erfolgsaussichten so gering sind oder sich im Laufe einer Ermittlung derart minimieren. Etwas anderes erscheint mir gegenüber meinen Klienten auch nicht fair. Und das sagte ich Frau Mevius. Danach hatte ich keinen Kontakt mehr zu ihr.«

»Hatten Sie denn jemals direkten Kontakt zu Philip Langmar?«, hakte Grewe nach.

»Nein.«

»Suchten Sie ihn am Abend seines Ablebens auf?«

»Nein. Ich habe den Abend mit meiner Lebensgefährtin und einem befreundeten Paar verbracht. Sie werden Ihnen das bestätigen.«

»Besorgten Sie die Patientenakte von Klaus Baade?«

»Nein.«

Grewe warf Hannah einen fragenden Blick zu, und sie schüttelte leicht den Kopf. Auch sie hatte keine Fragen mehr.

Sie verabschiedeten sich und standen wenige Minuten später an der Hafenkante vor dem Haus, in dem sich die Detektei befand. Das Gebäude hatte den Stil eines alten Speicherhauses, obwohl es erst vor wenigen Jahren errichtet worden war.

Mittlerweile dämmerte es. Ein Fischerboot fuhr mit eingeschalteten Positionslichtern hinaus aufs Meer und wehte eine Dieselwolke zu ihnen herüber.

»Ihre Meinung?« Grewe rückte seine Schiebermütze zurecht.

»Falls die Angaben von Herrn Longrée der Wahrheit entsprechen«, überlegte Hannah, »liegt die Vermutung nahe, dass Carlotta Mevius beschloss, auf eigene Faust weiter nachzuforschen. Sie hat einen beruflichen Hintergrund, der ihr die nötigen Fähigkeiten für ein solches Vorgehen eröffnet.«

»Sie überlegt sich also, wie sie an Philip Langmar herankommt. Die Angststörung, wegen der sie in Behandlung war, ist also sehr wahrscheinlich erfunden. Und es würde auch erklären, weshalb sie gar nicht damit einverstanden war, als sie zunächst bei Henry Fleming in Therapie kam.«

»Richtig«, stimmte Hannah zu. »Sie wollte von Anfang an zu Philip. Also machte sie Rabatz. Und die Sitzungen mit Philip nutzte sie dann ganz offenbar dazu, an die Patientenakte von Klaus Baade heranzukommen.«

»Darin fand sie den Beweis für ihren Verdacht. In der Akte steht so gut wie nichts, was bestätigt hätte, dass der Mann wirklich derart an etwas erkrankt war, was seine Schuldfähigkeit einschränkte.«

»Vielleicht versuchte sie Philip zu einem Geständnis zu bewegen?«, überlegte Hannah.

»Möglicherweise«, sagte Grewe. »Jedenfalls schält sich da ein starkes Motiv heraus. Sie musste annehmen, dass ihr Bruder durch Philip Langmar in dem Prozess um sein Recht gebracht worden war. Falls Langmar sich nicht geständig zeigte, beschloss sie also vielleicht, selbst für Gerechtigkeit zu sorgen.«

»Die Chance dazu hätte sie auf jeden Fall gehabt. Sie war die letzte Patientin an jenem Tag. Sie könnte ihm auf dem Parkplatz aufgelauert haben.«

»Richtig. Allerdings hat die Sache einen Schönheitsfehler, übrigens auch, was Henry Fleming als möglichen Täter betrifft.« Grewe tippte sich nachdenklich mit dem Zeigefinger an die Lippen. »Langmar hatte an dem Tag doch vor, lange in den Abend hinein zu arbeiten. Doch das tat er ganz offensichtlich nicht. Er entschied sich, bald nach dem Termin mit Carlotta Mevius nach Hause zu gehen. Weshalb?«

»Keine Ahnung.« Hannah zuckte mit den Schultern. »Jedenfalls haben Sie insoweit recht, als dass weder Mevius noch Fleming die Tat im Voraus planen konnten. Es war reiner Zufall, dass Philip doch früher heimging und sich damit die Chance eröffnete, dass die beiden ihm auf dem Parkplatz begegneten.«

»Wenn es denn so war.«

»Wenn es denn so war«, wiederholte Hannah. »Und das trifft auch auf den Verdacht zu, dass Philip das Gutachten fälschte. Auch dafür haben wir keinen harten Beweis. Allerdings ... falls es der Wahrheit entspricht, gibt es vielleicht jemanden, der darüber Bescheid weiß.«

»Ja«, sagte Grewe, der offenbar dasselbe dachte. »Das wäre möglich. Ich schlage vor, dass wir der Dame einen Besuch abstatten.«

18

Ines Langmar trug eine Kochschürze mit rot-weißem Karomuster, als sie ihnen die Tür öffnete.

»Ich mache gerade das Abendessen«, erklärte sie.

»Es tut uns sehr leid«, sagte Hannah, »aber ich fürchte, die Angelegenheit kann nicht warten.«

Ines Langmar zögerte einen Moment, ließ sie dann aber eintreten. »Wenn es Ihnen nichts ausmacht«, sie deutete mit dem Daumen zur Küche, aus der ein Brutzeln zu hören war. »Mir brennt gleich alles an.«

»Kein Problem«, erwiderte Hannah, und sie folgten ihr.

Auf dem Herd in der Küche stand eine Pfanne mit Schnitzeln, außerdem ein Topf mit Spinat, und im Ofen garten goldbraune Pommes frites.

»Seid ihr echte Polizisten?«, hörte Hannah eine Kinderstimme in ihrem Rücken.

Sie wandte sich um. Die zehnjährige Tochter der Langmars war hinter ihnen in den Raum gekommen.

Hannah kniete sich hin. »Ja, das sind wir.«

»Und ist die auch echt?« Die Augen des Mädchens wanderten zu der Pistole, die im Holster an Hannahs Ausrüstungsgürtel steckte.

Hannah nickte. »Ja.«

»Hast du schon mal jemanden erschossen?«

»Mirelle«, ging Ines Langmar dazwischen. »Lass die Frau Polizistin in Ruhe.«

Die Augen des Mädchens wanderten trotz der Ermahnung weiter über Hannahs Uniform und Ausrüstung. »Darf ich die mal anfassen?« Sie zeigte auf die Handschellen.

Hannah reichte sie ihr. »Na klar.«

Das Mädchen betrachtete sie neugierig und testete den Mechanismus aus. »Ich will auch mal Polizistin werden, weißt du.«

»Aha. Hast du das denn schon mit deiner Mama abgesprochen?« Hannah wusste noch, wie sie befürchtet hatte, ihre Töchter würden ihr eines Tages beruflich nacheifern wollen. Zum Glück hatte sich das anders ergeben.

Mirelle lugte über Hannahs Schulter zu ihrer Mutter und schüttelte den Kopf. »Mm-mm.«

»Pass auf«, schlug Hannah vor, »wenn du es in ein paar Jahren immer noch willst, kannst du jederzeit zu uns auf die Wache kommen und dir alles ansehen. Du darfst auch mal im Streifenwagen mitfahren, wenn du magst.«

Das Mädchen nickte abermals und lächelte.

Hannah musterte Mirelle, die sich wieder den Handschellen widmete. Vom Gesicht her ähnelte sie ihrer Mutter. Doch sie hatte die Haare und Augen ihres Vaters.

Was wäre gewesen?, schoss es Hannah durch den Kopf.

Was wäre gewesen, wenn es in jenem lange zurückliegenden Sommer zwischen ihr und Philip nicht bei einer kurzen Liebschaft geblieben wäre? Einer Liebschaft, die von einem furchtbaren Bootsunglück beendet worden war, weil Hannah mit Philip im Bett gelegen hatte, während ihre Freunde mit dem Boot ihres Vaters abgefackelt wurden und Dana Ringhoff dabei ums Leben gekommen war. Sie hatte sich das nie verziehen und Philip ebenso wenig.

Doch wenn alles anders gelaufen wäre, dachte sie, dann

gäbe es dich vielleicht gar nicht, süße Mirelle. Ich wäre mit deinem Vater zusammengeblieben, und er hätte deine Mama nie kennengelernt. Du wärst nie geboren worden. Doch dafür hätte jemand anderes existiert, dem die Chance auf ein Leben nun aber verwehrt geblieben ist. Erstaunlich, wie sehr unser aller Existenz auf bloßen Zufällen beruhte, auf kleinen Entscheidungen, die bestimmten, ob jemand das Licht der Welt erblickte oder eben nicht.

Henning Grewes Stimme brachte Hannah ins Hier und Jetzt zurück. »Frau Langmar, wir würden die Angelegenheit gerne unter vier Augen mit Ihnen besprechen.«

»Einen Moment.« Sie trat zu ihrer Tochter. »Mirelle, magst du hier in der Küche essen? Dann kann ich mit den Polizisten drüben im Wohnzimmer etwas besprechen.«

Das Mädchen nickte. Ines Langmar stellte ihr einen Teller mit Essen auf den Küchentisch, dann ließen sie Mirelle alleine und gingen rüber.

Diesmal bot Ines Langmar ihnen keine Sitzgelegenheit an. Sie blieb mit verschränkten Armen vor der Flügeltür zum Garten stehen. »Was gibt es so Dringendes? Haben Sie herausgefunden, was meinem Mann zugestoßen ist?«

»Wir haben vielleicht einen wichtigen Schritt getan«, erklärte Grewe. Er berichtete ihr von den bisherigen Ermittlungen und welche Schlüsse sie daraus zogen. Den Namen Carlotta Mevius nannte er nicht, sondern sprach nur von einer Person, die offenbar versucht hatte, Philip Langmar die Fälschung des Gutachtens im Fall Klaus Baade nachzuweisen. Dann fügte er an: »Sie müssen dazu nichts sagen, Frau Langmar. Dennoch würde es uns äußerst weiterhelfen, wenn wir Klarheit in dieser Sache hätten.«

Ines Langmar wandte sich ab und stellte sich an die Terrassentür, den Blick in den Garten gerichtet. Nach einem Moment des Schweigens sagte sie: »Darüber ist mir nichts bekannt. Sicher, Philip erstellte im Rahmen von Gerichtsprozessen psychiatrische Gutachten. Er genoss einen tadellosen Ruf, galt als zuverlässig, versiert und besonders gründlich.«

Auf der Fahrt hierher hatte Hannah sich mit Henning Grewe über ihr Vorgehen abgesprochen. Sie war ihm sehr dankbar, dass er auf ihre Fähigkeiten vertraute.

»Frau Langmar«, sagte sie jetzt und ging zu der Frau hinüber. »Sollte an dem Verdacht etwas dran sein, haben wir durchaus Verständnis, dass Sie sich in einer Zwickmühle befinden. Natürlich wollen Sie das Ansehen und das Andenken Ihres Mannes nicht beschmutzen. Und wir begreifen auch, dass Sie Ihrem Bruder keine Schwierigkeiten bereiten wollen. Dennoch sollten Sie bedenken, dass gegen die erwähnte Person, die versuchte, Ihrem Mann einen Betrug nachzuweisen, dringender Tatverdacht besteht. Mit Ihrem Schweigen tragen Sie also andererseits dazu bei, dass die mutmaßliche Mörderin Ihres Mannes nicht überführt werden kann.«

Ines Langmar brachte keinen Ton hervor und hielt den Blick starr in die Ferne gerichtet.

Hannah wandte sich ab. Nun war Grewes Moment gekommen.

»Sie sollten sich keine Illusionen machen«, sagte er. »Die Sache mit Ihrem Bruder wird ohnehin überprüft werden, nun, wo Zweifel an der Diagnose aufgekommen sind. Er wird sich erneut einer ärztlichen Untersuchung unterziehen müssen. Und sollte sich herausstellen, dass zum Zeitpunkt des Unfalls kein Zweifel an seiner Schuldfähigkeit bestehen konnte, droht ihm erheblicher Ärger.«

»Das klingt ganz so, als sollte ich meinen Anwalt kontaktieren«, kommentierte Ines Langmar.

»Das steht Ihnen natürlich jederzeit frei. Allerdings sollten

Sie bedenken, dass Sie durch Ihre uneingeschränkte Mitarbeit zumindest ein wenig Einfluss darauf nehmen können, wie groß der Ärger für Ihren Bruder ausfallen wird.«

Die Frau schien seine Worte ernsthaft in Erwägung zu ziehen. Sie wandte sich halb um, und ihr Blick wanderte zwischen Grewe und Hannah hin und her. »Sie können mir versichern, dass sich der Ärger für meinen Bruder in Grenzen halten wird?«

Grewe musste lachen. »Nein, das kann ich nicht. Aber nun, wo der Verdacht im Raum steht, dass das Gutachten gefälscht wurde, das ihn entlastete, wird alles neu aufgerollt werden. Auch der Prozess gegen ihn. Sollte sich der Verdacht erhärten, drohen ihm Schadenersatzzahlungen und eine Strafe wegen Betrugs. All das können Sie nicht verhindern. Doch die Staatsanwaltschaft und das Gericht können bei der Verhängung des Strafmaßes Milde walten lassen, wenn die Wahrheit durch Sie und im weiteren Verlauf auch durch ein Geständnis Ihres Bruders ans Tageslicht kommt statt durch langwierige Ermittlungen, die nur das Geld der Steuerzahler kosten. Sie können gerne Ihren Anwalt verständigen, doch es würde mich sehr verwundern, sollte er zu einer anderen Einschätzung kommen.«

Ines Langmar blickte wieder in den Garten hinaus. Schließlich sagte sie mit leiser Stimme: »Ich weiß, wen Sie meinen. Die Person, die Philip zu Leibe gerückt ist. Carlotta Mevius. Die Schwester des Unfallopfers. Ich erinnere mich an die Szene, die sie nach dem Urteilsspruch im Gerichtssaal machte. Sie schrie den Richter an und beleidigte ihn übelst. Er musste sie aus dem Saal entfernen lassen. Tja ... dabei hatte die arme Frau recht.«

»Sie meinen, Ihr Mann hatte das Gutachten tatsächlich gefälscht?«, hakte Grewe nach.

»Mein Bruder bat Philip um Hilfe. Sein Anwalt wollte auf Schuldunfähigkeit plädieren. Klaus hatte kürzlich seine Stelle verloren, befand sich in einer regelrechten Existenzkrise. Er litt seit Wochen unter Schlafmangel, trank zu viel. Beim Unfall war er nüchtern gewesen. Doch sein Anwalt meinte, aus seinem allgemeinen Zustand eventuell eine Schuldunfähigkeit ableiten zu können. Er erklärte ihm, dass juristisch die Möglichkeit bestünde, jemanden infolge von Schlafmangel als unzurechnungsfähig und nicht schuldfähig zu erklären. Klaus musste sich einem psychiatrischen Gutachten unterziehen, und dann hing alles von der Einschätzung des Psychiaters ab.«

»Da kam Ihr Mann ins Spiel.«

»Philip war stocksauer. Klaus kam hierher und sprach mit ihm. Philip verwies ihn des Hauses.« Ines Langmar schüttelte den Kopf. »Aber dann … redete ich noch einmal mit Philip. Ich meine, Klaus ist mein Halbbruder. Ich bat Philip, es um der Familie willen zu tun. Er musste ja auch nichts erfinden, Klaus ging es tatsächlich nicht gut, er schlief nächtelang nicht. Philip hatte allerdings große Zweifel, ob dies allein wirklich eine Schuldunfähigkeit begründete. Ich drängte ihn, seine Vorbehalte über Bord zu werfen … was er mir zuliebe schließlich auch tat.«

Sie wandte sich zu ihnen um, und Tränen liefen ihr die Wangen hinunter. »Wenn ich das nicht getan hätte … meinen Sie, er wäre noch am Leben?«

»Vielen Dank, Frau Langmar«, murmelte Grewe halblaut. »Es ist, wie gesagt, bislang nur eine Vermutung, dass Frau Mevius sich an ihm gerächt haben könnte. Es gibt dafür noch keinen handfesten Beweis, das ist sehr wichtig.«

»Ich kann mir aber gut vorstellen, dass sie es getan hat. Sie hätten sie erleben sollen, da in diesem Gerichtssaal. Sie mussten sie zu zweit abführen. Diese Frau war wie eine Furie, die in ihrer Wut am liebsten auf alle losgegangen wäre.«

19

Als Hannah an diesem Abend zur Wache zurückkehrte, schloss Klaus-Peter Diekfoß gerade von innen die Tür ab. Mit einem Lächeln öffnete er sie noch einmal und hielt sie auf.

»Hatte nicht mit späten Gästen gerechnet«, sagte er.

»Ich werde auch nicht lange bleiben«, versprach Hannah und ging hinein. Dabei stolperte sie über ein in Plastikfolie eingeschweißtes Paket mit Flyern.

»Oh, Vorsicht«, rief Diekfoß. »Die wollte ich gerade auspacken.«

Hannah warf einen flüchtigen Blick auf die Unterlagen. Es waren Flyer mit allgemeinen Infos über die örtliche Polizei und Hinweise für Berufseinsteiger.

»Sie machen Überstunden?«, fragte sie. In der Wache brannte nur noch im Eingangsbereich und am Tresen Licht, außerdem eine kleine Lampe auf dem Schreibtisch von Diekfoß.

Die Zeiger der schlichten Uhr an der hinteren Wand standen kurz vor achtzehn Uhr dreißig.

Außer Diekfoß war niemand mehr hier.

»Ich dachte, ich bereite noch ein paar Dinge für das Fest vor.« Diekfoß ging in die Hocke und hob die Flyer auf, die durch Hannahs Fußtritt aus dem Paket geflogen waren.

Sie bückte sich und half ihm, die Infobroschüren in das dafür vorgesehene Regal neben dem Tresen zu legen.

Als sie fertig waren, wischte Diekfoß sich den Schweiß von der Stirn. »Danke. Sagen Sie, hatten Sie schon Gelegenheit, den Bericht von Kollege Hansen zu lesen?«

Nicht das schon wieder, dachte Hannah.

Der Tag war anstrengend genug gewesen. Sie hatte sich in der Wache eigentlich nur schnell umziehen, ihre Uniform in den Spind hängen und gemütliche Zivilkleidung anziehen wollen, um dann einen entspannten Abend zu genießen und später noch einen kleinen Spaziergang mit Tobby zu machen, den sie vor der Befragung von Ines Langmar zu Hause abgesetzt hatte.

»Ich habe den Bericht überflogen«, sagte sie. »Er wimmelt von Rechtschreibfehlern, aber ich habe nichts entdeckt, was zu bemängeln wäre.«

»Was sicher daran liegt, dass Sie vor Ort nicht dabei waren. Sie kennen die Details nicht, die er weggelassen hat.«

»Eben. Deshalb sollten Sie den Bericht vielleicht auch besser Constanze vorlegen, die ja dabei war.« Hannah hielt inne.

Über das Gesicht von Diekfoß huschte kurz der Ausdruck des Ertapptwerdens, dann blickte er auf die Flyer und räusperte sich. »Ich werde noch ein wenig Ordnung machen und dann ...«

»Moment mal«, unterbrach Hannah ihn, die ahnte, was hier im Busch war. »Sie haben den Bericht Constanze bereits vorgelegt, stimmt's?«

Diekfoß wich ihrem Blick aus.

»Sie hat ihn für gut befunden«, schob Hannah nach. »Und jetzt versuchen Sie es bei mir noch mal. Sehen Sie mich an, Diekfoß.«

Sie mochte es wirklich nicht, den Kollegen wie einen ungezogenen Schuljungen zu behandeln, doch wenn er sich wie ein solcher aufführte, was sollte sie tun?

Diekfoß hob vorsichtig den Blick und grummelte etwas in seinen Schnauzer hinein.

»Wie war das?«, fragte Hannah.

»Könnte sein.«

Sie verschränkte die Arme. »Und was soll das bitte?«

Diekfoß zuckte mit den Schultern. »Nun ja, da ist diese Sache mit der Beurteilung.«

»Die Beurteilung?« Hannah musste sich im Zaum halten, um nicht die Augen zu verdrehen. Daher wehte also der Wind. Als Wachleiterin hatte man manchmal wirklich den Eindruck, einen Sack Flöhe zu hüten – und die stritten sich besonders gerne um ein wiederkehrendes Thema: die turnusmäßigen Beurteilungen.

Diese fanden alle drei Jahre statt, wurden von einem Vorgesetzten übernommen und dienten zur Einordnung der erbrachten Leistung. Hatte man in einem bestimmten Alter einen bestimmten Dienstgrad erreicht, waren die Beurteilungen nicht mehr als ein lästiges Schaulaufen, da man die Leiter nicht mehr weiter nach oben fallen konnte. Bei jüngeren Kollegen spielten sie allerdings sehr wohl eine Rolle, besonders wenn diese Ambitionen hatten. Eine gute Beurteilung entschied über den Aufstieg in einen höheren Rang und damit mehr Besoldung oder auch über den Wechsel zu einem höheren Posten.

Natürlich verglich man die Beurteilungen untereinander, man kannte ja die Leistungen der Kollegen und die eigenen. Am Ende war es also praktisch vorprogrammiert, dass sich irgendjemand benachteiligt fühlte und sich auf die Hinterbeine stellte.

»Ich mache dieselbe Arbeit wie Hansen«, rechtfertigte sich Diekfoß, »deshalb versteh ich nicht, warum er eine bessere Beurteilung bekommen hat.«

»Geht es wirklich nur um die Beurteilung? Lassen Sie mich raten, Hansen hat auch eine Beförderung bekommen. Sonst würden Sie sich doch nicht so aufführen.«

»Stimmt.« Diekfoß nickte trotzig. »Die hat er nicht verdient, und ich verstehe nicht, warum meine Arbeit nicht ebenso anerkannt wurde. Mir fehlt noch ein Schritt zur höchsten Besoldungsgruppe …«

Hannah warf die Hände in die Höhe und seufzte.

Man hatte ihr in unzähligen Fortbildungen über modernen Führungsstil immer wieder eingebläut, nicht ihrem Naturell und damit ihren Emotionen nachzugeben, sondern stets nüchtern, sachlich und diplomatisch zu bleiben. Doch darauf hatte sie früher schon gepfiffen. Sie hasste es, stundenlang um den heißen Brei herumzulabern, bis am Ende niemand mehr wusste, was eigentlich Sache war.

Deshalb ließ sie ihrem Ärger freien Lauf.

»Jetzt hören Sie mir mal gut zu, Diekfoß«, sagte sie. »Das ist heute mein zweiter Tag hier, und Sie kommen auf die brillante Idee, das einfach für Ihre Sandkastenspielchen auszunutzen. Haben Sie sich mal gefragt, wie sich das auf Ihre nächste Beurteilung auswirken wird?« Diekfoß hob die Augenbrauen, was ihr verriet, dass er fest damit gerechnet hatte, mit der Nummer bei seiner neuen Vorgesetzten durchzukommen. »Weil ich ein versöhnlicher Mensch bin, lasse ich Ihnen das dieses Mal durchgehen. Ein zweites Mal aber nicht, haben wir uns verstanden? Wir sind hier nämlich nicht im Kindergarten.«

»Tut mir leid.« Diekfoß machte ein betretenes Gesicht. »Ist angekommen.«

»Wenn Sie mit Ihrer persönlichen Beurteilung nicht einverstanden sind, reden wir darüber. Sie zicken aber nicht herum und machen den Kollegen Hansen schlecht.« Hannah seufzte und entspannte sich ein wenig. »So, und nun nennen Sie mir einen vernünftigen Grund, weshalb Sie die gleiche oder gar eine bessere Beurteilung als er verdient hätten.«

»Weil ich mich bis jetzt um die ganze Vorbereitung des Jubiläumsfests gekümmert habe. Das ist alles an mir hängen geblieben. Sie können sich gerne anschauen, wie viele Überstunden ich dafür schon machen musste.«

»Und der Kollege Hansen?«

»Hat sich die Finger nicht schmutzig gemacht und ist immer pünktlich nach Hause gegangen.«

»Dafür hat er an anderer Front vermutlich gute Dinge geleistet, könnte das sein?«

»Möglich.«

»Und die hat die Kollegin Grotewohl vielleicht bei der Beurteilung höher eingestuft.«

»Was unfair wäre.«

»Das sehen Sie so. Constanze sieht das anders.« Hannah schenkte ihm ein Lächeln. »Aber so geht es doch besser, oder? Jetzt haben wir ohne linke Touren mal ein paar handfeste Argumente gesammelt, mit denen ich Constanze konfrontieren kann. Ich hake nach, und wir sehen, was dabei herauskommt. Einverstanden?«

Diekfoß nickte. »Das wäre sehr nett, wenn Sie das tun könnten.«

»Prima. Dann würde ich vorschlagen, wir machen jetzt beide Feierabend und sehen uns morgen in aller Frische wieder.«

»Ja.« Diekfoß nickte und schlich dann Richtung Umkleideraum davon.

Hannah hatte nach dem Abriss, den sie ihm verpasst hatte, keine Lust mehr, sich noch länger in der Wache aufzuhalten und womöglich in ein weiteres Gespräch verwickeln zu lassen. Die Uniform konnte sie auch mit nach Hause nehmen.

Sie verließ die Wache, setzte sich in ihren Mini und machte sich auf den Heimweg. Auf der Fahrt ließ sie alle Fenster hinunter und öffnete das Schiebedach, damit die frische Abendluft hereinwehte und sie ein wenig abkühlte.

Der Sprecher der Quizshow war schon draußen vor dem Haus zu hören. Kaum hatte Hannah die Haustür geöffnet, sprang ihr Tobby entgegen.

»Hallo, mein Lieber.« Sie kniete sich hin und ließ sich nach allen Regeln der Kunst beschnüffeln und begrüßen, wobei Tobbys Zunge mehrmals schlabbernd in ihrem Gesicht landete.

Sie stand auf und ging ins Wohnzimmer. Ihr Vater lag schnarchend auf dem Sofa. Es roch nach Alkoholausdünstungen.

Hannah schnappte sich die Fernbedienung und stellte den Ton leiser, was ihren Vater nicht aufweckte.

Ihr Smartphone summte. Eine Nachricht von Inken.

Kommst du?

Oh, verdammt. Sie hatte ganz vergessen, dass sie mit ihren Töchtern verabredet war.

Hannah antwortete kurz, dass sie auf dem Weg sei. Dann holte sie ihren Laptop und ging damit hinüber in die Küche. Sie schloss die Tür hinter sich, nahm sich ein Glas und die angebrochene Flasche Wein von gestern und setzte sich an den Küchentisch. Mit wenigen Klicks wählte sie sich in den Videochat ein, wo bereits die Gesichter von Inken und Nele auf sie warteten.

Eine Flut von Fragen brach über Hannah herein.

Wie geht es dir?

Wie geht es Opa?

Wie geht es Tobby?

Wie ist es auf der neuen Arbeit?

Was macht Opa den ganzen Tag so?

Suchst du dir eine Wohnung oder ein Haus?

Und so weiter.

Hannah arbeitete sich durch die Befragung wie ein Politiker bei einer Pressekonferenz.

Schließlich verabschiedete sich Nele, die noch einen Termin

bei einem ziemlich wichtigen Mandanten morgen vorbereiten musste.

»Wie schaut es bei dir aus«, erkundigte sich Hannah, als sie mit Inken alleine war.

»Schweden ist einfach genial«, antwortete ihre Tochter. »Mein Chef ist nett, das Restaurant gut besucht. Was will man mehr?«

»Wie geht es Sven?«

Inken verdrehte die Augen. »Er heißt Sverre, Mama.«

»Entschuldige, irgendwann lerne ich es noch.«

»Sverre geht's prima. Die Elektrofirma, für die er arbeitet, kann sich vor Aufträgen nicht retten. Abends spielt er online irgendwelche Ballerspiele mit seinen Freunden, und am Wochenende rast er mit dem Fahrrad durch den Wald.«

»Klingt, als hättest du deine Ruhe.«

»Tja … hatte ich mir ehrlich gesagt anders vorgestellt. Ich würde gerne öfter gemeinsam etwas mit ihm anstellen. Und ich meine jetzt nicht nur ausgehen und so was, sondern auch andere Dinge.« Inken schmunzelte vielsagend. »Aber wenn er mal Lust hat, stehe ich bestimmt im Restaurant in der Küche oder bin fertig von der Arbeit. Und wenn's bei mir passt, daddelt er am Computer oder sitzt stundenlang auf dem Rad.«

»Du musst es positiv sehen«, schlug Hannah vor. »Er belästigt dich nicht ständig, säuft nicht wie ein Loch und verprügelt dich nicht. Außerdem scheint er ja gut zu verdienen. Das können nicht alle über ihre Ehemänner sagen.«

»Da legst du die Latte aber ziemlich niedrig.«

»Erwarte nicht zu viel von den Männern, dann wirst du nicht enttäuscht.« Hannah konnte sich ein Schmunzeln nicht verkneifen. Mit den Kerlen war es doch immer dasselbe. Ihre Mutter hatte darüber geklagt, dass es Vater ständig in die Kneipe gezogen und sie wohl oder übel hatte mitgehen müssen, wenn sie etwas gemeinsam mit ihm hatte unternehmen wollen. Von ihren Freundinnen kannte sie die Klagen über Überstundenväter, die nie zu Hause waren. Und die jungen Männer flüchteten sich heute offenbar in Onlineabenteuer und Outdoorsport. Wenn man Glück hatte, kamen sie mit der Geburt des ersten Kindes zur Besinnung, wurden erwachsen und waren dann halbwegs zu etwas zu gebrauchen. Insofern hatte sie sich über ihr Exemplar nie beklagen können. Malte war von Anfang an ein Familienmensch gewesen, für den es nichts Schöneres gegeben hatte, als sich mit den Menschen zu umgeben, die er liebte.

Inken schien ihre Gedanken zu lesen. »Vermisst du Papa sehr, Mama?«

»Liebes, ich werde ihn immer sehr vermissen. Der Schmerz lässt mit der Zeit nach, aber er wird nie verschwinden. Und das ist auch gut so.«

»Er fehlt mir.« Inken legte das Kinn auf die Hände. »Manchmal liege ich im Bett und wünsche mir, er wäre wieder da und würde mir vorlesen, so wie damals, als ich klein war.«

»Du könntest Sven fragen, ob er den Part übernimmt.«

»Sverre.«

»Ja, den kannst du auch fragen.«

»Mensch, Mama, ich hoffe, auf der Arbeit verwechselst du keine Namen, sonst landet nachher noch der Falsche im Knast.«

»Ich geb mir Mühe.«

»Sind denn eigentlich noch ein paar Leute von früher da, mit denen du ausgehen kannst?«

»Das werde ich sehen«, meinte Hannah. »Bislang hatte ich noch keine Zeit für so was. Die Arbeit nimmt mich ganz schön in Beschlag.«

Inkens Gesicht wurde ernst. »Mama, tust du mir einen Gefallen?«

»Welcher darf es sein?«

»Versprich mir, dass du dein Leben lebst.«

»Sicher tu ich das …«

»Ich meine es ernst. Geh unter Leute, unternimm was, amüsier dich. Werd nicht zur trauernden Witwe.«

»Ich glaube, das liegt mir nicht. Mach dir keine Sorgen.«

»Und wenn sich etwas ergibt«, Inken zwinkerte, »dann greifst du zu, okay?«

»Du meinst männertechnisch?«

»Ja. Für Nele und mich ist das in Ordnung, mach dir da keinen Kopf. Du bist doch noch viel zu jung, um den Rest deines Lebens unbemannt zu bleiben.«

»Danke für die Blumen.« Hannah lachte. »Das wird sich zeigen. Ich muss da erst mal in mich reinhören …«

Die Klingel der Haustür unterbrach ihr Gespräch.

»Scheint, als hätten wir Besuch«, verabschiedete sich Hannah. »Mach's gut und grüß Sven von mir.«

»Sverre! Er heißt Sverre, Mama«, rief Inken und beendete laut lachend die Verbindung.

Hannah klappte den Laptop zu und ging zur Haustür. Dabei kam sie durchs Wohnzimmer, wo ihr Vater noch immer selig vor sich hin schnarchte. Im Fernsehen liefen die Nachrichten und der Wetterbericht, wo sie Nebel für die Nacht und den kommenden Tag ankündigten.

Hannah öffnete die Haustür.

Constanze stand vor dem Haus, in der Hand eine Flasche Wein. »Ich dachte mir, unter alten Nachbarn komme ich doch mal vorbei und heiße dich willkommen.«

Hannah nahm das Gastgeschenk entgegen. »Passt perfekt. Meine Flasche ist gerade leer. Komm rein. Aber psst …« Sie hielt den Zeigefinger vor den Mund. »Mein Vater schläft.«

Sie holte zwei Gläser aus der Küche, führte Constanze dann

auf Zehenspitzen durchs Wohnzimmer hinaus auf die Terrasse, wo sie es sich in Jacken und mit einer Decke im Strandkorb gemütlich machten. Tobby zog es hingegen vor, sich auf dem Sofa an die Füße ihres Vaters zu legen.

»Wie ist es mit den Kripokollegen gelaufen?«, fragte Constanze, während Hannah ihr einschenkte.

»Wir sind vorangekommen.« Sie berichtete, was sie herausgefunden hatten. »Grewe will Carlotta Mevius morgen noch einmal einvernehmen. Ein mögliches Motiv kristallisiert sich da ziemlich deutlich heraus, und sie hätte durchaus die Gelegenheit zur Tat gehabt. Das trifft natürlich auch auf Henry Fleming zu. Grewe will aber auch noch einmal mit dem Klinikleiter sprechen, was die Konkurrenz zwischen ihm und Philip anging.«

»Interessant«, meinte Constanze. Sie stießen an und tranken einen Schluck. »Das klingt so, als würde Grewe inzwischen einen Mord nicht mehr ausschließen. Er war doch schon kurz davor, es als Unfall abzutun.«

»Tja, nach allem, was nun auf dem Tisch liegt, hält er es wohl durchaus für möglich und wird in die Richtung weiterermitteln. Das habe ich ihm auch sehr ans Herz gelegt.«

»Tatsächlich.« Constanze musterte sie von der Seite und blickte dann zum sternenklaren Himmel hinauf. »Dir scheint die Arbeit mit den Kollegen Spaß zu machen.«

»Schon.« Hannah klappte das kleine Abstelltischchen an der Seitenlehne des Strandkorbs auf und stellte das Glas ab. »Aber mach dir keine Sorgen, ab morgen konzentriere ich mich wieder voll und ganz …«

»Nein, mach ruhig. Die Sache hat sich in unserem Zuständigkeitsbereich ereignet, und schließlich geht es um Philip.«

»Ich möchte auf keinen Fall meine Kompetenzen überschreiten.«

»Tust du nicht. Von mir hast du erst mal freie Hand. Mit der Kripoleitung habe ich telefoniert, die Kollegen freuen sich über Unterstützung vor Ort. Der Reputation unserer Wache kommt es ebenfalls zugute.«

»Verstehe, du brauchst wohl Munition für die Standortsicherung.«

»Das ist mein Job.« Constanze lächelte. »Halt mich einfach immer schön auf dem Laufenden. Ich will wissen, wie es ausgeht.«

»Werde ich machen. Das schulden wir Philip.«

»Ja, das tun wir wohl.«

Hannah trank noch einen Schluck. »Was ist da eigentlich zwischen Diekfoß und Hansen los?«

Constanze verdrehte die Augen. »Nicht schon wieder das mit der Beurteilung …«

»Diekfoß hat ein paar gute Argumente angeführt.«

»Ich weiß, das Fest, Überstunden und so weiter, blabla.« Sie winkte ab. »Lass dich von ihm nicht um den Finger wickeln. Hansen hat einfach über lange Zeit hinweg die bessere Arbeit geliefert. Da hilft's wenig, wenn Diekfoß mal kurz Zwischengas gibt und dann bald wieder in seinen alten Trott verfällt.«

»Also wimmele ich ihn ab.«

»Genau. Die nächste Beurteilung in drei Jahren kannst du dann gerne übernehmen.«

»Könnte mir nichts Schöneres vorstellen.«

Constanze stimmte in ihr Lachen ein. Dann meinte sie: »Was ist eigentlich mit Julian? Habt ihr ihn gefunden oder etwas von ihm gehört?«

»Nein. Aber Heribert Krüger wusste zu berichten, dass Julian gestern nicht zu seinem Skatabend aufgetaucht ist. Auf der Wache auch nichts?«

»Nein, hat sich nicht gemeldet.«

»Hältst du es für möglich, dass er etwas damit zu tun hat?«

»Mit Philips Tod?« Constanze sah sie überrascht an.

»Ja, ist doch seltsam. Sein Bruder stirbt unter mysteriösen Umständen, und Julian verschwindet von der Bildfläche. Vielleicht müssen wir uns auch um ihn Sorgen machen. Wenn er bald nicht wiederauftaucht, könnten wir eine Suche lostreten.«

»Nein.« Constanze schüttelte entschieden den Kopf. »Julian hat bestimmt nichts damit zu tun. Ich meine ... das kann ich mir einfach nicht vorstellen. Weshalb sollte er seinem Bruder etwas antun?«

»Ich weiß es nicht. Dennoch ...«

»Hör zu, ich will nicht ungemütlich sein, aber zu Hause warten sie auf mich.« Constanze stand auf. »Bevor du morgen auf die Wache kommst, hör ruhig erst mal bei den Kripokollegen nach, ob sie dich brauchen.«

»Geht klar.«

Hannah brachte Constanze zur Haustür und verabschiedete sie. »Bist du zu Fuß?«, fragte sie, als sie kein Auto vor der Tür stehen sah.

»Hab drüben geparkt.« Constanze deutete mit dem Daumen in Richtung ihres alten Elternhauses. »Ist ja gerade vermietet, und die Dame hatte über die klemmende Balkontür geklagt. Hab mich vorhin kurz drum gekümmert.«

»Also bist du gar nicht wegen mir hier.«

Constanze klopfte ihr auf die Schulter. »Du weißt doch, immer schön effizient. Warum eine Sache erledigen, wenn man in der Zeit auch zwei oder drei vom Tisch schaffen kann.«

Sie umarmten sich zum Abschied noch einmal, dann ging Constanze die Einfahrt hinunter zum Nachbarhaus, wo ihr dunkelgrüner Land Rover parkte.

»Nettes Auto«, rief Hannah ihrer Freundin hinterher.

Constanze winkte ab. »Ist der von meinem Mann. Fährt sich wie ein Ziegelstein.«

Hannah wollte die Tür schon wieder schließen, als sich Tobby neben ihre Beine zwängte und ein Winseln von sich gab.

»Oh, hat Papa dich noch nicht rausgelassen?« Sie spitzte die Ohren, aber aus dem Wohnzimmer kam nur ein Schnarchen. »Ist es sehr dringend?«

Tobby winselte abermals.

»Na, dann machen wir mal einen feinen Abendspaziergang.«

Hannah zog sich eine Steppjacke über, nahm die Hundeleine und ging dann mit Tobby über den Weg hinter dem Garten zum Strand hinunter. Sie schlug den Weg Richtung Wismar ein.

In Gedanken ließ sie das Gespräch mit Constanze Revue passieren.

Für einen gemütlichen Abendplausch bei einer Flasche Wein war es erstaunlich sachlich gewesen, ihre alte Freundin hatte sich ausschließlich für berufliche Angelegenheiten interessiert, nichts Privates. Was angesichts der Großwetterlage nachvollziehbar war: ein Mord und dazu Hannah als neues Teammitglied auf der Wache. Da konnte man als Chefin durchaus mal nachfühlen, wie es denn so lief.

Ungewöhnlich war allerdings Constanzes Interesse, dass Hannah sich weiter an den Ermittlungen der Kripo beteiligte.

Normalerweise hatte ihre Wache damit herzlich wenig zu tun. Die Streifenpolizei half bei der Sicherung des Tatorts oder befragte je nach Leichenfundort vielleicht den einen oder anderen Anwohner, ob er oder sie etwas beobachtet hatte. Danach waren sie aber raus, und die Kripo übernahm.

Nun war es nicht so, dass die Arbeit Hannah keinen Spaß machte, ganz im Gegenteil. Sie spürte, wie sich ihr alter kriminalistischer Instinkt immer stärker meldete. Insofern konnte es gerne noch weitergehen. Und dass die unterbesetzten Kripokollegen sich über eine helfende Hand freuten, war ebenfalls nachvollziehbar, ebenso Constanzes Wunsch, die Wache gut dastehen zu lassen.

Dennoch störte Hannah etwas an der Haltung ihrer Freundin. Sie war nie ein Freund der politischen Spielchen gewesen, die in den Leitungsebenen abliefen. Und sie mochte es nicht, wenn man die Regeln verbog, nur um selbst gut dazustehen.

Andererseits hatte Constanze recht. Sie schuldeten es Philip.

Sie waren etwa eine halbe Stunde unterwegs, als vom Meer her, wie im Wetterbericht angekündigt, dichter Nebel aufzog, der alles langsam einhüllte.

Es machte wohl wenig Sinn, länger am Strand zu bleiben. Je dicker die Suppe wurde, desto schwieriger würde es werden, später den Aufgang zu ihrem Haus wiederzufinden.

Hannah schätzte, dass sie nicht mehr weit vom alten Herrenhaus entfernt waren. Zu ihrer Rechten zweigte ein Trampelpfad in den Wald ab. Wenn sie nicht völlig danebenlag, würden sie auf diesem Weg zur Landstraße kommen, was vermutlich der sicherere Rückweg war.

»Na komm.« Tobby folgte ihr.

Der Nebel breitete sich zwischen den Bäumen aus. Hannah wünschte, sie hätte zumindest eine ordentliche Taschenlampe dabeigehabt, die Funzel ihres Smartphones kam bei solchen Bedingungen schnell an ihre Grenzen.

Sie folgten ungefähr zehn Minuten dem Pfad durch den Wald, bis sie endlich die Straße erreichten.

Zum Glück herrschte zu dieser Stunde und bei der Witterung nicht mehr viel Verkehr. Hannah hielt sich rechts am Wegesrand und nahm Tobby an die Leine, damit er nicht unkontrolliert auf die Straße rannte.

Kurz vor dem Ortseingang von Ostersande hörte sie dann

plötzlich einen laut aufheulenden Motor hinter sich, der rasch näher kam. Sie fasste Tobbys Leine kürzer und drehte sich um.

Aus Richtung des alten Herrenhauses tauchten aus der Nebelwand die Scheinwerfer eines Wagens auf. Der Fahrer war entweder betrunken oder hatte Probleme, im Nebel den Weg zu erkennen, jedenfalls schwenkten die Lichter nach links und rechts. Das Fahrzeug kam mit hoher Geschwindigkeit auf sie zugeschossen und steuerte plötzlich viel zu weit auf den Straßenrand zu.

»Verdammte Scheiße!«, zischte Hannah.

Sie packte Tobby, sprang mit ihm zur Seite und spürte noch den Fahrtwind, als der Wagen im Abstand von wenigen Zentimetern an ihnen vorbeizischte.

Dann landete sie unsanft in einem Busch.

Geladen vor Wut, brauchte sie nicht lange, um sich wieder aufzurappeln. Sie vergewisserte sich kurz, dass es Tobby gut ging, dann eilte sie zurück auf die Straße und blickte dem Auto nach. Doch es war schon zu weit weg, als dass sie durch den Nebel das Nummernschild oder das Fabrikat hätte erkennen können.

Das Einzige, was sie einigermaßen sicher ausmachen konnte, war, dass es sich um einen Geländewagen handelte.

TEIL 3

Geliebter Bruder

20

Der Nebel hatte sich über Nacht gehalten und hüllte den Landstrich an der Ostseeküste in seine dichten Schwaden.

Hannah schaltete am frühen Morgen das Licht in der Küche ein und ging hinüber zur Anrichte, wo der Duft von frischem Kaffee sie anzog.

Durch das Fenster konnte sie kaum bis zum Ferienhaus gegenüber sehen. Sie rieb sich die Augen und nahm eine Tasse aus dem Schrank. Besonders gut geschlafen hatte sie nicht. Zu viel war ihr noch durch den Kopf gegangen, als sie im Bett gelegen hatte – der Fall, ihre persönliche Situation, ihr Vater –, als dass sie direkt eingeschlafen wäre. Und dann war sie nach viel zu kurzem Schlaf auch noch früh wieder aufgewacht. Es war gerade mal kurz nach sechs in der Früh.

Ihr Vater musste noch früher unterwegs gewesen sein. Nicht nur, dass er Kaffee gemacht hatte – in der Maschine stand eine Kanne mit frisch gebrühtem Muntermacher. Er hatte auch die Tageszeitung aus dem Briefkasten geholt, sie lag zum Teil zerlesen auf dem Küchentisch, wo auch eine benutzte Tasse und ein Teller mit Rühreiüberresten standen. Nun lag Vater wieder oben in seinem Schlafzimmer und schnarchte.

Hannah goss sich Kaffee ein.

Was hatte sie da gestern Abend gesehen? Ein Geländewagen war es gewesen, der sie beinahe überfahren hätte. Doch was für einer? Etwa Constanzes? Das ergab doch keinen Sinn. Außerdem hast du weder Kennzeichen noch das Fabrikat erkennen können, sagte sie sich. Geländewagen gibt es heutzutage viele, das kann also irgendwer gewesen sein.

Tobby gab ein Winseln von sich und bettelte zu ihren Füßen um Frühstück. Hannah öffnete eine Büchse Hundefutter und gab sie in den Fressnapf neben der Tür.

Dann setzte sie sich an den Tisch und nahm die Zeitung zur Hand. Die Titelseite beschäftigte sich vermischt mit Regionalem und Internationalem. Meldungen über neue Entgleisungen des US-Präsidenten standen neben Fragen der Sicherheit beim Stadtfest in Wismar. Den Artikel über den Tod von Philip Langmar entdeckte sie auf der zweiten Seite. Die Informationen waren der offiziellen Verlautbarung der Kriminalpolizei entnommen, der Pressesprecher der Polizeiinspektion Wismar wurde zitiert, alles in allem also nichts Neues. Hannah ließ die Zeitung sinken.

Ihre Gedanken begannen wieder um den Fall zu kreisen.

Sosehr die Entwicklungen sie gestern noch mit der Hoffnung beseelt hatten, dass sie den Gründen für Philips Tod langsam auf die Schliche kämen, ergab nun bei Licht betrachtet alles doch noch recht wenig Sinn.

Philip Langmar, ein gut bezahlter Psychiater mit tadellosem Ruf und besten Karriereaussichten, der sich dazu hinreißen ließ, ein Gerichtsgutachten zu fälschen.

Warum? Nur der Familie zuliebe?

Ihm durfte klar gewesen sein, auf welches Glatteis er sich begab und dass man das Verwandtschaftsverhältnis zwischen ihm und dem Bruder seiner Frau bei näherem Hinsehen schnell aufdecken würde. Die Gefahr, im schlimmsten Fall alles zu riskieren, wäre eher ein Grund gewesen, es nicht zu tun, wenn man bedachte, was er aufs Spiel setzte – besonders als Ehemann und Vater.

Hatte es daher vielleicht für ihn noch ein anderes Motiv gegeben, das sie nicht kannten?

Carlotta Mevius, Schwester des Unfallopfers, dem durch den Betrug ein gerechtes Urteil entgangen war.

Hatte sie selbst im Nachhinein für Gerechtigkeit sorgen wollen, indem sie Philip entlarvte oder ihn sogar ermordete?

Ihre erneute Einvernehmung würde vielleicht Aufschluss darüber bringen, wie und warum sie so gehandelt hatte. Einen Beweis, dass sie Philip ermordet hatte, gab es aber nicht, und die Chancen, dass sie es aus freien Stücken gestand, lagen bei null.

Falls sie es überhaupt getan hatte.

Denn wie hätte das vonstattengehen sollen?

Carlotta hätte Philip auf dem Parkplatz auflauern können. Dort hätte sie dann aber unter Umständen lange warten müssen, wenn er, wie ursprünglich beabsichtigt, bis spät in den Abend hinein gearbeitet hätte.

Nun aber hatte er aus unbekanntem Grund doch früher Schluss gemacht. Und was dann? War er vor Carlotta Mevius an den Strand geflohen? Hatte sie ihn dorthin geschleppt?

Hannah konnte sich kein plausibles Szenario vorstellen.

Und dann war da noch Henry Fleming. Ein etwas verwirrter Kollege, mit dem Philip um eine Beförderung konkurriert hatte.

Fleming, der am Tag des Ablebens seines Kontrahenten mit dem Auto zur Arbeit gekommen war, sich dann am Abend aber spontan entschied, zu Fuß nach Hause zu gehen – obwohl er seinen Wagen am nächsten Tag gebraucht hätte, um zum Reiterhof zu fahren –, und dann zufällig über die Leiche stolperte. Motiv und Gelegenheit waren gegeben. Doch war Fleming der Typ, der einen Widersacher auf diese Weise aus dem Weg räumte?

Nein, sagte ihr Bauchgefühl. Im Affekt war natürlich vieles möglich. Geplant hatte er die Tat auf keinen Fall, das könnte man nämlich wesentlich geschickter anstellen.

Plötzlich tauchte vor ihrem inneren Auge wieder das Gesicht von Mirelle auf, der Tochter von Philip. Die Augen ihres Vaters. Jetzt würde sie ohne ihn aufwachsen müssen …

»Du liebe Güte«, hörte sie plötzlich die Stimme ihres Vaters. »Nun entspann dich mal!«

»Was?« Sie hatte gar nicht bemerkt, wie er leise in die Küche geschlichen war.

Er deutete mit dem Finger auf sie. »Wenn du so nachgrübelst, bekommst du immer eine Steckdose auf der Stirn. War schon als Kind so.«

»Eine Steckdose?«

»Die Falten zwischen deinen Augenbrauen. Wenn du dich anstrengst, verengen sie sich zu zwei Schlitzen. Sieht aus wie eine Steckdose.«

»Na, herzlichen Dank. Hättest du mir auch mal früher sagen können, dann wär ich zum Schönheitschirurgen gegangen.«

Ihr Vater winkte ab. »Hast du von deiner Urgroßmutter.«

Er schlurfte zur Kaffeemaschine und goss sich eine Tasse ein. Unter seinen Augen lagen dunkle Ränder, und seine Haut war blass, als hätte er wochenlang kein Tageslicht gesehen.

»Was hast du heute vor?«, erkundigte sich Hannah in beiläufigem Ton.

»Nichts.«

»Wie … nichts?«

»Nichts.« Ihr Vater lehnte sich an die Küchenzeile, trank einen Schluck Kaffee und deutete mit einem Nicken über die Schulter nach draußen. »Was kann man bei der Suppe schon machen.«

»Es soll im Laufe des Tages aufklaren.«

»In der Zeit lese ich ein Buch oder leg mich wieder hin.«

»Wie wäre es mit Einkaufen?«

»Ich dachte, das erledigst du. Bist doch ohnehin im Ort.«

»Wo ich meiner Arbeit nachgehe.«

Die weitere Diskussion wurde vom Klingeln von Hannahs Smartphone verhindert. Sie ging ran und hörte die Stimme von Klaus-Peter Diekfoß, der diese Woche den Bereitschaftsdienst machte. Er klang aufgeregt und schnaufte wie ein Walross.

»Sie … müssen sofort zur Klinik kommen.«

»Nun beruhigen Sie sich erst mal. Nicht, dass Sie mir einen Herzinfarkt bekommen«, wirkte Hannah auf ihn ein. »Was gibt es denn?«

»Sie haben hier … schon wieder einen gefunden.«

Hannah spürte, wie ihr augenblicklich kalt wurde. Sie ließ die Kaffeetasse sinken, aus der sie eben noch trinken wollte. Die Frage erübrigte sich eigentlich, der Tonfall, die Aufregung, die Formulierung sagten alles, dennoch musste sie sichergehen. »Was haben sie gefunden?«

»Einen Toten«, keuchte Diekfoß. »Hier liegt noch eine Leiche. Diesmal im Betonbecken.«

Keine zehn Minuten später verließ Hannah das Haus und ging zu ihrem Mini Cooper hinüber, der unter dem Carport neben dem alten Opel ihres Vaters stand. Da sie die Uniform, wie es der Zufall wollte, gestern mit nach Hause genommen hatte, konnte sie in voller Montur auflaufen, ohne einen Umweg über die Wache machen zu müssen.

Sie entsperrte den Wagen mit dem Schlüssel und hatte schon den Griff der Fahrertür in der Hand, als sie hinter sich eine Stimme hörte.

»Entschuldigung?«

Hannah drehte sich um. Eine rothaarige Frau mit sommersprossigem Gesicht kam die Einfahrt zu ihr hochgelaufen.

Die Urlauberin von gegenüber.

»Sie sind bei der Polizei?«, fragte sie und blieb mit neugierigem Blick stehen.

Hannah lag auf der Zunge, dass sie zu einem Maskenball unterwegs war, verkniff sich aber die Bemerkung. Sie hatte es eilig und wollte die Frau so rasch wie möglich abfertigen.

»Ja«, sagte sie. »Kann ich etwas für Sie tun?«

»Ich mache hier Urlaub und … nun ja«, sie machte ein verdruckstes Gesicht, »ich hab den Reiseführer durchgearbeitet und dachte, jetzt fragst du mal die Einheimischen, die haben ja meistens die besten Tipps, was es noch Sehenswertes in der Umgebung gibt.«

»Verstehe … Das hätten Sie doch gestern Abend auch Ihre Vermieterin fragen können«, sprach Hannah den Gedanken aus, der ihr spontan kam.

»Meine Vermieterin? Warum das?«

Hannah schüttelte den Kopf, sie wollte sich nicht mit Erklärungen aufhalten. »Egal, Sie können …« Eigentlich wollte sie die Frau schon zur Touristeninfo schicken, als ihr eine bessere Idee kam. »Ich hab's leider eilig. Aber fragen Sie doch gerne meinen Vater. Er ist hier geboren und kennt sich bestens aus. Außerdem hat er heute eh nichts zu tun. Bestimmt hat er ein paar gute Tipps oder führt Sie sogar rum.«

Die Urlauberin nickte ihr zu. »Das wäre ja ganz großartig. Ist er denn schon auf?«

»Sicher. Einfach klingeln.«

Hannah stieg rasch ein und fuhr los, während die Frau von gegenüber zur Haustür ging. Im Rückspiegel sah Hannah noch ihren Vater den Kopf zur Tür herausstrecken.

Sie konnte sich ein Grinsen nicht verkneifen.

Dich bekomm ich schon noch auf Touren.

Sibert Hansen wartete mit dem Streifenwagen vor dem alten Herrenhaus, als sie die Einfahrt hochfuhr.

Hannah hielt neben ihm und stieg aus.

»Wissen wir schon, wer es ist?«, fragte sie.

»Keine Ahnung.« Hansen schüttelte den Kopf und wies ihr dann den Weg.« »Sie müssen auf die Rückseite.«

»Ist die Kripo verständigt worden?«

»Ja. Grewe und Steyn sind auf dem Weg, Arzt und Kriminaltechnik ebenfalls.«

»Prima, danke.«

»Langsam bekommen wir ja Routine.« Hansen seufzte.

»Hoffen wir mal lieber nicht, dass es zur Gewohnheit wird.« Hannah machte sich auf den Weg, ging seitlich am Haupthaus vorbei in den dahinterliegenden Park.

Im dichten Nebel, der das historische Anwesen umwaberte, hatte die Szenerie etwas Unwirkliches. Der Giebel des Hauses ragte dunkel und unheilverkündend in den grauen Schleier hinauf. Hannah musste unwillkürlich an den Gruselklassiker *Nosferatu* denken, den Friedrich Wilhelm Murnau vor Urzeiten hier in Wismar gedreht hatte.

Am Fundort der Leiche hatte sich eine kleine Menschengruppe versammelt. Sie stand vor dem Absperrband, das die Kollegen aufgespannt hatten. Es war eine Mischung aus Klinikpersonal und Bauarbeitern, darunter auch Cornelius Dahlke, der Klinikleiter, der sich auf seinen Gehstock stützte.

Hannah ging zu ihm hinüber. »Tun Sie mir einen Gefallen, und schaffen Sie die Leute hier weg.«

»Das werde ich tun.« Dahlke wirkte sichtlich mitgenommen. »Lässt sich denn schon sagen, was da vorgefallen ist? Das ist ja wie verhext.«

»Herr Dahlke«, Hannah fasste ihn bei den Schultern, »ich komme gerade erst hier an. Bringen Sie die Leute weg, auch die Bauarbeiter. Damit tun Sie uns einen großen Gefallen, und dann geht auch alles schneller. Sobald ich mehr weiß, komme ich dann nachher als Erstes zu Ihnen.«

»Ja, einverstanden.« Dahlke nickte und wandte sich den Umstehenden zu.

Hannah tauchte unter dem Absperrband hindurch.

Klaus-Peter Diekfoß stand am Fuß des Gerüsts, das an der Rückseite des Anbaus angebracht worden war. Darunter befand sich eine rechteckige Einschalung, die mit Beton ausgegossen worden war.

Sie grüßte Diekfoß mit einem wortlosen Nicken, das er erwiderte. »Wer hat die Leiche gefunden?«

»Der Bauleiter, Bernd Kukis. Gleich heute Morgen, als er und seine Leute mit der Arbeit beginnen wollten.«

»Hat er ihn identifiziert?«

»Ja. So gut das eben geht. Aber er hat keine Zweifel.«

Hannah hockte sich an den Rand des eingeschaltenen Beckens, das mit Zement gefüllt war. Sie würde das noch genau erfragen müssen, doch vermutlich war es gestern Morgen oder spätestens am Mittag des vergangenen Tages ausgegossen worden. Der Zement musste bereits zu weiten Teilen getrocknet gewesen sein, als der Körper darin eingeschlagen war, sonst wäre er zweifelsohne in dem Becken versunken.

So aber lag der Tote auf dem Rücken in der graubraunen Masse. Der Torso war in der Mitte etwas tiefer eingesunken als die Füße und der Kopf. Das Gesicht und die Haare waren zu Teilen mit Zement bedeckt.

Hannah betrachtete das Gesicht des Toten. Ein leiser Seufzer des Bedauerns entfuhr ihr. Sie hätte ihn gerne unter anderen Umständen wiedergesehen.

Lebend.

Hannah brauchte keinen Rechtsmediziner, der ihr erklärte, was zum Tod geführt hatte. Die unnatürlichen Winkel der Gliedmaßen, die Deformierung des Schädels …

Ihr Blick wanderte zum Gerüst hoch.

Der Mann musste von dort oben gefallen und dann in Rückenlage auf dem bereits fast vollständig getrockneten Zement aufgeschlagen sein. Lediglich die obere Schicht war noch nicht ausgehärtet, was seinen Sturz aber nicht genügend gebremst hatte.

Der Aufprall musste die Knochen zerschmettert und innere Organe verletzt haben.

Obwohl das Gesicht mit trockenem, verkrustetem Zement bedeckt war, war die Ähnlichkeit nicht zu verkennen. Schon in jungen Jahren hatten die beiden Brüder sich trotz des Altersunterschieds geähnelt wie ein Ei dem anderen.

Erinnerungen kamen hoch und liefen vor ihrem inneren Auge ab wie auf einer Leinwand. Sein Bruder und er am Strand der Insel Walfisch. Arm in Arm mit Constanze und Dana. Eine warme Nacht. Knisterndes Lagerfeuer. Sternenklar. Gute Laune, Alkohol, Freiheit. Die Zukunft, die noch vor ihnen lag. Weit, offen, vielversprechend. Sommer 1993. Der letzte Abend, den sie in völliger Unschuld verbracht hatten.

Hannah spürte, wie ihr eine Träne die Wange hinunterlief, als sie das in tödlichem Schrecken erstarrte Gesicht von Julian Langmar betrachtete.

21

Henning Grewe war nicht schwindelfrei, wie er Hannah offenbarte. Dennoch wagte er an ihrer Seite den Aufstieg in luftige Höhen.

Das Gerüst an der Rückseite des Seitentrakts war mit dicken Schrauben an der Wand befestigt. Dennoch bewegte es sich leicht und rappelte an allen Ecken und Enden, als sie über die Leitern von Podest zu Podest nach oben kletterten.

Auf der vierten von sechs Etagen blieb Grewe stehen. Er klammerte sich an das innenliegende Geländer und drückte sich an die Wand.

»Sie müssen das hier nicht machen«, sagte Hannah und legte ihm die Hand auf die Schulter.

Sie trugen alle Schutzkleidung, um keine Spuren zu verwischen.

Grewe zog die weiße Kapuze seines Anzugs vom Kopf und wischte sich den Schweiß von der Stirn.

»Ich … will mir aber oben ein Bild der Lage verschaffen.« Er sprach abgehackt und atmete in kurzen Stößen, als stünde er vor einem Panikanfall.

Bernd Kukis war ebenfalls Teil ihrer Seilschaft. Er trat neben Grewe, wobei das Gerüst erneut erzitterte, was das Zutrauen des Kriminalers offenbar nicht steigerte; er klammerte sich nur noch fester an das Geländer.

Kukis hatte ein kurzes Seil mit Karabinerhaken an beiden Enden dabei, außerdem einen Sicherungsgurt. »Ich hatte schon so etwas geahnt«, meinte er. »Hier, ziehen Sie den an. Dann ein Ende am Gurt festhaken, das andere am Geländer. Und dann schön Stück für Stück weiter.«

Grewe nickte und machte sich daran, auf äußerst unbeholfene Weise den Sicherungsgurt anzulegen. Kukis stützte ihn dabei von hinten. Als das geschafft war, tastete sich Grewe vorsichtig weiter, wobei er den Karabiner am freien Ende des Seils immer wieder aus- und ein Stück weiter neu an der Geländerstange einhakte.

Der ganze Umstand erinnerte Hannah an den Besuch einer Kletterhalle mit ihren Töchtern, als sie noch jünger gewesen waren. Nele war ebenfalls nicht schwindelfrei und hatte sich trotzdem an einen Aufstieg gewagt. Auf halber Höhe der Kletterwand hatte sie dann der Schwindel gepackt. Sie war nicht weitergekommen, hatte sich an den Griffen festgeklammert. Weder Inken noch Hannah hatten sie dazu bewegen können, sich ins Sicherungsseil zu hängen und einfach abseilen zu lassen. Schließlich hatte ein Aufseher zu ihr hochklettern und sie behutsam runterreden müssen.

Henning Grewe schien seine Furcht besser unter Kontrolle zu haben. Es war mühsam, aber sie kamen voran.

Schließlich erreichten sie die oberste Plattform.

Hannah blieb einen Moment stehen und genoss den Blick, der über die Kronen der Bäume hinweg auf die Ostsee hinausging, wo in der Ferne die Insel Walfisch zu sehen war. Auf der anderen Seite tauchten hinter dem Wald die Dächer von Ostersande und die Seebrücke auf.

Sie fragte sich, wo Constanze blieb. Hannah hatte sie eben zu Hause erreicht. Offenbar hatte sie eine unruhige Nacht hinter sich und wollte etwas später auf die Wache kommen.

»Ach du liebes bisschen«, gab Grewe neben ihr von sich und riss die Augen auf.

Hannah und Kukis hakten sich zu beiden Seiten bei ihm unter. »Geht es?«, fragte sie.

Grewe nickte. »Ja, so ist es besser.«

»Bleiben Sie einfach am hinteren Rand«, empfahl Kukis, doch Grewe schüttelte den Kopf.

»Nein, einmal muss ich vorne ran und mir das ansehen.«

Sie tasteten sich Schritt für Schritt an das vordere Geländer heran. Grewe packte die Stange mit beiden Händen und blickte hinab.

Unter ihnen waren die Kollegen der Kriminaltechnik damit beschäftigt, den Toten aus dem Zement zu lösen. Im weiteren Verlauf ihrer Arbeit würden sie nicht nur nach Spuren, sondern auch nach Hinweisen suchen, ob Julian Langmar tatsächlich von hier oben gestürzt war. Etwas anderes wäre allerdings eine faustdicke Überraschung, seine Leiche lag direkt unterhalb der Stelle, an der sie jetzt standen.

»Es ist hüfthoch.« Grewe hielt das Gerüst weiter mit beiden Händen gepackt. »Ist es da überhaupt möglich, dass er zufällig gestürzt sein könnte?«

»Sagen wir es so, absolute Sicherheit gibt es nie«, erklärte Bernd Kukis. »Andererseits muss man sich schon extrem schusselig anstellen, um einfach über ein so hohes Geländer zu kippen.«

»Wenn er vielleicht nicht ganz bei Sinnen war«, meinte Hannah und sah Kukis an. »Reden wir mal Tacheles. Wir wissen, dass Julian Drogen nahm.«

Kukis nickte. »Wie ich Ihnen ja schon gesagt habe, er hatte damit aufgehört, in letzter Zeit aber wieder damit angefangen.«

»Aus welchem Grund könnte er hier oben gewesen sein?« Hannah hatte erkannt, dass sie das Fragen übernehmen musste, da Grewe augenscheinlich nicht dazu in der Lage war, einen zusammenhängenden Gedanken zu fassen.

»Vielleicht wollte er nach dem Rechten sehen, schauen, welchen Fortschritt die Arbeiten machen. Andererseits hätte er das besser mal am helllichten Tag erledigen können.«

»Haben Sie Julian denn nach unserem letzten Gespräch noch einmal gesehen oder zumindest telefonisch erreicht?«

»Nein, weder habe ich mit ihm telefoniert noch ihn hier, in der Firma oder anderswo getroffen.« Kukis hob die Schultern und machte ein bedrücktes Gesicht. »Heute Morgen war das erste Mal seit Tagen …«

»Sie kamen mit dem Vorarbeiter hierher und waren die Ersten vor Ort?«

»Ja. Und da haben wir ihn entdeckt. Ich kann Ihnen gar nicht sagen …« Er brach ab und schien mit der Fassung zu ringen.

»Ist gut«, beruhigte Hannah ihn. »So eine Entdeckung ist für niemanden schön, da sind Sie nicht der Einzige, das können Sie mir glauben.«

»Dann war es möglicherweise ein Unfall«, stotterte Grewe. »Er treibt sich im Rausch hier oben herum, verliert das Gleichgewicht und fällt.«

»Nicht ausgeschlossen«, kommentierte Kukis.

»Wobei ich mir bessere Orte vorstellen könnte, wo ich mich in zugedröhntem Zustand herumtreibe«, meinte Hannah. »Die andere Variante ist natürlich, dass er aus freien Stücken gesprungen ist.«

»Ein Suizid.« Grewe schien den Gedanken abzuwägen.

»Wobei auch da …« Hannah betrachtete das Zementbecken. »Ich würde andere Varianten bevorzugen, bei denen das Ergebnis eindeutig vorhersehbar ist.«

»Auch wahr«, stimmte Grewe zu. »Bleibt ein Mord. Jemand hat ihn gestoßen.«

»Ja, aber weshalb sollte er sich mit jemandem hier treffen?«, wandte Hannah ein.

»Gute Frage.«

»Du liebe Güte«, warf Kukis ein, »warum sollte jemand den armen Kerl ermordet haben?«

»Das gilt es herauszufinden, falls es denn so war«, antwortete Hannah. »So wie es aussieht, müssen wir alle Möglichkeiten in Betracht ziehen.«

»Ihren Job möchte ich auch nicht machen.« Kukis schüttelte den Kopf. »Erst sein Bruder, jetzt Julian ...«

Sie wurden von einem lauten Poltern unterbrochen, gleichzeitig begann das gesamte Gerüst zu vibrieren und leicht zu wackeln.

Nun musste auch Hannah sich am Geländer festhalten.

Grewe stieß sich ab und taumelte panisch nach hinten, wo er sich an eine Längsstange klammerte.

»Hey, immer sachte«, rief Kukis, als Mara Steyn im Eiltempo die Leiter zur obersten Plattform hochgeklettert kam und zu ihnen herübereilte.

»Alles gut hier oben?«, fragte Steyn mit einem Lächeln und noch nicht einmal außer Atem. Sie trat an das Geländer, beugte sich vor und blickte nach unten. »Wow. Ziemlich langer Flug.«

»Kommen Sie da weg.« Grewe löste sich von der Gerüststange, packte Steyn von hinten an ihrer Jacke und zog sie zurück. »Nicht, dass Sie mir hier auch noch einen Abgang machen.«

»Keine Sorge.« Sie drehte sich um und musterte Grewe, dem die Schiebermütze verrutscht war, aus der Nähe. »Geht's Ihnen nicht gut? Sie sind so weiß um die Nase.«

»Was gibt es?«, erwiderte Grewe.

»Dahlke war eben noch mal bei mir und wollte wissen, was der Stand der Dinge ist. Wir sollten mit ihm reden.«

»Lässt sich nicht vermeiden.« Grewe schnaufte.

»Wie wäre es, wenn wir erst mal wieder runterklettern und dann unten das weitere Vorgehen besprechen?«, schlug Hannah vor.

»Gute Idee.« Grewe schob sich an ihr vorbei und begann mit dem Abstieg, den er wesentlich schneller absolvierte als den Weg nach oben. Als sie schließlich wieder am Fuß des Gerüsts standen, hob er seine Mütze an und wischte sich den Schweiß von der Stirn. »Das wäre geschafft.« Er blickte zu den Kriminaltechnikern hinüber. »Ich würde mich gerne noch mit den Kollegen unterhalten. Könntet ihr Dahlke übernehmen?«

»Klar«, meinte Steyn sofort, aber Hannah bremste ihren Eifer.

»Einen Moment.« Sie ging zu Klaus-Peter Diekfoß hinüber, der mit Hansen am Absperrband stand.

»Wie soll es weitergehen?«, fragte er.

»Constanze ist noch immer nicht aufgetaucht?«, wollte Hannah wissen.

Diekfoß schüttelte den Kopf. »Nein.«

Hannah stieß einen Seufzer aus. Es half nichts, sie musste die Sache in die Hand nehmen. »Hier ist nicht mehr viel zu tun. Diekfoß, Sie bleiben, bis die Spurensicherung durch ist. Hansen, Sie fahren auf die Wache, damit jemand dort ist.«

»In Ordnung.« Hansen machte sich schon auf den Weg, als Hannah ihn noch einmal einfing.

»Da wäre noch etwas.« Ihr war Heribert Krügers Bemerkung eingefallen, dass Julian an dem Abend, als sein Bruder ermordet worden war, nicht zu seiner Skatrunde erschienen war. Dabei hatte Krüger auch von dessen Schäferhund gesprochen. »Julian Langmar hatte einen Hund. Vermutlich ist das Tier in seiner Wohnung …«

»Oh.« Hansen verstand sofort. »Ich kümmere mich darum.«

»Danke.«

Hannah ging zu Grewe und Steyn zurück. »Also gut, reden wir mit Dahlke.«

»Und dann wäre da noch Carlotta Mevius«, sagte Grewe. »Vielleicht können wir das Ganze ein wenig abkürzen, wenn wir auf das übliche Prozedere verzichten, sie noch einmal förmlich einzubestellen. Fahren Sie bei ihr vorbei und sehen Sie, was aus ihr rauszubekommen ist.«

Damit ging er hinüber zu den Kriminaltechnikern, die gerade den Leichnam von Julian Langmar aus dem Zementbecken hoben.

Hannah folgte Steyn durch den Park zum Herrenhaus hinüber. Als sie Hansen mit dem Streifenwagen wegfahren sah, rang sie innerlich mit sich.

Auch wenn sie davon ausging, dass Constanze jeden Moment erscheinen würde, wäre ihr Platz während der Abwesenheit ihrer Chefin eigentlich auf der Wache. Doch ihr waren auch noch Constanzes Worte im Ohr. Sie sollte die Kripokollegen unterstützen, auch damit sie über den Gang der Ermittlungen auf dem Laufenden blieben. Und mit einem weiteren Toten hatte der Fall sich gerade noch einmal verkompliziert.

Denn Hannah ging nicht von einem bloßen Zufall aus, dass die beiden Langmar-Brüder in so kurzem Abstand nacheinander ums Leben gekommen waren.

22

Cornelius Dahlke stand an dem großen Sprossenfenster in seinem Büro, die Hände hinter dem Rücken verschränkt. Mit seiner hohen Stirn, dem dunkelblauen Anzug und seinem Gehstock wirkte er beinahe wie ein Großgrundbesitzer, der über seine Latifundien wachte. Drüben beim Anbau zogen Bernd Kukis und seine Arbeiter ab. Sie hatten Rede und Antwort gestanden und mussten für den heutigen Tag unverrichteter Dinge abziehen, da die Kriminaltechnik noch mindestens bis zum Nachmittag mit der Spurensicherung beschäftigt war, wobei die Kollegen wenig Grund zur Hoffnung machten, dass sich Brauchbares finden ließ, einerseits wegen des Leichenfundorts im Freien, andererseits, weil sich auf einer Baustelle schlichtweg zu viele Menschen herumtrieben.

Hannah stand mit Mara Steyn vor dem großen Eichenholzschreibtisch des Klinikleiters. Sie hatten ihn gerade über den Stand der Dinge in Kenntnis gesetzt. Dahlke rang sichtlich mit seinen Gefühlen und schien die Tatsache noch nicht verarbeitet zu haben, dass erneut ein Mensch unter ungeklärten Umständen auf dem Gelände seiner Klinik ums Leben gekommen war.

»Nicht zu fassen«, brach Dahlke die Stille. »Das ist ein unbeschreiblicher Schicksalsschlag, der die Familie Langmar da ereilt hat. Und ein großer menschlicher Verlust.«

»Sie kennen die Familie?«, fragte Mara Steyn.

Dahlke antwortete nicht direkt. Hannah konnte sehen, wie sich seine Finger kurz um den Griff des Gehstocks verkrampften, den er hinter dem Rücken hielt. »Wie Sie wohl wissen, war Philip Langmar einer meiner Mitarbeiter.«

»Aber sein Bruder nicht«, stellte Steyn fest. »Mal abgesehen davon, dass seine Leiche auf dem Gelände Ihrer Klinik gefunden wurde, verstehe ich Ihre große Anteilnahme ehrlich gesagt nicht so ganz.«

Damit lag die junge Kollegin nicht falsch, dachte Hannah. Der Tod von Julian Langmar schien Dahlke mindestens ebenso zu bewegen wie der seines Bruders Philip.

»Wenn ein Mensch auf diese Weise sein Ende findet, ist das doch immer schlimm«, meinte Dahlke.

»Ich nehme an, Sie hatten im Zuge des Anbaus mit Julian Langmar persönlich zu tun?«, fragte Hannah. Die Vermutung lag ihrer Ansicht nach auf der Hand.

»Ich weiß noch, wie das alles hier angefangen hat. Unsere Klinik ist in den Nachwendejahren entstanden. Damals wurde das alte Herrenhaus kernsaniert, und der moderne Seitentrakt entstand. Dort befinden sich die Patientenzimmer und Therapieräume.« Dahlkes Blick ging hinaus auf die Baustelle. »Dieser neue Ausbau wird unsere Kapazitäten nochmals erweitern. Der Bedarf ist groß …«

»Das war nicht meine Frage«, hakte Hannah nach.

»Natürlich, entschuldigen Sie.« Dahlke wandte sich halb zu ihnen um. »In der Ausschreibungs- und Planungsphase hatte ich natürlich viel mit Julian zu tun.«

Hannah verstand nicht ganz, weshalb Dahlke das nicht gleich unumwunden zugegeben hatte. »Welchen Eindruck hatten Sie von ihm?«

»Es war ein ausgesprochen angenehmer Umgang.«

»Wie würden Sie seinen Zustand beurteilen?«, fragte Mara Steyn. »Ich meine, aus Ihrer professionellen Sicht …«

»Ich weiß, worauf Sie hinauswollen.« Dahlke lächelte kurz und stützte sich nachdenklich auf seinen Gehstock. »Sie müssen bedenken, dass unser Umgang ein rein geschäftlicher war. Julian war kein Patient. Daher kann ich nicht darüber urteilen, ob es Umstände gab, die ihn in einen Freitod getrieben haben.«

»Es gibt Hinweise darauf, dass er Drogen nahm«, sagte Hannah.

»Auch darüber kann ich nicht urteilen.« Dahlke wog den Kopf hin und her. »Wobei es in seinem Verhalten Auffälligkeiten gab, die diesen Schluss erlauben.«

»Was genau meinen Sie damit?«

»Er machte mir den Eindruck von jemandem, der unter großer Anspannung und Stress litt. Dazu kamen immer wieder Phasen der Aufgekratztheit und übermäßigen Euphorie. Und natürlich leider eine gewisse Unzuverlässigkeit. Ich musste des Öfteren mit Herrn Kukis vorliebnehmen, wenn Julian aus nicht näher spezifizierbaren Gründen als unpässlich galt.« Dahlke hob die Schultern. »Ich fürchte, mehr kann ich nicht über Julian sagen.«

Oder du willst es nicht, dachte Hannah. Warum zum Beispiel nannte er Julian immer beim Vornamen, wenn die beiden doch nur eine rein geschäftliche Beziehung gehabt hatten?

Dahlke musterte sie beide, seine nächste Frage schien ihm unangenehm zu sein. »Hat Herr Kukis Ihnen gegenüber zufällig erwähnt, wie es mit der Firma und dem Bauvorhaben nun weitergeht, nach Julians Tod?«

Mara Steyn schüttelte den Kopf. »Nein.«

»Ich meinte das nicht despektierlich. Doch dieser Ausbau ist für uns von großer Bedeutung. Vieles hängt davon ab. Unsere

Finanzplanung, die Vergabe freier Therapieplätze, die Ausgestaltung zu besetzender Stellen …«

»Ist davon zufällig auch der Posten betroffen, um den Philip Langmar mit Henry Fleming konkurrierte?«, warf Hannah ein.

Dahlke hob die Augenbrauen. »In der Tat. Der Ausbau wird mit einer Vergrößerung der betreffenden Abteilung einhergehen und damit natürlich auch der Zuständigkeiten und der Verantwortung, die der neue Leiter übernimmt.«

»Ich nehme an, dass mit diesem Mehr an Verantwortung auch ein höheres Gehalt einhergeht?«, fragte Hannah.

»In der Tat. In ihrer neuen Form wird die Stelle deutlich besser dotiert sein. Also ein sehr reizvoller Posten.«

»Ist Herr Fleming heute im Haus?«, erkundigte sich Mara Steyn.

»Das lässt sich herausfinden.« Dahlke nahm den Hörer seines Telefons ab und kontaktierte seine Assistentin im Vorzimmer. Als er wieder auflegte, meinte er: »Nein, er hat sich freigenommen, beziehungsweise, er hat einiges an Schreibarbeit vor sich, die er von zu Hause erledigt.«

Überraschend, dass er das ausgerechnet an jenem Tag tut, als der Bruder seines eventuell ermordeten Kollegen ebenfalls tot bei der Klinik gefunden wird, dachte Hannah.

Womit ihre Gedanken auch wieder zu Philip wanderten.

»Fleming und Philip Langmar«, sagte Hannah, »sie hatten beide dieselben Chancen auf den Posten?«

»So ist es. Zwei lang gediente Mitarbeiter, jeder mit seinen eigenen Vorzügen, dennoch zählen … oder zählten beide bundesweit zu den besten ihres Fachs. Keine Frage, dass ihre Namen ganz oben auf der Liste standen.«

»Wie sind Sie mit der Konkurrenzsituation umgegangen? Die beiden arbeiten schließlich fast Tür an Tür.«

»Professionell. Es ging rein um die sachliche Ebene, nichts Persönliches.«

»Da sind Sie sicher?«, hakte Hannah nach. »Die beiden sind also nie aneinandergeraten?«

Dahlke stützte sich auf seinen Stock und senkte den Blick. »Nun, es gab sicherlich fachliche Auseinandersetzungen, das ist aber ganz normal.«

»Herr Dahlke. Tun Sie uns doch einen Gefallen. Reden Sie nicht um den heißen Brei herum. Wie hat diese *fachliche* Auseinandersetzung zwischen den beiden ausgesehen?«

»Es liegt mir fern, hier irgendjemanden in schlechtem Licht erscheinen zu lassen oder gar falsche Vermutungen in den Raum zu stellen ...«

»Natürlich.« Mara Steyn stemmte die Hände in die Hüften. »Aber überlassen Sie es doch uns, das Geschehene zu bewerten.«

Dahlke blickte sie beide abwechselnd an und gab sich schließlich einen Ruck: »Vor Kurzem kam es tatsächlich zu einem Streit zwischen den beiden. Unten auf dem Flur. Alle bekamen es mit, und ich musste sie zurechtweisen. Es war, um es umgangssprachlich auszudrücken, ziemlich heftig.«

23

Wenig später steuerte Hannah den Streifenwagen über die Lübsche Straße in die historische Altstadt von Wismar. Ihr Ziel war der Fürstenhof, wo sie Carlotta Mevius treffen würden.

Für einen Herbsttag wurde es noch einmal erstaunlich warm. Der Nebel hatte sich inzwischen verzogen, und das Thermometer kletterte langsam über die Fünfundzwanzig-Grad-Marke.

Mara Steyn zog ihre Lederjacke aus, unter der sie einen Pullover trug. »Ich hab mich völlig falsch angezogen.«

»Mittlerweile wäre mir die Sommeruniform auch lieber«, meinte Hannah.

»Würde es Ihnen vielleicht etwas ausmachen, wenn wir kurz bei mir vorbeifahren? Ich mach uns auch einen Kaffee. Ist gleich um die Ecke.«

»Kein Ding.«

Hannah ließ sich von Mara Steyn durch die Gassen zur Grünen Straße lotsen. Dort hielten sie vor einem Haus, das sich unter der Neuen Kirche duckte. Direkt gegenüber ragte die St.-Marien-Kirche in die Höhe, genauer gesagt das, was von ihr übrig geblieben war. Nachdem die Kirche im Zweiten Weltkrieg schwer beschädigt worden war, hatte man in den Sechzigerjahren das Schiff des Sakralbaus gegen den Widerstand der Bevölkerung gesprengt. Übrig geblieben war der achtzig Meter hohe Turm, Wismars Wahrzeichen. Lediglich die Reste des

Fundaments auf dem Platz vor dem Turm vermittelten noch einen Eindruck von den ursprünglichen Ausmaßen des Gotteshauses.

Mara Steyn stieg zielstrebig die Stufen der Außentreppe hinauf, die an der Seite des Hauses zur Dachgeschosswohnung führte. Das Gebäude war umgeben von mehreren hohen Bäumen, die den Eindruck vermittelten, man befände sich in einer Oase mitten in der Stadt.

Hannah trat hinter Mara Steyn durch die Tür. Sie betraten ein offenes Studio, durchflutet von Sonnenlicht, das durch die Fenster der Dachschrägen hereinfiel. Die Wohnung war ein grünes Paradies. Überall standen Grünpflanzen und Blumen. Zwei riesige Yuccapalmen schossen in einer Ecke Richtung Decke. Ein Raumtrenner voller Kakteen und Bonsais unterteilte den offenen Raum in Küche und Wohnbereich.

Mara Steyn ging zur Kochinsel hinüber und schaltete die Kaffeemaschine ein. »Ich zieh mich kurz um, während er durchläuft. Machen Sie es sich gemütlich.«

Sie verschwand durch eine der beiden Türen im hinteren Teil der Wohnung, wo sich vermutlich das Schlafzimmer und das Bad verbargen.

Hannah blieb stehen und sah sich um. Neben dem Sofa entdeckte sie eine E-Gitarre mit Verstärker. »Sie spielen Gitarre?«

»Nein«, rief Steyn aus dem Schlafzimmer. »Die gehört meinem Freund. Er spielt in einer Band. Eigentlich ist er Schreiner, aber er träumt noch immer davon, entdeckt zu werden.«

Hannah musste schmunzeln und dachte unwillkürlich an ihre eigene Jugend und die Band. Sie selbst hatte sich damals am Keyboard versucht, Constanze, das Energiebündel, an ihrer E-Gitarre.

Sommer 1993. Bevor alles den Bach runtergegangen war.

Sie hatten für ihren ersten großen Auftritt geprobt. Und

dann war ihr Bassist mit einer Handverletzung ausgefallen. Einen Ersatz hatten sie schnell gefunden. Julian. Bei ihren ersten gemeinsamen Proben hatte es zwischen ihm und Constanze gefunkt. Liebe mit dem ersten Akkord.

Das große Eifersuchtsdrama war nach einem Auftritt losgegangen, bei dem auch Julians damalige Freundin dabei gewesen war.

Dana.

Hannah hatte ihren Blick gesehen, wie sie Constanze und Julian auf der Bühne beobachtet hatte. Wie die beiden miteinander gespielt hatten, da waren keine Zweifel offengeblieben, was zwischen ihnen los war.

Hannah schüttelte die Erinnerung ab, nahm sich den Becher Kaffee aus der Maschine und drehte ihn nachdenklich in der Hand.

Der Gedanke an die Jugendepisode hatte noch ein weiteres Bild wachgerufen. Das alte Herrenhaus, wie es Anfang der Neunzigerjahre verlassen und baufällig vor sich hin gerottet war. Sie waren oft dort herumgestromert.

Bis sich schließlich ein Investor gefunden hatte, der es in die Klinik umwandeln wollte. Klaus Ringhoff aus Hamburg, der Vater von Julians damaliger Freundin Dana. Den Zuschlag für die Sanierung und den Umbau hatte die Baufirma der Langmars erhalten. Der alte Langmar hatte die Klinik also praktisch errichtet. Und nun hatte der Junior den dicken Auftrag an Land gezogen, sie zu erweitern.

Sie hatte gelernt, Zufällen mit Argwohn zu begegnen.

Wahrscheinlich hatte es eine Ausschreibung und ein Auswahlverfahren gegeben. Natürlich fanden sich auch nicht allzu viele Baufirmen im Umkreis, die ein solches Projekt stemmen konnten. Dennoch. Hannah gefiel nicht, wie sich die Geschichte hier reimte.

Mara Steyn kam aus dem Schlafzimmer zurück. Sie trug nun ein blaues Hemd mit hochgekrempelten Ärmeln über der Jeans.

»Wie war Ihr Eindruck von Dahlke?«, fragte Hannah.

»Er schien ehrlich betroffen.« Steyn ging zur Kaffeemaschine und ließ eine zweite Tasse einlaufen.

»Ich meine, was Julian Langmar betrifft.«

»Da hat er seltsam rumgedruckst, oder nicht? Kam mir fast so vor, als hielte er mit irgendetwas hinter dem Berg.«

»Ja, das ging mir ähnlich.« Hannah trank einen Schluck Kaffee. »Auch seine Schilderung des Streits zwischen Philip Langmar und Henry Fleming erschien mir allenfalls bruchstückhaft.«

Ohne auf Details einzugehen, hatte Dahlke schließlich erzählt, dass sich der Streit zwischen den beiden vor zwei Wochen ereignet hatte. Philip und Fleming waren sich mitten auf dem Büroflur in die Haare geraten, wobei Philip seinen Kollegen offenbar der versuchten Körperverletzung beschuldigt hatte.

Auf Steyns Nachhaken hin hatte Dahlke sich geziert und lediglich gemeint, dass er das Renommee der Klinik und den Ruf seiner Mitarbeiter nicht beschädigen wolle. Sie sollten doch gerne mit Henry Fleming persönlich über das Ereignis sprechen.

»Ich kann ja verstehen, dass er seine Leute nicht vor den Bus werfen will«, überlegte Steyn. »Aber mich würde schon interessieren, was sich da genau abgespielt hat.«

»Mich auch. Befragen Sie Fleming noch einmal?«

»Wäre mein Plan.« Steyn stellte die Tasse ab. »Wollen wir weiter?«

»Ja. Ich glaube, den kurzen Weg können wir auch zu Fuß machen. Ist ja gleich um die Ecke.«

Steyn schloss die Wohnung hinter ihnen ab, und sie stiegen die Außentreppe hinunter. Pünktlich zur Mittagsstunde erklang aus dem Turm von St. Marien ein Glockenspiel.

Der Fürstenhof, in dem sich das Amtsgericht befand, lag

buchstäblich direkt um die Ecke. Sie bogen nach links in die Papenstraße ein und gingen dann von hinten durch den kleinen Park auf den Innenhof des alten Renaissancebaus.

Der aus zwei Gebäudeteilen bestehende Prunkbau war im sechzehnten Jahrhundert errichtet worden. Das spätgotische Alte Haus stand in einem rechten Winkel zum Neuen Haus, das seinem Vorbild, dem Palazzo Roverella im italienischen Ferrara, nachempfunden war. Die Fassaden schmückten üppige Ornamente, Kalkstuck und Terrakotten.

Ali Asaf Babacan stand mit Carlotta Mevius vor dem Portal der Hofdurchfahrt bei einem schwarzen Transporter seines Sicherheitsdienstes. Die beiden unterhielten sich mit zwei Anzugträgern, bei denen es sich wohl um Beamte des Amtsgerichts handelte.

Nach ihrem Besuch bei Dahlke hatten sie versucht, Carlotta Mevius telefonisch zu erreichen, und waren letztlich bei der Assistentin von Babacan gelandet, die ihnen erklärt hatte, dass sie ihren Chef mit Mevius heute beim Amtsgericht antreffen würden. Babacan hatte offenbar einen wichtigen Auftrag an Land gezogen: Seine Firma würde sich fortan um einen Teil der Sicherheitsaufgaben bei der Behörde kümmern – ein Novum für Wismar, dass ein privates Unternehmen dies erledigte.

Mara Steyn hatte zuerst einen Rückzieher machen und Mevius später aufsuchen oder sie doch erneut vorladen wollen. Doch Hannah hatte ihr erklärt, dass es genau der richtige Zeitpunkt für ein Gespräch mit der Frau sei und auch, aus welchem Grund. Dann hatten sie sich einen Schlachtplan zurechtgelegt.

Eine ihrer Hoffnungen erfüllte sich sofort, als Ali Asaf Babacan sie beide kommen sah. Ihm entgleisten die Gesichtszüge. Es war nur allzu offensichtlich, dass er einen Besuch der Polizei, der ihm und seiner Mitarbeiterin galt, gerade ganz und gar nicht gebrauchen konnte.

»Guten Tag«, sagte Hannah und stellte sich und Steyn den Anzugträgern vor.

»Eschenbacher.« Einer der beiden reichte ihnen die Hand. »Dezernat IV. Sicherheitsangelegenheiten. Das hier ist der Kollege Turm vom Personalmanagement.« Der zweite Anzugträger begrüßte sie ebenfalls.

»Wir würden uns gerne mit Frau Mevius unterhalten«, erklärte Mara Steyn. »Das heißt, falls Sie sie für einen Moment entbehren könnten, Herr Babacan. Sie wissen ja, worum es geht.«

Babacan lächelte, doch seine dunklen Augen funkelten sie und Steyn wechselseitig an.

Nein, dachte Hannah, das passt dir gerade überhaupt nicht in den Kram.

»Natürlich«, sagte Babacan, »überhaupt kein Problem.« Er nickte Mevius zu, die sich von der Gruppe löste und mit ihnen kam.

Zu dritt gingen sie hinüber zu dem kleinen Park. Bei einem kurzen Blick über die Schulter sah Hannah, wie sich Babacan neugierigen Fragen der Amtsgerichtler stellen musste.

»Könnten Sie mir erklären, was das hier soll?«, fragte Mevius. »Ich hatte Ihnen doch gesagt, dass ich nur in Gegenwart meines Anwalts mit Ihnen reden werde.«

»Das steht Ihnen natürlich frei.« Steyn blieb bei einer Parkbank unter einem Baum stehen. »Aber vielleicht hören Sie sich erst mal an, was wir herausgefunden haben.«

Hannah eröffnete der Frau ihre Besuche bei ihrem Chef und bei Herrn Longrée, dem Privatdetektiv.

»Und?« Mevius blickte sie herausfordernd an. »Ist es neuerdings verboten, jemanden mit dem Einholen von Informationen zu beauftragen?«

Eine solche Reaktion hatten sie erwartet.

»Ich erzähle Ihnen jetzt mal, wie das alles aus unserer Sicht aussieht«, erwiderte Steyn. »Sie suchten unter vorgeschobenen Gründen Hilfe in der psychiatrischen Klinik. Sie gaben eine Angststörung vor und wollten an Philip Langmar herankommen. Dummerweise nahm dieser gerade keine neuen Patienten an. Sie landeten bei Henry Fleming. Nach wenigen Sitzungen stellten Sie sich auf die Hinterbeine und lamentierten, dass Sie mit ihm nicht klarkämen. Sie erzählten, dass Sie schon viel Gutes von Philip Langmar gehört hätten und zu ihm in Behandlung wollten. Das gelang Ihnen auch.«

Mevius sah sie mit großen Augen an. »Und weshalb sollte ich das alles Ihrer Meinung nach getan haben?«

»Ganz einfach. Sie wollten Ihrem Bruder zu Gerechtigkeit verhelfen. Sie hatten ein paar Sitzungen bei Langmar. Dann, in einem unbeobachteten Moment, vermutlich, als Sie einmal alleine in seinem Zimmer waren, entwendeten Sie die Akte von Klaus Baade.«

»Und zu Ihrem Erstaunen fanden Sie darin dasselbe wie wir. Nämlich nichts«, ergänzte Hannah. »Philip Langmar bemühte sich offenbar gar nicht um eine echte Therapie des Unfallfahrers. Vermutlich hatte er dazu auch gar keinen Grund, nicht wahr? Deshalb sahen Sie sich in der Annahme bestätigt, dass er das Gutachten im Prozess Ihres Bruders gegen Baade gefälscht hatte.«

»Aber mit der Akte konnten Sie nichts anfangen«, nahm Steyn den Ball wieder auf. »Sie allein stellte keinen Beweis dar, zumal Sie sich das Stück widerrechtlich angeeignet hatten. Vermutlich zerbrachen Sie sich den Kopf, was Sie nun tun sollten, und sahen schlussendlich keine andere Möglichkeit, als Langmar persönlich zur Rede zu stellen. Vielleicht mit einem versteckten Aufnahmegerät am Körper. Was hatten Sie schon zu verlieren?«

Mevius lachte und schüttelte den Kopf. »Sie spinnen doch.«

»Sie hatten am Abend seines Todes eine Therapiestunde bei

ihm«, sagte Hannah. »Sie konfrontierten ihn, und es kam zum Streit. Das Ergebnis kennen wir.«

»Also glauben Sie noch immer ernsthaft, dass ich dem Mann etwas angetan habe?« Mevius hob die Augenbrauen. »Der Typ war ein Arsch, okay. Er hat meinen Bruder reingelegt. Und dafür hätte er selbst hinter Gitter gehört. Aber ich habe ihn nicht getötet. Was hätte mir das überhaupt gebracht?«

»Rache? Gerechtigkeit?« Steyn schob die Unterlippe vor. »Nach allem, was wir in Erfahrung gebracht haben, verstehen Sie schon, dass dieser Verdacht naheliegt, oder?«

Als Mevius nichts erwiderte, sagte Hannah: »Es wäre besser gewesen, Sie hätten uns von der Akte und Ihren Nachforschungen freiwillig erzählt. Dann würde es uns leichterfallen, Ihnen zu glauben.«

Mevius schüttelte den Kopf und wandte sich zum Gehen. »Die Arbeit wartet. Entschuldigen Sie mich bitte.«

»Sind Sie sicher, dass Sie schon zurückgehen wollen?«, fragte Hannah, und Mevius hielt inne. »Ihnen ist doch klar, was als Nächstes geschieht.«

»Wir werden Sie erneut vorladen«, erklärte Steyn, so, wie sie es abgesprochen hatten.

»Ich habe das entsprechende Schreiben hier in der Tasche.« Hannah klopfte demonstrativ auf die Westentasche ihrer Uniform.

Eine Lüge, aber eine ziemlich effektive.

Mevius drehte sich um, und ihrem Gesichtsausdruck nach zu urteilen, schien ihr langsam zu dämmern, in welcher Situation sie sich befand.

»Wir übergeben Ihnen die Vorladung gerne in Anwesenheit Ihres Chefs und der Männer vom Amtsgericht«, sagte Steyn. »Wobei ich nicht davon ausgehe, dass ihm das gefallen wird. Das hier scheint ja ein sehr wichtiger Auftrag für seine Firma zu sein. Ich glaube nicht, dass er gerne Fragen seitens des Amtsgerichts beantworten will, weshalb eine seiner Mitarbeiterinnen, die hier künftig für die Sicherheit sorgen soll, Hauptverdächtige in einem Mordprozess ist.«

»Tja … und ich frage mich, was er dann wohl tun wird.« Hannah massierte sich das Kinn. »Es hat schon Fälle gegeben, in denen Mitarbeiter aufgrund einer fragwürdigen Reputation entlassen wurden, um das Ansehen der Firma zu schützen …«

»Verdammt, hören Sie schon auf!« Mevius hob die Hände.

»Gerne.« Steyn stellte den Fuß auf der Bank ab und stützte sich auf das Knie. »Wir können gleich auch gemeinsam rübergehen und denen erzählen, dass Sie uns gerade in einer kniffligen Angelegenheit geholfen haben und selbst die Polizei Ihre Dienste sehr zu schätzen weiß.«

»Die Voraussetzung ist, dass Sie ehrlich sind.« Hannah setzte einen ernsten, aber ebenso versöhnlichen Blick auf. »Kleiner Dienstweg. Macht es für alle einfacher. Spart Zeit.«

Mevius blickte kurz zu Babacan und den Herren vom Amtsgericht hinüber. Dann ließ sie sich auf der Bank nieder und legte den Kopf mit einem Seufzer in beide Hände. »Okay. Aber Sie müssen mir glauben, dass ich ihm nichts angetan habe.«

»Erzählen Sie«, bat Hannah.

»Es ist fast genau so, wie Sie gesagt haben. Ich war an dem Abend bei Langmar und wollte ihn zum Reden bringen. Ich dachte, vielleicht hat der Kerl ja so etwas wie Anstand und Gewissen. Ich eröffnete ihm, dass Oskar mein Bruder ist und ich annahm, dass er das Gutachten in dem Prozess gegen Baade gefälscht hatte. Ich legte ihm Fotos von meinem Bruder vor, auf denen er sehen konnte, welche Behinderungen und Beeinträchtigungen er nun sein Leben lang mit sich tragen wird. Ich hatte auf so etwas wie Mitleid gehofft …«

»Und das war alles?« Hannah legte die Stirn in Falten. Sie

konnte kaum glauben, dass die Frau es tatsächlich auf eine solch geradezu naive Art und Weise versucht hatte, nach allen Mühen, die sie zuvor auf sich genommen hatte. Ihrer Mimik nach zu urteilen, schien sie es aber ehrlich zu meinen. »Verzeihen Sie, aber das erscheint mir doch etwas plump.«

»Ich hatte keine andere Idee. Und ja, mir war auch klar, dass die Nummer vermutlich zum Scheitern verurteilt war. Aber wie gesagt … Manche Menschen haben ja ein Gewissen, an das man appellieren kann.«

»Und wie war das bei Philip Langmar?« Hannah kannte Philip von früher noch gut genug. Natürlich veränderten sich Menschen mit der Zeit, doch war er immer ein Mensch mit Gewissen und starken Prinzipien gewesen. Allerdings konnte sie sich kaum vorstellen, dass er deshalb aus freien Stücken einen solchen Betrug zugegeben hätte.

»Er ließ mich auflaufen«, berichtete Mevius. »Er blieb ruhig und erklärte mir, dass ich die Therapie unter Vorspiegelung falscher Tatsachen begonnen hätte. Das würde Konsequenzen haben. Ebenso wie der Diebstahl der Akte. Außerdem wollte er sich weitere Schritte gegen mich vorbehalten, wenn ich solche Märchen weiterhin aufrechterhielt oder verbreitete. Auch sollte ich ihn nicht weiter in irgendeiner Form belästigen.«

»Und damit ließen Sie sich abspeisen?«, fragte Mara Steyn.

»Was sollte ich schon tun? Ich hatte ja nichts in der Hand. Das war meine letzte Patrone.«

»Wie ging es weiter?«

»Ich verließ das Büro, stieg ins Auto und fuhr nach Hause.«

Ein Alibi für den weiteren Abend hatte die Frau nicht, so viel hatten sie bei der ersten Befragung aus ihr herausbekommen.

Hannah warf Mara Steyn einen Blick zu, und es bedurfte keiner Worte, um zu erkennen, dass die junge Kollegin mit diesem Ergebnis ebenso unzufrieden war.

Die Aussage von Mevius ließ sich in keiner Weise überprüfen.

Andererseits meldeten sich bei Hannah im Stillen wieder ernste Zweifel an einer möglichen Täterschaft der Frau. Wie sollte das abgelaufen sein? Mevius lauerte Philip auf dem Parkplatz in der Dunkelheit auf – und was dann? Wie waren sie an den Strand gekommen?

Das Einzige, was Hannah sich vorstellen konnte, war, dass der Streit mit ihr Philip dazu veranlasst hatte, nicht wie ursprünglich geplant lange in den Abend hineinzuarbeiten, sondern doch vorzeitig nach Hause zu fahren. Denn Carlotta Mevius hatte entgegen ihrer Annahme sehr wohl Panik bei ihm ausgelöst. Jede Wette, dass Philip mit seiner Frau und deren Halbbruder darüber sprechen wollte, voller Angst, dass die Sache nun am Ende doch noch aufflog.

»Ich weiß, es gibt keine Zeugen«, wandte Mevius selbst ein. »Allerdings hat Langmar noch weitergearbeitet, als ich weg bin. Ich hätte also gar keine Gelegenheit gehabt, ihm etwas anzutun.«

Hannah wurde hellhörig. »Wie können Sie sich so sicher sein, dass er nach Ihrem Abgang noch weitergearbeitet hat?«

»Ich bin den Flur runter, und als ich die Tür vom Ausgang in der Hand hatte, hab ich noch gesehen, wie ein Kollege zu ihm rein ist. Langmar hat ihn dann erst mal angebrüllt.« Mevius zuckte mit den Achseln. »Konnte aber nicht verstehen, worum es ging.«

Mara Steyn beugte sich vor und fragte mit Hannah wie aus einem Mund: »Wie hat dieser Kollege ausgesehen?«

24

In Ostersande herrschte bunter Trubel, als Hannah am späten Mittag zur Polizeiwache zurückkehrte. An den Imbissständen versorgten sich Familien mit einem schnellen Mittagessen, andere Urlauber saßen auf den Terrassen der Cafés und Restaurants, während wieder andere sich mit Rucksäcken und Strandutensilien auf den Weg zum Meer machten. Der Herbst meinte es heute tatsächlich noch einmal gut mit den Badegästen, die Sonne strahlte vom wolkenlosen Himmel, und die Temperaturen luden dazu ein, ins kühle Nass zu springen.

Hannah hätte auch nichts dagegen gehabt, den restlichen Nachmittag am Strand zu verbringen. Tobby hätte sicherlich ebenfalls seine Freude daran gehabt.

Sie hatte Mara Steyn bei der Klinik abgesetzt, wo sie Henning Grewe über ihre neuesten Erkenntnisse berichten würde. Es stand außer Frage, dass Carlotta Mevius am Mordabend Henry Fleming in das Büro von Philip Langmar hatte stürmen sehen, als sie selbst bereits gegangen war. Der Verdacht, dass es zu einem erneuten Streit zwischen den beiden Kollegen gekommen war, machte ein weiteres Gespräch mit Fleming zwingend notwendig.

Klaus-Peter Diekfoß war ebenfalls noch vor Ort gewesen. Grewe hatte ihn dazu abgestellt, sich bei den Patienten zu erkundigen, ob sie in der vergangenen Nacht irgendetwas Auffälliges beobachtet hatten.

Hannah parkte ihren Wagen vor der Wache und ging hinein.

Am Tresen nahm Sibert Hansen gerade eine Anzeige wegen Sachbeschädigung an einem Auto entgegen.

Constanze saß in ihrem Büro und telefonierte.

Sie legte auf, als Hannah ihr Zimmer betrat.

»Du bist im Bilde?«, vergewisserte sich Hannah, wobei sie davon ausging, dass ihre Freundin unlängst erfahren hatte, welch schrecklicher Fund heute Morgen auf dem Gelände der Klinik gemacht worden war.

Constanze nickte. Sorgenfalten standen ihr auf der Stirn, ihre Augen waren blutunterlaufen, die Gesichtshaut wirkte fahl und leblos.

Hannah zog die Tür hinter sich zu. »Wie geht es dir?«

Constanze stützte sich mit den Ellbogen auf den Schreibtisch und senkte den Kopf. Als sie wieder aufblickte, hatte sie Tränen in den Augen. »Weiß nicht. Es ist seltsam, fast, als wäre ein Teil von mir oder ein Teil meiner eigenen Vergangenheit ausgelöscht worden.«

»Ja, ich weiß«, sagte Hannah. »Geht mir ähnlich. Ich meine, es ist lange her, doch etwas bleibt immer zurück von dem, was war. Man realisiert es manchmal nur nicht. Bis so etwas passiert.«

»Entschuldige, dass ich heute Morgen nicht aufgetaucht bin«, sagte Constanze.

»Schon gut.«

»Als ich es erfahren habe, dass es Julian ist, da habe ich erst mal einen Moment gebraucht.« Constanze lehnte sich zurück und wischte sich die Tränen aus den Augen. »Und als ich dann loswollte, kam es noch dicker.«

»Was heißt das?«

»Dass …«, sie ließ den Kopf hängen, »unsere Jobs nicht so sicher sind, wie ich gehofft habe.«

»Lass mich raten, der Polizeiinspektionsleiter macht Stress?«

»Er rief mich an und zitierte mich zu sich. Ich bin gleich rüber zu ihm nach Wismar.« Constanze setzte eine bedauernde Miene auf. »Tja, schaut nicht gut aus.«

»Ich dachte, die Zukunft der Wache wäre gesichert. Die Jubiläumsfeier und alles ...« Das hätte ihr gerade noch gefehlt, dass sie ihr altes Leben hinter sich ließ, nur damit das neue sofort unter ihren Fingern zerbröselte wie schimmliges Brot.

»Das war auch mein Eindruck. Doch dem Inspektionsleiter ist das alles herzlich egal. Er hat mit den anderen Zahlenschubsern zusammengesessen und sieht ein erhebliches Einsparpotenzial, wenn unser Revier zukünftig von den Wismarer Kollegen mitbetreut wird.«

»Sie wollen die Wache dichtmachen?«

»Er hat nicht gesagt, dass es definitiv ist, aber der Gedanke spukt ihnen wohl mal wieder durch die Köpfe. Und diesmal ernsthafter als je zuvor.« Constanze hob die Hände. »Tut mir ehrlich leid, Hannah. Das hab ich nicht kommen sehen, sonst hätte ich dir das hier niemals angeboten. Ich werde nach wie vor mein Bestes tun, um das abzuwenden, aber ...«

»Schon gut«, beschwichtigte Hannah sie. »Ich wusste, worauf ich mich einlasse.«

»Trotzdem ... das war nicht so geplant.« Constanze lehnte sich wieder über den Schreibtisch. »Als ob ich nicht schon bedient gewesen wäre, hat mich dann auch noch der Bürgermeister angerufen.«

»Wegen der Ermittlungen?«

»Natürlich. Ein Toter am Sandstrand, mitten in den Herbstferien, und jetzt auch noch sein Bruder ... Das möchte er so schnell wie möglich vom Tisch haben, und zwar ohne großes Aufsehen.« Constanze vergrub das Gesicht in beiden Händen und seufzte. »Zu allem Überfluss hab ich noch Krach mit Georg. Aber egal ... Wie ist es denn gelaufen?«

Hannah berichtete ihr in knappen Sätzen von dem Leichenfund, dem Gespräch mit Cornelius Dahlke und der Aussage von Carlotta Mevius.

»Wie ist deine Einschätzung?«, fragte Constanze. »Könnte es sich bei Julians Tod um einen Unfall handeln?«

»Undenkbar ist das nicht. Wir sollten das toxikologische Gutachten der Rechtsmedizin abwarten, aber er nahm Drogen. Wenn er also im Rausch dort oben auf dem Gerüst war …« Hannah machte eine Pause. »Allerdings sind mir das alles zu viele Zufälle und Ungereimtheiten.«

»Ist das auch die Meinung der Kripokollegen?«

»Würde ich sagen. Wenn zwei Brüder unter unklaren Umständen so kurz hintereinander ums Leben kommen, ist es doch schwer, die Unfalltheorie ernsthaft aufrechtzuerhalten.«

»Also zwei Morde.«

»Wir haben bereits mehrere Verdächtige mit Motiv, Gelegenheit und der Möglichkeit zur Tat. Derzeit halte ich das daher für die wahrscheinlichere Variante, auch wenn uns noch die Beweise fehlen. Und ich denke, da würden Grewe und Steyn mir zustimmen.«

»Was für ein Schlamassel.« Constanze verschränkte die Arme hinter dem Kopf und blickte zur Decke, wobei die Sorgenfalten auf ihrer Stirn noch tiefer zu werden schienen. »Brauchen die beiden dich heute noch?«

»Vermutlich nicht.«

»Dann lenken wir uns doch ein wenig mit profanem Streifendienst ab.« Sie blätterte durch die Notizen neben ihrem Telefon. »Der Besitzer der Seeluft hat sich gemeldet, das ist ein Café die Straße runter. Er hat sich über eine Kundin beschwert.«

»Dann soll er von seinem Hausrecht Gebrauch machen und die Dame rauswerfen.«

»Hat er wohl versucht, aber sie ist halsstarrig und hat mit

ihm rumdiskutiert. Offenbar ist der gute Mann nicht besonders durchsetzungsstark.«

»Also helfen wir ihm.«

»Schick Hansen rüber, er hat sowieso den Anruf des Cafébetreibers entgegengenommen.« Constanze nahm das Blatt zur Hand, auf dem Hansen Notizen gemacht hatte. »Die Dame kommt offenbar seit etwa zwei Wochen regelmäßig in das Café. Sie arbeitet an ihrem Laptop, bestellt aber nie mehr als einen Kaffee, isst nichts und blockiert den Tisch für konsumfreudigere Gäste.«

»Davon können Cafébesitzer in den Städten ein Lied singen.«

»Die Frau ist rothaarig, schlank und ...« Constanze stutzte und ließ das Papier sinken. »Das klingt ja ganz ...«

»Nach der netten Dame, an die du dein Elternhaus vermietet hast.«

»In der Tat.«

Hannah schnappte sich den Notizzettel von Constanzes Schreibtisch. »Der Sache nehme ich mich mal persönlich an. Mir hängt ohnehin der Magen auf halb acht, da kann ich in dem Laden gleich für ein wenig Umsatz sorgen.«

Ihre Nachbarin hatte heute Morgen einen recht sympathischen Eindruck auf Hannah gemacht. Vermutlich eine Großstädterin, die sich hierher verirrt hatte, oder gar eine digitale Nomadin, die beschlossen hatte, ihre Arbeit über den Laptop an den schönen Orten dieser Welt zu erledigen – wobei Hannah da spontan bessere Plätze eingefallen wären als ein Café an der Hauptstraße von Ostersande. Wie auch immer, sie wollte nicht, dass die Frau wegen provinzieller Befindlichkeiten Probleme bekam.

Sie verließ die Wache und machte sich zu Fuß auf den Weg zum Café Seeluft, das tatsächlich nur wenige Hundert Meter weiter die Straße hinunter lag.

Die Eingangstür aus schwerem Holz mit einem Bullauge öffnete sich mit dem Klingeln eines Glöckchens. Die Gespräche der Gäste erfüllten den Raum, untermalt von leiser Pianomusik aus den Deckenlautsprechern. Hannah ließ den Blick schweifen. Die etwa fünfzehn Tische waren alle besetzt, wobei an den meisten zwei oder drei Personen saßen. Über der Theke hing ein großes Fischernetz von der Decke. Die Wände zierten – wie originell – Malereien mit Motiven der Ostseeküste.

Der Wirt, ein Mann in Holzfällerhemd und Jeans, servierte einer Gruppe von Gästen gerade das Essen. Als er Hannah erblickte, kam er mit dem leeren Tablett unter dem Arm zu ihr herüber. »Das ging aber mal schnell.«

»Sie rufen, wir kommen.« Hannah lächelte.

»Die Polizei, dein Freund und Helfer.«

»So ist es. Stets zur Stelle.« Ein wenig Werbung unter den Einheimischen konnte nicht schaden, wenn sie die Geschicke der Wache noch zum Besseren wenden wollten. »Wie kann ich Ihnen helfen?«

Der Wirt erzählte ihr noch einmal dieselbe Geschichte, die Hansen bereits aufgenommen hatte.

»Ich habe überhaupt nichts dagegen, wenn die Frau hier arbeitet oder liest oder sonst was tut«, meinte er schließlich. »Aber das geht halt nicht, wenn sie zwei, drei Stunden einen Tisch belegt und sich die ganze Zeit an einer Tasse Kaffee festhält.«

»Das haben Sie ihr auch zu verstehen gegeben?«

»Zumindest habe ich es versucht. Es hat sie aber nicht geschert.«

»Und was hält Sie davon ab, ihr einfach Hausverbot zu erteilen, wenn sie noch mal auftaucht?«, fragte Hannah.

Der Wirt blickte sich um. »Nun ja, ich will hier keine Szene machen, das könnte die anderen Gäste abschrecken. Außerdem ist es mir lieber, wenn man die Dinge friedlich löst.«

»Wie hatten Sie sich das nun weiter vorgestellt?«, fragte Hannah. »Wir können uns hier schlecht auf die Lauer legen, bis die Dame wieder einmal vorbeikommt. Und wenn Sie keine Gäste abschrecken wollen, macht es sich bestimmt nicht gut, wenn hier ein Streifenbeamter herumlungert.«

»Da haben Sie wohl recht.«

Tatsächlich drehten sich schon einige Köpfe nach ihnen um, was nie ausblieb, wenn man mit einer Uniform ein Lokal betrat und sich ausführlich mit dessen Besitzer unterhielt. Das warf automatisch Fragen auf, ob hier alles mit rechten Dingen zuging.

»Bevor die Leute noch anfangen, sich Gerüchte auszudenken«, meinte Hannah und deutete auf die Theke, »machen Sie mir doch etwas zu essen. Mir knurrt der Magen.«

»Gerne.«

Hannah nahm sich einen Barhocker und setzte sich. »Rührei mit Krabben?«

»Wenn Sie auch Garnelen nehmen«, sagte der Wirt. »Nordseekrabben sind gerade aus. Es gibt da so einen eingewanderten Fisch …«

»… der sie alle auffrisst. Ich weiß. Garnelen sind auch prima. Und ein alkoholfreies Pils dazu, bitte.«

»Kommt sofort.«

Sie wartete, bis er ihr das Getränk und das Essen serviert hatte, dann nahm sie die Unterhaltung wieder auf.

»Ich mache Ihnen einen Vorschlag«, sagte sie. »Ich rede mit der Dame und überzeuge sie, demnächst mit etwas mehr Appetit herzukommen. Dafür machen Sie ihr keinen Ärger und versauen ihr nicht den Urlaub. Was meinen Sie?«

»Klingt gut.« Der Wirt wischte hinter der Theke das Abtropfgitter der Zapfanlage sauber.

»Es kommt noch besser«, sagte Hannah zwischen zwei Bissen. »Ich werde Sie dafür nicht einmal belästigen müssen.«

»Wie das?«

»Ich kenne die Frau. Sie logiert im Ferienhaus mir gegenüber.«

»Das ja 'n Ding.«

»Ich weiß nur ihren Namen nicht.«

»Lenke Jakubetz.«

»Danke.«

»Sie meinte, sie ist Reisejournalistin und hat hier in Wismar zu tun.« Er ahmte mit den Fingern Tippbewegungen nach. »Sie schreibt offenbar an einem Artikel.«

»Sieh an.« Hannah hob die Augenbrauen. »Dann seien Sie doch nett zu ihr. Vielleicht findet Ihr Café lobende Erwähnung.«

»Oh.« Der Wirt hielt in der Bewegung inne und sah Hannah irritiert an. »Daran hatte ich noch gar nicht gedacht.«

Es war einer jener Momente, in denen Hannah sich am liebsten mit der flachen Hand gegen die Stirn geschlagen hätte, und zwar mehrmals. Manche Leute musste man tatsächlich zu ihrem Glück zwingen.

»Dann wissen Sie ja jetzt, was Sie zu tun haben. Sagen Sie der Dame, dass sie jederzeit willkommen ist.«

»Na ja, wenn das so läuft wie neulich mit ihrem Begleiter, dann habe ich auch gar nichts dagegen, wenn sie lange hier sitzt.«

»Was war denn da los?«

»Oh, die beiden haben lange hier gesessen und sich angeregt unterhalten. Und dabei haben sie ordentlich zugeschlagen. Sogar mit Nachtisch und Kuchen. So hab ich das gern.«

»Interessant. Mit wem war Frau Jakubetz denn hier?«

»Das war jemand von hier«, erzählte der Wirt und lehnte sich auf den Tresen. »Ich weiß nicht, ob Sie ihn kennen. Ihm gehört drüben in Wismar ein Bauunternehmen. Sein Name ist Julian Langmar.«

25

Bin unterwegs.
Mit unserer Nachbarin.
Lässt du den Hund raus?
In der Mittagspause?

Hannah las die Nachricht auf ihrem Smartphone, als sie das Café Seeluft verließ. Eine SMS von ihrem Vater.

Am liebsten hätte sie ihn sofort zurückgerufen und ihn gebeten, Lenke Jakubetz ans Telefon zu holen. Sie hatte einige Fragen an die nette Urlauberin von nebenan. Unter anderem, woher sie Julian Langmar kannte und worüber sie sich so lange mit ihm unterhalten hatte. Doch vermutlich war es besser, das persönlich mit ihr zu besprechen.

Jetzt würde sie sich erst mal um Tobby kümmern.

Hannah ging über die Hauptstraße von Ostersande zurück zur Wache, vorbei an Boutiquen, Souvenirläden, einer Buchhandlung und mehreren Restaurantterrassen. Erst bei einem Kaiserwetter wie heute wurde ihr deutlich, wie sehr Ostersande sich doch verändert hatte. Der Ort platzte buchstäblich aus allen Nähten. Früher war es hier selbst zur Hauptferienzeit recht beschaulich zugegangen, und sie wollte sich gar nicht ausmalen, wie es im Hochsommer sein würde.

Auf der Wache berichtete sie Constanze kurz von ihrem Gesprach mit dem Wirt und meldete sich dann bei ihr und Hansen für eine Stunde ab. Sie hatte ohnehin noch keine Mittagspause gemacht, also hatte niemand etwas dagegen.

Zu Hause begrüßte Tobby sie schwanzwedelnd. Sie wollte nicht schon wieder den gleichen Weg mit ihm gehen, also packte sie den Hund in ihren Wagen und fuhr mit ihm ans östliche Ende von Ostersande.

Die Landschaft unterschied sich hier drastisch. Wo im Westen weißer Sandstrand lockte, erstreckte sich kurz hinter dem Ortsausgang eine malerische Steilküste mit Kieselstrand. Ein Feldweg führte zwischen Wiesen und Feldern an der Abbruchkante entlang, mit einem endlos weiten Blick über die Ostsee.

Abgesehen von ein paar Spaziergängern hatte man hier vor den Touristen seine Ruhe.

Für Tobby war es ebenfalls eine willkommene Abwechslung, er zerrte an der Leine und vergrub die Nase zwischen den Grashalmen. Hannah musste nur achtgeben, dass er in seiner Begeisterung der Abbruchkante nicht zu nahe kam.

Sie waren keine zehn Minuten gegangen, als sie an einer Windmühle vorbeikamen, die einsam zwischen den Feldern und Wiesen stand. Hannah erinnerte sich noch, wie die alte Mühle in früheren Zeiten völlig verkommen war, da niemand sich dafür interessiert hatte. Jetzt erstrahlte das alte Gemäuer in neuem Glanz. Das schwarze Holz des mittleren Achtkants schien neu gestrichen und an etlichen Stellen sogar ersetzt worden zu sein. Am Unterbau aus weißen Backsteinen waren die Fensterläden ringsum erneuert worden, und sogar die Flügel hatte man instand gesetzt.

Im Näherkommen erkannte Hannah einen Mann, der auf der Terrasse der Mühle an einem Tisch saß und an einem Laptop arbeitete.

Manchmal musste man einfach Glück haben …

Hannah nahm die Abkürzung querfeldein, kletterte über einen Bretterzaun und stand mit Tobby bald im Garten der Mühle, den ein Blumenbeet zierte.

»Guten Tag, Herr Fleming«, grüßte sie.

Der Psychiater war so in seine Arbeit vertieft gewesen, dass er ihr Kommen nicht bemerkt hatte. Er schrak zusammen und blickte auf. »Oh … die Polizei. Sie hätten auch vorne reinkommen können.«

Hannah lächelte und deutete mit dem Daumen über die Schulter. »Wir drehen gerade eine kleine Runde. War Zufall.«

Tobby schwänzelte zu Fleming hinüber und beschnüffelte seine Beine ausgiebig. Der Psychiater strich ihm über den Kopf. »Ein Mischling?«

»Labrador-Schäferhund.«

Fleming deutete auf die freie Bank an seinem Tisch. »Setzen Sie sich. Etwas zu trinken?«

»Nein, danke.« Hannah nahm ihm gegenüber Platz und ließ Tobby von der Leine, der sofort mit dem Erkunden des Gartens begann.

Fleming deutete mit einem Nicken ins Innere der Mühle. Die Flügeltür zur Terrasse stand offen, und Hannah konnte eine Truhe erkennen, auf der ein Festnetztelefon stand.

»Dahlke hat mich vorhin angerufen«, sagte Fleming. »Furchtbar, was passiert ist.«

»Kannten Sie Julian Langmar?«

»Flüchtig. Durch Philip. Er ist mir ein paarmal über den Weg gelaufen, als die Ausschreibung für den Anbau lief und er zu Gesprächen in der Klinik war.«

»Wo waren Sie in der vergangenen Nacht?«

»Hier.« Fleming schmunzelte. »Bin ich nach Philip Langmar nun auch am Tod seines Bruders ein Hauptverdächtiger?«

Hannah lehnte einen Arm auf den Tisch. »Sie müssen zugeben, dass dieser Verdacht zumindest bei Philip nicht ganz von der Hand zu weisen ist.«

»Nur weil ich seine Leiche zufällig am Strand gefunden habe?«

»Und weil Sie sich in einer Konkurrenzsituation mit ihm befanden …«

»Aber ich habe Ihnen doch schon gesagt, dass ich kein Interesse an der Stelle hatte.«

»Sie können mir viel erzählen, wenn der Tag lang ist. Dafür, dass Sie kein Interesse hatten, haben Sie sich mit Philip äußerst intensiv in die Haare bekommen. Dahlke hat mir über den Streit zwischen Ihnen beiden berichtet. Sogar die anderen Kollegen haben das wohl mitbekommen.«

»Ach.« Fleming wischte mit der Hand über den Tisch. »Das war doch nichts.«

»Dann können Sie mir ja davon erzählen.«

»Ich hatte ihm das Telefon zusammengeklebt.«

»Was?«

»Philip ging mir mächtig auf den Keks. Er nahm das mit der Stelle sehr ernst und sah mich als seinen Konkurrenten an, was er mich bei jeder Gelegenheit spüren ließ.« Fleming hob die Schultern. »Ich habe versucht, ihm klarzumachen, dass er den Job liebend gern haben kann. Doch er dachte, es wäre eine Finte, und ich wollte ihn in falscher Sicherheit wiegen. Irgendwann war ich es dann leid und hab mir einen kleinen Streich erlaubt.«

Klingt ganz nach Philip, dachte Hannah. Das war schon früher eine seiner weniger charmanten Seiten gewesen: sehr ehrgeizig darauf aus, es später mal zu etwas zu bringen, wobei er immer davon ausgegangen war, dass andere genauso dachten.

»Und Sie taten was genau?«

»Ich habe den Hörer seines Telefons mit der Basis verklebt. So, dass man es beim ersten Blick nicht sieht.«

»Nicht Ihr Ernst!« Hannah kannte solche Bürostreiche von jüngeren Kollegen auf der Wache, sicherlich nicht von älteren Semestern, und schon gar nicht hätte sie es unter gestandenen Psychiatern erwartet.

»Doch.« Fleming grinste. »Und es funktionierte. Ich hab ihn intern angerufen. Als er ranging, hatte er dann die ganze Basis am Ohr.«

»Was er vermutlich nicht lustig fand.« Hannah erinnerte sich, dass Philip schon als junger Mann nicht unbedingt der Typ für solche Späße gewesen war.

»Er kam wie eine Furie über den Flur zu mir und schrie herum.« Flemings Grinsen wurde noch breiter. »Er drohte sogar, mich wegen versuchter Körperverletzung zu verklagen.«

Hannah musterte ihr Gegenüber. Die langen grauen Haare, die heute etwas zerzaust um den Kopf hingen, das Jeanshemd, unter dem Fleming ein T-Shirt mit einem großen gelben Smiley trug, das amüsierte Funkeln in den hellblauen Augen. Henry Fleming hatte ganz eindeutig einen Schalk im Nacken.

»Ein Dummejungenstreich also«, schloss Hannah.

»Hören Sie, ich weiß, wie sich das anhört«, gab Fleming zu. »Aber ich hoffe, Sie sehen es als Beweis, dass ich wirklich ehrlich zu Ihnen bin. Ich bin überhaupt nicht der Typ für so eine Führungsposition.«

»Dann will ich ebenfalls ehrlich sein. Es fällt mir schwer, Ihnen das abzukaufen. Ein Mann in Ihrem Alter, eine Beförderung in Aussicht. Die dazu, wie ich gehört habe, mit mehr Verantwortung, Zuständigkeiten und damit auch mehr Geld daherkommt. Und das tun Sie einfach alles ab und treiben stattdessen mit Ihrem Kontrahenten dumme Späße?«

»Ich sage Ihnen, wie es ist.« Fleming legte die Handflächen offen auf den Tisch. »Dahlke würde mich tatsächlich am liebsten auf dem Posten sehen, lieber als Langmar, das hat er mir im Vertrauen gesagt. Sehr zu meinem persönlichen Unglück. Ich habe noch nie Karriereambitionen gehabt. Ich mag mein Leben einfach so, wie es ist.«

»Dann zählen Sie zu einer sehr seltenen Gattung Mensch.«

»Erstens: Ich liebe meinen Job. Die Sorge um meine Patienten, das gute Gefühl, wenn ich jemandem helfen kann. Das ist es, was mich antreibt und was mich gut macht in dem, was ich tue.« Fleming zählte an den Fingern ab. »Zweitens: Meine Freizeit ist mir wichtig. Ich bin gerne bei meinem Pferd, reite aus und verbringe die Abende mit einem Tee und einem guten Buch am Kamin. Eine Beförderung würde alldem nur im Weg stehen. Was viele nicht verstehen, ist doch, dass mehr Verantwortung und mehr Geld immer mit mehr Arbeit einhergehen, mehr Überstunden, dazu Personalangelegenheiten, lauter Bürokratie und dümmlichen Konferenzen. Warum sollte man sich das antun, wenn man ein Auskommen hat und zufrieden ist?«

Hannah musste innerlich schmunzeln. Sie fing an, den Kerl zu mögen. Sie selbst hatte es nicht viel anders gehalten. Die Wachleitung war tatsächlich das Höchste, worauf sie sich in ihrer bisherigen Laufbahn eingelassen hatte, aus denselben Gründen.

»Schreiben Sie doch mal ein Buch darüber«, schlug sie vor. »Könnte ein Bestseller werden.«

»Sie verstehen jetzt hoffentlich, dass ich wirklich nicht auf den Job scharf bin und schon die ganze Zeit versuche, den Kopf aus der Schlinge zu ziehen. Dahlke gibt sich noch immer große Mühe, mich doch rumzukriegen, und Philip Langmar mochte nicht einsehen, dass ich ihm gerne den Vortritt ließ. Das war wie verhext. Es scheint einfach nicht in die heutigen Vorstellungen zu passen.«

»Bescheidenheit ist eben keine Tugend mehr.«

»Von all dem abgesehen, gibt es da natürlich noch …«

Sie wurden vom Geräusch einer Fahrradklingel unterbrochen. Eine junge Dame kam auf einem Hollandrad um die Ecke in den Garten gefahren.

»Hallo!« Sie lehnte das Fahrrad an die Wand der Mühle und kam zu ihnen herüber. »Hi, Daddy.«

Sie gab Fleming einen Kuss auf die Wange.

»Hallo, Fine.«

Hannah schätzte die junge Dame auf siebzehn oder achtzehn. Sie hatte blonde Haare und war Fleming wie aus dem Gesicht geschnitten. Sie trug eine löchrige Jeans und ein weißes Shirt mit dem Konterfei von Che Guevara.

»Alles in Ordnung?«, fragte Fleming.

»Ja.«

»Wie war es in der Schule?«

»Gut.«

»Irgendetwas Besonderes?«

»Nein.«

»Hunger?«

»Ja.«

»Ich hab Spaghetti Bolo gemacht.«

»Super. Isst du auch etwas?«

»Nein, wir unterhalten uns noch ein bisschen.«

»Hast du etwas ausgefressen?« Sie musterte Hannah, die sich nicht die Mühe gemacht hatte, für den kurzen Spaziergang die Uniform abzulegen.

Hannah kam Flemings Antwort zuvor und schüttelte den Kopf. »Nein, dein Herr Papa ist mir nur mit ein paar Hintergrundinfos behilflich.«

»Na, dann ist ja gut. Dachte schon, ich muss dich bald im Kittchen besuchen«, sagte Fine über die Schulter, während sie nach drinnen verschwand. »Wobei, dann hätte ich mehr Platz hier.«

»Reizend«, kommentierte Fleming und sah seiner Tochter

nach. »Wie auch immer. Diese junge Dame ist jedenfalls der wichtigste Grund für mich, nicht mehr Zeit als nötig in der Klinik zu verbringen.«

Hannah wurde ernst. »Mal angenommen, ich kaufe Ihnen das alles ab. Dann wäre da immer noch eine Sache, die ich nicht verstehe.«

»Und die wäre?«

»Der Abend, als Sie die Leiche fanden. Sie waren mit dem Auto da, entschieden sich aber dazu, am Strand entlang zu Fuß nach Hause zu gehen, obwohl Sie den Wagen am nächsten Morgen brauchten, um zum Reiterhof zu fahren.«

»Oh.« Fleming stand auf. »Kommen Sie mal mit, das ist schnell aufgeklärt.«

Hannah stand auf und folgte ihm in die Windmühle.

Der Unterbau bestand aus einem einzigen offenen Raum, der Wohnzimmer und Küche umfasste. Fine saß auf einem Barhocker an der Theke, die beide Bereiche voneinander trennte, und aß die Spaghetti.

»Guten Appetit«, wünschte Hannah, was mit einem stummen Nicken beim Kauen erwidert wurde.

Fleming führte sie eine Wendeltreppe hinauf.

Die Türen im ersten Obergeschoss standen angelehnt oder offen, sodass Hannah ein Badezimmer und zwei Schlafzimmer erkennen konnte.

Sie stiegen weiter hinauf in die Kappe der Mühle, die zu einem großen Arbeitszimmer ausgebaut worden war.

Fleming trat an eines der drei kleinen Fenster, öffnete es und deutete in die Ferne. »Sehen Sie mal da.«

Hannah folgte seinem Fingerzeig und erkannte im Abstand von wenigen Kilometern die Reetdächer des kleinen Fischerdorfs Hoben. Links davon lag der Reiterhof, wo sie Fleming zuletzt mit Mara Steyn besucht hatte.

»Per pedes ist das von hier aus eine gute halbe Stunde«, erklärte Fleming. »Ich brauche das Auto also nicht unbedingt, und zur Not habe ich ja auch noch ein Fahrrad. Ich gehöre, nebenbei bemerkt, zu den Leuten, die auch bei Schietwetter mit dem Drahtesel unterwegs sind.«

Hannah nickte verständnisvoll. Langsam begann sie ihm zu glauben. »Ich nehme an, Ihre Tochter kann bezeugen, dass Sie gestern Abend und die Nacht über hier waren?«

»Natürlich.«

»Gut.« Hannah überlegte. »Es gibt da noch eine Sache … Wenn Sie sich dazu bereit erklären würden, könnten Sie vermutlich jeden Verdacht endgültig ausräumen.«

»Und das wäre?«

»Wir haben bei Philip Langmars Leiche einen handgeschriebenen Zettel entdeckt. Vermutlich wurde er ihm nach seinem Tod zugesteckt.«

»Sie wollen meine Handschrift abgleichen.«

»Wenn Sie sich wirklich nichts vorzuwerfen haben, wäre das wie gesagt eine Möglichkeit.«

»Das machen wir.« Fleming schloss das Fenster und setzte sich an den Schreibtisch. »Soll ich Ihnen gleich hier etwas aufschreiben?«

»Wenn Sie wollen. Sie können aber auch in Ruhe darüber nachdenken, ob Sie wirklich damit einverstanden sind.«

Fleming schnappte sich Stift und Zettel. »Diktieren Sie.«

»›Was hast du mit Carlotta getan?‹«

Fleming sah auf. »Nun langt es aber. Jetzt soll ich auch noch Frau Mevius etwas angetan haben?«

Hannah schüttelte den Kopf. »Das stand auf dem Zettel. ›Was hast du mit Carlotta getan?‹«

»Ach.« Fleming massierte sich das Kinn. »Und Sie denken, der Mörder hat das geschrieben.«

»Liegt nahe, die Vermutung.«

»Interessant.« Fleming beugte sich über den Tisch und schrieb den Satz rasch nieder. Dann hielt er Hannah den Notizzettel hin. »Bitte sehr.«

Hannah holte die Plastikhandschuhe aus ihrem Ausrüstungsgürtel und zog sie an. Sie nahm den Zettel entgegen, faltete ihn und gab ihn in eine Papiertüte, die sie ebenfalls mit sich führte.

»Muss ich Sie auch noch überzeugen, dass ich Julian Langmar nichts angetan habe?«, erkundigte sich Fleming, wobei eine gewisse Ironie in seiner Stimme lag.

»Nein«, sagte Hannah. »Es sei denn, Sie liefern mir noch ein handfestes Motiv.«

»Da kommen wohl andere infrage.«

»Nämlich?«

Fleming stand auf und ging zur Treppe hinüber. »Ich möchte niemanden in Misskredit bringen.«

»Es wäre aber auch nicht gut für Sie, wenn Sie uns wichtige Informationen vorenthalten. Besonders, wenn wir das später herausfinden sollten.«

Fleming blieb stehen. »Ich weiß nicht … Das kann wie bei mir einfach eine blöde Geschichte gewesen sein.«

»Ich bin ganz gut darin, das zu beurteilen«, sagte Hannah. »Testen Sie mich.«

Fleming überlegte noch einen Moment und gab sich dann einen Ruck. »Sie wissen von dem Anbau?«

»Ja.«

»Das Haus und das Grundstück der Klinik befinden sich im Besitz der Klinikgesellschaft. Dahlke ist ihr Vorsitzender«, erzählte Fleming. »Es war ausgemacht, dass der Auftrag möglichst an ein Unternehmen aus der Region gehen sollte. Damit war die Auswahl begrenzt. Dennoch oder vielleicht gerade deshalb kam es in der Ausschreibungsphase zu ziemlichen Reibereien.«

»Sie meinen zwischen den konkurrierenden Unternehmen?«

»Auch das.« Fleming hob zwei Finger in die Höhe. »Zum Schluss waren nur noch Julian Langmar und sein hiesiger Konkurrent Martin Brüggemann im Rennen. Ich hab läuten hören, dass Brüggemann das deutlich günstigere Angebot machte.«

»Aber offenbar bekam Julian Langmar den Zuschlag.«

»So ist es. Das gab Ärger.« Fleming kam ein paar Schritte auf sie zu. Sie konnte sein Aftershave riechen, Zirbelkiefer und Sandelholz. »Das bleibt erst mal unter uns?«

»Vorerst. Wenn es für die Ermittlungen von Belang ist, muss ich aber petzen.«

Fleming schmunzelte. »Ich denke, das ist dann auch in Ordnung. Ich habe nur Dahlke zugesichert, dass ich es für mich behalte.«

»Dass Sie was für sich behalten?«

»Ich war bei Dahlke im Büro, als es passierte. Er hatte Langmar am Tag zuvor den Zuschlag erteilt. Ich saß vor Dahlkes Schreibtisch und versuchte mal wieder, ihm das mit der Beförderung auszureden, als Martin Brüggemann hereingestürmt kam. Er machte seinem Ärger Luft. Fühlte sich betrogen. Und um seinen Standpunkt zu unterstreichen, nahm er die Büste vom alten Sigmund Freud, die bei Dahlke auf dem Bücherregal stand, und schleuderte sie in hohem Bogen aus dem Fenster. Gepaart mit den Worten: ›Das werdet ihr mir büßen!‹«

26

Nachdem sie Tobby wieder nach Hause gebracht hatte, kehrte Hannah auf die Wache zurück. Obwohl ihre Gedanken noch ganz bei ihrem Gespräch mit Henry Fleming waren und sie am liebsten gleich persönlich zu Brüggemann gefahren wäre – womit sie natürlich ihre Kompetenzen überschritten hätte –, machte sie sich daran, zumindest die drängendsten Aufgaben von ihrem Schreibtisch zu schaffen. Die Dienstpläne für die kommende Woche, die Berichte über ihre Besuche im Café Seeluft und gestern im Krügers Eck. Zu guter Letzt nahm sie sich noch einmal Hansens Bericht über das Bootsunglück vor, korrigierte die Rechtschreibfehler, entdeckte ansonsten aber keine sachlichen Fehler.

Schließlich nahm sie den Bericht und ging damit hinüber zu Hansen, der an seinem Schreibtisch saß. Ihm gegenüber arbeitete Klaus-Peter Diekfoß pflichtschuldig an einem Bericht über seine Befragungen in der Klinik heute Morgen.

»Ist so in Ordnung.« Hannah legte den Bericht Hansen hin. »Nächstes Mal dann gerne ohne die Tippfehler.« Sie hatte die Erfahrung gemacht, dass es hilfreicher war, von Tippfehlern zu sprechen, statt die Kollegen mit der Nase darauf zu stoßen, dass sie ganz offenbar in der Schule beim Thema Rechtschreibung gepennt hatten. Der eine oder andere zeigte sich dann eher geneigt, in dieser Sache still und heimlich Nachforschungen anzustellen und seinen Wissenshorizont zu erweitern.

»Vielen Dank«, sagte Hansen und nahm den Bericht mit einem Blick entgegen, als hätte er in einer Klassenarbeit gerade eine Eins geschrieben.

Hannah entging der missgünstige Blick von Diekfoß nicht.

»Können wir mal reden?«, fragte sie an Hansen gewandt, und nickte in Richtung der Teeküche. In jeder anderen Wache hätten sie vielleicht einen Konferenzraum für ein Vieraugengespräch zur Verfügung gehabt, hier mussten sie improvisieren.

»Klar.« Hansen stand auf und folgte ihr.

In der Teeküche schloss Hannah die Tür hinter ihnen. »Kaffee oder Tee?«

»Keins von beidem, danke.« Hansen lehnte sich gegen die Küchenzeile. »Worum geht's denn?«

»Um Ihre Fehde mit Diekfoß«, sagte Hannah. »Das kann so nicht weitergehen.«

»Aber dafür kann ich doch nichts …«

Hannah hob beschwichtigend eine Hand. »Das wollte ich auch nicht zum Ausdruck bringen. Mir geht es darum, das auszuräumen, was da zwischen Ihnen beiden steht.«

»Meine Beurteilung?«

»Es hat sicherlich einen guten Grund gegeben, weshalb Sie eine deutlich bessere Beurteilung erhalten haben, und das muss dem Kollegen doch auch zu vermitteln sein.«

»Das habe ich ja bereits versucht, aber er ist ziemlich schwer von Kapee«, verteidigte sich Hansen.

»Soweit ich das in der kurzen Zeit habe einschätzen können, machen Sie dieselbe Arbeit wie der Kollege.«

Hansen nickte. »Mehr oder weniger, ja.«

»Was war denn dann der ausschlaggebende Punkt, dass Ihre Beurteilung so viel besser ausfiel?« Wenn zwei Leute dieselben Aufgaben verrichteten, kam es selten vor, dass einer von ihnen bei seiner turnusmäßigen Beurteilung so viel besser wegkam als ein Kollege. Natürlich gab es Nuancen, über die dann auch gerne und vortrefflich untereinander gestritten wurde. Doch einen Fall wie bei Hansen und Diekfoß, wo man sich auch Wochen später noch gram war, hatte Hannah tatsächlich noch nicht erlebt.

Hansen zuckte mit den Schultern. »Nun, offenbar war ich einfach besser.«

»In welchen Punkten denn genau? Klaus-Peter Diekfoß ist ja ein sehr erfahrener und gründlicher Kollege, der sich nichts hat zuschulden kommen lassen und einen tadellosen Job macht. Womit haben Sie überzeugt?«

»Das kann ich so genau gar nicht sagen«, druckste Hansen weiter herum. »Die Kollegin Grotewohl hat mir die Beurteilung so vorgelegt, und da sträube ich mich ja dann logischerweise nicht dagegen.«

»Nein, das würde wohl keiner von uns.«

»Also dann«, Hansen ging zur Tür. »Ich mach mich mal wieder an die Arbeit.«

Hannah blickte ihm nach, wie er zurück zu seinem Schreibtisch ging. Zweifelsohne gab es schüchterne und introvertierte Naturen, denen es schwerfiel, sich selbst zu loben und die eigenen Stärken rauszukehren. Dass jemand dabei derart ins Schwimmen kam wie Hansen, hatte sie hingegen noch nie erlebt. Ihr Bauchgefühl sagte ihr, dass hier irgendetwas nicht ganz koscher war.

»Die Jungs kriegen sich schon wieder ein«, meinte Constanze. »Das ist wie in der Schule. Den einen Tag bringen sie sich fast um, den nächsten sind sie schon wieder Blutsbrüder.«

Hannah saß ihr gegenüber vor dem Schreibtisch. Constanze hatte die Tür geschlossen und die Jalousien ihres Büros heruntergelassen.

»Da bin ich mir nicht so sicher«, gab sie zurück. »Das scheint mir doch eher etwas Grundlegendes zu sein. Und ehrlich gesagt, aus den Beurteilungsbögen geht für mich nicht eindeutig hervor, weshalb die von Hansen so viel besser ausgefallen ist.«

»Du hast dir die Protokolle angesehen?« Missbilligung schwang in Constanzes Ton mit.

»Das durfte ich doch, oder? Schließlich werde ich ja auch die nächsten Beurteilungsgespräche mit den beiden führen müssen.«

»Natürlich.« Constanze klang sofort versöhnlicher. »Vielleicht habe ich da auch einen Fehler gemacht oder es nicht klar genug niedergeschrieben. Aber in meinen Augen hat Hansen einfach den besseren Job gemacht. Engagierter, wacher.«

»Aber Diekfoß hat sich keine Fehler geleistet?«

»Nein. Pass auf, ich lasse gegenüber Diekfoß durchblicken, dass er beim nächsten Mal besser wegkommt …«

»Ich finde, da sollten wir korrekt bleiben«, wandte Hannah ein.

»Natürlich.« Constanze schüttelte den Kopf und deutete auf den Wust von Unterlagen auf ihrem Schreibtisch. »Es ist nur so, dass wir im Moment Gott weiß genug andere Sachen am Hacken haben als solche Befindlichkeiten.«

»Ist mir klar. Diese Befindlichkeiten spielen aber eine große Rolle, gerade wenn wir als so kleines Team weiter gut funktionieren wollen.«

»Was schlägst du vor?«

»Wir können Hansen nicht nachträglich runterstufen. Du sagtest, dass Diekfoß sich für das Jubiläumsfest reinhängt?«

»Ja. Allerdings ist das mit Hansen abgesprochen, der übernimmt, was Diekfoß wegen der Vorbereitungen nicht erledigt bekommt.«

»Hm.« Hannah musste nachdenken. Die Situation war wirklich nicht einfach, zumal, das war ihr keinesfalls entgangen, sie nach wie vor weder von Hansen noch von Constanze eine plausible Erklärung für die abweichenden Beurteilungen bekommen hatte.

»Wir denken beide noch mal in Ruhe darüber nach«, schlug Constanze vor. »In der Zwischenzeit widmen wir uns Wichtigerem. Zum Beispiel den Ermittlungen der Kripo.«

Hannah berichtete ihr von ihrem zufälligen Gespräch mit Henry Fleming.

»Dann scheidet Fleming als Verdächtiger aus«, zog Constanze den logischen Schluss.

»Mehr oder weniger«, bestätigte Hannah. »Wenn die Untersuchung seiner Handschrift ergibt, dass er den Zettel bei Philips Leiche nicht geschrieben hat, ist er aus meiner Sicht endgültig raus aus der Verlosung. Wir haben dann keinen einzigen stichfesten Hinweis, dass Fleming Philip etwas angetan haben könnte.«

»Und die Mevius?«

»Höchst fraglich.«

Constanze massierte sich die Schläfen. »Wenn ich das richtig sehe, haben wir also zwei ungeklärte Todesfälle. In beiden zeichnet sich nicht ab, dass sie tatsächlich auf Gewalt zurückzuführen sind. Es könnte sich also nach wie vor um Unglücke handeln, die sich zufällig kurz hintereinander ereignet haben – zugegeben ein sehr seltener Zufall, aber eben genau das – ein tragischer Zufall.«

»Auszuschließen ist das nicht, aber …«

»Darf ich da unter uns mal ganz offen sein?« Constanze hob die Augenbrauen.

»Klar.«

»Ich hab dir ja gesagt, dass uns der Bürgermeister im Nacken sitzt. Er will eine schnelle Aufklärung. Außerdem wäre es für das allgemeine Ansehen der Wache sicher förderlich, wenn wir die Angelegenheit schnell klären könnten.«

»Da ... denke ich anders«, sagte Hannah nach kurzem Zögern. »Unser Ansehen wird wohl eher steigen, wenn wir unseren Job machen und die Wahrheit herausfinden, egal, wie sie aussehen mag.«

»Hannah«, seufzte Constanze, »du warst lange weg. Ich weiß, wie die Dinge hier laufen. In Ostersande wollen alle ihre Ruhe. Wir sollten demonstrieren, dass wir genau dafür sorgen und nicht unnötig Staub aufwirbeln, wenn es keinen ersichtlichen Anlass dafür gibt.«

»Zwei Menschen sind tot. Das ist für mich Anlass genug.«

»Sicher. Aber wie du schon selbst sagtest, deutet doch nach und nach alles auf zwei Unfälle hin.« Constanze sah sie eindringlich an. »Du scheinst ja einen guten Draht zu den Kripokollegen zu haben. Vielleicht kannst du diesbezüglich ein wenig auf sie einwirken?«

Unter normalen Umständen hätte Hannah ein solches Ansinnen stutzig gemacht. Allerdings kannte sie Constanze und verstand, dass ihr das Wasser bis zum Hals stand und sie die beiden Todesfälle gerne schnell ad acta legen wollte. Deshalb verzichtete sie auf einen Kommentar, dass sie von einem solchen Vorgehen überhaupt nichts hielt.

»Sagt dir Martin Brüggemann etwas?«

»Brüggemann ... der Bauunternehmer hier aus Wismar.«

»Genau.« Hannah erzählte von Henry Flemings Aussage bezüglich des Streits rund um das Ausschreibungsverfahren.

»Aber das hat doch nichts zu bedeuten. In dem Gewerbe herrschen eben raue Sitten.«

»Ist dir über Brüggemann denn mal etwas zu Ohren gekommen?«

»Nicht, dass ich mich erinnere.«

»Tja, dann hat das vermutlich wirklich nichts zu bedeuten.« Hannah stand auf. »Machen wir uns mal wieder ans Werk.«

Sie öffnete die Tür von Constanzes Büro und ging hinüber an ihren Schreibtisch. Bei Gelegenheit würde sie ein paar persönliche Dinge mitbringen, damit ihr Arbeitsplatz nicht mehr so kahl wirkte, Fotos von Inken und Nele, von Malte, vielleicht auch eine Pflanze.

Hannah versicherte sich mit einem kurzen Blick, dass alle um sie herum beschäftigt waren. Hansen und Diekfoß waren in die Arbeit an ihren Bildschirmen vertieft. Constanze hatte den Telefonhörer am Ohr.

Mit wenigen Klicks rief Hannah im internen Infosystem das Archiv auf und begann eine Suche in alten Berichten.

Schon nach wenigen Minuten wurde sie dank moderner Suchtechnik und Verschlagwortung fündig.

Martin Brüggemann war hier auf der Wache kein Unbekannter. Ganz im Gegenteil.

Warum hatte Constanze gelogen?

Und hatte sie überhaupt gelogen?

Die Vorfälle, mit denen Martin Brüggemann aktenkundig geworden war, lagen immerhin schon etliche Jahre zurück. Bei der Vielzahl an Ereignissen, die auf einen einprasselten, blieb es nicht aus, dass man sich nicht an jedes einzelne davon erinnerte. Hannah hätte auch nicht aus dem Stegreif sagen können, welche Fälle sie in den vergangenen fünf bis sechs Jahren auf ihrer alten Wache in Münster bearbeitet hatte, selbst wenn jemand explizit nach einem Namen gefragt hätte. Insofern konnte sie nicht davon ausgehen, dass Constanze absichtlich verschwiegen hatte, dass Brüggemann sich etwas hatte zuschulden kommen lassen.

Hannah saß am Abend mit einem Glas Rotwein im Strandkorb hinter dem Haus.

Tobby hatte sich neben ihr zusammengerollt und gab ein leises Schnarchen von sich.

Am liebsten hätte sie jetzt ebenfalls die Augen zugemacht. Die ersten Tage hier hatten sie einiges an Kraft gekostet. Sie hätte auf der Stelle einschlafen können.

Doch dafür waren die Akten von Martin Brüggemann zu interessant. Sie hatte sie ausgedruckt und mit nach Hause genommen.

Hannah schrak kurz zusammen, als ein schwarzer Schatten über den Strandkorb hinweghuschte.

Eine Fledermaus.

Ihr Schemen tauchte vor dem Vollmond auf, zischte dann in Richtung der nahen Bäume und verschwand.

Hannah widmete sich wieder den Akten.

Martin Brüggemann war vor fünf Jahren das erste Mal auffällig geworden mit einer handfesten Auseinandersetzung im Krügers Eck. Der Streit war an der Theke über eine Lappalie entbrannt. Brüggemann hatte sich in betrunkenem Zustand mit jemandem in die Wolle gekriegt, der offenbar über einen ähnlichen Alkoholpegel verfügt hatte, und ihm eine ordentliche Abreibung verpasst. Er war festgenommen worden und hatte zum Ausnüchtern eine Nacht in der Zelle auf der Ostersander Wache verbracht.

In den folgenden zwei Jahren waren die Kollegen mehrere Male wegen häuslicher Gewalt zu den Brüggemanns ausgerückt. Das Problem löste sich schließlich, als seine Frau sich von Martin Brüggemann scheiden ließ. Inzwischen hatte er wieder geheiratet. Seither gab es keine solchen Vorfälle mehr.

Allerdings genügte Hannah das Vorhandene, um der Geschichte, die Henry Fleming erzählt hatte, Glauben zu schenken.

Plötzlich hörte sie Schritte aus dem Haus. Sie beugte sich vor und lugte um die Ecke des Strandkorbs.

Ihr Vater kam heraus. »Da steckst du.«

»Du kommst spät. Wo warst du?«

»Himmelherrgott.« Er nahm sich einen Gartenstuhl und setzte sich dem Strandkorb gegenüber. »Das ist ja fast wie früher mit der Stasi.«

»Also bitte.«

»Ich brauch dir doch keine Rechenschaft abgeben, wo ich bin und wann ich nach Hause komme. Bin schließlich alt genug.«

»Reg dich ab. Hab mir nur Sorgen gemacht.«

»Ach«, ihr Vater machte eine abwehrende Handbewegung. »Hast du Angst, dass ich alter Tattergreis irgendwo in den Straßengraben kippe und mich niemand aufhebt?«

»Könnte passieren.«

»Pft.«

»Wie war es denn heute mit unserer Nachbarin?«

»Prima.« Ihr Vater lächelte unwillkürlich und machte tatsächlich einen belebten Eindruck. »Ich bin mit ihr rumgefahren und hab ihr die Gegend gezeigt. Bis nach Poel sind wir.«

»Scheint, als hättest du Spaß gehabt.«

»Allerdings. Sie ist Reisejournalistin und hat sich alles aufgeschrieben, was ich erzählt habe. Morgen geht es mit dem Boot raus. Hab ihr gesagt, dass man die Gegend unbedingt auch einmal vom Wasser aus gesehen haben muss.«

»Dann vergiss diesmal nicht vollzutanken.«

»Keine Sorge, das passiert mir nicht noch mal.« Er kniff die Augen zusammen und blickte auf die Unterlagen, die auf ihrem Schoß lagen. »Arbeit?«

»Ja. Kennst du einen Martin Brüggemann?«

»Den Bauunternehmer. Klar.«

»Was ist er für ein Typ?«

»In einem Wort?«

»Gerne.«

»Oberarsch. Hat mal seine Frau verprügelt.« Ihr Vater verzog den Mundwinkel, denn er war ein Mann mit Prinzipien, und eines davon war, dass ein Mann niemals die Hand gegen seine Frau erhob.

Hannah hielt die Akte hoch. »Steht hier drin. Sonst noch was?«

»Davon abgesehen ... nein. Außer dass Brüggemann einen besseren Ruf genießt als Julian, über dessen Firma man doch Gemischtes hört.«

»Hast du mitbekommen, was passiert ist?«

»Nein, war ja die ganze Zeit unterwegs.«

Hannah erzählte ihm, welchen Grund der Anruf gehabt hatte, der sie heute Morgen ereilt hatte, und welchen Fund sie bei der Klinik gemacht hatten.

Ihr Vater ließ sich im Stuhl zurücksinken. »Du meine Güte!« Er schüttelte den Kopf. »Entschuldige mich kurz.«

Er ging hinein, und es dauerte einen Moment, bis er mit einer Flasche Schnaps wieder rauskam. »Tut mir leid«, sagte er, setzte sich hin und trank einen Schluck. »Das brauch ich jetzt.«

»Kann ich verstehen.«

»Du auch?«

»Nein.«

»War es ein Unfall?«

»Bleibt abzuwarten.«

»Hat es mit Brüggemann zu tun?«

»Wie kommst du darauf?«

»Bin ja nicht ganz meschugge.« Ihr Vater verdrehte die Augen. »Die beiden waren Konkurrenten, jetzt ist Julian tot, und du hast eine Akte von Brüggemann dabei.«

»Chapeau, Clouseau.« Hannah nickte ihm zu.

»Von irgendwem musst du deine Spürnase ja haben.«

»Kannst du dichthalten?«

»Natürlich.«

Hannah erzählte ihm von dem Streit während des Ausschreibungsverfahrens und dem Vorfall in Dahlkes Büro.

»Das klingt ganz nach Martin Brüggemann«, bestätigte ihr Vater. »Dieser Dahlke soll froh sein, dass er nur die Büste und nicht ihn selbst aus dem Fenster geworfen hat.«

»Ist es denn nicht wirklich seltsam, dass Julian den Zuschlag bekommen hat, obwohl Brüggemann günstiger war, zumal, wenn seine Firma, wie du sagst, einen besseren Ruf genießt?«

»Das kann ja viele Gründe haben. Allerdings erklärt es so manches, falls Brüggemann tatsächlich mit zu niedrigen Preisen unterwegs ist.«

»Was meinst du damit?«

»Trotz gutem Ruf geht es seiner Firma dem Hörensagen nicht gut, sprich, er steht wohl kurz vor der Pleite.«

»Weißt du warum?«

»Ich kann es mir so erklären, dass er seine Konkurrenten so weit unterbietet, dass am Ende die Kalkulation nicht mehr aufgeht.« Ihr Vater zuckte mit den Schultern. »So oder so dürfte ein derart großer Auftrag für ihn wichtig gewesen sein.«

»Vermutlich. Ist natürlich möglich, dass die in der Klinik den Braten gerochen haben. Ich meine, dass er den Kostenvoranschlag viel zu niedrig ansetzt und dann später vielleicht draufschlagen muss.«

»Möglich ist auch, dass Julian einfach versprochen hat, die Nummer schneller durchzuziehen. Außerdem weißt du ja, wie das hier in Ostersande läuft …«

Natürlich wusste sie das. Einer dringlichen Angelegenheit auf dem Amt konnte man nachhelfen, indem man mit einem Kasten Bier vorbeischaute, und auch in vielen anderen Belangen war es hilfreich, wenn man die richtigen Leute kannte. Wobei das im Fall von Julian Langmar und Martin Brüggemann kaum eine Rolle gespielt haben dürfte, da beide sicherlich hier in der Gegend bestens vernetzt waren.

»Andererseits …« Ihr Vater legte den Kopf in den Nacken und blickte zu den Sternen hinauf. »Die Langmars und das alte Herrenhaus, das ist ja ohnehin eine Geschichte für sich.«

»Wie meinst du das?«

»Erinnerst du dich noch, wie das mit den Langmars in den alten Zeiten war?«

Hannah nickte.

Die Familie von Philip und Julian hatte sich zu DDR-Zeiten immer gut mit der Obrigkeit verstanden und gewisse Privilegien genossen.

»Es gab ja schon immer Gerüchte«, erzählte ihr Vater weiter. »Aber nach der Wende ist es dann mehr oder weniger rausgekommen. Der alte Langmar hat es einem Bekannten von mir kurz vor seinem Tod erzählt.«

»Nun bin ich neugierig.«

»Das Herrenhaus hat früher mal den Langmars gehört.«

»Was?«

»Ja, ich wusste das auch nicht. Wie so viele wurden sie enteignet, jedenfalls zum Teil. Die Langmars fügten sich ziemlich kleinlaut und zeigten sich trotz allem regimetreu. Das brachte ihnen gute Beziehungen ein. Sie konnten ihr Bauunternehmen ungestört weiterführen, und ihre einflussreichen Freunde sorgten dafür, dass es nie einen ernsthaften Konkurrenten vor Ort gab. Was sich dann erst nach der Wende änderte.«

»Interessant. Allerdings sind die Zeiten lange vorbei.«

»Bist du dir da sicher?« Ihr Vater zog eine Augenbraue hoch. »Bei vielen ist die Erinnerung noch sehr lebendig.«

27

Die Sonne kroch langsam über den Horizont, und in den Wolkenlücken am Himmel schimmerte es orangerot, als Hannah am nächsten Morgen ihren Mini in der Einfahrt der Doppelhaushälfte parkte. Henning Grewe lebte mit seiner Familie in der Gartenstadt, einem ringförmig angelegten Viertel im Süden von Wismar, das sich besonders bei Menschen mit Kindern großer Beliebtheit erfreute. Das Haus der Grewes stand am äußeren Rand der Siedlung, wo man einen freien Blick auf die umliegenden Felder und Wiesen hatte.

»Dann mal hinein ins Chaos«, sagte Mara Steyn auf dem Beifahrersitz und stieg aus.

Henning Grewe hatte seine Kollegin in aller Frühe angerufen. Als hätte er mit seinen kranken Kindern nicht schon genug zu tun, hatte nun auch noch die Batterie seines Wagens den Dienst quittiert.

Hannah öffnete die Fahrertür, ging um den Wagen herum und öffnete die beiden Türen des Kofferraums. Tobby sprang schwanzwedelnd heraus. Sie hatte es nicht übers Herz gebracht, ihn noch einen Tag allein im Haus zu lassen. Ihr Vater war heute mit Lenke Jakubetz auf der Ostsee unterwegs und würde wohl kaum Zeit finden, ihn rauszulassen. Als Mara Steyn sie angerufen und erklärt hatte, dass sie Grewe heute zu Hause abholen musste, hatte Hannah Tobby daher kurzerhand mitgenommen.

Auf dem Weg hierher hatte sie noch Steyn abgeholt.

Letztendlich waren beide Stationen kein Umweg, da sie heute Morgen ohnehin in Wismar zu tun hatten und die beiden Kriminaler um Hannahs Hilfe gebeten hatten.

Sie ging zu Steyn hinüber, die bereits an der Tür stand und klingelte.

Ein Mädchen mit roter Schniefnase und einem rosafarbenen Blümchenschlafanzug öffnete ihnen. »Hallo«, sagte sie und rief dann nach hinten: »Papa!«

Tobby zwängte sich an Hannahs Beinen vorbei und beschnüffelte das Mädchen neugierig.

»Ist der süß! Darf ich?« Zwei begeisterte Kinderaugen strahlten Hannah an.

»Aber klar doch. Tobby, sei lieb.«

Kaum hatte die Kleine damit begonnen, den Hund zu streicheln, kam ihre Schwester von hinten dazu. Sie trug einen blauen Schlafanzug mit Pferdemotiven. »Ich will auch!«

»Donnerlittchen, nun macht mal das arme Tier nicht verrückt! Einer nach dem anderen.« Henning Grewe trat in den Hausflur, in der einen Hand eine Kaffeetasse, die andere halb im Jackenärmel.

Eine ältere Frau kam ihm nach und half ihm, sich anzuziehen. Er drückte Hannah die Kaffeetasse in die Hand. »Entschuldigung, halten Sie mal kurz? Und wenn ich vorstellen darf, meine Schwiegermutter – Schwiegermutter, meine Kollegin.«

Während Hannah der Frau die Hand reichte, begann im Hintergrund ein Telefon zu klingeln.

»Bestimmt der Kinderarzt«, entfuhr es Grewe. Er schnappte sich den Kaffeebecher aus Hannahs Hand und verschwand nach hinten ins Wohnzimmer.

Hannah bückte sich und fragte die Kinder: »Wie geht es euch beiden denn?«

»Geht so«, kam es wie aus einem Mund zurück.

»Sie haben beide noch leichtes Fieber«, erklärte die Großmutter.

Grewe kam mit dem Telefon am Ohr zurück. »Die Kinderarztpraxis. Du kannst jetzt gleich mit ihnen vorbeikommen.«

»Sie stecken noch beide im Schlafanzug und haben sich nicht gewaschen …«

Grewe wedelte mit den Händen. »Egal.« Er verzog sich wieder nach hinten und sagte im Gehen: »Prima, dann kommen die drei gleich bei Ihnen vorbei …«

Seine Schwiegermutter gab einen Seufzer von sich. »Zum Glück fahr ich morgen in Urlaub. Den hab ich dann aber auch nötig.«

»Wie heißt der denn?«, fragte das Mädchen im blauen Schlafanzug.

»Tobby«, antwortete Hannah. »Und was sind eure Namen?«

»Marika.« Das Mädchen im rosa Schlafanzug.

»Jule.« Das Mädchen im blauen Schlafanzug.

»Freu mich, euch kennenzulernen. Ich bin Hannah und das ist Mara.«

»Darf Tobby bei uns bleiben?«, fragte Jule.

»Ich fürchte, da hätte euer Papa etwas dagegen«, mutmaßte Hannah.

»Allerdings«, bestätigte Henning Grewe. »Die Diskussion hatten wir doch schon.«

»Aber eine Katze«, versuchte es Marika.

»Nein, auch keine Katze, keine Meerschweinchen, keine Karnickel. Das macht alles nur Dreck. Fische. Ihr könnt gerne ein Aquarium haben.«

»Fische sind langweilig«, meinte Jule, und ihre Schwester nickte entschlossen. »Die kann man nicht streicheln.«

»Da kann man dann nichts machen«, sagte Grewe und fügte in Hannahs Richtung halblaut hinzu, sodass die Kinder es nicht hören konnten: »Meine Frau will das nicht.«

»Recht hat sie. Dann wäre das Chaos wohl komplett, wenn hier noch Tiere rumlaufen würden«, meinte seine Schwiegermutter.

Grewe nahm das Gesicht der alten Frau in beide Hände und drückte ihr einen Kuss auf die Stirn. »Danke noch mal für alles. Du schaffst das. Und der Arzt soll ein Rezept für Fiebersaft ausstellen.«

»Du hast noch immer nicht gesagt, wie du das kommende Woche lösen willst«, mahnte die Schwiegermutter. »Wenn die beiden keine Spontangenesung erfahren, brauchst du jemand anderen. Ich bin ab morgen unterwegs.«

»Ich weiß, ich weiß. Kommt Zeit, kommt Rat. Und es ist ja noch das Wochenende dazwischen.« Grewe drückte seinen Töchtern einen Kuss auf die Stirn. »Bis heute Abend, ihr beiden. Und seid artig.«

»Tobby soll hierbleiben!«, protestierten die Schwestern noch einmal.

»Wenn ihr wieder gesund seid, können wir ja mal mit ihm spazieren gehen, was meint ihr?«, bot Hannah an.

»Au ja!«

»Nun aber los.« Grewe ging zur Tür hinaus, mit zwei Butterbroten in der Hand. »Zeit, dass wir uns um die schweren Jungs kümmern.«

Sie parkten am Hafen und gingen hinüber zur historischen Wassermühle, dem rot-weißen Fachwerkbau, der den kleinen Bach namens Grube überspannte. Von dort aus folgten sie dem schmalen Wasserlauf, einem der ältesten künstlich angelegten Deutschlands, in Richtung der Nikolaikirche.

Hannah hatte die Grube schon immer als überraschend stillen Fleck im Stadtleben zu schätzen gewusst. Auch heute Morgen war hier nicht viel los, abgesehen von dem einen oder anderen Fußgänger, der zur Arbeit ging oder mit der Brötchentüte vom Bäcker kam.

Den Baulärm hörten sie daher schon von Weitem.

Das Hämmern und Bohren kam von einem alten Stufengiebelhaus, das sich zwischen zwei Gebäude neueren Baujahrs drängte und an dessen Vorderfront ein Gerüst aufragte.

Hannah sprach einen der Handwerker an, der seinem Kollegen auf dem Gerüst gerade eine lange Latte anreichte. »Wir würden gerne mit Herrn Brüggemann sprechen.«

Der Bauarbeiter legte den Kopf in den Nacken und stieß einen lauten Pfiff zwischen den Zähnen aus. Oben auf dem Gerüst streckte ein bärtiger Mann mit Schutzhelm den Kopf hervor. »Was ist denn los?«

»Kundschaft für Sie, Chef.«

»Moment, ich komme runter.«

Während sie warteten, verspeiste Henning Grewe den letzten Bissen seiner Butterbrote.

Mara Steyn hatte heute in aller Frühe mit einem Anruf geklärt, wo sie Martin Brüggemann antreffen würden. Hannah hatte sie und Grewe über ihre Erkenntnisse ins Bild gesetzt und ihnen auch den Zettel mit Henry Flemings Handschrift gegeben, damit er von der Kriminaltechnik untersucht und mit der handschriftlichen Notiz abgeglichen werden konnte, die sie bei dem toten Philip Langmar entdeckt hatten.

Martin Brüggemann stieg die letzten Sprossen der Leiter herunter. Er legte seinen Schutzhelm ab und kam zu ihnen herüber. »Was kann ich denn für Sie tun?«

»Sie haben vermutlich gehört, was Ihrem Konkurrenten zugestoßen ist?«, fragte Henning Grewe.

»Langmar, ja, eine schlimme Sache.« Brüggemann hatte eine sonore Stimme, die zu seinem stämmigen Äußeren passte. Ein Mann wie ein Baum, diese Redensart beschrieb ihn allzu gut. Ein muskulöser Kerl, dessen Körper von Jahrzehnten körperlicher Arbeit gestählt worden war, mit sehnigen Unter- und Oberarmen. Zudem überragte er sie alle um mehrere Köpfe. Hannah schätzte, dass er mindestens an die zwei Meter groß sein musste.

»Sie haben mit ihm um den Auftrag für den Anbau der psychiatrischen Klinik konkurriert«, sagte Grewe. »Darüber würden wir gerne mit Ihnen reden.«

»Verstehe ich nicht.« Brüggemann kratzte sich den schwarzen Rauschebart.

»Wir erklären es Ihnen gerne. Aber vielleicht gehen wir ein paar Schritte?« Grewe blickte demonstrativ zum Gerüst hoch, von wo wieder lautes Bohren erklang.

Brüggemann folgte ihnen, bis sie die Nikolaikirche erreichten, die sich unweit der Baustelle über die Altstadt erhob. Sie setzten sich auf zwei Bänke unter einem Baum direkt an dem alten Kirchengemäuer.

»Uns ist zu Ohren gekommen, dass es einigen Unmut zwischen Ihnen und dem Klinikvorstand gab, weil Julian Langmar den Zuschlag für den Auftrag erhielt«, begann Grewe das Gespräch.

»Besonders erfreut war ich nicht.« Brüggemann verschränkte die Arme.

Henning Grewe warf Hannah einen auffordernden Blick zu. Es war deutlich, dass er keine Lust auf Versteckspiele und ein langes Hin und Her hatte.

»Es gibt Zeugen, dass Sie bei Cornelius Dahlke einen ziemlichen Aufstand geprobt haben und eine Büste aus seinem Bürofenster warfen«, erzählte Hannah. »Zudem steht Ihre Firma finanziell nicht gut da, weshalb es Sie noch mehr geärgert haben dürfte, dass Julian Langmar den Zuschlag für den Auftrag erhielt.«

»Und daraus schließen Sie *was*?« Brüggemann sah sie mit giftigem Blick an.

»Erst mal noch gar nichts«, sagte Grewe. »Allerdings ist es schon seltsam, dass Ihr ärgster Konkurrent nach dem ganzen Theater gestern Morgen tot in einem Betonbecken gefunden wurde, nicht wahr?«

»Ich habe ein Alibi.«

»Ah ja, für welchen Zeitraum denn?«

Brüggemann grinste. »Ist doch klar. Wenn er gestern Morgen hinüber war, wird's wohl in der Nacht davor geschehen sein. Und da Sie von der Kripo sind, gehen Sie von einem Mord aus.« Brüggemann tippte sich mit dem Zeigefinger an die Stirn. »Meine Frau guckt gerne Krimis. Da hab ich einiges gelernt.«

»Wie schön«, hakte Grewe nach, »dann erzählen Sie uns mal von Ihrem Alibi.«

»Meine Frau hatte Geburtstag. Wir hatten Freunde eingeladen und haben mit ihnen den Abend verbracht.«

»Und das werden uns die Leute auch bestätigen, wenn wir sie fragen?«

»Selbstverständlich.«

»Was taten Sie in der Nacht?«

»Hab ich geschlafen. Im Bett. Neben meiner Frau.«

»Sie leugnen also nicht, dass Sie Dahlke eine Szene gemacht und ihm mit Gewalt gedroht haben«, schaltete sich Hannah wieder ein. »Sind Sie auch Julian Langmar auf den Pelz gerückt?«

»Nein, bin ich nicht. Bei Dahlke sind mir einfach die Sicherungen durchgebrannt.«

»Weshalb?«

»Das war ein abgekartetes Spiel zwischen ihm und Julian.«

»Haben Sie Beweise für die Theorie?«

»Die brauche ich nicht.«

»Tatsächlich?«, kommentierte Grewe. »Warum?«

Mara Steyn hatte sich nicht gesetzt. Sie stand nun im Rücken von Martin Brüggemann und beobachtete ihn, was diesem sichtlich unangenehm war. »Weil etwas anderes gar keinen Sinn macht.«

»Das erklären Sie uns mal.«

Brüggemann verschränkte die muskulösen Arme erneut vor der Brust. »Um überhaupt eine Chance zu haben, bin ich mit dem Preis so weit runter, dass es sich kaum noch gerechnet hat.« Er setzte ein verschlagenes Grinsen auf. »Natürlich wäre ich später wieder hochgegangen. Trotzdem … Ich habe dieselbe Ausführung zugesagt wie Julian, nur günstiger, schneller und zuverlässiger. Und dennoch bekam er den Zuschlag.«

»Hat Dahlke seine Entscheidung Ihnen gegenüber erklärt?«, fragte Grewe.

»Nein. Wollte er nicht und konnte er offenbar auch nicht, weil es keinen plausiblen Grund dafür gibt, außer dass Julian als Sohn der Langmars noch immer einen heimlichen Bonus genießt.«

»Sie spielen darauf an, dass das Anwesen mal seiner Familie gehörte, bevor sie enteignet wurden«, sagte Hannah.

»So ist es. Und warum das heute noch immer eine Rolle spielt, das fragen Sie vielleicht am besten mal Herrn Dahlke.« Brüggemann machte eine kurze Pause und schien sich an etwas zu erinnern. »Julian hatte ja buchstäblich seinen Namen in die Steine des alten Gemäuers graviert, als hätte er seinen Besitzanspruch dort für alle Zeiten verewigt.«

»Ich verstehe nicht, was Sie meinen«, sagte Grewe.

»Als ich die Planung und die Kalkulation für den Anbau gemacht habe, da war ich im Keller des Herrenhauses«, berichtete

Brüggemann. »Das ist ein altes, feuchtes Bruchsteingemäuer. Und in einen dieser Steine waren Initialen geritzt. Darunter die von Julian Langmar.«

»Wie sind Sie sich da so sicher?«, hakte Mara Steyn nach. »JL, das kann irgendwer sein.«

Brüggemann schüttelte den Kopf. »Dort stand: Julian L., Constanze G., Dana R. und Hannah B.«

28

»Brüggemann könnte ein Motiv gehabt haben«, meinte Henning Grewe auf dem Beifahrersitz. »Er scheint mir jemand, der vor Wut zu allem fähig ist.«

Sie saßen wieder im Auto und waren auf dem Weg zur psychiatrischen Klinik, um noch einmal mit Cornelius Dahlke zu sprechen. Dichte grauschwarze Wolken waren am Himmel aufgezogen und ließen den Morgen wie einen späten Nachmittag erscheinen. Leichter Nieselregen hatte eingesetzt.

Hannah schaltete die Scheibenwischer ein, die mit einem Quietschen über die Windschutzscheibe fuhren.

»Vielleicht bekommen wir aus Dahlke ja heraus, ob Brüggemanns Wut berechtigt war«, sagte sie. »Doch selbst wenn ... Der Mann scheint mir zu auskunftsfreudig, was die schwierige Lage seiner Firma und seinen Zorn auf Dahlke und Langmar angeht.«

»Da hat sie recht«, meinte Mara Steyn vom Rücksitz aus. »Er hat uns sein Motiv praktisch frei Haus geliefert. Was er sicherlich nicht getan hätte, wenn er Langmar tatsächlich auf dem Gewissen hätte.«

»Was hatte das eigentlich mit diesen Initialen im Keller des Herrenhauses zu bedeuten?«, fragte Henning Grewe.

»Nichts«, antwortete Hannah.

»Aber *Hannah B.*, das sind tatsächlich Sie?«

»Ja. Was man in seinen Jugendjahren eben so tut.«

»Sie und Constanze waren mit Julian Langmar befreundet?«, wollte Mara Steyn vom Rücksitz aus wissen.

»Constanze war meine beste Freundin. Sie und Julian waren zusammen.«

»Hat er damals darüber gesprochen, dass das Herrenhaus einmal seiner Familie gehörte?«, wollte Grewe wissen. »Ich meine, hatte das mit den Initialen für ihn vielleicht wirklich eine tiefere Bedeutung?«

»Kann ich mir nicht vorstellen, zumindest hat er nie etwas davon erzählt«, sagte Hannah. »Als wir unsere Initialen dort in den Stein ritzten, ging es darum, ein Zeichen für unsere Freundschaft in den Stein zu setzen. Mehr war es wirklich nicht.«

Was nicht stimmte.

Natürlich war es um mehr gegangen, viel mehr. Ein letzter Versuch, zu retten, was nicht mehr zu retten war.

Doch das brauchte Grewe und Steyn nicht zu interessieren.

Hannah richtete den Blick auf die Landstraße, die zwischen den herbstbunten Bäumen schnurgerade an der Ostsee entlanglief.

Hannah hatte auf Nachfrage ihrer Töchter einige Male versucht, ihnen zu erklären, wie es gewesen war, in einem Land aufzuwachsen, in dem es mit der Freiheit nicht weit her gewesen war, mit überschaubarem Erfolg. Denn natürlich konnte man es auf einer theoretischen Ebene verstehen. Doch die Emotionen konnte man nur schwer nachempfinden. Und so hatten sich Nele und Inken auch nicht einmal ansatzweise vorstellen können, wie es sich in jenen Jahren nach der Wende angefühlt hatte, als ihnen als junge Erwachsene plötzlich die Welt offen gestanden, sich gleichzeitig aber auch alles geändert hatte und alte Gewissheiten nicht mehr gegolten hatten. Ein Reich voller Möglichkeiten hatte sich ihnen plötzlich aufgetan, verlockend für die einen, die von der großen weiten Welt träumten, beängstigend für die anderen, die es nicht mochten, wenn plötzlich ihr gewohntes Leben infrage gestellt wurde.

Hannah hatte damals zum ersten Typus gehört. Sie hatte rausgewollt, aus dem engen grauen Ostersande, wo sich nie etwas änderte und das Leben in eingefahrenen Bahnen verlief. Mit Constanze war sie nach London gereist, nach Paris und an die wunderbaren Strände des Mittelmeers.

Ihr Leben würde anders sein als das ihrer Eltern, das hatten sie beschlossen und waren sich dabei besonders rebellisch und originell vorgekommen. Bis Hannah später als Mutter festgestellt hatte, dass im Grunde die meisten jungen Menschen so dachten, auch ihre eigenen Kinder, denen wiederum ihr Lebensstil viel zu spießig gewesen war.

In Gedanken kehrte Hannah in die Vergangenheit zurück, zu jenem Tag, als das ganze Unheil seinen Lauf genommen hatte.

29

Im Sommer 1993 fühlte sich alles noch frisch und unverbraucht an. Die Welt war bunt und energiegeladen, sie selbst voller Tatendrang.

Deshalb war Angeln auch nun wirklich das langweiligste Hobby, das Hannah sich vorstellen konnte.

Dennoch hatte sie sich von ihrem Vater breitschlagen lassen, ihn zu begleiten. Oder besser gesagt, sie hatte ihn glauben lassen, dass seine Überredungskünste erfolgreich waren, denn eigentlich verfolgte sie ein ganz anderes Ziel.

Deshalb hatte sie es auch in Kauf genommen, mit ihm aufs Meer hinauszufahren und dort die vermutlich ödesten Stunden des ganzen Sommers zu verbringen.

Die Sonne stand am wolkenlosen Himmel und funkelte in den Wellen der Ostsee.

Hannah stand am Steuer der Tante Anna.

Vater hatte sein kleines Motorboot nach seiner verstorbenen Tante aus Schwerin benannt, die ihm sehr am Herzen gelegen hatte. Er schwärmte noch heute manchmal von dem Erdbeerkuchen, den sie zu besonderen Anlässen gemacht hatte.

Mit einer Hand hielt Hannah das Steuer fest, mit der anderen griff sie nach dem Gashebel und schob ihn ein Stück vor. Das Boot machte einen Satz. Der Bug hob sich, und die Tante Anna schnitt durch die Wellen wie ein warmes Messer durch Butter.

Hannah genoss den Fahrtwind, der ihr ins Gesicht wehte und ihre Haare verstrubbelte. Dies war der Teil an den Angelausflügen, der ihr gefiel. Mit dem Boot über die Wellen gleiten, vor ihr nur der weite Horizont. Für einen Moment schloss sie die Augen und stellte sich vor, wie sie mit dem Boot einfach weiterfuhr, am liebsten einmal um die ganze Welt. Ein eigenes Segelschiff, das wäre es. Und damit nach Hawaii und in die Südsee oder am besten gleich nach Australien. Irgendwann …

»He!«, holte sie die amüsierte Stimme ihres Vaters zurück. »Mach mal langsam, du Rennfahrerin.«

»Och, Papa, du olle Spaßbremse!«

»Mir fliegt hier alles durcheinander.« Ihr Vater saß hinter ihr auf der Bank im Heck des Bootes und hantierte mit den Ködern. Die Angeln, die er mitgenommen hatte, waren umgefallen, ebenso die Eimer, die bereitstanden, falls er denn Fische fing. Was eher selten der Fall war.

Hannah drosselte die Fahrt.

»Schon viel besser.« Ihr Vater schmunzelte. »Sonst sind wir ja gleich schon wieder daheim.«

Hannah hatte ihn seit Langem durchschaut.

In Wahrheit ging es ihm gar nicht ums Angeln, sondern einfach darum, hier draußen zu sein, die Ruhe zu genießen und die Seele baumeln zu lassen, vielleicht mit einem kühlen Bier, fernab von zu Hause und von Mama, die ihn ständig mit irgendwelchen Aufgaben im Haushalt drangsalierte.

Hannah warf einen Blick auf die Seekarte, auf der sie einen Kurs abgesteckt hatten. Dann griff sie zum Fernglas und sah hinüber zum Festland.

»Ich glaube, da drüben ist jetzt die Steilküste Boltenhagen«, sagte sie. »Wir müssten also fast da sein. Vielleicht noch ein paar Meilen, oder wie weit willst du rausfahren?«

Ihr Vater kniff die Augen zusammen, blickte ebenfalls hinüber zum Festland und schüttelte dann den Kopf. »Da hast du dich ein wenig verschätzt.«

Er stand auf, kam zu ihr herüber, nahm kurz das Fernglas an sich und gab es ihr zurück, nachdem er einen prüfenden Blick hindurchgeworfen hatte.

»Schau mal.« Er deutete mit dem Zeigefinger auf den langen Holzbau, der in der Ferne vom Festland ins Wasser ragte. »Da vorne ist die neue Seebrücke von Boltenhagen, die sie vergangenes Jahr fertiggestellt haben. Wir sind also noch nicht ganz so weit. Querab müsste jetzt die Tarnewitzer Huk liegen.«

Hannah folgte seinem Fingerzeig und nickte dann. »Könnte sein.«

»Du weißt doch, wie du im Zweifelsfall deine Position exakt bestimmen kannst?«

»Ein Sextant.«

Vater verdrehte die Augen. »Kreuzpeilung. Habe ich dir doch bestimmt schon mal erzählt.«

»Kann sein.«

»Oh Mann.« Er stieß ein Pfeifen aus. »Keine Ahnung, wie du durch die Abiturprüfung gekommen bist.«

»Aber ich hab's geschafft.«

»Hast du.«

Hannah setzte ihr bestes Lächeln auf und klimperte mit den Wimpern. »Und dafür habe ich etwas gut, hast du gesagt.«

Ihr Vater kratzte sich demonstrativ am Kopf und feixte: »Könnte sein, dass jetzt ich Erinnerungslücken habe.«

»Papa!«

»Schon gut. Ich dachte, du wünschst dir den Sommerurlaub mit Constanze in Spanien von uns.«

»Auch das.«

»Was denn noch?«

»Das Boot.«

Vater runzelte die Stirn. »Das Boot? Soll ich dir etwa eins kaufen?«

»Papperlapapp. Ich möchte mit Tante Anna zum Walfischfest fahren.«

»Ach ja.« Nun schien es ihrem Vater zu dämmern. »Ich weiß nicht ... So, wie du fährst. Keine Ahnung, ob du überhaupt den Weg findest.«

»Aber Papa, das ist doch nur ein Katzensprung.«

Nun, wo die Abiturprüfungen hinter ihnen lagen, würde es für Hannah wie für viele andere ihres Jahrgangs der letzte Sommer in Ostersande werden.

Ein Fest sollte ihn krönen.

Jedes Jahr, wenn die wenigen Urlauber, die sich hierher verirrten, längst ihre Koffer gepackt hatten und Ostersande sich für den Winterschlaf bereit machte, stand der eigentliche Höhepunkt des Sommers noch bevor: die Walfischparty auf der gleichnamigen Insel in der Bucht direkt vor Wismar.

Bei Lagerfeuer, Fackeln, Musik und reichlich Alkohol und anderen geistigen Substanzen sollte der Sommer mit einem großen, feucht-fröhlichen Finale enden, bevor sie alle der Ernst des Lebens erwartete.

»Du willst doch bestimmt nicht alleine hin?«, bohrte ihr Vater nach.

»Constanze und Julian kommen mit.«

»Philip nicht?« Ein schelmischer Ausdruck lag in seinen Augen.

»Nein.« Hannah machte ein säuerliches Gesicht. »Der ist ein Arsch.«

»Das ist ja ganz was Neues.«

Was Philip betraf, hatte Hannah ihre Ambitionen mittlerweile begraben, nachdem er ihre Avancen nicht erwidert hatte.

Ohnehin waren ihre Gedanken schon woanders. Für sie

würde es bald nach Hamburg gehen, wo sie an der Polizeiakademie studieren und den Dienst bei der Kripo anstreben wollte.

Sollte Philip ruhig hier in Ostersande versauern.

»Papa, bitte.«

»Warum mein Boot? Fahrt doch woanders mit.«

Die Walfischparty hatte seit jeher eine natürliche Zugangsbeschränkung. Man konnte die Insel nur mit dem Boot erreichen, und nicht jeder hatte eines. Daher waren Mitfahrgelegenheiten heiß begehrt und rasch vergeben.

»Die anderen Boote sind voll.«

»Ich will euch ja nicht den Spaß verderben.« Nun machte Vater eine ernste Miene. »Aber du weißt, dass ich nicht viel davon halte. Die Insel ist neuerdings Naturschutzgebiet, was meines Erachtens überfällig war. Tradition hin oder her, du weißt, dass ich noch nie viel davon gehalten habe, dass dort gefeiert und alles zugemüllt wird. Ihr könnt von Glück sagen, dass die Polizei die ganze Sache noch nicht auf dem Kieker hat.«

»Die haben doch Besseres zu tun.«

»Bislang.«

Ihr Vater setzte sich auf den Stuhl hinter dem Steuerrad.

Hannah ging zu ihm hinüber, legte ihm den Arm um die Schultern und sagte: »Papili.«

Mit Papili bekam sie – gepaart mit einem entsprechenden Augenaufschlag – seit ihrer frühesten Kindheit auch ihre größten Wünsche bei ihm durchgesetzt, sehr zum Missfallen ihrer Mutter.

Auch diesmal verfehlte der Kosename seine Wirkung nicht.

Ihr Vater gab ein tiefes Seufzen von sich und blickte mit leicht glasigen Augen zu ihr hoch.

»Bald bist du weg …«

»Aber ich bin doch nicht aus der Welt.«

»Für mich schon. Ein bisschen.«

Hannah drückte ihn an sich und gab ihm einen Kuss auf die Stirn. »Ich komm euch oft besuchen. Versprochen.«

Vater wischte sich mit der Hand über die Augen und räusperte sich. »Ich denke, das mit dem Boot geht klar. Du weißt ja, was du tust.«

»Und Constanze auch.« Vater hatte sie und Constanze schon als Kinder mit zum Angeln genommen. Sie kannte sich genauso gut mit dem Boot aus. »Was soll also schon schiefgehen.«

»Dein Wort in Gottes Ohr.« Vater richtete den Blick nach vorne und schob den Gashebel ein Stück vor.

In dem Moment stotterte plötzlich der Motor, und sie verloren an Fahrt.

»Was ist das denn?« Vater zog den Gashebel zurück, drückte ihn dann wieder nach vorne, mit demselben Ergebnis. Der Motor stotterte und sprotzelte.

Oh nein, dachte Hannah. Da habe ich ihm sein Zugeständnis abgerungen, und dann gibt die Kiste ausgerechnet jetzt den Geist auf.

Vater nahm das Gas wieder zurück und ließ das Boot ausgleiten, bis es zum Stillstand kam.

Kaum war der Fahrtwind weg, stieg Hannah ein beißender Geruch in die Nase. »Riechst du das?«

Ihr Vater schnupperte. »Ach du grüne Neune.«

Es roch eindeutig nach Benzin.

Vater ging nach hinten zum Heck und blickte plötzlich erschrocken hinunter zu seinen Füßen. »Hier läuft was aus.«

Er hockte sich hin, verfolgte den Weg, den sich das austretende Benzin bahnte, und entdeckte schließlich mittschiffs die Quelle. Er baute einen Teil der Verkleidung unterhalb der Reling ab. Fast augenblicklich bekam er große Augen. »Verdammter Mist! Da ist ein Riss in der Benzinleitung.«

»Müssen wir uns abschleppen lassen?«, fragte Hannah.

»Na, so schlimm ist es nicht.« Vater wedelte mit einer Hand. »Schau mal unter Deck in der Werkzeugkiste nach. Da müsste Isolierband drin sein.«

Hannah tat wie ihr geheißen und wurde fündig.

Ihr Vater flickte den Defekt notdürftig und meinte dann: »Das hält nicht ewig. Sehen wir zu, dass wir nach Hause kommen.«

Etwa eine Stunde später, sie fuhren mit gedrosseltem Tempo, erreichten sie den Wismarer Hafen.

Vater steuerte die Tante Anna zu ihrem angestammten Platz, und Hannah stieg an Land, um das Boot festzumachen.

Kaum hatte sie das erledigt, kam ihr Vater zu ihr und legte ihr beide Hände auf die Schultern. »Es tut mir wirklich schrecklich leid«, sagte er. »Aber in dem Zustand könnt ihr mit dem Boot nicht fahren.«

»Tja, sieht schlecht aus.« Hannah blickte zur Tante Anna. »Vielleicht können wir es ja reparieren lassen ...«

»So schnell wird das nicht gehen. Ich muss auch erst mal schauen, wie viel das kostet und ob sich die Reparatur noch lohnt.«

»Aber ... Papili.«

»Nein, wirklich nicht.« Ihr Vater schüttelte den Kopf. »Du musst es mir versprechen, Hannah.«

»Na schön.«

»Versprich es. Ehrenwort.«

»Ehrenwort.« Hannah seufzte. »Wir fahren nicht damit raus.«

Den gesamten nächsten Tag verbrachte Hannah mit der Suche nach Alternativen.

Kein leichtes Unterfangen, denn nur die wenigsten Eltern ihrer Freunde und Bekannten besaßen ein Boot. Die einen konnten es sich nicht leisten, die anderen wollten es nicht, weil Sparen für sie eine Tugend war. Überhaupt gab es für die meisten, die nicht beruflich zur See fuhren, keinen triftigen Grund, sich ein Boot zuzulegen. Auf den wenigen Booten, die zur Verfügung standen, waren die Mitfahrgelegenheiten längst vergeben.

Ihr Vater hatte sich gleichzeitig bei einem Tüftler seines Vertrauens erkundigt, der schon einige Male kleinere Reparaturen an der Tante Anna durchgeführt hatte. Die Kosten für den Ersatz der Benzinleitung würden sich zwar in Grenzen halten. Allerdings konnte der Mann frühestens in der kommenden Woche Hand anlegen.

Am Abend vor dem Fest stand Hannah mit leeren Händen da und musste ihren Freunden den Ernst der Lage offenbaren.

Ihr Ausflug drohte ins Wasser zu fallen.

Es war dann Constanzes Idee, sich die Tante Anna am nächsten Morgen gemeinsam noch einmal genauer anzusehen.

Also trafen sie sich im Hafen am Liegeplatz des Motorboots.

Hannah hatte keine Sorge, erwischt zu werden. Es war ein Samstag, und Vater und Mutter waren gleich nach dem Frühstück zu Bekannten nach Schwerin aufgebrochen, wo sie auch übernachten würden.

Sie stieg mit Constanze und Julian an Bord der Tante Anna und präsentierte ihnen die defekte Benzinleitung.

Die langen Haare fielen Julian ins Gesicht, als er sich hinkniete und das Problem in Augenschein nahm.

Obwohl er die elterliche Baufirma mied wie der Teufel das Weihwasser – Julian träumte von einer Karriere als Musiker –, besaß er doch handwerkliches Geschick.

Er zuckte die Schultern. »Scheint mir gar nicht so dramatisch.«

»Das Deck war voller Benzin«, hielt Hannah dagegen. »Wenn einer von uns geraucht hätte, wären wir in die Luft geflogen. Also von daher …«

»Wir kriegen das bestimmt noch besser abgedichtet«, erklärte Julian. »Drei zusätzliche Lagen Isolierband. Vielleicht noch 'ne Plastikfolie oder so was drumwickeln …«

Constanze legte die Stirn in Falten. »Und damit willst du aufs Meer raus?«

»Ist doch wirklich nicht weit.« Julian richtete den Blick hinüber zur Hafenausfahrt, in die Richtung, wo die Insel lag. Dann deutete er mit einem Nicken zum Bug, wo drei Benzinkanister befestigt waren. »Und für den Notfall haben wir die da.«

Hannahs Vater mochte ihr zwar das Versprechen abgenommen haben, nicht mit ihren Freunden auf dem Boot zu fahren. Um sein eigenes Leben schien er sich aber weitaus weniger Sorgen zu machen, und schon gar nicht wollte er wohl auf seine geliebten Angelausflüge verzichten.

»Ich weiß nicht …«, sagte Hannah. Sie wollte ihren Vater nicht hintergehen.

Constanze machte einen Schritt auf sie zu, setzte ein Lächeln auf und meinte im Flüsterton: »Philip wird auch da sein.«

Hannah sah aus dem Augenwinkel zu Julian, der tat, als hätte er nichts gehört, doch sie konnte das Schmunzeln um seine Mundwinkel sehen, als er in den Innenraum des Boots stieg, um den Werkzeugkasten zu holen.

»Philip ist mir egal.« Hannah reckte das Kinn vor.

»Ist er nicht.« Constanze ließ nicht locker. »Und aus gut unterrichteter Quelle weiß ich, dass er es gar nicht so gemeint hat. Er wollte dich nicht abweisen. Philip ist wohl nur ein wenig schüchtern, was uns Frauen angeht. Könnte sein, dass er sogar spitz auf dich ist.«

Nun kam ein lautes Lachen aus dem Bootsinneren.

»Arsch!«, rief Hannah zu Julian hinüber, als er mit dem Werkzeugkasten an Deck kam.

»Sag, dass es wahr ist«, forderte Constanze ihn auf.

»Entschuldige, Hannah.« Julian hob eine Hand. »Aber da könnte was dran sein. Mir ist nicht entgangen, wie er dich heimlich anhimmelt. Leider ist mein Bruderherz wirklich etwas in sich gekehrt. Wenn du allerdings genügend Alkohol in ihn reinbekommst …«

»Was hast du schon zu verlieren?« Constanze sah Hannah erwartungsvoll an.

Hannah spürte ein Kribbeln in ihrer Magengegend, und ihr Herz, der alte Verräter, begann schneller zu schlagen. Es hatte Philip insgeheim wohl doch noch nicht abgeschrieben.

»Also schön«, sagte sie mit einem Seufzen.

Constanze klatschte mit Julian ab und gab einen kleinen Freudenschrei von sich.

»Da wäre noch etwas.« Julian räusperte sich. »Würde es euch etwas ausmachen, wenn wir Dana mitnehmen?«

Constanzes Miene verfinsterte sich schlagartig. »Du hast mit ihr Schluss gemacht.«

»Habe ich. Aber wir können ja trotzdem Freunde sein. Wir haben uns ausgesprochen.«

»Was gibt es denn da auszusprechen?« Constanze bekam einen hochroten Kopf. »Die dämliche Kuh …«

Julian war mit zwei Schritten bei ihr. Er nahm ihren Kopf in beide Hände und drückte ihr einen Kuss auf die Lippen. »Kein Grund, eifersüchtig zu sein. Ich liebe dich. Und nur dich. Versprochen.«

»Wehe dir …«

»Ihr habt's doch gerade selbst mitbekommen. Alle Boote sind voll. Dana würde auch gern zur Feier. Und wir haben noch einen Platz frei.«

»Schon gut«, sagte Hannah, die keinen größeren Streit aufkommen lassen wollte. »Sie kann mitkommen. Vorausgesetzt, ihr benehmt euch.«

An diesem Abend tat Tante Anna anstandslos ihren Dienst und brachte sie gegen einundzwanzig Uhr auf die Insel Walfisch. Julians Provisorium hielt.

Constanze und Dana sahen davon ab, sich in die Haare zu bekommen, allerdings achteten sie auf gebührenden Abstand. Constanze setzte sich im Heck neben Julian und umarmte ihn die ganze Zeit demonstrativ. Dana nahm den freien Stuhl neben Hannah, die das Schiff steuerte.

Am Strand erwarteten sie bereits ein Lagerfeuer, der Geruch nach Grillwürstchen und Musik aus einem batteriebetriebenen Gettoblaster.

Constanze verschwand mit Julian in der feiernden Menge und zog Hannah mit sich. Sie ließen Dana allein zurück.

Ehe Hannah sich's versah, hatte ihre Freundin ihr eine Flasche Bier in die Hand gedrückt. »Also dann mal Prösterchen. Vielleicht darf ich dir ja später bei deinen Fällen assistieren, Frau Kriminalkommissarin.«

»Jederzeit.« Hannah stieß mit ihr an. »Sorgst du dann hier in Ostersande für Ordnung?«

»Natürlich!« Constanze trank einen großen Schluck.

»Beschreien wir es lieber nicht«, meinte Hannah. »Wir haben ja noch nicht mal mit der Ausbildung angefangen.«

»Richtig. Und daran wollen wir heute Abend auch gar nicht denken. Lassen wir es krachen!«

Constanze begann zu tanzen, als aus dem Gettoblaster »Mr. Vain« von Culture Beat erklang.

Hannah ließ sich treiben.

Eine halbe Stunde und ein Bier später entdeckte sie dann Philip. Er war nach ihnen gekommen, stand etwas abseits vom Lagerfeuer.

»Dann mach dich mal ran«, sagte Constanze. »Nimm am besten zwei Bier mit, da wird er gesprächig.«

»Und wer steuert dann das Boot nach Hause?«

»Nun hab dich doch nicht so, du liebe Güte. Zur Not fahre ich.«

Hannah besorgte sich zwei Flaschen Bier und ging hinüber zu ihm. Ihr Puls beschleunigte sich, und in ihrer Magengegend kribbelte es wieder angenehm warm. »Hi.«

»Hallo.« Er lächelte, sah verlegen auf seine Schuhe.

»Ganz cool hier, was?«

»Mhm.« Philip nickte.

Hannah hatte sich noch nie besonders gut auf leichte Konversation oder Anmachsprüche verstanden. Sie kam am liebsten direkt auf den Punkt, ohne lange um den heißen Brei herumzuschwafeln. »Willst du?« Sie hielt ihm die Flasche Bier hin.

»Gerne.« Philip griff zu.

»Prost.«

»Prost.«

Die weitere Unterhaltung hätte sich vermutlich ähnlich abwechslungsreich gestaltet, wenn Hannah nicht Julians Ratschlag beherzigt hätte.

Sie schleppte Philip hinüber zum Lagerfeuer, setzte sich mit ihm hin und sorgte für steten Nachschub an Alkohol. Drei weitere Bier, zwei Wodka und ein Schnaps lösten Philips Zunge, wobei sich herausstellte, dass er sogar einige ziemlich gute Witze auf Lager hatte.

Hannah spürte, wie ihr die Wangen vom Alkohol und dem Lagerfeuer zu glühen begannen.

Sie zog Philip in die Höhe. »Komm, wir gehen tanzen.«

Die nächsten Stunden flogen an ihr vorbei. In der schwitzenden, feiernden Menge, dicht an dicht gedrängt, verlor sie jedes Zeitgefühl. Zu ihrem Erstaunen entpuppte sich Philip als talentierter Tänzer. Vor allem sein Hüftschwung, der zwar etwas eigenwillig war, bei dem aber der stramme Hintern in der Jeans zur Geltung kam, gefiel ihr. Als er dann noch sein T-Shirt auszog und einen trainierten Oberkörper entblößte, war es vollends um sie geschehen.

Sie packte Philips Hand und zog ihn mit sich, bis sie ein Stück abseits der Menge standen.

»Weißt du …«, keuchte sie außer Atem, »ich habe keine Ahnung, wie ich es sagen soll, also fall ich lieber gleich mit der Tür ins Haus. Ich mag dich verdammt gerne, Philip Langmar.«

Im Stillen dankte sie dem vielen Alkohol, der sie beseelte, in nüchternem Zustand wären ihr die Worte wohl kaum so flüssig über die Lippen gekommen.

Ihrem Angebeteten schien es ähnlich zu gehen.

»Ich … mag dich auch.«

Wieder dieser verlegene Blick.

Zum Teufel noch mal, dachte Hannah.

Sie schlang die Arme um seine Schultern, zog ihn an sich und küsste ihn.

Zu ihrem Glück erwiderte er den Kuss.

Als sie sich schon wieder von ihm lösen wollte, hielt Philip sie fest und presste erneut die Lippen auf die ihren, diesmal länger und inniger.

Hannah spürte ein Feuer in sich brennen und konnte sich nicht mehr beherrschen. Sie öffnete den obersten Knopf seiner Jeans, schob ihre Hand hinein und stellte zu ihrer Zufriedenheit fest, dass er auch in dieser Körperregion ordentlich ausgestattet war.

Philip ergriff ihre Hand. »Nicht hier.«

»Warum?«

»Zu viele Leute.« Er sah sich um. »Es … es ist nicht so, dass ich nicht auch wollen würde.«

Ohne zu überlegen, sagte Hannah: »Dann komm mit zu mir. Meine Eltern sind nicht da.«

»Ich dachte, du bist mit Constanze und meinem Bruder hergefahren?«

»Ach, Mist.« Die hatte Hannah völlig vergessen. Und so, wie sie sich amüsierten, würden Sie die beiden wohl kaum schon zum Gehen überreden können.

»Es ist gleich zwei.« Philip warf einen Blick auf seine Armbanduhr. »Vorschlag. Bei meiner Truppe ist noch ein Platz frei. Wir wollen in einer halben Stunde zurück.«

Hannah überlegte kurz und meinte dann: »Ist gebongt.«

Sie ging hinüber zu Constanze und erzählte ihr von ihrem Plan. Constanze grinste. »Na, geht doch. Dann mal noch viel Späßchen heute Nacht, meine Liebe.«

»Ihr kommt wirklich klar?«

»Ich kenne das Boot genauso gut wie du. Mach dir mal keine Sorgen. Hab deinen Spaß!«

Hannah gab ihr den Bootsschlüssel und wandte sich zum Gehen. Philip stand bereits bei seinen Freunden, und sie wollte ihn nicht warten lassen.

Einmal drehte sie sich noch um und sah Constanze mit Julian am Lagerfeuer tanzen, Dana ganz in ihrer Nähe mit einer Flasche Sekt in der Hand.

Ihr Bauchgefühl sagte ihr, dass sie die drei nicht allein lassen sollte. Es war ihr Boot, ihre Verantwortung.

Aber da war eben auch noch ihr Herz. Es brannte, schlug aufgeregt und verlangte nach Philip.

Wenig später stieg sie zu ihm und seinen Freunden ins Boot und fuhr in Richtung Festland.

In dieser Nacht liebten sie sich in ihrem Bett heiß und innig. Und nach einer kurzen Pause gleich ein zweites Mal, bis in die frühen Morgenstunden.

Philip schlief danach direkt ein.

Hannah ging hinaus auf die Terrasse, um sich abzukühlen.

Die Büsche und Bäume rund um den Garten hinter ihrem Elternhaus waren damals noch nicht so hoch wie heute. Sie konnte von der Terrasse aus auf das Wasser blicken.

Sie wollte sich gerade eine Zigarette anzünden, als sie es sah. Draußen in der Bucht, unweit der Insel brannte auf dem Wasser lichterloh ein Feuer. Es sah aus, als stünde dort das ganze Meer in Flammen.

Keine halbe Stunde später fuhr die Polizei mit Blaulicht in die Einfahrt vor dem Haus.

30

Hannah kehrte in ihren Gedanken aus der Vergangenheit ins Jetzt zurück, als sie die psychiatrische Klinik erreichten und sie den Wagen in die Schotterauffahrt des alten Herrenhauses lenkte.

Das mit Philip war eine einmalige Sache geblieben. In beiderseitigem Einvernehmen. Zu sehr hatte auf ihnen das schlechte Gewissen gelastet, sich zwischen den Laken amüsiert zu haben, während ihre Freunde dort draußen um ihr Leben gekämpft und eine von ihnen es nicht geschafft hatte.

Einige Wochen nach dem Bootsunglück war Hannah mit Constanze und Julian in den Gewölbekeller des Anwesens hinabgestiegen. Sie hatten ihre Initialen in den Stein graviert, als Zeichen ihrer unverbrüchlichen Freundschaft. Und in Gedenken an ihre tote Freundin hatten sie auch Dana dort verewigt.

Hannah hatte noch heute die Worte im Ohr, die Julian zu ihr gesagt hatte: *Da gibt es nichts zu verzeihen.*

Das hatte sie damals ganz anders gesehen und tat es auch heute noch.

Es gab sehr viel zu verzeihen.

Sie hatte ein Menschenleben auf dem Gewissen. Das von Dana Ringhoff. Weil sie sich an jenem Abend unbedingt von Julians Bruder hatte vögeln lassen wollen, anstatt bei ihren

Freunden zu bleiben. Denn dann, da war Hannah sich sicher, wäre alles ganz anders gelaufen und Dana Ringhoff noch am Leben.

»Natürlich hat er mir Angst eingejagt«, sagte Cornelius Dahlke. Er saß im Ledersessel hinter seinem Schreibtisch, Hannah hatte mit Grewe davor Platz genommen. Henning Grewe hatte Dahlke gerade an Martin Brüggemanns Besuch erinnert, bei dem der Bauunternehmer die Büste von Sigmund Freud aus dem Fenster befördert hatte.

Mara Steyn war unten beim Auto geblieben und hatte sich aufopferungsvoll dazu bereit erklärt, trotz Regen mit Tobby eine kleine Runde zu drehen.

Hannah fiel es schwer, sich auf das Gespräch mit Dahlke zu konzentrieren. Die Erinnerungen, die in ihr hochgestiegen waren, wirkten noch nach. Ihr war kalt, und sie verspürte eine innere Leere, die sie jedes Mal überkam, wenn sie an diese lange zurückliegenden Ereignisse dachte.

»Das kann ich mir denken«, bestätigte Grewe, »der Kerl ist eine imposante Erscheinung. Die Frage ist, ob er einen reellen Grund für seinen Zorn hatte.«

Grewe warf Hannah einen Seitenblick zu. Sie räusperte sich und lenkte ihre Aufmerksamkeit auf das Hier und Jetzt. »Martin Brüggemann bezichtigt Sie, ein falsches Spiel getrieben und Julian Langmar bevorzugt zu haben. Langmar bekam den Zuschlag, obwohl Brüggemann das bessere Angebot vorlegte.«

»Das bessere Angebot?« Dahlke blies die Backen auf.

»So hat er es uns gegenüber ausgedrückt«, erklärte Grewe. »Stimmt das nicht?«

»Doch, schon. Allerdings nur, wenn man den Betrag der beiden Angebote verglich. Im Detail war Brüggemanns Angebot dann doch höchst fraglich. Es war zum Beispiel überhaupt nicht ersichtlich, wie er dieselben Materialien wie sein Konkurrent für teilweise die Hälfte des Preises beschaffen wollte.«

Da hat Dahlke den windigen Bauunternehmer wohl durchschaut, dachte Hannah. »Haben Sie das Brüggemann auch so erklärt?«

»In der Tat. Allerdings ließ er es nicht gelten und faselte etwas von einer Verschwörung gegen ihn.«

»Dieser Beschluss ist im Vorstandsgremium gefallen?«, wollte Grewe wissen.

»Ja«, antwortete Dahlke. »Allerdings waren die Mitglieder nicht alle einer Meinung. Manche wollten trotz aller Zweifel das günstigere Angebot nehmen. Am Ende stand es unentschieden. Meine Stimme gab den Ausschlag.«

Hannah lehnte sich vor. »Brüggemann vermutet zudem, dass Julian vielleicht einen gewissen Bonus bei der Entscheidung genoss, da das Haus einmal seiner Familie gehörte. Und soweit ich mich erinnere, hat den Ausbau damals auch die Firma Langmar gemacht.«

»Der ausschlaggebende Punkt war für mich, dass das Angebot von Brüggemann einfach unseriös wirkte«, bekräftigte Dahlke. »Allerdings ... gab es durchaus einen weichen Faktor.«

Henning Grewe legte die Stirn in Falten. »Und was für ein weicher Faktor war das?«

Dahlke stand auf, zupfte sein Jackett zurecht und trat ans Fenster. Mit dem Rücken zu ihnen sagte er: »Ich weiß um die Vergangenheit dieses Hauses und das Schicksal der Familie Langmar.«

»Sie reden von der Enteignung«, vergewisserte sich Hannah.

»So ist es.« Dahlke drehte sich mit hinter dem Rücken verschränkten Armen herum. »Meine Eltern waren damals im Staatsapparat tätig. Genaueres tut hier nichts zur Sache. Jedenfalls ... waren sie für die Enteignung verantwortlich.«

»Also handelten Sie aus einem schlechten Gewissen heraus?«, fragte Hannah.

»Nein, oder vielleicht ein Stück weit. Ich selbst hatte mit den damaligen Ereignissen nichts zu tun. Dennoch spürte ich eine gewisse Verpflichtung.« Dahlke machte eine Pause und setzte eine gewichtige Miene auf. »Schuld verjährt nicht.«

»Und deshalb gaben Sie Julian Langmar den Vorzug?«

»Wie gesagt, den versuchten Betrug sehe ich eher bei Martin Brüggemann. Hätte er ein ehrliches Angebot vorgelegt, wäre die Chance für ihn am Ende sicherlich besser gewesen. So aber musste ich wählen: Entweder ich warf alle Zweifel über Bord, oder ich hörte auf mein Bauchgefühl, dass er es nicht ehrlich meinte. Und ja, in dem Moment spielte dann diese alte Schuld eine Rolle. Es gab mir das Gefühl, zumindest einen kleinen Teil dieser Ungerechtigkeit wiedergutzumachen und das Richtige zu tun.«

»Ich nehme an, diesen Beweggrund haben Sie für sich behalten«, fragte Hannah.

»Ja. Und ich erzähle Ihnen das so offen, weil ich in jeder Hinsicht ehrlich zu Ihnen bin und dabei helfen möchte, den Tod der Langmar-Brüder aufzuklären.« Dahlke setzte sich wieder. »Das grundlegende Problem war wirklich Brüggemann selbst. Ich entscheide keinesfalls aus Prinzip immer für einen der Langmars. Sie haben ja sicherlich von dem zu besetzenden Chefarztposten gehört, das wäre das beste Beispiel.«

»Die Stelle, um die Henry Fleming und Philip Langmar konkurrierten«, sagte Hannah.

»Ja. Unter uns, meine erste Wahl für den Posten war Henry Fleming, nicht Philip Langmar.«

»Dann fragten Sie Fleming zuerst, aber er lehnte ab?«

»Leider. Ich hoffe noch immer, dass er es sich anders überlegt.«

»Vielen Dank, Herr Dahlke.« Grewe stand auf. »Wir werden Sie weiterhin auf dem Laufenden halten.«

Sie verabschiedeten sich und fuhren mit dem Aufzug hinunter ins Foyer. Als sie ins Freie traten, kam ihnen eine durchnässte Mara Steyn vom Parkplatz entgegen.

»Da wäre ein Schirm im Kofferraum gewesen«, sagte Hannah, wobei sie meinte, die Kollegin vorhin auch darauf hingewiesen zu haben.

Steyn wedelte mit der Hand. »Egal. Der Rundgang hat sich gelohnt.«

»Inwiefern?«, fragte Grewe.

Mara Steyn strich sich die nassen Haare nach hinten. »Ich habe auf dem Parkplatz gerade die Assistentin von Philip Langmar getroffen. Sie wollte sich schon bei uns melden. Ihr ist noch etwas eingefallen, das von Belang sein könnte.«

»Nämlich?«

»Sie hat sich daran erinnert, dass Philip Langmar in letzter Zeit regelmäßig zu Treffen mit einer Patientin außer Haus aufbrach.«

»Weiß sie, um wen es sich handelte?«

»Nein. Die Patientin wollte anonym bleiben.«

»Gibt es eine Akte von ihr?«

»Nein«, erklärte Steyn. »Keine Akte, kein Name, keine Notizen zu den Treffen.«

»Seltsam.«

»Ja, aber es kommt noch besser. Danach habe ich mit dem Mann am Empfang gesprochen. Er hatte auch in der Nacht Dienst, als Philip Langmar starb«, erzählte Mara Steyn und reichte Hannah die Leine von Tobby. »Er ist gegen zwanzig Uhr raus, um eine zu rauchen. Da sah er einen Wagen drüben am Straßenrand parken. Darin eine Frau, die offenbar das Gebäude beobachtete.«

»Hat er sie erkannt?«

»Ja, es war Ines Langmar. Er wollte mit ihr reden. Doch dann sie ist losgefahren, als sie sah, dass er zu ihr rüberkam.«

Mara Steyns Stimme klang in Hannahs Ohren gedämpft, als befände sie sich unter Wasser. Sie folgte dem Gespräch nur am Rande. Denn in ihren Gedanken kam wieder die Vergangenheit hoch. Die Worte von Cornelius Dahlke hallten in ihren Ohren nach.

Schuld verjährt nicht.

31

Sie entschieden sich für ein frühes Mittagessen. Mara Steyn knurrte der Magen, und Hannah hatte ebenfalls nichts gegen eine Kleinigkeit einzuwenden. Sie war heute Morgen recht eilig aufgebrochen und hatte es gerade mal geschafft, zwischen Tür und Angel ein halbes Butterbrot zu essen.

Im Hafen von Wismar holten sie sich bei einem der an der Kaimauer dümpelnden Kutter Fischbrötchen. Steyn eines mit geräuchertem Aal, Grewe gleich zwei, eins mit Nordseekrabben und eines mit Lachs, und Hannah entschied sich für ein Heringsbrötchen.

Sie suchten sich eine Bank in der Nähe, auf der Hannah und Grewe Platz nahmen. Mara Steyn setzte sich auf einen großen Festmacherpoller aus Metall.

»Brüggemann hat also mit seiner Vermutung recht«, resümierte sie zwischen zwei Bissen. »Dahlke hat ihn gelinkt.«

»Ich glaube, da haben beide nicht ganz sauber gespielt«, sagte Grewe. »Jedenfalls ist es kein Beweis, dass Brüggemann tatsächlich Julian Langmar etwas angetan hat. Zumal wir auch in diesem Fall nicht einmal sicher sagen können, dass es sich nicht doch um einen Unfall handelt.«

»Eher hätte Brüggemann dann auch ein Motiv gehabt, Dahlke etwas anzutun«, kommentierte Hannah, die Grewe grundsätzlich zustimmte. Das hier war eine Sackgasse.

Sie biss ein Stück von ihrem Brötchen ab und schützte es dann mit der freien Hand vor den gierigen Möwen, die kreischend über ihren Köpfen kreisten.

»Viel mehr würde mich diese anonyme Patientin interessieren, mit der Philip Langmar sich traf. Was genau hat seine Assistentin erzählt?«

Mara Steyn hob die Schultern. »Nur dass er den Namen der Frau geheim hielt. Er traf sich mit ihr immer außerhalb der Klinik und führte offenbar weder eine Akte noch sonstige Notizen darüber.«

»Lecker.« Henning Grewe putzte sich den Mund mit einer Papierserviette ab und warf sie mit den Pappschalen, in denen sich seine Brötchen befunden hatten, in den Mülleimer neben der Bank. »Ich glaub, ich hol mir noch eins.«

»Muss wohl eine chronische Magenerweiterung sein«, kommentierte Steyn.

»Und ob. Wenn man ständig die Reste aufessen muss, die die Kinder stehen lassen, erweitert sich automatisch die maximale Befüllmenge.«

»Keine Sorge«, sagte Hannah, »das gibt sich mit der Zeit. Spätestens, wenn sie in die Pubertät kommen, fressen sie einem die Haare vom Kopf.«

Grewe stand auf und ging hinüber zum Verkaufsstand des nächstgelegenen Fischkutters.

»Was machen wir mit der Aussage des Nachtwächters?«, fragte Mara Steyn.

»Wegen Ines Langmar?«

»Ja, ist doch seltsam, dass die Gute am Mordabend vor der Klinik parkt, in dem Moment wegfährt, als der Nachtwächter sich ihr nähert, und das Ganze dann später mit keiner Silbe uns gegenüber erwähnt.«

»Allerdings. Am besten fragen wir sie selbst.«

»Und dann wäre da noch Fleming. Fühlen wir ihm noch mal auf den Zahn?«

»Hm. Warten wir doch die Untersuchung seiner Handschrift ab.« Hannah kaute den letzten Bissen runter und ließ den Blick schweifen, als sie plötzlich innehielt. »Wo man vom Teufel spricht.«

»Was denn?«

»Ich glaube, ich habe auch noch ein wenig Hunger«, sagte Hannah und stand auf. »Bin gleich wieder da.«

Am letzten Kutter in der Reihe stand eine lange Schlange, vermutlich wie meist ein untrügliches Zeichen, wo es am besten schmeckte. Unter den Wartenden hatte sie ein bekanntes Gesicht ausgemacht.

»Hallo.« Sie stellte sich neben den Mann in die Reihe.

»Oh.« Henry Fleming wischte sich eine Strähne seines langen Haars aus dem Gesicht und lächelte sie an. »Sie hier?«

»Mittagessen ist im Dienst nicht verboten.«

»Dann hatten wir wohl denselben Gedanken.« Er deutete mit einem Nicken auf die Verkaufstheke, wo gerade eine Portion Backfisch den Besitzer wechselte. »Ausgezeichnete Wahl. Hier ist es am besten. Darf ich Sie einladen?«

»Das könnte man als Bestechung auffassen.«

»Ich sehe schon die Schlagzeile.« Fleming mahlte mit beiden Händen die Buchstaben in die Luft. »Die Fischbrötchen-Affäre!«

»Sie sollten bei der BILD anfangen.« Hannah lachte. »Aber ich meine es ernst. Das darf ich nicht annehmen.«

Fleming zog einen Schmollmund. »Stehe ich etwa noch immer auf der Liste der Verdächtigen?«

»Auch über den Stand der Ermittlungen darf ich Ihnen nichts sagen. Streng genommen. Tatsächlich warten wir noch auf die Untersuchung Ihrer Handschrift.«

»Pfeifen wir heute doch mal auf die Verordnungen.«

»Weil Sie es sind.« Und weil sich das Verdachtsmoment gegen ihn ohnehin mehr oder weniger in Luft aufgelöst hatte. Außerdem fing Hannah an, den Kerl zu mögen. Er brachte sie zum Lachen, und das hatte schon lange kein Mann mehr geschafft. »Bedanken Sie sich bei Ihrem Chef. Er hat bestätigt, dass Sie wirklich ganz und gar keine Lust auf eine Beförderung haben.«

»Wie ich sagte …«

»Er macht sich aber noch immer Hoffnung, dass Sie es sich anders überlegen.«

»Das hatte ich befürchtet.« Sie waren an der Reihe. »Nun, was darf es sein?«

»Nordseekrabben. Mit Cocktailtunke.«

»Vorzüglich.« Er lächelte die Verkäuferin an. »Das nehmen wir bitte zweimal.«

Sie ließen sich die Brötchen geben.

»Gehen wir ein Stück?«, fragte Fleming.

»Gerne.«

Hannah schlenderte mit Fleming an der Hafenmauer entlang, vorbei an zwei historischen Traditionsseglern, bis sie schließlich vor einer schnittigen Holzjacht standen.

»Von so etwas habe ich früher immer geträumt«, sagte Fleming. »Damit um die Welt segeln.«

»Das kann ja noch werden«, meinte Hannah. »Wenn ich nicht völlig danebenliege, würde ich schätzen, Sie haben noch ein paar gute Jahre, bevor der natürliche Kompostierungsprozess einsetzt.«

Fleming verschluckte sich fast an seinem Krabbenbrot, und Hannah glaubte schon, dass sie wieder zu direkt gewesen war, als er in lautes Lachen ausbrach. »Schwarzer Humor. Das finde ich gut. Stimmt schon, mit Anfang fünfzig ist es definitiv noch nicht zu spät für ein eigenes Segelschiff.«

»Aber?«

»Ich kann mein Pferd nicht auf dem Boot mitnehmen. Außerdem ist es verdammt teuer. Nicht nur die Anschaffung, sondern auch der ganze Unterhalt. Besonders bei einem Holzschiff.«

»Das wäre doch ein guter Grund, sich befördern zu lassen und mehr Kohle zu verdienen«, stellte Hannah fest.

Fleming musterte sie mit einem Schmunzeln von der Seite. »Sie lassen nicht locker, oder?«

»Nie.«

Er seufzte. »Wissen Sie, ich habe mich mit Philip eigentlich sogar ganz gut verstanden, bis er mich als seinen Konkurrenten ausmachte. Ich würde so weit gehen zu sagen, dass wir befreundet waren. Er ließ mich sogar an seinem Bruder herumdoktern.«

»An Julian? Das müssen Sie mir bitte erklären. Nur, damit ich das nicht falsch verstehe ...« Hannah konnte sich ein Schmunzeln nicht verkneifen.

»Oh, Verzeihung, das war nicht zweideutig gemeint. Philip machte sich Sorgen um ihn und drang selbst nicht mehr zu ihm durch, er bat mich um Hilfe. Julian trank zu viel, nahm auch härtere Drogen. Ihn plagten arge Schuldgefühle, was wohl mit einem Bootsunglück zu tun hatte, in das er vor vielen Jahren verwickelt war.«

»Das stimmt.«

»Sie wissen davon?«

»Es war mein Boot beziehungsweise das meines Vaters, mit dem Julian verunglückte.«

»Oh.« Fleming hob die Augenbrauen. »Sie waren also ebenfalls dabei?«

»Nein. Wir verbrachten eine laue Sommernacht drüben auf der Insel Walfisch. Julian, zwei Freundinnen und ich. Wir fuhren gemeinsam mit dem Boot meines Vaters rüber. Auf der Insel tra-

fen wir seinen Bruder Philip. Es war ein wunderbarer Abend.«
Hannah überlegte, wie viel von der Wahrheit sie ihm offenbaren sollte. »Ich war müde und fuhr mit Philip etwas früher nach Hause. Julian und meinen Freundinnen ließ ich mein Boot da.«

»Julian erzählte mir, dass auf der Rückfahrt etwas schiefgelaufen ist. Das Boot geriet in Brand.«

»Am Tag zuvor war ich mit meinem Vater raus zum Angeln. Wir entdeckten ein Leck an der Benzinleitung. Mein Vater verbot mir, mit dem Schiff zur Insel zu fahren. Wir taten es natürlich trotzdem.« Hannah stockte. Auch nach all den Jahren fiel es ihr noch schwer, über die Ereignisse zu reden. Und im Grunde hatte es Fleming auch nicht zu interessieren.

Doch nun war er es, der nicht lockerließ. »Julian und die anderen fuhren also mit dem defekten Boot zurück.«

»Ja, tief in der Nacht.« Hannah senkte den Kopf. »Und da ist es dann irgendwie passiert. Dana, eine meiner Freundinnen, die dabei war, rauchte an Deck. Das war bei der lecken Benzinleitung natürlich nicht gut. Das Boot geriet in Brand.«

»Julian und …«

»Constanze.«

»Sie konnten sich retten.«

»Ja, Constanze erlitt Brandverletzungen, Julian kam mit dem Schrecken davon«, erzählte Hannah und biss sich auf die Unterlippe. »Aber Dana schaffte es nicht. Ihre Leiche wurde später von der Küstenwache geborgen.«

Fleming schwieg einen Moment. »Eine schlimme Sache. Wie geht es Ihnen damit heute?«

»Ehrlich?«

»Gerne.

»Beschissen.« Hannah war der Appetit vergangen. Sie legte das Fischbrötchen auf einen Festmacher, und wenige Sekunden später stürzten sich die Möwen darauf. »Ich habe mir schon damals die Schuld dafür gegeben. Ich hätte auf meinen Vater hören und nie mit dem Boot rausfahren dürfen. Und dann habe ich mich immer wieder gefragt, was gewesen wäre, wenn ich bei ihnen geblieben wäre. Vielleicht wäre es gar nicht geschehen. Ich hätte Dana gesagt, dass sie nicht rauchen dürfe, ich hätte das Unglück vielleicht verhindern können.«

Fleming nickte. »Julian erging es genauso. Bis heute.«

»Bis heute«, wiederholte Hannah. »Ihr Chef hat das ganz gut getroffen, als er sagte: Schuld verjährt nicht.«

»Das hat Dahlke gesagt?« Fleming verzog den Mundwinkel. »Interessante Aussage für einen Psychologen.«

»Weshalb?«

»Schuld ist kein so klares Thema in der Psychologie, wie man vielleicht meinen mag. Klingt erst mal seltsam, weil wir in unserer Gesellschaft eigentlich ständig über Schuld reden. In den Medien, der Politik oder im Zusammenleben suchen wir nach Schuldigen, wenn etwas schiefläuft. Manche fühlen sich schuldig, andere nicht. Auch die Frage, ob jemand überhaupt fähig zur Schuld ist, treibt uns um. Wir werden in Gerichtsprozessen immer wieder damit konfrontiert.«

»Aber dann muss das doch für Sie auch in der täglichen Therapie Ihrer Patienten eine Rolle spielen?«, meinte Hannah.

»Einerseits ja. Andererseits ist die Psychologie keine normative Wissenschaft, es geht ihr weder um ethische noch um moralische Bewertungen. Anders ist es zum Beispiel in der Religion, wo es andauernd um Schuld geht, die Sünde ist eine Schuld. Schuld ist da eine moralische Kategorie, wie ein Richterspruch, der eine höhere Autorität wie eben Gott voraussetzt, vor dem man sich zu rechtfertigen hat und der allgegenwärtig ist.«

»Also geht es der Psychologie eher um die Gefühle. Nicht um eine konkrete Schuld als solche?«

»Richtig. Und dann wieder doch nicht.« Fleming legte den

Kopf zur Seite. »Keine Sorge, wenn Sie nur Bahnhof verstehen, an solchen Überlegungen verzweifeln auch Studenten regelmäßig. Schuldgefühle sind in der Psychologie zunächst Reaktionen auf unser Über-Ich, meinetwegen können Sie es auch Gewissen nennen. Wenn wir aufwachsen, nehmen wir bestimmte Moralvorstellungen an, die uns unsere Eltern und die Gesellschaft beibringen. Verstoßen wir dagegen, reagiert unsere Psyche mit einem schlechten Gewissen oder der Angst vor Strafe. Deshalb entwickeln manche von uns auch Schuldgefühle, obwohl es dafür überhaupt keinen Grund gibt. Eltern gelingt es zum Beispiel immer wieder vortrefflich, ihren Kindern Schuldgefühle einzureden, weil sie vorgeblich gegen irgendwelche erfundenen Normen verstoßen, oder auch, wenn es um sogenannte existenzielle Schuld geht. Das hat dann nichts mehr mit konkreten Handlungen zu tun. Interessant sind auch die Schuldgefühle, die der heutige Kapitalismus in uns weckt. Etwa, weil wir meinen oder uns eingeredet wird, dass wir hinter unseren eigenen Möglichkeiten zurückbleiben. Wir sind dann schuldig im Sinne der Anklage, weil wir unser Leben vermeintlich ungenutzt verstreichen lassen, anstatt effektiv zu sein, Karriere zu machen und die beste Version unserer selbst zu sein.«

»Klingt für mich sehr nach FPD.«

Fleming musste lachen. »In der Tat. Der Gedanke ist in unserer neoliberalen Gesellschaft tief verankert und treibt nicht wenige in die Depression. Ich habe ständig Manager bei mir sitzen, die sich für völlige Versager halten.«

»Aber darum ging es bei Julian nicht. Und bei mir ebenfalls nicht.«

»Richtig. Es gibt eben letztlich noch jene Schuldgefühle, die ausgelöst werden, wenn wir durch unser Verschulden das Leid anderer auslösen. Egal, ob absichtlich, unbedacht oder nachlässig.« Fleming machte eine Pause, als wollte er seinen nächsten

Worten besonderes Gewicht verleihen. »Schuldgefühle sind dann berechtigt, wenn es auf die Frage nach der Schuld einen konkreten Hinweis gibt. Trauerprozesse können oft nicht bewältigt werden, weil etwas nicht geklärt ist. Wir haben dann beispielsweise das unbestimmte Gefühl, eine Schuld am Tod des geliebten Menschen zu haben. Daher … Je konkreter wir wissen, was geschehen ist, umso deutlicher wird, wo tatsächlich Schuld liegt und wo nicht. Erst dann kann wirklich an der Bewältigung der Schuldgefühle gearbeitet werden.«

»Und das taten Sie mit Julian Langmar?«

»Sagen wir lieber, ich versuchte es«, sagte Fleming. »Es gelang mir nicht, in die Tiefe vorzudringen. Julian erzählte mir immer wieder dieselbe Geschichte. Da er am Steuer des Bootes stand, als es passierte, ist einfach herzuleiten, weshalb er Schuld empfand. Es war dieses unbestimmte Gefühl, von dem ich gerade sprach. Denn tatsächlich hatte er selbst den Unfall nicht ausgelöst. Die Ursache war reine Nachlässigkeit.«

»Das leuchtete ihm nicht ein. Kann ich nachvollziehen.«

»Es ist schwer, so lange verankerte Gefühle loszuwerden, das geht nicht mit einem Fingerschnippen. Darüber sollten Sie sich auch bewusst sein. Auch was Sie empfinden, ist nicht unnormal oder falsch. Damit bin ich aber nicht zu Julian durchgedrungen. Ich weiß nicht …, vielleicht hatte es mit den Drogen zu tun. Andererseits hatte ich das Gefühl, dass da auch noch etwas Unausgesprochenes war, das er mir nicht anvertrauen wollte.« Fleming zuckte die Achseln. »Ich weiß nur, dass Philip es dann selbst noch weiter versucht hat. Er wollte seinen Bruder einfach nicht aufgeben.«

»Offenbar hatte er keinen Erfolg«, meinte Hannah.

»Sie fragen, ob sich daraus ein Suizid ableiten lässt?«

»Ja.«

»Möglich ist das.« Fleming wandte sich ihr zu und sah ihr in die Augen. »Kämpfen Sie nicht gegen Ihre Gefühle an. Wenn Sie diese Geschichte noch immer plagt, dann finden Sie für sich heraus, ob es einen konkreten Grund für Ihre Schuldgefühle gibt. Waren es wirklich Ihre konkreten Handlungen, die zu dem Unglück und dem Tod Ihrer Freundin führten? Oder lag der Grund ganz woanders?«

32

Hannah fand keine Ruhe.

Die kleinen Rädchen in ihrem Hinterkopf drehten sich auf Hochtouren, verarbeiteten die vielen Informationsschnipsel.

Ines Langmar in der Mordnacht vor der Klinik.

Die anonyme Patientin, mit der Philip sich traf.

Das gefälschte Gutachten, für das er offenbar alles aufs Spiel gesetzt hatte.

Carlotta Mevius. Der Zettel mit ihrem Namen.

Nichts davon ergab wirklich einen Sinn.

Nichts passte zusammen.

Hannah stand auf der mit Holzbohlen gedeckten Terrasse hinter dem Haus der Langmars. Der Garten war ein wahres Blumenparadies und zu den Nachbargrundstücken hin ringsum von einer Bruchsteinmauer umgeben, an der Blumenkästen hingen. Geranien, Rosen, Chrysanthemen und vieles mehr.

Henning Grewe und Mara Steyn saßen mit Ines Langmar am Gartentisch und gingen mit ihr die Ereignisse der Mordnacht noch einmal durch. Sie hatten der Frau den wahren Grund für ihr Kommen nicht sofort eröffnet, die Chance, dass Ines Langmar umgehend zum Hörer griff und ihren Anwalt verständigte, war zu groß.

Hannah hielt sich einige Meter abseits, da es wenig Sinn machte, die Frau zu dritt in die Mangel zu nehmen. Sie hörte dem Gespräch zu und blickte an der Hausfassade hinauf in den ersten Stock. Ines Langmar hatte ihre Tochter in ihr Zimmer geschickt. Mirelle stand oben am Fenster und blickte neugierig herab. Hannah setzte ein Lächeln auf und winkte ihr zu.

Ines Langmar wiederholte derweil die Angaben, die sie bereits zur Mordnacht gemacht hatte. Dass Philip länger arbeiten wollte, wann er das Haus verlassen hatte, dass sie den ganzen Abend mit ihrer Tochter zu Hause verbracht hatte …

Hannah spürte, wie die Ungeduld in ihr hochkochte. Gegen Grewes Vorgehen war natürlich nicht das Geringste einzuwenden. Sie wünschte nur, das Ganze ließe sich ein wenig beschleunigen.

Offenbar ging es Mara Steyn ähnlich, als sie sich in das Gespräch einschaltete. »Und Sie sind sich sicher, dass das alles ganz genau so gewesen ist, Frau Langmar?«

»Selbstverständlich. Warum fragen Sie?«

»Es ist nun einmal so, dass sich schnell Lücken oder Ungereimtheiten in unsere Erinnerungen einschleichen«, erklärte Henning Grewe. »Deshalb sind wir, wie gesagt, auch hier, um uns alles erneut bestätigen zu lassen.«

»Vielleicht gehen Sie daher noch einmal in sich«, schlug Mara Steyn vor und baute der Frau eine letzte Brücke, bevor die Falle zuschnappen würde. »Möglicherweise gibt es etwas, das Sie vergessen haben, uns zu erzählen. Ein kleines Detail, etwas, das Ihnen völlig unwichtig erscheint, für uns aber von Interesse sein könnte.«

Ines Langmar schürzte die Lippen, schien zu überlegen, hob aber schließlich beide Hände. »Nein, da ist nichts, was mir noch einfiele. Alles so, wie ich gesagt habe.«

Grewe tauschte einen Blick mit Mara Steyn und seufzte. »Frau Langmar, es gibt einen Zeugen, der Sie in der Nacht, als

Ihr Mann vermutlich ermordet wurde, in Ihrem Wagen vor der Klinik gesehen hat.«

Für einen Moment herrschte Stille. Ines Langmar rang sichtlich um Fassung, was ihr einigermaßen gelang, dennoch entging einem geübten Auge nicht der Schrecken, der sich kurz in ihr Gesicht schlich. »Das kann nicht sein.«

»Der Nachtwächter sah Sie vor dem Gebäude parken«, setzte Mara Steyn nach. »Als er zu Ihnen hinüberging, fuhren Sie weg.«

»Da muss sich der gute Mann getäuscht haben. Das war ich nicht.« Ines Langmar deutete mit einem Nicken über die Schulter ins Haus hinein. »Ich war hier. Ich hatte Philip etwas gekocht, falls er später noch etwas essen wollte. Dann ...«

»Das haben Sie uns bereits alles erzählt«, sagte Grewe. »Wir wollen Ihnen ja gar nichts unterstellen. Es mag durchaus einen plausiblen Grund geben, dass Sie zur Klinik fuhren.«

»Was ich aber nicht tat. Ich habe hier auf meinen Mann gewartet. Wie eine treue Ehefrau das so macht.«

Hannah zuckte innerlich zusammen.

Eine treue Ehefrau.

Diese Worte brachten etwas in ihr zum Klingen. Die Rädchen in ihrem Hinterkopf griffen plötzlich ineinander.

Die anonyme Patientin.

Die treue Ehefrau.

Die ihrem Mann vor dessen Arbeitsplatz auflauert.

Natürlich.

Hannah ging zum Gartentisch hinüber. »Sie wussten von seinen Treffen, nicht wahr?«

Ines Langmar blickte verständnislos zu ihr auf. »Welche Treffen?«

»Die Termine, die Ihr Mann mit einer anonymen Patientin außerhalb der Klinik hatte.«

»Ich … weiß nicht, wovon Sie reden.«

»Lassen Sie das«, sagte Hannah. »Sie sind keine gute Lügnerin. Also verschwenden Sie nicht länger unsere Zeit.«

»Ich muss doch sehr bitten«, empörte sich Ines Langmar.

Henning Grewe wollte dazwischengehen, doch Hannah unterband es mit einer Handbewegung. »Dass der Nachtwächter Sie wegfahren sah, ist Ihr Glück. Denn ich halte es für ziemlich unwahrscheinlich, dass Sie anschließend zurückkehrten und Ihren Mann am Strand ermordeten. Wenn Sie das wirklich gewollt hätten, hätten Sie als seine Ehefrau wesentlich bessere Gelegenheiten gefunden.« Hannah machte eine kurze Pause. »Sie lagen vor der Klinik auf der Lauer, weil Sie Philip einer Affäre verdächtigten. Dabei sind es nicht Sie, Frau Langmar, für die wir uns interessieren, sondern diese anonyme Patientin, mit der Philip sich traf.«

Ein Anflug von Erleichterung trat in die Augen der Frau. Dann blickte sie zu Boden und nickte. »Stimmt, ich dachte wirklich, er trifft sich mit einer anderen …«

»Warum erzählen Sie uns die ganze Geschichte nicht von Anfang an?«, bat Henning Grewe.

»Es begann mit den Überstunden«, sagte Ines Langmar. »Nicht, dass Philip nicht schon immer viel gearbeitet hätte. Doch in letzter Zeit häuften sie sich. Er erklärte es mit der Beförderung, auf die er hinarbeitete. Und zunächst glaubte ich ihm das auch …«

»Aber?«, hakte Hannah nach.

»Dann ertappte ich ihn eines Tages. Er gab wieder vor, Überstunden zu machen. An dem Abend war etwas mit unserer Tochter. Sie verstauchte sich beim Vereinssport den Knöchel, und ich musste mit ihr zum Arzt. Ich wollte Philip kurz verständigen. Also rief ich in der Klinik und auf seinem Handy an. Doch ich erreichte ihn nicht.« Ines Langmar verzog den Mund, es war augenscheinlich, dass sie diese Erinnerung ungern hervorkramte. »Philip erklärte mir dann, dass er das Telefon abgestellt hatte, um sich zu konzentrieren. Doch aus seiner Assistentin bekam ich später heraus, dass er an jenem Abend einen aushäusigen Termin mit einer Patientin hatte.«

»Und warum machte Sie das argwöhnisch?«, fragte Hannah.

»Weil alle Patiententermine in der Klinik stattfinden. Philip machte nie Hausbesuche. Ich weiß nicht, ob das in seinem Metier überhaupt üblich ist.«

»Am Abend seines Todes dachten Sie, er würde sich wieder mit dieser Frau treffen.«

»Genau. Ich glaubte ihm nicht, dass er bloß Überstunden machen würde. Es war kurz nach neunzehn Uhr, als ich bei der Klinik eintraf. Bis dahin ging an jenem Tag sein regulärer Arbeitstag. Ich parkte gegenüber dem Eingang, wenige Meter weiter befindet sich die Ausfahrt des Parkplatzes. Ich wollte meinem Mann folgen, wenn er wegfuhr.«

»Da hatten Sie sich offenbar kein gutes Versteck ausgesucht«, bemerkte Mara Steyn.

»Nun, aus meinem Blickwinkel sah es aus, als würde man mich von der Klinik aus nicht gleich bemerken«, erwiderte Ines Langmar etwas schnippisch. »Verzeihen Sie, wenn meine Beschattungskünste offenbar zu wünschen übrig lassen.«

»Wie lange standen Sie dort?«, wollte Henning Grewe wissen.

»Etwa eine Stunde. Ich weiß es nicht mehr genau. Jedenfalls wurde mir irgendwann klar, dass Philip offenbar doch die Wahrheit gesagt hatte. Außerdem wurde es mir unangenehm, als der Nachtwächter herauskam und mich entdeckte. Ich fuhr davon.«

»Wissen Sie, mit wem sich Ihr Mann traf?«, fragte Hannah.

»Nein. Sie können sich vielleicht vorstellen, dass ich ein wenig herumgeschnüffelt habe. Philips Assistentin und ich kennen uns schon lange. Sie hat den Braten wohl gerochen, und wir unterhielten uns im Vertrauen. Unter Frauen. Auch sie tappte im Dunkeln, wusste nicht, wen er da traf und weshalb er keinerlei Aufzeichnungen über diese mysteriöse Person führte. Das Einzige, was sie mir sagen konnte, war, dass er die Frau regelmäßig traf.«

»Machte er vielleicht hier zu Hause Aufzeichnungen?« Mara Steyn ließ es wie eine laute Überlegung klingen.

»Nein, Philip brachte nie Arbeit mit hierher.« Ines Langmar hielt inne. »Wobei … da war dieser eine Abend. Er war kurz zum Abendessen heimgekommen, wollte dann noch einmal zum Arbeiten in die Klinik. Bevor er aufbrach, füllte er am Küchentisch ein Rezept aus. Das kam mir einigermaßen seltsam vor, da er so etwas sonst nie tat. Er meinte, er hätte es vergessen und würde es einem Patienten unterwegs in den Briefkasten werfen.«

»Wissen Sie noch, was das für ein Rezept war?«, wollte Hannah wissen.

»Irgendwelche Antidepressiva, sagte Philip. Deshalb war es wohl auch so wichtig, dass der Patient es zeitnah bekam. Allerdings glaube ich, dass das Rezept in Wahrheit für die unbekannte Patientin bestimmt war. Ich sprach nämlich am nächsten Tag mit seiner Assistentin, und sie versicherte mir, dass er an jenem Abend nicht mehr in der Klinik gewesen sei, um zu arbeiten. Ich nahm daher an, dass er sich wieder mit dieser Frau getroffen hatte.«

»Vielen Dank, dass Sie so offen zu uns waren.« Henning Grewe erhob sich. »Diese Person, mit der sich Ihr Mann traf, könnte wichtig für uns sein. Sollte Ihnen also noch irgendetwas einfallen, melden Sie sich umgehend bei uns.«

Ines Langmar stand auf und reichte ihm die Hand. »Das werde ich tun. Und … Entschuldigung.«

»Schon in Ordnung«, sagte er. »Wir verstehen, dass das ein Thema ist, über das man nicht gerne spricht.«

Grewe und Steyn ließen sich von Ines Langmar zur Tür führen, und Hannah folgte ihnen. Dabei begannen die Zahnrädchen in ihrem Hinterkopf sich wieder zu drehen und spuckten eine Warnung aus.

Das war zu leicht gewesen.

Natürlich hatte Hannah der Frau angemerkt, wie unangenehm ihr die ganze Sache war. Dennoch hatte Ines Langmar sich für ihren Geschmack etwas zu auskunftsfreudig gezeigt. Etwas in ihrer Art, ihrer Gestik, ihrem Tonfall stimmte nicht. Beinahe hatte sie ein wenig erleichtert gewirkt, dass sie auf dieses Thema zu sprechen gekommen waren und nicht auf ein anderes.

Denn natürlich gab es noch ein anderes Thema.

»Da wäre noch etwas«, sagte Hannah, als sie im Flur bei der Eingangstür ankamen.

Ines Langmar drehte sich zu ihr um, und ein gekünsteltes Lächeln erschien auf ihren Lippen. Es war klar, dass die Frau sie loswerden wollte, und zwar ohne weitere Fragen. »Gerne.«

»Das Gutachten, das Ihr Mann fälschte. Warum tat er das?«

Ines Langmar hob die Schultern. »Aber das habe ich Ihnen doch schon erzählt. Er tat es für die Familie, für meinen Bruder.«

»Er riskierte ziemlich viel dabei.«

»Und deshalb wollte er es ja auch anfangs nicht tun. Wie gesagt, es bedurfte einiger Überredung.«

»Frau Langmar, ich würde mich darüber gerne mit Ihrem Bruder unterhalten.«

»Dann tun Sie das. Soweit ich weiß, musste er Ihren Kollegen in Wismar bereits Rede und Antwort stehen …«

»Ich würde das gerne inoffiziell tun«, erklärte Hannah. »Ansonsten wird es reichlich kompliziert. Würden Sie mir seine Nummer geben?«

Ines Langmar zögerte kurz, nannte Hannah dann aber die Telefonnummer und Adresse von Klaus Baade, die sie sich notierte.

Dann verabschiedeten sie sich und gingen hinaus zum Auto.

Bevor sie einstieg, warf Hannah noch einmal einen Blick zu dem Haus. Ein makelloses Anwesen in bester Lage. In der Haustür die treue Ehefrau, die ihnen nachblickte. Oben im ersten Stock am Fenster die Tochter. Dazu ein gut dotierter Job in der Klinik, mit Aussicht auf Beförderung.

Hannah war sich ziemlich sicher, dass auf Philip dasselbe zutraf wie auf alle anderen Menschen, die sich in ähnlichen Situationen befanden.

Wer viel zu verlieren hatte, fing nicht plötzlich damit an, alles aufs Spiel zu setzen, Familienbande hin oder her. Da musste mehr sein, was ihn zu diesem gewagten Schritt bewogen hatte, da war sie sich sicher.

33

Auf der Wache herrschte am späten Nachmittag himmlische Ruhe. Klaus-Peter Diekfoß baute für die große Jubiläumsfeier ein Glücksrad aus Pappe und Holz zusammen. Sibert Hansen hatte Kopfhörer auf und die Füße halb auf seinem Schreibtisch geparkt. Mit der linken Hand dirigierte er die Computermaus. Was auch immer er da gerade tat, es hatte nichts mit der Arbeit zu tun, so viel verriet seine Reaktion, als Hannah mit Henning Grewe und Mara Steyn hereinkam. Hansen setzte sich kerzengerade auf, den Schreck im Gesicht, riss sich die Kopfhörer runter und stotterte: »Was … was gibt's?«

»Legen Sie sich wieder hin«, entgegnete Hannah und dachte: So viel zum Thema, dass Hansen mehr leistet als sein Kollege.

Tobby kam hinter Hannah hergetrottet, beschnüffelte die neue Umgebung und machte schließlich bei Diekfoß halt, den er mit neugierigem Blick musterte.

»Wen haben wir denn da?« Diekfoß bückte sich und strich dem Hund übers Fell.

»Tobby«, sagte Hannah.

»Ein ganz Feiner, was?« Diekfoß lächelte, als Tobby sich die Streicheleinheit gefallen ließ und als Dank seine Hand mit der Zunge abschlabberte. »Bringen Sie ihn jetzt öfter mit?«

Hannah zuckte mit den Achseln. »Weiß noch nicht. War

heute ein spontaner Einfall, ihn mitzunehmen. Ich wollte ihn nicht allein lassen.«

»Kenne ich, das Problem.« Diekfoß winkte ab. »Bei uns bleibt es immer an mir hängen.«

»Sie haben auch einen Hund?«

»Ja, einen Bernhardiner. Der ist allerdings definitiv zu groß für hier. Wobei die beiden dann Gesellschaft hätten.« Er schmunzelte. »Schade, dass wir sie nicht zu Polizeihunden ausbilden können.«

»Tja, leider die falschen Rassen und zu alt.« Hannah erwiderte das Lachen, deutete dann mit einem Nicken auf Constanzes Büro, das verwaist wirkte. »Sie ist nicht da?«

Diekfoß schüttelte den Kopf. »Hat sich krankgemeldet. Ging ihr nicht gut.«

»Kommt das eigentlich in letzter Zeit öfter vor?«

»Schon, ja.«

Hannah bohrte nicht weiter nach. Sie konnte sich vorstellen, warum ihrer alten Freundin die Leber drückte. Der neuerliche Bootsunfall, Philips Tod, dann auch noch Julian.

Dennoch machte sie sich allmählich Sorgen um Constanze. Sie erinnerte sich noch, wie sie damals seelisch unter den Ereignissen gelitten hatte, und wenn durch die neuerlichen Geschehnisse nun alles wieder hochkam …

Hannah hielt inne.

Da war etwas. Ein winziges Detail. Es steckte wie ein Splitter in dem Räderwerk ihrer Gedanken, eine Blockade, aber gleichzeitig auch eine Lösung, wenn man ihn herausgezogen bekam. Nur wollte ihr der richtige Ansatz nicht in den Sinn kommen. Dabei fühlte die Lösung sich so nahe an.

Grewe, der ihr hinterhergekommen war, holte sie mit einem Räuspern ins Hier und Jetzt zurück. »Wollen wir denn noch kurz sprechen?«

Weiter kam er nicht. Sein Smartphone klingelte. Er ging ran und trat ein paar Schritte zur Seite.

Das Gespräch dauerte nicht lange.

Diekfoß ging in der Zwischenzeit zu seinem Arbeitsplatz und holte eine Butterbrotdose aus dem Schreibtischcontainer. Er hielt Tobby eine Pfefferbeißerwurst hin. »Magst du?«

Der Hund ließ es sich nicht zweimal sagen und schnappte beherzt zu.

»Die Kriminaltechnik«, sagte Grewe, als er auflegte. »Die Ergebnisse der Untersuchung sind da. Weder die Handschrift von Fleming noch die von Langmar stimmen mit der auf dem Zettel überein.«

»Na prima«, meinte Mara Steyn und rollte mit den Augen. »Noch eine Sackgasse.«

Hannah freute sich insgeheim, dass noch ein weiterer Aspekt dafür sprach, Henry Fleming von der Liste der Verdächtigen zu streichen. Doch das behielt sie für sich.

»Darf man fragen, wie es allgemein so läuft?«, erkundigte sich Diekfoß.

»Was soll man sagen …« Grewe warf Hannah einen Blick zu.

»Scheiße«, sagte sie. Es half ja nichts, lange um den heißen Brei herumzureden. »Nichts passt zusammen. Nichts ergibt einen Sinn. Nichts hat als Theorie lange Bestand.«

»Dann waren es vielleicht doch zwei Unfälle«, schlug Diekfoß vor.

»Kann man nicht ausschließen«, meinte Grewe, »allerdings wäre das ein großer Zufall. Und Sie wissen ja, wie es sich mit Zufällen in unserem Metier verhält.«

Diekfoß nickte.

Hinter ihm stand Hansen auf und schlenderte mit einer Tasse in der Hand in Richtung Teeküche. Im Vorbeigehen fragte er: »Was ist denn mit dieser Mevius? War das nicht eine heiße Spur.«

»Schon lange nicht mehr«, antwortete Grewe.

»Ah, okay.« Hansen hob die Augenbrauen und verschwand dann in der Teeküche, wo gleich darauf der Kaffeeautomat anfing zu brummen.

»Wollen wir uns noch kurz besprechen?«, wiederholte Grewe seine Frage.

»Natürlich.« Hannah führte die beiden in Constanzes Büro, wo sie ungestört waren. Diekfoß übernahm dankenswerterweise die Aufsicht über Tobby.

Sie setzten sich an den Besprechungstisch und gingen noch einmal die heutigen und alle bisherigen Erkenntnisse durch, wogen ab, verwarfen, versuchten sich an alternativen Theorien, kamen am Ende aber doch immer zu demselben Schluss: Nichts, was sie in der Hand hatten, brachte sie einer Klärung der beiden Todesfälle näher.

Als Diekfoß und Hansen Feierabend machten, beschlossen auch sie, die Sache auf den morgigen Tag zu vertagen. In der Hoffnung, mit frischem Kopf und klaren Gedanken auf einen neuen Ansatz zu kommen.

Henning Grewes Gedanken galten allerdings schon wieder seiner Familie, denn er musste sich noch immer um eine Betreuung für seine kranken Kinder kümmern, da seine Schwiegermutter nicht mehr zur Verfügung stand.

Mara Steyn verabschiedete sich mit einem froh gelaunten Lächeln in den Abend, da sie mit ihrem Freund essen und danach ins Kino gehen würde. Hannah blieb schließlich mit Tobby allein zurück. Sie schloss die Wache ab und machte sich auf den Heimweg, wobei sie die ganze Fahrt über den Verdacht hatte, dass sie an diesem Abend die Einzige war, deren Gedanken noch immer um Philip und Julian Langmar kreisten.

Das Haus lag im Dunkeln, als sie dort ankam. Hannah stieg aus, ließ Tobby aus dem Kofferraum klettern und ging hinüber zur Eingangstür. Die untergehende Sonne tauchte den Himmel in dunkles Abendrot, der Wind fuhr sanft durch die Kronen der Bäume. Hannah steckte den Schlüssel ins Schloss und öffnete die Tür.

»Hallo?«, rief sie, als sie den Hausflur betrat.

Keine Antwort. Erst jetzt fiel ihr wieder ein, dass ihr Vater vermutlich noch mit Lenke Jakubetz unterwegs war.

Sie machte Licht, zog sich um und schmierte sich dann in der Küche ein Butterbrot, das sie mit hinaus in den Strandkorb nahm. Während sie aß, schaute sie Tobby dabei zu, wie er durch den Garten streunte.

Ihre Gedanken begannen wieder um den Fall zu kreisen und um das, was Henning Grewe über Carlotta Mevius gesagt hatte. War es nicht vielleicht doch zu früh, die Frau endgültig von ihrer Liste der Verdächtigen zu streichen? Mevius hatte kein echtes Alibi, nichts und niemand konnte ihre Aussage belegen. Wer wusste schon, ob sie nach ihrem Streit mit Philip wirklich nach Hause gefahren war und ihm nicht auf dem Parkplatz aufgelauert hatte? Sicherlich, auch wenn der Parkplatz neben der Klinik nicht beleuchtet gewesen war, es gab wesentlich bessere Orte, wenn man jemandem ans Leder wollte, Orte, an denen die Gefahr, gesehen zu werden, deutlich geringer war. Demnach sprach alles für eine Tat im Affekt, was wiederum zu der emotionalen Lage gepasst hätte, in der sich die Mevius befunden haben musste. Unklar blieb, wie sich die Auseinandersetzung an den Strand verlagert hatte. War Philip vor der Frau geflohen? Am Strand hatte sie ihn eingeholt und zu Fall gebracht, wobei er sich den Schädel einschlug? Eines stand für Hannah außer Frage: Mit ihrem beruflichen Hintergrund verfügte Carlotta Mevius zweifellos über die entsprechenden Fähigkeiten, einen Menschen zu überwältigen.

Hannah schluckte den letzten Bissen ihres Brots herunter, dann stand sie auf. »Tobby, ich muss kurz weg. Sei ein braver Junge.«

Was sie vorhatte, fiel nicht in ihre Befugnisse, und dem geregelten Vorgehen entsprach es schon gar nicht. Sie handelte aus einer Intuition heraus. Manchmal trug es unerwartete Früchte, wenn man sich die Menschen noch einmal vornahm. Zeitversetzt, mit einigem Abstand und überraschend, wenn sie eigentlich schon dachten, sie wären aus dem Schneider. Mit hängender Deckung.

Sie stieg in ihren Wagen und fuhr los.

Etwa eine Viertelstunde später parkte sie vor dem Haus in Dargetzow, in dem sich die Wohnung von Carlotta Mevius befand.

Hannah blieb noch einen Moment sitzen, unschlüssig, ob sie wirklich das Richtige tat oder einfach maßlos ihre Kompetenzen überschritt. Ihr Blick ging zweifelnd zu dem Haus hinüber, just in dem Moment, als sich die Tür öffnete und Carlotta Mevius herauskam.

Sie zog einen Helm an, setzte sich auf das Motorrad, das am Straßenrand vor dem Haus parkte, und fuhr davon.

Hannah ließ den Motor ihres Wagens an und folgte ihr.

An dem Motorrad dranzubleiben, war kein einfaches Unterfangen. Mevius schlängelte sich durch den Stadtverkehr an langsamen Autos vorbei und war ein paarmal schon so weit voraus, dass Hannah glaubte, sie verloren zu haben. Erst als sie Wismar hinter sich ließen und die Landstraße nahmen, wurde es einfacher. Mevius fuhr nach Gägelow und von dort weiter nach Zierow, wo sie den Strand ansteuerte.

Der Grund, weshalb sie herkam, war schnell ausgemacht. Überall am Wegesrand parkten Fahrzeuge. Ein Banner, das zwischen den Bäumen quer über die Straße gespannt war, wies auf den Anlass der Massenversammlung hin: *Beachclub Zierow. Letzte Party vor dem Winter!*

Carlotta Mevius hatte rasch einen Parkplatz für ihr Motorrad gefunden. Für Hannah war es nicht so einfach, die Reihen waren fest geschlossen. Dennoch hielt sie an und beobachtete aus sicherem Abstand, wie Carlotta Mevius von ihrem Motorrad abstieg und sich zu Fuß auf den Weg zum Strand machte. Als sie sicher sein konnte, dass die Frau sie nicht bemerkte, rollte Hannah weiter und stellte ihren Mini schließlich kurzerhand in die Einfahrt eines Privathauses. Die Bewohnerin schien bereits in Erwartung ungebetener Gäste auf der Lauer zu liegen und kam aus dem Haus. Hannah präsentierte ihre Dienstmarke und erklärte der Frau, dass sie dienstlich unterwegs sei. Als Nächstes versicherte sie der Frau, dass sie der Polizei einen großen Dienst erweisen würde, wenn Hannah den Wagen kurz dort stehen lassen könnte. Für alle Fälle ließ sie der Frau ihre Mobilnummer da.

Dann eilte sie Carlotta Mevius hinterher, die natürlich längst außer Sichtweite war, jedoch hoffte Hannah, dass sie sie schnell wiederfinden würde.

Der Beachclub bestand aus einigen Bretterbuden und -ständen, die man behelfsmäßig auf dem Strand aufgebaut hatte und an denen Getränke und Essen verkauft wurden. Der Geruch von Grillgut lag in der Luft, aus dicken Boxen wummerte Clubmusik. Vor den Ständen waren mehrere Reihen bunter Lampions gespannt, unter denen man es sich in Deckchairs gemütlich machen konnte. Etwas näher zum Wasser hin hatte sich eine tanzende Meute gebildet, die ausgelassen in die Nacht hinein feierte.

Hannah musste unwillkürlich wieder an den Sommer von 1993 denken und das Fest, das sie mit Gleichaltrigen auf der Insel Walfisch gefeiert hatte. Damals hatten sie sich mit ein paar

Wegwerfgrills und Kühlboxen begnügen müssen, und die Musik war aus einem batteriebetriebenen Gettoblaster gekommen. Ihre Laune und die Stimmung waren aber mindestens ebenso gut gewesen. Danach hatte sie nie wieder so unbefangen und ausgelassen gefeiert.

Sie bahnte sich den Weg durch die Menge und ließ den Blick über die Köpfe schweifen. Schließlich entdeckte sie Carlotta Mevius an einer Bude, an der Cocktails ausgeschenkt wurden.

Mevius hatte ein Glas mit weißer Flüssigkeit, Strohhalm und Kokosnussscheibe in der Hand. Sie unterhielt sich lachend mit einem Mann, der sich gerade ebenfalls einen Cocktail geben ließ.

Hannah kniff die Augen zusammen.

Das konnte doch nicht sein.

Oder etwa doch?

Sie musste näher ran.

Vorsichtig, damit die beiden sie nicht bemerkten, schob sich Hannah weiter durch die Menge und hinüber zum Grillstand, der direkt gegenüberlag.

Sie bestellte eine Bratwurst, während sie an der Bedienung und den anderen Gästen vorbei das Liebespaar mit ihren Cocktails beobachtete. Denn genau das waren sie, ein Liebespaar, daran bestand kein Zweifel. Die Art, wie sie miteinander schäkerten, die Blicke, die Carlotta Mevius dem Mann zuwarf, bis hin zu dem langen Kuss, den sie austauschten.

Schließlich packte Mevius ihren Begleiter am Arm und zog ihn mit sich zu den Tanzenden.

Hannah blickte den beiden einigermaßen verdattert nach. Womit auch immer sie gerechnet hatte, hiermit sicher nicht.

Vor allem eine Frage schoss ihr durch den Kopf: Seit wann war Carlotta Mevius schon mit Sibert Hansen zusammen?

34

Zu Hause erwartete sie ihr Vater am Küchentisch. Er hatte sich Bratkartoffeln mit Speck gemacht. Tobby hockte zu seinen Füßen und sah in der Erwartung zu ihm auf, dass mal wieder etwas für ihn abfiel. Hannah ging an den Kühlschrank, holte sich eine Flasche Pils, und trank einen großen Schluck.

»So schlimm?«, fragte ihr Vater.

»Wie man's nimmt.« Sie setzte sich zu ihm an den Tisch. »Jedenfalls brauche ich jetzt eine Gedankenbremse. Sonst dreh ich noch durch.«

»Dann muss ich dich leider enttäuschen. Wir haben etwas zu bereden.«

»Finde ich eine gute Idee.« Hannah stellte die Flasche auf dem Tisch ab.

Das Gesicht ihres Vaters lag halb im Schatten und halb im Schein der Hängelampe über dem Tisch, die sich seit Hannahs Kindheit an ihrem Platz befand und schon damals ein viel zu funzeliges Licht abgegeben hatte. Doch auch so konnte sie erkennen, dass sein Gesicht von der Sonne gerötet war und er einen deutlich muntereren Eindruck machte als noch in den ersten Tagen nach ihrer Ankunft.

»Der Ausflug mit unserer Nachbarin scheint dir gut bekommen zu sein«, stellte Hannah fest. »Vielleicht solltest du dir eine regelmäßige Beschäftigung zulegen. Oder ein Hobby.«

»Ich angele.«

»Eigentlich dachte ich da eher an geistige Stimulanz. Vielleicht etwas mit anderen Menschen.«

»Die treffe ich im Krügers.«

»Vielleicht versuchst du es mal mit Menschen in nüchternem Zustand …«

Ihr Vater gab ein Seufzen von sich. Er hob beide Hände, lehnte sich dann vor, sodass sein Gesicht vollständig im Lichtkegel erschien. »Hör zu, es ist lieb von dir, dass du dich um mich sorgst. Aber …«

»Du willst in Ruhe gelassen werden.« Hannah stützte sich auf die Ellbogen und blickte ihren Vater herausfordernd an. Ihr war klar, dass er sich auf seine alten Tage nicht in lieb gewonnene Gewohnheiten reinreden lassen wollte. Doch manchmal brauchte es einen kleinen Schubs.

»So ist es nicht.«

»Wie dann?«

»Ich weiß nicht, wie ich das sagen soll. Und wahrscheinlich verstehst du das auch gar nicht.« Er ließ den Kopf sinken. »Seit deine Mutter nicht mehr da ist … Es erscheint mir alles so sinnlos. Was soll ich noch hier?«

»Aber deshalb bin ich doch da. Du bist nicht mehr alleine.« Hannah griff über den Tisch und umfasste die Hände ihres Vaters, was ihm ein Lächeln abrang.

»Das ist schön. Aber es ist nicht mehr so wie früher.«

»Wie meinst du das?«

»Du bist erwachsen. Ich bin alt. Wir passen nicht mehr gut zusammen. Ein oder zwei Tage, ja, aber auf Dauer … Das Leben ist für mich nicht mehr wie früher. Mein Körper, mein Geist, alles wird jeden Tag ein bisschen weniger. Und ich werde nicht mehr gebraucht. Du, du hast noch viel vor dir.«

»Ich sehe da kein Problem. Ich helfe dir, wo ich kann …«

»Das ist es nicht. Ich brauche keine Altenpflegerin.«

Hannah hob die Schultern und ließ sie wieder sacken. »Dann sag mir, wo der Schuh drückt.«

»Es ist schwer, das in Worte zu fassen. Da ist etwas, schon sehr lange …« Er schüttelte den Kopf. »Nach diesem Unglück mit meinem Boot damals, als Dana Ringhoff starb. Ich habe mich immer wieder gefragt, warum ich lebe und dieses junge Mädchen sterben musste, obwohl sie doch noch das ganze Leben vor sich hatte.« Er deutete mit dem Zeigefinger zur Zimmerdecke. »Warum hat der alte Sack da oben nicht mich genommen? Irgendwann wurde es mir klar. Weil du da warst. Du brauchtest mich. Meine Familie brauchte mich. Aber jetzt bist du erwachsen. Deine Mutter ist nicht mehr da. Und es gibt keinen Grund mehr für mich, noch länger hier zu sein.«

Hannah biss sich auf die Unterlippe. Ihr war nicht entgangen, dass der Tod ihrer Mutter schwer auf ihm lastete, doch sie hatte sich keine Vorstellung gemacht, dass es so schlimm war.

Sicher, auch sie hatte ihren Lebenspartner verloren. Daher konnte sie absolut nachempfinden, wie es sich anfühlte, wenn der Mensch plötzlich nicht mehr da war, mit dem man sich ein Leben aufgebaut, mit dem man Kinder in die Welt gesetzt und durch dick und dünn gegangen war. Sie kannte die dunklen Stunden, wenn man abends alleine in dem Haus war, das zuvor noch eine Familie mit Mann und Kindern mit Leben gefüllt hatte. Auf einmal war da stattdessen nur noch Stille.

Doch vielleicht gab es zwischen ihnen beiden einen kleinen, aber entscheidenden Unterschied.

Sie hatte sich in die Arbeit stürzen können, und der Umzug nach Ostersande hatte ihr eine neue Perspektive gegeben.

Das konnte ihr Vater nicht.

Mutters Tod mochte ihm deutlich gemacht haben, dass auch sein Leben endlich war – oft schob man diesen Gedanken ja weit von sich, bis es jemanden erwischte, von dem man insgeheim gehofft hatte, er würde ewig leben. Für Vater gab es keinen neuen Lebensabschnitt, in den er sich flüchten konnte.

Hannah ließ den Blick nach unten schweifen. »Na ja, Tobby freut sich bestimmt über Gesellschaft.«

Ihr Vater kniff die Augen zusammen, funkelte sie an und brach dann in Lachen aus. Immerhin hatte er seinen Humor nicht verloren. Er wedelte mit dem Finger in ihre Richtung. »Der war nicht schlecht.«

»Du musst dir Zeit geben, Papa.«

Er schüttelte den Kopf. »Schau mich doch an. Sitze hier und lasse mich von dir bedauern. Dabei bist du genauso arm dran.«

»Tja.« Hannah lehnte sich zurück. »Hat auch eine Weile gedauert, bis ich Maltes Tod verdaut hatte. Und ehrlich gesagt … weiß ich nicht, ob ich wirklich drüber hinweg bin. Ich vermisse ihn. Besonders in den kleinen Momenten. Morgens, wenn das Bett neben mir kalt und leer ist …«

»Also, wenn es darum geht, können wir uns Tobby gerne teilen«, verpasste ihr Vater ihr eine Retourkutsche. »Tagsüber hält er mich bei Laune, und abends kannst du ihn dann gern als Wärmflasche haben.«

»Touché«, sagte Hannah.

»Dein Malte war ein netter Kerl. Ich hab ihn immer dafür bewundert, wie er sich um Inken und Nele gekümmert hat. Doch du solltest ihm nicht zu lange nachhängen. Behalt ihn in deinem Herzen, aber sei offen für das Leben. Du bist noch jung genug.«

»Für einen anderen, meinst du.«

»Ich weiß ja nicht, aber als ich in deinem Alter war … Ich denke, als Frau hat man doch auch seine Bedürfnisse.«

»Lalala.« Hannah hielt sich die Ohren zu. »Darüber will ich mit meinem Vater nicht reden.«

»Entschuldige.«

Hannah musterte ihn. »Wie wäre es, wenn wir einen Pakt machen?«

»Kommt drauf an.«

Ihr Vater verschränkte die Arme. »Und was schlägst du vor?«

»Wir versuchen, uns nicht gegenseitig auf den Keks zu gehen.«

»Wäre schon mal ein Anfang.«

»Ich helfe dir, nicht in Depression, Selbstmitleid und Alkohol zu versinken. Und du schaust zu, dass mir nicht der Spaß am Leben flöten geht und ich als runzlige Witwe ende.«

Ihr Vater überlegte einen Moment, nickte aber schließlich. »Einverstanden.«

Sie reichten sich die Hand.

»Gutes Gespräch«, meinte ihr Vater. »Aber eigentlich wollte ich mit dir über etwas ganz anderes reden.«

»Nämlich?«

»Unsere Nachbarin.« Er nickte in Richtung Ferienhaus.

»Lenke Jakubetz? Was ist mit ihr.«

»Ich war doch heute mit ihr mit dem Boot draußen«, erzählte ihr Vater. »Hab ihr ein paar Strände gezeigt. Wir sind bis nach Boltenhagen. Auf der Rückfahrt kamen wir an der Insel Walfisch vorbei …«

»Und?«

Ihr Vater machte ein nachdenkliches Gesicht. »Sie erkundigte sich nach dem Unglück.«

»Was?« Hannah war plötzlich hellwach. »Du meinst das Unglück, bei dem Dana ums Leben kam?«

»Ja«, bestätigte er. »Sie hat sich sogar explizit nach Dana

erkundigt. Wollte wissen, ob ich sie kannte und wie das alles passieren konnte.«

»Wusste sie, dass es unser Boot war, mit dem Dana, Constanze und Julian unterwegs waren?«

»Weiß ich nicht. Ich habe es ihr auch nicht auf die Nase gebunden.«

Hannah überlegte einen Moment.

Dass sich Jakubetz für das Unglück interessierte, war in der Tat ungewöhnlich. Es lag lange zurück, und natürlich hatte es hier in der Gegend Aufsehen erregt. Überregional hatte es aber lediglich eine kurze Meldung in den Nachrichten gegeben. Nichts also, woran sich die Menschen nach so vielen Jahren noch erinnerten.

Andererseits war die Frau Journalistin, die hier offenbar für einen Artikel oder eine andere Veröffentlichung recherchierte. Gut möglich also, dass sie sich über die Gegend kundig gemacht hatte und dabei auf die alte Geschichte gestoßen war.

Wobei sich damit die zweite Absonderlichkeit im Zusammenhang mit Lenke Jakubetz auftat. Vor seinem Tod hatte sie im Café Seeluft mit Julian Langmar zusammengesessen und sich lange mit ihm unterhalten.

Julian, der bei dem Unglück dabei gewesen war.

Dann ihr Vater, dem das Boot gehört hatte, mit dem es sich ereignet hatte.

Noch dazu wohnte sie in dem Ferienhaus von Constanze Grotewohl, die ebenfalls mit an Bord gewesen war.

Genau genommen waren es also drei Zufälle.

War es möglich, dass es noch einen ganz anderen Grund gab, weshalb Lenke Jakubetz sich hier in der Gegend aufhielt und sich derart für diesen lange vergangenen Unfall interessierte?

»Vielleicht sollte ich mich mit der Dame unterhalten«, schlug Hannah vor.

»Lass mal«, wiegelte ihr Vater ab. »Stochern wir besser nicht in Vergangenem herum. In ein paar Tagen zieht die Gute ohnehin wieder ihrer Wege.«

»Hat sie das gesagt?«

»Sie meinte, sie sei noch bis Mitte der kommenden Woche hier.« Er blickte auf seinen leeren Teller. »Hunger?«

»Ein bisschen.«

»Dann mach ich dir noch was.«

»Lieb von dir.«

Hannah stand auf, ging hoch in ihr Zimmer und holte ihren Laptop, mit dem sie sich im Wohnzimmer auf die Couch setzte.

Sie startete eine Internetsuche nach Lenke Jakubetz, die sie zunächst zu diversen Artikeln führte, die die Frau geschrieben hatte. Es handelte sich um Reisereportagen aus der ganzen Welt, meist gepaart mit persönlichen Geschichten der Menschen vor Ort. Außerdem fand Hannah ein Instagramprofil und einen Facebook-Account, auf denen Lenke Jakubetz von ihren Reisen berichtete. Sie postete Fotos von sich vor historischen Sehenswürdigkeiten, weißen Stränden oder bei einem guten Essen mit Tipps zu den besten Lokalen.

Hannah scrollte weiter durch den Feed, wobei sich bald private Postings unter die beruflichen mischten. Bei einem Foto, das drei Jahre zurücklag, hielt Hannah schließlich inne. Es zeigte Lenke Jakubetz neben einem älteren Herrn. Ihre Ähnlichkeit war unverkennbar, weshalb es der Erklärung in dem Posting nicht bedurft hätte: *Schaut mal, habe zufällig meinen Daddy in Palma getroffen!*

Das Gesicht des Mannes war braun gebrannt und hatte sich über die Jahre verändert, war nun von Falten durchzogen, außerdem hatte er inzwischen eine Glatze. Daher brauchte Hannah einen Moment, bis ihr aufging, dass sie ihn kannte. Ein Schauer lief ihr über den Rücken.

»Bitte schön.« Ihr Vater setzte sich mit einem Teller Bratkartoffeln mit Speck neben sie. »Willst du hier auf der Couch essen?«

Hannah erwiderte nichts.

Der Blick ihres Vaters wanderte zum Laptop. Er sah es schneller als sie. »Verdammich … Ist das nicht …?«

Hannah nickte. »Ja. Das ist er.«

Sie hatte nicht damit gerechnet, dieses Gesicht jemals wiederzusehen. Der Mann, neben dem Lenke Jakubetz auf der Terrasse eines Cafés in Palma de Mallorca saß und den sie als ihren Daddy anpries, war niemand anderes als der Vater von Dana Ringhoff.

TEIL 4

Das Geheimnis eines Sommers

35

Offenbar war es ein ereignisreiches Wochenende in Ostersande gewesen. Auf der Wache erwarteten Hannah am Montagmorgen ein halbes Dutzend eingehende Anrufe und Beschwerden. Darunter ein demolierter Gartenzaun, eine eingeworfene Fensterscheibe an der Grundschule, zwei Fälle von nächtlicher Ruhestörung, um die sich die Bereitschaft in Wismar gekümmert hatte, die aber der Nachbearbeitung bedurften, und eine gestohlene Kitesurfausrüstung beim örtlichen Verleih sowie ein zerkratztes Auto und weitere kleinere Probleme.

Ihr eigenes Wochenende war zum Glück weniger spektakulär verlaufen. Sie hatte Einkäufe mit ihrem Vater erledigt, das Haus mit Staubsauger und Putzlappen auf Vordermann gebracht und ein wenig Ordnung geschaffen. Gestern hatte sie dann mit ihrem Vater einen langen Angelausflug auf der Ostsee unternommen. Es war fast ein wenig wie früher gewesen, wenn sie ihn als Kind begleitet hatte. Am Abend waren sie müde und mit sonnengebräunten Gesichtern nach Hause gekommen, hatten sich den fangfrischen Fisch in der Pfanne gebraten und waren früh schlafen gegangen.

»Puh«, Constanze blies die Backen auf und lehnte sich im Stuhl zurück. »Warum können die Leute nicht einfach nachts schlafen?«

Sie saßen mit Diekfoß und Hansen am Konferenztisch in ihrem Büro.

»Die Probleme haben wir erst, seitdem die ganzen Touristen hier einfallen«, kommentierte Diekfoß.

»Die uns viel Geld bringen, ohne das unser schöner Ort wohl nicht so schön wäre«, hielt Hansen dagegen.

»So etwas wie beim Surfverleih«, machte Diekfoß weiter, »das hätte es früher nicht gegeben. Da konnte man hier die Haustür offen stehen lassen, ohne dass irgendwas geklaut wurde.«

»Damals?« Hansen rümpfte die Nase. »Du meinst, als der Erich hier noch das Sagen hatte? Stimmt, da haben sie keine Surfbretter weggeholt, sondern deine Nachbarn.«

Hannah schlug mit der flachen Hand auf den Tisch, etwas fester als beabsichtigt, denn ihre drei Kollegen fuhren erschrocken zusammen. Allerdings hatte sie nun deren ungeteilte Aufmerksamkeit. »Lassen wir den Blödsinn. So kommen wir nicht weiter.«

Das hier dauerte ihr entschieden zu lange. Diekfoß und Hansen hatten bislang jede Meldung ausführlich kommentiert, die Constanze auf den Tisch gebracht hatte, und das nicht in einer sachdienlichen Art und Weise. Constanze wirkte ihrerseits müde und abgeschlagen und irgendwie nicht ganz bei der Sache.

»Wir teilen uns auf«, ergriff Hannah die Initiative. »Hansen und ich nehmen die Schule, den Gartenzaun und den Kiteverleih. Constanze, du und der Kollege Diekfoß kümmert euch um die beiden Ruhestörungen, das zerkratzte Auto und den Rest.«

Von Hansen und Diekfoß erntete sie zustimmendes Nicken, von Constanze ein Lächeln, das Hannah als Dankeschön auffasste, dass sie kurz und bündig Ordnung in den Laden gebracht hatte. Wobei Hannah die Gelegenheit, die Zuständigkeiten zu vergeben, ganz zupassgekommen war, denn sie wollte gerne mit Hansen alleine sein.

Dennoch machte sie sich in Gedanken eine Notiz, in einer ruhigen Minute das Gespräch mit Constanze zu suchen. Ihr Zustand bereitete ihr allmählich ernsthafte Sorgen, nicht nur als Freundin, sondern auch als Kollegin. Denn egal, welche Probleme Constanze Kummer bereiteten, wenn sie negative Auswirkungen auf ihre Diensttauglichkeit hatten, stand Hannah als Wachleiterin in der Verantwortung.

Sie erhob sich, um sich ans Werk zu machen. Bevor es so richtig losgehen konnte, musste sie allerdings noch warten, bis Hansen sich einen Kaffee in der Teeküche gezapft hatte. Dann stieg sie mit ihm in den Streifenwagen und fuhr los.

Die eingeschlagene Fensterscheibe der Grundschule war schnell erledigt. Der Schulleiter hatte im betreffenden Zimmer einen Ball gefunden, was den Schluss nahelegte, dass Kinder auf dem Schulhof gespielt und das Fenster versehentlich zerschossen hatten. Eine reine Formalie, da die Schule den Schaden der Versicherung melden würde, und dazu gehörte es, die Sache ordentlich bei der Polizei zur Anzeige zu bringen und aufnehmen zu lassen.

Ihr nächster Fall, der demolierte Gartenzaun, kostete sie etwas mehr Zeit. Was daran lag, dass der Besitzer partout nicht einsehen wollte, dass die Chancen gering standen, denjenigen ausfindig zu machen, der für den Schaden verantwortlich war, nachdem es weder Zeugen noch verwertbare Spuren gab.

Nicht anders verhielt es sich bei ihrem letzten Stopp, der Kitesurfstation, die unweit der Seebrücke am Strand von Ostersande lag. Der Besitzer, ein junger Mann mit blonden Rastalocken und muskulösem Oberkörper, führte sie zu dem Verschlag, in dem er die Ausrüstung aufbewahrte. Die Tür war mit einem einfachen Hängeschloss versehen, was Hansen zum Anlass nahm, den jungen Mann über bessere Sicherungsmöglichkeiten aufzuklären. Überraschend war, dass lediglich eine einzige Montur abhandengekommen war, was den Schluss zuließ, dass es sich bei dem Dieb eventuell um einen Kunden handelte, der Spaß an der Sache gefunden hatte, allerdings davon absah, sich selbst eine entsprechende Ausrüstung anzuschaffen. Sofern derjenige nicht so blöde war, ausgerechnet hier vor Ostersande mit dem gestohlenen Equipment zu surfen, mussten sie davon ausgehen, dass er bereits über alle Berge war.

»Wir werden tun, was in unserer Macht steht«, erklärte Hannah zum Abschied. »Aber versprechen Sie sich lieber nicht zu viel.«

Hansen wollte schon wieder zurück zum Streifenwagen gehen, als Hannah ihn zurückhielt. »Wollen wir ein paar Schritte gehen?«

»Müssen wir nicht zurück auf die Wache?«

»Eine kleine Pause haben wir uns verdient.«

»Wenn Sie meinen.«

Sie gingen ein Stück den Strand hinunter, bis sie die Promenade hinter sich gelassen und einen Abschnitt erreicht hatten, wo sich keine Touristen mehr aufhielten.

Hannah nahm ein Stück Treibholz und schleuderte es in die Wellen. »Sagen Sie mal, Hansen, was haben Sie da eigentlich am Freitagabend getrieben?«

Er schaute sie verdutzt an. »Was meinen Sie?«

»Tun Sie nicht so. Sie waren im Beachclub. Mit Carlotta Mevius.«

»Woher wollen Sie das denn wissen?«

Hannah schmunzelte innerlich. Polizisten waren nicht unbedingt die besten Lügner. Die korrekte Antwort hätte gelautet: Mit der Frau habe ich nichts zu schaffen, wie kommen Sie auf so einen Quatsch?

Das ging wohl auch Hansen auf, weshalb er nachschob: »Natürlich war ich nicht mit ihr dort. Ich sagte doch …«

»Ich habe Sie mit ihr gesehen«, sagte Hannah.

»Sie …« Hansens Gesicht lief vor Empörung rot an. »Sie haben mich beschattet?«

»Nicht Sie. Sondern Carlotta Mevius.«

»Ich denke, sie wird nicht mehr verdächtigt.«

»Ich bin mir da noch nicht so sicher und wollte noch mal mit ihr reden.« Sie schenkte ihm ein Lächeln. »Immerhin leugnen Sie es nicht mehr.«

Hansen schluckte. »Nun ja …«

»Wie lange geht das schon?«

»Was meinen Sie?«, gab Hansen den Unwissenden.

»Sie und Mevius sind ein Paar«, sagte Hannah. »Und versuchen Sie gar nicht erst, mir etwas anderes weiszumachen.«

Hansen trat von einem Bein aufs andere und blickte auf das Meer hinaus. »Etwa ein halbes Jahr.«

»Sie kannten die Frau also schon, bevor sie eine Hauptverdächtige in einem Mordfall wurde«, vergewisserte sich Hannah.

»Ja.«

»Und aus welchem Grund erachteten Sie es als nicht für nötig, das zu erwähnen?«

Hansen setzte ein schiefes Lächeln auf. »Das ist doch wohl klar.«

Hannah wollte etwas erwidern, ließ es aber bleiben. Sie wusste, was Hansen meinte. Eine Offenbarung der Beziehung hätte ihm nur Scherereien eingebracht. An seiner Stelle hätte sie vielleicht ähnlich gehandelt.

»Wie haben Sie Mevius kennengelernt?«

»Durch meinen Schwager. Er arbeitet beim Amtsgericht und war in die Auftragsvergabe eingebunden, welches Unternehmen zukünftig die Sicherheit am Gericht übernimmt.«

»Ali Asaf Babacans Sicherheitsdienst …«

»Ganz genau. Eines Tages war ich mit meinem Schwager verabredet. Ich holte ihn im Gericht ab. Da waren Babacan und Carlotta gerade bei ihm.« Hansen machte ein unschuldiges Gesicht und zuckte mit den Schultern. »Ob Sie es glauben oder nicht, aber … das war Liebe auf den ersten Blick.«

»Meinen Glückwunsch. Kommt nicht alle Tage vor.«

»Carlotta hat nichts mit dem Tod von Philip Langmar zu tun, das müssen Sie glauben.«

»Sie können der Guten nicht zufällig ein Alibi für den Mordabend geben?«

»Nein«, sagte Hansen, »aber Carlotta ist nicht der Mensch, der so etwas tut.«

»Das haben schon viele behauptet.« Hannah schwieg einen Moment, als ein älteres Ehepaar an ihnen vorbeikam. Der Mann hatte einen Zettel in der Hand, auf dem offenbar eine Wanderroute aufgezeichnet war, und das anscheinend recht ungenau, denn er blieb stehen und erkundigte sich nach dem Weg. Hannah erklärte den beiden, dass sie den Strand noch einige Kilometer weiter runtergehen und dann in den Wald abbiegen konnten, um in einer großen Schleife nach Ostersande zurückzukehren.

Der Mann faltete den Zettel, schob ihn in seine Jackentasche und bedankte sich.

Hannah blickte dem Paar nach, wie es davonging. Ihr war ein Gedanke gekommen.

»Wenn Sie Carlotta Mevius schon so lange kennen«, wandte sie sich dann wieder an Hansen, »dann wussten Sie sicherlich von dem Unfall ihres Bruders und der Sache mit dem Gutachten.«

»Schon, ja«, lautete seine knappe Antwort.

»Wenn ich den Zettel, der bei Philip Langmar gefunden

wurde, mit Ihrer Handschrift abgleichen lasse, was kommt wohl dabei heraus?«

Hansen machte große Augen. »Nein, das war ich nicht!«

»Sie wussten, dass Carlotta den Verdacht hegte, Philip könnte das Gutachten gefälscht haben. Hat sie Ihnen auch die gestohlene Patientenakte gezeigt?«

Hansen nickte. »Ich hab ihr gesagt, dass sie sich da in etwas verrannt hat und sich in arge Probleme bringt … Sie müssen mir wirklich glauben.«

»Also wussten Sie von der Akte«, fuhr Hannah ihn an. »Ihnen ist schon klar, dass Sie ganz tief in der Scheiße stecken?«

»Natürlich …«

»Schön, also keine weiteren Ausflüchte.«

»Sie müssen es bitte für sich behalten, sonst …«

»Darüber muss ich mir noch Gedanken machen. Hängt auch ganz davon ab, welche Antworten ich bekomme.« Hannah bedachte ihn mit strengem Blick. »Der Zettel. Sie haben ihn Langmar untergejubelt. Fragt sich nur, zu welchem Zeitpunkt. War er schon tot?«

»Um Gottes willen, jetzt verdächtigen Sie mich nicht auch noch, ihn ermordet zu haben!«

»In die Lage haben Sie sich selbst gebracht.«

»Er lag tot am Strand, als wir dorthin gerufen wurden«, schwor Hansen.

»Trotzdem könnten sie die Notiz geschrieben und ihm zugesteckt haben. Auf die Weise käme die Kripo vielleicht auf die Spur und würde die ganze Sache mit dem gefälschten Gutachten aufdecken. Carlotta Mevius' Bruder würde doch noch Gerechtigkeit widerfahren. Hat ja dann auch gut funktioniert.«

Hansen hob abwehrend die Hände und machte ein Schulbubengesicht. »Wirklich, mein voller Ernst … Das. Habe. Ich. Nicht. Getan!«

Hannah fixierte ihn mit strengem Blick. Es klang aufrichtig, trauen konnte sie ihm aber nicht. »Etwas dagegen, wenn wir Ihre Handschrift mit der auf dem Zettel abgleichen?«

»Nein, absolut nicht.«

Hannah entspannte sich augenblicklich. Die Antwort war schnell gekommen. Hätte er wirklich die Notiz geschrieben, hätte er wohl versucht, sich irgendwie davor zu drücken.

Sie würde sich noch überlegen, ob der Schritt wirklich erforderlich war. »Aus welchem Grund sollte ich nun glauben, dass Carlotta Mevius und Sie nicht hingegangen sind und Philip Langmar wegen der Geschichte das Licht ausgeknipst haben?«

In einer entwaffnenden Geste hob Hansen die Hände. »Weil ich verdammt noch mal Polizist bin!«

»Und für Ihre Freundin legen Sie ebenfalls die Hand ins Feuer.«

»Allerdings.«

Hannah überlegte einen Moment, was sie tun sollte. Gegen Carlotta Mevius fehlte am Ende immer noch jeder harte Beweis, und bei Hansen verhielt sich das nicht anders. Viel sprach dafür, dass er die Wahrheit sagte.

»Ich neige dazu, die Sache einstweilen für mich zu behalten«, sagte sie schließlich. »Dann habe ich aber mächtig was gut bei Ihnen.«

Hansen nickte eifrig. »Aber selbstverständlich.«

»Das nächste Mal, wobei wir wohl beide hoffen, dass Sie sich nicht noch einmal derart in die Ecke manövrieren, erzählen Sie mir gleich die Wahrheit. Hat doch nicht wehgetan, oder?«

»Ich bin Ihnen wirklich dankbar.«

Sie machten sich auf den Weg zurück zum Streifenwagen.

Hannah hatte ihr Smartphone in der Mittelkonsole liegen lassen. In ihrer Abwesenheit hatte ihr Vater mehrere Male versucht, sie zu erreichen. Sie überließ Hansen das Fahren und startete den Rückruf.

»Kannst du vorbeikommen?«, hörte sie die Stimme ihres Vaters.

»Warum, was ist los?«

»Lenke Jakubetz ist hier bei mir«, erklärte er. »Bei ihr im Ferienhaus wurde offenbar eingebrochen.«

36

»Ich habe ein ganz bestimmtes System«, sagte Lenke Jakubetz. Hannah stand mit ihr in dem kleinen Zimmer, dessen Fenster in den Garten des Ferienhauses hinausging. Auf dem Schreibtisch unter dem Fenster lag der Laptop der Frau, rechts daneben ein Notizheft, und auf dem Boden befanden sich unzählige Ausdrucke in Klarsichtfolien.

Bei dem Raum handelte es sich um Constanzes altes Kinderzimmer. Wie viele Stunden hatte sie mit ihrer Freundin hier verbracht, die Chartshow im Radio auf Kassette mitgeschnitten, über Jungs gelästert und von ihnen geschwärmt, gemeinsam für Arbeiten gelernt …

Natürlich hatte sie Constanze von unterwegs aus informiert, schließlich war das hier ihr Haus. Sie würde bald eintreffen.

Hannah war mit Sibert Hansen direkt vom Strand hierhergefahren. Und zu ihrer Verwunderung hatten sie feststellen müssen, dass gar nichts gestohlen worden war. Lenke Jakubetz hatte lediglich festgestellt, dass sich etliche Dinge nicht an dem Platz befanden, wo sie üblicherweise hingehörten.

»Erklären Sie es mir«, bat Hannah.

Lenke Jakubetz deutete auf die Klarsichthüllen auf dem Boden. Sie waren in einer Reihe nebeneinander angeordnet. Darin befanden sich Ausdrucke von Artikeln, Webseiten und generellen Informationen über Wismar und die nähere Umgebung.

»Das ist alles Material für meinen Artikel. Ich ordne die Rechercheunterlagen immer nach der Abfolge der Themen, wie sie in meiner Geschichte später vorkommen.« Sie ging in die Hocke und deutete auf drei der Klarsichthüllen. »Die hier sind vertauscht, sie gehören eigentlich an eine ganz andere Stelle.«

»Und Sie haben das heute Morgen so vorgefunden?«

»Ja.«

»Sie sind absolut sicher, dass Sie die Unterlagen nicht aus Versehen selbst falsch sortiert haben könnten?«

»Ausgeschlossen. Ich bin da wirklich sehr penibel, weil ich sonst beim Schreiben völlig durcheinanderkomme.«

»Sie meinten, da wäre noch etwas.«

»Ja.« Jakubetz erhob sich, ging an den Schreibtisch und deutete auf die Kladde, die rechts neben dem Laptop lag. »Auch das hier gehört nicht dorthin. Ich lege das Notizbuch immer links neben dem Laptop ab, nicht rechts. Dort brauche ich den Platz für die Maus.«

Hannah runzelte die Stirn. »Und Sie könnten es nicht einfach in einem Moment der Unachtsamkeit dorthin gelegt haben?«

Jakubetz schüttelte den Kopf.

»In Ordnung«, sagte Hannah. »Und Sie haben das erst heute Morgen bemerkt.«

»Ja. Samstag war ich drüben in Schwerin. Gestern habe ich den ganzen Tag geschrieben. Als ich fertig war, habe ich alles ordentlich hingelegt, damit ich gleich heute Morgen weitermachen kann. Dann bin ich noch rüber in die Seeluft und habe eine Kleinigkeit zu Abend gegessen. Als ich mich heute Morgen frisch ans Werk machen wollte, habe ich festgestellt, dass hier etwas nicht stimmt.«

»Ist das denn alles«, fragte Hannah. »Ist sonst nichts gestohlen worden?«

»Nein. Mein Portemonnaie hatte ich ja bei mir, und ansonsten sind von mir keine Wertsachen im Haus, mal abgesehen von meinem Laptop, der den Einbrecher aber offenbar nicht interessiert hat.«

Tatsächlich fand sich hier nichts, was für einen Dieb von Interesse gewesen wäre, dessen hatte Hannah sich bereits versichert. Das Ferienhaus war wie alle seiner Art spartanisch-zweckmäßig eingerichtet. Im Grunde gab es hier nichts, was einen Einbruch lohnte.

Sibert Hansen schob sich hinter ihnen ins Zimmer. »Nichts, keine Einbruchspuren. Ich habe mir alle Türen und Fenster angesehen.«

»Vielleicht irgendwelche Fußabdrücke auf dem Boden?«

Er schüttelte den Kopf. »Nada.«

Damit blieb also lediglich der vage Verdacht von Lenke Jakubetz, dass in ihrer Abwesenheit jemand in das Haus eingedrungen und sich an ihren Unterlagen zu schaffen gemacht hatte.

Die wesentliche Frage lag daher auf der Hand.

»Können Sie sich erklären, weshalb sich jemand für Ihre Unterlagen interessieren sollte?« Hannah deutete auf die Klarsichthüllen auf dem Boden. »Ich meine, es handelt sich doch lediglich um Informationen über die Gegend. Sie betreiben hier ja keinen Enthüllungsjournalismus, oder?«

Hannah entging das kurze Zögern nicht, bevor Jakubetz antwortete: »Natürlich nicht. Ich verstehe es ja auch nicht. Vor allem … fühle ich mich hier jetzt nicht mehr sicher.«

»Hallo?« Constanzes Stimme kam von der Haustür.

»Wir sind hier«, rief Hannah und ging ihr entgegen.

Constanze kam ins Wohnzimmer, die Daumen in den Gürtel ihrer Uniform gehakt. Sie sah sich um. »Ich hatte mit Schlimmerem gerechnet …«

Hannah erklärte ihr kurz die Situation. »Wenn also wirklich jemand hier drin war, hat er keine Spuren hinterlassen.«

»Moment, nicht so schnell«, meinte Constanze. »Frau Jakubetz schließt also aus ein paar falsch sortierten Unterlagen, dass ein Einbrecher hier war?«

Hannah nickte. Mit gedämpfter Stimme sagte sie: »Sie hat offenbar eine sehr penible Art, ihre Sachen zu ordnen.«

»Da denkt man, man hat in den vielen Jahren schon alles erlebt …« Constanze machte ein verblüfftes Gesicht. »Bleibt also die Frage, wie jemand hier eingedrungen sein kann, ohne Spuren zu hinterlassen.«

»So ist es.«

Constanze seufzte. »Es gibt eine Schwachstelle. Von der braucht Frau Jakubetz allerdings nichts zu wissen, sonst schläft sie hier keine Nacht mehr ruhig.«

»Das tut sie wohl ohnehin nicht.«

»Komm mal mit.«

Constanze führte sie in den Keller und dort zu der Tür, die in den Garten hinausging. »Sie lässt sich nicht mehr abschließen. Ich will das schon lange beheben lassen.«

Die Tür hatte auf der Innenseite eine Klinke und nach außen einen Knauf, der eigentlich verhindern sollte, dass man sie von dort aus öffnete, selbst wenn sie nicht abgeschlossen war.

Hannah trat hinter Constanze ins Freie.

»Pass auf.« Constanze schloss die Tür. Dann packte sie den Knauf, hob die Tür leicht an und warf sich dagegen. Sie sprang mit einem metallischen Klacken auf.

»Den Trick muss man aber kennen«, meinte Hannah.

»Oder du nimmst dir die Zeit und probierst es aus.« Constanze hob die Hände. »Wäre meine einzige Erklärung, wie jemand ansonsten ohne Schlüssel reingekommen sein könnte.«

»Und später hat er die Tür dann einfach wieder zugezogen.«

»Zum Beispiel.«

»Was ist mit dem Schlüssel? Wie viele gibt es?«

»Jakubetz hat einen. Ich habe einen Reserveschlüssel.«

»Hast du den in letzter Zeit mal nachmachen lassen?«

»Nein. Das Schlüsselpaar existiert, seit meine Eltern noch hier gewohnt haben.«

»Also wäre das hier tatsächlich die einzige Möglichkeit gewesen, ohne einen sichtbaren Schaden zu hinterlassen.«

»So ist es«, bestätigte Constanze. »Hier sieht dich ja niemand. Und du weißt, dass die Kellertüren meistens die Schwachstelle bei einem Haus sind.«

Das stimmte, und das wussten leider auch die Leute, die von Berufs wegen in anderer Menschen Häuser einstiegen. Allerdings war damit noch immer nicht die für Hannah wesentliche Frage beantwortet. »Was denkst du, hat der Einbrecher hier gesucht?«

»Wertsachen, was sonst.«

»Aber es wurde nichts gestohlen, nicht mal etwas durchwühlt. Du weißt, wie das sonst nach einem Einbruch aussieht«, hielt Hannah dagegen. »Selbst wenn sie nichts finden, schauen sie überall nach und bringen alles durcheinander.«

»Vielleicht haben wir es mit einem besonders ordentlichen Dieb zu tun.« Constanze schmunzelte.

»Ach, komm schon, das bringt uns nicht weiter. Wenn jemand hier eingestiegen ist, hat er sich offenbar gezielt für die Unterlagen von Lenke Jakubetz interessiert. Die Frage ist doch, weshalb?«

»Ich würde eher sagen, die Frage ist: Ist wirklich jemand eingebrochen? Viel wahrscheinlicher scheint mir, dass die junge Dame Gespenster sieht.« Constanze setzte sich in Bewegung und ging voraus durch den Garten zur Vorderseite des Hauses. »Kannst du das hier zum Abschluss bringen? Ich muss mich um Dringenderes kümmern.«

»Klar.«

»Danke, dass du mir Bescheid gegeben hast.«

Hannah sah ihrer Freundin nach, wie sie mit dem Streifenwagen davonfuhr.

Sibert Hansen kam nach draußen. »Sind wir hier fertig?«

»Sie können schon mal zur Wache zurück«, sagte Hannah. »Ich würde mich gerne noch mit Frau Jakubetz unterhalten.«

Da war nämlich noch eine Sache, die sie nicht im Beisein ihrer alten Freundin klären wollte – aus Rücksicht, dass bei ihr wieder Erinnerungen an die schlimme Episode in ihrer Vergangenheit hochkamen.

Um eine angenehme Gesprächsatmosphäre zu schaffen, lud Hannah Lenke Jakubetz kurzerhand rüber zu sich auf einen Kaffee ein. Ihren Vater schickte sie auf eine Runde mit Tobby nach draußen. Dann machte sie ihnen beiden Kaffee und setzte sich zu der Frau an den Küchentisch.

»Vielen Dank für die Einladung«, sagte Lenke Jakubetz.

»Gerne.« Hannah tippte mit dem Kugelschreiber auf den Block vor sich auf dem Tisch. »Ist lästig, aber ich muss Ihre Angaben noch mal fein säuberlich festhalten, damit im Bericht später alles seine Ordnung hat.«

»Kein Problem.«

»Ich kann Ihnen im Gegenzug vielleicht ein wenig Futter für Ihre Geschichte geben.«

»Das ist immer willkommen.«

»Haben Sie etwas Bestimmtes im Sinn, das Sie interessiert?«

Jakubetz schob die Unterlippe vor. »Ich bin offen für alles. Im Moment sammele ich einfach, was mir unterkommt. Was dann später Einzug in die Geschichte findet, entscheide ich beim Schreiben.«

»Vielleicht etwas aus der Historie?«

»Sie meinen über Wismar? Das finde ich bei Wikipedia ...«

»Ich dachte eher an ein besonderes Ereignis aus der jüngeren Vergangenheit.« Hannah legte den Stift auf den Block. »Das Bootsunglück, bei dem Dana Ringhoff ums Leben kam.«

Lenke Jakubetz war im Begriff gewesen, einen Schluck zu trinken. Sie hielt in der Bewegung inne und musterte Hannah über den Rand der Tasse hinweg. »Wie kommen Sie darauf?«

»Sie haben meinen Vater danach gefragt. Ich war damals selbst in gewisser Weise daran beteiligt. Dana war eine Freundin von mir. Wenn Sie also wirklich daran interessiert sind, erzähle ich Ihnen darüber.«

Jakubetz stellte die Kaffeetasse ab. Argwohn lag in ihrem Blick. »Wie gesagt, ich weiß noch nicht, ob das für meine Geschichte wirklich wichtig ist. Aber grundsätzlich ... warum nicht.«

»Wissen Sie, es ist lange her, dass ich mit jemandem darüber gesprochen habe«, erklärte Hannah. »Es ist nicht leicht, also würde ich mich freuen, wenn Sie es mir Ihrerseits ebenfalls mit Offenheit danken würden.«

»Offenheit?«

»Ja, seien Sie ehrlich zu mir. Warum interessieren Sie sich wirklich für diese alte Sache?«

»Ich bin zufällig in einem Artikel darauf gestoßen.«

»Es könnte nicht vielmehr mit Dana Ringhoff zu tun haben?«

»Ich wüsste nicht, weshalb.« Jakubetz machte ein unschuldiges Gesicht. »In dem Artikel habe ich zum ersten Mal von ihr ...«

»Dana Ringhoff war Ihre Halbschwester.« Hannah beobachtete die Reaktion ihres Gegenübers. Lenke Jakubetz öffnete erstaunt den Mund und blickte sie sprachlos an. Weshalb Hannah erklärend nachschob: »Ich habe auf Facebook ein Foto von

Ihnen und Ihrem Vater gesehen. Ich kenne ihn noch von früher, als er mit Dana hier gewohnt hat. Wenn man es weiß, erkennt man auch die Ähnlichkeit zwischen Dana und Ihnen.«

Lenke Jakubetz lehnte sich in ihrem Stuhl zurück, betrachtete nachdenklich die Kaffeetasse, die sie in beiden Händen hielt, und meinte schließlich: »Bringt wohl nichts, es zu leugnen, oder?«

»Nein, absolut nicht.«

»Wo soll ich anfangen?«

»Mit Ihrem Vater«, sagte Hannah. »Ich weiß, dass er sich damals nach dem Unglück scheiden ließ und von hier wegging.«

»Er wollte nicht mehr in dieser Stadt leben, wo Dana ums Leben gekommen war. Er zog zurück nach Hamburg, heiratete nach einigen Jahren meine Mutter, nahm ihren Namen an, Jakubetz.«

»Dann kamen Sie zur Welt. Hat er mit Ihnen über Dana gesprochen?«

»Erst vor Kurzem. Er behielt das alles lange Zeit für sich. Meine Mutter weiß bis heute nichts davon.« Lenke Jakubetz hielt inne und atmete tief durch. »Er hat es mir mehr oder weniger auf seinem Sterbebett offenbart. Ich wusste bis dahin nicht, dass ich eine Halbschwester hatte.«

»Und das hat Sie nun hergetrieben?«

»Nein, oder ja, zum Teil. Ich arbeite wirklich an einer Geschichte über Wismar und Umgebung. Doch ich sah es auch als Gelegenheit, mehr über meine verstorbene Halbschwester zu erfahren …«

»Zum Beispiel von Julian Langmar?«

»Dem Bauunternehmer.«

»Dem toten Bauunternehmer. Wussten Sie, dass er mit Dana befreundet war, als Sie ihn ansprachen?«

Lenke Jakubetz schüttelte den Kopf. »Ich habe in einem alten Artikel gelesen, dass er und Constanze Grotewohl in das Unglück verwickelt und wohl Freunde von Dana waren.«

»Also ist es auch kein Zufall, dass Sie ausgerechnet in Constanzes Ferienhaus abgestiegen sind.«

»Doch, das ist es in der Tat. Ich habe erst hier in alten Zeitungen über das Unglück und die Beteiligten gelesen.«

»Worüber sprachen Sie mit Julian?«

»Über Dana und das Unglück.«

»Und was sagte er?«

»Was das Unglück betraf, bestätigte er, was ich in den alten Berichten gelesen hatte. Und über Dana …« Lenke Jakubetz seufzte erneut. »Er sagte mir, was für ein lieber Mensch sie gewesen und wie schade es sei, dass ich sie nicht kennengelernt hätte.«

»Was für einen Eindruck machte Julian auf Sie?«

Lenke Jakubetz hob die Schultern. »Ich weiß nicht. Irgendwie war er komisch drauf. Er wirkte fahrig und nervös, fast so, als wäre jemand hinter ihm her. Und seine Augen … ich glaube, er war auf Drogen.«

»Wo waren Sie in der Nacht, als Julian starb?«

»Hier im Ferienhaus. Ich habe gearbeitet.«

»Gibt es jemanden, der das bezeugen könnte?«

»Nein.«

Hannah stand auf. »Frau Jakubetz, wie lange bleiben Sie noch hier?«

»Ich werde übermorgen abreisen.«

»Dann bitte ich Sie, so lange hierzubleiben, bis wir die Sache klären können, und sich zu unserer Verfügung zu halten. Es dürfte wohl kein Problem sein, bei Constanze um ein paar Nächte zu verlängern.«

»Wenn es denn sein muss.« Lenke Jakubetz sah zu ihr auf. »Was ist mit dem Unglück? Sie wollten mir davon erzählen.«

»Werde ich auch. Ein andermal. Jetzt habe ich zu tun.«

Sie geleitete die Frau zur Haustür.

Als Hannah allein war, griff sie zu ihrem Smartphone. Sie war sich nicht sicher, ob diese Entwicklung etwas mit den beiden Todesfällen zu tun hatte. Bemerkenswert war es dennoch. Lenke Jakubetz war die Halbschwester von Dana Ringhoff. Sie kam hierher, suchte Kontakt zu den Menschen, die mit Dana und dem Unglück in Verbindung gestanden hatten. Wenig später waren zwei davon tot, und in Jakubetz' Ferienhaus wurde eingebrochen.

Außerdem hatte Hannah das sichere Gefühl, dass die Frau ihr noch längst nicht alles erzählt hatte. Wenn sie mit Julian gesprochen hatte, hatte sie dann auch Kontakt zu Philip Langmar gehabt?

Sie wählte die Nummer von Henning Grewe. Statt seiner nahm Mara Steyn den Anruf entgegen.

»Tut mir leid«, sagte sie. »Hier herrscht gerade Chaos. Ich bin bei Grewe zu Hause. Er hat keinen Aufpasser für seine Kinder gefunden. Wenn ich ehrlich bin, vergeht mir einmal mehr die Lust, jemals selbst so kleine Biester auf die Welt zu bringen.«

»Kann ich verstehen«, antwortete Hannah. »Kleiner Trost: Wenn es die eigenen sind, ist es halb so schlimm.«

Hinter ihr öffnete sich die Haustür. Ihr Vater kam mit Tobby herein.

Da hatte sie eine Idee.

»Bleiben Sie kurz dran«, sagte sie zu Mara Steyn – und an ihren Vater gewandt: »Papa. Ich glaube, ich habe einen neuen Job für dich. Du magst doch Kinder, oder?«

37

Tatsächlich liebte ihr Vater Kinder. Hannah erinnerte sich, wie er sich in ihrer Kindheit immer viel Zeit für sie genommen hatte. Jeden Abend hatte er ihr im Bett vorgelesen, dann die vielen gemeinsamen Ausflüge und wie er ihr das Bootfahren und Angeln beigebracht hatte …

Später wäre er auch gerne für seine Enkelinnen da gewesen, doch die räumliche Distanz hatte das verhindert. Hannah wusste, dass er insgeheim darauf hoffte, eines Tages Urgroßvater zu werden.

Tobby hatte ihm als Eisbrecher bei den Töchtern von Henning Grewe gedient.

Marika und Jule hatten sich gleich auf den Hund gestürzt, kaum dass Hannah und ihr Vater mit ihm zur Tür hereingekommen waren. Als gutmütiger und erfahrener Familienhund hatte Tobby die Streicheleinheiten klaglos über sich ergehen lassen.

Hannah hatte vorgeschlagen, noch einen Kaffee zu trinken und Grewe und Steyn über ihre neuesten Erkenntnisse ins Benehmen zu setzen, sowohl über Lenke Jakubetz als auch über ihr Gespräch mit Ines Langmar. So hatten die Kinder noch ein wenig Zeit, Vertrauen zu ihrem Vater zu fassen, bevor sie sich auf den Weg machten.

»Habt ihr Brettspiele?«, fragte ihr Vater die Kinder, wohl,

um sie zu beschäftigen und Tobby eine Verschnaufpause zu verschaffen.

»Au ja! *Mensch ärger dich nicht*«, riefen Marika und Jule wie aus einem Mund.

Da haben sich ja die Richtigen gefunden, dachte Hannah und erinnerte sich an die unzähligen Brettspielabende, die sie mit ihren Eltern früher verbracht hatte – wenn sie denn einmal nicht im Krügers Eck gewesen waren, wo eher Skat an der Reihe gewesen war.

»Also, ich fasse das mal zusammen«, sagte Henning Grewe, nachdem Hannah ihre Ausführungen beendet hatte. »Julian Langmar war damals in das Bootsunglück mit Dana Ringhoff verwickelt. Nun taucht deren Halbschwester auf, Lenke Jakubetz, und wenige Tage später liegt Julian Langmar tot in einem Betonbecken.«

»So ist es«, bestätigte Hannah, »und sein Bruder Philip stirbt ebenfalls unter höchst mysteriösen Umständen.«

Grewe verschränkte die Arme und warf kurz einen Blick über die Schulter zu den Kindern. Dann sagte er mit leiser Stimme: »Macht die Frau auf Sie den Eindruck einer Mörderin?«

»Nicht unbedingt. Dennoch ist es ein seltsamer Zufall, oder etwa nicht? Deshalb dachte ich, Sie sollten davon erfahren.«

»Danke«, erwiderte Grewe. »Ich weiß nicht, was wir daraus machen sollen. Ehrlich gesagt, würde ich aktuell lieber die Sache mit Klaus Baade weiterverfolgen. Sie haben die Adresse?«

»Ja, Ines Langmar hat sie mir gegeben.«

»Mir erscheint es in der Tat fraglich, weshalb Philip Langmar mit diesem gefälschten Gutachten ein derart hohes Risiko einging. Und ich stimme Ihnen zu, dass familiäre Gründe da vielleicht nicht alleine ausschlaggebend waren.«

»Dann sollten wir ihn uns vorknöpfen«, schlug Mara Steyn vor. »Kommen Sie mit?«

Hannah nickte. »Würde mich interessieren, was er zu sagen hat.«

»Prima«, meinte Grewe. »Ich statte derweil Ines Langmar einen weiteren Besuch ab. Wir treffen uns später auf der Wache wieder.«

»Was wollen Sie denn von der Frau?«, fragte Hannah.

»Sie hat sich heute Morgen auf dem Präsidium gemeldet und wollte mit mir sprechen. Offenbar ist ihr noch etwas zur Mordnacht eingefallen.«

Der mit Graffiti besprühte Schornstein der Wismaria, einer alten Malzfabrik, war schon von Weitem zu sehen. Die Ruine des ehemaligen volkseigenen Betriebs, der sich direkt am Mühlenteich an der Hochbrücke in Wismar befand, stand mit seiner historischen Industriearchitektur aus dem ausgehenden neunzehnten Jahrhundert unter Denkmalschutz. Daneben befand sich auf einer Freifläche die Hall of Fame Wismarer Graffitikunst, auf der das Sprayen offiziell erlaubt war.

Hannah rollte mit dem Streifenwagen in langsamer Fahrt daran vorbei, bis sie einige Hundert Meter weiter eine Wellblechgarage erreichten, die von einem Gitterzaun umgeben war. Zahlreiche Motorräder standen davor.

»Eine ganz feine Gegend«, murmelte Mara Steyn auf dem Beifahrersitz.

Hannah stoppte den Wagen und spähte durch die Frontscheibe. Auf dem Schild über dem Eingang der Garage stand in schwarz-orangefarbenen Lettern: *Schrauberhandwerk Baade Motorradservice.*

Sie stiegen aus und betraten die Werkstatt durch das große

Rolltor der Wellblechgarage. Es roch nach Öl und Benzin. Irgendwo dröhnte aus einem Lautsprecher Heavy Metal.

Ein stämmiger Mann in Unterhemd und Latzhose machte sich an einer Harley Davidson zu schaffen. Er hatte eine Glatze und einen langen grauen Bart. Seine muskulösen Oberarme waren mit Tattoos übersät. In seinem Mundwinkel hing eine halb abgebrannte Zigarette.

Er hatte sie offenbar nicht kommen hören.

»Klaus Baade?«, fragte Hannah mit lauter Stimme.

Der Mann sah zu ihnen auf. Er musterte sie einen Moment, bevor er sagte: »Sind Sie hier, um mich festzunehmen?«

»Das ist nicht unbedingt unsere Absicht. Könnten Sie die Musik ausmachen?«

Er holte ein Smartphone aus der Brusttasche seiner Arbeitshose, und wenige Sekunden später verstummte das E-Gitarren-Gejaule. »Ich habe mit Ihren Kollegen bereits alles besprochen. Und ich werde sicherlich keinen weiteren Ton ohne meinen Anwalt sagen.«

Hannah hatte erwartet, dass die Kollegen des entsprechenden Dezernats ihn bereits im Fall des gefälschten Gutachtens vernommen hatten.

»Darum geht es uns nicht«, erklärte Mara Steyn. Sie trat vor und zeigte ihm ihre Dienstmarke. »Zumindest nicht um die Fälschung des Gutachtens als solche.«

Baade legte den Schraubenzieher, den er in der Hand hielt, zur Seite und stand auf. Von einem Werkzeugschrank nahm er sich ein Handtuch und wischte sich die ölverschmierten Hände ab. »Ist mir egal, denn wie gesagt, ohne meinen Anwalt bekommen Sie keinen Ton aus mir raus.«

Hannah hörte ihm nur mit halbem Ohr zu. Ihr kam in den Sinn, dass hier etwas nicht stimmte. Beziehungsweise gab es einen Fehler in der Geschichte, die Ines Langmar ihnen über die schwierige Zeit erzählt hatte, die ihr Bruder angeblich rund um den Unfall durchgemacht hatte.

»Ihre Schwester erklärte mir, dass Sie Ihren Job verloren hatten und deshalb unter enormem Stress standen und unter Schlafmangel litten, als Sie diesen Verkehrsunfall hatten«, sagte Hannah. »Wie kommen Sie zu einer eigenen Werkstatt?«

»Ist schnell erklärt.« Baade legte das Handtuch beiseite und stemmte die Hände in die Hüften. »Ich baue mir das hier gerade erst auf. Die Schrauberei war schon immer mein Hobby und eine eigene Werkstatt mein Traum. Meine Brötchen habe ich aber lange Zeit als Staplerfahrer verdient. Die Firma hat leider Pleite gemacht. Da blieb mir nur noch das hier. Wenn Sie so wollen, hat das Schicksal mir einen Tritt in den Hintern gegeben, damit ich meinen Traum endlich verwirkliche. Allerdings habe ich das auch schon alles Ihren Kollegen erzählt.«

»Das tut uns schrecklich leid«, sagte Mara Steyn, »aber wir bearbeiten die Angelegenheit aus einer anderen Perspektive. Die Kollegen aus Wismar …«

»Warum hat sich Philip Langmar darauf eingelassen, das Gutachten im Gerichtsprozess für Sie zu fälschen?«, warf Hannah dazwischen. Sie fuhr der jungen Kollegin nicht gerne in die Parade, mit ein wenig Erfahrung konnte man allerdings sehen, dass Klaus Baade schnell dichtmachen würde. Wenn sie eine Chance haben wollten, dann mussten sie direkt auf den Punkt kommen.

Baade schürzte die Lippen. »Familienbande. Habe ich alles amtlich zu Protokoll gegeben.«

»Mag sein«, erwiderte Hannah, »allerdings reicht mir das nicht als Grund. Philip hatte viel zu verlieren. Weshalb sollte er sich auf so ein gewagtes Spiel einlassen?«

»Weil ich ihn nett darum gebeten habe. Und weil meine Schwester ein gutes Wort für mich eingelegt hat.«

»Schwachsinn.« Sie musste wohl deutlicher werden. »Philip ist tot, und wir können nicht ausschließen, dass er ermordet wurde.«

»Soll ich das etwa getan haben?«

»Nein. Aber falls sich herausstellt, dass Sie uns etwas vorenthalten, was eine Mordermittlung behindert, werden Sie noch größere Probleme bekommen, als Sie ohnehin schon haben. Besser wäre es für Sie, wenn Sie sich kooperativ zeigen würden. Auch hinsichtlich der Konsequenzen, die Ihnen wegen des gefälschten Gutachtens blühen.«

Nun hatte sie offenbar Baades Interesse geweckt. »Wie meinen Sie das?«

Hannah zuckte mit den Schultern. »Ich weiß ja nicht, was Sie zu erzählen haben. Aber wir können bei den Kollegen und der Staatsanwaltschaft ein gutes Wort für Sie einlegen. Und wer weiß, falls Ihr Beitrag für unseren Fall groß genug ist, wird man sich vielleicht überlegen, wie schwer man Ihren Verstoß wertet.«

»Das möchte ich schriftlich haben. Mein Anwalt ...«

»Den können Sie sich gerade mal an den Hut stecken«, sagte Hannah. »Sie reden mit uns und legen erst mal die Karten auf den Tisch. Dann sehen wir weiter.«

Baade schien zu überlegen. Dann zog er sich einen Rollhocker heran und setzte sich. Er massierte sich den grauen Bart. »Dieser Unfall ... das war ein schlimmes Missgeschick. Und es tut mir für den armen Kerl auch schrecklich leid. Ich meine, wenn ich könnte, würde ich ihm ja helfen ...«

»Für den Anfang hätte es wohl gereicht, wenn ihm vom Gericht der Schadenersatz zugesprochen worden wäre, der ihm zusteht«, merkte Mara Steyn an.

»Sie können mich gerne für einen schlechten Menschen halten. Aber mir steht finanziell das Wasser bis hier.« Baade hielt sich die flache Hand ans Kinn. »Sehen Sie es mir also nach, wenn ich mich um Schadenersatzzahlungen drücken wollte.«

»Sie wussten über Ihre Schwester, dass Philip Gutachten in solchen Prozessen erstellte«, sagte Hannah. »Also nutzten Sie das aus.«

»Die Idee, mich schuldunfähig zu schreiben, kam tatsächlich von meinem Anwalt. Dass ich auf Philip zugegangen bin, wusste er dann allerdings erst mal nicht.«

»Philip weigerte sich.« Und Hannah konnte gut verstehen, dass er das getan hatte. Baade machte nicht den Eindruck, als wollte man mit ihm Pferde stehlen. Jede Familie hatte ein schwarzes Schaf, um das alle am liebsten einen weiten Bogen machten.

»Ja, er bockte«, bestätigte Baade. »Allerdings ergab sich dann diese Sache …«

»Wollen Sie vielleicht etwas präziser werden?«, forderte Mara.

»Das ist zum Teil etwas Privates … zwischen meiner Schwester und Philip, und ich plaudere nicht gerne aus anderer Leute Nähkästchen. Wenn es also nicht weiter von Belang ist, wäre es nett, wenn Sie es gleich wieder vergessen.«

»Erzählen Sie einfach.«

»Meine Schwester verdächtigte Philip, eine Affäre zu haben.«

Mara Steyn seufzte. »Die anonyme Patientin. Ist nichts Neues, wissen wir bereits.«

»Soll ich Ihnen nun erzählen, was abgelaufen ist, oder nicht?«

»Verzeihen Sie.« Hannah hob die Hände und warf Steyn einen kurzen Seitenblick zu. »Weiter, bitte.«

»Ich stellte Philip jedenfalls zur Rede. So, wie gute Brüder das für ihre Schwester tun. Er rückte jedoch nicht raus mit der

Sprache. Mag sein, dass ich ein wenig grob wurde. Jedenfalls beteuerte er dann glaubhaft, dass er keine andere hätte und es sich um eine Patientin handeln würde, mit der er sich abseits der Klinik traf. Also hab ich gefragt, was die Heimlichtuerei dann sollte. Da meinte er, die Frau wollte einfach anonym bleiben.«

»Hat er Ihnen dafür einen Grund genannt?«

»Ja.« Baade nickte. »Ich kaufte ihm das nämlich nicht so leicht ab, bin ja nicht blöde. Philip nahm mir dann das Versprechen ab, mit niemandem darüber zu reden. Da sah ich meine Gelegenheit. Ich verlangte von ihm, dass er mir mit dem Gutachten half.«

»Sie erpressten ihn«, präzisierte Hannah.

Baade legte den Kopf zur Seite und schmunzelte. »In der Familie hilft man sich eben. Musste ich ihm nur klarmachen.«

»Die anonyme Patientin«, brachte Hannah das Gespräch wieder auf die Spur. »Warum traf er sich heimlich mit ihr?«

»Er meinte, es hätte berufliche Gründe bei der Frau. Genaueres sagte er nicht. Ihre Therapie durfte nirgendwo auftauchen, keine Akte, nichts.«

Hannah ging einen Schritt auf Baade zu. Sie hasste es, wenn man den Leuten jedes Wort einzeln aus den Rippen leiern musste. »Ihr Herr Schwager hat Ihnen nicht rein zufällig den Namen dieser Patientin verraten, oder?«

»Doch, hat er.« Baade lächelte stolz. »Ich lass mich ja nicht aufs Glatteis führen. Hab ihm gesagt, er muss schon Ross und Reiter benennen, sonst kann er ja alles Mögliche erfinden.«

»Und er konnte Sie überzeugen?«

»Philip traf sich mit einer Polizistin.« Hannah spürte, wie sich in ihrer Magengegend eine eisige Kälte ausbreitete. Baade fuhr fort: »Sie hatte wohl irgendein Trauma und brauchte Hilfe. Allerdings wollte sie nicht, dass ihre Dienstherren davon erfuhren. Was ja verständlich ist. Das habe ich ihm dann auch abgekauft.«

»Der Name der Frau?«

»Constanze Grotewohl.«

38

Hannah setzte in der Einfahrt der Motorradwerkstatt zurück und nahm denselben Weg, den sie gekommen waren. Auf Höhe der alten Fabrik hielt sie abrupt an.

»Tut mir leid«, entschuldigte sie sich bei Mara Steyn. »Ich brauche kurz frische Luft.«

Sie stieg aus und ging mit schnellen Schritten auf das Gelände der Ruine. Als ihr schwummrig vor Augen wurde, blieb sie stehen und stützte die Hände auf die Knie. Kurz hatte sie das Gefühl, sich übergeben zu müssen.

Hannah holte tief Luft und versuchte, sich zu beruhigen.

Ihr schwirrte der Kopf.

Wenn es stimmte, was Klaus Baade sagte, dann war also Constanze die anonyme Patientin, mit der Philip sich regelmäßig getroffen hatte.

Was bedeutete das?

Erst mal gar nichts.

Hannah richtete sich wieder auf. Der Schweiß stand ihr auf der Stirn. Die Sonne brannte auf den Asphalt vor der Fabrikruine aus rotbraunen Backsteinen. Die leeren Fenster des Gebäudes wirkten wie Dutzende lebloser, hohler Augenhöhlen. Der Wind wirbelte Staub auf, der leise gegen ihre Hosenbeine prasselte.

Es ergab sogar Sinn.

Ines Langmar hatte beobachtet, wie ihr Mann ein Rezept über Psychopharmaka ausgestellt hatte, bevor er mutmaßlich zu einem Treffen mit seiner ominösen Patientin aufgebrochen war. Hannah konnte sich vorstellen, dass es für Constanze bestimmt gewesen war.

Das neuerliche Bootsunglück im Ostersander Hafen hatte das alte Trauma bei ihr wachgerufen. Constanze hatte ihr das sogar mehr oder weniger bestätigt. Schlaflose Nächte, Fahrigkeit, Angstzustände. Deshalb hatte sie in den vergangenen Tagen auch einige Mal früher die Wache verlassen und sich krankgemeldet.

Hannah erinnerte sich an die Zeit nach dem Unglück und nach Danas Tod. Constanze hatte sich auch damals in psychiatrische Behandlung begeben müssen. Sie hatte unter Panikattacken gelitten, denen nur mit Medikamenten beizukommen gewesen war. Damals hatte man über solche Dinge nicht so offen und selbstverständlich gesprochen wie heute. Doch Constanze hatte sich Hannah anvertraut. Gut möglich also, dass sie sich nun wieder in einer solchen Lage befand.

Wobei es an sich nichts Ungewöhnliches war, dass auch Polizisten einmal psychologischer Hilfe bedurften. Im Dienst gab es unzählige Situationen, die einen geistig an die Grenzen trieben oder schlicht überforderten. Unfälle, Schwerverletzte, Leichenfunde … die Liste war lang, und man musste es zum Glück nicht mehr als Schande oder Schwäche empfinden, wenn man mit so etwas nicht alleine klarkam. Gerade dafür gab es die Polizeipsychologen.

Doch Hannah konnte sich gut vorstellen, warum Constanze diesen Weg nicht gegangen war.

Einerseits wegen der Lage, in der sich die Ostersander Wache befand. In einem solch kleinen Ort verbreiteten sich Nachrichten schnell. Hannah konnte sich das Getratsche lebhaft vorstellen, wenn auf irgendeinem Weg herauskäme, dass die hiesige Polizeichefin zum Seelenklempner musste. Zudem stand die Wache unter Druck. Man suchte Einsparpotenziale oder auf gut Deutsch nach einem Anlass, die Wache dichtzumachen. Eine Leiterin mit psychischen Problemen könnte ein solcher sein.

Andererseits war da die persönliche Ebene, und das war etwas Tiefergehendes. Hannah wusste, dass es Constanze nicht viel anders erging als ihr selbst. Sie hatten nie offen darüber geredet, doch wenn man so lange befreundet war, brauchte man das auch nicht. Constanze gab sich mindestens ebenso die Schuld für das, was geschehen war, wie Hannah selbst. Und diese Schuldgefühle waren der eigentliche Kern ihres Traumas, nicht nur die Bilder des Unglücks, die sich in ihr Gedächtnis eingebrannt hatten.

Natürlich konnte man so etwas behandeln.

Aber darüber mit dem Polizeipsychologen reden?

Hannah konnte verstehen, dass Constanze sich offenbar lieber andere Hilfe gesucht hatte. Ihren alten Freund Philip Langmar. Dass dieser Karriere in der psychiatrischen Klinik gemacht hatte, war ihr ganz sicher nicht entgangen.

Der Weg zu ihm war kurz.

Philip half Constanze augenscheinlich, indem er ihr Medikamente verschrieb und sich regelmäßig mit ihr traf.

Aber weshalb diese Treffen?

Weil Psychopharmaka keine Smarties waren. Schon allein aus medizinischer Sicht musste Philip sicherstellen, dass das Mittel Constanze gut bekam und sich keine unerwünschten Nebenwirkungen einstellten. Und sicherlich wollte er mit ihr sprechen, um ihr Problem angemessen behandeln zu können.

Vermutlich bestand Constanze darauf, nicht in seiner offiziellen Sprechstunde auflaufen zu müssen, schon gar nicht in der Klinik. Deshalb trafen sie sich an einem anderen Ort, und Philip sorgte dafür, dass ihr Name in keiner Akte und keinem System auftauchte.

Ja, das machte alles Sinn.

»Geht es denn?«, fragte Mara Steyn von hinten.

Hannah drehte sich langsam um. Die Kollegin kam mit besorgter Miene auf sie zu. »Ist schon gut. Ich brauchte wirklich nur kurz etwas frische Luft.«

»Kann ich wohl verstehen. Ziemlicher Hammer, das.«

»Es gibt sicher eine Erklärung.« Hannah wollte Steyn nicht Constanzes Probleme offenlegen, nachdem diese sich derart um Geheimhaltung bemüht hatte, dazu gab es auch keinen Grund. Was Mara Steyn aber wohl anders sah.

»Ja«, sagte sie und betrachtete die Fabrikruine mit nachdenklicher Miene. »Stellt sich nur die Frage, ob das irgendwie mit den beiden Todesfällen zusammenhängen könnte?«

39

Auf der Wache erwartete sie hoher Besuch. Eine schwarze Mercedes-Limousine parkte auf einem der Stellplätze vor dem alten Haus im Herzen von Ostersande. Der andere Streifenwagen schien unterwegs zu sein, sodass Hannah den freien Parkplatz nehmen konnte.

Klaus-Peter Diekfoß unterhielt sich an der Theke im Empfangsbereich mit einem älteren Herrn. Er unterbrach das Gespräch kurz und nickte in Richtung von Constanzes Büro.

»Der Bürgermeister«, sagte er. »Und sein potenzieller Nachfolger.«

»Wegen der Jubiläumsfeier?«, fragte Hannah.

»Nicht nur. Sie wollen sich erkundigen, wie wir mit den beiden Toten vorankommen.«

Hannah nickte. »Hat Henning Grewe sich hier gemeldet?«

»Nein.«

»Hansen?«

»Ist unterwegs zur Verkehrserziehung im Kindergarten.«

Hannah klopfte auf die Theke. »Dann halten Sie hier mal weiter die Stellung.«

Sie ging mit Mara Steyn im Schlepptau hinüber zu Constanzes Büro. Als sie die Tür öffnete, kamen ihnen Rauchschwaden entgegen. Der Bürgermeister saß mit Constanze am Besprechungstisch und schien das Privileg zu genießen, hier eine Zigarette rauchen zu dürfen. Obwohl Constanze selbst nicht rauchte, wunderte es Hannah nicht sonderlich, dass es ihr wohl nichts ausmachte. Sie waren beide noch in einer Zeit aufgewachsen, als die Welt nur aus Zigarettenqualm zu bestehen schien. Die Erwachsenen hatten sie als Kinder ohne Rücksicht vollgequalmt, wo es nur ging. Wohnzimmer, Küche, Auto, Kneipe – Hannah konnte sich an keinen Raum erinnern, in dem sie damals nicht beinahe einen Erstickungsanfall erlitten hätte.

Der Bürgermeister war ein untersetzter Mann, der Hannah unwillkürlich an Winston Churchill erinnerte. Er trug einen Anzug, hatte eine Glatze und eine kleine Stahlgestellbrille, die auf seiner Nasenspitze saß.

Ihm gegenüber saß Georg Grotewohl. Hannah konnte sich vorstellen, dass er als schärfster Konkurrent des Bürgermeisters im Wahlkampf gerne ebenfalls auf dem Laufenden bleiben wollte, was die Todesfälle anging. Mittlerweile hatte sich in Ostersande ohne Frage herumgesprochen, was geschehen war, und die Bürger stellten den beiden Fragen.

Der Bürgermeister, Constanze und ihr Mann erhoben sich.

»Darf ich vorstellen«, sagte Constanze, »meine neue rechte Hand, Hannah Bülow.«

Hannah ergriff die Hand, die der Bürgermeister ihr entgegenstreckte.

»Hauke Brunke«, brummte er, »freut mich.«

»Mich ebenfalls«, erwiderte Hannah.

»Und das ist die Kollegin Mara Steyn von der Kripo Wismar«, ergänzte Constanze.

Der Bürgermeister reichte auch ihr die Hand.

»Ihr kommt gerade im rechten Moment«, meinte Constanze. »Herr Brunke möchte sich über den Fortgang der Ermittlungen in den beiden Todesfällen erkundigen.«

»Was mich ebenfalls interessiert«, schob Georg nach.

»Wie ich hörte, unterstützen Sie die Kollegen der Kripo«, sagte Brunke, während er sich wieder hinsetzte.

»So weit mir das möglich ist«, antwortete Hannah.

»Tatsächlich ist sie uns eine große Hilfe.« Mara Steyn setzte sich an den Tisch. »Ich glaube, ohne die Wache hier in Ostersande wären wir noch nicht so weit gekommen.«

Hannah nahm ebenfalls Platz.

»Du bist näher dran«, meinte Constanze. »Willst du berichten?«

»Kann ich gerne machen.« Hannah warf Steyn einen fragenden Blick zu, da dies normalerweise ihre Aufgabe gewesen wäre. Doch die junge Kollegin hatte wohl verstanden, dass dies eine Chance war, ein wenig Werbung für die Wache zu machen. Also kam kein Widerspruch von ihr.

Hannah erklärte dem Bürgermeister und Georg, dass die Ermittlung noch in vollem Gange sei, sie also noch keine endgültigen Aussagen treffen konnten, und verpflichtete ihn, alle Informationen für sich zu behalten. Dann berichtete sie von den Verdachtsmomenten, die sich rund um Carlotta Mevius, Henry Fleming und Martin Brüggemann ergeben hatten. Den Teil mit der anonymen Patientin und dass sie ihre Identität ermittelt hatten, ließ sie unter den Tisch fallen. Sie hatte mit Mara Steyn vereinbart, darüber lediglich mit Henning Grewe zu sprechen, Constanze selbst sowie anderen Kollegen davon aber nichts zu erzählen. Natürlich würde das irgendwann rauskommen, und Hannah war sich bewusst, dass dies gewisse Konsequenzen für ihre Freundschaft und Constanzes Vertrauen ihr gegenüber haben könnte. Doch so, wie sich die Dinge entwickelten, war das vielleicht ohnehin unvermeidbar.

»Also ist weiter unklar, ob es sich um tragische Unfälle oder Morde handelt«, schloss der Bürgermeister.

»So ist es.«

»Hm«, brummte Brunke und rückte sein Jackett zurecht. Seine nächste Frage ging an Mara Steyn: »Was denken Sie, wie lange die Kripo sich noch mit dem Fall befassen wird?«

»Sie meinen, falls wir nicht bald neue Erkenntnisse zutage fördern?« Steyn hob die Augenbrauen. »Schwer zu sagen. Es ist ja eben auch nicht eindeutig, dass es Unfälle waren. Daher ... wenn sich keine eindeutige Spur ergibt, könnten die beiden Tode auch zu den ungelösten Fällen wandern.«

»Das ist mir klar.« Brunke klang ungeduldig. »Aber reden wir von Tagen, Wochen oder Monaten?«

»Allenfalls Wochen. Wie gesagt, hängt es davon ab, ob sich zeitnah neue Spuren ergeben.«

»Haben wir einen bestimmten Grund für die Eile?«, fragte Hannah.

»Bislang haben sich die Medien nicht sonderlich dafür interessiert, und auch auf Social Media hat es nicht die Runde gemacht«, erklärte der Bürgermeister. »Ich hätte gerne, dass es so bleibt. Wäre schade, wenn schlechte Presse uns die letzten Wochen der Saison verhagelt.«

»Natürlich.« Hannah lächelte süffisant. Warum wunderte es sie nicht, dass der Mann nur das Geschäft und die öffentliche Meinung im Sinn hatte.

Die Tür des Büros wurde geöffnet.

Klaus-Peter Diekfoß steckte den Kopf zur Tür herein. »Bitte, die Unterbrechung zu entschuldigen. Doch ich bräuchte mal Hilfe.« Er blickte Hannah bedeutungsschwer an.

Sie tauschte einen Blick mit Constanze und erhob sich dann. »Die Kollegin Steyn kennt sich ja ebenfalls bestens aus.«

Sie folgte Diekfoß hinaus zum Empfangstresen.

»Was gibt es denn?«, fragte sie und hoffte, dass er einen guten Grund gehabt hatte, sie aus der Besprechung zu ziehen.

»Die neuen Dienstpläne.« Diekfoß hatte sie ausgedruckt auf den Tresen gelegt. »Die stimmen vorne und hinten nicht.«

Hannah hatte weder Lust noch Zeit, sich die Tabellen im Detail anzusehen. »Die Kurzfassung, bitte.«

»Die Dienstzeiten von Kollege Hansen und mir überschneiden sich in den Früh- und Spätstunden einige Male, so wird das nicht funktionieren. Und Ihre sind noch gar nicht genau eingeplant. So können wir das auf keinen Fall nach Wismar weitergeben.«

Hannah verstand das Problem. Als besonders kleine Wache wechselten sie sich in den frühen Morgen- und Abendstunden ab, damit auf der Wache eine möglichst lange Präsenz sichergestellt werden konnte. Einen Nachtdienst konnten sie natürlich nicht leisten, diese Zeit übernahmen die Streifenkollegen vom Präsidium in Wismar. Dazu benötigten sie allerdings auch die genauen Dienstpläne von Ostersande, damit geregelte Übergaben stattfinden konnten.

»Constanze hat die Pläne erstellt?«, vergewisserte sich Hannah.

Diekfoß nickte mit betretener Miene. Es war ihm augenscheinlich unangenehm, die Schludrigkeit der Chefin aufgedeckt zu haben. Dennoch ging Hannah ihrem Impuls nach, an der Stelle weiterzubohren, besonders nach dem, was sie über ihre alte Freundin heute Morgen erfahren hatte. »Ist so etwas in letzter Zeit öfter vorgekommen?«

»Sie meinen, dass der Kollegin derartige Fehler unterlaufen?«

»Genau.«

»Nun ja …«, druckste Diekfoß herum.

»Dafür wird Ihnen niemand den Kopf abreißen. Ich muss wissen, woran ich bin, und dazu gehört auch, meine Chefin vor ihren eigenen Fehlern zu schützen. Besonders, wenn es ihr nicht gut geht. Also, Butter bei die Fische.«

»Es ist schon so, wie Sie sagen. In den vergangenen Wochen, ja, fast schon seit ein, zwei Monaten, da häufen sich die Fehler.«

»Haben Sie eine Ahnung, weshalb?«

»Ich bin mir nicht sicher, aber wenn ich so zurückdenke, hat das alles mit dem Bootsunglück angefangen. Das war ja auch wirklich keine schöne Sache.«

»Erzählen Sie mir davon.«

»Sie kennen doch schon den Bericht.«

»Sie haben ein Auge für Details«, schmierte Hannah ihm Honig um den Bart. »Ich würde es gerne noch einmal von Ihnen hören.«

»Nun ja, wir waren alle drei hier auf der Wache, als der Anruf reinkam.« Diekfoß erzählte, wie sie vor einigen Wochen in den Hafen gerufen wurden und welch schreckliches Bild sich ihnen dort mit den Brandopfern und einer Toten geboten hatte. »Die Kollegin Grotewohl war richtig schockiert. So etwas hatte auch ich selbst noch nicht mitgemacht. Sie wirkte richtig apathisch, konnte vor Ort den Dienst nicht mehr ausführen und brach uns mehr oder weniger zusammen. Ich brachte sie erst mal in den Streifenwagen und sorgte dafür, dass sich jemand um sie kümmerte.«

»Sie meinen die Sanitäter vor Ort.«

»Ja, sie gaben ihr ein Beruhigungsmittel. Sie nahm sich dann erst mal ein paar Tage frei.«

»Wissen Sie, ob sie sich danach noch weitere Hilfe suchte?«, wollte Hannah wissen.

»Nein. Sie nahm den Dienst wieder auf. Aber mir scheint, so richtig hat sie sich davon noch immer nicht berappelt.«

»Was ist mit Medikamenten?«

Diekfoß lugte über Hannahs Schulter hinweg zu Constanzes Büro und flüsterte dann: »Tatsächlich. Ich habe sie einmal morgens in ihrem Büro beobachtet, wie sie etwas schluckte, und dann noch mal in der Teeküche. Hab aber nichts gesagt und so getan, als hätte ich nichts gesehen. Wobei ich mir ziemlich sicher bin, dass das neu ist, ich hab sie vorher noch nie etwas einnehmen sehen.«

»Hat sie mit Ihnen oder Hansen noch mal über das Unglück gesprochen und wie es ihr damit ging?«

»Nein. Hansen hatte seinen Bericht ja auch schon lange fertig und wartete darauf, dass die Kollegin Grotewohl ihn absegnete. Doch das tat sie nicht. Sie ließ die Sache liegen ...«

»Weil sie sich all die schrecklichen Details nicht noch einmal vor Augen führen wollte.« Hannah sah ihren Verdacht bestätigt, und es passte auch zu dem, was Baade erzählt hatte.

»Vermutlich. Deshalb habe ich es ja dann notgedrungen übernommen, den Bericht gegenzulesen ...« Er seufzte. »Was mich betrifft, war ich jedenfalls heilfroh, dass Sie als Verstärkung eingetroffen sind.«

»Kann ich mir das mit den Dienstplänen in Ruhe ansehen? Wann müssen wir sie nach Wismar schicken?«

»Nächste Woche. Ist also nicht ganz so eilig.«

Hannah nahm die Unterlagen an sich. »Die finde ich sicher auch im System?«

»Ja, natürlich.«

»Wenn ich fertig bin, können wir sie dann noch mal gemeinsam durchgehen? Vier Augen und Ihre Erfahrung ...«

Diekfoß nickte dienstbeflissen. »Selbstverständlich.«

»Danke. Wenn es Ihnen nichts ausmacht, würde ich dann gerne in die Mittagspause gehen.«

»Alles klar. Guten Appetit.« Hannah brachte die Unterlagen zu ihrem Schreibtisch und beobachtete, wie sich Diekfoß auf den Weg nach draußen machte.

Als er zur Tür raus war, ließ sie sich in ihrem Stuhl zurücksinken. Ihr Blick wanderte zu Constanzes Büro, wo ihre Freundin und Vorgesetzte noch immer mit Mara Steyn, Georg und dem Bürgermeister redete.

Ein Gedanke wanderte Hannah durch den Kopf: *Was ist los mit dir, liebe Constanze?*

40

Sie brauchte Antworten.

Von Lenke Jakubetz hatte Hannah sich die Mobilnummer geben lassen. Über eine kurze Textnachricht erfuhr sie, dass die Journalistin gerade wieder im Café Seeluft saß.

Mit einem weiteren Blick zu Constanzes Büro versicherte Hannah sich, dass ihre Kollegen noch in das Gespräch mit dem Bürgermeister vertieft waren.

Hannah stand von ihrem Platz auf und verließ mit raschen Schritten die Wache, ohne dass jemand es registrierte.

Das Wetter hatte sich in der Zwischenzeit verschlechtert.

Wolken waren aufgezogen, bedeckten den Himmel und hatten eine stramme Brise mit sich gebracht. Die Sonnenjalousien der Läden flatterten und klapperten im Wind, auf einer Restaurantterrasse bändigten die Gäste gerade einen Schirm, der sich verselbstständigen wollte, und aus Richtung der Seebrücke kamen die ersten Touristen zurück, denen das Wetter den Tag am Strand verdorben hatte.

Hannah ging die Hauptstraße hinunter, wobei sie von einigen Leuten gegrüßt wurde, die sie in den vergangenen Tagen kennengelernt hatte. Darunter auch den Nachbar von Krügers Eck, der sich für ihren Einsatz bedankte, da es in der Kneipe an den letzten Abenden schon wesentlich ruhiger zugegangen sei.

Als sie das Café Seeluft erreichte, fielen die ersten Regentropfen vom Himmel.

Das Lokal war voll besetzt, und sie entdeckte Lenke Jakubetz mit einer Zeitung an einem Ecktisch. Vor ihr auf dem Tisch standen ein leer gegessener Teller und eine Tasse Tee.

»Sie scheinen meinen Rat befolgt zu haben«, sagte Hannah und setzte sich.

»Der Besitzer und ich sind jetzt beste Freunde. Auch wenn es mein Spesenbudget sprengt.« Lenke Jakubetz faltete die Zeitung zusammen. »Was gibt es denn so Dringendes? Haben Sie den Einbrecher etwa schon gefunden?«

»Nein, so schnell geht das nicht.«

»Und was kann ich dann für Sie tun?« Jakubetz hob die Augenbrauen.

»Mir die Wahrheit sagen.«

»Das habe ich getan.«

»Das glaube ich nicht.« Hannah beugte sich vor und sprach so, dass es ihre Tischnachbarn nicht hören konnten. »Da bricht jemand bei Ihnen ein, entwendet nichts, wühlt aber in Ihren Rechercheunterlagen.«

»Wie gesagt, ich habe keine Ahnung, was das sollte.«

»Weshalb sollte sich jemand für Ihre Unterlagen interessieren, Lenke? Was steht darin?«

»Informationen über die Gegend hier.«

»Hat es nicht vielmehr mit Ihrer Halbschwester und dem Bootsunglück zu tun?«, wagte Hannah einen Schuss ins Blaue.

Lenke Jakubetz verschränkte die Arme, lehnte sich zurück und kniff die Augen zusammen.

Immerhin kein direktes Nein, dachte Hannah und versuchte es weiter: »Ich will Ihnen sagen, wie es ist. Zwei Personen, die damals im engeren und im weiteren Sinne an dem Bootsunglück beteiligt waren, sind tot. Julian und Philip Langmar. Nun kommen Sie hierher, stellen Fragen zu Ihrer Halbschwester und dem Unglück, bei dem sie ums Leben kam, und dann wird bei Ihnen eingebrochen. Also besteht da vielleicht ein Zusammenhang. Und wenn dem so ist, kann ich nicht ausschließen, dass auch Sie in Gefahr schweben.«

Im Stillen war Hannah sich bewusst, dass sie sich mit solchen Spekulationen auf dünnem Eis bewegte. Doch völlig falsch schien sie nicht zu liegen. Ihre Worte zeigten Wirkung bei Lenke Jakubetz. Sorge mischte sich in ihren argwöhnischen Blick.

»Im engeren und im weiteren Sinne daran beteiligt«, zitierte die Frau. »Was soll das bedeuten?«

»Tut mir leid, ich bin im Formulieren nicht so geschickt wie Sie«, meinte Hannah. »Philip und Julian Langmar, Constanze, Ihre Schwester und ich, wir waren damals alle miteinander befreundet.«

»Das ist mir bekannt. Mein Vater hat es mir erzählt.«

»Dann hat er Ihnen vielleicht auch erzählt, dass wir nicht alle direkt an dem Unglück beteiligt waren. Wir verbrachten den Abend gemeinsam auf der Insel Walfisch. Eine Party zum Ende des Sommers. Ich verließ die Insel etwas früher mit Philip. Julian, Constanze und Ihre Schwester blieben dort. Auf ihrem Heimweg passierte dann das Unglück. Ich war also indirekt beteiligt. Denn es war mein Boot beziehungsweise das meines Vaters, mit dem die drei unterwegs waren.«

»Sie überließen den dreien also das Boot.«

»Ja, Constanze war schon oft mit uns rausgefahren und wusste, wie man mit dem Boot umgeht. Philip hatte nur insofern etwas mit dem Unglück zu tun, als dass er mich überredete, früher mit ihm aufzubrechen. Sonst wäre ich geblieben und hätte das Boot selbst gesteuert. Und dann … wer weiß.«

»Sie machen sich deshalb noch immer Vorwürfe?«, erkannte Lenke Jakubetz.

»In der Tat. Ich wusste, dass das Boot eine leckende Benzinleitung hatte. Dana rauchte an Bord, was die Ermittler später als wahrscheinlichen Auslöser des Unglücks ansahen. Das hätte ich mit Sicherheit unterbunden, wenn ich da gewesen wäre.«

»Also waren definitiv nur Julian Langmar, Constanze Grotewohl und meine Halbschwester an Bord«, hakte Lenke Jakubetz nach.

»So ist es.«

Sie musterte Hannah eindringlich und meinte schließlich: »Dann kann ich Ihnen wohl vertrauen.«

Hannah runzelte die Stirn. »Was meinen Sie damit?«

»Dass ich nicht weiß, wem ich hier vertrauen kann. Doch zwei Punkte sprechen für Sie: Sie waren nicht auf dem Boot, und Sie sind Polizistin.«

»Und was soll das nun bedeuten?«

»Dass Sie richtigliegen«, sagte Lenke Jakubetz. »Meinen Vater hat bis zu seinem Tod die Frage nicht losgelassen, wie es zu diesem furchtbaren Unglück kommen konnte. Was ich hier tue, tue ich auch für ihn. Ich will herausfinden, was damals geschehen ist.«

»Sie haben sich nicht zufällig in Constanzes Ferienhaus eingemietet«, schloss Hannah. »Sie suchten gezielt den Kontakt. Und Sie sprachen auch nicht zufällig mit Julian Langmar.«

»Nein. Der einzige Zufall war, dass er ebenfalls gerne hier in dieses Café kam. Die Gelegenheit habe ich genutzt.«

»Sie gaben sich ihm zu erkennen?«

»Ja.« Jakubetz zuckte mit den Schultern. »Ist ja auch nichts dabei. Er konnte nachvollziehen, dass ich mich für Danas Schicksal interessierte.«

»Sie fragten ihn nach dem Unglück.«

»Habe ich ja nicht bestritten …«

»Was sagte er?«

»Ich war ehrlich zu Ihnen, er erzählte mir, was geschehen war. Seine Schilderungen entsprachen wirklich nur dem, was ich in alten Zeitungsartikeln gelesen habe.«

»Was ist mit seinem Bruder, sprachen Sie auch mit Philip?«

»In der Tat. Das Gespräch war in der Hinsicht etwas ergiebiger, da Philip den bekannten Hergang des Unglücks anzweifelte.«

»Er tat was?« Hannah setzte sich auf. »Nannte er Ihnen einen Grund dafür?«

»Leider nicht. Allerdings habe ich schon genug Interviews geführt, um zu wissen, dass er einen konkreten Grund dafür hatte und es nicht bloß ein Gefühl oder eine wilde Theorie war.«

»Gehe ich recht in der Annahme, dass Sie es nicht dabei beließen?«

»Ich bin neugierig geworden.« Jakubetz lachte kurz. »Natürlich habe ich weitergegraben und auch jemanden ausfindig gemacht.«

»Wen?«

»Ihren Vorgänger, wenn Sie so wollen.«

Hannah begann mit den Fingern auf dem Tisch zu trommeln. »Sie sprechen von meinem Vorgänger hier auf der Wache?«

»Nicht Ihrem direkten Vorgänger, aber ja. Jakob Kujau«, sagte Lenke Jakubetz. »Er war lange Jahre Polizist in Ostersande und damals an der Suche nach meiner Schwester beteiligt. Es waren er und ein Kollege, die sie an einem Strand auf Poel fanden. Vermutlich hat ihn das emotional an die Sache gebunden.«

»Sie haben mit ihm gesprochen?«

»Ja. Er lebt drüben in Hoben. Er erzählte mir, dass die Sache damals nicht so eindeutig gelagert war, wie es nach außen den Anschein hatte …«

»Moment«, unterbrach Hannah sie. »Was soll das bedeuten …«

»Kujau sagte, dass es unter den Unfallermittlern und Sachverständigen durchaus jemanden gab, der den Hergang des Unglücks anzweifelte. Allerdings wurde ihm keine Beachtung geschenkt, da man den Fall schnell zu den Akten legen wollte.« Lenke Jakubetz seufzte. »Es waren die letzten Sommerwochen, der Ort war voller Touristen. Das Übliche eben.«

Die Parallelen zur derzeitigen Situation waren unverkennbar, überlegte Hannah. Durchaus möglich also, dass es sich damals auch so verhalten hatte und auf die Kollegen Druck ausgeübt worden war, die Ermittlungen schnell zu einem Abschluss zu bringen. »Hat Kujau Ihnen Beweise für seine Behauptungen vorgelegt?«

»Nein. Er meinte nur, dass er eine andere Ursache für den Tod meiner Schwester für denkbar halte.«

Hannah überlegte kurz. »Haben Sie Notizen zu dem Gespräch mit ihm angefertigt?«

»Ja.«

»Wo haben Sie die aufbewahrt?«

»Bei meinen Rechercheunterlagen«, antwortete Lenke Jakubetz. »Sie waren nach dem Einbruch aber noch da.«

»Trotzdem. Vielleicht hat der Einbrecher genau nach so etwas gesucht und die Notizen gefunden. Dann weiß er jetzt, dass Sie in der Vergangenheit herumschnüffeln.«

»Haben Sie jemand Konkretes im Verdacht?«

Hannah schwieg.

Nicht nur, weil sie Lenke Jakubetz nichts über eine laufende Ermittlung erzählen wollte. Auch weil es einfach noch zu viele lose Enden gab.

Und weil eine vage Idee in ihr aufkeimte. Eine, bei der es Hannah kalt den Rücken hinunterlief.

Eine andere Ursache für den Tod meiner Schwester.

Hannah wusste, was das im Polizistendeutsch bedeutete.

Jakob Kujau hielt es offenbar für denkbar, dass Dana Ringhoff ermordet worden war.

41

Diese Erkenntnis bedeutete jedoch auch noch etwas anderes. Lenke Jakubetz war da eventuell auf etwas gestoßen, das sie in Probleme bringen konnte. Denn Hannah konnte nicht anders, als die Information, die Jakubetz von Jakob Kujau erhalten hatte, in Zusammenhang mit dem Einbruch im Ferienhaus und den rätselhaften Toden von Philip und Julian Langmar zu sehen. Und das bedeutete, dass Lenke Jakubetz sich möglicherweise wirklich in Gefahr befand.

»Was haben Sie heute vor?«, fragte Hannah.

Jakubetz' Antwort ging im Lärm der Kaffeemühle hinter der Theke unter. Sie beugte sich zu Hannah über den Tisch und wiederholte: »Ich werde weiter dieser Spur nachgehen.«

Hannah überlegte einen Moment. Dann sagte sie entschlossen: »Das werden Sie nicht.«

Jakubetz lachte. »Sie werden mich nicht von meiner Arbeit abhalten, es gibt immerhin so etwas wie Pressefrei…«

»Darum geht es nicht. Sie könnten ernsthaft in Problemen stecken.« Hannah erklärte ihr die Lage. »Lassen Sie mich das machen. Ich gehe dem nach.«

»Mal angenommen, Sie haben recht … Glauben Sie wirklich, dass mich jemand hier in Ostersande am helllichten Tag um die Ecke bringen will? Außerdem gehört ein gewisses Risiko zu solchen Recherchen.«

»Soviel ich weiß, sind Sie Reisejournalistin. Ich glaube daher, dass Sie keine Ahnung von so etwas haben. Wenn Sie das Risiko eingehen wollen, bitte schön. Aber ich für meinen Teil möchte nicht noch einen weiteren Mord an der Backe haben.«

Jakubetz verschränkte die Arme. »Mal angenommen, ich spiele mit. Was tue ich in der Zwischenzeit? Wo wollen Sie mich verstecken?«

Hannah hatte bereits eine Idee.

Sie griff nach ihrem Smartphone und wählte die Nummer von Henning Grewe.

»Wo sind Sie gerade?«, fragte sie, als er ranging.

»Bin auf dem Weg zur Wache.«

»Dann drehen Sie um und fahren Sie nach Hause.«

»Zu mir? Warum denn das?«

»Erkläre ich Ihnen dort.«

Sie legte auf. Dann schrieb sie Mara Steyn eine Kurznachricht, dass sie das Gespräch mit dem Bürgermeister beenden sollte. Sie würde sie mit Lenke Jakubetz in fünf Minuten bei der Wache abholen.

Als sie aufblickte, schaute Lenke Jakubetz sie erwartungsvoll an. »Und, haben Sie einen Babysitter für mich gefunden?«

»Den besten.« Hannah lächelte. »Er hat zwei Jahrzehnte für meine Sicherheit gesorgt. Obendrein bekommen Sie persönlichen Schutz vom besten Wachhund der Welt.«

Lenke Jakubetz gefiel die zugegebenermaßen improvisierte Lösung, die Hannah sich ausgedacht hatte, ganz und gar nicht. Das war ihrem Gesicht anzusehen, als sie im Wohnzimmer von Henning Grewe standen. Hannahs Vater saß mit den Kindern am Esstisch. Inzwischen waren sie beim Spiel des Lebens angelangt.

Tobby beschnupperte neugierig Lenke Jakubetz' Schuhe und

Hosenbeine. Sie schüttelte den Kopf: »Ernsthaft jetzt? Ich soll hier dumme Brettspiele spielen? Ich habe Besseres zu tun. Außerdem hasse ich Kinder.«

»Nobody is perfect«, erwiderte Hannah. »Dann haben Sie ja jetzt Zeit, an sich zu arbeiten.« Sie klopfte Jakubetz aufmunternd auf die Schulter.

Hannahs Vater winkte sie an den Tisch. »Kommen Sie, spielen Sie mit. Wir haben gerade eine neue Runde angefangen.«

Mit widerwilliger Miene gesellte sich Jakubetz zu der Spielerunde.

Hannah ging in die Küche, wo Henning Grewe Kaffee gemacht hatte. Er reichte ihr eine Tasse.

Mara Steyn kam von der Terrasse herein, sowohl vom Wohnzimmer als auch von der Küche führte eine Tür hinaus. Sie wedelte mit ihrem Smartphone. »Jakob Kujau empfängt uns gerne. Er meint, ein wenig Abwechslung wäre ihm in seinem Rentneralltag durchaus willkommen.«

»Dann machen wir uns gleich auf den Weg«, beschloss Grewe.

»Was hat Ihr Besuch bei Ines Langmar denn ergeben?«, fragte Hannah und trank einen Schluck Kaffee.

»War nicht minder interessant als Ihre neuesten Erkenntnisse«, sagte Grewe.

»Nun bin ich aber gespannt.« Mara Steyn lehnte sich an die Küchenzeile.

»Zwei Dinge stehen fest«, Grewe zählte an den Fingern ab. »Erstens haben wir keinen Schimmer, was Julian Langmar in der Nacht getan hat, als sein Bruder mutmaßlich ermordet wurde.«

»Richtig«, bestätigte Hannah.

»Zweitens lag Ines Langmar an jenem Abend vor der Klinik auf der Lauer, weil sie annahm, dass ihr Mann eine Affäre hatte.

Sie wollte ihm folgen, falls er wieder zu der ominösen Patientin aufbrach, mit der er sich traf.«

»Von der wir inzwischen wissen, dass es sich um Constanze Grotewohl handelte.« Mara Steyn hob die Schultern. »So weit, so richtig.«

»Da ist noch etwas«, sagte Hannah und erinnerte sich an ihren Besuch im Krügers Eck. »Julian Langmar hatte an jenem Abend eigentlich seine wöchentliche Skatrunde in der Kneipe. Aber er erschien nicht.«

»Schön«, meinte Steyn, »und wohin führt uns das nun alles?«

»Ines Langmar hat sich bei mir gemeldet«, erzählte Grewe, »und zwar, weil ihre Tochter sich an etwas erinnert hat, von dem sie ihrer Mutter bislang nichts erzählt hatte. Das Kind hat offenbar an jenem Abend etwas beobachtet, das für uns wichtig sein könnte.«

»Die Kleine war allein zu Haus, solange ihre Mutter ihrem Mann hinterherspionierte?«, vergewisserte sich Steyn.

»Ja«, bestätigte Grewe. »Ines Langmar hatte ihr aufgetragen, auf ihr Zimmer zu gehen und niemandem die Tür zu öffnen. Das tat das gute Kind auch. Denn nachdem ihre Mutter fort war, klingelte es tatsächlich an der Tür.«

»Hat sie gesehen, wer es war?«, fragte Hannah.

»Besser.« Grewe lächelte. »Die Kleine ist ans Fenster gegangen und hat in der Einfahrt den Wagen ihres Onkels Julian gesehen.«

»Julian Langmar?«

»So ist es. Sie ist dann doch an die Tür und hat ihm aufgemacht.«

»Und was wollte er?«, fragte Steyn.

»Er wollte zu seinem Bruder Philip.«

Grewe schwieg und verzog den Mund zu einem Lächeln.

Hannah stellte die Kaffeetasse auf dem Küchentisch ab. »Julian war also auf der Suche nach Philip …«

»Das lässt ja eigentlich nur zwei Möglichkeiten offen«, dachte Steyn laut weiter. »Entweder er zog unverrichteter Dinge ab, fuhr nach Hause, rauchte eine Tüte und schlief friedlich auf der Couch ein, oder …«

Hannah nickte. »Oder er suchte weiter nach Philip und fuhr hinüber zur Klinik.«

»Bingo«, sagte Grewe und spendete leisen Applaus. »Denn das Mädchen hat ihm auf seine Nachfrage hin erzählt, dass ihr Papa heute Überstunden machen würde.«

»Wenn er wirklich dorthin ist …« Mara Steyn brachte den Satz nicht zu Ende, und das brauchte sie auch nicht. Ihnen allen war klar, was das bedeutete.

In diesem Fall war Julian Langmar soeben zu einem Hauptverdächtigen im Mord an seinem Bruder avanciert. Denn er wäre zum fraglichen Zeitpunkt vor Ort gewesen. Stellte sich nur die Frage, weshalb er das getan haben sollte?

42

Jakob Kujau bewohnte eine Reetdachkate im alten Fischerdorf Hoben, wenige Kilometer nordwestlich von Wismar. Das Haus stand, umgeben von einer Bruchsteinmauer, hochgewachsenen Büschen und Bäumen in nächster Nähe zur Ostsee. Aus dem Wohnzimmerfenster ging der Blick hinaus auf die Wiese, die hinunter zu einem kleinen Steinstrand führte, an den die vom Wind aufgepeitschten Wellen schwappten.

Das Wetter hatte sich weiter verschlechtert. Inzwischen regnete es Bindfäden. Hannah stand am Fenster und betrachtete die Regentropfen, die in langen Nasen daran herabliefen.

Hinter ihr hatte Henning Grewe auf dem mit braunem Cord bezogenen Sofa Platz genommen. Neben ihm saß Jakob Kujau in einem Ohrensessel.

Mara Steyn hatten sie derweil mit einer Sonderaufgabe betraut – sie sollte sich um die Akte vom Bootsunglück von 1993 bemühen, und da die Digitalisierung in Wismar wie andernorts auch nicht immer reibungslos lief, konnten sie nur hoffen, dass sie die entsprechende Datei fanden oder dass sie andernfalls noch im Archiv aufbewahrt wurde und nicht irgendwann dem Papierwolf zum Opfer gefallen war.

Kujau trug eine graue Strickjacke und ein kariertes Hemd. Die vom Alter gezeichneten Hände stützte er auf einen Gehstock, den er mittig zwischen seine Beine platziert hatte. Auf seiner von roten Äderchen durchzogenen Nase saß eine Brille mit schweren Gläsern. Die letzten Haare auf dem fast kahlen Kopf hatte er mit Pomade zur Seite gelegt.

Hannah hatte den Mann erst auf den zweiten Blick erkannt. Nach dem Unglück war sie damals vor allem von der Kriminalpolizei aus Wismar befragt worden. Die Wache in Ostersande hatte zu jener Zeit noch mit voller Mannzahl gearbeitet, weshalb sie Kujau als Kind und junge Frau bestimmt ein paarmal über den Weg gelaufen war, seinen Kollegen aber ebenfalls, was wie so oft dazu führte, dass man ein Gesicht vergaß, besonders, wenn man nicht ständig mit der Polizei zu tun hatte.

Kujaus Stimme klang leise und heiser, als er auf Henning Grewes Frage hin bestätigte: »Frau Jakubetz war hier, korrekt. Und ich habe mit ihr über das Bootsunglück 1993 gesprochen.«

Hannah drehte sich zu ihm. »Wären Sie denn so freundlich, uns noch einmal zu erzählen, was Sie ihr gesagt haben?«

Ihre Worte klangen ungeduldiger, als sie es beabsichtigt hatte, doch Kujau antwortete beflissen. Ihm war anzumerken, dass der Besuch von Kollegen für ihn eine willkommene Abwechslung darstellte.

»Natürlich«, antwortete er. »Wir hatten damals eine große Suche nach der vermissten Dana Ringhoff eingeleitet. Anwohner fanden sie an der Brücke zur Insel Poel. Ein Kollege und ich waren als Erste vor Ort.«

Der alte Mann machte eine Pause, eine, die Hannah viel zu lange dauerte. Denn in die Stille schlichen sich die Erinnerungen von damals.

Sie wusste noch genau, wo sie gewesen war. Ihr Vater und sie hatten sich ebenfalls an der Suchaktion beteiligt. In den frühen Morgenstunden hatten sie zunächst den Strandabschnitt östlich von Ostersande durchgekämmt, bis zum alten Herrenhaus. Dann hatten sie sich den westlichen Teil vorgenommen.

Am Mittag war ein Streifenbeamter, einer der unzählig vielen, die an der Suche beteiligt gewesen waren, mit der Nachricht zu ihnen gekommen, dass sie Dana gefunden hätten.

»Sie wissen, wie das in unserem Beruf ist, man sieht viele unschöne Dinge. Doch diesen Anblick habe ich nie vergessen«, fuhr Kujau fort, die Stimme gedämpft. »Sie lag da wie ein Stück Treibholz. Vom Schicksal zerbrochen und achtlos dahingeworfen. Dieses hübsche Gesicht, fast wie Porzellan, die langen blonden Haare, aber dann die leblosen Augen, die in den Himmel starrten ... Ich meine, sie war so ein junges Ding, hatte das Leben doch noch vor sich. Das empfand ich als unfair. Es hätte doch genauso gut irgendeinen alten Knopf erwischen können, der sein Leben bereits gelebt hatte. Wenn es junge Menschen erwischte, das fand ich immer besonders schlimm.«

Die Worte hätten auch von ihrem Vater stammen können, dachte Hannah. Nächtelang hatte er im Wohnzimmer vor dem Kamin gesessen und sich immer wieder dieselbe Frage gestellt. Ihre Mutter hatte bei ihm gesessen und versucht, ihn zu trösten. Hannah hatte ihre Gespräche von der Treppe aus belauscht und sich selbst gefragt, was sie da angerichtet hatte, mit einer unbedachten Entscheidung, getroffen in jugendlichem Leichtsinn.

»Frau Jakubetz sagte, dass Sie damals Zweifel am offiziellen Hergang des Unglücks hatten«, sagte Henning Grewe.

»Mir ging die Sache nicht mehr aus dem Kopf«, erzählte Kujau. »Ich träumte von ihr, sah immer wieder ihr Gesicht. Deshalb interessierte ich mich weiter für die Angelegenheit.«

»Die Ermittlungen führte die Kripo Wismar, korrekt?«, hakte Grewe ein.

»Ja, richtig. Deswegen war das von Ostersande aus auch nicht so einfach. Doch ich verstand mich gut mit einem der Kollegen, ich kannte ihn aus dem Gesangsverein.« Kujau hob die

Augenbrauen und schmunzelte. »Sie wissen, wie das läuft. Er hielt mich auf dem Laufenden.«

»Gab es wirklich Druck, die Ermittlungen rasch zu beenden?«, schaltete sich Hannah ein.

»Allerdings. Beide Bürgermeister, aus Ostersande und Wismar, standen den Kollegen auf den Füßen und verlangten einen schnellen Abschluss. Die Sache hatte es bis in die Tagesschau und die überregionale Presse geschafft. Und das in den letzten Wochen der Hochsaison. Man wollte auf keinen Fall die Touristen vergraulen.«

»Es gab ein Gutachten zu dem Unglück«, erinnerte sich Hannah. »Darin stand, dass der Brand durch die defekte Benzinleitung ausgelöst wurde. Ursächlich war eine Zigarette, wie den Aussagen …«

»Richtig«, sagte Kujau und musterte sie durch die dicken Brillengläser. »Das war die offizielle Version. Bestätigt von dem zweiten Gutachten, das in der Sache angefertigt worden war.«

Hannah stutzte. »Das bedeutet, es gab noch ein anderes, ein erstes Gutachten?«

»Und das kam zu einem völlig anderen Schluss. Einem Schluss, der zu vielen Fragen und weiteren Ermittlungen geführt hätte. Deshalb legte man den Kollegen nahe, ein zweites Gutachten anfertigen zu lassen.«

»Können Sie etwas konkreter werden?«, fragte Grewe.

»Der erste Gutachter war zu der Einschätzung gekommen, dass ein versehentliches Auslösen des Brands durch offenes Feuer und die defekte Leitung nicht gänzlich auszuschließen sei. Für wesentlich wahrscheinlicher hielt er aber die Möglichkeit, dass das Boot vorsätzlich in Brand gesetzt wurde.«

»Wie kam er zu dieser Einschätzung?«, wollte Hannah wissen.

Kujau lehnte sich vor und griff nach einer Kladde, die auf

dem Beistelltisch unter einer Zeitung lag. Er hielt sie ihr hin. »Das sollten Sie sich selbst durchlesen. Ich bin damals an eine Kopie des Gutachtens gekommen.«

Hannah nahm die Kladde entgegen. »Warum haben Sie niemandem davon erzählt?«

»Kindchen …« Kujau schnalzte mit der Zunge. »Das Ganze war ein Politikum, ging hoch bis zum Polizeichef von Wismar. Die hätten mir das Leben zur Hölle gemacht, und ich hätte den Dienst besser gleich quittiert, wenn ich den Mund aufgemacht hätte.«

»Das bedeutet, Sie haben der ersten Version mehr Glauben geschenkt?«, vergewisserte sich Grewe.

»So, wie das damals gelaufen ist, auf jeden Fall.« Kujau lehnte sich leicht vor und stützte sich auf den Gehstock. Er legte die Stirn in Falten und bedachte Hannah mit einem fast schon flehenden Blick. In der Ferne war der erste Donner eines heranziehenden Gewitters zu hören.

»Wenn sich in der Sache etwas Neues aufgetan hat«, sagte der alte Mann, »dann gehen Sie dem nach. Fürchten Sie sich nicht vor dem, was Sie vielleicht finden. Tun Sie es auch für Ihren Vater.«

»Meinen Vater?« Hannah blickte ihn überrascht an.

»Ich weiß, wer Sie sind, Frau Bülow«, Kujau lächelte milde. »Sie erinnern sich nicht an mich, aber ich habe Sie schon als kleines Mädchen hier in Ostersande rumtoben sehen. Ich weiß auch, dass es Ihre Freunde waren und das Boot Ihrem Vater gehörte. Wenn es also eine andere Erklärung gibt … finden Sie sie, beweisen Sie es. Vielleicht verschwinden dann auch seine Albträume.«

Hannah nickte. Im Stillen fügte sie hinzu: Und vielleicht räumen wir auf diese Weise auch den Wackerstein aus dem Weg, der seit damals zwischen uns liegt.

»Vielen Dank«, sagte Henning Grewe.

»Im Gegenzug«, bat Kujau, »wäre es nett, wenn Sie sich bei mir melden, falls Sie die Antworten finden.«

»Das machen wir bestimmt.« Grewe erhob sich, und auch Hannah wollte sich zum Gehen wenden, als Kujau sie zurückhielt.

»Da ist noch etwas. Entschuldigen Sie, dass ich es nicht schon früher erwähnt habe. Mein Gedächtnis, ich hätte es beinahe vergessen.«

Hannah wandte sich noch einmal um. »Was denn?«

»Frau Jakubetz war nicht die Einzige, die sich in letzter Zeit nach der alten Sache erkundigte.«

»Es war noch jemand bei Ihnen?«

»Einige Wochen vor ihr«, bestätigte Kujau. »Da besuchte mich Philip Langmar.«

43

Der Zweck heiligte wie so oft die Mittel. Deshalb funktionierten sie die Küche und das Wohnzimmer im Haus von Henning Grewe zu einer improvisierten Einsatzzentrale um.

Hannah nahm mit Grewe am Küchentisch Platz und ging mit ihm das erste Gutachten über das Bootsunglück durch.

Mara Steyn setzte sich mit der alten Fallakte, die sie im Archiv der Polizeiinspektion aufgetrieben hatte, in den Sessel im Wohnzimmer.

Da sie vermutlich über das eine oder andere Detail sprechen würden, das für Kinderohren nicht geeignet war, schickten sie Grewes Töchter mit Tobby in den Garten – Hannah hatte Grewe als erfahrene Mutter darin bekräftigt, dass frische Luft bei einer abklingenden Erkältung guttat.

Ihren Vater und Lenke Jakubetz setzten sie derweil an eine Sonderaufgabe. Denn Henning Grewe hatte auf der Rückfahrt einen Einfall gehabt, der den Fundort von Dana Ringhoffs Leiche und den Ort des Bootsunglücks betraf. Dazu brauchten sie Seekarten mit den Strömungsverhältnissen in der Wismarer Bucht und Wetterberichte vom entsprechenden Tag. Was in der heutigen Zeit kein großes Hindernis darstellte – Lenke Jakubetz fand die notwendigen Informationen schnell im Internet, und Hannahs Vater war noch im Besitz von Seekarten aus der damaligen Zeit.

Bevor sie loslegten, nahm Hannah ihren Vater beiseite und trat mit ihm hinaus auf die überdachte Terrasse.

Das Gewitter hatte sich inzwischen zu einem Unwetter ausgewachsen. Blitze zuckten am Himmel, und der Regen glich einer Sintflut. Die Regenrinnen quollen über, sodass sie sich dicht an die Hauswand stellen mussten, um nicht nass zu werden.

»Du musst das nicht tun«, sagte Hannah. »Ich weiß, wie viel Kummer dir die Sache bereitet hat …«

»Eben deswegen.« Ihr Vater sah sie an, und zum ersten Mal seit langer Zeit meinte sie, so etwas wie Zuversicht in seinem Blick zu erkennen. »Wenn es eine andere Erklärung gibt als jene, die wir kennen, dann möchte ich es wissen. Das schulden wir Dana.«

»Das sehe ich auch so. Dann machen wir uns ans Werk.«

Henning Grewe hatte ihnen in der Küche Kaffee und Tee zubereitet. Außerdem stellte er für das leibliche Wohl einen selbst gebackenen Baumkuchen zur Verfügung. Mara Steyn verteilte ihn, während Grewe noch den Anruf einer Mutter aus dem Sportverein entgegennahm, um die Fahrt zum Badmintonspiel der Kinder am übernächsten Wochenende zu koordinieren. Er trug den Termin in einen altmodischen Kalender mit dunkelrotem Ledereinband ein, der auf der Arbeitsplatte in der Küche lag. Anschließend gesellte er sich zu Hannah.

Sie wollten gerade mit der Arbeit beginnen, als ihr Smartphone klingelte. Hannah ging ran und hörte die Stimme von Klaus-Peter Diekfoß. »Ich habe hier ein kleines Problem.«

»Worum geht es denn?«, erkundigte sich Hannah.

»Uns liegt hier eine Sache aus dem Wismarer Hafen vor. Ein Segler hat einen Einbruch auf seiner Yacht gemeldet …«

»Und was ist daran so besonders?« Hannah spürte, wie ihr der Geduldsfaden riss. Sie wollte sich dem Gutachten widmen und sich nicht mit Petitessen herumschlagen.

»Nun, es handelt sich bei dem Betroffenen um einen ziemlich prominenten Zeitgenossen. Patrice Bernauer, um genau zu sein.«

»Sollte mir der Name etwas sagen?«

»Er spielt doch den Chefarzt in der *Ostseeklinik*«, erklärte Diekfoß und schickte hinterher: »Das ist die Arztserie im ZDF, die meine Frau immer guckt.«

»Ich wusste gar nicht, dass wir so prominente Mitbürger in Ostersande haben. Aber wie auch immer, kümmern Sie sich doch einfach um die Angelegenheit.«

»Es ist so, dass die Kollegin Grotewohl sich persönlich der Sache annehmen wollte.«

»Na, dann ist doch alles geklärt.« Hannah begann mit den Fingern auf dem Tisch zu trommeln, weil sie nicht verstand, wo Diekfoß nun der Schuh drückte.

»Sie ist nach dem Gespräch mit dem Bürgermeister zum Hafen aufgebrochen. Aber nun hat der Herr Bernauer sich zwischenzeitlich noch einmal gemeldet. Der Kollegin scheint wohl etwas dazwischengekommen zu sein. Daher weiß ich nicht, ob ich ihr in die Parade reite, wenn ich auch noch dort auftauche.«

»Diekfoß, setzen Sie sich in den Streifenwagen und fahren hin. Selbst wenn Sie am Ende zu zweit bei dem Herrn aufschlagen, ist es doch nicht schlimm, dann weiß er zumindest, dass wir seine Belange ernst nehmen.«

»Ist gut. Falls etwas ist, hält Hansen dann so lange Stallwache hier.«

»Machen Sie das. Und, Diekfoß ...«

»Was denn?«

»Seien Sie nett zu Herrn Bernauer, vielleicht springt für Sie ja eine Komparsenrolle raus.«

Sie hörte ihn lachen. »Das hätte mir ja gerade noch gefehlt.«

»Viel Erfolg.« Sie beendete das Gespräch und wandte sich dann Grewe zu. »Tut mir leid. Wollen wir dann mal?«

Sie gingen das Gutachten zwei Mal durch.

Der Erkenntnisgehalt entsprach im Wesentlichen dem, was Jakob Kujau ihnen erzählt hatte. Was hieß, dass es sowohl Grewes als auch Hannahs Argwohn noch weiter steigerte, dass es tatsächlich eine andere Erklärung für das Unglück gab, die damals unter den Teppich gekehrt worden war.

Der erste Gutachter hielt einen Ablauf, wie ihn die Beteiligten Constanze Grotewohl und Julian Langmar zu Protokoll gegeben hatten, für nicht gänzlich ausgeschlossen. Also, dass an Deck geraucht worden war und sich durch Unachtsamkeit, wie zum Beispiel eine fallen gelassene, glimmende Zigarette, oder Funkenflug, Benzin entzündete, das aus der lecken Leitung austrat.

Allerdings wertete er diesen Gang der Ereignisse als äußerst unwahrscheinlich.

Der Tank des Bootes befand sich mittschiffs, der Motor achtern, sodass die defekte Benzinleitung über die Hälfte des Bootes nach hinten verlief. An jener Stelle, wo sich das Leck befand – noch relativ mittschiffs –, war ein Teil der Holzverkleidung abgenommen worden, als das Leck notdürftig von Hannahs Vater abgedichtet worden war.

Um ein Feuer eines Ausmaßes zu entfachen, wie es der Fall gewesen war, hätte eine erhebliche Menge an Benzin austreten und an Deck nach achtern laufen müssen, wo sich der Steuerstand und die Sitzgelegenheiten befanden. Dies hätte den Beteiligten etwa durch Geruchsbildung auffallen müssen, sie hätten es auch sehen können. Einschränkend kam hier ins Spiel, dass es Nacht und die Beteiligten alkoholisiert gewesen waren.

Der entscheidende Punkt dafür, dass er diese Variante ablehnte und eine andere als wesentlich wahrscheinlicher einstufte, lag in der Weise, wie das Feuer sich ausgebreitet hatte.

Man hatte damals das Wrack des Bootes bergen und in Augenschein nehmen können. Dabei hatte der Gutachter Rückschlüsse gezogen, wo das Feuer seinen Anfang genommen und wie es sich dann verbreitet hatte.

Für den später offiziell anerkannten Ablauf des Unglücks – Auslösung des Feuers durch eine Zigarette – hätte der Brand im Heck beginnen und sich dann mittschiffs zum Tank vorarbeiten müssen, wo er schließlich eine kleine Explosion auslöste. Der gesamte Heckbereich wäre in diesem Fall wesentlich schlimmer verkohlt gewesen als der Bug, der fast gar keine Brandspuren hätte aufweisen sollen.

Dies war allerdings nicht der Fall gewesen.

Denn der Einschätzung des Gutachters nach hatte sich das Feuer großflächig, zeitgleich und sehr plötzlich auf dem ganzen Deck ausgebreitet. Dies hatte dazu geführt, dass der Tank sehr zeitverzögert explodiert war – wobei sich der Schaden und die Explosion noch einigermaßen in Grenzen gehalten hatten, da sich nicht mehr viel Treibstoff darin befunden hatte. Die Brandspuren verteilten sich somit auch über das gesamte Schiff. Praktisch das ganze Deck, nicht nur die Heckpartie, hatte zeitgleich gebrannt, auch der Bug.

Nur damit sei zu erklären, dass die beiden Reservekanister, die Hannahs Vater am Bug an der Reling befestigt hatte, ebenfalls in Brand geraten waren.

In der späteren offiziellen Version hatte es geheißen, die Kanister seien im Zuge der Explosion des Haupttanks ebenfalls in Brand geraten und dann explodiert.

Dies schloss der Gutachter allerdings aus.

Zumal die Kanister zwar zu weiten Teilen verkohlt gewesen, aber auf keinen Fall in Stücke gerissen worden seien.

Woraus der Gutachter einen weiteren Schluss ableitete: Die Kanister wären zum Zeitpunkt des Brandes leer gewesen. Was nicht mit der Aussage von Hannahs Vater übereinstimmte, der angegeben hatte, die beiden Kanister betankt und auf das Schiff genommen zu haben.

Das Resümee des Gutachtens lautete daher: Mit hoher Wahrscheinlichkeit war das Boot vorsätzlich in Brand gesteckt worden.

Hannah ließ das Gutachten sinken, als sie sich später alle gemeinsam um den Wohnzimmertisch versammelt hatten. Über dem Tisch hing eine Lampe mit rundem Reetschirm von der Decke herab, die ein schummriges Licht spendete. Obwohl es erst Nachmittag war, hatte man den Eindruck, der späte Abend sei bereits hereingebrochen. Graupelkörner prasselten gegen das große Wohnzimmerfenster.

Ihr Vater saß ihr gegenüber. Seine Augen wanderten suchend zwischen Hannah und den Kollegen hin und her, sein Mund stand offen, er schien etwas sagen zu wollen, aber nicht die passenden Worte zu finden.

Hannah konnte nachvollziehen, wie es ihm nach all den Jahren gehen musste. Sie empfand nicht anders. Natürlich musste auch ihm klar sein, in welche fatale Richtung diese Erkenntnis führte, darüber mochte er sicherlich genauso wenig nachdenken wie sie. Doch allein die Erkenntnis, dass der Verlauf des Unglücks möglicherweise ganz anders gewesen war, änderte alles. Nicht nur, was den Tod von Dana Ringhoff betraf, sondern auch in ihrer beider Beziehung. Möglicherweise hatten jahrzehntelang völlig ohne Grund die ganzen Vorhaltungen zwischen ihnen gestanden.

»Also«, Mara Steyn räusperte sich und nickte Hannahs Vater zu, »für mich klingt das wie ein Freispruch.«

Hannah war ihr im Stillen dankbar, dass Steyn mit ihrer spontanen Art das zum Ausdruck gebracht hatte, was ihr selbst durch den Sinn ging.

»Hannah«, stammelte ihr Vater, »wenn das wirklich so war, dann … dann tut es mir leid.«

Seine Augen füllten sich mit Tränen.

Ihr Vater war kein Mann, der seine Emotionen und Gefühle offen mit sich herumtrug. Sie wusste, wie viel Überwindung ihn das im Beisein der anderen gerade gekostet hatte. Sie griff über die Tischplatte nach seiner Hand. »Mir auch. Wir werden herausfinden, was wirklich geschehen ist, okay?«

Ihr Vater nickte und lächelte.

»Die Akte?«, fragte Grewe.

Mara Steyn tippte mit einem Finger auf die alte Fallakte, die vor ihr lag. »Sie enthält lediglich die uns allen bekannte offizielle Version. Von dem ersten Gutachten ist an keiner Stelle die Rede. Allerdings bin ich hier auf die Aussage eines Kollegen von der Küstenwache gestoßen. Er wunderte sich ein wenig über den Fundort von Dana Ringhoffs Leiche und verwies dabei auf die Wind- und Strömungsverhältnisse. Allerdings hat man seinen Angaben im weiteren Verlauf der Ermittlungen dann keine weitere Beachtung geschenkt.«

Hannah wandte sich an Lenke Jakubetz und ihren Vater. »Habt ihr in der Hinsicht etwas herausgefunden?«

Jakubetz nickte. »Allerdings.«

»Bevor wir weitermachen«, Hannah bedachte die Frau mit eindringlichem Blick, »möchte ich noch mal darauf hinweisen, dass das hier alles nicht für die Öffentlichkeit bestimmt ist. Zumindest zum jetzigen Zeitpunkt.«

»Ist klar.« Jakubetz nickte abermals.

»Dann, bitte.«

»Soll ich?«, fragte Lenke Jakubetz Hannahs Vater, der daraufhin meinte: »Nur zu.«

Jakubetz legte die Seekarte der Wismarer Bucht in die Mitte des Tischs.

»Das brennende Boot wurde hier gefunden.« Sie machte mit einem Stift eine Markierung, die ungefähr auf halber Strecke zwischen der Insel Walfisch und dem Wismarer Hafen lag.

»Constanze Grotewohl und Julian Langmar wurden an dieser Stelle aus dem Wasser gezogen.« Ein weiteres Kreuz wenige Zentimeter unterhalb des Bootes.

»Meine Schwester ... Dana fand man an der Brücke zur Insel Poel.« Sie zeichnete einen Punkt auf die Landzunge, über die die Brücke führte.

»Wir haben uns die Wetterdaten von der betreffenden Nacht angesehen«, fuhr sie fort. »Sternenklarer Himmel. Ein leichter Wind aus Südwest. Und mit leicht meine ich wirklich leicht, nicht mehr als ein, maximal zwei Beaufort.«

Hannah erinnerte sich an die Nacht, das Lagerfeuer am Strand, wie sie im Sand gelegen, getanzt, getrunken und Musik gehört hatten. Es war beinahe windstill gewesen, ab und zu ein Lufthauch.

»Was ist mit Strömungen?«, fragte Henning Grewe.

»Nicht viel anders«, schaltete sich nun Hannahs Vater ein. »Es gibt alte amtliche Messungen in der Bucht von 1995. In allen Wassertiefen liegen die Strömungsgeschwindigkeiten unter acht Zentimeter pro Sekunde. Nahe der Oberfläche treten maximal sechzehn bis zweiunddreißig Zentimeter pro Sekunde auf. Das ist nicht viel. Hohe Geschwindigkeiten werden nur bei Starkwind erreicht, was in der fraglichen Nacht aber nicht der Fall war.«

Hannah stand auf, stützte sich mit beiden Händen auf den Tisch und beugte sich über die Karte. »Wann genau wurde Dana noch mal gefunden?«

»Es gibt ein paar Häuser auf der Landzunge, über die die Brücke nach Poel führt«, referierte Mara Steyn. »Der Notruf der Anwohner, die die Leiche gefunden haben, ging um elf Uhr siebenundvierzig am nächsten Morgen ein.«

»Wann rückte die Küstenwache zu dem brennenden Boot aus?«

»Gegen halb fünf Uhr am Morgen«, sagte Mara Steyn.

»Dann lagen also gute sieben Stunden zwischen dem Unglück und dem Auffinden der Leiche«, schloss Hannah. Sie betrachtete die beiden Punkte auf der Karte. »Haben wir ein Lineal?«

Grewe ging in die Küche und holte den roten Terminkalender, in dem ein kleines Plastiklineal steckte, das die aktuelle Woche markierte.

Hannah nahm es an sich und maß die Entfernung zwischen dem Unglücksort und dem Leichenfundort.

Im Kopf überschlug sie die Distanz mit den Strömungswerten und der Windgeschwindigkeit am betreffenden Tag.

Schließlich legte sie das Lineal auf der Karte ab und schüttelte den Kopf. »Das kommt niemals hin.«

Lenke Jakubetz meinte: »Zu dem Schluss sind wir ebenfalls gekommen.«

Ihr Vater schüttelte den Kopf. »Dass wir darauf nicht schon viel früher gekommen sind …«

»Fang gar nicht erst damit an«, riet Hannah ihm. »Wir hatten überhaupt keinen Anlass, an so etwas zu denken, das führt also zu nichts.«

Mara Steyn hob wie in der Schule den Finger. »Bin ich blöde, wenn ich da jetzt nicht ganz mitkomme?«

»Zumindest sind Sie dann nicht die Einzige«, sprang ihr Henning Grewe bei. »Ich habe eine vage Ahnung, aber erklären Sie es uns doch bitte.«

»Sie beide haben es nicht so mit der Seefahrt, oder?« Hannah schmunzelte und sah ihre Annahme bestätigt, als Grewe und Steyn den Kopf schüttelten. Jedem, der sich regelmäßig auf dem Wasser aufhielt und es gewohnt war, seinen Kurs auf einer

Seekarte zu bestimmen, wäre es bei einer genaueren Überprüfung aufgefallen.

»Bitte die Variante für Dummies«, bat Steyn.

»Nach den Angaben von Constanze und Julian kam es auf ihrer Rückfahrt von der Insel zu dem Brand. Sie gingen alle über Bord. Constanze und Julian sagten aus, dass sie noch gesehen hatten, wie Dana ebenfalls ins Wasser fiel, dann verloren sie sie aus den Augen.« Hannah tippte auf den Punkt, wo der Unglücksort markiert war. »Alle drei gingen also an derselben Stelle ins Wasser. So weit alle dabei?«

Als sie von Grewe und Steyn ein Nicken erhielt, fuhr sie fort. »Constanze und Julian wurden unweit des brennenden Bootes aufgefunden. Sie waren so weit weggeschwommen, dass keine Gefahr mehr für sie bestand. Was Dana betrifft, hat die Rechtsmedizin später ergeben, dass sie vermutlich über Bord fiel und sich dabei den Kopf anschlug, man fand eine entsprechende Verletzung. Aller Wahrscheinlichkeit nach war sie also bewusstlos und ertrank, da sie keine Rettungsweste trug. Ihr lebloser Körper trieb im Wasser.« Hannah zog mit dem Zeigefinger eine Linie zwischen dem Unglücksort und der Leichenfundstelle. »Ich erspare euch jetzt die Rechnerei, aber das Problem ist, dass die Strömung und der Wind viel zu schwach waren, um sie innerhalb von sieben Stunden über diese Distanz zu treiben.«

Henning Grewe betrachtete die Karte mit kritischem Blick, meinte aber schließlich: »Ja, das leuchtet mir ein.«

»Klingt logisch«, stimmte Mara Steyn zu. »Denn wenn Wind und Strömung wirklich so stark gewesen wären, dann hätten sich doch Constanze und Julian auch nicht so lange in der Nähe des Bootes halten können.«

Hannah wog den Kopf hin und her. »Sie sind natürlich vom Boot weg und in Richtung Ufer geschwommen. Aber ja, wären die Wind- und Strömungsverhältnisse so stark gewesen, dass sie

Danas Leiche in der kurzen Zeit über eine solche Strecke getrieben hätten, hätte man auch Constanze und Julian an einer ganz anderen Stelle aus dem Wasser fischen müssen.«

Henning Grewe lehnte sich zurück und knetete seinen Bart. »Und was bedeutet das nun?«

»Meines Erachtens lässt das nur einen Schluss zu«, meinte Hannah. »Das Boot befand sich an einer ganz anderen Position, als Dana über Bord ging. Weiter draußen in der Bucht. In geringerer Distanz zu der Stelle, wo die Leiche später gefunden wurde. Dann würde das zeitlich hinkommen.«

»Donnerlittchen!«, meinte Henning Grewe.

»Das würde aber wohl auch bedeuten«, sagte Mara Steyn nachdenklich, »dass das Boot noch ein ganzes Stück weiterfuhr, nachdem Dana ins Wasser fiel, und erst dann an der bekannten Stelle in Brand geriet.«

»So ist es«, bestätigte Hannah. Beim nächsten Satz fühlte es sich an, als hätte sie einen Kloß im Hals. Allerdings wollte sie diese unbequeme Wahrheit laut aussprechen, für sich, um es wirklich zu realisieren. »Und das bedeutet, dass Constanze Grotewohl und Julian Langmar damals nicht die Wahrheit gesagt haben.«

Schweigen breitete sich aus.

Ihr Vater warf Hannah einen anerkennenden, aber ebenso sorgenvollen Blick zu. Ihnen gefiel beiden nicht, wohin das hier führte.

»Die Frage ist«, brach Henning Grewe die Stille, »was Philip Langmar darüber wusste.«

»Wir wissen, dass er gegenüber Frau Jakubetz Zweifel am Hergang des Unglücks äußerte«, sagte Mara Steyn, »was vermutlich auf seinen Besuch bei Kujau zurückzuführen war.«

»Außerdem traf er sich regelmäßig mit Constanze, seiner anonymen Patientin«, überlegte Hannah. »Nach dem neuerlichen Brand einer Segeljacht im Ostersander Hafen war Constanzes altes Trauma wieder hochgekommen. Möglich also, dass sie auch über die Vergangenheit sprachen …«

Sie brachte den Gedanken nicht zu Ende, als sie beobachtete, wie Henning Grewe das Plastiklineal nahm und es zurück in den roten Terminkalender steckte.

Ein Terminkalender mit dunkelrotem Ledereinband.

In ihrer Erinnerung stand Hannah plötzlich wieder auf dem Parkplatz der psychiatrischen Klinik, an dem Abend, als Philips Leiche am Strand gefunden worden war. Die Aktentasche, die neben seinem Auto lag. Daneben diverse Patientenakten, unter denen sich eine Kladde mit braunem Ledereinband befunden hatte.

Eine Kladde.

Brauner Ledereinband.

Darauf die Initialen PL.

»Verdammte Scheiße«, kehrte Hannah aus ihren Gedanken zurück. »Warum ist mir das nicht früher aufgefallen!«

»Hannah, also bitte!«, meinte ihr Vater.

»Passt schon«, grinste Mara Steyn. »Was ist denn los?«

Hannah fuhr sich mit beiden Händen durchs Gesicht und fragte sich, ob es beginnende Alterssenilität war, die sie dieses Detail hatte übersehen lassen – früher wäre ihr so etwas sofort in den Sinn gekommen. »Bei Langmars Wagen haben wir doch neben den Patientenakten eine braune Kladde gefunden.«

»Stimmt«, bestätigte Grewe, und sein Gesicht wurde mit einem Mal aschfahl.

»Philip hat als Jugendlicher Tagebuch geführt«, erzählte Hannah. »Er benutzte Kladden mit braunem Ledereinband.«

»Es tut mir ja wirklich so leid«, sagte Henning Grewe und hob entschuldigend die Hände. »Wirklich … die kranken Kinder, die beiden Morde … vielleicht war es der fehlende Schlaf, aber das ist mir total durchgegangen.«

»Was?«, fragten Hannah und Mara Steyn wie aus einem Mund.

»Die Kladde. Sie liegt in der Inspektion auf meinem Tisch.« Grewe schüttelte den Kopf. »Sie ist schon vor Tagen aus der Kriminaltechnik zurückgekommen.«

44

Die Polizeiinspektion befand sich wenige Straßen vom Marktplatz entfernt im Herzen der Wismarer Altstadt in einem rotbraunen Backsteinbau, der aus der Gründerzeit stammte und vor Jahren aufwendig restauriert worden war. Das Großraumbüro der Kriminalpolizei nahm einen Großteil des oberen Stockwerks ein. Die Arbeitsplätze von Henning Grewe und Mara Steyn lagen direkt nebeneinander. Auf Trennwände zwischen den Schreibtischen hatte man verzichtet, zwecks Transparenz, einer offenen Arbeitsatmosphäre und Gemeinschaftssinn. Tatsächlich ging die Situation allen seit Jahren auf die Nerven, wie Grewe berichtete, da der Geräuschpegel immens war. Hannah konnte ihm nur zustimmen, als sie an seinem Schreibtisch standen. Das Stimmengewirr von Gesprächen und telefonierenden Kollegen lag in der Luft, dazu Tastaturgeklapper, klingelnde Telefone, das Plingen eingehender E-Mails und das Sprotzeln der Kaffeemaschine.

»Ist mir wirklich peinlich, dass ich das vergessen habe«, sagte Grewe zum wiederholten Male.

»Schon gut«, beruhigte Hannah ihn. »Kann doch jedem mal passieren. Ich hab ja auch nicht dran gedacht.«

»Gut, dass es mir nicht passiert ist«, meinte Mara Steyn, die sich ihr Smartphone ans Ohr hielt.

Grewe nahm den Beweismittelbeutel mit der Kladde zur Hand, der in einem Pappkarton mit den übrigen Fundstücken in der Sache Philip Langmar gelegen hatte. Da das Stück bereits von der Kriminaltechnik untersucht worden war, konnten sie sich die Handschuhe sparen.

Er zog die Kladde hervor.

Ein brauner Ledereinband mit den Initialen *PL*.

»Steyn von der Kripo Wismar«, sprach Mara Steyn in ihr Smartphone. Sie hatte bei Ines Langmar angerufen. »Hätten Sie eine Minute?« Steyn erklärte der Frau, worum es ging. Dann fragte sie: »Würden Sie den Lautsprecher aktivieren, damit meine Kollegen mithören können?«

»Natürlich«, drang die bekannte Stimme von Ines Langmar nun aus dem Lautsprecher.

»Hallo, Frau Langmar«, sagte Hannah.

»Frau Bülow. Es geht um die Tagebücher meines Mannes?«

»Ja. Führte er sie noch regelmäßig?«

»So ist es«, bestätigte Ines Langmar. »Sie stehen oben in seinem Schreibzimmer im Bücherregal.«

»In Ordnung«, sagte Hannah. »Das aktuelle haben wir hier. Wären Sie einverstanden, wenn sich jemand von uns bei Ihnen die vorherigen Bände ansieht?«

»Das können Sie gerne machen.«

»Vielen Dank. Es kommt gleich jemand rüber«, sagte Grewe und beendete das Telefonat.

Dann wanderte sein Blick zu Mara Steyn.

Die verzog die Mundwinkel. »Nein.«

»Einer muss es ja machen.«

»Aber ich verstehe noch immer nicht, was dabei rauskommen soll«, protestierte Steyn.

»Vermutlich nichts«, gab Hannah zu. »Rein der Vollständigkeit halber. Damit wir nicht doch wieder etwas übersehen.«

Steyn rümpfte die Nase. »Warum nicht der, der das Tagebuch vergessen hat?«

»Weil der … zu seinen Kindern zurückmuss. Die haben die Geduld von Herrn Bülow schon überstrapaziert.«

»Klar.« Steyn seufzte und setzte sich in Bewegung. »Das ist dann aber auch meine letzte Tat für heute.«

»Okay«, antwortete Grewe, sichtlich erfreut, auf keine weitere Gegenwehr zu stoßen. »Wir sehen uns dann morgen in alter Frische.«

Hannah nickte der Kollegin zum Abschied zu. Dann nahm sie die Kladde zur Hand und blätterte sie durch.

Soweit sie beim schnellen Überfliegen der Seiten erfassen konnte, erzählte Philip in seinem Tagebuch aus dem Arbeitsalltag, allerdings nicht über seine Patienten, sondern lediglich über persönliche Erlebnisse und Empfindungen. Außerdem über seine Kinder, seine Frau, Wochenendausflüge, besondere Abende oder auch die Ferien.

Die Einträge endeten nach etwa drei Vierteln des Buchs.

Hannah blätterte mit dem Daumen durch die leeren Seiten und wollte die Kladde schon Grewe zurückgeben, als sie stutzte.

Sie schlug die Kladde am Ende auf.

Dort waren mehrere Seiten herausgerissen worden.

»Was ist das?«, fragte Grewe.

»Hier fehlen welche.«

Sie hielt die nicht beschriebenen Seiten, die vor dem herausgerissenen Teil lagen, schräg gegen das Licht der Deckenlampen. Philip hatte mit viel Druck geschrieben. Seine Schrift zeichnete sich auf den leeren Seiten ab. Also hatte auf den entfernten Seiten hier hinten definitiv etwas gestanden. Fragte sich nur, was? Warum und von wem die Seiten entfernt worden waren. Und wo befanden sie sich jetzt?

45

»Ich begreife es noch immer nicht so ganz«, sagte ihr Vater. In der Hand hielt er ein Brötchen mit geräuchertem Aal. Sie saßen auf einer Bank am alten Hafen von Wismar, gegenüber von den Fischkuttern, die ihren Fang verkauften. Vaters Blick ging hinaus zur Hafeneinfahrt. Das Unwetter war inzwischen vorübergezogen, und die untergehende Sonne färbte den Himmel orangerot. »Die ganzen Vorhaltungen, die ich dir damals nach dem Unglück gemacht habe … Dabei war alles wohl ganz anders.«

»Das wissen wir noch nicht«, erwiderte Hannah und biss in ihr Krabbenbrot. Ein paar davon fielen herunter, was Tobby erfreute, er machte sich sofort darüber her. »Außerdem hattest du damals schon ganz recht. Ich hatte dein Vertrauen missbraucht und bin trotz deines Verbots mit dem defekten Boot gefahren. Einen ordentlichen Anschiss hatte ich also mindestens verdient. Und alles andere … das konnte keiner von uns ahnen.«

»Aber es hätte nicht all die Jahre zwischen uns stehen müssen. Mal abgesehen von den Schuldgefühlen …«

»Noch mal, Vater, wir wissen nicht mit Sicherheit, was damals geschehen ist.« Sie kaute den letzten Bissen runter, tupfte sich den Mund mit der Papierserviette ab und knüllte sie zusammen. »Unsere neuen Erkenntnisse stellen die von früher infrage. Sie sind aber noch kein Beweis. Es könnte am Ende also doch alles so gewesen sein, wie wir immer dachten.«

Hannah hatte ihren Vater und Tobby bei Henning Grewe aufgegabelt und ihn als Belohnung für seine Babysitter- und Recherchedienste zum Abendessen auf ein Fischbrötchen eingeladen.

Sie stand auf, ging zum nächstgelegenen Papierkorb, warf die Serviette und die Pappschale hinein, in der das Brötchen gekommen war, und kehrte zur Bank zurück, auf der ihr Vater saß.

Er deutete mit dem letzten Rest seines Brötchens zu dem Kutter gegenüber. »Lust auf einen Nachschlag?«

»Nein, danke. Aber hol dir ruhig noch was.« Sie zog ihr Portemonnaie heraus und gab ihm einen Zehneuroschein.

Während ihr Vater aufaß und sich dann in die Warteschlange stellte, ließ Hannah den Blick schweifen. Wie üblich zu dieser Stunde herrschte bunter Trubel, nicht nur bei den Fischkuttern. Auf der Terrasse vom Alten Zollhaus waren alle Tische besetzt, und die Leute unterhielten sich bei gutem Essen und Wein. In dem Backsteinbau, dessen Treppengiebel mit Blenden verziert war, die an schmale Kirchenfenster erinnerten, befand sich ein italienisches Restaurant.

Im Hafen hatte ein historisches Segelschiff angelegt. Davor standen einige Passanten und bewunderten den alten Zweimaster.

Ein Mann in Jeanshose und Jeansjacke fotografierte das Schiff eifrig aus unterschiedlichen Perspektiven.

Hannah kniff die Augen zusammen.

Den Mann kannte sie doch.

Es war Sibert Hansen.

Hannah warf einen Blick zu ihrem Vater, der noch immer in der Schlange stand. Tobby hatte sich zu ihm gesellt, wohl in der nicht unbegründeten Vermutung, dass für ihn ebenfalls etwas abfallen würde.

Hannah ging zu Sibert Hansen hinüber.

Er hockte mit einem Knie auf dem Pflaster und schoss gerade eine Aufnahme des Schiffs. Dessen Deck war vom Gewitter noch nass, und an den Wanten, Rahen und Tauen hingen Regentropfen, die im Abendrot schimmerten und funkelten, was dem Anblick eine ganz besondere Stimmung verschaffte.

»Äußerst dramatisch«, kommentierte Hannah.

Sibert Hansen schrak zusammen und setzte sich um ein Haar auf den Hosenboden. »Oh …«

»Keine Sorge, ich bin's nur.« Hannah hielt ihm eine Hand hin und half ihm, sich aufzurichten. »Schicke Kamera.«

»Meinen Sie?« Hansen blickte auf seinen Fotoapparat, eine Spiegelreflex mit Zoomobjektiv.

»Sieht für meine ungeübten Augen professionell aus.«

»Ach was.« Er winkte ab und setzte ein schüchternes Lächeln auf. »Von Profi kann hier keine Rede sein.«

Hannah deutete auf das Segelschiff. »Sind Sie auf bestimmte Motive aus?«

»Nein, nicht wirklich.« Hansen überlegte kurz. »Na ja, eigentlich fotografiere ich, was immer mit unserer Heimat zu tun hat. Architektur, Landschaft, Schiffe … also eigentlich so ziemlich alles.«

»Und laden Sie die Fotos irgendwo hoch? Instagram zum Beispiel?«

Hansen lachte und machte eine wegwerfende Handbewegung. »Ach was, wo denken Sie denn hin. Ich habe meine Bilder noch nie jemandem gezeigt.«

»Warum denn nicht?«

»Weiß nicht. Was ist, wenn sie nicht gut sind?« Hansen zuckte mit den Schultern. »Ich meine … ich weiß nicht, ob ich das verkraften könnte.«

»Nun, Sie werden es wohl erst rausfinden, wenn Sie die Bilder mal jemandem zeigen.« Sie setzte ein aufmunterndes Lächeln auf. »Wie wäre es, wenn ich einen Blick darauf werfe?«

Hansen blickte unsicher zwischen Hannah und seiner Kamera hin und her. »Also, ich weiß nicht.«

»Ich kann ein Geheimnis für mich behalten.«

Hansen riss die Augen auf und wurde aschfahl. »Oh, natürlich. Dann ... bitte.« Er hielt ihr die Kamera hin.

Hannah biss sich auf die Zunge, als sie begriff, dass der Kollege ihre Bemerkung in den völlig falschen Hals bekommen hatte. Er bezog ihre Worte auf seine Verbindung mit Carlotta Mevius, über die sie Bescheid wusste.

»Entschuldigung«, sagte Hannah, »so war das überhaupt nicht gemeint. Aber Sie können davon ausgehen, wenn ich so eine Sache für mich behalte, dann werde ich auch über Ihre Ambitionen als Fotograf schweigen wie ein Grab.«

Ein Anflug von Erleichterung machte sich auf dem Gesicht des Kollegen breit. »Sie erzählen wirklich niemandem davon?«

»Gott, Hansen, ich hab Sie doch nicht der Spionage überführt. Klar behalte ich das für mich.«

Hansen überlegte noch einen Moment, dann aktivierte er den Bildschirm seiner Kamera und rief die Fotos auf, die er bisher gemacht hatte. Er reichte Hannah den Apparat.

Zumindest bei der Ausrüstung hatte der Kollege sich nicht lumpen lassen, wie Hannah feststellte. Die Kamera war hochmodern und ihr kleiner Monitor ein Touchscreen. Sie konnte mit dem Daumen durch die Bilder wischen.

Was sein fotografisches Talent betraf, musste Hansen wahrlich nicht hinter dem Berg halten.

Die Motive zeigten unter anderem die Reetdachhäuser von Hoben, die Seebrücke und den Strand von Ostersande, die St.-Georgen-Kirche und andere historische Gebäude der Wismarer Altstadt, bis hin zu dem Zweimaster, vor dem sie standen.

Nun begriff Hannah sich nicht als Expertin, was Fotografie betraf, doch wenn sich die Gelegenheit bot, besuchte sie ab und an Museen, Ausstellungen und kleinere Galerien, sodass sie durchaus Vergleiche anstellen konnte. Mal ganz abgesehen von dem, was die lieben Mitmenschen unter dem Deckmantel der Kunst so alles auf Social Media posteten. Und besonders, was die Motive betraf, die Hansen ausgewählt hatte, musste sie ihm ein echtes Händchen attestieren.

»Das ist wirklich gut«, sagte Hannah.

Hansen seufzte. »Das sagen Sie doch jetzt nur …«

»Nein, ich meine es ernst.« Hannah erklärte ihm anhand einiger Bilder, was ihr besonders an seinen Aufnahmen gefiel und was sie im Gegensatz zu manch anderen Fotografien gelungen machte. An der einen oder anderen Stelle streute sie auch ein wenig Kritik ein, die man als Erbsenzählerei abtun konnte, doch sie wusste, dass ihr Kommentar damit glaubhafter wurde.

Hansen strahlte über das ganze Gesicht. »Ehrlich? Sie finden es wirklich gut.«

»Na, sag ich doch. Warum sollte ich Sie anlügen?«

Hannah hielt plötzlich inne. Sie hatte gerade noch einmal die Bilder der St.-Georgen-Kirche durchgeblättert und war schon beim nächsten Motiv angelangt, als ihr etwas ins Auge sprang.

Sie wischte ein Bild zurück.

Auf dem Foto war das Nordostportal von St. Georgen zu sehen, dessen Türflügel ein Meer von Flüchtenden auf dem Zug durch das Rote Meer zeigten. Die Aufnahme war am Abend entstanden, ein letzter rotoranger Schleier lag im Nachthimmel.

Im Schatten, unweit der Flügeltüren, standen zwei Personen. Hannah sah genau hin, konnte aber lediglich die Silhouetten erkennen, von denen ihr eine vertraut vorkam.

»Können wir hier mal näher ranzoomen?«, fragte sie.

Hansen nahm den Apparat an sich und drückte einige

Knöpfe. Die beiden Personen auf dem Bildschirm wurden größer. Zum Glück hatte Hansen die Aufnahme mit der höchstmöglichen Auflösung geschossen, sodass die Gesichter auch auf der maximalen Zoomstufe nicht verpixelten.

»Geht es etwas heller?«

»Haben wir gleich«, sagte Hansen. Als die Gesichter der beiden Personen klarer zu erkennen waren, stutzte er: »Moment mal, sind das etwa …«

Hannah spürte, wie sich auf ihren Armen eine Gänsehaut bildete.

Hansen erhöhte die Helligkeit und den Kontrast der Aufnahme noch ein Stück, sodass die Gesichter vollends aus den Schatten hervortraten.

»Unglaublich«, flüsterte er.

»Wann haben Sie das Foto gemacht?«

Hansen rief die Informationen zu dem Bild auf dem Monitor auf. »Das war …«

»Am Abend nach dem Mord an Philip Langmar«, erkannte Hannah anhand des Datums.

Der erste Tag nach dem schrecklichen Fund am Strand der psychiatrischen Klinik. Der Tag, an dem sie nach Julian Langmar gesucht hatten. Ohne Erfolg.

Wobei ihn jemand ganz offensichtlich gefunden, es aber aus unbekanntem Grund für sich behalten hatte.

Auf dem Foto, das Sibert Hansen geschossen hatte, war in den Schatten des Portals von St. Georgen Julian Langmar zu sehen, der Mann, nach dem sie gefahndet hatten.

Er schien in eine Unterhaltung mit der Person vertieft, die ihm gegenüberstand.

Constanze Grotewohl.

46

Ein Pils. Oder besser noch etwas Stärkeres.

Nach dieser Erkenntnis oder eher diesem Schrecken brauchte Hannah etwas für die Nerven. Wieder zu Hause, fahndete sie in der Küche nach Alkohol und entschied sich schließlich für einen Wodka aus Vaters Sammlung mit Hochprozentigem. Sie goss sich in der Küche gleich einen Doppelten ein und trank ihn in einem Zug weg. Dann füllte sie das Glas erneut und ging damit nach draußen, wo sie sich mit einem Seufzer in den Strandkorb setzte, nur um festzustellen, dass er selbstverständlich noch klatschnass vom Regen war, was nun auch auf ihr Hinterteil zutraf.

Hannah ließ es sich egal sein.

Sie lehnte sich zurück und trank einen weiteren Schluck Wodka. Der Alkohol brannte in ihrer Kehle, aber eine willkommene Wärme breitete sich in ihrem Magen aus, und das Räderwerk, das ohne Unterlass in ihrem Kopf arbeitete, begann sich ein wenig langsamer zu drehen – spuckte dann aber doch unerwartet noch einen neuen Gedanken aus.

Constanze und Julian Langmar zusammen am Abend nach dem Mord an Philip.

Julian, der am Mordabend beim Haus der Langmars vorbeifuhr und nach ihm suchte.

Nicht zum ersten Mal keimte in Hannah der Verdacht auf,

dass Julian für Philips Tod verantwortlich war. Und vielleicht gab es eine Möglichkeit, das zu beweisen.

Sie griff nach ihrem Smartphone und rief Mara Steyn an – bei Grewe wollte sie es gar nicht erst versuchen, er war sicherlich damit beschäftigt, die Kinder ins Bett zu bringen.

Steyn ging nach dem dritten Klingeln ran.

»Könnten Sie mir einen Gefallen tun?«, bat Hannah.

»Selbstverständlich.«

»Veranlassen Sie einen Vergleich der Handschrift auf dem Zettel und der von Julian Langmar.«

Mara Steyn stieß einen leisen Pfiff aus. »Gute Idee. Da hätten wir auch schon früher draufkommen können.«

»In seiner Wohnung oder in der Firma sollten sich ja genug Schriftstücke mit seiner Handschrift finden lassen.«

»Davon gehe ich aus.«

»Und ... machen Sie den Kollegen Feuer unter dem Hintern. Je früher wir das bekommen, desto besser.«

»Ich denke, das kriege ich hin.« Steyn lachte. »Ich kenne einen in der Kriminaltechnik, der ein Auge auf mich geworfen hat. Der legt bestimmt eine kleine Nachtschicht für mich ein.«

»Danke.«

Hannah legte auf.

Aus dem Strandkorb warf sie einen Blick durch das Panoramafenster des Wohnzimmers. Im Haus herrschte Stille, nichts bewegte sich.

Ihr Vater und Tobby waren wohl noch immer auf Achse.

Nach dem für jemanden in seinem Alter durchaus bewegenden Tag hatte ihr Vater das Bedürfnis verspürt, sich noch ein wenig die Beine zu vertreten, und war mit Tobby runter zum Strand gegangen.

Hannah genoss die Stille. Der sanfte Wind, der durch die

Baumkronen fuhr und das Laub raschelnd zu Boden fallen ließ. Das ferne Rauschen der Wellen, die nach dem Unwetter an den Strand brandeten.

Es dauerte keine Minute, und Hannah schlief ein.

Allerdings nur kurz.

Denn schon bald wurde sie davon wach, dass ihr nasses Hinterteil kalt wurde.

Sie ging nach drinnen und zog sich um. Aus dem Schlafzimmerfenster sah sie Lenke Jakubetz drüben aus dem Ferienhaus auf die Terrasse treten. Im Gegensatz zu ihr selbst war die Frau schlau. Sie hatte sich mit einem Handtuch bewaffnet, mit dem sie den Gartenstuhl abwischte, bevor sie sich setzte.

Hannah hatte ihr angeboten, bei ihnen im Haus zu übernachten, solange sie weiter davon ausgehen musste, dass sie sich eventuell in Gefahr befand. Doch der Nachmittag mit Hannahs Vater und den Kindern hatte ihr offenbar so zugesetzt, dass sie weitere Sicherheitsmaßnahmen auf eigene Verantwortung in den Wind geschlagen hatte.

Hannah überlegte einen Moment. Eigentlich hatte sie Jakubetz heute schon über Gebühr strapaziert und hätte ihr gern einen ruhigen Moment gegönnt. Doch in ihrem Kopf kreisten zu viele Fragen, Theorien und ungelöste Rätsel, über die sie gerne mit ihr gesprochen hätte. Außerdem konnte sie sich bei der Gelegenheit noch einmal davon überzeugen, dass Türen und Fenster in dem Haus gesichert waren.

Bevor er zu seinem Spaziergang aufgebrochen war, hatte sich ihr Vater mit seinem Basteltalent noch der defekten Kellertür angenommen und sie provisorisch mit einem Vorhängeschloss von innen gesichert.

Hannah ging kurz entschlossen hinunter in die Küche, schnappte sich die Wodkaflasche und zwei Gläser und machte sich auf den Weg hinüber zum Ferienhaus.

»Hallo, Nachbarin«, rief Hannah von Weitem. »Wie wäre es mit einem Absacker?«

Lenke Jakubetz betrachtete die Flasche, als Hannah in Sichtweite kam. Dann hob sie die Tasse hoch, die sie in der Hand hielt. »Eigentlich habe ich mir gerade einen Tee gemacht.« Sie trank schnell einen Schluck. »Ist aber noch Platz in der Tasse.«

»Sicher, dass das eine gute Mischung ist?«

»Immer her damit. Ich bin offen für Experimente.«

Hannah goss ihr einen Schuss Wodka in den Tee. Dann nahm sie sich das Handtuch, putzte einen der anderen vier Gartenstühle ab und setzte sich zu Jakubetz.

»Vielen Dank noch mal für Ihre Hilfe.«

Lenke Jakubetz prostete ihr mit der Teetasse zu. »Gerne. Und ich danke für Ihre Fürsorge.«

»Das ist mein Job.«

»Ja, wobei das Ganze für Sie ebenso etwas Persönliches ist wie für mich.«

Hannah konnte kaum widersprechen. »Ich habe Ihre Schwester sehr gemocht. Und ich habe mir mein Leben lang eine Mitschuld an ihrem Tod gegeben.«

»Was war Dana für ein Mensch?«

»Sie war damals mit ihrem Vater hierhergezogen und kam erst in der Oberstufe zu uns. Daher habe ich sie nicht so lange gekannt ... Wie soll ich sie beschreiben? Fröhlich, aufgeschlossen. Jemand, der gerne Neues wagte und sich für die Dinge und Menschen um sich herum interessierte.« Hannah musste schmunzeln, als sie an ihre Jugendjahre zurückdachte. »Sie war Ihnen tatsächlich nicht unähnlich. Einer ihrer Berufswünsche war ebenfalls, Journalistin zu werden.«

»Ehrlich?«

»Ja. Sie wollte möglichst bald wieder von hier weg. Ich glaube, der Umzug von Hamburg nach Wismar hat ihr gar nicht gefallen. Sie war definitiv ein Großstadtmensch.« Hannah seufzte. »Sie hatte Träume. So wie wir alle. Aber sie bekam nie die Chance dazu, sie zu verwirklichen.«

»Daran tragen aber nicht Sie die Schuld«, sagte Lenke Jakubetz.

»Nett, dass Sie das sagen. Vielleicht ist es wirklich so, wir werden sehen. Mit der Wahrheit ist es eine komische Sache, die Erfahrung macht man in meinem Beruf. Manchmal dauert es Jahrzehnte, doch sie kommt am Ende immer unter dem Stein hervorgekrochen, unter dem sie sich versteckt hat.«

Lenke Jakubetz kniff bei Hannahs Worten die Augenbrauen zusammen und machte ein nachdenkliches Gesicht. »Seltsam.«

»Was denn?«

»Das, was Sie gesagt haben. Wiederholen Sie es bitte.«

»Dass die Wahrheit immer unter dem Stein hervorgekrochen kommt, unter dem sie sich versteckt?«

»Ja, es erinnert mich an etwas. Ich hab das so fast wortgleich neulich schon mal gehört.«

»Würde mich nicht wundern. Es gibt viele Wahrheiten, die irgendwo vergraben liegen.«

Lenke Jakubetz schnipste mit den Fingern. »Genau das hat er gesagt. *Vergraben.*«

»Wer hat das gesagt?«

»Julian Langmar.«

Hannah richtete sich auf und stellte ihr Glas auf dem Gartentisch ab. Sie war plötzlich hellwach. »Wann hat er das gesagt und in welchem Kontext? Was meinte er damit?«

»Als ich im Café mit ihm geredet habe«, erzählte Lenke Jakubetz. »Ich hatte ihn ja auf das Unglück angesprochen ...«

»Da hatten Sie ihm schon erzählt, dass Sie Danas Halbschwester sind?«, fragte Hannah.

»Ja, und ich hatte ihm auch erzählt, dass ich für eine Zeitung schreibe. Und in dem Zusammenhang hat er es dann gesagt. Dass es gut wäre, dass jemand über die Geschichte schreibt.« Jakubetz drehte die Teetasse in beiden Händen hin und her. »Und er sagte, dass das, was geschehen ist, bald vielleicht endlich unter dem Stein hervorkriecht, unter dem es vergraben liegt.«

Hannah sah in den Nachthimmel auf. Ihre Gedanken rasten.

Unter einem Stein vergraben.

Oder vielleicht auch *hinter* einem Stein?

Ihr kam wieder die Entdeckung in den Sinn, die Martin Brüggemann im Keller des alten Herrenhauses gemacht hatte, als er für die Planung des Klinikausbaus dort hinabgestiegen war.

Der Stein in der Wand mit ihren Initialen.

Hannah stand mit einem Ruck auf. »Aber natürlich!«

»Was ist?«, fragte Lenke Jakubetz.

»Haben Sie eine Taschenlampe?«

»Mein Smartphone …«

»Nein. Ich brauche eine richtige«, erwiderte Hannah. »Ich gehe an einen Ort, an dem es wirklich dunkel ist.«

Der Keller des alten Herrenhauses erstreckte sich über zwei Vertiefungen. In das erste Untergeschoss gelangte man durch eine Tür auf der Rückseite des Gebäudes.

Hannah hatte mit Cornelius Dahlke telefoniert, der kurzerhand den Nachtportier angewiesen hatte, ihr aufzuschließen.

»Ich verstehe wirklich nicht, was Sie um die Zeit da unten wollen«, murmelte der Mann.

»Ist etwas Dienstliches.«

»Ja, das sagte Herr Dahlke.«

»Ist die Tür eigentlich immer abgeschlossen?«, erkundigte sich Hannah.

»Ja, außer wenn die Handwerker hier unten zu tun haben.«

»Sie meinen, wegen des neuen Anbaus?«

»Das, und im Haupthaus müssen einige Elektroleitungen erneuert werden.«

»Tagsüber steht die Kellertür hier also offen.«

»In den letzten Wochen schon, ja.«

Der Mann öffnete ihr die Tür, und Hannah stieg hinter ihm die Treppe in den Keller hinab.

Er betätigte den Lichtschalter neben dem Eingang.

Seit Hannah das letzte Mal hier gewesen war, hatte man den Keller modernisiert, allerdings ohne den alten Charme des Gemäuers aufzugeben.

Das Gewölbe bestand aus dicken Backsteinen. Hannah erinnerte sich, wie sie damals mit Spinnweben bedeckt gewesen waren. Davon gab es heute keine Spur mehr. Man hatte sauber gemacht, den Boden erneuert und die Kellerräume, an denen der lange Gang vorbeiführte, mit ordentlichen Türen versehen.

Der Portier deutete mit einem Nicken auf die Stabtaschenlampe, die Hannah in der Hand hielt. »Die werden Sie wohl nicht brauchen.«

Sie hatte die Taschenlampe nach kurzem Suchen im Geräteschuppen ihres Vaters gefunden. »Warten Sie es ab. Was wird hier unten gelagert?«

»Alles Mögliche.« Der Mann zuckte mit den Schultern. »Akten, Büromaterial …«

Hannah setzte sich in Bewegung.

»Sie scheinen sich hier auszukennen«, meinte der Portier.

»Ist lange her.« Hannah ging an den Kellerräumen vorbei, bis sie ans Ende des Flurs gelangte. Links und rechts zweigte ein Gang ab. Sie brauchte einen Moment, um sich zu orientieren. Obwohl sich im Grunde nicht viel verändert hatte, sah es natürlich anders aus als damals, als sie hier mehr oder weniger im Dunkeln herumgetappt waren.

Rechts. Sie waren nach rechts gegangen. Hannah erkannte es an dem Oberlicht am entfernten Ende des Gangs, das früher einmal eine Kohlenrutsche gewesen war.

Sie ging bis dorthin vor und wandte sich dann nach links, wo ein schmalerer Gang in eine Sackgasse führte. An ihrem Ende befand sich eine Luke im Boden.

Der Portier runzelte die Stirn. »Da wollen Sie runter? Dort ist aber nichts.«

»Ist eine lange Geschichte«, sagte Hannah, während sie sich bückte und die Luke öffnete.

Sie schaltete die Taschenlampe ein und leuchtete hinunter. Eine steile, morsche Holztreppe führte hinunter in die Schwärze.

»Geben Sie mir fünf Minuten«, bat Hannah den Mann.

Rückwärts stieg sie die Stufen hinunter, die unter ihren Schritten knarzten und knackten. Der Geruch von Feuchtigkeit und Moder drang ihr in die Nase.

Unten angekommen, leuchtete sie in die Dunkelheit.

Sie vermochte nicht zu sagen, ob dieser Bereich jemals eine Funktion besessen hatte. Vielleicht als Lagerraum in früheren Zeiten, möglich war aber auch, dass er nie benutzt worden war.

Die einzige Orientierung in dem großen offenen Raum boten die Steinpfeiler, die in regelmäßigen Abständen die Decke stützten. Auch hier hatte man nachgebessert. Hannah erinnerte sich, dass sich damals einige von ihnen in äußerst fragwürdigem Zustand befunden hatten. Teilweise hatten sich bröselige Steine herausgelöst und Löcher hinterlassen, die einen fürchten ließen, dass die Pfeiler ihrer Traglast nicht mehr allzu lange standhalten würden. Im Zuge der Sanierung waren zahlreiche von ihnen ausgebessert und neu verputzt worden.

Hannah wusste nicht, woran sie sich orientieren sollte. Sie waren damals ziellos hier herumgelaufen, bis sie zu der Stelle gekommen waren, an der sie ihre Initialen eingeritzt hatten. Keiner von ihnen hatte sich einen Kopf darum gemacht, ob man die Stelle in ferner Zukunft wiederfinden könnte. Warum auch? Blieb also nur ein geduldiges Suchen.

Zumindest über den Rückweg brauchte sie sich keine Gedanken zu machen. Von oben drang ein Lichtschein herab, der die Treppe erhellte. Ein Fixpunkt in der Dunkelheit.

Hannah ging vor bis zur Wand und richtete den Strahl der Taschenlampe auf die Bruchsteine. Sie konnte sich noch erinnern, dass es ein Stein auf mittlerer Höhe gewesen war.

Langsam tastete sie sich vor.

Damals war es darum gegangen, einen Ort für das letzte Konzert ihrer Rockband zu finden. Es war nach dem Unglück gewesen, und sie hatten lange darüber debattiert, ob sie überhaupt auftreten sollten, dann aber beschlossen, es für Dana zu tun, die vermutlich gewollt hätte, dass sie weitermachten. Sie würden für Dana spielen. Und damit sollte es nicht nur das letzte Konzert des Sommers und tatsächlich ihr finales gemeinsames Konzert werden, da sie nun alle die Schule abgeschlossen hatten und sich ihre Wege trennen würden. Es musste etwas ganz Besonderes werden.

Die Baufirma von Julians Vater hatte damals bereits den Auftrag zur Sanierung des Herrenhauses erhalten. Der Zustand des verfallenen Gemäuers war von Experten in Augenschein genommen worden, die bestätigt hatten, dass nicht die Gefahr eines Einsturzes bestand.

Julian machte sich Hoffnungen, dass er seinem Vater die Erlaubnis entlocken konnte, das Konzert in dem alten Haus stattfinden zu lassen. Also hatten sie sich herbegeben, um alles in Augenschein zu nehmen.

»Brauchen Sie noch lange?«, kam die Stimme des Portiers von oben. »Die fünf Minuten sind vorbei!«

Hannah war gerade erst bei der Hälfte des Raums angelangt. »Geben Sie mir noch einen Moment.«

Sie tastete sich weiter vor.

Damals hatten sie zunächst die oberen Stockwerke erkundet und waren rasch zu dem Beschluss gekommen, dass die alten verfallenen Räume eine ganz wunderbare Kulisse für ihr Konzert abgeben würden. Trotzdem waren sie noch in den Keller gegangen und hatten schließlich die Tür im Boden und diesen verborgenen Raum entdeckt. Julian war begeistert gewesen, perfekt hätte er es gefunden, hier unten das Konzert abzuhalten. Constanze hatte ihn schnell davon abgebracht, mit dem simplen Hinweis auf den Sicherheitsaspekt, denn wie würde es wohl ausgehen, falls hier unten eine Panik ausbräche.

Er hatte schnell klein beigegeben, und sie hatten schon wieder gehen wollen, als er über einen Stein auf dem Boden gestolpert war. Er war aus der Wand gebrochen, und Julian hatte ihn aufgehoben. An der Stelle, wo er herausgefallen war, hatte sich ein kleiner Hohlraum befunden. Julian hatte den Stein wieder eingesetzt, dabei war ihm der Einfall gekommen, dass sie sich hier verewigen sollten. Auch im Gedenken an Dana.

Mit seinem Taschenmesser hatte jeder von ihnen die Buchstaben in den Stein geritzt. Hannah hatte es übernommen, am Ende auch Danas Initialen einzugravieren. Dabei hatte sie sich mit leiser Stimme noch einmal bei ihrer toten Freundin entschuldigt.

Bitte verzeih mir.

Und da hatte Julian es gesagt. Seine Worte kamen Hannah wieder in den Sinn, und sie ergaben im Licht der aktuellen Erkenntnisse eine ganz neue Bedeutung.

Da gibt es nichts zu verzeihen.

Hannah hatte die Worte damals auf sich bezogen und als gerechte Strafe für das betrachtet, was sie mit verschuldet hatte.

Doch vielleicht hatte Julian es völlig anders gemeint. Vielleicht hatte er etwas zum Ausdruck bringen wollen, was er nicht aussprechen konnte. Dass es nichts zu verzeihen gab, weil Hannah keine Schuld traf. Weil sich alles ganz anders abgespielt hatte …

»Die Uhr läuft!«, rief der Portier erneut von oben.

Hannah ging noch ein Stück weiter und blieb schließlich stehen. Sie hatte den Stein gefunden.

Er steckte auf halber Höhe lose in der Mauer.

Sie leuchtete ihn mit der Taschenlampe an und berührte ihn mit einer Hand. Dass sie jemals wieder hierher zurückkehren würde, hatte sie nicht erwartet.

Hannah machte mit ihrem Smartphone ein Foto von dem Stein. Der Blitz zuckte durch die Dunkelheit. Dann löste sie den Stein aus der Mauer, legte ihn auf den Boden und griff mit einer Hand vorsichtig in den Hohlraum in der Mauer.

Ihre Finger berührten etwas, das sich wie eine Plastikhülle anfühlte. Sie zog den Fund heraus und leuchtete ihn an.

Ein kurzer Blick genügte, um ihre Vermutung bestätigt zu sehen.

Julian war hier gewesen.

Und er hatte die fehlenden Seiten aus dem Tagebuch seines Bruders hinter dem Stein versteckt.

47

Warum hatte Julian die Seiten aus Philips Tagebuch herausgerissen?

Unklar.

War er es überhaupt gewesen, der sie entfernt hatte?

Sehr wahrscheinlich.

Julian kannte den Stein im Keller des Herrenhauses, hinter dem sie versteckt gewesen waren. Er hatte mit seiner Aussage gegenüber Lenke Jakubetz darauf hingedeutet. Die andere Möglichkeit war natürlich Constanze. Sie wusste von dem Stein, hatte sich in jüngster Zeit häufig mit Philip getroffen. Und sie konnte sich Zugriff zu dem Tagebuch verschafft haben – vor oder nach seinem Tod. Dennoch tippte Hannah eher auf Julian.

Weshalb hatte er die Seiten dort unten versteckt?

Ungewiss.

Höchstwahrscheinlich, weil er ein Versteck gebraucht hatte, das nur er kannte. Und das bedeutete, er hatte gefürchtet, jemand anders könnte nach den Seiten suchen. Was außerdem darauf hindeutete, dass Philip in seinem Tagebuch etwas festgehalten hatte, das nicht an die Öffentlichkeit dringen sollte.

Die alles entscheidende Frage allerdings war: Wann hatte Julian die Seiten aus dem Tagebuch entfernt? Und was stand darin?

In der Mordnacht war er beim Haus seines Bruders gewesen

und hatte nach ihm gesucht. Vielleicht fuhr Julian weiter zur Klinik, begegnete Philip auf dem Parkplatz. Es kam zum Streit. Eventuell sogar um das Tagebuch und dessen Inhalt. Philip flüchtete vor seinem Bruder an den Strand. Dort rangen sie womöglich miteinander. Philip stürzte und schlug mit dem Kopf auf dem Stein auf. Julian trat die Flucht an, entnahm auf dem Rückweg die Seiten aus dem Tagebuch.

Was immer noch das Rätsel offenließ, warum er die Seiten nicht einfach vernichtet hatte.

Vielleicht, weil die Wahrheit nicht sterben sollte.

Hannah schwirrte der Kopf, als sie wieder zu Hause ankam.

Sie ging in die Küche, nahm eine Flasche Pils aus dem Kühlschrank und wollte einen Schluck trinken, als sie die Stille bemerkte.

»Hallo?«

Keine Antwort.

Ihr Vater und Tobby waren offenbar noch immer nicht wieder zurück von ihrem Spaziergang. Sie ging ins Wohnzimmer und blickte auf die Wanduhr über dem Sofa. Kurz nach acht. Die beiden waren jetzt über zwei Stunden unterwegs. Langsam wurde es Zeit, dass sie zurückkamen.

Hannah nahm ihr Smartphone und rief erneut Mara Steyn an.

»Was kann ich denn noch für Sie tun?«, kam die Stimme der Kollegin.

»Der Handschriftenabgleich …«

»Habe schon mit dem Kollegen gesprochen. Er liegt mir zu Füßen, aber so schnell ist er dann auch nicht. Wir müssen wohl bis morgen warten, bis wir ein Schriftstück aus Langmars Firma bekommen.«

»Ich habe hier vielleicht etwas, das die Sache beschleunigt. Nicht perfekt, aber …« Hannah schickte parallel das Foto, das sie im Gewölbekeller von dem Stein gemacht hatte, an Steyns Nummer. Es war eine Gravur, die sich sicherlich von einer normalen Handschrift auf Papier unterschied. Doch immerhin hatte Julian sie angefertigt. Einen Versuch war es wert. »Er soll doch mal schauen, ob er den Vergleich damit hinbekommt.«

»Fragen können wir. Ich mach das gleich.«

»Prima, vielen Dank.«

Hannah legte auf, ging hinaus auf die Terrasse und setzte sich in den Strandkorb, der inzwischen getrocknet war. Es war noch warm genug, um draußen zu sitzen, allerdings zu dunkel zum Lesen. Für solche Fälle hatte ihr Vater eine kleine Lampe im Strandkorb angebracht. Sie bestand aus einer halben Kokosnussschale und einer batteriebetriebenen LED-Leuchte. Hannah schaltete sie ein und begann die Seiten aus Philip Langmars Tagebuch zu lesen.

Und ihr gefiel ganz und gar nicht, was dort geschrieben stand und welche Schlussfolgerungen sich daraus ergaben.

Philip hatte auf den Seiten in krakeliger Handschrift – eine Berufskrankheit von Ärzten – Notizen in Form von Stichpunkten und Halbsätzen zu seinen heimlichen Treffen mit Constanze festgehalten. Die Worte und Zeilen waren eng aneinandergedrängt.

> Constanze sucht mich auf. Tief getroffen von Bootsunglück in Ostersander Hafen. Verletzte mit Brandwunden. Eine tote Frau. Altes Trauma bei Constanze wieder aufgebrochen. Angstzustände. Panikattacken. Schlaflosigkeit. Braucht Hilfe.

Wie aus den nächsten Sätzen hervorging, hatte sie nicht zum Polizeipsychologen gehen wollen. Philip hatte sich darauf eingelassen, um ihrer alten Freundschaft willen – doch auch mit einem Hintergedanken.

Er verschrieb Constanze Psychopharmaka, drang darauf, dass sie unter seiner medizinischen Beobachtung blieb und sie über ihre Probleme redeten, um eine Lösung zu finden.

Und so begannen ihre heimlichen Zusammenkünfte.

Er hatte nicht zu jeder davon Notizen verfasst.

Klar wurde aber, dass sie in ihren Gesprächen von dem neuerlichen Unglück schnell zu dem Unfall kamen, in dessen Folge Dana Ringhoff ums Leben gekommen war.

Nach langer Zeit noch immer Schuldgefühle bei Constanze wegen Danas Tod.
Constanze war mit Dana und Julian auf Boot, als Unglück geschah.
Trotzdem irrational?
Damals keine Schuld bei Constanze und Julian.
Tieferer Grund für Probleme?
Evtl. gleicher Grund, der Julian plagt?

Das war also nach all den Jahren noch immer Philips stiller Antrieb, dachte Hannah: seinem Bruder dabei zu helfen, wieder in die richtige Spur zu finden, die Finger von den Drogen zu lassen. Und dafür musste Philip die Ursache für Constanzes Probleme ergründen.

In den folgenden Absätzen beschrieb Philip, dass er auch mit Julian über die alte Geschichte sprach. Nach einer Phase der Abstinenz durchlebte dieser wieder eine Alkohol- und Drogenepisode.

Mit Bernd Kukis gesprochen. Tagesgeschäft liegt in seiner Hand.
Julian selten in Firma.
Kaum in der Lage, normalen Berufsalltag zu bewältigen.

Wo soll das noch hinführen?
Firma in Gefahr?

Entscheidend waren für Philip dann wohl zwei Momente gewesen, die er auf den letzten Seiten festgehalten hatte.

Das erste Ereignis hatte sich etwa eine Woche vor seinem Tod ereignet.

Abends mit Julian verabredet. In seiner Wohnung. War früh dran. Auf Küchentisch Reste von weißem Pulver entdeckt. Hat offenbar noch versucht, es zu beseitigen.
Rauschzustand an Pupillen erkennbar.
Rede mit ihm über Drogenkonsum und seinen Allgemeinzustand.
Insistiere, dass er sich helfen lässt.
Kann so nicht weitergehen. Auch wegen Firma.
Biete erneut Hilfe für Probleme.
Julian muss sich Vergangenheit stellen. Dort liegt etwas, das ihm all die Schwierigkeiten bereitet.
Julian an diesem Abend ungewöhnlich offen.
Möglicherweise wegen Rauschzustand.
Durchlebt noch einmal Ablauf des Unglücks.
Julian schließlich in Tränen.
Kommen der Sache auf den Grund.
Julian in sich gekehrt. Überlegt. Dann Satz, der ihm schwer über die Lippen kommt. Etwas, das ihm lange auf der Seele lag?
»Es gab damals vielleicht einen Moment, in dem wir Dana hätten helfen können.«
Was will er damit sagen?
Erfahre es nicht.
Julian verschließt sich, als ich nachfrage.

Hannah musste die Zeile zweimal lesen.

Ein Moment, in dem wir Dana hätten helfen können.

Was zum Teufel hatte er damit gemeint?

Alles in ihr zog sich zusammen.

Hannah las weiter.

Erneutes Treffen mit Constanze.

Frage sie, ob sich Unglück damals wirklich so ereignete, wie sie und Julian immer erzählt haben.

Baue goldene Brücke: Erkläre, dass sie damals unter Schock stand. Man kommt schnell durcheinander. Missinterpretiert Dinge. Mit Distanz spielen Erinnerungen einem Streiche. Man sieht evtl. Schuld, wo gar keine existiert.

Vielleicht glaubte auch Constanze, dass sie Dana hätten retten können, obwohl diese Chance in Wahrheit nie bestand?

Constanze antwortet nicht. Will wissen, ob ich das von Julian erfahren habe.

Vertrauen zu mir droht zu zerbrechen!

Beruhige sie. Sage, es geht nur um ihr geistiges Wohl und das von Julian.

Constanze macht komplett dicht.

Bricht Sitzung ab!

Es war das letzte Mal, dass die beiden sich trafen.

Wenige Tage später lag Philip tot am Strand.

Hannah faltete die Tagebuchseiten nachdenklich zusammen.

Was war damals in Wahrheit geschehen? Hatten Constanze und Julian gelogen? Falls ja, weshalb? Hatte Philip die Wahrheit am Ende gekannt und deshalb sterben müssen? Hatte Julian ihn ermordet? Und was hatte Constanze von alldem gewusst? Immerhin hatte sie sich nach Philips Tod heimlich mit Julian getroffen, wie das Foto von Sibert Hansen bewies.

Hannah griff nach ihrem Smartphone.

Ihr Daumen schwebte über dem Anrufbutton.

Sie wollte Henning Grewe anrufen. Doch etwas hielt sie zurück. Streng genommen waren es allenfalls Indizien, die zu vagen Theorien führten, und keine harten Beweise. Wenn sie tat, was sie tun wollte, brachte sie Constanze in Bedrängnis – und das, wo ihre Freundin sich ohnehin in einer schwierigen Situation befand, sowohl gesundheitlich als auch beruflich.

Eine aufgeregte Stimme ließ sie hochfahren.

»Hannah!«

Ihr Vater kam völlig außer Atem und mit Schweißperlen auf der Stirn den Pfad vom Strand her gelaufen. »Ich brauche sofort deine Hilfe!«

48

»Was soll das heißen, er ist dir ausgebüxt?« Hannah sah ihren Vater sprachlos an.

»Na, genau das«, schnaufte er und stützte sich mit beiden Händen auf den Knien ab. »Hat ein Kaninchen gesehen und ist ihm dann einfach hinterher ins Unterholz.«

»Und wo ist Tobby jetzt?«

»Keine Ahnung. Das ist doch das Problem. Ich bin ihm noch ein Stück hinterher in den Wald. Aber es ist zu dunkel. Ich hab ihn aus den Augen verloren.«

»Ist er dir denn nicht nachgekommen?«

Ihr Vater verdrehte die Augen und blickte demonstrativ um sich. »Offenbar nicht. Du hättest mich ruhig vorwarnen können, dass der Kleine so ein Streuner ist.«

»Ist er ja gar nicht …« Wobei es in Münster mitten in der Stadt natürlich auch keine Kaninchen gegeben hatte, denen man hinterherjagen konnte. Insofern konnte sie Tobbys spontane Begeisterung durchaus nachvollziehen, und normalerweise wäre sie sich auch sicher gewesen, dass er den Weg zurück nach Hause fand. Doch dazu waren sie vielleicht noch nicht lange genug hier …

»Ich geh ihn suchen«, beschloss Hannah und stapfte los.

»Prima. Ich gönn mir mal ein Pils.«

»Wo seid ihr hingegangen?«

»Rechts runter, Richtung Herrenhaus.«

Hannah folgte dem Pfad hinunter zum Strand. In der Eile hatte sie vergessen, sich passendes Schuhwerk anzuziehen. Kleine Kiesel verirrten sich in ihre Schlappen und pieksten in ihre Fußsohlen. Sie blieb kurz stehen, um die Schuhe auszuschütteln, dann ging sie weiter. Am Strand angekommen, beschloss sie, den Weg barfuß fortzusetzen. Der Sand fühlte sich zwischen ihren Zehen wesentlich angenehmer an.

Sie ging den Strand in Richtung des alten Herrenhauses hinunter. Der Wind hatte in den vergangenen Stunden gedreht und wehte nun frisch aus östlicher Richtung. Am Himmel standen die Sterne und der sichelförmige Mond.

Obwohl der Abend zu einem ausgedehnten Spaziergang einlud, musste sie nicht sonderlich weit laufen. Sie war noch keine fünf Minuten unterwegs, als sie einige Hundert Meter weiter einen Mann erspähte. Aus der Ferne wirkte es zunächst, als würde er einen seltsamen Tanz aufführen, so wie er am Strand herumhampelte. Erst im Näherkommen erkannte Hannah, dass er sich einem Tier zur Wehr setzte, das ihn umkreiste und immer wieder Anlauf nahm und in die Höhe sprang.

Es war ihr Hund.

Hannah rannte los. »Tobby! Lass das! Hör auf und komm her!« Zum Glück gehorchte er. Tobby ließ von dem Mann ab und rannte zu Hannah herüber. Sie ging in die Hocke und fasste ihn an seinem Halsband. »Du Schlingel!«

»Ach, das ist Ihrer ... Sie kommen keine Minute zu früh«, hörte sie den Mann und erkannte sofort seine Stimme. »Er hätte sonst glatt mein Abendessen verspeist.«

Als sie aufblickte, sah sie in das lächelnde Gesicht von Henry Fleming. Er hielt ein Butterbrot in der Hand.

Hannah stand auf. »Es tut mir wirklich entsetzlich leid.«

Fleming biss in sein Brot und winkte ab. »Schon gut. Ich

kenn mich ja ein bisschen mit Tieren aus. Hab erkannt, dass er ein Gutmütiger ist. Wenn auch mit einem guten Appetit gesegnet.«

»Was meinen Sie damit?«

»Die andere Hälfte des Butterbrots hat er schon verputzt. Ich dachte, damit könnte ich mich freikaufen.«

Hannah bedachte ihren Hund mit einem mahnenden Blick. »Tobby, also wirklich, du kleiner Vielfraß.«

»Die zweite Hälfte wollte ich so schnell nicht auch noch rausrücken.«

»Entschuldigung«, wiederholte Hannah. »Er ist meinem Vater ausgebüxt ...«

»Alles gut«, beruhigte Fleming sie. »Machen Sie sich keine Sorgen. Ist ja nichts passiert.«

»Das hätte aber auch ins Auge gehen können. Und Sie ... sind auf dem Heimweg?«

»So ist es. Der Tierarzt muss morgen noch mal nach meinem Pferd sehen. Also waren wieder Überstunden angesagt.«

»Darf ich Sie als Wiedergutmachung vielleicht nach Hause fahren«, bot Hannah an. »Wir wohnen gleich dort vorne ...«

Fleming aß den letzten Bissen und meinte mit halb vollem Mund: »Danke, aber es war ein harter Tag. Ich hatte zu allem Überfluss auch noch eine abendliche Besprechung mit Dahlke.«

»Wollte er Sie schon wieder befördern?«, sagte Hannah mit einem Schmunzeln.

»Genau. Er hat mit Engelszungen auf mich eingeredet, mir sogar unverschämt viel Geld geboten. Doch ich bin hart geblieben. Und hoffe, dass er es nun ein für alle Mal verstanden hat. Ein wenig Bewegung und frische Luft kommen mir also ganz recht.«

Im Stillen bewunderte Hannah die Standhaftigkeit des Mannes. Sie kannte wenige Menschen, in der Tat niemanden, der sich einer Beförderung oder Gehaltserhöhung derart widersetzt hätte. Geltungssucht und Geldgier gewannen am Ende doch immer die Oberhand. Und sie mochte nicht die Hand dafür ins Feuer legen, dass sie an seiner Stelle nicht selbst weich geworden wäre.

»Wie wäre es alternativ mit einem Pils?«, fragte sie. »Ich hätte auch Rot- oder Weißwein im Angebot.«

Fleming überlegte demonstrativ, antwortete dann aber sehr schnell: »Das klingt gut.«

Hannah schenkte ihm ein Lächeln. »Dann folgen Sie mir unauffällig.«

Wenig später saßen sie nebeneinander im Strandkorb hinter dem Haus. Hannah hatte eine Flasche Rotwein aufgemacht und Fleming ein Glas eingeschenkt. Sie stießen an.

Fleming ließ den Wein im Glas kreisen, schnupperte daran und trank einen Schluck. »Hm, ausgezeichnet.« Er nahm die Flasche in die Hand und studierte das Etikett. »Ein Pinot Noir d'Alsace. Das Vergnügen hatte ich noch nicht. Muss ich mir aber merken.«

»Ich habe ihn von meiner letzten Radtour mitgebracht«, erzählte Hannah.

»Sie sind mit dem Fahrrad von hier ins Elsass?« Fleming machte große Augen.

Hannah lachte. »Nein. Ich bin gerade erst wieder hierhergezogen ...«

»Ihr Vater lebt aber schon länger hier.« Fleming deutete mit einem Nicken zum Wohnzimmerfenster, durch das Hannahs Vater in seinem Ohrensessel zu sehen war. Er hatte Fleming kurz begrüßt und sich dann einer Fußballübertragung gewidmet.

»Ich bin hier aufgewachsen. Mit meiner Familie hab ich in Münster gelebt ... ist eine längere Geschichte.« Hannah trank einen Schluck. »Jedenfalls sitze ich im Urlaub gerne auf dem Drahtesel. Frische Luft, draußen in der Natur sein, da komme ich runter. Die letzte Tour ging entlang der Elsässer Weinstraße.«

»Dafür könnte ich mich auch begeistern. Ich versuche schon seit Langem, meine Tochter mal zu einer Radtour zu überreden. Leider ist ihr das zu altfränkisch …«

»Sie dürfen es nicht Radtour nennen«, meinte Hannah. »Reden Sie lieber von Bikepacking. Ist im Prinzip fast dasselbe. Aber auf YouTube finden Sie unzählige Influencer, die von ihren Bikepacking-Trips rund um die Welt berichten. Das kommt bei der jungen Generation besser an.«

»Danke für den Tipp, werd's versuchen«, sagte Fleming. »Darf ich Sie fragen, ob ich nun endgültig von der Verdächtigenliste runter bin? Ich müsste nämlich einige größere Anschaffungen machen … neuer Kühlschrank, neue Waschmaschine, das eine oder andere für mein Pferd. Das würde ja alles wenig Sinn machen, wenn ich die nächsten Jahre hinter Gittern verbringe.«

Hannah musste abermals lachen und verschluckte sich beinahe am Wein. »Sie wissen ja, ich darf darüber nicht sprechen. Aber … wenn ich Sie wäre, würde ich ganz unbesorgt auf Shoppingtour gehen.«

»Das freut mich zu hören.« Fleming atmete auf. »Das war wirklich kein schönes Gefühl, verdächtigt zu werden, wenn man nichts Unrechtes getan hat.«

»Kann ich mir vorstellen. Gehört aber leider zu unserem Job, alle Möglichkeiten abzuklopfen.«

»Natürlich. Das bedeutet aber, Sie sind der Lösung einen Schritt nähergekommen? Ich meine, ich kannte Philip gut, und mich würde natürlich schon interessieren, wie ihm so etwas zustoßen konnte …«

»Auch darüber kann ich nicht sprechen.« Hannah zuckte

mit den Schultern. »Aber wenn es Sie beruhigt und Ihre Neugier befriedigt, die Hinweise deuten derzeit in eine ganz andere Richtung. Eine … sehr überraschende Richtung.«

Fleming legte die Stirn in Falten. »Klingt so, als wären Sie mit dieser Entwicklung nicht einverstanden.«

»Nein, das bin ich in der Tat nicht.«

»Wenn Ihnen etwas auf der Seele brennt, können wir jederzeit darüber reden.«

Hannah blickte Fleming nachdenklich von der Seite an, woraufhin dieser sofort die Hände hob: »Entschuldigung, das war völlig distanzlos. Ist sozusagen eine Berufskrankheit. Ich vergesse mich manchmal.«

»Schon gut.« Tatsächlich fand Hannah seine Anwandlung, sein Gegenüber instinktiv auf die Couch zu legen, durchaus sympathisch, zeugte es doch von aufrichtigem Interesse. »Sie liegen ganz richtig. Dieser Fall hat sich leider zu etwas sehr Persönlichem entwickelt.«

»Ich wollte gar nicht so tief nachbohren, verzeihen Sie«, entschuldigte er sich erneut. »Mir ist auch klar, dass Sie über Ihre Arbeit gegenüber Außenstehenden Stillschweigen bewahren müssen.«

Hannah musterte Fleming und dachte nach. In gewisser Weise hatte sie Vertrauen zu ihm gefasst. Er war ein netter, ehrlicher Kerl, ein Schlag Mensch, den man nicht allzu häufig traf. Außerdem hatte er in diesem Fall einiges aushalten müssen.

Und dann war da noch ein ganz anderer Punkt.

Sie hatte nie mit jemand Neutralem – Constanze, Julian, ihre Eltern und die Polizisten, die sie befragt hatten, zählte sie nicht dazu – darüber gesprochen, was damals geschehen war, nie den Versuch gemacht, wirklich zu verarbeiten, was sie erlebt hatte. Selbst ihrem Mann gegenüber hatte sie die Geschichte nie mit einer Silbe erwähnt.

Etwas in ihrem tiefsten Inneren sagte ihr, dass es vielleicht an der Zeit war, es endlich rauszulassen.

»Sie unterliegen ja der ärztlichen Schweigepflicht …«

»Wenn wir das hier als Therapiegespräch deklarieren, durchaus«, sagte Fleming.

»Gut, wenn es das einfacher macht, sei es hiermit deklariert.« Hannah hob ihr Glas und trank noch einen Schluck.

Dann begann sie zu erzählen, von Dana, Julian und Philip.

Constanzes Namen nannte sie nicht, sondern sprach von ihrer besten Freundin.

Sie berichtete Fleming von dem Bootsunglück, bei dem Dana ums Leben gekommen war, den Befragungen, denen sie sich hatten stellen müssen, und der offiziellen Version, wie sich der Unfall ereignet hatte. Dann deutete sie an – ohne Ross und Reiter zu nennen –, dass die jüngsten Erkenntnisse einen völlig anderen Hergang nahelegten.

Als sie endete, blickte Fleming sie zunächst schweigend an, wobei seine blauen Augen in ihrem Inneren zu forschen schienen. Schließlich fragte er: »Wie geht es Ihnen damit?«

Hannah musste unwillkürlich losprusten. »Das ist die Standardfrage von allen Psychiatern, was?«

Fleming blieb ernst. »Es ist eine naheliegende.«

»Dann darf ich ehrlich sein?«

»Unbedingt.«

»Scheiße«, sagte Hannah freiheraus. »Es geht mir scheiße damit. Und so war es schon immer. Mein Vater hat sich die Schuld für das gegeben, was geschehen war. Ich tat es auch. Unsere Beziehung hat darunter gelitten, bis heute steht diese Sache zwischen uns.«

»Sind dann die jüngsten Entwicklungen nicht eher ein Grund zur Hoffnung? Es könnte alles ganz anders gewesen sein. Das würde vieles ändern.«

»Vielleicht, aber ich weiß nicht, ob es etwas zum Bessern ändert oder tatsächlich nicht alles noch viel schlimmer macht.«

»Wie wollen Sie weiter vorgehen?«, fragte Fleming.

»Keine Ahnung.« Hannah hob die Schultern. »Im Moment seh ich den Wald vor lauter Bäumen nicht. Da gibt es eine Menge neuer Hinweise und Vermutungen, die in eine bestimmte Richtung deuten. Nur harte Beweise, die gibt es nicht. Außerdem ist da nicht nur die Frage, was sich damals wirklich ereignet hat, sondern auch die Frage nach dem Warum. Warum sollte jemand Dana absichtlich etwas angetan haben?«

Hannah atmete tief durch. Nun war es raus. Sie hatte das ausgesprochen, was ihr die ganze Zeit nur als vage Ahnung im Kopf herumgegeistert war. Der Tod von Dana Ringhoff war möglicherweise kein Unfall gewesen, sondern Absicht.

Ein Mord.

»Sie haben Ihre alte Freundin und den Freund im Verdacht, die auf dem Boot waren?«, hakte Fleming nach.

Hannah erwiderte zunächst nichts, dabei hatte er recht. Sie wich aus: »Ich werde das Gefühl nicht los, erneut eine riesige Schuld auf mich zu laden, indem ich die Wahrheit ausgrabe. Dabei bin ich mir ja nicht mal sicher, ob es überhaupt die Wahrheit ist, der ich da hinterherjage. Mir fehlt das entscheidende Puzzleteil.«

»Vielleicht sind das ja Sie selbst.«

»Ich? Wie kommen Sie darauf?«

»Wenn Julian oder Philip Langmar die Wahrheit kannten, haben sie diese mit ins Grab genommen. Dana Ringhoff kann sie ebenfalls nicht mehr erzählen. Und Ihre Freundin wird sie kaum freiwillig preisgeben. Bleibt also nur noch eine Person, die die Ereignisse damals hautnah miterlebt hat. Sie.«

»Aber ich war nicht auf dem Boot, als es geschah«, hielt Hannah dagegen.

»Das stimmt. Dennoch empfinden Sie eine Schuld für das Geschehene, obwohl Sie nicht unmittelbar daran beteiligt waren.«

»Weil ich meine Freunde mit unserem Boot habe fahren lassen, obwohl ich wusste, dass die Benzinleitung defekt war.« Hannah zögerte kurz. »Und ... weil ich, statt bei ihnen zu bleiben, lieber mit Philip Langmar losgezogen und mit ihm im Bett gelandet bin, während die anderen dort draußen mit dem Boot abfackelten.«

Henry Fleming lehnte sich im Strandkorb zurück und blickte hoch zu den Sternen. »Wissen Sie, mit der Vergangenheit und der Schuld ist es so eine Sache. Unser Gedächtnis spielt uns da gerne Streiche oder meint es besonders gut mit uns. Denn wir neigen dazu, Unangenehmes zu verdrängen. In der Rückschau erinnern wir uns vor allem an das Positive, die Dinge erscheinen besser, als sie es tatsächlich waren ...«

»Davon kann in meinem Fall wohl kaum die Rede sein«, warf Hannah ein.

»Ich erzähle Ihnen eine kleine Geschichte, um zu verdeutlichen, was ich meine«, sagte Fleming. »Es gibt da einen guten Freund von mir. Sein Name tut nichts zur Sache. Wir gingen gemeinsam zur Schule. Irgendwann verloren wir uns dann aus den Augen. Nach vielen Jahren traf ich ihn wieder, und wir erneuerten unsere Freundschaft, trafen uns wieder regelmäßig. Es war wirklich sehr nett, wir tauschten alte Erinnerungen aus, und ich fragte mich irgendwann, warum wir uns überhaupt auseinandergelebt hatten. Als ich meinen Freund darauf ansprach, offenbarte er mir, dass ich es gewesen war, der die Freundschaft aufgekündigt hatte. Erst nach und nach fiel mir wieder ein, weshalb. Mein Freund war mir damals einfach unglaublich auf den Keks gegangen. Er war dabei gewesen, sich zu einem echten Arsch zu entwickeln. Das war er dann zum

Glück nicht geworden, es war nur eine Episode in seinem Leben gewesen. Doch das alles hatte ich komplett aus meiner Erinnerung verdrängt.«

»Sie meinen damit, dass ich unter Gedächtnisschwund leide?«, fragte Hannah.

»Eine positive Art von Gedächtnisschwund. Das müssen Sie selbst erforschen. Allerdings …«

»Was?«

»Die Konstellation, die Sie beschrieben haben, ist eine seltsame.«

»Wie meinen Sie das?«

»Die Zusammenstellung Ihres Freundeskreises. Sie sagten, Julian Langmar wäre mit Dana Ringhoff zusammen gewesen, bevor er mit Ihrer besten Freundin anbandelte?«

»Ja.«

»Dreierkombinationen sind so ein Ding.« Fleming schürzte die Lippen und beugte sich vor. »Ein Freund mit seiner Geliebten und deren bester Freundin, das kommt vor. Aber der Freund, seine Ex und die Neue, das kommt so häufig nicht vor. Wie kam es überhaupt dazu?«

Hannah legte die Hände hinter den Kopf und sah hinauf zu den Baumwipfeln, die sich sanft im Wind bewegten. In Gedanken kehrte sie in den Sommer 1993 zurück. Mit der Erinnerung keimte eine vage Ahnung in ihr auf.

»Dana und Julian lernten sich durch ihre Väter kennen und verliebten sich«, erzählte sie. »Danas Vater war ein Investor, der das alte Herrenhaus sanieren wollte, Julians Vater ein Bauunternehmer, der das Projekt stemmen sollte.«

»Hatten Sie zu dem Zeitpunkt schon mit den beiden zu tun?«

»Nein, allenfalls indirekt. Meine beste Freundin …«, Constanze, ergänzte sie in Gedanken, »sie schwärmte damals für Julian. Aber er ließ sie abblitzen, kam mit Dana zusammen. Sie war deshalb ziemlich fertig …«

Vor Hannahs innerem Auge liefen Szenen ab, an die sie schon eine sehr lange Zeit nicht mehr gedacht hatte, von denen sie beinahe vergessen hatte, dass sie sich jemals ereignet hatten.

»Aber das änderte sich dann offenbar«, sagte Fleming, was wohl eine Ermunterung sein sollte, diesen Erinnerungen weiter nachzugehen.

»Wir spielten in einer Band. Meine Freundin am Schlagzeug, ich die Bassgitarre. Nichts Großes, aber wir waren auch nicht schlecht. Vor einem Konzert fiel unser E-Gitarrist aus, er hatte sich die Hand beim Fahrradfahren gebrochen. Julian sprang für ihn ein. Er war gut. Und er entdeckte plötzlich die Gemeinsamkeiten, die er und meine Freundin teilten. Die Liebe zur Musik, der Wunsch, aus der engen grauen Heimat zu entfliehen, raus in die weite Welt. Sie verliebten sich, und Julian trennte sich von Dana.«

Fleming schürzte die Lippen. »Eine Liebesgeschichte, wie sie in dem Alter häufig vorkommt, mit Happy End für Ihre Freundin.«

»Für sie schon, ja. Für Dana Ringhoff nicht. Für sie wurde es ein Drama. Sie entwickelte eine Essstörung, landete schließlich sogar im Krankenhaus. Julian machte sich deshalb Vorwürfe. Dana verstärkte diese, indem sie ihm Schuldgefühle einredete …«

»Dann machte sie sich wohl Hoffnungen, ihn für sich zurückzugewinnen«, erkannte Fleming. »Kommt vor.«

»Wie Sie schon sagten, die Vergangenheit verblasst in der Rückschau. So genau weiß ich das alles nicht mehr. Aber, ja, durchaus möglich, dass sie diese Absicht hatte.«

An eine Sache erinnerte sich Hannah noch ziemlich genau. Was zwischenmenschliche Beziehungen anging, Intrigen und unterschwellige Animositäten, waren ihre Antennen in jenem Alter nicht sonderlich ausgeprägt gewesen. Sie schlug in der Hinsicht wohl eher nach ihrem Vater. Das nötige Einfindungsvermögen war erst später gekommen, im Job, in der Familie, als sie es gebraucht hatte.

Bei Constanze war das anders gewesen. Sie hatte schon damals ein feines Gespür für zwischenmenschliche Schwingungen gehabt. Dabei hatte sie allerdings immer zuerst das Schlechte in den Menschen gesehen, ständig mit irgendeiner Hinterhältigkeit gerechnet. Zu diesem Zeitpunkt hatte Hannah das nicht verstanden, heute wusste sie es besser. Constanze hatte bereits die Welt durchschaut.

»Trotzdem wurden Dana und Ihre Freundin danach Freunde?«, erkundigte sich Fleming.

»Ja, was wohl auch mit Julians schlechtem Gewissen zu tun hatte …« So plötzlich wie der Blitz eines Gewitters schoss Hannah ein Erlebnis in den Sinn.

Es war ein warmer Sommerabend gewesen. Sie ging mit Constanze am Ostersander Strand spazieren. Constanze regte sich über Dana auf. Wie sie sich an Julian heranwarf, versuchte, ihn wieder auf ihre Seite zu ziehen.

»Und dann kam der Tag mit der nächtlichen Feier auf der Insel Walfisch«, führte Fleming die Geschichte fort. »Zwei junge Frauen, die um denselben Mann buhlen, steigen mit ihm in ein Boot, und nur eine von ihnen kommt am anderen Ufer an.«

Hannah nickte still.

So war es gewesen.

»Haben Sie das damals jemandem erzählt?«, fragte Fleming.

»Nein.« Hannah schüttelte den Kopf. »Ich glaube, daran habe ich gar nicht mehr gedacht, nach allem, was geschehen war. Der Brand auf dem Boot, Julian und meine Freundin, die knapp mit dem Leben davongekommen waren, die tote

Dana ... Alles andere kam mir dagegen völlig nebensächlich vor. Und wir gingen ja auch davon aus, dass die Benzinleitung den Brand ausgelöst hatte.«

»Dass Sie und Ihr Vater einen Teil der Schuld trugen.«

»Ja.« Hannah faltete die Hände und seufzte. »Und ich glaube, damals hätte ich mir auch nicht im Entferntesten vorstellen können, dass es anders abgelaufen sein könnte.«

Hannah blickte Henry Fleming an und spürte, wie ihr eine Träne die Wange hinablief.

Fleming presste die Lippen aufeinander und nickte verständnisvoll.

Mit einem Mal begriff Hannah, dass es vielleicht noch einen ganz anderen Grund gab, weshalb sie all die Jahre die Schuldgefühle geplagt hatten.

Diese Wahrheit hatte immer in ihrem Unterbewusstsein geschlummert, tief vergraben unter einem Stein, wie die Tagebuchseiten im Gewölbekeller des alten Herrenhauses, etwas, das niemals wieder an die Oberfläche kommen sollte.

»Ich glaube«, sagte sie mit leiser Stimme, »ich habe es immer irgendwo geahnt, mich dem aber nicht stellen wollen.«

»Und was fühlen Sie jetzt?«

»Dass es Zeit wird, dass die Wahrheit ans Licht kommt.«

Fleming lächelte sie mit forschendem Blick an, und je länger Hannah ihm standhielt, desto mehr Bestärkung fand sie in seinen blauen Augen, endlich das Richtige zu tun.

Sie griff nach ihrem Smartphone und wählte die Nummer von Henning Grewe.

49

Hannah traf fast zeitgleich mit Henning Grewe und Mara Steyn beim Haus der Grotewohls ein. Henry Fleming hatte nach ein paar Gläsern Wein nicht mehr darauf bestanden, den Heimweg zu Fuß zurückzulegen, und seine Windmühle lag praktisch auf dem Weg. Hannah hatte ihn dort abgesetzt und war dann zu Constanze gefahren. Sie stellte ihren Wagen in der Einfahrt ab und stieg gerade aus, als der Kombi von Henning Grewe hinter ihr hielt. Die Beifahrertür schwang auf, und Mara Steyn stieg aus. Sie trug Jeans, T-Shirt und eine Kapuzenjacke, was vermuten ließ, dass sie es sich schon auf dem Sofa gemütlich gemacht hatte, als Grewe sie verständigt hatte. Sie kam mit entschlossenen Schritten auf Hannah zu. Grewe öffnete die Tür auf seiner Seite, setzte sich seine Schiebermütze auf und stieg ebenfalls aus.

»War zu so später Stunde nicht einfach«, erklärte er. »Aber eine Nachbarin hat sich dann der Kinder erbarmt.«

»Hätten Sie etwas gesagt«, meinte Hannah, »hätten die Mädchen bei meinem Vater …«

»Der hat heute schon genug getan«, beschwichtigte Grewe sie. »Kommen wir zur Sache.«

»Sie sind im Bilde?«, fragte Hannah an Mara Steyn gewandt. Die Kollegin nickte.

»Sind Sie sich denn absolut sicher?«, fragte Grewe.

»Ja.« Hannah hatte ihm am Telefon erklärt, zu welcher Schlussfolgerung ihre Überlegungen führten, und ihm auch noch einmal die Kurzfassung der Ereignisse des Sommers 1993 gegeben. »So sicher, wie ich mir bei der Faktenlage nur sein kann.«

»Wenn man bedenkt, was wir heute Nachmittag über das Unglück herausgefunden haben, Kujau, das Gutachten et cetera«, meinte Mara Steyn. »Das rechtfertigt allemal, dass wir mit der Kollegin Grotewohl ein ernstes Wörtchen reden.«

»Natürlich.« Grewe blickte zum Hauseingang hinüber, wo durch den Bewegungsmelder die Außenlampe aktiviert worden war. »Es ist nur so, die Frau ist Ihre Freundin, daher …«

»… hielt ich es für angebracht, nicht auf eigene Faust loszuziehen, sondern Sie beide ins Benehmen zu setzen«, erwiderte Hannah, die sich ihrer Sache sicher war. Wenn auch nur ein Funken Wahrheit in ihrer Theorie lag, dann hatte Constanze schon vor langer Zeit eine Grenze überschritten. »Und ich denke, dass die Sache keinen Aufschub duldet.«

»Nein«, stimmte Grewe zu, »wenn Sie richtigliegen, auf keinen Fall.«

»Schön.« Steyn stemmte die Hände in die Hüften. »Wollen wir dann noch einen Stuhlkreis bilden oder lieber loslegen?« Ohne die Antwort abzuwarten, ging sie zur Tür und klingelte.

Es dauerte einen Moment, bis ihnen Georg Grotewohl öffnete. Er trug einen grau-weiß karierten Morgenmantel und Pantoffeln.

»Wir würden gerne mit Ihrer Frau sprechen«, erklärte Henning Grewe und präsentierte ihm seine Dienstmarke.

Georgs Blick wanderte irritiert zu Hannah. »Ich verstehe nicht, was das soll?«

»Ist Constanze da, Georg?«, fragte sie.

Er schüttelte den Kopf. »Nein. Sie wollte doch zu dir.«

»Zu mir?«

»Sie hat mich angerufen und gemeint, dass sie mit dir auf ein Glas Wein verabredet sei«, erklärte Georg.

»Wann hast du mit ihr gesprochen?«

Georg überlegte. »Das muss gegen achtzehn Uhr gewesen sein. Ich dachte, ihr macht euch einen netten Abend.«

»Leider nein«, sagte Hannah. »Das bedeutet, du hast keine Ahnung, wo sie steckt?«

»Woher sollte ich?« Er hob die Hände. »Worum geht es denn?«

»Dazu gleich«, antwortete Henning Grewe, der sich nachdenklich den Bart rieb. »Wann haben Sie Ihre Frau das letzte Mal persönlich gesehen, Herr Grotewohl?«

»Heute Nachmittag auf der Wache. Als wir mit dem Bürgermeister und Ihrer Kollegin sprachen.« Georg deutete mit einem Nicken auf Mara Steyn.

»Wissen wir, wie lange sie auf der Wache war?«, erkundigte sich Grewe bei Hannah.

»Ich glaube, sie ist kurz nach dem Gespräch rausgefahren zu einer Sache im Wismarer Hafen«, sagte Hannah.

»Das stimmt«, bestätigte Georg, »ich hatte Constanze gebeten, sich dort persönlich um eine Angelegenheit zu kümmern.«

»Du meinst die Sache mit Patrice Bernauer?«

»Genau. Von seiner Segeljacht wurde der AIS-Transponder gestohlen, ein ziemlich teures Gerät …« Georg machte eine verlegene Geste. »Herr Bernauer hat meine Partei erst neulich mit einer großzügigen Spende unterstützt, daher war mir daran gelegen, dass Constanze sich der Sache annahm.«

»Das Problem ist, dass Constanze vermutlich gar nicht zu Herrn Bernauer fuhr«, sagte Hannah und schob auf die fragenden Blicke von Steyn und Grewe hinterher: »Diekfoß rief mich an, als wir uns heute Nachmittag die Akte und das Gutachten ansahen. Bernauer hatte sich bei ihm gemeldet, weil Constanze nicht bei ihm aufgetaucht war. Diekfoß wollte dann selbst noch einmal hin.«

»Wissen Sie, ob er die Kollegin im Hafen angetroffen hat?«, wollte Grewe wissen.

»Das kann ich schnell herausfinden.« Hannah holte ihr Smartphone hervor und wählte die Nummer von Klaus-Peter Diekfoß. Er nahm den Anruf nach mehrmaligem Klingeln entgegen.

Hannah sprach kurz mit ihm und legte dann auf. »Fehlanzeige. Constanze ist nie bei Bernauer aufgetaucht, und auch Diekfoß hat sie nicht im Hafen angetroffen. Er ist danach noch mal auf die Wache, wo Constanze aber auch nicht war.«

»Also hat niemand sie seit dem Treffen mit dem Bürgermeister mehr gesehen«, schloss Henning Grewe.

Mara Steyn hatte sich derweil dem Garagentor genähert. In seiner Mitte befand sich eine zusätzliche Tür, durch deren Fugen Lichtschein drang.

»Darf ich?« Sie hatte die Klinke bereits in der Hand.

Georg Grotewohl nickte. »Sehen Sie sich gerne um, wir haben nichts zu verbergen.«

Mara Steyn öffnete die Tür.

Hannah warf ebenfalls einen Blick in die Garage und konnte einen Anhänger sehen, wie man ihn benötigte, um Boote zu transportieren.

»Ich war gerade dabei, die Winde zu ölen, sie quietscht ein wenig«, erklärte Georg. »Hab vor ein paar Tagen das neue Boot zu Wasser gelassen.«

»Ihr habt ein Boot?«, fragte Hannah.

»Drüben im Wismarer Hafen.«

»Ist Constanze mit eurem Wagen unterwegs?«

»Ja.«

»Fabrikat und Kennzeichen?«, fragte Grewe.

»Ein dunkelgrüner Range Rover …«

Während Georg Grotewohl das Kennzeichen aufsagte, sah Hannah sich wieder auf der Landstraße, wo sie vor ein paar Tagen in der Dunkelheit beinahe ein Geländewagen überfahren hätte. Der Fahrer – oder wohl eher die Fahrerin – war mit hoher Geschwindigkeit gefahren und scheinbar abgelenkt gewesen. Der Wagen war aus Richtung des alten Herrenhauses herangeschossen gekommen. Von dort, wo sie am nächsten Morgen die Leiche von Julian Langmar gefunden hatten.

Die letzten Puzzleteile fügten sich in Hannahs Gedanken zusammen. Sie wandte sich an Mara Steyn: »Als Sie heute Nachmittag das Gespräch mit dem Bürgermeister beendet und die Wache verlassen haben, haben Sie da noch einmal mit Constanze gesprochen?«

Mara Steyn zuckte mit den Schultern. »Nur dass ich mit Ihnen unterwegs bin.«

»Was genau haben Sie ihr gesagt?«

»Na, was Sie mir geschrieben hatten, dass Sie mit Lenke Jakubetz eine neue Spur aufgetan haben.« Mara Steyn hielt plötzlich inne, als sie realisierte, was sie da vielleicht getan hatte. »Verdammt. Ich hab's total vermasselt, oder?«

»Nicht unbedingt«, meinte Hannah nachdenklich. »Vielleicht haben Sie dem Stein auch den entscheidenden Stoß versetzt, der ihn ins Rollen gebracht hat.«

Henning Grewe schien ihre Gedanken zu lesen und kam wohl zur selben Schlussfolgerung. »Constanze hat Lunte gerochen und ist mit dem Boot davon.«

»Verständigen wir die Küstenwache«, schlug Mara Steyn vor.

»Sie kann inzwischen überall sein«, sagte Hannah.

»Nicht unbedingt …« Henning Grewe rückte seine Brille zurecht und bedachte Georg Grotewohl mit nachdenklichem Blick. »Das Boot von Ihnen ist neu, sagten Sie?«

»So ist es«, antwortete Georg, dem die Verwirrung noch immer ins Gesicht geschrieben stand.

»Und wie hieß noch dieser Transponder, der von der Jacht dieses Prominenten gestohlen wurde?«

»Das war ein AIS. Ein automatisches Schiffsidentifizierungssystem. Damit lassen sich Position und Bewegung eines Schiffes live verfolgen.«

»Ist Ihr Schiff auch mit so etwas ausgestattet?«, fragte Grewe.

Georg nickte.

»Natürlich, aus Sicherheitsgründen.«

»Dann werden wir sie finden«, schloss Grewe. »Herr Grotewohl, wir müssen Ihre Frau zur Fahndung ausschreiben …«

»Sie wollen *was*?«, platzte es aus Georg heraus.

»Für Erklärungen ist keine Zeit«, sagte Hannah und nickte Mara Steyn zu. »Kommen Sie mit? Wir verständigen die Küstenwache von unterwegs.«

»Der nächste Stützpunkt ist in Rostock«, wandte Steyn ein. »Bis die hier sind und mit der Suche beginnen …«

»Die brauchen uns fürs Erste nur die Positionsdaten durchzugeben. Wir werden selbst rausfahren.«

»Können Sie mir Diekfoß und Hansen schicken?« Grewe hatte schon sein Smartphone in der Hand und tat ein paar Schritte auf Georg Grotewohl zu. »Wir werden uns in Ihrem Haus umsehen. Den Durchsuchungsbeschluss reiche ich Ihnen gerne nach.«

Hannah eilte mit Mara Steyn zu ihrem Wagen, stieg ein und setzte in der Einfahrt zurück.

Während die Kollegin die Küstenwache kontaktierte, fuhr

Hannah über die nächtlichen, menschenleeren Straßen auf den Wismarer Hafen zu, wo das Boot ihres Vaters lag.

Alles würde dort enden, wo es begonnen hatte.

50

Der Bug des Motorboots schnitt durch die glatte Ostsee. Der Wind hatte inzwischen fast vollständig nachgelassen, das Meer umgab sie ringsum so dunkel und ruhig, dass sich der Sternenhimmel darin spiegelte. Die Lichter des Festlands waren nur noch als helle Stecknadelköpfe in der Ferne auszumachen, zur Linken lag die Insel Walfisch hinter ihnen. Hannah steuerte auf die offene See, während Mara Steyn neben ihr über ihr Smartphone Kontakt mit der Küstenwache hielt, die ihnen laufend die Position von Constanzes Boot durchgab. Es zu orten, hatte die Kollegen dank des AIS-Transponders tatsächlich vor keine Herausforderung gestellt, und von Rostock aus war bereits ein Schiff der Küstenwache auf Rendezvouskurs.

Hannah warf Mara Steyn einen fragenden Blick zu. Die Kollegin nahm das Smartphone ans Ohr und sprach mit dem Kollegen der Küstenwache, schüttelte dann aber den Kopf: »Unverändert. Noch etwa fünf Minuten auf diesem Kurs.«

Das Boot von Constanze hielt seit etwa zwanzig Minuten die Position und bewegte sich nicht mehr von der Stelle.

Hannah kniff die Augen zusammen und spähte hinaus in die Nacht, wo die Positionslichter der Schiffe blinkten, die sich in ihrer näheren Umgebung befanden.

Sie schob den Gashebel noch ein Stück weiter vor, bis er auf Anschlag stand. Der Fahrtwind verwirbelte ihr die Haare, und der alte Motor ließ das Boot unter Volllast erzittern. Hannah konnte nur hoffen, dass er durchhielt.

Dutzende Fragen gingen ihr durch den Kopf. Ein Teil von ihr suchte noch immer nach einer harmlosen Erklärung, einem unverfänglichen Grund, weshalb ihre Freundin zu einer nächtlichen Bootstour aufgebrochen war. Vielleicht war ihr alles zu viel geworden, die Arbeit, die Familie, und sie wollte einfach die Ruhe hier draußen genießen …

Hör auf, dich selbst zu belügen, mahnte sie sich. Du weißt, dass es anders ist. Die Fakten sprechen eine klare Sprache. Constanze hat die ganze Zeit ein falsches Spiel gespielt, und nun hat sie Lunte gerochen und will über alle Berge. Doch weshalb hält sie dann die Position? Warum fährt sie nicht weiter?

Auch dafür gab es eine Erklärung, doch an die wollte Hannah nicht denken, denn sie war die schlimmste von allen.

Sie versuchte, sich auf das Hier und Jetzt zu konzentrieren, kontrollierte den Kurs auf dem Kompass, überprüfte Motortemperatur, Drehzahlmesser und Tankanzeige, ließ den Blick abermals wachsam über das Wasser schweifen.

Das Smartphone von Mara Steyn klingelte. Sie ging ran und hörte zu. Als sie auflegte, lag ein siegessicheres Lächeln auf ihren Lippen. »Bingo.«

»Wer war das denn?«

»Mein Verehrer, der sich auf Handschriften versteht.«

»Und wollte er nur seine Liebe bekunden …«

»Er ist ein ganz Schneller. Die Steingravur ist natürlich nicht so aussagekräftig wie ein handschriftlicher Vermerk auf Papier, und das Foto ist auch nicht besonders gut, daher will er sich nicht endgültig festlegen«, berichtete Steyn. »Doch er ist sich zu neunzig Prozent sicher, dass die Handschrift auf dem Zettel, den wir bei Philip Langmar gefunden haben, mit der Handschrift von Julian Langmar übereinstimmt.«

Hannah spürte, wie die Gewissheit sich wie ein Wackerstein in ihren Magen legte. Dann stimmte es. Julian Langmar hatte in der Mordnacht seinen Bruder gesucht. Seinen Bruder, mit dem er über das alte Bootsunglück gesprochen hatte. Das Unglück, über das er und Constanze gelogen hatten. Julian hatte die Tagebuchseiten entwendet. Und er hatte die fragliche Notiz geschrieben. Damit lag die Wahrscheinlichkeit sehr hoch, dass Julian seinen Bruder ermordet hatte.

Hannah nickte Steyn zu. »Danke.«

»Da nicht für. Hat mich ja nur einen Anruf gekostet.«

»Ich hoffe, Sie haben dem Guten keine falschen Hoffnungen gemacht.«

»Keine Sorge, die mache ich notfalls im Handumdrehen wieder zunichte …« Mara Steyn hielt inne und deutete auf den Bildschirm des Navigationsgeräts, das eine Miniaturkarte anzeigte, auf der sie ihren Kurs verfolgen konnten. »Langsamer.«

Hannah drosselte die Fahrt.

Mara Steyn kletterte nach hinten und holte den Suchscheinwerfer. Es war ihre Idee gewesen, noch kurz bei der Wache haltzumachen und ihn mitzunehmen.

»Schalten Sie ihn noch nicht ein«, bat Hannah. Sie wollte ihr Kommen nicht ankündigen.

Einige Hundert Meter vor ihrem Bug schälte sich ein weißer Flecken aus der Nacht, der sich im Näherkommen bald als Boot entpuppte. Hannah schaltete den Motor in den Leerlauf, sodass sie fast lautlos auf das andere Schiff zuglitten. Erst als sie längsseits waren, gab sie einen kräftigen Stoß rückwärts und stoppte. Mara Steyn hatte bereits den Bootshaken in der Hand und zog sie an das andere Boot heran.

»Constanze?«, rief Hannah hinüber.

Nichts. Und auch nach einem zweiten Versuch blieb es still.

»Ich gehe rüber«, sagte Hannah.

Mara Steyn nickte ihr zu und schaltete den Scheinwerfer ein, mit dem sie das Boot und die nähere Umgebung ableuchtete.

Hannah kletterte auf das andere Boot und sah sich um. An Deck war niemand zu sehen.

Sie schaltete ihre Taschenlampe ein und ging zu dem schmalen Einstieg, der nach unten ins Innere des Bootes führte. Hannah stieg die Treppe rückwärts hinunter, duckte sich unter die niedrige Decke und ließ den Strahl der Taschenlampe kreisen. Hier unten gab es ein Doppelbett, das in den spitzen Bug eingebaut war, und eine Nasszelle.

Keine Spur von Constanze.

»Kommen Sie!«, ertönte von oben der Ruf von Mara Steyn.

Hannah kletterte wieder hinauf.

Steyn winkte ihr zu. »Da drüben. Ich glaube, da war gerade etwas.«

Mit schnellen Schritten sprang Hannah zurück auf ihr Schiff, warf den Motor wieder an und fuhr in langsamer Fahrt auf die Stelle zu, auf die Steyn zeigte.

»Leuchten Sie ins Wasser«, befahl sie, als sie die Position erreicht hatten.

Mara Steyn richtete den Suchstrahler auf die dunkle See.

Der Lichtstrahl drang nur wenige Meter tief.

Dennoch dauerte es nicht lange, bis Hannah es sah.

Der Schemen eines menschlichen Körpers, der langsam in die Tiefe hinabsank.

Ohne Zögern zog sie ihre Schuhe aus.

Dann sprang sie in die nachtschwarze See.

51

Hannah tauchte mit kräftigen Schwimmzügen, während die Gestalt unter ihr weiter in die Tiefe der Ostsee sank.

Bald konnte sie nur noch einen schwachen Schimmer von nackter Haut und Haaren erkennen, dann wurde es vollständig dunkel um sie herum.

Hannah lief Gefahr, die Orientierung zu verlieren, das Gefühl für Entfernungen, für oben und unten.

Jetzt oder nie.

Auf gut Glück griff sie vor sich.

Ins Leere.

Sie spürte den steigenden Druck auf den Ohren.

Hannah machte zwei weitere Schwimmzüge, langte ins Dunkle, ohne etwas zu fassen zu bekommen.

Ihre Lungen begannen zu brennen.

Ein letzter Versuch. Dann würde sie auftauchen müssen.

Nun zog die Schwerkraft an ihr. Hannah wehrte sich nicht, ließ sich hinabsinken, machte drei weitere Züge mit den Armen.

Dann griff sie erneut zu.

Diesmal bekam sie einen Haarschopf zu packen.

Hannah begann mit der freien Hand nach oben zu schwimmen – oder zumindest dorthin, wo sie die Oberfläche vermutete.

Plötzlich begann Constanze zu zappeln und versuchte, sich

ihrem Griff zu entwinden. Hannah gelang es, von hinten einen Arm um ihre Brust zu schlingen.

Sie handelte aus reinem Instinkt, trat mit den Beinen und ruderte mit dem freien Arm, in dem Versuch, sie beide irgendwie in die Höhe zu bekommen.

Doch es gelang ihr nicht.

Constanzes Gegenwehr ließ nach, verebbte dann vollständig. Wie ein schwerer Stein lag sie in Hannahs Arm. Ihr Gewicht begann, sie beide in die Tiefe zu ziehen.

Hannah würgte, konnte den Atemreflex kaum mehr unterdrücken.

Just in dem Moment, als sie aufgeben und Constanze loslassen wollte, brach jemand mit lautem Platschen zu ihnen herab.

Mara Steyn.

Sie packte Constanze und zog sie mit sich in die Höhe.

Hannah ließ ihre Freundin los, jetzt nur noch darauf bedacht, frische Luft in ihre Lungen strömen zu lassen.

Als sie durch die Oberfläche brach, atmete sie begierig ein.

Sie hielt sich an der Reling des Bootes fest und brauchte einen Moment, um wieder zur Besinnung zu kommen.

»Ausruhen können Sie später«, fuhr Steyn sie an. »Los, helfen Sie mir, sie an Deck zu bekommen.«

Hannah kletterte an Bord und hievte Constanze gemeinsam mit Mara Steyn an Deck.

Sie atmete nicht mehr. Der Herzschlag hatte ausgesetzt.

Hannah begann mit den Wiederbelebungsmaßnahmen.

Schließlich kam Constanze wieder zu sich.

Sie rollte sich auf die Seite, spie einen Schwall Wasser aus und rang nach Luft.

Als sie sich beruhigt hatte, verfinsterte sich ihr Gesicht. »Das hättest du nicht tun sollen.« Sie sah Hannah vorwurfsvoll an. »Ich war weg. Du hättest mich besser dort lassen sollen.«

52

»Was sollte das werden?« Hannah musterte ihre alte Freundin, die ihr auf der Bank im Heck des Bootes gegenübersaß. Sie hatte Constanze in zwei Decken gehüllt, die sie im Bootsinneren gefunden hatte. Constanzes Haare hingen ihr triefend nass auf die Schultern, die Lippen waren noch leicht bläulich verfärbt, und trotz der recht milden Temperaturen zitterte sie.

»Wonach sieht es denn für dich aus?«, gab Constanze zurück und wich Hannahs Blick aus.

»Du hast versucht, dich aus dem Staub zu machen, endgültig. Hat nur leider nicht geklappt.«

»Dank dir.«

»Du brauchst mir nicht zu danken, das ist mein Job.«

Mara Steyn, die nebenan auf dem Boot von Hannahs Vater mit der Küstenwache telefoniert hatte, rief zu ihnen herüber: »Sie sind in etwa fünf Minuten hier.«

»Alles klar.« Hannah nickte ihr zu und widmete sich dann wieder Constanze. »Letzte fünf Minuten unter alten Freundinnen. Wie wäre es, wenn wir mal offen und ehrlich miteinander reden. Das erste Mal seit über dreißig Jahren?«

Constanze hob den Kopf und sah ihr in die Augen. Schuld, Scham und Schande lagen in ihrem Blick. »Gibt es denn noch etwas zu sagen?«

»Eine ganze Menge, würde ich meinen.«

»Ich denke, du weißt Bescheid.«

»Da gibt es noch ein paar Lücken, die ich gerne schließen würde«, sagte Hannah, »nur damit ich nicht noch einmal Jahrzehnte damit verbringe, mir den Kopf zu zermartern.«

Constanze stieß einen Seufzer aus. »Na, dann ...«

»Fangen wir vorne an. Was ist damals auf dem Boot mit Dana wirklich passiert?« Hannah zählte an den Fingern ab. »Es gibt ein Gutachten, das eure damaligen Aussagen in Zweifel zieht. Der Fundort von Danas Leiche ...«

»Schon gut.« Constanze hob eine Hand. »Ich kenne das Gutachten.«

»Weil du dir die Rechercheunterlagen von Lenke Jakubetz angesehen hast. Du hast einen Zweitschlüssel zu deinem Haus und hast dich reingeschlichen, als Lenke mal wieder in der Seeluft saß – von ihrem Lieblingscafé wusstest du ja durch die Beschwerde des Inhabers. Du hast dir in Ruhe angesehen, was Lenke alles ausgegraben hat. Leider hast du ihre penible Ordnung durcheinandergebracht.«

»Ich konnte ja nicht ahnen, dass die Gute, was das betrifft, leicht zwanghafte Züge hat.«

»Lass mich versuchen, die Puzzleteile zusammenzusetzen«, sagte Hannah. »Julian meinte zu Philip, dass es einen Moment gab, als ihr Dana vielleicht hättet helfen können. Aus dem Gutachten geht hervor, dass der Brand auf dem Boot zeitgleich und großflächig ausbrach. Zudem passt die Fundstelle von Danas Leiche nicht zu Strömungs- und Windverhältnissen und der Position, wo man euch und das brennende Boot gefunden hat.«

Constanze nickte kaum merklich.

Hannah fuhr fort: »Ihr habt also das Boot in Brand gesetzt, um zu vertuschen, dass ihr Dana etwas angetan habt.«

»Ganz so ist es nicht gewesen ...«

»Wie dann? Hast du sie über Bord gestoßen, weil sie dir Julian wieder ausspannen wollte?« Hannah schüttelte den Kopf. »Hätte nicht gedacht, dass du damals so eiskalt gewesen bist.«

»Was Dana betrifft, liegst du richtig«, gab Constanze zu. »Sie ließ einfach nicht locker. Sie wollte Julian wieder für sich. An dem Abend auf der Insel ... Du warst schon weg, da habe ich gesehen, wie sie sich Julian an den Hals warf und versuchte, ihn zu küssen. Sie war total betrunken. Julian wehrte sie ab, aber da wurde mir klar, dass sie niemals lockerlassen würde.«

»Also hast du sie aus dem Weg geräumt.«

»Jedenfalls nicht vorsätzlich.« Constanze schüttelte den Kopf. »Wir fuhren mit eurem Boot zurück. Ich stand am Steuer, Julian neben mir. Dana saß hinten im Heck auf der Bank und zündete sich eine Zigarette an. Ich sagte ihr, dass das eine Scheißidee sei, wegen der defekten Benzinleitung. Da stand sie auf, machte sich über mich lustig und ging auf Julian zu, um ihm auch eine anzudrehen ... ich war für einen Moment unachtsam und fuhr einen Schlenker. Das brachte Dana aus dem Gleichgewicht. Sie stolperte und stürzte über Bord.«

Hannah musste unwillkürlich lachen. »Ein kleiner Schlenker. Ganz unwillkürlich.«

»Ehrlich, ich wollte das nicht.« Constanze machte eine beschwörende Handbewegung. »Jedenfalls stoppte ich, machte kehrt. Dana trieb regungslos im Wasser. Sie hatte sich den Kopf angeschlagen.«

»Lebte sie noch?«

»Möglich.«

»Und ihr habt euch entschieden, ihr nicht zu helfen.«

»Julian versuchte es. Er kniete sich hin und angelte mit dem Bootshaken nach ihr. Und da ...«

»... hättet ihr Dana retten können.«

»Ich sagte Julian, dass sie nie aufhören würde. Dass sie immer weiter versuchen würde, einen Keil zwischen uns zu treiben.« Constanze hob die Schultern. »Sie war eine Stalkerin, verstehst du? Früher gab es den Begriff noch nicht, doch genau das war sie.«

»Was keine Rolle spielt, wenn ein Mensch verletzt und bewusstlos im Wasser treibt«, hielt Hannah dagegen. »Ihr habt also nichts getan. Auch unterlassene Hilfeleistung kann ein Mord sein. Das ist euch dann wohl auch sehr schnell klar geworden.«

»Sie trieb langsam vom Boot weg und sank unter Wasser.« Constanze wandte den Blick ab. »Wir wussten, dass wir in Erklärungsnot geraten würden. Natürlich konnten wir versuchen, es als Unfall auszugeben, was es ja auch irgendwie war …«

»Jedenfalls bis zu eurer Entscheidung, nichts zu tun. Man würde eure Aussage in Zweifel ziehen. Also musste es eindeutig sein, dass ihr beide nur knapp mit dem Leben davonkamt. Da habt ihr das Boot in Brand gesetzt.«

»Es war Julians Idee. Vorne auf dem Bug hatte dein Vater zwei Reservekanister angebracht. Julian verteilte das Benzin auf dem gesamten Deck. Dann zündeten wir es an und sprangen ins Wasser.«

Hannah verschränkte die Arme wie zum Gebet und lehnte sich vor. »Ihr habt Dana sterben lassen. Und die Schuld dafür habt ihr indirekt meinem Vater und mir in die Schuhe geschoben, weil wir euch mit dem defekten Boot haben fahren lassen.«

»Es tut mir leid«, sagte Constanze. »Damals dachten wir, es wäre die einzige Möglichkeit. Ich wollte nicht, dass dein Vater und du darunter leidet. Aber …«

»Du hast es in Kauf genommen.« Hannah blickte ihrer Freundin in die Augen. »Und um dieses Geheimnis zu bewahren, mussten dann noch zwei weitere Menschen sterben.«

53

Für einen Augenblick saßen sie sich schweigend gegenüber.

»Für dich lief es gut«, nahm Hannah den Faden auf. »Bis zu dem Bootsunglück im Ostersander Hafen vor ein paar Wochen. Da kamen die Erinnerungen wieder hoch, richtig?«

Constanze nickte. »Es war alles wieder da. Das Feuer, die Verletzten, die Tote. Ich fing nachts wieder an, ihr Gesicht zu sehen … Danas Gesicht, in meinen Träumen. Wir waren aufs Neue auf dem Boot, und ich erlebte alles wieder und wieder.«

»Also hast du in deiner Not Philip aufgesucht. Der Polizeipsychologe kam nicht infrage …«

»Du kannst dir denken, wo das hingeführt hätte. Bei dem Druck, unter dem unsere Wache steht, wäre das doch ein gefundenes Fressen gewesen, uns den Stecker zu ziehen. Die Polizeichefin von Ostersande durchgedreht.«

»Wobei du nicht ahnen konntest, dass du noch etwas viel Schlimmeres ins Rollen brachtest. Philip begann, in der Vergangenheit herumzustochern.«

»Wusstest du, dass er es überhaupt erst wegen Julian tat?«

»Was tat er?«

»Damals, die Entscheidung, Medizin und Psychologie zu studieren.« Constanze zog sich die Decke enger um die Schultern. »Julian war doch nach dem Unglück und Danas Tod völlig von der Rolle …«

»Nachvollziehbarerweise. Er hatte sie auf dem Gewissen.«

»Philip wollte ihm helfen, konnte es aber nicht. Das hat ihn angespornt, Psychiater zu werden«, erzählte Constanze. »Und das war es auch, was ihn jetzt wieder antrieb, Julian zu helfen.«

»Nach allem, was ich gehört habe, unter anderem von seinem Büroleiter Bernd Kukis, war Julian ziemlich durch den Wind.«

Constanze winkte ab. »Julian hatte immer wieder Episoden, es ging mal besser, mal schlechter. Obwohl er nicht vor Ort war, rief das neuerliche Unglück in Ostersande auch bei ihm Erinnerungen wach. Den Rest hat ihm dann allerdings Philip selbst gegeben.«

Hannah überlegte einen Moment. »Philip drang in deine Erinnerungen vor ...«

»Er hätte mir lieber mal einfach die bunten Pillen verschreiben und mich in Ruhe lassen sollen. Stattdessen hat er in der Vergangenheit rumgekramt, weil er dachte, dort lägen die Gründe für meine Probleme verborgen.«

»Womit er ja auch richtiglag. Du hast wohl ein wenig zu viel preisgegeben.«

»Philip machte das geschickt. Er galt zu Recht als einer der Besten seines Fachs. Vermutlich hätte er bei der Polizei einen verdammt guten Verhörspezialisten abgegeben. Jedenfalls begann er, auch mit Julian über die alte Sache zu reden. Das warf ihn dann endgültig aus der Bahn. Er begann wieder mit den Drogen.«

»Und dabei verplapperte er sich eines Abends, als er Philip anvertraute, dass ihr Dana vielleicht hättet retten können.«

»Das konnte alles und nichts bedeuten.« Constanze wischte sich mit einer Hand eine nasse Strähne aus dem Gesicht. »Deshalb dachte ich auch, ich könnte Philips Argwohn zerstreuen.«

»Ist dir aber nicht gelungen.«

»Er bohrte weiter …«

»… und unterschrieb damit sein Todesurteil.«

Constanze schüttelte den Kopf. »Nein. Es war …«

»Wieder ein Unfall?«

»Julian bekam es mit der Angst zu tun. Er fürchtete, dass Philip alles herausfinden würde. Ich versuchte, ihn zu beruhigen. Schließlich wusste Philip nichts, hatte weder eine echte Spur noch irgendwelche Beweise. Wir mussten Ruhe bewahren. Aber du kannst dir vorstellen, wie gut das bei einem zugekoksten Typen funktioniert.«

»Gar nicht.«

»Genau. Julian ließ sich nicht wieder einfangen. Er wollte Philip aufhalten.«

»Er fuhr an jenem Abend erst zum Haus von Philip, traf ihn dort aber nicht an. Also versuchte er es bei der Klinik«, Hannah sah Constanze auffordernd an. Wenn ihre Vermutungen richtig waren, wusste ihre Freundin ganz genau, was sich dann abgespielt hatte.

»Julian traf ihn auf dem Parkplatz neben der Klinik an. Philip wollte gerade nach Hause. Er war wohl ziemlich hektisch und aufgebracht«, erzählte Constanze.

»Wie wir inzwischen wissen, wegen Carlotta Mevius, die soeben bei ihm gewesen war und ihm die Pistole auf die Brust gesetzt hatte. Philip wollte so schnell wie möglich heim, um mit Ines und ihrem Bruder zu sprechen, weil er fürchtete, es würde doch noch alles rauskommen, die ganze Sache mit dem gefälschten Gutachten.«

»So war es wohl. Jedenfalls versetzte Julian ihm einen ziemlichen Schrecken. Philip ließ seine Aktentasche fallen. Dabei fiel unter anderem die Akte von Carlotta Mevius heraus. Julian bückte sich, um sie aufzuheben, und da nahm der Wahnsinn dann seinen Lauf.« Constanze schüttelte den Kopf. »Philip fuhr

Julian an, dass er die Finger von der Akte lassen solle. Julian fragte völlig unwissend, wer denn Carlotta Mevius sei, worauf Philip entgegnete, dass ihn das nichts angehe. Da brannten Julian dann die Sicherungen durch. Philip stocherte in seiner Vergangenheit herum, doch er durfte ihn nichts fragen? Wie auch immer, die beiden gerieten in Streit. Julian drückte ihm die Akte auf die Brust und schubste ihn. Das Ding fiel wieder zu Boden, sie rangelten miteinander. Schließlich bekam Philip es wohl mit der Angst zu tun, rannte hinunter an den Strand. Als Julian ihn einholte, brachte er ihn zu Fall, und … Philip schlug mit dem Kopf auf den Stein. Das war es dann.«

»Was ist mit dem Zettel?«

»Julian schrieb die Notiz mit Carlotta und schob sie ihm unter. Er wollte eine falsche Fährte legen.« Constanze verdrehte die Augen. »Muss ihm in dem Moment wohl clever vorgekommen sein.«

Hannah überlegte einen Moment. Angesichts der Indizien, dem Zettel und den Tagebuchseiten standen die Chancen gering, dass Constanze sich die Geschichte ausdachte. »Hat Julian dir das alles erzählt?«

»Ja.«

»An dem Abend nach Philips Tod, als ihr euch in Wismar an der St.-Georgen-Kirche getroffen habt?«

»Wie hast du das denn wieder herausgefunden?«

»Hansen hat euch zufällig fotografiert.«

»Tatsächlich?« Constanze schob die Unterlippe vor. »Mädchen, bist du gut.«

»War ein Zufallstreffer. Ich habe noch überlegt, ob du Hansen vielleicht deshalb eine bessere Beurteilung gegeben hast, damit er nichts darüber sagt. Aber ich glaube, er hat wirklich nicht bemerkt, was er da fotografiert hat, und du wusstest es auch nicht.«

Constanze lachte kurz. »Willst du wissen, worum es bei der Beurteilung wirklich ging?«

»Gerne. Ich werde wohl noch ein Weilchen mit den beiden zusammenarbeiten müssen.«

»Diekfoß war auf deine Stelle scharf«, erklärte Constanze. »Und mit seinen Dienstjahren, der Erfahrung und einer tadellosen Laufbahn war er tatsächlich prädestiniert. Aber ich wollte dich.«

»Ich wette, das tut dir inzwischen leid.«

»An Diekfoß wäre ich wohl nur schwer vorbeigekommen.« Constanze zuckte die Achseln. »Also musste ich ihm einen kleinen Dämpfer verpassen und Hansen deutlich besser bewerten.«

»Dann hast du dich für mich weit aus dem Fenster gelehnt«, sagte Hannah. »Danke. Und da ich dir gerade das Leben gerettet habe, würde ich sagen, wir sind quitt. Nicht, dass du meinst, ich sehe mich deshalb wieder in deiner Schuld. Und jetzt zurück zum Thema. Julian. Er wurde zu einem Problem für dich.«

»Kann man so sagen. An dem Abend, als wir uns bei der Kirche trafen, war er völlig außer sich. Der Mord an seinem Bruder hat ihm das letzte bisschen Verstand geraubt.« Constanze hielt inne und schüttelte abermals den Kopf. »Er erzählte mir von Philips Tagebuch und den Seiten daraus, die er an sich genommen hatte. Dass Philip Notizen zu seinen Sitzungen mit mir angefertigt hatte.«

»Hatte Julian sie da schon versteckt?«

»Ja, und ich versuchte, ihn dazu zu überreden, dass er sie mir gibt.«

»Warum hast du ihn dann auf dem Baugerüst der Klinik getroffen?« Und damit Constanze es gar nicht erst abstreiten konnte, schob Hannah nach: »Du hast mich an dem Abend beinahe auf der Landstraße über den Haufen gefahren. Ein dunkelgrüner Land Rover. Davon gibt es in Ostersande nicht viele.

Du kamst aus Richtung des Herrenhauses und bist gefahren, als wär der Teufel hinter dir her.«

»Was soll's«, meinte Constanze. »Ich habe ihn auf dem Gerüst getroffen, ja. Und bis heute weiß ich nicht, warum er mich unbedingt dort sehen wollte …«

»Ich kann's mir denken. Erinnerst du dich noch an den Stein im Gewölbekeller des Herrenhauses? Wo Julian unsere Initialen eingraviert hatte?« Hannah musste schmunzeln. »Er hatte die Tagebuchseiten dahinter versteckt.«

»Oh, natürlich, jetzt verstehe ich.« Constanze hob die Augenbrauen. »Er meinte es also wirklich ernst.«

»Was ist da oben geschehen?«

»Julian war vollends durchgedreht. Er wollte alles publik machen, zur Kripo gehen und ein Geständnis ablegen. Philip, Dana … alles. Ich nehme an, wenn ich zugestimmt hätte, wäre er in den Keller gestiegen, hätte die Tagebuchseiten geholt und wäre mit mir zur Kripo gefahren.«

»Dazu kam es aber nicht.«

»Nein.« Constanze stieß einen verächtlichen Pfiff aus. »Denkst du, ich hätte wegen dieses Idioten alles hingeworfen, was Georg und ich uns aufgebaut haben?«

»Natürlich nicht. Also hast du Julian in den Abgrund gestoßen.«

»Es war nur ein kleiner Schubser, um ihn zu Verstand zu bringen. Er hatte aber genug intus, um gleich ins Taumeln zu geraten und das Gleichgewicht zu verlieren.«

»Du hast ihn ermordet, Constanze. Dachtest du wirklich, du kommst damit durch?«

Constanze wog den Kopf hin und her und warf einen Blick zum Nachbarboot hinüber, als wollte sie sicherstellen, dass Mara Steyn sie nicht hörte. »Die Chancen standen nicht schlecht. Die Kripo hatte ja nicht gerade ihre fähigsten Leute geschickt. Mit Grewe hatte ich schon mal zu tun, und er schien mir nicht die hellste Kerze auf der Torte. Dazu ein Frischling an seiner Seite.«

»Deshalb war es dir auch ganz recht, dass ich den beiden geholfen habe. So warst du immer informiert über den Fortgang der Ermittlungen.«

»Ja, das ließ sich ganz gut an.« Constanze nickte zustimmend und lächelte dann. »Aber dank deiner Führung sind die beiden dann unerwartet zur Hochform aufgelaufen. Ganz ehrlich, ich wusste, dass du gut bist, aber nicht so gut.«

Hannah faltete die Hände und wandte den Kopf, als sie aus der Ferne das Geräusch eines Schiffsmotors hörte. Die Küstenwache war im Anmarsch.

Das entging auch Constanze nicht. »Das war's dann wohl. Bist du sicher, dass es so enden soll?«

»Du meinst, ich kann dich immer noch über Bord springen lassen, damit du dich ertränkst und deiner Verantwortung entziehst?«

»Darum geht es nicht.« Constanze sah sie scharf an. »Dir ist vielleicht nicht klar, welche Schuld du hier auf dich lädst.«

Hannah lachte. »Wovon redest du?«

»Ich werde in den Bau wandern. Du weißt, wie sie dort mit uns Polizisten umgehen. Wenn dann alles an die Öffentlichkeit dringt, kann Georg seine politische Karriere beerdigen. Ganz davon zu schweigen, was das für unseren Sohn bedeuten wird.« Constanze reckte den Kopf, als der Motor lauter wurde. »Deshalb bin ich hier rausgefahren. Es hätte wie ein Unglück ausgesehen. Niemand hätte Fragen gestellt. Julian und Philip wären vielleicht ebenfalls als tragische Unfälle zu den Akten gewandert. Georg und unser Sohn hätten ihr Leben weiterleben können. Aber was jetzt mit den beiden geschieht, das liegt in deiner Hand, Hannah. Du hättest mich nicht davon abhalten sollen, zu gehen. Diese Schuld hast du dann wirklich auf dich geladen.«

»Netter Versuch.« Hannah stand auf und griff nach den Handschellen an ihrem Ausrüstungsgürtel. »Erzähl mir nichts von Schuld. Du hast Vater und mich jahrzehntelang in dem Glauben gelassen, wir seien schuld an Danas Tod. Das ist jetzt vorbei. Was Julian und du getan habt … Ein schlauer Mann hat mal gesagt, Schuld verjährt nicht. Also wirst du jetzt dafür geradestehen. Das alles hast du dir selbst zuzuschreiben, meine Liebe. Und über das Schicksal deiner Familie hättest du dir besser vorher mal Gedanken machen sollen. Aufstehen!«

Constanze zögerte, gehorchte dann aber ihrem Befehl.

Hannah nahm ihr die Decken ab, drehte sie herum und wand ihr die Hände auf den Rücken.

Dann ließ sie die Handschellen zuschnappen.

EPILOG

Eine Woche später

Für das Jubiläumsfest der Ostersander Polizeiwache hätte man sich keinen besseren Tag vorstellen können. Obwohl es in dieser Nacht gefroren hatte und der Wetterdienst für die kommenden Tage die ersten Schneefälle ankündigte, zeigte sich der Herbst noch einmal von seiner besten Seite. Die Sonne strahlte vom wolkenlosen Himmel und ließ das wenige bunte Laub, das auf den Bäumen verblieben war, ein letztes Mal in seiner Pracht erstrahlen. Mit dem letzten Ferienwochenende waren die verbliebenen Urlaubsgäste abgereist, und in der kleinen Gemeinde an der Ostsee kehrte Ruhe ein. Man war nun wieder unter sich. Die ersten Ladenbesitzer machten ihre Geschäfte winterfest, räumten die Terrassenmöbel rein, die Surfschule am Strand vernagelte ihre Schlagläden für die heranziehenden Stürme, und in den Cafés und Restaurants bekam man wieder einen Platz. Das Schönste für die Ostersander aber war: Man hatte nun endlich wieder Zeit. Für sich, für die Menschen, die einem am Herzen lagen, und für die wesentlichen Dinge des Lebens. Und dazu zählte an diesem Tag auch der Besuch der Polizeiwache. Denn dort wurden auf Kosten der Ordnungshüter Bratwurst und Steaks vom Grill gereicht und Freibier ausgeschenkt.

Allerdings würde dieser Tag nicht nur deshalb in der kollektiven Erinnerung von Ostersande bleiben.

Vielmehr galt es auch, eine Mitbürgerin zu feiern.

Denn Ostersande hatte nun eine waschechte Heldin.

Der Tod der Langmar-Brüder hatte eine spektakuläre Auflösung gefunden, die bundesweit Interesse erregt hatte, wobei die Ostersander Wache in einer besonderen Rolle geglänzt hatte. Wie üblich war dieses Interesse nur von kurzer Dauer gewesen – die Medien hatten schnell eine neue Sau gefunden, die sie durchs Dorf treiben konnten –, doch in dem kleinen Ort an der Ostsee und auch im nahen Wismar würden sich wohl viele Menschen den Namen ihrer ebenso mutigen wie findigen Mitbürgerin merken.

Dieser stand allerdings gar nicht der Sinn nach Aufmerksamkeit und Medienrummel. Deshalb hatte sie auch alle Interviewanfragen kategorisch abgelehnt.

Und auch heute hätte sie sich am liebsten dem Menschenauflauf und dem Interesse an ihrer Person entzogen.

Doch als frischgebackene Leiterin der Ostersander Polizeiwache war das natürlich nicht möglich.

Hannah Bülow lehnte an der Theke im Empfangsbereich. Dahinter zapfte Klaus-Peter Diekfoß im Akkordtempo Pils aus der Zapfanlage. Hannah hielt bereits ein Glas in der Hand, ließ sich aber ein weiteres geben, das sie an Torsten Matthies, den Polizeiinspektionsleiter von Wismar, weiterreichte.

»Auf Ihren Erfolg.« Matthies prostete ihr zu. »Und vielen Dank, dass es hier so unkompliziert weitergehen kann.«

»Das ist doch selbstverständlich«, entgegnete Hannah und fragte sich, ob es das wirklich war. Ihr Blick wanderte zu Henry Fleming hinüber, der wenige Schritte entfernt mit Mara Steyn und Henning Grewe beisammenstand. Er hätte sich vermutlich auch unter den gegebenen Umständen beharrlich der Beförderung widersetzt und sich geweigert, die Wachleitung zu übernehmen. Doch Hannah hatte es als ihre Pflicht empfunden, der Gemeinde, aber auch Diekfoß und Hansen gegenüber, die gerne weiter Dienst an ihrer angestammten Stelle tun wollten.

»Da schließe ich mich an«, sagte Diekfoß und prostete ihr über die Theke hinweg zu. »Vielen Dank.«

Hannah stieß mit ihm an und trank einen Schluck.

Diekfoß würde als neuer Dienstgruppenleiter ihren Posten übernehmen. Damit hatte er nun erreicht, was er wollte, und die Diskussion um die Beurteilung hatte sich erledigt. Von Hansen war keinerlei Widerspruch gekommen, ihm war im Moment alles recht, solange Hannah seine Affäre mit Carlotta Mevius für sich behielt. Im Augenblick stand er draußen vor der Tür und verteilte bunte Luftballons und Puffreis an die Kinder.

Die große mediale Aufmerksamkeit hatte am Ende auch ihr Gutes gehabt, denn der Erhalt der Ostersander Wache war ganz plötzlich kein Thema mehr gewesen. Sogar Bürgermeister Hauke Brunke hatte sich bei der Polizeiinspektion mächtig ins Zeug gelegt, damit alles beim Alten blieb.

»Eine Sache wäre da allerdings noch«, sagte Hannah.

Torsten Matthies sah sie überrascht an. Vielleicht fürchtete er auch, dass sie im letzten Moment doch noch einen Rückzieher machen würde. »Was denn?«

»Wir haben nun eine freie Stelle. Die würde ich gerne neu besetzen.«

»Oh.« Er machte eine bedauernde Miene. »Sie wissen doch, dass die finanzielle Lage sehr angespannt ist.«

»Ersparen Sie mir das bitte. Oh …« Hannah tat überrascht und blickte demonstrativ zu einem der Stehtische hinüber, wo ihr Vater mit einer jungen Dame beisammenstand. »Da ist ja Frau Jakubetz. Ich habe sie noch gar nicht begrüßt. Entschuldigen Sie mich bitte. Ich hatte ihr ein Exklusivinterview versprochen.«

»Ähm, warten Sie doch.« Matthies hob beschwichtigend die freie Hand. »Schon gut. Die Stelle bleibt. Wie wäre es mit einem Kompromiss. Wir besetzen sie mit jungem Personal.«

»Einem Frischling?«

»Zum Beispiel. Das käme uns deutlich …«

»… günstiger. Verstehe schon.«

Matthies lächelte zufrieden.

Hannah nickte. »In Ordnung.«

»Wunderbar.«

Sie verabschiedete sich und ging zu ihrem Vater und Lenke Jakubetz hinüber.

Am Erhalt der Ostersander Wache hatte Jakubetz einen nicht unerheblichen Anteil. Ihre Geschichte für eine überregionale Tageszeitung hatte dem Fall erst die große Aufmerksamkeit beschert. Gleich mehrere Facetten hatten die Öffentlichkeit elektrisiert: Jakubetz, die dem mysteriösen Tod ihrer Halbschwester nachgegangen war und schließlich dazu beigetragen hatte, den alten Fall neu aufzurollen. Constanze, eine Polizistin, die sich des Todes zweier Menschen schuldig gemacht hatte. Aber eben auch Hannah, die gegen alle Wahrscheinlichkeit von der kleinen Wache aus gemeinsam mit der Kripo das Rätsel gelöst hatte. Auf dem Höhepunkt des Interesses – das ganze drei Tage angehalten hatte, bis auch der letzte Spartensender und die letzte Regionalzeitung berichtet hatte – war Jakubetz sogar kurz aus Ostersande in den Tagesthemen zugeschaltet gewesen.

Hannah war der ganze Rummel suspekt gewesen. Bei so etwas wusste man nie, was am Ende herauskam. Was das Renommee der Polizei anging, konnten sie wohl von Glück sagen, dass das Fehlverhalten von Constanze von den eigenen Leuten aufgeklärt worden war und nicht von Außenstehenden. Lenke Jakubetz hatte dankenswerterweise darauf verzichtet, ihre eigene Rolle in der Sache größer zu machen, als sie gewesen war, eine Bescheidenheit, zu der sich manche ihrer Kollegen vermutlich nicht hätten hinreißen lassen.

Dass die junge Dame ihren Aufenthalt hier noch um ein paar Tage verlängert hatte, trug allerdings auch noch auf ganz anderer Ebene Früchte.

Hannah gesellte sich zu den beiden, die gerade ins Gespräch vertieft waren.

»Was die Webseite angeht, kann das ein Freund von mir machen«, sagte Jakubetz zu Hannahs Vater. »Und das mit Social Media bekommen Sie hin, ist nicht weiter schwer. Installieren Sie sich die Apps auf dem Smartphone, und dann ist das mehr oder weniger selbsterklärend.«

»Ich werd's versuchen«, antwortete ihr Vater.

»Und sonst können Sie sich jederzeit melden.«

»Das könnte schneller kommen, als Ihnen lieb ist.« Ihr Vater schmunzelte. Er hatte sich für den Anlass ein neues Hemd gekauft, das er zu einer Stoffhose trug. Auch einen Friseurbesuch hatte er sich gegönnt. Seine Augen leuchteten vor Tatendrang.

Die Ausflüge, die er mit Lenke Jakubetz unternommen hatte, hatten ihm derart Freude bereitet, dass ihm eine Idee gekommen war. Er wollte sich fortan als Touristenführer verdingen, als Local Guide, wie es auf Neudeutsch so schön hieß. Als der Eigenbrötler, der er war, kam eine Beschäftigung über die Touristeninfo für ihn aber nicht infrage. Er hatte sich in den Kopf gesetzt, auf eigenen Beinen zu stehen. Und dabei hatte Lenke Jakubetz ihm Unterstützung zugesagt. Sie würde ihm helfen, eine eigene Webseite nebst Blog aufzubauen, auf dem er über die Heimat berichten und Führungen in Ostersande, Wismar und Umgebung anbieten konnte.

Ob daraus wirklich etwas werden würde, musste sich zeigen. Doch Hannah war schon froh bei dem Gedanken, dass ihr Vater einen neuen Zeitvertreib gefunden hatte, der ihm frischen Lebensmut einflößte und vom Krügers Eck fernhielt.

Lenke Jakubetz sah auf die Uhr an ihrem Handgelenk. »Mein Zug fährt in einer halben Stunde. Ich muss jetzt wirklich los.«

»Ich fahr Sie kurz rüber«, sagte Hannahs Vater.

»Das ist aber nicht nötig, ich kann mir ein Taxi nehmen.«

»Paperlapap, ist doch selbstverständlich.« Er drückte Hannah einen Kuss auf die Wange. »Wir sehen uns später.«

Noch während sie den beiden hinterherblickte, wie sie davongingen, schoben sich Grewe und Steyn zu ihr an den Tisch, wobei Hannah auch nichts dagegen gehabt hätte, in Ruhe ihr Pils trinken zu können.

Die beiden hatten einen untersetzten Mann mit dunkelblauem Dreiteiler und grauer Lockenpracht im Schlepptau.

»Wir wollten Sie gerne mit unserem Chef bekannt machen«, erklärte Henning Grewe.

»Emil Lübke, Leiter der Kripo«, stellte der sich vor und reichte Hannah die Hand. »Verzeihen Sie, dass es nicht schon früher geklappt hat. Ich war leider etwas unpässlich ... eine Erkältung.«

»Freut mich, Sie kennenzulernen«, entgegnete Hannah.

»Wir sind Ihnen sehr dankbar«, sagte Lübke. »Die Art, wie Sie unsere Arbeit unterstützt haben – das ist wirklich nicht selbstverständlich. Und ich darf Ihnen versichern, dass mir durchaus bewusst ist, dass dieser Ermittlungserfolg zu großen Teilen Ihnen zu verdanken ist.«

»Die Kollegen Steyn und Grewe sind aber auch nicht ganz unschuldig«, meinte Hannah.

»Das weiß ich, und es wird den beiden sicher nicht zum Nachteil gereichen.« Lübke schenkte ihnen ein anerkennendes

Nicken. »Ich habe schon gesagt, dass Sie drei ein exzellentes Team abgeben. Schade, dass Sie nicht bei uns arbeiten, Frau Bülow.«

»Was nicht ist, kann ja noch werden.« Mara Steyn grinste vielsagend.

»Danke für die Blumen«, sagte Hannah. »Aber ich glaube, ich habe hier erst mal alle Hände voll zu tun.«

»Das kann ich mir denken …« Lübke sah sich um. »Man hat Sie ja wirklich ins kalte Wasser geworfen.«

»Verzeihung.« Henry Fleming gesellte sich zu ihnen. Er trug einen blau-weiß gestreiften Sommeranzug mit Weste und Fliege. Die schulterlangen grau melierten Haare hatte er sich akkurat hinter die Ohren gekämmt. Er überragte Lübke um zwei Köpfe und neigte sich leicht vor, als er dem Kriminaler die Hand hinstreckte. »Gestatten, Henry Fleming, ehemaliger Hauptverdächtiger im Mord an Philip Langmar.«

Lübke ergriff mit verdattertem Gesicht die Hand. »Ah … freut mich.«

»Sie ahnen ja gar nicht, was für eine Freude es für mich war. Meine Arbeit in der Klinik ist doch recht monoton. Die Verhöre durch Ihre Kollegen waren durchaus erfrischend. Eine Zeit lang bin ich mir wirklich vorgekommen wie Dr. Kimble auf der Flucht.«

»Dr. wer?« Lübke war sichtlich neben der Spur.

»Schicke Fliege«, schaltete sich Hannah ein und richtete mit spitzen Fingern das Accessoire, das etwas windschief an Flemings Hals hing.

»Fliegen sind cool«, antwortete er und sagte dann an Lübke gewandt: »Würde es Ihnen etwas ausmachen, wenn ich Frau Bülow kurz entführe?«

»Aber … ganz und gar nicht.«

»Vielen Dank. Einen schönen Tag wünsche ich Ihnen noch.«

Fleming hakte sich bei Hannah unter und schob sie langsam durch die Menge.

»Das ist ja ein furchtbarer Trubel hier«, flüsterte er ihr ins Ohr. »So viele Menschen auf einen Haufen stressen mich immer.«

»Ja, mir reicht es auch langsam«, meinte Hannah, die im Vorbeigehen Bürgermeister Brunke grüßte. »Aber ich fürchte, das wird noch bis in den Abend hineingehen.«

»Einen Vorteil hat so ein Menschenauflauf ja.«

»Nämlich?« Hannah blickte ihn neugierig an.

»Es fällt nicht auf, wenn man einfach verschwindet.«

»Sie meinen …«

»Ich war gerade einkaufen und habe ganz zufällig eine Flasche von Ihrem leckeren Elsässer Rotwein erstanden. Dazu ein Stück Käse, ein feiner Morbier … Wie wäre es?«

»Ich kann doch nicht einfach so verduften.«

»Aber sicher können Sie. Das merkt doch niemand.« Fleming lächelte verschlagen. »Und falls doch … Sie haben gerade Heldenstatus. Das hält nicht ewig, also nutzen Sie es aus.«

Hannah erwiderte das Lächeln. »Zu Ihnen oder zu mir?«

»Zu Ihnen. Meine Tochter hat gerade ihren Freund da, falls Sie verstehen.«

»Ja, ich erinnere mich.«

»Gibt es hier einen Hinterausgang?«

Eine halbe Stunde später saßen sie im Strandkorb auf der Terrasse hinter Hannahs Elternhaus. Der würzige Weichkäse passte wunderbar zur Note des Rotweins. Hannah trank ihr Glas leer und ließ sich von Fleming nachschenken.

Tobby strolchte durch den Garten und beschnüffelte die Bäume am gegenüberliegenden Ende. Die Ruhe hier war auch ihm augenscheinlich wesentlich lieber als das Gewusel auf der Wache.

Der Wind, der in den Baumkronen spielte, kam aus Nordwesten und trug das Rauschen der Wellen am Strand mit sich. Selbst in der Sonne musste man inzwischen eine leichte Jacke tragen, und die Tage, an denen man draußen sitzen konnte, waren mit Sicherheit gezählt.

Hannah schloss die Augen und genoss die warmen Strahlen in ihrem Gesicht.

»Das Stückchen schaffen Sie noch.« Fleming schob ihr einen Cracker mit Käse zwischen die Lippen.

Hannah musste lachen. »Sie wollen mich mästen!«

»Absolut nicht meine Absicht. Man sollte das Leben aber ohne schlechtes Gewissen genießen, dafür ist es doch viel zu kurz.«

Hannah öffnete den Mund und ließ sich das Stück schmecken. »Wie wäre es, wenn wir das mit dem Sie mal sein lassen?«

»Sehr gerne. Henry.«

»Hannah.« Sie blickte Fleming an, der Schulter an Schulter neben ihr saß. In seinen blauen Augen lag gleichzeitig ein spitzbübisches Funkeln, aber auch eine Tiefgründigkeit, die dazu einzuladen schienen, diesen ebenso amüsanten wie vielschichtigen Kerl weiter zu erforschen.

Hannah schob sich ein Stück näher an ihn heran und spürte seine Körperwärme. Henry wehrte sich nicht und neigte ihr den Kopf zu. Hannah schloss die Augen ... als es an der Haustüre klingelte.

Sie stieß ein leises Grummeln aus. Immer im richtigen Moment. »Entschuldige mich kurz.«

»Kein Problem«, sagte Henry. »Ich trink in der Zwischenzeit die Flasche leer.«

Hannah ging durchs Wohnzimmer in den Hausflur und öffnete die Tür. Draußen stand Georg Grotewohl.

»Oh ...«, brachte Hannah hervor. Sie hatte ihn nach der

Verhaftung von Constanze nicht mehr gesehen. Allerdings hatte sie von Diekfoß gehört, dass Georg sein politisches Amt mit sofortiger Wirkung niedergelegt und sich aus dem Rennen um das Bürgermeisteramt zurückgezogen hatte.

»Entschuldige, falls ich ungelegen komme. Aber ich habe gerade drüben im Ferienhaus nach dem Rechten gesehen. Ich dachte …«

»Schon gut«, sagte Hannah. »Du brauchst dich nicht zu entschuldigen. Ich meine, wenn sich jemand entschuldigen muss, dann wohl ich. Es tut mir leid, Georg, ich kann mir gar nicht vorstellen, wie das für euch sein muss.«

»Nein, nein.« Er schüttelte den Kopf. »Mir ist es unangenehm. Du hast ja nur deinen Job gemacht. Aber … vielleicht verfranzen wir uns auch besser gar nicht erst in solchen Diskussionen. Ich bin nämlich hier, um dir ein Angebot zu machen.«

»Ein Angebot?«

»Ja.« Georgs Blick wanderte in Richtung des Nachbarhauses. »Ich werde mit unserem Sohn von hier fortgehen. Unter den gegebenen Umständen erscheint mir ein Neuanfang woanders als das Beste. Mir liegt nichts an Constanzes altem Haus, und ich möchte hier einen sauberen Schlussstrich ziehen. Daher wollte ich fragen, ob du nicht Interesse hast, es zu kaufen.«

»Das Haus? Ich?« Hannah war völlig perplex. »Ich weiß nicht …«

»Du brauchst dich ja nicht hier zwischen Tür und Angel entscheiden. Beim Preis werden wir uns ganz gewiss einig.«

»Ich … werd's mir gerne überlegen.«

»Das freut mich.« Er gab ihr einen Zettel mit einer Nummer. »Hier erreichst du mich. Also … mach es gut.«

Er nickte ihr zu, wandte sich dann ab und ging zu seinem Auto, das in der Einfahrt gegenüber parkte.

Hannah schloss die Tür hinter sich und lehnte sich von innen dagegen. Damit hatte sie nun wirklich nicht gerechnet.

»Alles in Ordnung?«, drang von draußen Henrys Stimme zu ihr.

»Komme gleich!«

Hannah ging in die Küche und blickte durch die Schlitze der Lamellenjalousie hinüber zum Nachbarhaus. Auch für sie hingen Erinnerungen daran. Sie hatte ihre halbe Kindheit mit Constanze dort drüben verbracht. Wie würde es sich anfühlen, dort zu wohnen, nun, wo sie dafür gesorgt hatte, dass ihre Freundin für viele Jahre hinter Gitter wandern würde? Denn daran bestand wohl kaum ein Zweifel. Henning Grewe hatte ihr von seinem Gespräch mit der Staatsanwaltschaft berichtet, die in dem Fall die Höchststrafe fordern würde. Constanze und sie waren fast gleich alt. Und das bedeutete, dass Constanze, je nachdem, wie es lief, den Rest ihres Lebens in einem Gefängnis verbringen würde.

Einerseits.

Andererseits war es ein wirklich schönes Haus, aus dem man noch etwas machen konnte. Malerisch gelegen, ruhig, mitten in der Natur. Um so etwas rissen sich die Leute heutzutage.

Und es hatte noch einen Vorteil. Es befand sich direkt gegenüber von ihrem Vater. Auf die Weise konnte sie zwei Fliegen mit einer Klappe schlagen. Eine bezahlbare eigene Bleibe und gleichzeitig ein Auge auf ihren alten Herrn haben. Vielleicht doch kein so schlechter Deal.

»Hannah?«

Sie gab sich einen Ruck und ging nach draußen.

Henry hielt die leere Flasche in die Höhe. »Hast du zufällig noch Nachschub im Keller?«

»Ich schau gleich mal nach. Aber zuerst ...« Hannah ließ sich neben ihn in den Strandkorb fallen. »Wo waren wir stehen geblieben?«

Er lächelte sie an. »Ich glaube, wir wollten gerade zum interessanten Teil des Nachmittags kommen.«

Hannah schmiegte sich wieder an ihn. »Den Eindruck hatte ich auch.«

Da klingelte ihr Smartphone.

»Die Wache. Da muss ich ran, tut mir echt leid.«

Henry winkte ab. »Schon okay. Die Bond-Girls haben ja auch immer das Nachsehen, wenn das Abenteuer ruft.«

Hannah nahm den Anruf entgegen.

Am anderen Ende meldete sich Klaus-Peter Diekfoß.

Er klang völlig außer Atem.

»Wo auch immer Sie gerade stecken, Sie müssen sofort zurückkommen«, haspelte Diekfoß. »Wir haben hier eine neue Leiche.«

NACHWORT

Der vorliegende Roman ist der Auftakt der neuen Reihe *Mörderische Brise*. Das Konzept hierzu entstammt der Feder von Nina Ohlandt. Vor ihrem Tod im Dezember 2020 arbeitete sie daran, neben ihren erfolgreichen Nordseekrimis um Kommissar John Benthien eine weitere Reihe zu schreiben, die an der Ostsee spielt. Leider blieb es ihr verwehrt, diese Idee umzusetzen. Geblieben ist aus ihrem Nachlass das Konzept für einen ersten Band und ein Figurenensemble, auf dem *Der Tote am Sandstrand* basiert. Nina Ohlandts lang gehegter Wunsch, diese Welt rund um ihre Figur Hannah Bülow zum Leben zu erwecken, geht posthum nun in Erfüllung.

Ein Fall, der John Benthien tief in die Vergangenheit führt

Nina Ohlandt / Jan F. Wielpütz
SCHWARZE DÜNEN
Nordsee-Krimi

512 Seiten
ISBN 978-3-404-18873-4

An einem Frühjahrsmorgen stürzt über Sylt ein Kleinflugzeug ab; die Pilotin und ihr Passagier sind auf der Stelle tot. Die Untersuchung zeigt, dass das Flugzeug manipuliert wurde. John Benthien, Hauptkommissar der Kripo in Flensburg, übernimmt die Ermittlungen. Welche Rolle spielte der mysteriöse Passagier, der einen Koffer voll Bargeld mit sich führte? Wer war er in Wirklichkeit? Auch persönlich stellt der Fall Benthien vor Probleme, denn die neue Staatsanwältin scheint ihn nicht zu unterstützen. Bald schon muss John fürchten, dass sie sein Geheimnis ans Licht bringt – ein Geheimnis, das ihn nicht nur den Job kosten, sondern auch ins Gefängnis bringen könnte ...

Lübbe